Robert Müller

Kritische Schriften I

Robert Müller

Kritische Schriften I

Mit einem Anhang herausgegeben von
Günter Helmes und Jürgen Berners

Robert Müller:
Werkausgabe in Einzelbänden / Robert Müller: Bd. 7. Hg v. G. Helmes
Kritische Schriften I. Mit Anhang hg. von Günter Helmes und Jürgen Berners

1. Auflage 1993 | 2. unveränd. Auflage 2011
ISBN: 978-3-86815-532-7
© IGEL Verlag *Literatur & Wissenschaft*, Hamburg 2011
Alle Rechte vorbehalten.
www.igelverlag.com

Igel Verlag Literatur & Wissenschaft ist ein Imprint der Diplomica Verlag GmbH
Hermannstal 119 k, 22119 Hamburg
Printed in Germany

Die Deutsche Bibliothek verzeichnet diesen Titel in der Deutschen Nationalbibliografie.
Bibliografische Daten sind unter http://dnb.d-nb.de verfügbar.

INHALT

SCHRIFTEN 1915

SCHRIFTEN 1916

ANHANG

SCHRIFTEN 1912

Roter Hahn in New-York

Von Ole Bert

New-York, Mitte Jänner.

Keine großstädtische Feuerwehr der Welt mag so viel in Atem gehalten sein wie die New-Yorks. Es gibt Stadtteile, Viertel an East-Side, in deren Straßen Tag und Nacht in bestimmten Intervallen der Alarm ertönt und aufregende Feuermanöver die Bewohnerschaft großer Umgebungen zu hysterisierenden Schauspielen versammeln. In diesen Bezirken hat sich die mächtige Einwanderungssäule, die aus südeuropäischen, östlichen und orientalischen Direktionen sich gegen die neue Welt vorschiebt und teilweise unter dem verteilenden Zwange der über sie gesetzten Kommission in die westlichen und südwestlichen Staaten hinein zerspänt, mit ihrem Reste als größerm Teil zu einer verworrenen strukturlosen, zundrigen Masse zermalmt. Denn in diesen Vierteln brandelts nicht nur auf Dächern, an Hintertreppen und in unbehüteten Quartieren. Hier brennen auch Fragen aus den Tiefen menschlichen Seins, und die lodernde Fackel eines Zementhauses, der Mietskaserne, erleuchtet mit böser Klarheit die epidemieartigen Räusche und Sensationen, die hinter stumpfen Gesichtern und erloschenen Blicken ersehnt gewesen sein mochten. Ein Brand in diesen langen Häuserschluchten und farblosen Zeilen zündet auch seelisch. Das Edelste flammt empor und das Gemeinste flackert und qualmt in Blick und Tat. Das farbige Spektakel ist eine Erlösung von der Monotonie der Sinneseindrücke und der großstädtische Mob wird ein düstergefährliches Publikum von Genießern. Paniken wirbeln Menschentromben durch die Gassen und entfesseln Kollektivhysterien einer in allem und jedem gehemmten Menschlichkeit. Die babylonische Verwirrung summt und schwärmt in zehn, in zwanzig Zungen und Idiomen. Und inzwischen fressen sich die glühenden Riesenraupen in die schlecht gebauten Behausungen ein, eine Vegetation brauner Rauchformen blüht hoch überm Kopf empor und verdichtet sich zur Wand, über die kalligraphische Feuerzeichen empörend schön dahinjagen.

Aber nicht in diesen Stadtteilen, wo Italiener, Juden, Slawen und Syrer triebhaft hausen, und Rache oder barbarische Sorglosigkeit den roten Hahn ins eigene oder fremde Nest pflanzen, hat der Feuerwächter das offenste Auge zu haben, noch der Löschpionier die härteste Arbeit zu tun. Hier ists oft genug nur blinder Lärm, der den klappernden Galopp der Löschgeschwader übers Pflaster prasseln läßt. Oft genug ists auch nur ein Feuerchen, das die überreizten Gemüter herabgekommener Elender erschreckt hat und nach Viertelstunden ein einziges, von der energischen Mannschaft vollständig zertrümmertes Zimmerchen zurückläßt. Und selten sind die schweren Fälle, wenn auch hie und da ein Menschenleben mitverschlungen wird. Aber ein bösartiger und ernster Schrecken sind die gewaltigen Brände an jenen Linien, wo Geschäft und Verkehr überhohe Zentren des zivilisierten Lebens errichtet haben und dichte Ströme von Menschen sich an den Flanken dieser gemauerten Gebirge hinwälzen. Denn hier wird eine komplizierte Taktik angesichts der Anhäufung wertvollen Materials vonnöten sein, und die Unmöglichkeit beherrschender Übersicht wird die Oberleitung erschweren. Die Mängel der Feuersicherung, die dem flott bauenden und unternehmenden Amerikaner schwer aufs Kerbholz zu schreiben sind, tun das ihre. Aus allen diesen Ursachen spielen denn die Brände New-Yorks in die bekannten Dimensionen hinüber und schmeicheln der Eitelkeit eines Volkes, das mit schlechten Augen auf die Welt gekommen zu sein scheint und die Siegel der Natur in großem Drucke liebt. Denn die Vehemenz, mit der ein Zeitungsblatt Absatz findet, wenn auf ihm in riesengroßen roten schwarzen und sogar grünen Lettern der dreimal wöchentlich wiederkehrende Sensationstitel Big fire brennt, zeigt deutlich, daß ein solches Flammenkartell, dem absolut nicht beizukommen ist, eine nationale Sache bedeutet. Der Sohn New-Yorks ist auch im Negativen seiner Rassengröße Patriot.

Die Feuer sind eine ständige Rubrik New-Yorker Zeitungen. An welchem Stadtende immer man sei, es vergeht kein Tag, ohne daß man die in langen Schlägen schwingende Feuerglocke, den Alarm der ausrückenden Löschtrains, zu hören bekäme. Diese nahezu ununterbrochene Tätigkeit der Mannschaft verlangt naturgemäß ein ausgezeichnetes Material, und hier ist es, wo die günstige Kehrseite des amerikanischen Charakters sich offenbart. Die New-Yorker Feuerwehr ist, was physische Qualität anbetrifft, vielleicht die beste der Welt. Was ihr an Technik, Drill und Güte der Apparate abgeht, das ersetzt sie durch die Tugenden des einzelnen Mannes. Der New-Yorker Feuerwehrmann ist ein junger Athlet, gut bezahlt, gut genährt und wohltrainiert. In den Pausen kann man die langen, trotz der guten Lebenshaltung eher hageren Gestalten in ihren grauen Sporthemdblusen sich eifrig Baseball, Boxen, Gymnastik und athletischen Spielen hingeben sehen. Sie sind ungebunden knabenhaft, ungemächlich vorlaut und nach unseren Begriffen undiszipliniert. Wenn sie aber im Feuer stehen, sind sie tollkühn, ritterlich und hurtig im Begreifen fremder Not. Ihre ausgesuchten Katzenknochen kommen ihnen wohl zustatten. Im Übereifer verlegen sie zwar die Schläuche, demolieren erbarmungslos, was ihnen unterkommt, ob es gleich nicht immer nötig gewesen wäre, und nivellieren von oben bis unten, so daß der Hilferuf manchem Hausherrn aus Angst vor ihrer berüchtigten Tätigkeit auf den Lippen erstickt und die Gefahr dann einen Grad annimmt, der jene Tätigkeit schließlich doch noch als notwendig rehabilitiert. Aber sie holen auch Gefährdete, von Schrecken Gelähmte und den Flammen kaum mehr Entreißbare aus dem Hexenkessel heraus, und wenn es zu gewagt war, büßen sie ihre junge Lebens- und Dreinschlagekunst für immer ein. Es ist kein größerer Brand, also keine Woche zu verzeichnen, wo nicht einer oder mehrere dieser Männer sich einer kurzen Rettungsmöglichkeit für andere zuliebe hingeopfert hätte.

Sobald das elektrische Signal in der Remise ertönt, läuft jeder Mann, noch einen lustigen Fluch auf den Lippen, an seinen Posten. In einem Schuppen, dessen Tore nach der Straße zu offenstehen, so daß jeder Passant einen schnellen Blick zu den schmucken "boys" und der blanken Zurüstung schmuggeln kann, stehen die wohlgenährten Gäule vor den Leiterwagen, Pumpen und Spritzen. Es ist eine mittelschwere langbeinige Rasse mit breitbeschlagenen Hufen, deren Flächen einen besseren Halt auf den glatten Straßen New-Yorks ermöglichen. Die Pferde kennen das Signal, werfen sich klug in eine zuvorkommende Haltung, die Halftersysteme sinken nieder und sind mit ein paar schnellen Griffen um den Leib des Tieres geschlossen. Im gleichen Augenblicke ziehen die nervösen Gäule auch schon an, ein Wagen nach dem andern rollt in dekorativem Bogen die Straße hinaus, während die Mannschaft, die sich mittlerweile armiert hat, schräg anlaufend wie Zirkusreiter sich auf den Wagen schwingt und in malerischen Posituren, von einem Schwarm begeisterter Jugend gefolgt, die Gassen hinunterprescht. Sie haben über dem blauen Tuchanzug von militärischem Schnitt und mit weißen Metallknöpfen hohe, bis übers Knie reichende Schaftstiefel, einen langen schwarzen Gummimantel und einen breiten Schlapphut, der dem Südwester der Seeleute ähnelt und ebenso wie dieser vorne hochgeklappt ist. Diese Kleidung ist gegen Feuer und Wasser imprägniert, und die nun massiv darin sitzenden Männer wenden ihre unbesorgten harten mageren Gesichter mit den keltischen Teintschatten die Straße hinab. Voran hüpft bellend, eine New-Yorker Feuerwehr-Spezialität, der Feuerspitz, ein gepflegtes und viel gehätscheltes Hündchen, das in seiner Nase einen unfehlbaren Kompaß besitzt und die ganze Gesellschaft schnurstraks an die Feuerstelle führt. In Friedenszeit hat er einen feinen Leder- oder Bastschuh um dieses geniale Organ, dessen Reizbarkeit von den chaotischen Düften einer Großstadt sonst beeinträchtigt würde. Jetzt ist für ihn, der den gemeinen Sorgen eines Hundelebens entrückt ist, die Zeit gekommen. Freudig bellend und zur Eile auffordernd springt er an den Beinen der Gäule in die Höhe, die ihn wohl kennen und sich von ihm fortreißen lassen. Vor einer Straßenkreuzung rennt er klug voraus, fährt ein paar Schritte hin und her, schnuppert, nun sind die Pferde hinter ihm, schon hat er sich entschlossen und schießt, Direktion angebend, die eine Gasse hinunter. Die Pferde liegen locker in den Strängen, ganz klein sind sie trotz ihrer stackeligen Beine, ventre à terre, die Köpfe nach innen gestreckt, die Rümpfe nach außen gewölbt, mit wilden Augen und tiefem Stöhnen dreschen sie Steinpflaster, Asphalt und Lehmboden. Sie rennen ungeregelt, ohne Rhythmus, jedes so gut es kann, als ob es nicht einen Wagen zu ziehen, sondern einen Reiter zu tragen hätte. Und die Last wird dann auch nicht gezogen, sondern geschleift. Bis hierher sieht sich die Sache ganz schön an, und der Amerikaner, der für das Pittoreske schwärmt, weiht den Helden solchen Schauspiels seine ganze kindliche Verehrung. Aber es ist nicht zu verkennen, daß der ganze Apparat schwer vom Flecke kommt, das gemütliche Tempo der Wagen selbst, die gleich einem großen Schwungrade die rasende Rotation eines kleinen Triebrädchens gemach nachahmen, scheint der Karriere der Pferde überlegen zu höhnen. Und man hat das unangenehme Gefühl der gehemmten Traumbewegung. Zwei Eindrücke stehen im Widerstreit: die Schönheit, das Tempo des Kraftaufwandes und der Effekt.

Andererseits ziehen die interessanten und dekorativen Details einer Feuerfahrt die beste und mannhafteste Jugend zu diesem Berufe herbei. Der deutsche Knabe träumt von künftigen Soldatenehren, der amerikanische Junge weiß sich nichts Besseres, als Polizist oder Feuerwehrmann zu werden. Der amerikanische Söldner steht ja in keiner sonderlichen gesellschaftlichen Hochachtung. Die fragwürdigsten Elemente verpfänden um ein Handgeld ihre Zukunft. Dort aber kann das Material ausgesucht werden. Und wer sich den Beruf erwählt hat, der hat es nicht bloß aus dem Zwange bürgerlicher oder wirtschaftlicher Einrangierung getan, sondern aus einer Art romantischer Passion, die den Amerikaner und das in ihm zum größten Teile latente keltische Blut kennzeichnet. Wie in allen öffentlichen Berufen ist auch hier der Ire in der Mehrzahl. Er wird schließlich einmal bei der Prägung des amerikanischen Typus durch sein geniales Temperament ausschlaggebend sein. Denn letzten Endes ist dieser Typus der neuen Welt keineswegs gotisch, sondern keltisch. Neben dem Geschäftsmenschen holländischer Abkunft, der plump, materialistisch und häuslich, im Geschäfte aber außerordentlich agil ist, hat der bereits langsam zugrunde gehende ältere Typus des Gentleman-Amerikaners, des schlichten puritanischen und tiefen, aber auch beschränkten vornehmen aus Schottenblut, den keltischen Grund der neu zu bildenden Rasse gelegt. Und diesen alten Blutstrom speist jetzt der Ire, der Sohn der grünen Insel, der seine demokratische, aber stark kulturell veranlagte Bohemienè-Natur frisch in den Weltkampf der Elemente wirft. Er ist der geborene Tribun, führt in allen öffentlichen Funktionen und stellt auch das Hauptkontingent der Feuerwehr. Neben ihm stehen nur einige reine Angelsachsen, wenige Deutsche, Italiener, Skandinavier und Polen, dagegen außerordentlich viele Juden russischer Staatsherkunft mit deutschen oder polnischen Namen. Der Ire nimmt immer ein wenig das Maul voll, die Tat ohne Nebeneffekte und Reklame befriedigt ihn so wenig, wie etwa den Italiener, mit einer nahezu hysterischen Freude sieht er sich inmitten von Feuergarben den Heldentod sterben. Mit dem feuerroten Stich in seinem brünetten Haar scheint ihn die Natur symbolisch gebrandmarkt zu haben. Er ist die wandelnde Feurigkeit, und mit ihr zieht er auch gegen das Element los, sie bringt er in die Volksseele der werdenden Rasse hinein, und sie beruft ihn zu einem Posten, bei dem unverwüstliche Laune und Großzügigkeit gegenüber dem eigenen Leben Haupterfordernisse sind. So gestaltet denn er die Aktion einer New-Yorker Löschmannschaft zu einem menschlich erhebenden Anblick von Heroismus.

Woran liegt es nun, daß trotzdem die Anzahl der zähen, schier unbesieglichen Brände für New-York eine so große ist? Die Umstände liegen erstens in der leichtfertigen Bauart der Häuser, die von gewinnsüchtigen und schwindelfrohen Bauherren mit schlechtem Material erbaut sind. Meist sind es nur übertünchte Bretterverschläge, die wie Kirmesbuden förmlich anfliegen. Auch bei vielstöckigen Bauten, zu denen Eisentraversen verwendet werden, überwiegt die Holzfüllung. Diese Gebäude sind dann groß, wenig übersichtlich und ohne Beachtung von Feuerschutzmaßregeln hergestellt. Bei sengender Sommerhitze oder extremer, gleich dürrer Kälte greift schon ein kleines Feuer schnell um sich. Zu weit gehende Raumersparnis hindert die Bewegung erschreckter Bewohner oder eindringender Feuerwehr und begünstigt durch entstehende Unordnung die Ausbreitung des Brandes. Im Zusammenhange mit dieser flüchtigen Konstruktion haben die Häuser der wenigen eleganten Viertel, meist dreistöckige Mietkasernen, an den Fronten je nach ihrer Länge ein bis drei Eisenleitern, die sich von oben nach unten treppenförmig hinziehen und sich zur Rettung der Inwohner ziemlich bewährt haben. Aber an den zentral gelegenen Gebäuden fehlen auch diese Vorrichtungen und wenn schon vorhanden, sind sie unpraktisch angelegt und erzeugen neue Gefahren. Eine zweite Ursache der Bösartigkeit der New-Yorker Brände ist in der Feuerwehr selbst zu suchen. Der einzelne Mann ist brav, aber nicht immer geschickt, manchmal schädlich übereifrig. Es ist immer etwas Theater bei der ganzen Affäre, jede Aktion enthält gleichsam die Manegefrage: Hast du das gesehen? Auch mit der Zeit geht es durchaus nicht so aus, wie uns der verzückte amerikanische Chroniqueur zu berichten liebt. Trotz des engmaschigen Netzes von Depots dauert es oft lange, bis zum Angriff auf einen größeren Brand die nötige Truppe gesammelt ist. Denn die Depots sind häufig nur klein und die Spritzen und Leitern kommen nur langsam vorwärts, in seinem Hippodromfuror nimmt der Roßelenker Häuserecken, Kandelaber und fremde Gefährte mit, verliert wohl auch an abschüssigen und holprigen Straßen ein Rad und bleibt in "Panne". An der Brandstätte herrscht Meinungsverschiedenheit, denn wir sind unter Demokraten. Das mißlichste Hindernis stellt sich allemal bei der Wasserbeschaffung heraus, denn die Wasserleitung, die sich von einem etwa vierzig Kilometer von der Stadt entfernten Gebirgsbache herleitet, hat einen nur minimalen Hochdruck. Die Pipen in den Küchen rinnen dünn, die Klosetts spülen schlecht und eine Badewanne ist kaum zu füllen. Die Feuerwehrpumpen bringen das Gegenelement oft nicht über das fünfte Stockwerk hinaus. Eine gewisse aber nicht vollständige Unterstützung gewähren die fahrbaren Wassertürme, die viele Stockwerke hinaufgeschraubt werden können und eine seitliche Bestrahlung ermöglichen. Die Zukunftspläne der Feuermarschälle respektive Chefs gehen denn auch auf die Akquisition von Automobilen, deren erstes im Jahre 1911 versuchsweise eingestellt wurde, sowie auf erleichterte Wasserversorgung hinaus. Ein wesentlich verbessertes Löschsystem wird dann den Umfang und die Dauer der New-Yorker Brände um einen Grad verringern. Aber immer und ewig wird diese wunderliche große Stadt, wo ein heftiger Wechsel der Architektur herrscht und tropisch emporgewucherte Palais in kurzer Zeit zum Schutthaufen werden, immer wird diese Stadt auch zum Stolze ihrer Bewohner die größten Brände haben, denn die dritte und hauptsächlichste Ursache dieser liegt tief im nationalen Charakter begründet.

Die englische Sprache, etwas vernachläßigt in ihrem Akzente, verkehllautet und geschärft, ist die Sprache des Amerikaners und sie spricht jeder Mann, vom Walliser bis zum Nigger, Indianer und Hindu. Der Kardinaltypus aber ist trotz starker germanischer und romanischer Beimischungen der Kelte. Und dieser haftet, im Gegensatze zum Angelsachsen und holländischen Yankee, nicht an der Materie. Der irische Nationalcharakter ist nun einmal so, daß er nicht an die Realität glaubt, bevor sie ihm nicht auf den Fuß tritt. Und auch dann noch hat er einen Einfall. Er sieht alles rosig, alles grün, wie daheim auf seiner grünen Insel. Rot und grün sind ja Komplementärfarben, sind die angenehmsten Farben der Welt und unser Eirischer bleibt denn immer ein Greenhorn in Dingen des Lebens. Er bereitet eine langsame Umfärbung des als amerikanisch bekannten Nationalcharakters vor. Der Amerikaner wird zweifellos geistreich, wo er früher tüchtig war. Er wird Spiritist, wo er früher den handfesten Glauben an Gott oder doch wenigstens an das Geld hatte. Er wird genial-fahrig statt beschränkt energisch. - Dieselben Menschen, die eine Generalversammlung auf der Gasse fortsetzen, sobald das Dach ihnen über dem Kopfe zu brennen anfängt, sinds auch, die beim Ausbruch eines Feuers nicht daran glauben mögen und unter Witzen und in purer Lebensfreude sich eine Stunde lang mit einem Brande spielen, bis es zu spät ist. Jetzt ist das Malheur geschehen, aber was tut ihnen das? Es ist schön und es steckt eine tiefe wilde keltische Poesie darinnen. Nein, es liegt Größe darin - und Schlamperei. Nur die Hoffnung nicht verlieren, sie werdens schon machen! Und legen frisch Hand an und glauben noch immer nicht daran, daß sie tot sind, wenn sie heroisch gestorben sein werden!

Und das ist es: der Amerikaner, der sich keltisiert, zündelt gar zu gerne, auch mit dem Lebensflämmchen. Lichterloh brennt es auf; einmal aber war der Spaß zu nett und da wars auch schon ausgeblasen. Und nun zündelt der Nebenmann fort, mit asiatischen Kriegen, amerikanischen Südseereichen, Niggerschlachten und Ähnlichem. Sie alle zündeln. In keiner Großstadt der Welt dürfen sich die Gassenbuben Tag um Tag alle hundert Schritt weit mitten auf verkehrsreichen Straßen ein Feuerle anzünden, das stockhoch über den dabeistehenden Cop hinauslodert. Europäische Eltern und der Gemeindewächter würden graue Haare dabei bekommen. Aber die läßt sich der Amerikaner nicht in seine Perücke wachsen. Die lernt er erst kennen, wenn der letzte Witz der Jugend verklungen ist - doch vielleicht kommt er gar nicht so weit; denn vorher vernichtet er sich und andere mit Grazie bei einer netten Zündelei. Eine solche Rasse ist wahrlich bestimmt, im Brennpunkte unseres Planeten zu stehen.

Das Drama Karl Mays

Er hatte gefehlt; er tat Buße - Karl May. Mehr kann auch weder das christliche Gemüt noch die bürgerliche Gesellschaft verlangen. Einer ihrer Vertreter - und preußische Gerichtsvorsitzende sind gemeiniglich rigorose Vertreter - hat den Standpunkt, den einzunehmen die Öffentlichkeit jetzt geneigt scheint, mit diesen Worten formuliert: "Ein Verbrechen wären doch solche phantastischen Dinge bei einem Dichter nicht, und ich halte Herrn May für einen Dichter!"

Diese Worte, die einen Richter als Menschen und Dichter ehren, sind bei dem letzten großen Ehrenbeleidigungsprozeß in Berlin, den Karl May gegen seinen Gegner gewann, gefallen. Wer sich das jugendliche in schönen Affekten befangene Gemüt auch noch als Richter bewahrt hat, ist auch ein Stück Dichter geblieben. Es wäre zu wünschen, daß alle Richter ihre Aufnahmsfähigkeit für Gebilde einer schöpferischen Phantasie also wahrten; Justitia würde, wenn sie schon blind ist, hinter ihrer Binde die Träume der Menschenseele nach Größe und Kraft besser verstehen und die daraus emporbrechenden Strahlen der Leidenschaft gütiger zu deuten wissen. Ihr Urteil ist sachlich, wie das des Kaufmannes, sie arbeitet mit der Waage. In der Moral aber, wo es nur Ausnahmen gibt und die Regel erst dazu gefunden werden muß, kann immer alles auch anders sein, alles verhält sich paradox und Karl May hat dort schon lange gewonnen. Juridisch genommen, hat er drei Verurteilungen und einen letzten späten Sieg zu verzeichnen. Die Meinung eines bürgerlichen Funktionärs rehabilitiert ihn. Die bürgerliche Gesellschaft hat ihre Abrechnung mit ihm gemacht und nun soll alles wieder gut sein; darauf bezieht sich jene andere Mahnung eines Verteidigers: "Es handelt sich doch nur um lange zurückliegende Jugendsünden. Ich bitte, dem alten Mann diese Quälerei zu ersparen!"

Rachsüchtiger denn das bürgerliche, hat das literarische Scherbengericht Karl May aus den Bezirken der schöpferischen Tätigkeit gewiesen. Aber dieser Akt der Empörung war nicht echt. Denn seltsamerweise gelang es den literarischen Kritikern, May nur mit Hilfe seiner bürgerlichen Inkonvenienzen beruflich kaltzustellen. Die germanischen Rassen haben, gleich der hellenischen, der Solidarität der Anständigkeit stets mit bißiger Konsequenz Opfer bringen müssen. Es fällt den Einzelnen in ihrer Mitte eben schwerer brav zu sein und sein Temperament verpflichtet ihn zur Verfolgung eines jeden andern, weil er sich vor diesem wie vor dem leibhaftigen schlechten Beispiel fürchtet. Die romanische Rasse, in deren Pace die persönliche Expansion eine

viel geringere Gefahr bildet, verfährt gegen den Schädling der Persönlichkeit
rein mechanisch, sie eliminiert ihn, sie paralysiert ihn durch eine äußerst strikt
gehandhabte Konvention, aber sie schenkt ihm ihre Sympathie und richtet ihn
keineswegs zugrunde. Noch vor seiner schmutzigsten Geste ist sie an der
Pracht des Tuns entzündet. D'Annunzio erfreut sich der bedenklichsten Skandalgeschichten bei Hoch und Nieder; aber man zuckt mit den Achseln, lächelt
über ihn, entschuldigt ihn, ecco, ein Künstler, und reserviert seiner Arbeit
trotzdem den unbeeinträchtigten Respekt. Die Engländer dagegen wollen
lieber etwas weniger Geist als einen Oscar Wilde in ihren Sitten gelten lassen.
Sie glauben noch, wie gemeiniglich der teutonische Schlag der Kunstverehrer,
an die unbefleckte Empfänglichkeit des Künstlers. Die Amerikaner versagen
ihrem Edgar Poe das gute Angedenken ohne Vorbehalt. Und die Deutschen
trinken, um nur ihren letzten Kulturlapsus zu nennen, auch heute noch lieber
Bier, als daß sie einen Peter Altenberg verstehen lernten. Dieser, o Grauen,
säuft Wein und predigt Wasser. Das Paradox ist der Feind des Brauherrn.
Das Motiv der Buße geht nicht in ihren literarischen Kopf. Und es bleibt
ihnen das Geheimnis der physisch-christlichen Buße Altenbergs ebenso
verschlossen wie das der psychisch-christlichen Oskar Wildes. Sie schütteln
diesen Kopf. Vor der motivistischen Lebensarbeit eines Karl May verlieren
sie ihn. Er rollt und schiebt alle neun Musen um. Das Gepolter auf dieser
Kegelbahn füllt unsere Tage und kein Stündchen ist frei zu Muße und Buße.

Die bürgerlichen Verfehlungen, die May vorgeworfen werden, sind grob
und unentschuldbar. Ah? Vor etlichen Jahren trieb sich im Gebiet der Wolga,
im östlichen Ungarn, in Bessarabien und am schwarzen Meere eine blaße
schwindsüchtige Figur umher, ein sonderbar aus Bös und Gut gemengter
Mensch im Desperadohabitus, mit blühender Phantasie und einem nach Liebe
und Anständigkeit schmachtenden Ritterherzen. Er arbeitete, doch er schuf
sich eine Zeitlang den Unterhalt auch durch Taschendieberei. Soviel erhaltende Kraft war in ihm, daß er sich trotz Schwindsucht und saurem Aufstoßen
und Träumen von schönern und stärkern Menschen nicht dahingab, sondern
das Leben zwang, es bei seiner querulanten Seele auszuhalten. Heute heißt der
Mann Gorky, er ist der größte Proletenkünstler und eskamotiert dem Bürgertum die Seele aus dem Leibe. Daß es sich niemals rentiert und nach wie vor
ein elendes Leben bleibt, ist sein Schicksal. Dann haben wir da einen norwegi-
schen Bauern, einen halbgebildeten Menschen mit großem Entwicklungstrie-
be, ein Wunder an planvoller persönlicher Durchdringung mit Feinheit und
Kultur. Auf seinem Kreuzzuge nach dem Glück passiert ihm in Amerika, daß
er den Hehler bei einem Einbruch macht. Er wird in verschiedene kriminelle
Handlungen verwickelt, er fährt einmal in seinem ewigen Mißgeschick einer
Person den Kopf ab. Hm? Gott bewahre! Der Mann ist ein Phantast. Aber
dann schreibt er Bücher, die Helden lassen an Tiefsinn nichts zu wünschen
übrig, es sind ewig reuige Charaktere, die mit ihren Impulsen zu ringen haben,

wundersame phantastische Gemische aus Selbstzucht und moral insanity. Ihre Aktion pendelt zwischen dem ethischen Genie und dem Hochstapler hin und her. Und was ists mit den bewußten drei Telegrammen Johann J. Nagels?*) Noch immer hat sich das kleine norwegische Städtchen über Herrn Nagels fragwürdige Heldentaten nicht beruhigt, noch immer verschlingt die deutsche Literatur seine Dialektik leihbibliothekenweise, diese Dialektik, die nur aus einem Intellekt der ewigen Buße kommt, aus einer Geistigkeit, die begnadet ist mit ethischen Ausschweifungen, bei der nicht das bürgerliche Gesetzbuch, sondern das Paradoxon fruchtbar und läuternd wirkt. An diesem Nagel ist nichts echt als das intensive ethische Empfinden, nichts faktisch als das Problem und dieses Problem ist und bleibt sein Kardinalerlebnis. Sie überschätzen ihn ins Effektive, er aber ist ein kühner Balanzeur von Vorstellungen. Er redet ihnen seine Romantik aus und nun drängen sie ihm diese aus Herzensnoblesse erst recht auf, ihm blutet das Herz, daß er ihre frohen Erwartungen von seiner Abenteuerlichkeit enttäuschen muß. Er erfährt an einer bürgerlichen alltäglichen Sache das Problem, sie schleppen ihm den Glorienschein eines Tuns zu, von dem er höchstens den Schimmer erlebt. Die Andern tragen ihm den Heroismus faustdick auf und er handelt wie ein bürgerliches Wundertier. Es hilft ihm nichts, daß sein guter Geschmack verletzt ist. Ewig geht sein Sinn im Büßergewande und doch handelt er prunkhafter, als das christliche Gebot in ihm es gestattet, jene tiefe und sachliche Bescheidenheit in den Angelegenheiten dieser Welt, die nur zum Geistigsten kommt.

Dieser Nagel steckt auch in dem Dichter May, den sie einen pathologischen Lügner genannt haben. Es ist kein Zufall, daß sich hinter den heutigen Hamsunverehrern jenes Naturell verbirgt, das einst zu einem fanatischen Mayleser prädestinierte. Zwischen beiden liegt allein die Reife und wissenschaftliche Aufklärung von Jahrzehnten. May, ein begabter Knabe mit bunten ausbrecherischen Trieben, hat sein tiefstes und einziges Erlebnis gehabt wie jener merkwürdig vitale autokratische Nagel, die Rückkehr zur sozialen Ordnung, das Einsehen in die ethische Verpflichtung des Einzellebens. Er hat den Kampf zwischen Selbstzucht und dem Verstand einer gesunden Urteilskraft, der die Satzungen der Gemeinsamkeit vorerst einmal unfaßbar bleiben, zu einem günstigen Ende geführt, das auch den Tatsachenmenschen genügen kann. Er ist, wie jener göttliche Nagel, das bestgelungene Exemplar von einem Theoretiker, einem Realitätsfanatiker in höherer Ebene, aber sie nehmen ihn für einen Praktikus, weil er eine Menge Geschicklichkeiten inne hat. Sein schriftstellerisches Talent, seine Fabulierlust nehmen sie als Berichterstattung.

---

*) Diese Telegramme, die Geldforderungen ankündigen, erweisen sich später als fingiert. J. J. Nagel, die Hauptfigur in Hamsuns Roman "Mysterien", hat sie irgendwie lanziert und es bleibt unaufgehellt, ob seiner Handlung ein krimineller Dolus, Großmannssucht oder nur eine waghalsige, in bürgerliche Sphären übergreifende Phantasie zugrunde liegt.

Sie sehen die Pracht seiner Rede und ahnen das Gleichnis nicht dahinter. Jeder andere hätte mit diesem Talente Verhältnisse angezettelt, um Liebesbriefe schreiben zu können oder wäre Journalist geworden. Der halbgebildete May, dem ein ungemünzter Schatz von Erzählungsgütern und belletristisches Rohmaterial in billigen Kolportagemustern zugänglich war, warf sich auf den Erzählerberuf und handhabte ihn mit der ganzen Kunstlosigkeit, die dem Naturgenie eigen ist. Die Fingerfertigkeit, die ihm aus dieser Übung erwuchs, kam ihm später, als er seine eigentliche Karriere als Erzähler von Reiseromanen begann, zustatten. Gewiegte Erzähler wie Jakob Wassermann und der neue Otto Soyka haben ein gutes Wort für jene primitive und reine Art des Erzählens eingelegt.

May wurde durch die Entdeckung seines Vorlebens moralisch und literarisch zugrunde gerichtet. Schädlicher aber als die Irrwege, auf denen sich seine schöpferische Fruchtbarkeit erging, sind jene Arbeiten, die von besonnenen Schriftstellern anonym für die Spalten von Blättern geschrieben werden, die der Urteilslosigkeit der öffentlichen Meinung Vorschub leisten. Viele der Besten, die ihre Kunst heute nicht nährt, verdienen sich ihren eigentlichen Lebensunterhalt auf diesen Schleichwegen. May, der zum Prügelknaben künstlerischer Ungehörigkeiten erhoben ward, hat auch hiefür bluten müssen.

Seine Flegeljahre, so die übrige lyrisch-deutsche Jugend zu freien Rhythmen und kleinen Anfangsbuchstaben benützt, verwendete May zum Erleben. Er hatte darin mehr Erfolg als jene mit dem Substrat ihrer Krämpfe. Er stahl Uhren und Pferde. Kurz, er erlebte. Er war schon damals Weltmann genug, um zu wissen, daß es gefährlicher ist, Pferde auf einer Landstraße zu entführen, längs der der Telegraph spielt oder doch wenigstens die Schnellpost verkehrt, als auf irgend einer entlegenen Weide am Colorado. Dann kam ihm auf ganz naive Weise die Einsicht, daß es ein Leiden in fremden Seelen gab, vor dem er wie der reine Tor dagestanden hatte. Er wandelte sich und kämpfte um den besseren Menschen, der in ihm lag. In diesem Augenblicke hatte er dann sein eigentliches originales Erlebnis; es hat ihm die künstlerische Weihe gegeben. Immer wieder hat er das Bußdrama geschrieben. Die viel belächelte Bekehrung seiner Bösewichter in zwölfter Stunde ist das schönste und gerechtfertigtste Motiv seiner reichen Produktion. Dafür steht dem Drama des Schutt, dem Drama der beiden Brüder in Satan und Ischariott und dem Drama der Marah Durimeh das Drama des idealen Menschen, des kumulativen Helden gegenüber. Der Indianer Winnetou, der die Vorzüge einer sinnlichen mit denen einer vernünftigen Kultur verbindet, wäre wert, allen denen, die nach dem neuen Nervenmenschen suchen, als Prototyp vorgeführt zu werden. - Die Schaffung dieses Typs entspricht einer tiefen visionären Gemütskraft, einer Sehnsucht nach Reinlichkeit, die an den Bänglichkeiten unserer Mannesschönheit herbe gelitten haben muß. Ein besserer Erzieher aller kommenden Tugenden als Winnetou mag für unsere Knaben kaum gefunden werden.

Alles was männlich, fein und kräftig ist, wird in entscheidenden Situationen an dieser Gestalt vorgebracht, die wahrlich kein Psychologe, aber ein richtiger Erzähler und ein stark ethisch empfindender Mensch sich ersonnen hat. Wie die Heilandsgestalt eines neuen Menschen erscheint sie immer wieder in dem Wust von Lächerlichkeit, Absurdität und Eigennutz, zu dem sich die Aktion May'scher Gestalten verknäuelt. Es ist die lichte liebe Stelle in dem Bußedrama, das Einer erst mit seinem schier übernatürlichen Orientierungssinn im Leiden erlebt und später mit Präzisionstreffsicherheit niedergeschrieben hat. Und hier wird die ganze unparadoxe und sehr gewöhnliche Inkonsequenz von Gegnern zuschanden, die Einem sowohl das, was er nicht, als auch das, was er erlebt hat, vorwerfen.

Das vollblütige Komödiantentum, aus dem heraus May sich mit seinen Phantasiegestalten identifiziert, mag gesellschaftlich irreführen; künstlerisch erweckt es Vertrauen und gibt eine gewisse Gewähr, daß die nüchterne wissenschaftliche Behandlung fiktiver Gestalten wie bei Jules Verne hier nicht zu fürchten ist. Die frische und menschliche Befruchtung, die aus jenen Büchern quillt, ist mit dem das Gemüt und die Leidenschaft keineswegs berührenden Stil des romanischen Phantasieplauderers wenig vergleichbar. Die Menschen May'scher Einbildungskraft haben Leben, Probleme, Wirtschaft und Bedingungen. Jules Vernes Automaten sind von vorneherein zur Lösung einer mathematischen Frage, die abenteuerlich umkleidet scheint, bestimmt. Über den chemischen magnetischen elektrischen Verwicklungen verschwinden die Personen und man vermißt jenes durch nichts ersetzbare Fluidum der ethischen und humanen Fragen. Der May'sche Reiseroman steht der angelsächsischen Fancyschriftstellerei näher. Das Abenteuer erscheint pädagogisch zurechtgerückt. Aber der Überschuß an Bußfertigkeit und bekennerischem Temperament rechtfertigt, was im Allgemeinen im Phantasieroman künstlerisch unstatthaft zu sein pflegt, die Gentlemanisierung des eigenen Ichs. Dem gültigen Leser fällt dieser Ich-May nicht unangenehm auf. Er empfindet ihn richtig, wie er vom Fabulierer geplant war, als eine zu Winnetou parallele Figur. Er wirkt das Privatleben des Autors mit dem des Buchhelden in Eins zusammen, denn er hat noch Phantasie und schenkt jenem die Aufklärung seiner bürgerlichen Bedingungen. Er ist als Rezeptiver noch so stark künstlerisch, daß er es verschmäht reinen Wein eingeschenkt zu bekommen, etwa wie eine liebende Frau über die Verhältnisse des Geliebten hinweggleiten kann. Jeder Künstler braucht zur Arbeit eine bestimmte Autosuggestion und es tut letzten Endes Keinem weh, wenn Einer sich malerisch photographieren läßt oder Ulrik Brendel'sche Gelüste angesichts der Bälge seiner Großmannstaten äußert.

Ein J. J. Nagel-Naturell, das sich aus Menschenfreundlichkeit ins Heldentum drängen läßt, trägt bösen Lohn davon. Wollen sie einen Messias haben? Nein, sie wollen einen König von Zion. Sonst lieber gleich einen Barnabas her! Jener aber fällt ihnen schließlich doch hinein. Er muß ihnen etwas zum Besten geben. Und so spielt er ihnen denn auf, etwas, das ihm recht liegt, das schon ziemlich abgedroschen für ihn ist, und amüsiert sich über ihre Sentimentalität. Er ist ein herzensguter Kerl und wenn die lieben Kleinen von ihm verlangen, daß er ein Kamel sein müsse, so sie ferner noch Achtung vor seiner Humanität haben sollen, ist er imstande und krabbelt ihnen auf allen Vieren etwas vor. Aber eines Tages wissen sie, daß sie sich im Grunde ihrer schönen Seele eigentlich einen schweinischen Jux mit sich erlaubt haben und sie betasten das Futter seiner Röcke, um zu sehen, ob auch seine breiten Schultern am Ende nur ausgestopft seien. Um nicht die allgemeine Aufmerksamkeit zu erregen, hat sich Einer inmitten wilder Seelen in einen schmucken Trapperanzug geworfen, in dem er weniger von seiner Umgebung absticht. Am andern Tag fallen sie über ihn her, weil sie erfahren haben, daß der wahre Trapper höchstens einen alten Zylinder oder eine Radfahrmütze zum Schutz gegen den Sonnenstich übrig hat, etwa wie sie Sam Hawkins trägt oder einer der Brüder Snuffles, diese lebensechten Typen aus dem wilden Westen, die keinem Bret Hart und Mark Twain in ihrem positiven Humor besser gelungen sind. - Das kommt davon, wenn man glaubt, daß die Menschheit Künstlerblut in sich habe und dankbar sei, sobald man nur auf ihre bürgerlichen Phantastereien eingehe!

Die Kunst ist umso größer, je unüberbrückbarer die Distanz zum Objekt gewesen ist. Nur das Problem mußte erlebt sein - und im Falle May war es erlebt. Das Drama und der Humor waren erlebt. Sogar einige Situationen waren gewagt worden, bevor es an den Schreibtisch ging. Und das ist viel, wenn der Künstler dann noch Zeit fand, diese Situation zu gestalten. Muß er englisch, französisch sprechen oder polyglott sein um die Phrasen und sprachlichen Kniffe einer fremden Rasse, deren Äußerungen er dem Tatsachenbericht einer Zeitung entnehmen kann, zu beherrschen? Muß er, um Afrikanisches zu schildern, jemals etwas anderes als eine gute Photographie gesehen haben, die ihm genug Spielraum läßt, um die Tropen zu erleben, die er, vielleicht aus Erfahrungen atavistischer oder transzendentaler Natur in sich trägt wie ein uraltes Rudiment aus jenen Tagen, da seine Urfahren in Grönland noch im Djungle lebten? Er lernt vielleicht bei Forschern und aus dem Bädeker, ungefähr wie ein Romancier aus der Geschichte lernt. Die Distanz ermöglicht ihm eine bessere Übersicht. Er vermeidet das Reiselatein des Impressionisten - sind sie denn alle des Teufels, diese inferioren Gemüter, die vor einer Palme stupide werden und uns ganz schlichte klimatische Verhältnisse beschreiben, als ob sie von der Sonne sprächen? Wer an der Hand ihrer exotischen mystischen Eindrücke die Wirklichkeit wiedersieht, schweigt aus Scham, daß er unfähig ist die Stimmung wiederzuerkennen. Das Weltgefühl eines Karl May aber verbäuerlicht mit gutem Bedachte den ganzen Sinnenzauber der Barbarei und trifft über einen Erdteil hin wirklich ins schwärzeste Afrika. Es hat etwas auf sich mit seinem Bärentöter. So rächen sich verkannte Dinge an der Menschheit als Symbole. Der Dichter hält es mit dem Statistiker und die Wahrheit kommt zu Ehren. Er packelt mit einem Reisebüro und sofort geht die Geschichte schief. Bestenfalls tut er eine unnötige Reise, um sich bestätigen zu lassen, was er schon längst vorher niedergeschrieben hat. Denn je mehr er ein Dichter ist, desto bestimmter ist die Art und Weise, wie ihm das Leben mit allen Winden ins gleiche Segel bläst. Sein Mastbaum ist die Idee und wenn er kentert, trägts ihn irgendwohin, der Mast schlägt aus und setzt Wurzeln an, da kommt jeder Kontinent gerne geschwommen und bietet sich freiwillig an. Der Dichter hat wieder festen Boden unter den Füßen. So ein wahrer Dichter ist May. Die Kontinente parieren ihm, solange er nur auf seinem Bußmotive dahintreibt.

Skandinavier

Für Johannes V. Jensen ist Björnson der repräsentative Skandinavier; für uns, die wir noch den titanischen Bismarck in der Norm seines Menschentums im Gedächtnis haben, bedeutet Björnson wenig. Wir kennen diesen Garibaldi vom anderen Ende Europas als politischen Draufgänger, wir lesen seine Romane gerne, weil freundliche, kräftige Gestalten uns darin anheimeln, aber wir haben auch unsere Zweifel über ihn, seit wir in dem seiner Zeit erschienenen Roman Christiania-Bohème dem alten Matador unter anderen Umständen begegnet sind. Offen gestanden, er interessiert uns zu wenig, um ihm etwas nachzutragen, nun, da er tot ist. Seine junkerliche biderbe Art war nicht immer durch die großzügige Anschauung von Notwendigkeiten gerechtfertigt, die Bismarck für uns mit politischem Beruf umgibt. Wir schätzen sogar das politische Temperament gering, wenn es nicht, wie bei Bismarck, mit der Fähigkeit zum stilistischen Impromptu, zur Wucht des Einfalls, der eine Fundgrube der politischen Information für die Öffentlichkeit sein soll, vereinigt ist. Und wir sehen es einem Björnson weniger nach, daß er so gar nicht nachdenklich ist, als einem Hamsun, daß er nicht Politik treibt, obwohl ihn Johannes V. Jensen bereits einmal ganz ernsthaft dazu aufgefordert hat.

Hamsun, da ist das Stichwort für den Skandinavier gefallen. Ein Mann tritt auf, das ist alles, was über ihn zu sagen ist, er ist, sofern er sich mitteilt, ein Dichter, also nebenbei; sein Apparat ist so einfach wie möglich, er hält eine Muschel ans Ohr, darin braust Meer und Hochwald, von einer gellenden Dampfpfeife, dem Symbol der Zivilisation, von Zeit zu Zeit unterbrochen, darin singt sein eigenes Blut. Es singt immer wieder dasselbe, so daß es den Kritikern schon zu dumm wird, die sich ebenfalls immer wieder in Kaffeehäusern sozusagen in ihrer Unruhe von einer Seite auf die andere wälzen und sich nur die eine Änderung ihrer unerträglichen Situation ersehnen, daß Knut, der Bauernjunge, einmal ins Kaffee käme und sich kräftig blamierte. Sie sagen, er hätte erstens kein Talent, zweitens sei es kein Duell, wenn einer sich auf die Repetierpistole einschösse, drittens, er käme im Kaffeehaus überhaupt nicht vor, sondern nur als Plagiat, als Hamsunmensch. Diese Letzten von Nummer drei sind die ehrlichsten, das Lynchgericht, das ihnen selbst gilt, ist an und für sich schon eine Hamsunsche Spezialität, kurz, der Umstand, daß sie auf ihr eigenes höchst verdächtiges Seelenleben offiziell pfeifen, ist riesig Hamsunsch. Es fehlt nur, daß sie sich nun einmal wirklich so defekte Gefühle anziehen, ein richtiges Selbstbewußtsein mit einem nie wieder flickbaren Loche, sich wirklich einmal in aller Gleichgiltigkeit waagrecht auf den Rücken legen - markieren im Kaffeehaus gilt nicht! - und mit der großen Zehe den Mond unter der Nase kitzeln - - - aber oh weh über diese Stümper! Sie wollen modern und impressionabel sein und bringen doch den perspektivischen Fehler nicht zuwege? Seht Ihr, Ihr Hamsunmenschen, nun habt Ihrs dem Herrenbauer erst recht nicht nachgemacht. Er schnitzelt, baumeistert, reist, liebt und schreibt übernacht ein Buch, ein ambulantes, ein höchst ambulantes Buch, verdammt noch einmal, der Flickschuster kommt zum Vorschein, die Ledersorten pappen übereinander, das Buch schiebt hin, schiebt her, ratlos sieht das Exterieur aus, aus dem Flickschuster wird der Vagabund, und nun geht es höllisch zu, das Buch wird eine Landstraße, aber nicht im Sinne Stendhals, der seinen Roman kinematographisch längs ihrer hinbewegt, sondern im Sinne Hamsuns, der dort rastlos maschiert und lyrisch, katastrophal, witzig, sophistisch und hanswurstelig aufgelegt ist. Es ist ja Nacht, in der gedichtet wird, die Buchstaben stehen groß und verschroben auf dem Papierfetzen, in der Dunkelheit, die sie nach außen absperrt, erleben die Organe alles das, was ihnen tagsüber am meisten aufgefallen ist und das Capriccio ergibt sich von selbst. Der wilde Chor zieht vorüber, was er geleitet, das ist eine sehr irdische, sehr menschliche Frauengestalt, die Salonsylphide. Der Dichter beobachtet skeptisch seinen Schmerz, skeptisch sein ungeschlachtes Raffinement, das ihm nichts gewinnen und alle Selbstachtung verlieren hilft. Am nächsten Tage ist ein Gedicht oder ein halber Roman fertig, er ist großartig und packend und wunderlich, Genie und alles ist darin, nur kein Talent. Kein Talent in unserem Sinne; es sind Trivialitäten darin und eine Menge Ausgeschriebenes, Wiederholungen und Typisch-allzutypisches. Die Gedichtsammlung, die unter dem Titel "Das Sausen des Waldes" (Det vilde Chor) erschienen ist, enthält bestenfalls drei Treffer. Alles andere ist biographisch interessant, aber so kunstlos, daß sich keine Propagandaschrift für den Frühling dessen erbarmen würde. Und doch ist dieser Dichter ohne Talent ein Genie. Denn Genie ist Schicksal, Talent ist Glück. Die Monotonie seines Ichproblems, seine Schwermut, sein Nachtigallenruf sind Genie genug; ist es nicht Genie, nicht Persönlichkeit, im Leben immer wieder denselben Situationen zu begegnen, ist es nicht ein geistreiches Schicksal und ein Leumund der Kraft, die Gesellschaft ringsumher immer wieder so zu polarisieren, daß sie Einem denselben Typus immer wieder entgegenschickt, gratis und ohne Inspiration gerade die Hemmungen abgibt, die Einem seine Einsamkeit bestätigen? Aber Glück, nein Glück hat der geniale Mann nie gehabt, es ist ihm schlecht ergangen, er war ein Pechvogel, J. V. Jensen sagts ihm selbst ins Gesicht, daß sein Genie nicht den richtigen Platz gefunden habe, die Politik. Mit seiner Produktion ist es schief gegangen, er hat die Punze als Romanzier noch immer nicht gekriegt, in Norwegen haben sie ihn ausgelacht. Aber er ist unser Skandinavier, sein Typus interessiert uns persönlich, wir alle wissen, daß wir Bücher über ihn schreiben könnten, wie über eine Frau, mit der wir gelebt haben. Denn das bezeichnet unser Verhältnis zu ihm ein für allemal; wir sind mit ihm vermählt.

Unserm Vorstellungen vom Leichtgewichtheros, als welcher der Skandinavier in unserer Einbildung lebt, entspricht Hamsun sicherlich mehr als Björnson, der das historisch Massige an sich hat. Wir finden den Fettbesatz der Majorität, wenn nicht gerade unschön, so doch reizlos und entscheiden bei Ringern stets zugunsten der konzentrierten Figur, der mageren Muskeln, in denen mehr Elastizität und die größere Wollust der Form sitzen. Von Hamsun läßt sich sagen, daß er jenes Embonpoint, das ein ruhiges und geregeltes Hausen inmitten der bürgerlichen Gesellschaft verschafft, selbst wenn es von gesunden Temperamentsausbrüchen unterbrochen wird, nicht besitzt. Hamsun hat sich, nachdem sie ihn aus den geistreichen Salons der kleinbürgerlichen Städte hinausgeekelt haben, im hohen Norden ein Bauerngut gekauft, dort wirtschaftet er und bleibt mit der Natur im Bunde. Die wirkliche soziale Struktur Skandinaviens hat er in seinen Büchern und Mysterien des näheren erklärt, sie unterscheidet sich in nichts von den Erfahrungen, die der gleich tiefe Ibsen, für dessen "Apothekerdramen" unser Knut allerdings nicht besonders schwärmt, gesammelt hat. Der Persönlichkeit geht es dort noch schlechter als bei uns - bei uns kommen die Leute doch in Zeitschriften mit zyklischen Tendenzen zusammen.

Hamsun ist ein Einsamer, immerhin ist seine Einsamkeit spezifisch skandinavisch. Der andere Mann, der als Paradigma der skandinavischen Nationalseele bei uns gehandhabt wird, ist Johannes V. Jensen. Aber man kann ihn kaum mit Hamsun vergleichen, persönlich haben sie nichts gemeinsam, als die Unstetigkeit und den Wandertrieb des Wikingers, literarisch die Dialektik. Die Dialektik Hamsuns entspringt einer Naivität des Empfindens und der Wandlungsfähigkeit eines Stimmungsmenschen, der seinen Zustand vor seinem Scharfsinn zu rechtfertigen hat. Die Dialektik Jensens ist ein Training. Als Person, als Dichter wäre Jensen ohne diese Dialektik nie in die deutsche Literatur verschlagen worden. Seinen vehementen Ruf haben erst jene Stilpräparate begründet, in denen Seiten mit den Geburten einer vollständig equipierten Wortphantasie gefüllt wurden. Der äußeren Form nach waren sie erzählerisch; aber die Lust zu fabulieren ward eine Lust zu sprechen. Die

Worte fielen würfelig, glatt und beinern, und zum Schluße ergab sich ein Gewinnst. Das gedankliche Resultat kam als der Blitz aus der trächtigen Wetterwolke von Worten. Als Erzähler ist Jensen ein studierter Herr. Er hat es wirklich zuwege gebracht und sich durch die amerikanische Magazinliteratur durchgelesen. Als er, mit europäischen Mitteln, daran ging, den amerikanischen Standardroman zu schreiben, war er bis obenhin mit dessen Techniken angefüllt. Was er zu erzählen hatte, war eine Detektivgeschichte, er hatte nichts Eigenes zu geben, keine neue Figur in unser Verständnis einzuführen wie Hamsun, der uns den Hamsun-Menschen brachte. Aber eminent Jensensch ist der Umstand, daß ein Roman im Wesentlichen aus zwei Gesprächen bestehen kann. Das Berückende dieses Literaten, der ein Literat vom reinsten Wasser, ein Brillantenschreiber ist, liegt in dieser Dialektik. Wir möchten sie heute nicht mehr missen; die formale Beherrschung eines Gedankens entschuldigt seine verschiedenen Mängel an Gründlichkeit und Allgemeinheit; die Sauberkeit einer Idee ist wiederhergestellt, wenn sie ventiliert wird, und Sprachkunst wirkt Gedankengunst.

Jensen, der Federgewichtsheros, gehört den Starkgeistigen. Auch hier ist es eine Passion, aber es kommt nicht zur Ehe, eine Spannung bleibt bestehen. Hamsun hat mit seiner Produktion den gesellschaftlichen Erfolg gesucht; Jensen hat ihn errungen. Hamsun ist originell; aber nicht von einer Originalität, die im Salon Aufsehen, sondern Ärgernis erregt. Jensen ist seiner ganzen Wesensart nach der Vertreter des romantischen Materialismus. Er liebt die soliden Aufregungen gewisser Zirkel, seine Genießlichkeit hat gegen den vornehmen Bourgeois nichts einzuwenden, dessen Anblick ihn in einen angenehmen Zustand der Behaglichkeit versetzt. Diese Zustände findet er immer wieder einer kräftigen Notiz wert. Er reitet zum Beispiel über das Kopenhagner Flugfeld, inmitten von Putz, Lebensfreude und distinguierter Schönheit durchströmt es ihn, hier ist es, wo ein Aspekt von Kultur sich ihm eröffnet. In einem Pariser Kaffeehause, in der kampflosen Passivität des Zuschauers, geht ihm die Bedeutung der modernen Technik auf, er faßt seinen größten Gedanken, humanisiert die Maschine. In einem Glase Bier, getrunken auf der Veranda eines angloindischen Hotels, wird ihm eine Zivilisation, ein Beruf und ein Lebenssinn fällig. Die stilisierte Gemütlichkeit ist seine Domäne, er ist mondän, wo Hamsun panisch, er ist kosmisch, wo Hamsun Naturbursche ist. Wenn er schreibt, hat er stets einen Salon als Publikum um sich, sein Mittel ist die Pikanterie, er fesselt; worüber immer er spricht, es wächst sich zum intellektuellen Klatsch aus, er erzählt über die Dinge, wie über Verhältnisse, sachlich wie ein Freigeist, mit Andeutungen, wie ein Schelm, er streift, pointiert, flirtet mit seinem Gegenstand, provoziert das Geschlecht in ihm und wirkt erotisch auf die Nerven seiner Zuhörer. Wenn er Applaus haben will, spricht er über Gegenstände der Wissenschaft wie über ein Weibsbild, seine besten Bonmots stammen aus diesem Gebiete. Und das ist denn auch unser

Verhältnis zu ihm; ein richtiges Verhältnis, hingebend und perfide, auf die Wollust spitzend und wirtschaftlich. Er macht alle Welt zur Kokotte, obwohl niemand schöner und überzeugender über die Tugend einer ehrbaren Frau zu reden weiß. Die Folge ist, daß alle Länder ihm nachlaufen, Deutschland, er hat es selbst gesagt, allen voran. Knut Hamsun, der Mann, bettelt um das Weib oder nimmt es. Er gewinnt uns nicht, er nimmt uns; und er hat um die Gesellschaft angehalten; sie hat sich ihm versagt. Er interessiert sich nicht für ihre Politik.

Mit Hamsun ergibt sich eine Ehe, der Held steht, wie alle Helden, solange sie gemütlich sind, ein wenig unter dem Pantoffel der Gesellschaft, die mit allerlei Schikanen seine Macht kompromittieren möchte; wenn aber einmal der Mann, der Liebhaber mit dem Tierblick losbricht, dann gibt es ein Schauspiel, ein baumlanger Rolandsen oder ein vertrackter spitzfindiger Johann Nagel marschieren auf und weisen alle Einmischungen in die Persönlichkeit zurück. Man bekommt eine wirkliche und edle Anarchie zu sehen, ohne verbissenen Haß und Verrücktheiten, das Problem des Einen zur Gesellschaft wird in seinem ganzen Realismus, so gut lyrisch und humorvoll, nicht allein katastrophal aufgefaßt. Der Gegensatz zur Gesellschaft und ihren Fälschungen der Wirklichkeit ist diesmal ein Erlebnis, diesmal und vielleicht ein zweites Mal nur mehr bei Gorki, er ist nicht Literatur; Jensen aber ist der theoretische Demokrat - wir wollen einmal sagen der bürgerliche Demokrat. Das demokratische Empfinden ist das normale politische Empfinden, es stützt sich auf die Mittel der Autonomie und der Rücksicht, die sich im schwimmenden Balancezustande innerhalb der Intelligenz befinden. In dem Augenblicke, wo die Rücksicht von dem Fruchtwasser der Intelligenz nicht mehr bespült wird, erfolgt eine Verschiebung, die demokratische Norm degeneriert zu irgend einer der herrschenden Gesellschaftsformen, es kann eine Allherrschaft oder eine Alleinherrschaft sein, und die Alleinherrschaft wird dann der demokratischen Norm noch immer näher kommen als die Allherrschaft. Der *Demos* ist das Volk, die primitive Gesellschaft; Demokratie aber beruft nicht das Volk, sondern den Mann aus den Winkeln der Gesellschaft. Der Alleinherrscher ist ein Um und Auf an Demokratie; er ist der Bürger Ich und der Bürger Du, er lebt sozusagen mit sich auf gleichem Fuße, Autonomie und Rücksicht bleiben in einem, dem der Physik ähnlichen, Spannungszustande. Jeder Einsame ist eine solche demokratische Gesellschaft; so gewinnen wir denn als Bild der kompletten Demokratie den Hamsunmenschen, den vernunftbegabten Anarchisten. Um eine Demokratie aufrechtzuerhalten, bedarf es zweierlei; Rasse, das heißt einen Durchschnittsgrad von Begabungen und ein Maximum an Erziehung. Das Menschenmaterial der Demokratie muß im Besitz von Adel, der feinsten und stärksten Fähigkeit sein, es gilt einen Typus von animalischer Expansionskraft im Theoretischen und von unerhörter Selbstzucht im Praktischen, also wiederum den Hamsunmenschen. Hamsun, der außerhalb der

Gesellschaft steht, zeigt gerade damit das reine demokratische Genie, die hochgradige politische Empfindungsnorm. So wie die Sachen in der bürgerlichen Gesellschaft liegen, ist die Demokratie eine Idee, die niemals verwirklicht werden kann, der man aber gewisse vorteilhafte Proportionen der Norm entnehmen möchte. Die Politik ist die Ökonomie der seelischen Kräfte einer Gesellschaft, auf die Züchtung eines Kulturpatriotismus richtet sie ihr Hauptaugenmerk. Das reine materielle Erwerbsproblem ist zu allen Zeiten und heute nicht mehr als je vorhanden, immer waren die Zeiten schlecht und teuer; die bürgerliche Gesellschaft von heute aber verpulvert ihre gesamte Disziplin auf das wirtschaftliche Moment. Wir stehen im Zeichen der politischen Dekadenz. Der echte politische Typus hat sich aus der öffentlichen Karriere zurückgezogen, er gründet eine Demokratie mit sich selber, eine Gesellschaft von identischen kräftigen wohlerzogenen Individuen und lebt mit seinen 24 Ichs zwischen Tag und Nacht nach eigener Verfassung. Was aber die Gesellschaft anbetrifft, der Krämer ist die Stütze dieser Gesellschaft. Und doch kann kein Zweifel darüber bestehen, daß das wirtschaftliche Problem nur durch spezifische Politik, durch ethische Erziehung, gelöst werden kann.

Jensen, der Schwerenöter der bürgerlichen Gesellschaft, ist auch ein kräftiger Vertreter ihres Geschmackes. Sein Liberalismus, der die Schwärmerei für einen bor_nierten Multimillionär und für den Proletarier vereinigt, interessiert ihn in Amerika, als dem modernen Krämerunternehmen. Sein Liberalismus - aber wir wollen dieses Exterieur des bürgerlichen Luxusliteraten nicht ausnützen.

Vor allem, der Amerikaner ist ein Philister, J. V. Jensen ist es nicht. Das Philistertum enthält gar viel an Süßigkeit, von der man mit zunehmenden Jahren gerne nascht; aber erst wer des Philisters Feste feiert, der ist selbst einer geworden und mag er auch an Wochentagen des Philisters Satan sein; wer aber noch Philistern Feste veranstaltet, der ist ein guter Mann und hat ein rechtes Herz. Die Tugend unter allen Umständen ist ein Hindernis des Intellekts, weil sie ihn zu wenig hemmt; denn der Intellekt ist ethisch und will gehemmt sein, er ist pervers und will gereizt sein; er ist ein Fetischist, und liebt zuerst die Dinge, weil sie abgetragen sind, er geht weiter in seiner Pietät und liebt die Dinge, obwohl sie nicht getragen sind, zuletzt kann er den Fuß lieben, weil er in einem geliebten Strumpfe steckte; es ist sein Entzücken, bewußt den Weg zurückzukommen, von dem er weiß, daß er ihn unbewußt gegangen ist, und zuletzt liebt er die Tugend, weil die geliebten Ausschweifungen sie ihm verhüllten. Jensen ist nicht etwa eine lebendig gewordene Gletscherpartie Skandinaviens wie Knut Hamsun, ein romantisch belebter *Glacialmensch*, aber er ist auch nicht jener kleinbürgerliche Nordlandstypus, wie ihn *Strindbergs* oder Ibsens Schöpfungen uns heruntergesandt haben. Jensen ist vielmehr ein sehr raffinierter, sehr gelehriger, sehr gescheuter Kopenhagener Bohemien, viel gescheuter als Hamsun und der von ihm so hochverehrte

Björnson jemals hätten sein können. Hamsun liebt dieses materialistische Amerika nicht, Björnsons amerikanische Sympathien innerhalb seines literarischen Werkes, das stets nur eine Anfeuerung und ein Rufzeichen hinter seinem Wirken war, sind Kasuistik und mehr von Temperament als von Überzeugung getragen. Warum sollte der viel intellektuellere Jensen für Amerika schwärmen, wenn nicht aus einer ganz unamerikanischen Paradoxie seiner Sympathien, für die Tugend und Bürgertum die Endentladung einer Entwicklungsreihe von Lustwerten sind?

Johannes V. Jensen ist ein ausgezeichneter Kopf, einer der besten Köpfe unter heute schreibenden Leuten, es ist selbstverständlich, daß er sich auch mit der wirtschaftlichen Seite seiner Gesellschaft eingreifend stilistisch befassen kann und faszinieren wird. Was aber geschieht mit den im bürgerlichen Sinne unwirtschaftlichen Menschen, die keine derartigen Instinkte, keinen materiellen Selbsterhaltungstrieb besitzen, die, wie Hamsunmenschen, wirtschaftliche Probleme ethisch oder zufällig, naiv, lösen? Und was soll mit Hamsun selber sein? Wird ihn die Gesellschaft zu den Narren und Verworfenen zählen, oder wird man ihn, den Demokraten, zum König machen - zum König unserer Weltanschauung?

Das Kompliment der Neuen

Eine freudig-ernste Bejahung des tätigen Lebens bricht sich Bahn und rückt die nächsten Dinge wieder zunächst, auf daß wir ihre Freunde würden. Der Mut, den Dingen ins Gesicht zu sehen, weitet sich zum allumfassenden Ja, bezieht das Fragwürdigste und Grausigste, das Nüchternste und Skurrilste in denselben Kreis des Seins. Es ist die Zeit der abgehärtetsten Muskeln und der empfindlichsten Nervenkontakte, der spartanischen Maschinenfügung in Form und Stil, stählern, klingend, voll innerer Harmonie der Bewegung, gestrafft bis zu den letzten Fibern. Es ist ein athletisches Jahrhundert, das mit höchster Kraftanspannung noch das Molekül zerteilt und die Atomistik der Seele und die Mikroskopie der Körper zu himmelhohen Abgründen verfolgt. Die Mediceer der Technik bauen Reiche in neuen Dimensionen und der Scharfsinn der Macchiavelle wird an den Schraubstock gestellt, um das Proletariat der irdischen Kräfte der Republik der Erfindungen dienstbar zu machen. Harte Güte und unsentimentale Milde, der Instinkt zu unumgänglicher Disziplin, der Schwung der Nüchternheit, der an der Poesie der nackten Tatsachen ausholt, prädestinieren den Soldaten des neuen Lebens. Und über alledem liegt der keusche Schmelz des täglichen frohen Staunens über die sonnige Einfalt der Welt-Schöpfung. Ein Siegfried-Idyll breitet sich über Fabriksdächer und Maschinenräume, über Paläste aus Ziegel, Marmor und Stein, und Paläste aus Laub und Reisig, über Blüten aus lebendigem Safte gleicherseits, wie über

Blüten aus Stahl und Eisen, wenn der Mensch von morgen mit den geschweißten Erbstücken seiner Kultur hinauszieht, um die Zukunft nach seinem Bilde zu zwingen und den Grenzpfahl kommender Zeiten aufzurichten.

Und jene Andern, Unfreien unter den Vogelfreien, die mit dem Bann und Fluch der Sicherheit beladen sind, die, wo sie gehen und stehen, der Poesie verfallen scheinen, die nicht die Prosa der Angelegenheiten als Kunst, Kraft, Spiel, Wert sprechen hören können - - - Wer weiß etwas? Ein Steckbrief. Wer kennt ihn nicht, wie er unter uns wandelt? Hinaus mit ihm. Setzt ihn vor die Türe. Hinaus mit diesem anständigen Zeitalter. Hier sind Ungezogenheiten nicht Poesie, aber auch nicht Prosa. Hier benimmt man sich unauffällig, weder lyrisch noch dramatisch. Etwa wie ein alter Mohikaner, denn das wäre beiläufig Kultur, Ekstase und Würde, Wildheit und Beherrschung. Singende Weisheit beim Kalumet, und Sprunggelenke und Muskeln und Hinterlist in der Schlacht.

Kultur entsteht als Reibungsfluidum in den Gelenkspunkten eines Systems. Die Welt begann sogenannt mit dem Chaos, dahinter steckt ein tiefer Sinn, denn das Chaos ist immerwährend da und es beginnt überhaupt alles mit dem Chaos. Das Chaos vom Chaos ward zur Ordnung, das Chaotische, das blinder Sinn und Zweck der Rebellion war, gipfelte in einer phänomenalen Neugeburt. Und es stimmt schon, nur die Rebellennatur ist produktiv. Freilich, ums zu sagen, in guter Gesellschaft, in etwas kulturell so wünschenswertem wie guter Gesellschaft, sind ein vorgestreckter Ellebogen und eine rammbereite Schulter ein fatales Ding, scheinbar höchst überflüssig und abgeschmackt.

Es gibt eine Reinlichkeit, die keinen Wert mehr hat, denn es ist Zimperlichkeit, die die Exklusivität der Motive für geboten hält und die Kasten-Grimasse eines äußerlichen Aristokratismus nachahmt. Der echte Aristokrat hat stets Distanz, mitten unterm Pöbel, es ist Feigheit, wenn er die Reibung meidet, nein, mittendrin ist er einsam, schrecklich einsam. Bleibt tatsächlich eine Art Gleichheit, gerade das Genie ist vom Hornochsen nicht so weit verschieden, darauf ist man heute schon gekommen. Ist das ein jammervoller Anblick für Souveränstalente, denen ihr Abstandskreis von Gottes oder einer anderen Tradition Gnaden vorgeschrieben ist? Man erwartet nichts anderes von ihnen, als daß sie hingehen und das Leben nicht mehr lebenswert finden - weil sie nüchtern sind von Natur aus, schießen sie sich den Gedanken in den Kopf. Tanagra-Seelchen. Vollkommen ungotisch, denn Gotik ist pyramidal zuerst und minutiös auch, wenn man will, trotz einem Puppen-Künstler. Arme Teufel, talentlose Phantasten, Schablonenritter von der schöntraurigen Poesie. Erbärmlich, wer sich nur in die Brust werfen darf angesichts des Abstandes zwischen vier und zwei Beinen. Unsere Übersicht über die Dinge ist geräumiger geworden, in Dimensionen sind wir verwöhnt, und, seit wir überall dort, wo gut sein ist, Wolkenkratzer und Sternwarten bauen, ist auch unsere Bescheidenheit gewachsen. Die Entwicklungsleiter vom Bandwurm zum Dichter scheint uns nicht mehr so unerschwinglich. Und höher gelangt man vom Proleten gleich zum Ästheten. Nur die reaktionären Fortschrittsgemüter weinen um das stimmungsvolle Postwagentempo von ehemals, nervenlose Gemüter, die an Geschwindigkeiten sich die Seekrankheit holen statt eines Zustandes höchster Gesundheit.

Die Zeit hat ein Mannsgesicht, durchaus markante Züge. Es werden Männer gesucht, nicht mehr und nicht weniger als Männer, aber vielleicht in einem erweiterten Sinne, mit einer kolossalen Inversionskraft, gemäß dem größeren Reichtum der Zeit. Aber jedenfalls Männer. Offiziere mit Soldaten-Tugenden. Hart, kühn, schlau wie Landsknechte der großen kriegerischen Jahrhunderte, bereit, jedes Brot zu essen, und jedermanns Lied zu singen, versteht sich, zu singen, zu *singen*. Verfeinerung ist eine Zuspitzung aller Instinkte. Nervosität, das sind Nerven, empfindlich wie gespannte Saiten, sie machen Musik bei jedem Atemzuge wie eine Äolsharfe im Morgenwind. Nervosität, das sind nicht Nerven wie Bindfaden, die bei jedem Atemzuge auf und davon wedeln. So ist es und so soll es sein. Es wird das prononcierteste Zeitalter werden, es wird gotisch zugehen, bizarr und phantastisch, modern prähistorisch und man wird großes Interesse an allen Anfängen haben, statt wie bisher an Peripetieen und Endpunkten. Alles wird prononciert sein wie ein Tannenforst und das weichere Laubvolk unter den Gemütern wird sich sinngemäß bei den Weibern einbürgern, sozusagen. Der Fichtenbaum im Norden wird sich besinnen, einsam stehen bleiben und nicht mehr von der Palme träumen. Im Gegenteile, die Palme, die ja ein räckeliges Frauenzimmer ist im ewigen Sonnenscheine, wie sichs gehört, knappgestaltig und ein wenig verhüllt, wie sichs gehört, wird sich bettelarm nach ihm träumen, wie er da steht, so saftig und so sehnig und so grade empor. Wie sichs gehört.

Spätlinge und Frühlinge

Der Ästhetizismus ist als eine Kraftform da, als Sport, als kultivierte Idiosynkrasie, das kann man nicht leugnen, er riecht nicht gut, aber die fragwürdigsten Gerüche werden oft Parfüm. Mit seinem povern selbstsüchtigen Glanze kann man Beleuchtungszentren errichten, die genügen würden, ägyptische Finsternisse oder andere Strafen für Kultursünden heimlich zu gestalten. Genau so wie ein Niagarafall von Stimmungen ohne gottverdammte Sentimentalität nach einer Turbine schreit. Es ist nichts bekannt davon, daß eine Elementarerscheinung so sentimental wäre, sich dessen zu weigern, im Gegenteile, was an Widerstand da ist, nützt als Triebkraft. Schließlich ist das Ästhetische an den Dingen das Emotionelle, und das kommt bei guter Anlage stets auf seine Rechnung. Die experimentelle Psychologie hat sich bisher noch nicht für die Größenverhältnisse der Energieumsätze in den Ganglienzellen eines ästhetisch Genießenden interessiert, aber vermutlich sind sie geringer als die eines aufmerksamen Engeneers, der sein Material studiert und genügend schlagfertige Phantasie besitzt, um in der gegebenen Landschaft die dynamischen Lücken zu entdecken, die sein geräumigeres Naturgefühl, sein ästhetisches Wohlbefinden, das in der Harmonie von zur Arbeit erlösten Kräften gipfelt, verletzen. Eine tüchtig und nett gehende Maschine hat es mit allen feinen Künsten der Welt und allen delikateren Sensationen zu tun. Da ist Musik Rhythmus Proportion Figur und Erfindung, Farbe, soviel man will, Humanität und intuitives Talent, Stil und eine virtuose Beherrschung aller Menschenmöglichkeiten. Darum ist es absolut unerfindlich, warum eine verbummelte Mühle in einer Waldschlucht, die doch auch nicht als autochthoner Pilz ihr Verhältnis zur Umgebung hat, unbedingt lebenswerter sein soll als ein geschmackvoll erdachtes Elektrizitätswerk, das zu seinen szenischen und kraft- und zeitökonomischen Voraussetzungen stimmt. Überdies läßt sich gerade darüber allerlei Männliches sagen. Ein Mühlenleichnam ist im besten Falle gruselig und mysteriös, sonst aber der sicherste Port der Welt, vorausgesetzt, daß der Hunger keinen allzu großen Weg zur nächsten Zivilisation hat. Aber ein Transmissionsriemen, eine hochgespannte Batterie und wahnwitzig getürmte Eisenblöcke sind stets eine ungewisse Nachbarschaft von reißenden Bestien und wirken mit erdrückender Mystik. Nur die aufreibendste, nervös kontrahierte Sprungfertigkeit mit den mobilsten Jägerinstinkten vermag zwischen einem solchen Urwalde von Eisen und Raubtierdrohungen die Kaltblütigkeit zu wahren. - So weit wären wir also richtig wieder beim Alten. Wir sind bis über die Ohren in einen Ursprungstypus verliebt, ziehen unsere Jägervergangenheit aus dem alten Eisen und lüften, wenn wir einander höflich grüßen wollen, die Nomadenglorie. Nun, es hat schon seine Richtigkeit damit. Der idyllische Rousseau war ja ersichtlich ein Erschöpfungszustand, eine im Ganzen genommen friedliche Sehnsucht nach dem Wiegenliede, also ein hoffnungslos beschränkter Rückfall, der durch keine verzehrende Sehnsucht nach Kraftentfaltung hervorgerufen worden war und von allen Urzuständen nur eine paradiesische Faulheit entlehnte. Hingegen steht es heute anders. Le dernier cri brüllt anders, er klappert mit seinen Fohlenhufen, wirbelt ganz unfeierlich mit seiner jugendlichen Propellerlunge, versetzt die Luft rings auf dem ganzen Erdball in Schwingung. Zugegeben, wir sind ein hochadelig verdorbenes Geschlecht, eine perverse Gesellschaft, so und so oft hat sie sich um ihre Möglichkeiten herumgedreht und - erstes und stärkstes Kennzeichen der Erschlaffung! - schreit endlich prompt nach dem alten Adam - - - Erlauben Sie mal, nein, und obwohl wir zugestandener Maßen eine solche Gesellschaft sind, mißverstehen Sie nicht, wir haben den alten Adam nicht gebeten, im Gegenteile: Alles Kranke, falsch Orientierte, lasterhaft Exzessive in uns ist unsere Hoffnung, ein grandioses Reservoir von Kräften, denen nur Kultur mangelt, eine angemessene kongeniale Kultur. Diese Kultur muß wohl eine technische, also in dem Falle eine psychologisch produktive sein. Es handelt sich um eine unermüdliche Arbeit an einer höchst subtilen Maschine. Ja, es handelt sich um eine edle schöne Maschine mit tausend Verbesserungsmöglichkeiten, die von der Natur selbst inspiriert sind. Denn es geschieht nichts wider die Natur, im Gegenteile, alles Kulturelle ist ein forzierter Natureffekt, eine beseligend tüchtige Kraftentfaltung der reinsten Lebenstriebe. - Die Natur selbst hat uns den Weg schon gewiesen. Produktive Psychologie und Technik, wie sie zwei Namen für die gleiche Erscheinung sind, für eine taktische Selbstverwendung, einmal im psychologischen das andere Mal im physiologischen Sinne, entwickeln den Lebenstypus. Die technische Phantasie ist ein Überschuß sexueller Energien, ein Zeugungsproblem, ein Brutkasten ungarer Rassesamen, wie es sein Korrelat in den schöpferischen Künsten hat, sie verleiht uns etwa die atavistische Fruchtbarkeit, wie wir sie zu den Zeiten besessen hätten, da wir noch Walfische und Fledermäuse gewesen wären. Ein Unterseeboot ist zumindest eine so geistreiche Erfindung wie ein Delphin, und die Konkurrenz zwischen einem Luftschiff mit seinem eleganten Leichtmetall-Gestänge und Gürtelwerk und einer feisten Fledermaus stimmt nachdenklich. - Die entsprechenden Instinkte aus dem Jugendzeitalter des Menschen, wo er noch alles, vor allem aber die Feindseligkeit gegen alles mit dem Tiere gemeinsam hatte, kommen heute wieder oben auf, die elementaren Urkräfte werden aufgefrischt, die atavistischen Typen verjüngen sich, der Patriarch, der Krieger, die Mutter, der Symbolist und Hellseher in einer Person - dieser wieder anstatt der dekadenten verarmten Form: der Künstler oder: die Kirche - sie treten wieder auf, ihre Popularität ist größer denn jemals. Es ist eine ganze Anzahl von markanten Gestalten mit solchem Ausdrucke, die am Anfange dieser neuen Zeit stehen. Inmitten der Gefahren der Kultur braucht es einen ganzen Menschen, alle Sinne müssen blank sein, überall strotzt es von Gefährlichkeit, es werden wilde Ansprüche an Sinne, Nieren und Nerven gestellt, wie ehemals, als man noch hinter jedem Busche den Feind vermuten konnte, und man kampfbereit auf den Zehen ging, mit sprungfertigen Waden. Diese harte Schule, die ihn sehnig und helläugig machte und seine Nerven bis zu jenem Wahnsinn spannte, für den damals der Begriff: denken aufkam, hat den Menschen zum überlegenen Geschöpf gemacht, seine Rasse verbessert und verzähigt, seinen Willen entwickelt, seine Aktionsmöglichkeit erweitert. Es ist sehr wahrscheinlich, daß die nervöse Elastizität unseres heutigen Durchschnittsorganismus gleich hohe Steigerungsmotive in sich birgt. Von der Natur im engeren Sinne kam es bis zur Kultur, das heißt nämlich, zu einer Natur zweiten Grades, und das wurde durchgeführt durch die gleichsam als Kraftwaage sich ringsum aufbäumenden Eindrücke, also mehr durch einen Zustand der Depression, der die menschliche Widerstandsfähigkeit trainierte, von Erfolg zu Erfolg. Wenn es nun zu einem zweiten Sprunge vorwärts kommen soll, zu einem dritten Grade in dem Schachtelsystem der Natur, so kann man berechnen, daß die Methode nicht viel anders fällt als damals, und das stimmt auch. Das Deprimierende einer Kultursituation, ihr Gefährlichkeitsgehalt, ihre scheinbar abträgliche Auslösung zweifelhafter Krampfbewegungen, ist just das, was unseren besten Kerlen am gelegensten kam, ihre Divination in den Weltraum hinausschleuderte, sie zusammenpreßte wie ein Kautschukball, der selbst für Eisen undurchdringlich hart wird und losgelassen mit Vehemenz durchgeht. Just das ists, was das letzte Nervenendchen an die Haltung verwendet. Es ist ein Feuersteinzeitalter, die Atmosphäre ist ein wenig schwefelig vom Funkenschlagen, und die Dinge sind hart, wirklichkeitshart, und die Linien brüchig, aber sie geben eine feine Klinge ab. Das alles hat ja seine eigene spröde Schönheit.

Man braucht nicht verzweifeln und die Hände in den Schoß legen. Wenn das Sonnensystem wackelig wird, wird man längs der Ekliptik Schienen legen, das ist die Groteske unseres verdammtehrlichen Lebenswillens. Die Hauptsache ist, daß man in ein Verhältnis zur ganzen großen Welt kommt, daß man für eine Weltanschauung fähig wird, die mit der Technik Schritt hält und nicht hinter Fernrohren, Tiefseeforschungen hinter Dynamit, Dampf und Edison, Tesla und den Kilometerschlachten des russisch-japanischen Kontinentalkrieges zurückbleibt. Das Empfinden geht aus den vier Mauern hinaus in die weite Welt, geht mit offenen Armen und singt, singt. Es umarmt alle die wundergräßlichen Dinge, die da sind, es umspannt mit seinen ungeheuren eisernen Muskeln und seinen Nervenkabeln den Erdkreis, füttert die starren Lieblinge mit seinem Geist und Herzblut, darum huldigt all dieses Blühen seinem Glücksgefühle. Wenn aber die Ex-Seele trotzdem Beschwerden macht, wenn das große seelische Schwungrad seinen Taumel aufführt in den Lagern, seinen Kullerrausch, dann ist der Zustand bedenklich. Weigert sich der Geist, die Speise der Wirklichkeit anzunehmen, kann er die unausgeschoteten Dinge nicht verdauen, dann ist offenbar irgend etwas nicht in Ordnung. Aber der Fluch gilt nicht der Küche sondern den Eingeweiden. Kein Alkohol ist stärker als der von Wasser und Brot, kein Kissen ist weicher als die Poesie der Sachlichkeit, kein ästhetisches Tempo prickelnder als das der Maschinerie, kein Ballet musikalischer als das der Fabrikshalle. Aber jene Organe sind krank und die Fruchtbarkeit ist gelähmt. Es ist eine irreligiöse Verdauung. Auch unsere Zeit hat ihre Religion. Sie sagt viele schöne Dinge vom Weibe und vom Manne. Sie verästelt die Kultur ins Tagewerk, bringt Weihe und Tempo in die Banalität. Es ist die Religion von der Maschine, einem edlen intelligenten Arbeitsindividuum, und es ist eine Ethik des genialen Selbstbetriebes. Das alles ist es, und es mag schon recht sein, daß alles so ist.

Nun läßt sich etwa noch Folgendes bemerken. Unsere Kultur ist die des Mannes, aber wohl nur darum, weil sie auch die des Weibes ist, um nicht zu sagen, daß sie gerade deshalb auch die des Weibes sei. Es hat Kulturen gegeben, wie zum Beispiel das Rokoko und die spezielle Romantik, die ganz auf das Weib gestellt waren, aber damals gab es keine Männer, bloß Mannsbilder, nämlich Bilder von Männern, wie das die Idiome sexuellsozial ungeschiedener Stände so fein und sinnlich schildern. Das Weib ist eigentlich dann am meisten Weib, wenn die Zeit sich nicht um das Weib dreht, während zu anderen Zeiten das Weib es ist, das einer Kultur das Flüssige, Atlasglänzende der scheinbaren Bewegung verleiht. Je stärker die männliche Kontur eines kulturellen Lebens hervortritt, desto impulsiver verflüchtigt sich der soziale Gedanke in die individuelle Auffassung eines Einzelnen. Das Universelle einer weiblichen Kultur hat Charme. Dagegen hat alle männliche Erscheinung geistig wie körperlich das gerne Hypertrophische, das materiell schwer, sichtbar schwer Skulpierte und besitzt nicht das manuell Fertige, das Approbierte, das reizend Assoziative des weiblichen Lebenswillens. Rokoko, die Albino-Kultur, die extreme weibliche Blondheit, das war die Gotik der Weiber. Die großen galanten Damen erinnern verblüffend an die rauflustige Erote Brünnhilde, und als sie dann später und dann noch später noch einmal wieder in der älteren und in der modernen Romantik auftreten, ist gar kein Zweifel mehr darüber übrig, daß man es mit Krimhilden oder Isolt zu tun hat. Soviel phänomenal tragende Kraft liegt eben in dieser Rasse, daß selbst die Damen noch während des Erschöpfungsstadiums der Männlichkeit imstande sind, das errichtete Kulturgebäude zu stützen, kariatydenhafte Seelen, wie sie noch in keinem Volke, und darum noch in keiner Poesie so hervorspringend und bedeutend gesehen wurden. In dieser kultur-konstitutionellen Kraft des gotischen oder von der gotischen Rassenidee hoch genährten Weibes liegt eine fromme Gewähr für die zweifelhaftesten Zeiten, sie prädestiniert die Rasse geradezu zur Weltherrschaft. Wenn dann der Mann, nach seiner Pause, die fallengelassenen Fäden wieder aufnimmt, ist das Weib die Spindel, daran er sein Gewebe knüpfen wird. Der Querkopf beschwört stets Tod und Teufel, wenn er den Himmel einrichten will, aber er weiß, daß er es nicht für sich schöner und besser haben will. Seine Rebellion leugnet scheinbar jedesmal die Gesellschaft, die steife und zeremoniöse Kultur, aber das ist nur ein stark bewußter Spürsinn für die Interessen der Rasse, der ihn regelmäßig auf die neue Fährte bringt. Um Weibes Wonne und Wert dreht sich die ganze weltbekannte Prügelei, die die Welt bedeutet. Der Dichtersmann, der immerhin auch weniger ein Dichter war als eine resolute Mannsnatur, und aus der heraus schuf er, hat das auf seine eigene literarische Weise formuliert, in einem damals üblichen überirdischen Wortgemälde, das natürlich nur die Hautfarbe ungemein sorgfältig porträtieren kann, ohne den Blutkreislauf und den Stoffwechsel zu erwähnen, denn so weit ist man derweile noch nicht. Er kam ja selbst gerade von dem nämlichen Chock her, und dafür wuchsen damals die Kräutchen im herrgottseligen Indien. Das wäre etwa so zu berichten. Die Bedeutung ist nicht mehr und nicht weniger die, er war ein Opfer der Rasse; er war ein fiebriges Rassewürmchen im Schöpfernachtdunkeln der Johannisweihwelt. Das machte ihn bekannt mit dem guten Gedanken von Wonne und Wert. Stets nächtigt der Weltentag und die sonnvermummten Himmel gehen geschwängert von einem ungeheuerlichen Glitzern und Gleißen des Blutes, das Irritable liegt in der Luft, und die Liebe wandelt ihre absonderlichen Schleichwege, wenn eine mächtige Zeit das Geschlecht wieder trumpfend und frei herausführen will in den gelichteten Tag. In dieser Beziehung braucht uns also nicht bange sein, wie gesagt, je heißer die Geschmäcker, die sich am Kalten laben, je Kierkegaardscher die Brunst, desto Jakobsväterlicher der Samen. Auch die Intellektualisierung der Geschlechtsvorgänge hat ihre Psychologie, sie wird sozusagen eine produktive Produktion, es ist nicht nur ein Fort-, es ist auch ein Hinaufpflanzen, wie es uns ehemals Zarathustra vorgeschlagen hat. Die Hauptsache ist, daß es wieder Männer und Weiber gibt, zwei ungleiche Pole zu einem Spannungsaustausche. Einen ausgesprochenen fixen Punkt, von dem aus der Mann die Welt in die Angeln heben kann. Sodann ist alle Hoffnung vorhanden, daß sie sich gebührlich weiterbewege.

Antonius heißt der Mann. Die Zeit und ihre Eisen warten auf ihn. Tasso war eine pfahlbürgerliche Genialität, die sich überlebt hat. Dergleichen soll nicht mehr vorkommen, denn in diesem intergenialen Jahrhundert, wo es Nationen von Genialitäten gibt, und wo anderseits das Genie nur nach seiner gut proportionierten Kraft gemessen wird, wäre es ein schlechtes Geschäft, das wir machten. Famose Einfälle und windelweiches Lyrilirium tremens kann ein jeder haben, wenn er sich mit Langeweile gegen das harte Leben narkotisiert, aber ein harter Kopf zu sein und eine diplomatische Stahlfeder, dem ganzen unerträglich mächtigen Leben mit elastischen Nerven gegenüber zu treten, das ist nicht jedermanns Sache. Versteht heutzutage ein Mensch kein anderes Handwerk als die Affekt-Genialität, so ist um die geringste Schonung schade, die ihm zuteil wird. Herzblättchen war auch in der letzten Zeit gar zu anspruchsvoll - übrigens scheint es, als ob der Geschmack der Damen sich gewandt hätte. Wenns schon ein Dichter sein muß, dann wird der mit den muskulösen Händen bevorzugt und dem Pech an den Fingern, der die Schoten an seinem Lebensschifflein dichtet. - Denn das ist es: Die wahren Bücher hat stets ein Antonius gemacht. Kein Tasso wurde je noch Ökonom, wie Faust-Göthe, und begehrte den Anblick eines freien Volkes, geeint im Kräftespiel der Arbeit, in der Götterdämmerung eines Lebensabendes zu sehen. Und die schlechtesten Köpfe waren es nicht, die ihren Argwohn über den Dichter-Tasso nicht verhielten. Platon und Nietzsche kennen eine bessere Art des Wortes, als die des Dichters. Es ist nicht wahr, was man den Dichtern Wirksames nachgesagt hat.

Eine neue Jugend ist da. Merkwürdig ist, wie sie ohne Hurrah! und wenig vertrauenerweckend heraufkommt, und wie ihr die Reklame erst später, nach so und soviel Selbstüberwindung, Pflicht erscheint. Das ging so zu. In Zarathustras Höhle fanden sich die letzten allerzuletztesten *Möglichen* zusammen. Selbst allerlei Viehzeug war darunter, aber nur eines war vergessen worden, ein ganz neues Lebewesen, das damals noch unreif war, oder was dasselbe ist, zu dem alles dazumal Bestehende noch unreif war, nämlich die Maschine. Darum bestand des Meisters Testament nicht ganz zu Rechten, und nur der Züchtungsgedanke erwies sich als gerechtes und praktisches Erbteil für das ganze Pandämonium, weil er eigentlich dem tiefernsten Instinkt der Idee von der Maschine am nächsten kam. Was nun die Jugend anbelangt, so trug sie deutlich das Gepräge des Greisentums und des Höhlenklimas, aus dem sie kam. Aber gerade darin lag ein beweiskräftiges Versprechen ihrer Originalität, das psychologische Troglodytenleben charakterisierte einen Anfang von Entwicklung, es wiederholte nach einem riesigen Zwischenraume das historische Frühmerkmal des einzuleitenden Prozesses. Darum auch trug die Jugend die fältigen Züge eines missing link, einer puberten Zwischenstufe. Was aus der Greisenhöhle kam, - und alles mußte dort irgendwie hindurch, denn dort stand unverrückbar sein Typus, durch den es hindurch mußte - was also von dort her kam, das war eine fällige Frucht und ein trächtiger Keim zugleich. Die tiefen Falten der Achtzehnjährigen waren die Babyfalten eines neuen Geschöpfes. Mit achtzehn Jahren alt und mit einundzwanzig Jahren jung, das war der Ritterschlag des Lebens. Das Mannsbaby folgte auf den Jünglings-greis. Es wog tüchtig und es hatte Propeller anstatt Lungenflügel, denn es sah überhaupt verdächtig einem intelligenten Mechanismus ähnlich, der sich seines Betriebes raffiniert bewußt war.

Es ist das Jahrhundert des Mannes. Die Dinge müssen mütterlich werden unter unserem Blicke, wie das Weib unter der Berührung des Mannes. Das ist die ganze blutjunge Weisheit im Auszug. Dann kommt womöglich dieses neue ungewisse Etwas, so eine Art viertes Reich, von dem allerdings noch kein Dichter bis jetzt geträumt hat. Doch auch dieses soll eine Synthese aller vorhergegangenen rechten Dinge sein. Des moralischen Reiches, präsentabel gemacht durch den modernen Literaten, des Reiches der Schönheit, der modifizierten Kulturkraftpose, und alles diesbezüglichen Witzes. Das wäre, was sich das dritte Reich im Prinzip gewünscht hat. Zum vierten Reiche aber fehlt das Neue, das allereigenste Kulturlachen, das Müdigkeitssymptom der germanischen Rasse, der letzte Wurf ihrer Fruchtbarkeit: Und das ist ein Typus des Weisen, der erste Ritter eines neuen Ordens, der Erste der eisernen Männer mit dem exponierten Schutz- und Trutzmittel der höchsten Geistigkeit: Der Männer von der Maschine.

Nachruf auf Karl May

Karl May ist tot, er hat ausgerungen, und man kann es kaum von einem zweiten mit soviel Sinnigkeit wie von ihm sagen, daß er ausgerungen hat. Denn sein Leben war wirklich jener ungeheure und absurde Riesenkampf, dessen konkretes und verweltlichtes Symbol seine Bücher reflektieren, war wirklich jener für den Skeptiker und Mittelmäßigen märchenhafte Old-Shatterhandsieg des Guten über das Böse. Und sein Leben war ein Abenteuer, gerade dort am abenteuerlichsten und exotischsten, wo wiederum der oberflächliche Sinnenmensch mit all seinem psychologischen Spürsinn nicht hindringt. Denn ein Old-Shatterhand der Seele, der die Spuren irdischen Menschentums mühelos als Symbole ihres höheren Daseins liest, weiß immer auch seine eigenen Spuren der Erfahrung zu verwischen. Daß keine anständige sittliche Kriegslust mehr auf der Welt ist und keine Indianerschläue sich mehr Mühe gibt, in das Innerste und Heiligste seiner Bildersprache einzudringen, ist seine menschliche Tragik innerhalb der Komödie des Dichters. Als Dichter war er ja ein Dichter, sein Talent hatte Rasse, er selbst hatte Künstlerblut und bekannte es herzensgerne ein, daß er ein Komödiant war, eine reiche Schöpfernatur mit je einer Form an den fünf Fingern seiner Hand. Aber alles Irdische ist nur ein Gleichnis, und das Unaussprechliche, er, der Symbolist der Aktion, er hats getan. Das Irdische, die Form, war ihm geläufig genug, um sein eigentliches Erlebnis, das Seelische, die Gottheit, den Glauben, darin auszusprechen. *"Zu meinen letzten Tiefen"*, hat er einmal in einem seiner zwanglos geistigen Gespräche geäußert, *"ist noch kaum jemand gereist. Ich selbst war an Abgründen und Verräterspalten. Ich war an den Grenzen des Menschlichen - ich war in den Rocky Mountains, wo nur wenige waren: in den geistigen. Ich bin auf Pfaden geklettert. Und - all das ahnen sie nicht."* Sein Lächeln war damals milde und - schlaugut. Der Einsame kam sich reich vor in seinen seelischen Klüften und Bergen: er war einig mit seinen Menschlichkeiten, ein Glückstreffer, den nur die Schwergeprüften und die geistig Gereiften machen. Man könnte sagen, er hatte die geistvolle Bosheit der Güte. Gab er da ein anderesmal den Schlüssel zu seiner Exotik: *"Sieh da das Bürgermeisterchen des Städtchens so und so. Ein verflixter kleiner Kerl, ein Scherwenzler und Pfiffikus, der mich an die Seele rührt. Ich mache ihn zum Scheich, sagen wir des berühmten Stammes der Schammar."* Er exiliert ihn in den ehrwürdigen Erdteil der Typen. Ach, es ist alles gleich unter dieser Tropensonne, und Europa ist mitten in Afrika, mitten im wilden Westen schon dagewesen. So denkt und empfindet ein Weltmann, er hat eine wahrhaftige all round-Seele im Leibe und pfeift besser denn eine transkontinentale Lokomotive auf den diversen, vollkommen erlebnisdesperaten Landschaftsimpressionismus. Das Exotische, das ist für abgelebte Dichter da oder so, das gibt es womöglich überhaupt nicht, es ist bloß eine fata morgana der Platzfurcht in großen Städten. Er nimmt mit kundiger Hand zyklische Vertauschungen von Namen vor, die fremde Sprache ist rein poetisch genommen dynamischer, es ist noch etwas Urhaftes in solchen Lautbildern, und wir sind dem Sanskrit näher, dem Staatsschatz der Poesie, in dessen Vokalen und Konsonanten noch ungeheure Instrumente und Waffen der Poesie aufgehoben sind. Da, wenn May sich auf diese Sprachelemente zurückzieht, dann hat ihm wieder sein dichterisches Genius geraten, sein geklärter Geschmack am Worte, am Material - und erst wenn dieses Verhältnis eines Schreibenden zu seinem Material klargestellt ist, dann ist, mag man immer sagen gegen ihn was man will, seine Berufung giltig geworden. Er bekommt das hochzeitliche Kleid der Sprache und darf an jede Tafel treten. Er kommt weit her, aus Urklängen, aber er ists, er sieht sich ähnlich, man merkt, daß er nicht ein Zufälliger ist von der Straße. Intellektuelle Niveaus sagen nichts über Dichter aus, sowenig wie über Musiker oder Maler. In jedem Seelenklima wächst eine andere Pflanze, aber es ist natürlich vollständig falsch, eine Kunst als solche zu verneinen, weil man selber ihr nur ein Gartengeschirr sein könnte. Es ist schon so, May hatte den richtigen Prozentsatz von Äquator und Wendekreis in sich, ein Stückchen Ur- und Jägerahnung aus Vorzeit und Tropendasein. In der Kunst galt ihm das Selbstverständliche und ewig Gleiche, das Irdische, und er nannte es Ardistan. Der Gedanke aber war sein Abenteuer, für das er ein Bild suchte. Christus zog sich in die Wüste zurück, das geschah faktisch und symbolisch. Wenn May ins Morgenland geht oder unter diese merkwürdig menschlichen Rothäute, so heißt das, er reist ein Stückchen in die Humanität zurück, in die wirkliche Humanität; er repräsentiert die Technik, den Europäer, dieses phänomenale Mordinstrument, das fünfundzwanzigmal hintereinander losgeht, diesen Bärentöter, der alle räumlichen Distanzen deckt. Er ist auch ein Arsenal an europäischer Gescheitheit und Logik; aber er zeigt auch sofort, welche Schulden dieser technische Fortschritt im Grundbuch der Menschheit hat und wie diese Göttergabe der Sicherheit in den Händen eines Tölpels ein scheußlicher Irrsinn werden kann. Es ist gut, wenn einer sagt, daß die Maximalgeschwindigkeit eines Blitzzuges wichtiger ist als Gemüt. Es ist wichtiger, wenn einer sagt, daß Gemüt besser sei als ein Expreßzug, vorausgesetzt, daß man beide habe. Aber es ist weise, wenns einer sagt, daß der im Expreß den wichtigsten Anlaß und die beste Zeit zum Gemüt habe. Karl May hat das gesagt. Ein Leben mit einem Henrystutzen ist eine famose Erfindung. Wir sind für den verrücktesten Amerikanismus, für das non plus ultra des Komforts und der Fixigkeit. Aber nur ein gutmütiger Kerl darf ihn in die Hand kriegen und nur ein absolut verläßlicher Mensch darf mit ihm hantieren. Das hat May in seinem Old-Shatterhand gesagt, May, der Gemütsmensch und Heilige plus Amerikanist. In dieser Tendenz sind alle, zumeist die letzten Bücher Mays geschrieben. Gewissermaßen moralisch instruktiv wie das Märchen, das dieser Meister der Phantasie als höchste Kunstgattung eingeschätzt hat. Seiner Phantasie mit ihren ethischen Hintergründen bot es die breitesten Möglichkeiten, seine absolut produktiv und positiv veranlagte Natur, die zu allem, auch zum gewöhnlichen Erlebnis, die anekdotische Form mühelos konzipierte, lebte sich nach ihrer artistischen Seite hin in diesem Wortsystem aus. Märchen sind alle diese ungeheuren epischen Gebilde, die er während seiner fünfzigjährigen Produktion geschaffen hat, und eben weil es Märchen sind, ziehen sie ihn wieder in die sprachlichen Geheimnisse morgenländischer Dialektik, aus der ja alle Literaturen der Welt ihren nunmehr alten Adel ableiten, zurück. Ein wunderbares, dem Psychologen interessantes Schicksal verbindet ihn und seine symbolische Erlebensart mit dem Märchen. May, ein blinder Knabe in den ersten Jahren des Weltlichtes, empfing keinen anderen Eindruck von dem Leben ringsum, als die tönenden Hauche der Märchen, die ihm aus Großmutters Munde kamen. Eine unerhörte Pracht des Seins entfaltete sich ihm in bloßen Worten, zu denen er keine realen Vorstellungen beitragen konnte. Er sah nicht Gestalten, denn er war blind, er sah Seelen - und doch nicht, er hörte Seelen. Aus diesen Schlüpfen seines Gehirnes, aus diesen Geheimnislanden seiner Blindheit kam ihm die große Fabulierlust und der Trieb zum sinnreichen Klang, zugleich aber auch der religiöse Schauer, der ihm das heute wohl etwas verbrauchte Wort Seele zu einem mit irgendwelcher Sensation zu packenden Fetisch machte. In dieser Kindervergangenheit eines Verinnerlichten, auf sich selber Konzentrierten blüht uns Heutigen mit dem welken Gedächtnis ein Verständnis auf, und eine zarte Rührung führt uns an das Grab des Knabengreises. Denn ein Knabe war er in seinem Drange nach Bessersein, das ganze Leben noch wollte er in seine schon bis oben mit Sorge, Qual und Arbeit vollgestauten siebzig Jahre pumpen. Er hat es ja selbst in seinem Wiener Vortrage, dieser großen Konfession eines Tapferen, gesagt, er hielt sich nicht für reif, nicht als Mensch, nicht als Künstler. Er hoffte, noch Jahre zu leben und ungestört von Feinden sein großes Schlußwerk zu schreiben. "Am Jenseits" heißt eines seiner letzten Bücher. Es spielt *"an Grenzen"*, sagte er einmal. *"Mit dem nächsten, paßt auf, komme ich dann hinüber. Es wird heißen: "Im Jenseits."* - Und nun ist er wirklich hinübergekommen, genau dorthin, wo er herkam, fort in die Blindheit, zurück zum puren Märchen, in seinen Typus, in seine "Seele" zurück, wie er es nennen würde. Sein Wort, das so schön aus seinem schönen Mannsgesicht kam, klingt uns nach, und nun, da er tot ist, werden wir wohl auch sein tönendes "Ich" als Symbol, als plötzlich sichtbar gewordenen und dann verschwundenen Klang begreifen lernen. Nun sind ja wir so gut wie blind, da wir ihn nicht mehr sehen, gewiß, in bezug auf das Objekt, auf den Menschen sind wir so gut wie blind. Sein Tod macht uns innerlich, und da ist es, wir hören seine gute weise Seele erzählen. Denn die Weisheit war mit ihm. Weisheit aber ist nie fade und getragen, sie lächelt, sie lacht und flicht an bunten Sachen lehrreiche Beispiele ein. Die Weisheit ist immer und ewig amüsant, schlau, lustig und ein wenig mit der Bosheit der Güte befreundet - just so wie Karl May es gewesen ist.

Die Humanitätsschlacht auf Kap Race

Die Elementarschlacht bei Kap Race ist geschlagen, aus den Wasserschlünden steigt das Grauen, und die Bürgeridylle unserer großen Kulturzentren empfängt einen seltenen Besuch: die Nachdenklichkeit, die Muße des Gedankens, das philosophische Abwägen unserer Zivilisationseitelkeiten. Das raffinierte Sicherungssystem unseres Lebens, die Technik, dieser große Kettenhund, hat sich nun doch einmal gegen den eigenen Herrn gewandt, den er wider die Tücke der Elementarkräfte hätte schützen sollen. Die gebissene Humanität, die ihn in ihrem eigenen Interesse zur Tollheit und Kraft trainiert hat, sie sieht sich nun schnell nach einem Mittel gegen das Gift seiner Tollwut um und findet mit Glück und Verstand das Gegengift, den jedes Grauen und jeden Chok paralysierenden Stoff: das Mitleid.

Worte der Teilnahme, hinter denen mehr oder weniger als oberflächliches Erfassen einer sozialen Anstandspflicht stehen mag, kommen aus allen Teilen der Welt. Mitleid wird zusammengesteuert, prächtige Stücke von Humanität werden beigetragen. Aber was immer hier sich auswächst, es reicht gerade hin, um die extreme Empfindung eines einzelnen Menschenlebens zu füllen. Das Grauen einer bis in ihre Wurzeln gesträubten Menschenseele ist ein Grenzgefühl; man kann nicht viele Grauen addieren und viele Mitleide. Und darum muß man fragen: sind erst Katastrophen mit tausendfachen Verlusten an Menschenleben notwendig, daß die Humanität nicht mechanisch und auf verkürztem Wege, das ist durch den Geist, das Pathos, die poetische Formel in Aktion trete, sondern spontan aus dem Gefühl und der Vorsicht sich zu Handlung umsetze? Betrachten wir dieses Mitleid, das der letzte Fall produziert hat, psychologisch, so finden wir neben den tragischen Effekten des Mitleids und des Grauens auch noch das gleichfalls tragische Lustmoment, die Freude an der Romantik der Umstände, also ein ästhetisches Moment, zweitens die Genugtuung der Geborgenheit des eigenen Seins, dem derart eine Folie von Gefahren gegeben wird. In diesem Mitgefühl ist überall der Zuschauer latent. Es ist nicht rein, sozusagen nicht authentisch, sondern theatralisch, oder besser noch, hysterisch, denn seine Leidenseffekte werden hedonistisch ausgenützt.

Folgende Unterschiede sind bei einem Unglück festzuhalten: Es ist quantitativ oder qualitativ. Für das qualifizierte Unglück kann die Menge der Betroffenen nicht in Betracht kommen. Es ist gleichgiltig, ob einer in einer Pfütze ertrinkt oder zweitausend in einer schäumenden Sturmflut. Staatsökonomisch mag das Zweite erst zählbar werden, wo das Erste unbeachtet bleibt. Denn es ist auch für eine große Stadt ein Verlust an Kulturkapital jeder Art, wenn sie eine ganze Reihe gutgenährter, verfeinerter, kräftiger, bedeutsamer Individuen einbüßt. Gefühlstechnisch aber müßte das Mit-Leid und das Mit-Grauen, das den grimassierenden Entsetzenstod eines einzelnen begleitet, vom Einzelfall

bereits so stark herausgefordert sein, daß es seine letzte Grenze, die Schauer
des Todes, erlebt. Das Unglück ist also dann keineswegs größer, wenn statt
des Individuums Mengen den Tod erleiden. Auch die Todesangst des Ster-
benden oder tödlich Bedrohten ist nicht tiefer, wenn er als Glied der Vielheit
statt in der Einsamkeit stirbt. Im Gegenteile, der einsame Tod, das Verlöschen
in Verlassenheit, birgt unverhältnismäßig größeres Entsetzen, als der gleichsam vergesellschaftete Tod, denn hier gewährt der Komödiantentrieb des
Menschen Ablenkung und Zerstreuung. Und dennoch vermag eine Katastrophe, die viele dahinrafft, eher das Mitfühlen zu entfesseln als ein seltener,
besonders schauriger Tod des Individuums, denn das Mitleid der Menschheit,
des Durchschnittsmitbürgers, ist kein qualifiziertes, sondern ein quantifizier-
tes. Die Aufmachung, die Zahl der Mitspieler, die Kulissen eines Unglückes
sind ihm wichtiger als der eigentliche Gehalt an Leid und Schauder. Es vermag diese erst zu lesen, wo es sie in mehreren Exemplaren überdeutlich zu
Gesicht bekommen hat.

Vom Standpunkte der Humanität aus ist dieser Aufwand an Teilnahme absurd, weil er einem Unglück eine Distinktion verleiht, die es im Leidensge-
schehen der Menschheit nicht geben kann. Die Absurdität liegt freilich nicht
in der Teilnahme, sondern in deren Verspätung. Teilnahme ist, wenn sie im
ordinären, unromantischen Einzelfalle vernachlässigt war, auch beim Mas-
senunglück deplaziert. Sie ist zu sensationell, zu plump, zu außerordentlich.
Die Tragik ist in vollem Ausmaße erschlossen, ob einer oder viele den Todes-
kampf des Ertrinkens kämpfen. Es ist lediglich ein Mangel an Phantasie, dem
durch numerische und situationenreiche Nebenbestände ausgeholfen wird.
Und es kennzeichnet diesen Mangel an Phantasie ebensosehr, wenn die Teilnahme für den unscheinbaren Fall ausbleibt, wie wenn die Furchtbarkeit eines
Ereignisses laut Mitleidsprogramm übertrieben wird. Aber das Mitleid der
Menschen berechnet den gesellschaftlichen Umfang eines Unglücks statt
dessen Tiefe, beweint den faktischen Verlust, statt die Intensität des persönlichen Erlebnisses mitzuleben. Graduierte Menschen, die durch Reichtum,
soziale Bedeutung, Adel in irgend welcher Form innerhalb der Gesellschaft
betont erscheinen, sowie Menschenkomplexe haben bei Unglücksfällen das
gesamte offizielle Interesse für sich. Der einzelne Arbeiter aber z. B., der oft
in langem Todeskampfe eine solche Unsumme von Lebenshäßlichkeit verbraucht, wie sie die grausamsten Situationen eines sinkenden Schiffes nie
hervorbringen können, bleibt dennoch uninteressant. Verstandesgemäß und
hilfspraktisch wird es immer zu rechtfertigen sein, wenn statt des Kranken der
Gesunde, statt des Unbegabten der Geistvolle, statt des Durchschnittsmen-
schen der Bedeutende das Interesse des Staates und der Gesellschaft in
höherem Maße hat. Und immer wird es von diesem Gesichtspunkte aus verständlich sein, wenn über die Rettung von 99 Menschen gejubelt und das
Schicksal eines einzigen Opfers vergessen wird. Für die richtige Humanität

aber ist damit kein rosigerer Zustand geschaffen, sie erlebt das Problem der Millionen am Einzelnen, und sei er so unbedeutend, als nur immer denkbar, denn sie differenziert nicht und hat Phantasie genug, auch in der bescheidensten Peinlichkeit mitzugehen. Der absolute und konsequenteste Typus der Humanität, der je konzipiert wurde, ist der des Idioten in Dostojewskys gleichnamigem Roman. Humanität ist stets zur Hand, sie ist im voraus da, für sie gibt es keine Überraschungen, Reizvolles und Dekoratives eines Leidens, eines Schicksals, eines Unheils vermag nicht, sie weiter zu steigern. Das Todesgrauen und der Schmerz Hinterbliebener sind individuell da, einmal oder in zweitausendfacher Auflage, das ist rein emotionell gleichgiltig, denn es gibt davon keine Summe, nur eine Unendlichkeit. Die Humanität aber erlebt sie typisch. Der Humane leidet auch für die Fälle, die er nicht kennt, auch für die, die noch kommen werden; und es ist ganz unwesentlich, ob er in der Statistik dieser bewandert ist, er wird sogar bei solchen Geschehnissen kühl und zynisch erscheinen. Denn er erschöpft das Persönliche des Leidens, er leidet wirklich mit, er rechnet nicht.

Von Kap Race, vom Schauplatze des Ereignisses, kommen Berichte, und wo sie sich auch widerspiegeln, sie tragen eine eigene nachdenkliche Physiognomie. Das Belletristische ihrer Erstattung ist es nicht allein, das diese Elementarschlacht ins Symbol erhebt, die Wasser gleichsam panisch belebt, sie gleichsam gegen den vorwitzigen Menschen und seiner Hände Taten sich erheben läßt. Hier liegt etwas Tieferes im Grunde, ein ethisches Bußetun, eine Bekehrung, Erleuchtung. Naturkräfte revolutionieren den Verkehr, die Technik, diese unsere Lieblinge, den Stolz unseres Herzens, den Rückhalt unseres Kulturgefühles. Der deutungsreiche, gedankenvolle Feuilletonist und der schneidige Reporter, sie geraten beide an denselben Einfall, sie personifizieren das dumme und zufällige Element und lassen aus einer Katastrophe nach alter Chronistenmanier eine drohende Faust auftauchen, ein Faktum wird ihnen zur Idee und zum Omen eines "Bis hieher und nicht weiter". Und sie haben Recht in ihrem triebhaften Gestalten, in ihrer Koketterie mit solcher Figürlichkeit liegt eine sehr menschliche Sehnsucht nach Aufklärung im Worte, im Gleichnisse. Aber nicht der Technik gilt das Signal, nicht ein Wink für Schiffsbauer und Ingenieure, künftig ein kleineres Format von Schiffen auf Neptuns Rükken zu placieren, war der Tätschelgruß des Eiskolosses. Derlei Deutungen wirken abgeschmackt. Denn die Komplikationen der Elemente sind dumm und zufällig und bieten nur wahnwitzige Gelegenheiten zu moralischen Ausschrotungen. Aber dennoch ist eine in uns vorhandene Disposition durch die Katastrophe gelöst worden. Zu einer ganz abstrakten Einsicht bot sich die Form, das Modell dar und an ihr sprechen unsere Sprecher das Gefühl aus, das uns schon seit einigen Zeiten nun beherrschen mag: Nicht der Technik, unserer Humanität galt der Wink. Unsere Humanität fährt irre, sie fährt zu schnell, sie kollidiert mit dem Eisberg der Tatsachen, und in das Maul, das er ihr geschlitzt hat, strömt die Gefahr. Und dieser große Mund der Humanität wird das Tor alles Unheils. Wir waren technisch aus Humanität, die schöne Entwicklung des Werkzeuges setzte uns in den Stand, Schmerzen zu fällen, Plage zu kürzen, Zeit zu gewinnen, und um ihretwillen segneten wir die Maschine, die uns half, den Sklaven abzuschaffen. Unsere technische Begeisterung war ein noch im Atheisten vorhandenes Christentum, praktisches Christentum, es realisierte auf Erden Glückszustände, wir sollten mit ihrer Hilfe werden wie "die Vögel unter dem Himmel, sie säen nicht, sie ernten nicht - - - - - - -". Und es wäre dann so geworden, wie der Mensch Frederic van Eeden es in seinem Buche "Der kleine Johannes" als Schlußvision sieht, wir wären geflogen, wir hätten bei äußerster technischer Entwicklung und rationeller Durchbildung unserer organischen Möglichkeiten den idealen Gesellschaftszustand erreicht. Aber nun ist die Technik scheu geworden. Es ist gewiß sehr wichtig, auf dem kürzesten und kommodesten Wege nach Amerika zu kommen. Die glückliche Verbindung zweier Kontinente kann ein Humanitätsideal sein; aber wenn sie Passion, leerer Hochmut, stupide Kraftexaltation wird, dann erscheint die Humanität in ihr zum zweitenmal verstofflicht statt vergeistigt, quantifiziert statt qualifiziert. Denn Humanität, d. i. Menschlichkeit, sozusagen Menschlichkeit prägnant genommen, ist Überwindung der Oberfläche, auch der des Meeres, im allgemeinen aber der des Menschen. Und der zunehmenden Verinnerlichung des Menschen entspricht als Balanceausgleich eine Veräußerlichung, die Technik. Wird auch die Humanität äußerlich und die Quantität ihr Wertmaß, so schießt die Technik ins Unendliche und schafft Katastrophen. Der Schwächung der Humanität wiederum entspricht es, daß sie diese Katastrophen stilisiert, zu einer rein äußerlichen Panik der Teilnahme werden läßt. Dieser Fall ist eingetreten. Am Cap Race, am Wettfahrtskap, hat eine Humanitätsschlacht stattgefunden und die Wetthumanität, die pathetische, kumulierte Zahlenhumanität, ist aufs Haupt geschlagen. Es ist die Entscheidung und das sinnvolle Resultat eines langen Wettbewerbes um Menschlichkeit, um Weiterbildung der körperlichen und seelischen Funktionen, und eine Einbuße an Gemütskräften ist es, die diese heutige Menschheit in zwei Symptomen zu verzeichnen hat: in Rekordtechnik und Mitleidshysterie.

Totenstarre der Fantasie

Seit Karl May tot ist, lassen die Neidhammel die Zungen hängen. Diese Enttäuschung war zu groß. Im Grunde ihres Herzens hatten gerade sie an ihn geglaubt und ihre Antagonistenkarriere von seiner Unsterblichkeit abhängig gemacht. Nachdem sich die eine als dichterisch erwiesen hatte, juckte es sie, ihm auch die andere zu nehmen. Sie, die Illusionisten des eigenen Fortkommens, handeln aus Ranküne. Weil sich der Prügelknabe aus purer Bosheit ihrem Dreschflegel entzog und das Geschäft verdarb, werden sie ernstlich böse und prügeln lustig weiter. Es sind Klassiker unter ihnen; für die gibt es keine Scheidewand, sie haben Konnexionen mit dem Orkus und in jedem besseren Grabe Zutritt. Sie zitieren bekanntes Latein und die Schatten, um sich ins rechte Licht zu setzen, sowie andere Dinge, die man schon weiß, aber nun mit Umständlichkeit repetieren muß. Nach vielen redlichen Worten ziehen sie dann einen Schluß, wo man schon längst den seinen gemacht hat. Es sind doch glückliche Menschen, diese Literarhistoriker! Wenn man bedenkt, daß nach 107 Jahren vielleicht einmal Karl May wird seinen Totenschädel ausstellen lassen müssen, der Literarhistoriker aber, der ihm schon bei Lebzeiten auf die Knochen fühlte, trotz dieser Leistung den seinen nicht, dann möchte man lieber sein bischen Fantasie drangeben und ein Dozent werden statt eines munteren Jungen.

Dieser Dozent, der man vorderhand aber noch nicht sein möchte, ist ein gewisser Herr Doktor Stefan Hock, aus Wien. Er hat im Mai-Heft der Monatsschrift "Der Strom" einen Kolportageartikel flüssig gemacht. Auf seinem Rücken trägt dieser die Literatur dahin. Man sieht wieder, was für eine Nußschale diese Literatur sein muß, wenn sie auf solchen Wassern Platz hat. Sechs Seiten lang schwillt ihm der Strom der Rede; rette sich, wer kann, auf ein Festland essigsaurer Tonerde. Aber ich möchte doch zumindest so ehrlich sein, wie Herr Dr. Hock. Denn da die Zeitschrift nur ein kleines Format hat, die Literatur aber doch in ihrer sonoren Vertretung hörbar werden soll, geht alles auf eine kleine Seite und man darf überzeugt sein, ein Dozent ist literarisch gut genährt und hälts nur zurück, man mag also weitere Darmverwicklungen gewärtigen. Das ist auch der Grund, warum auf diese a posteriori-Urteile, diese Hinterteile einer Gesinnung, gleich die Antwort vorweggenommen werden soll. Jener Kolportageartikel ist denn doch zu schwach, um für sich allein zu sprechen; darum spricht er dafür, daß noch mehrere nachfolgen sollen. Mir aber ist es mit diesem einen Male genug, ich brauche keine schwächeren Talentproben, um eine Antwort zu finden. Dieser Artikel ist typisch; es ist das Einzige worauf ich ihm hineinfalle. Für alle Kommenden habe ich einen Kiesel unter der Herzgrube. Ein für allemal, ich stelle eine Batterie von Spuck- und Nachttöpfen zur Verfügung, und wie dann auch gewirtschaftet wird, es ist mir egal, denn der Verkehr ist hinfort geregelt.

Der Artikel besteht aus den unartikulierten Vorwürfen eines überlebenden Prozeßgegners. Am Anfang steht natürlich ein lateinisches Zitat. De mortuis nil nisi bene. Und nun muß man die Verlegenheit sehen, die den Mann ergreift, da er eine alte lateinische Humanitätsregel zu desavouieren hat. Er ist dreist, aber er ist doch nicht ganz sicher vor solchen Gespenstern. Eine reine Zufriedenheit kommt dabei nie heraus, wenn dem Ehrgeiz vor der Verlegenheit Rechnung getragen wird. Es schauert ihn doch ein bischen, daß er sich mit ein paar Gebeinen konfrontieren muß, bloß weil May ihm den Tort antat und vor der Nase wegstarb. Denn, de mortuis nil nisi bene, von den Toten bleibt "nischt als die Gebeene". Alles andere ist abgeleckt. Aber als die Sargdeckel zuklappten, da gerieten die langen Zungen dazwischen, und oweih, sie können nicht mehr zurück. Sie müssen weiter lecken, so schön rund um den fantastischen Totenschädel herum, ob auch die Zähne klappern, und wenn sie eine Stelle kahl geleckt haben wie ein Bibliothekszimmer, weisen sie mit Triumph darauf hin. Sie zittern, weil sie ein begrabenes Römerwort schänden. Aber kokett sehen sie sich dabei nach allen Seiten um, ob man ihre Frechheit auch genügend würdige. Bitte schön, sagen sie und machen auf den actus gefälligst aufmerksam.

Nun, Herr Hock, Dozent Dr., fährt schweres Geschütz auf, altehrwürdige Stücke, moralische Katapulte, denn er ist ein Klassiker. Der Henrystutzen liegt ihm nicht. Man kann dem Manne nur Recht und den Hofratstitel geben. Karl May hat ihm nichts gelassen als den Doktor. Auch darin wollte er mit ihm gleich sein. Nein, das geht nicht. Karl May, hast du in Fadigkeit promoviert? Siehst du, was für Einer du bist? Inkonsequent, mein Lieber, das haben wir ja immer gesagt. Du hast da früher einmal "Das Geheimnis des Buchstaben U" geschrieben, oder den Kolportageroman "Der Schatz der Diphtonge". Der Schatz, zum Beispiel, das ist schon zweideutig, das könnte ja ein Mädchen bedeuten. Pornographie aber dulden wir nicht. Überhaupt, bist du je schon bei den Diphtongen gewesen? Na, wirds, zeige mir einen Skalp, einen einzigen wirklichen Skalp, lasse mich den Finger an deine Nase legen und schaue mir gerade in die Augen. Karl May, du lügst; das heißt, es fällt dir vielzuviel ein, und darum konntest du auch niemals Doktor werden. Obwohl wir das natürlich gewünscht hätten, denn hättest du uns statt deiner Reiseerzählungen literarische Fachsimpeleien vorgelegt, dann hättest du dir die andere Schmutzarbeit erspart!

Zu spät! Wir müssen uns von trockenen Schleichern den Genuß deiner Bücher stören lassen. Man neidet dir, daß du Welten im Handumdrehen und ohne Semestralzeugnisse erledigt hast; auch die der Doktoren, auch diese. Aus dem Moder deiner Vitalität blühen ungenießbare Pilze: es sind die Doktorhüte. Wir aber sind in deinen Sombrero verliebt, weil er *uns* gut zu Gesicht steht und nicht aus dem Trödelladen der Wirklichkeit kam, sondern frischweg erfunden war. An der volkstümlichen Kraft deiner Fantasie kamen wir zum Bewußtsein der Dekadenz unserer Literaturkollegien. Auf dem Wege von Fichte bis zum Fuchtelmännchen ist ihre Einbildungskraft erloschen; die Einbildung des Professors aber ist geblieben. Jetzt bist du, Niemals-Kanonisierter, das große Ich, das Welt-Ich und Menschheits-Ich; sie aber sind die kleinen, ewig fremden Ers. Wir habens früher vielleicht gar nicht so recht gewußt, wie bedeutsam ein Mensch für uns ist, der alle Öden zu Feinden hatte; Herr Professor aber treiben seinen Preis in die Höhe. Karl May, du hast prächtig wahrgelogen; Herr Professor aber haben in Ihrer Bescheidenheit ganz

recht. Dafür haben auch wir ganz seltsame Wünsche an dero hochlöbliches
Kollegium; ich mache darauf aufmerksam, wir sind Fantasten; Götz von Berlichingen ist mit uns verglichen nur ein Germanist.

Die Presse hatte diesmal dem Drucke einer öffentlichen Meinung nachge-
geben, als sie für May eintrat. Selbst der Bürger hatte wichtigere Sachen zu
tun, als einem Schriftsteller sein Vorleben nachzurechnen. Die ganze Welt
war dieses einzige Mal in einem gesunden Urteile solidarisch. Da kam die
Fachliteratur. Der Kuli, dem ein Hindukusch gebührt hätte, als Massiv an den
Kopf geworfen, bekam statt dessen ein ganzes Pundjab, eine Stromlandschaft
zugewiesen. Der Strom schwamm mit ihm. Der heulende Wisch war ein
Coup! Diese eine Stimme mußte aller Berechnung nach umso lauter gellen,
mußte umso mehr durch Mark und Bein dringen, als alle andern sich sichtlich
Zurückhaltung auferlegt hatten. Sie mußte donnern - und sie tats. An der
Akademielosigkeit unseres Gemütes aber blitzte sie ab. In derselben Nummer
des Stroms, in der Herr Doktor Stefan Hock sich mit loyalen Absichten gegenüber der Literatur, die sich ihn verpflichtet hat, trägt, steht auch ein Gedicht von Albert Ehrenstein. Albert Ehrenstein hat sich in einem Briefe, in
dem er dem Akademischen Verbande für Literatur und Musik in Wien das
von ihm erbetene Urteil über May sagte, begeistert für May ausgesprochen.
Dieses Urteil ist mir unverhältnismäßig maßgebender, denn Albert Ehrenstein
ist ein blutjunger Denker, Dr. Stefan Hock aber ist ein gereifter Seminarvor-
stand. Ja, so sind wir nämlich; so gottlos, daß wir nicht nur nichts gegen die
Katholiken, sondern auch keine Pflichten vor der Literatur haben. Literatur,
das ist ein Titel ohne Mittel. May hatte aber nur diese, auf jenen konnte er
verzichten. Was aber die Aussprüche der Pädagogen betrifft, so will ich das
doch sicher parteilose Arsenal unseres Deutschprofessors um das Urteil Prof.
Gurlitts bereichern, das dieser im 2. Aprilheft der Hamburger Halbmonats-
schrift "Der Beobachter" veröffentlicht hat. Gurlitt stellt sich sehr freundlich
zu May. Er ist geradezu für May. In seinem Artikel sind auch zwei lustige
Briefe von Karl May untergebracht. Dort frägt dieser einmal, "wo die Fäuste
zu lesen sein würden, die Gurlitt für ihn ballen wolle." Ein andermal bezeichnet er das Grab als den "dreiellenlangen Gedankenstrich hinter dem Schluß-
punkte." Wenn ich nichts anderes von May gelesen hätte als diese zwei Bilder
und dazu Herrn Dr. Hocks Artikel, und diesem redlichen Wahrheitsfanatiker
auch allen Glauben schenken würde, ich wäre doch nie und nimmermehr von
der Überzeugung abzubringen, daß May ein größerer Sprachhäuptling sei als
der Foliantenschlucker und Schlangenbändiger von Pundjab. Wo, also, wird
die Zunge zu lesen sein, die Herr Professor demnächst hinter May her zu
recken gedenken? Es interessiert mich nicht, das ist nur meiner Batterie halber. Ich sehe wohl, Herr Professor sind entzündet. Bitte öffnen Sie das Zünd-
loch. Zeigen Sie die Zunge! Artikulieren Sie U, laut und vernehmlich - so,
brav, nun sehen Sie, da hätten wir ja das herrlichste Bild einer seelischen

Entzündung. Ja, nun müssen wir aufpassen, daß nicht etwa ein Mumps daraus wird. Diät, nur Diät, keine Kritiken! Also Herr Professor - drei Mal täglich Untersuchung über Buchstabe Alpha bis Omega in Karl Mays Werken!

Hymnus

Ihr Hymnischen - - -

Euch gehört alles. Auch das Nichts. Nur das Nein hat man noch nicht von Euch gehört. Es sei denn als gefaustete Maßregel gegen die Verneiner.

Man grüßt Euch. Apart zu denken: Irgendwo auf einem Wege fällt es irgendeinem ein, Euch zu grüßen. Halloh! Könnte ein Schreibtisch so viel Jubel fassen? Und doch ist es so. Freiluft-Einfälle sind doch besser.

Jawohl, ihr Hymnischen. Ihr Konträren und immer wieder Konträren. Ihr Anti-Antigeister. Ihr sachte Eindringlichen. - Ihr seid gemeint.

Wenn Ihr Feinde habt! Vor allem: anerkennen. Als Feind anerkennen. Nicht anerkennen hieße sichs leicht machen, den andern von vorneherein schwächen, ihm die Sonne ins Gesicht werfen, ihn blenden, auf seine Unlust spekulieren, denn der Mensch ist mißtrauisch und träge, und fällt nur allzu leicht von sich ab, es ist ihm eine wahre Wonne, den Stärkeren gegen sich zu haben - - -

Ha! Da gab es einen Hexenschuß. Au! Fehltritt. Eine zu weite Geste! Man sieht schon, das ist der Kitzel an dem ganzen Unternehmen. Es ist also unfair, gegen den Stärkeren zu kämpfen. Überhaupt, begünstigen heißt Abtrag tun. Humanität ist Gemeinheit. Rücksichtslos und unbarmherzig sein ist die einzige Art von Anstand unter Rittern. Kein Hinterhalt mit Bonhomie, kein Verrat von Vorne, und keine Finten mit Pardon! und erklärendem Text, sondern alles hübsch ehrbar meuchlerisch und gewalttätig, wie sichs unter Leuten von Temperament versteht. Es macht ihnen ja samt allem beleidigten Stolze wohlig zu Mute, verprügelt zu werden. Eben. Vergeßt nicht, daß es das Jahrhundert der Weiber war.

Was aber kommen soll und wird, das mag das Jahrhundert des Weibes sein. Darum suchet den Mann!

Die Poesie war eine schöne Zeit, oder vielmehr ein schönes Zeitalter. Warum das bestreiten? Aber verflucht soll sie trotzdem sein, sonst hat es keinen Sinn, Prosa, gediegene Prosa zu leben und zu wirken. Ins Museum mit ihr. Eine herrliche Affenschande. So! Der Mensch hat sich aus dem Klassiker entwickelt. Ist das keine prächtige Karriere? Die Kunst geben wir ja nicht darein, können wir nicht darein geben. Sie ist das an sich Sympathische, denn sie ist die Sympathie mit den Dingen, die Wachstums-Beziehungen zu den Dingen. Ist das Faktotum der Kultur. Aber beileibe, die Prosa von heute hat keine Poesie im Leibe, Gott sei Dank. Das bedeutet, sie hat ihre eigene. Es ist

ja alles so ganz anders, so unverschämt neu. Man hat so viel Mut zu schlech-
tem Geschmack, zur brutalsten Ästhetik, zum Noch-nicht-Geschehenen. Zum
Noch-nie-Dagewesenen. Zum Amen der Möglichkeiten. Wir haben ja Alles.
Alles hat uns. Amen!

Apologie des Krieges

Der Krieg kommt aus dem Blute in die Welt; Blut ist eigentlich Krieg in
tropfbar flüssigem Zustand. Das irgendwie Bestechende am Krieg ist seine
Blutigkeit; wo Krieg ist, da ist Blut, aber wo Blut ist, da ist auch Krieg und
eins ist die Eigenschaft des andern. Der Mensch ist sein Blut, daher kommt es,
daß gutes Blut sich keine Ruhe läßt, den ganzen Menschen, so sein Geschöpf
ist, bejaht, aber ihn zu sich, zu Blut, reduziert. Blut macht den Menschen
kriegerisch und schwemmt die Erfahrungen des Verstandes, der jede
Ruhestörung als höchst unsittlich und unbrauchbar ablehnt, hinweg. Es hat
die Intelligenz sich stets gegen den Krieg gewehrt, der Intellekt aber, der eine
Sache des guten und stürmischen Blutes war und ist, hat dessen Reize schon
darum als erfrischende Nadelbisse empfunden, weil das Schwergewicht des
Lebens in den Geist verlegt war, ohne realistischerweise die Körperlichkeit
abzudanken. Denn wenn das Körperliche vehement wird, ist es Geist, und
wenn Tausende in der Schlacht als empirisch wertbare Objekte eingehen, steht
Einer siegreich auf - der Mensch.

Die normale Intelligenz ist zur Erhaltung des Einzelwesens tätig, der Intellekt zur Höherentwicklung oder natürlichen Nachholung der Art. Intelligenz
ist das schlechthin Areligiöse, darum ist sie friedlich, beschränksam und ohne
Impuls. Der Intellekt aber hat Religion, das heißt eine Betrachtungsweise
quasi mit dem perspektivischen Sitz im Erdzentrum, wo in ungeheuren chemischen Wallungen die kriegerische Verwicklung kosmischer Kräfte ausgetragen wird. Intellekt lebt im Vulkan, inmitten eines Klimas absoluter Hitze und
Kälte, dem Schnittpunkte einer Parallelität im Raume vergleichbar. Intelligenz
aber bröselt an der Erdkruste, mit dünnem Lebensgefühl und ohne Kohäsion
zum Allermenschlichsten. Darum haben die feinen Geister den Krieg, die
Königsorganisation aller Organisationen, verehrt und die plumpen Geister ihn
mit dem Einmaleins widerlegt. Darum heissen die Intellektuellen Friedrich II.,
Moltke und Liliencron und darum steht diesen Grundbarbaren eine Intelligenz
gegenüber, die Herr Fried und Frau Berta von Suttner heißt.

Intellekt ist auf die Menschheit, Intelligenz auf Menschen gerichtet. Intelligenz prämiiert den Menschen als Berufstier: Werk und Philosophie drehen
sich um die Abwicklung seines spezifischen Geschäftes, das Gemüt ist in
Berufswerten aufgegangen und er selber als geistiger Kontur in die Hilfslinien
zurückzerlegt, die als das Technische seines Berufes da sind. Und das ist gut

so, ein solcher Mann hat als Glied einer Gesellschaft Aufgabe und Ziel und nichts ist nützlicher als seine Verblendung. Der kleine, am Weltmarkte nicht engagierte Handelsmann, der Beamte und der wissenschaftliche Mensch, die zusammt ihrer motivischen Details der Gesellschaft wertvoll sind, treten jedoch als soziale Faktoren erster Ordnung zurück, sobald es sich um ein Ganzes handelt. Denn über das Ganze entscheidet besser der Laie, dessen Interessen nicht in einer Spezialisierung gefangen sind. Der Laie ist der beste Staatsmann, darum sind Knaben mit ihrer frischen, naiven Urteilskraft und ohne die sogenannte bürgerliche "Erfahrung", die eigentlich nur die praktische Kenntnisnahme von den Annehmlichkeiten des geschäftlichen Egoismus darstellt, die reinen politischen und staatsmännischen Genies. Dem Achtzehnjährigen ist nicht Michelangelo, James Watt, Shakespeare oder Rothschild, sondern Cäsar, Napoleon, Cromwell und Bismarck der menschenwürdigste Typ und jene Erfinder, Dichter, Künstler und Wissenschaftler repräsentieren ihm je nach Maßgabe allein Etappen des staatsmännisch tendenzierten Betriebes. Die staatsmännische Phantasie, instinktive Praxis, Aufopferungsfreude und Ideenkraft des gesunden Knaben sind enorm; und wie richtig die Einschätzung nach sozialen Werten von solcher Seite her erfolgt, beweist die Bewegung der Natur. Wenn diese so vielfach orientierte und allseitig in Beziehung stehende Jugend bürgerlich ausmündet, nachdem sie auf Ungelegenheit von Zeit und Umständen gestoßen ist, ergibt sich als sekundäre Bildung erst der Künstler, Philosoph und Forscher, die alldrei als Spezialisierungen des ursprünglichen kompletten Typs hervorgehen. Dieser ursprüngliche Typ selbst bleibt in Gänze erhalten oder rekonstruiert sich nach einer Spezialisierungsperiode des Individuums, sobald Zeit und natürliche Umstände günstig sind. In diesem Augenblicke erscheinen an Stelle des exaltierten Bürgers Buonaparte, des unfolgsamen künstlerhaft-launischen Fritz und des verwildert-genialischen Otto die phantasievollen, aber so unendlich knabenklaren Köpfe Napoleons, Friedrichs und Bismarcks. Theatermann und Literat, die Umwertungen der Anlage eines staatsmännischen Primats im tüchtigen organisatorisch begabten Individuum, folgen den Dreien als Reste einer zurückgenommenen Spezialentwicklung auch im späteren Sich-Ausgeben noch nach.

Der qualifiziert geniale Mensch ist Staatsmann und die Erscheinung des Künstlers und Denkers eine bereits bürgerliche Einrangierung innerhalb einer stabil gewordenen Gesellschaft. Der Staatsmann schießt über Nacht aus dem Boden, sobald nur die Rasse diesen gesunden Menschen beherbergt, wenn erst einmal die Gesellschaft in Frage gestellt ist. Denn der Staatsmann ist nicht ein einziger, sondern er ist gleichsam nur der treffendste von vielen ihm ähnlichen, das Charakteristische an ihm ist seine Durchschnittsphysiognomie und der Umstand, daß er mit Tausenden in Kontakt ist. So gab es zu Napoleons Zeit nicht nur den einen Mann, sondern viele in seiner Art und Napoleon war nur relativ, nach Quantität nicht Qualität, der Beste. In Deutschland gab es gleichsam Millionen von Bismarcks, als die Zeit es verlangte; und Bismarck war nur der Richtigste von allen, er verkörperte den notwendigen Menschen, den Staats-Mann, der plötzlich von allen Details ab- und aufs Ganze hinsieht, am konsequentesten. Der Staatsmann muß mit einem Ruck die kleineren Interessen hinlegen und sich mit der Allgemeinheit, mit der äußersten Epidermis, die er besitzt, nämlich mit der Landesgrenze, identifizieren können. Er muß riesig gesund, ungebunden und auf Kilometer hin empfänglich sein. Darin, daß ihn Dinge irritieren, die sich ihm zunächst nicht direkt fühlbar machen, liegt ja gerade sein Genie. Er ist der Achtzehnjährige, dessen Aufgewecktheit vielleicht den engeren Vorteil von heute übersieht, der in Schule, Geselligkeit und kleinbürgerlicher Vernunft unaufmerksam dasteht, aber ganz hypnotisiert ist von Vorgängen, die über sein Ich hinaus ins Allgemeine deuten. Er sieht das Notwendige einer Gesellschaft besser, blickt unbeirrt über Einzelschicksale hinweg aufs Ganze und ist nur ärgerlich über die Ansprüche der minorennen Tendenzen: dazu gehört Naivetät und Freude am Großen, Monumentalen. Es gibt wohl manchen Staatsmann unter uns, aber es gibt zu wenige von seinem Schlag, gibt zu wenig Staatsleute.

Ein solcher Knabe ist mitunter auch eine ganze Rasse, wie sich gezeigt hat. Einst war es der Deutsche, heute ist es der Amerikaner und in Europa der Südslave, morgen kann es wieder der Deutsche sein. Plötzlich ist allerorten, am Thron und in der Schulstube, der Staatsmann da, das Genie der Rasse bricht durch, der Ungebildete weiß aus Instinkt, worum es sich handelt. Ein geistiger Elan entreißt dem bürgerlichsten Körper Heldentaten, Europa lächelt Kultur, aber der Tiefstand seiner Volkskräfte ist nicht mehr zu bemänteln. Jene slavischen Nationen werden mit derselben Pracht, mit der sie eine neue europäische Gesellschaft in Rotglut schweißten und die Chandscharschneiden ihres organisatorischen Genies am alten Blocke: Asien funkenstiebend schliffen, große Künste gebären und phantasievolle Wunder der Kultur. Den Völkern des plötzlich um Jahrzehnte gealterten Nordeuropas aber werden ihre Künstler, die von der Tatkraft vergangener Mannheit zehren, nicht einmal zur Kunst verhelfen. Denn auch Kunst wird, wie alles in der Welt, mit Blut gemacht, Zarathustra hat seine Wurzeln im Sterbelager vor Metz und der letzte *deutsche* Lyriker hat seinen Sturm auf Adjutantenritten sich geholt!

Die Drückeberger aber lassen sich zur Kultur assentieren und möchten der Weltgeschichte eine gut bürgerliche Erziehung geben, nette Umgangsformen, ein geschmeidiges Wesen und Weitblick nur einen Stumpen, wie sichs für ein zum Beruf erzogenes Junges ergibt. Und wenn die Weltgeschichte erst gemütlich ist und nicht immer allein Recht behalten will, sondern zu den Meinungen der Pazifisten schweigt, dann, hoffen sie, würde das Töchterchen im heutigen Leben wohl schon Karriere machen. Sie vergessen immer wieder, daß der Streber selber in Frage gestellt ist, sobald die Gesellschaft, innerhalb der er sich durchsetzen will, umfällt. Die Griechen nannten den Privatmann, der sich um die Sozietät nicht kümmerte, den Idiotes. Der Werdegang dieser Bezeichnung bis zu unserem Idioten vollzieht sich über die starke ethische Verurteilung, die von großen hellenischen Philosophen gegen den staatlich indifferenten Bürger gefällt wurde.

Der Mann, der von dem Geschäft im einzelnen nichts, aber den Sinn aller menschlichen Geschäftigkeit versteht, ist Staatsmann; derjenige, der sich von seiner Intelligenz beraten läßt, daß er bei den großen Rassen- und Weltwirtschaftsfragen nichts verloren habe, ist der Idiotes. Er vermag nicht einzusehen, daß die Menschheit nach anderen Geheimnissen denn denen des lukrativsten Geschäftes prosperiert, und daß auch der methodische und gründliche Gelehrtensinn, dem jede Störung verhaßt ist und der innerhalb stabilierter Zustände der höchste wünschbare Bürgerstatus ist, eine Armseligkeit bedeuten kann. Denn Ordnung wird erst durch Unordnung erstrebt und muß eingerissen werden, wenn sie erreicht ist, und das Glückliche an ihr ists, daß sie als Kind der Widersetzlichkeit, der Revolution und des Krieges eintritt. Friede existiert als Gipfel des Krieges, sonst aber nimmer, nicht über, unter und auf der Erden und nicht in der heftigen Feindseligkeit der Zellen, unter der das Individuum sich als Körper entwickelt. Krieg ist mitnichten wider die Kultur, denn er ist selbst Kultur. Und wie alles in uns eine Entwicklung durchgemacht hat, das Somatische ins Technische, das Psychische ins Intellektuelle, so hat auch der Krieg als Faktor der Kultur sich geändert. Der Kulturkrieg, den Europa, zwischen Amerikanismus und Asiatismus, zwischen Roosevelt und Nogi eingeklemmt, wird zu führen haben und auf den es sich präparieren und einschlagen muß, ist genauer berechnet, schlichter und großzügiger organisiert und will mit stärkeren Nerven ertragen sein, denn der Mann-an-Mann-Kampf primitiver Jahrtausende. Friede, Diarrhöe und Plattfüße haben mit Kultur nichts zu schaffen; wohl aber Kaltblütigkeit und großer Sinn, Scharfschützenaugen, Marschierbeine und Dreadnoughts, die mittels Logarithmentafeln manövriert werden, und die Feldgeometrie schlangenschlanker Schützenlinien, die wie ein wunderbares Geheimnis in ein Geheimnis rennen, ein Symbol der Natur, die ihre Schwärme ausschickt, man weiß nicht, von wannen sie kommen und wohin sie stürmen, aber ein dem einzelnen unbekannter kluger Wille sendet sie in langsamen Wellen in die Brandung von klaffendem Tod und hochauf bäumendem Leben.

Die Kunst wird zum Generalissimus des Friedens ernannt; aber die Kunst und das Gehirn, die Industrie und die Wissenschaft und die Technik brechen ihre Zelte ab und ziehen mit hinaus, und verjüngt kehren sie aus der Schlacht zurück. Es ist die Kultur unseres hochentwickelten Krieges, daß ihn nicht allein der Bizeps schlägt, sondern der Mathematiker, der Schuster und der Schachspieler, und daß nicht allein die Agrarier, sondern auch die Metaphysik ihn erklärt. Der Mensch steht so hoch, als sein Krieg steht, aber er darf nicht nur die Antithese, er muß auch Blut haben, ja, die Antithese muß ihm dann geradewegs aus dem Blute kommen. Wir sind eine Rasse von Siegfrieds, denn der lebenslängliche Frieden kommt praktisch der unverwundbaren Hornhaut gleich. Aber es ist ein altes Motiv der Dichtung, daß diese Unverwundbarkeit ihren Reiz verliert, wenn sie nicht an irgend einer Stelle aufgehoben ist.

Der Krieg ist nicht als solcher wünschbar, sondern in seinen ethischen Erscheinungen und in seiner Produktivität. *Der* Krieg ist immer prägnant, es handelt sich stets um den siegreichen Krieg. Ein anderer Krieg ist nämlich kein Krieg, sondern Krankheit und man führt ihn nicht. Wenn sich ein ungeheurer Körper, wie ihn unsere bürgerlichen Gesellschaften und Staaten darstellen, nicht wehrhaft erhält und das Gehirn, die Regierung - die allerdings womöglich ein Gehirn sein soll - im Staatshaushalte nicht auf alle Fälle die Wehrhaftigkeit bis zur Sieghaftigkeit budgetiert, ist es ein redender Leichnam, ist es Literatur, und die Zeit naht, wo seine Nachbarn von Nekrophilie befallen werden. Solch ein Staat ist "Glieder ein Hackbrett voll", wie mans erlebt hat. Der gesunde Staat trainiert sich unausgesetzt nicht zum Kriegen, sondern zum Siegen; und die Flotte und die Armee eines Staates sind darum die Kulturmaße seiner Bewohner; denn der ethische Stand einer Bevölkerung zeigt sich in der Einsicht und Opferwilligkeit seiner Einzelglieder, für das allgemeine Interesse von einer Bequemlichkeit abzusehen. Ein Staat jedoch, in dem ein rechtschaffener Minister sich ausnahmsweise einmal getraut, den süffisanten Säckelbürgern ihre Luxusvillen und Weinfeiertage und ihre hysterische Steuerhypochondrie vorzuhalten, und der dafür von einem Zeitungspacket erschlagen wird, ein solcher Staat trägt seine "Intelligenz" als Totenmaske. Jener Minister doch hatte recht und war ein redlicher Durchschnittskopf, dann ists dies, was das staatsmännische und alles menschliche Genie ausmacht. Denn es ist das Ungeniale am Bürgerlichen, daß er eigenartig und eigensüchtig ist und nie den Durchschnitt durch das Leben eines Staates macht.

Einen siegreichen Krieg soll man führen, wie unser Blut ihn lehrt, wenn an einem schönen Sommertage des Gemüts die Blutkörperchen in Schlachtordnung gegen die "Fremdkörper" ausrücken und in wilder Schlacht die Eindringlinge vollständig vernichten. Nach diesem Morden wird der Kopf klar und hell, die Organe gedeihen und das Gemüt hat Sommer von innen her. Die Wohlfahrt kommt dem kleinsten Teile zugute. Die Muskeln liegen zart, voll und produktiv wie lange Knospen, verdächtig und mit ausprobierten Nervenkontakten versehen wie Explosivkörper hinter der Haut, dieser à la miniature eingestellten Reichsgrenze des Individuums. Sie arbeiten und schaffen und bauen die Idylle der Menschheit aus; aber sie schwellen auch auf und gehen los wie Torpedos und schießen Fäuste und Klingen mit derselben Kraft, mit der sie sonst fürs Handwerk da waren. Dieses wird geschützt und die größere Tüchtigkeit im Sieg verdreifacht. Der wehrhafte Mann und der wehrhafte Staat bewähren sich im Frieden, der wiederum das Ideal des Krieges ist und darum erkämpft werden muß.

Roosevelt

Nun weiß man, was "Amerikanismus" ist. Die jungen Europäer haben das Wort in den Kaffeehäusern wie eine große Keuschheit ausgesprochen, die Publizisten haben es wie ein schon staubig gewordenes Laken jedesmal ausgeschlenkert, so oft drüben oder herüben ein Malheur passierte, das mit hochstelligen Ziffern, seis Mensch, seis Geld, zu tun hatte. "Amerikanismus" bedeutete stets einen Kulturdämon, ein wahnwitziges und lächerliches Lebensgespenst; "Amerikanismus" bedeutete stets "Millionismus".

Seit aber Roosevelt, in die Brust geschossen, eine wichtige politische Rede nicht unterbrach, weil er andere Dinge zu tun hatte, als sich um sein "bißchen Körper" zu bekümmern, weiß man, daß Amerikanismus eine ganz gesunde und schöne Sache ist, nämlich ein außerordentlich widerstandsfähiges Nervensystem. Vielleicht gibt es auf der ganzen Welt überhaupt nur einen "Amerikaner": das wäre dann Roosevelt. Denn Roosevelt ist nicht nur in Europa, er ist auch in Amerika ein Phänomen. Nicht alle Menschen in Amerika haben solch vorbildliche Nerven; um die Konstitution eines Amerikaners ist es im Gegenteile schlecht bestellt, der Durchschnitt leidet an Dyspepsie, an epileptischen Erscheinungen, Neurasthenie und allen schwächenden Folgen. Seine Fahrigkeit gilt oft als Fixigkeit, aber sein Mangel an eigentlicher Energie bekundet sich in eben diesem sprunghaften Wesen. Gewöhnlich verwechselt man den gutgenährten faulenzerischen Yankee-Araber, der in den großen Kulturzentren Europas nomadisiert, oder irgend einen energischen Europäer, der sich alte Arbeitsmethoden vom Halse geschüttelt, also nach Gemeinanschauung "amerikanisiert" hat, mit dem typischen Amerikaner. Aber der Amerikaner gleicht dieser Utopie eines Zukunftsmenschen gar nicht. Jeder fuchsteufelswilde und hartherzige Arnaute ist in dieser Beziehung ein besserer Amerikaner. Eine einzige Ausnahme gibt es und die heißt Roosevelt.

Roosevelt ist ein Prachtexemplar von Amerikanismus, gerade weil bei ihm die zahlenmäßige Assoziation wegfällt und weil sein Zuwachs an Kräften ganz aus seiner Menschlichkeit quillt. Er ist hart und auf den Erfolg eingestellt, aber nicht wie eine stupide Geschäftsmaschine, sondern wie ein gänzlich von einer vernünftigen Idee beseelter Reformator. An ihm gibt es diese Romantugenden, die schon Alexander Dumas erfunden hat und die dem heutigen Yankee tatsächlich deswegen leicht eignen, weil er auf den Kopf gefallen und ungebildet ist, also diese verschmockte Sachlichkeit, Geldvergötterung und dieses Überunmenschentum nicht. Im Gegenteil, Roosevelt ist ein herzlicher, gutmütiger, lustiger Mann, der Aug und Ohr und meist wohl auch das Sprechwerk offen hat, sich für alles interessiert, zwischen allem Beziehungen herzustellen weiß und gar nicht so sehr auf die Pose versessen ist, wie man ihm vorwirft. Als er Europa vor Jahren seinen Löwenjägerbesuch abstattete, hat vieles an seinem Wesen beleidigt und dadurch zum karikierenden Widerstand herausgefordert. Diese überquellende Menschlichkeit raubte uns fast den Atem, beklemmte unser Selbstbewußtsein. Denn um so leger, so selbstsicher und so unberührt von Grandezza zu sein, muß man schon eine ganz solide Kenntnis seiner zureichenden Fähigkeiten besitzen. Dieser Reichtum an Schlichtheit wirkte als Pose. Aber die Pose Roosevelts, der er als scharfsinniger introspektiver Mensch - und ein solcher ist Roosevelt trotz seiner burschikosen Glückseligkeit und Sich-selbst-Hinnahme - nicht entgehen kann, liegt anderswo, nämlich gerade in seiner Physis. Sein Körper ist das Bewußteste an ihm, er ist das *Gesetzte*, das heißt die *Pose*. Gerade weil er ein so spitzfindiger, schlauer und universeller Kopf ist, liegt sein Ehrgeiz auf anderem Gebiete. Man darf nicht vergessen, daß Roosevelt nicht als Hüne zur Welt kam. Er war mit 24 Jahren noch ein schmächtiges Bürschchen und soll auf der Lunge nicht verläßlich gewesen sein. Da schickten ihn seine Leute für mehrere Jahre in den Westen auf die Farm, dort ritt und jagte er mit den Cowboys, seinen nachmaligen Rauhreiterfreunden. Er fällte Baumstämme im Urwald, rang und boxte mit den Kameraden und trainierte sich systematisch zu einem vollkommenen Athleten heran. Das Körperliche Roosevelts ist also eine Errungenschaft; sein Körper ist nicht animalisch, sondern weise. Während unsere Maler und Literaten glauben, sie müßten sich ruinieren, um schöpferisch zu werden, weil Heinrich Mann irgendwo behauptet, daß Ausschweifungen produktiv machten, legte Roosevelt es darauf an, sich z. B. in zehnstündigem Parforceritt nervös zu reiten, um nachher eine ungeheure literarische oder diplomatische Arbeit in seinem Zeitpensum zu leisten. Man sieht schon, Roosevelts Gesundheit ist keine triviale, sondern eine höchst geistige und raffinierte. Man könnte beinahe sagen eine literarische. Jedenfalls ist sie allein das an ihm, was man eventuell als Pose ansprechen könnte.

Die Gesundheit nicht als atavistisches Merkmal, sondern als Pose, das ist also der Witz des Amerikanismus. Wenn Roosevelt wie ein Amokläufer dasteht, berauscht von der Sensation, die seinem muskulösen Körper entströmt, so kann das dem Pauper und Paria der Körperlichkeit wohl mißfallen und geistlos erscheinen; aber was verschadets, wenn wirklich die Bullenkraft dahinter steht, während das Blut ins Hemd sickert, eine politische Rede mit ganzem hinreißenden und überzeugten Temperamente vom Stapel zu lassen? Das ist dann ein Mann, der in Amerika noch seltener ist als in Europa und eigentlich wirklich als der einzige "Amerikaner" angesehen werden kann. Seit Bismarck, mit dem Roosevelt ebensosehr die nicht zu beeinträchtigende private Ehrlichkeit wie diplomatische Schlauheit und Intrigenlust gemeinsam hat, hat es bis Roosevelt keinen zweiten Vertreter solcher Rassigkeit gegeben. Und das Hinreißende an Roosevelt ist, daß er eine Fundgrube an aller Humanität darstellt. Er hat die Nur-Technik seines Landes und seiner Nation erst die entwickelte moderne, sozial interessierte und physisch exekutiv gewordene Psyche eines "Amerikaners" entgegenzusetzen, bekümmert sich um die Politik nicht als Geschäftsmann, der um seine Aktien besorgt ist, auch nicht als Anwärter auf einen einträglichen Regierungsposten, sondern als weitschauendes menschliches Genie, das unter Menschen Ordnung machen will. Er vertritt ebenso alte wie neue Mannesideale und gibt damit der ganzen Welt ein schönes Beispiel, das sie heute recht nötig hat. Er sieht, wos fehlt, und legt darum Wert auf die physische Autorität eines Mannes: daß er sich an den Resultaten eines solch geschulten Trainings freut und ein wenig mit ihnen am eigenen Leibe renommiert, kann man dem lieben Kerl wahrhaftig nicht übelnehmen.

Roosevelt ist für uns kein Mann, sondern ein Mythos, so wie Wilhelm II. es für die anderen Nationen denn die deutsche ist. Da hat er denn eine Kugel in die Brust bekommen, hat sich aber nicht stören lassen, sondern seine Blitz- und Donnerrede zu Ende gebracht trotz dieses "Wetterschießens", hat sich schließlich wie ein ausgetobtes Gewitter zurückgezogen und die Luft rein gemacht. Nein, das ist kein Mensch, das ist ein Mythos. Ein paar Meridiangrade dahinter aber kommt das Harakiri eines Japaners. Roosevelt gegen Nogi, die aktive Energie gegen die passive Indolenz, der Kaukasier gegen den Asiaten. Solange dem Japaner ein solcher Amerikaner gegenübersteht, sind unsere Kulturgüter noch nicht bedroht? Oder - -? Sind denn dieser Roosevelts mit den breiten Brustkasten und dem Humor ihrer Zielbewußtheit so viele unter den Amerikanern? Leider nein, die Brustkasten sind wohl da, aber das andere, das Geistige, das zu diesen Blasebälgen einer menschlich entfachten Lebensflamme gehört, fehlt. Es fehlt die Reinheit dieser Flamme. Roosevelt ist ja auch unter Amerikanern der einzige Amerikaner. Er ist Anti-Yankee, er geht gegen den rücksichtslosen, dummen und unsozialen Geschäftsgeist los, gegen die Verrottung, die Ausbeutung und die Egoisierung. Amerikaner wäre ein Mann, der gute Kräfte in den Dienst eines menschlichen Ideals, nicht in den einer räuberischen Manipulation stellen kann. Und ein solcher ist in Amerika nur Roosevelt und hat Kollegen vielleicht in Europa, niemals aber im eigenen Lande. Seine Gesundheit ist jene hohe moderne der "heroischen Nervosität". Und man vergleiche die seelische Tiefe und Kraft, zu der ihm seine Physis also verhilft, vergleiche seine Haltung, seine Pose, seine unsentimentale Verachtung für das "bißchen Körper" mit jener des Asiaten - dort Vernunft und weiser Humor als ethisches Prinzip, hier ein leeres, letzten Endes unkultiviertes und abergläubisches Pathos, hinter dem kein Zweck, kein Idealismus, keine Energie, sondern eine fatale höfische Faxe steckt. Roosevelt hat zu tun, er hat das Leben eines ganzen Volkes zu sanieren und das will etwas heißen; Nogi aber hatte nichts zu tun, darum wurde er in einer antiquarischen Samurai-Moral geschäftig.

Roosevelt, für den alle Welt drüben schwärmt, ist doch nicht Präsident geworden, denn gegen den Präsidenten, den ihm die Dschingiskhane des roten Geldes entgegenstellten, gegen "president Bakschisch" konnte auch er nicht aufkommen; aber das tut nichts; er ist der anerkannte Staats- und Kriegs-

mann, Roosevelt americanus Asiaticus, die einzige Ariernase, die die gelben
Huzelknaben wegriechen wird. Er wird das begonnene Werk von Lüle-Burgas
fortsetzen. Dem Österreicher, dem ohnedies der Asiate in den Stiefeln geht,
kann dies nur von Vorteil sein.

Hans Sachs

Hans Sachs war ein Schuhmacher und Poet dazu. Er hatte eine heute nieder-
bewertete soziale Stellung inne und kannte das Leben in dieser Gesellschaft.
Und er wußte, worauf es in der Kunst ankam; nicht auf jenes Temperament,
das gegen alle gesellschaftliche Sitte und Gebühr wie ein verwöhnter Bube um
sich schlug, sondern wie jenes, das in der Muße einer praktischen Arbeit,
sagen wir des Lederaufziehens, von dem heimlich emsigen, naiv ehrlichen
Drang beseelt war, diese Gesellschaft über sich selbst hinaus zu heben.

Sachs kennzeichnet in seiner Personalunion von Schuster und Poet jenen
guten deutschen Künstlertypus, wie wir ihn heute nicht mehr haben. Das ist,
sobald man es einmal bemerkt hat, eine anständige Gelegenheit, jenseits von
Jubiläumsanlässen und dergleichen Scherzen auf ihn hinzuweisen. Hans
Sachs ist sogar höchst modern, wenn man Modernität im schönsten Sinne als
soziale und historische Notwendigkeit definiert. Hans Sachs, der Dichter, der
ohne Einbuße seiner Imagination den Tageslauf vollenden konnte, ohne sich
jede Minute außer Zusammenhang mit den Millionen Menschen rings um ihn
herum bringen zu müssen, ist ein zugleich sozialer und künstlerischer Typus.
Heute aber geht es entweder so, daß es sozusagen Nur-Schuster oder Nur-
Poeten gibt. Die Nur-Schuster sind entschuldigt, wenn sie gute Schuhe machen; sie sind sogar heute ein wichtiger Kulturfaktor, wenn sie auf ihrem
Gebiete Dichter und Reformatoren sind und uns endlich den idealen anato-
misch richtigen und formal harmonischen Schuh schenken würden. Die Nur-
Dichter aber sind ein Rückschritt. Denn die Dichter von heute stellen sich
außerhalb der Zusammenhänge sozialer Arbeit und schaffen eine Gemeinde
angeblich höher Interessierter, höher Gebildeter, höher Vermögender - womit
sie sich glänzend abführen, freiwillig aus dem Organismus abgehen und sich
schwächen.

Hans Sachs! Wie er nun schon so hieß, so kurz und schön und so burschikos! Er war als Bürger, als Glied einer Gemeinschaft in die Welt gekommen
und all seine dichterischen Zustände vermochten nicht, ihn die Wohltaten
seiner fünf gutgeratenen Sinne schmähen oder gar stimulieren zu lehren. Er
war gesund, genußfroh, arbeitsam und bescheiden. Oft dachte er daran, die
Dichterei aufzugeben; aber nie hat er sich überhoben und etwa auf seinen
bürgerlichen Beruf, sein Schustertum, scheel herabgeblickt. Es kam ihm gar
nicht bei, daß ein Dichtersmann um Gotteswillen kein Bürgerlicher sein dürfe;

er dachte vielmehr immer so, daß der Klügste und Begabteste, also der Dichter, auch der beste Bürger zu sein habe. War das Gemeinwesen, waren die Zunft, die Vaterstadt Nürnberg, das heilige römische Reich und der deutsche Kaiser nicht just auf einen solchen Kerl angewiesen? Er umschloß bei seiner Arbeit das ganze deutsche Volk und sagte ihm über die kurze Hand sein Bestes, das er ausdenken konnte. Dabei lag keinem die gesunde Rebellion mehr im Blute als ihm. Er reformierte in seiner Vaterstadt manches Unwesen als bürgerlicher Funktionär, er brach zuerst mutig aus den sinnlos grausamen Regeln der damaligen Meistersingerei, einer formalen Ästhetenkunst, ins Gehege einer frei und wild wachsenden dichterischen Produktion. Er war der erste, der Luther verstand, begrüßte und dessen Lehre auf sich nahm. Die gesamte religiös-publizistische Literatur der damaligen Glaubenskrisen lag bändeweis in seinem Heim aufgestapelt. Wenn er einen Tag über fleißig vor dem Leisten hantiert hatte, kam er mit dem glücklichen blonden Gesicht in die gute altdeutsche Stube herein zu Frau Kunigunten, geborenen Kreuzerin. Er fühlte das Heim in seinen schweren muskeligen Gliedern, er stand breit in der Thiele drin mitten unter dem kräftigen Schnitzwerk, das Wände und Simse täfelte. All das war ein Stück seines Leibes, ganz so merkwürdig unruhig, weitschweifig und schwerfällig wie dies Linienwerk im Saal mochte das Blut durch seinen Körper gehen. Nimmer war hier Unmögliches oder Irres getan, weder in diesem Gerät, noch in diesem Wesen, das er faßte. Die Linien liefen nicht alle knapp und geradewegs auf ihren Zweck zu; sie liefen ein paarmal um ihn herum, sie hoben ihn hervor durch Schönheit, sie adelten den Handgriff, den Knauf, die Klinke, die Lehne des Stuhls, die Brüstung am Schreibtisch und den mächtigen Raum im Humpen. Hier war zu lernen, wie man etwas Nützliches schön zu machen hatte, und wars auch nur aus einem so elenden Material wie Worte. Da saß er also bei Feierabend nieder. Er aß tüchtig und zeigte sich ehelich verliebt; belehrte seine sieben Rangen, zwei Söhne und fünf Töchter, wenn sie im Hause unnötig etwas kaputt schlugen und nach Kinderart verächtlich auf die Kleinigkeit herabsahen. Bei dieser Gelegenheit erzählte er wohl die Legende "Als unser Herr noch auf Erden ging", von dem dummen Jünger, der den Pfennig nicht aufheben wollte; Christus aber hob ihn auf und kaufte eine Tüte Kirschen davon, die er in der mittägigen Glut so lange nacheinander in den Staub fallen ließ, bis der träge Jünger, seinen quälenden Durst zu löschen, sich nach ihnen das Kreuz ausgebückt hatte. Die Kinder, die nach des Vaters Bedachtsamkeit geraten waren, wurden still und dachten über ihre junge Ungeschicklichkeit und ihren Überschwang nach; da ging denn das Essen ruhig und ein wenig pressant zu Ende. Denn Sachs hatte wieder einmal eine neue Idee, und kaum waren die Schüsseln abgeräumt, da ging er summend und mit den Fingern in die hohle Hand taktzählend im Zimmer umher und modellierte Reime in seinem Kopf. Das war, bei allem findigen Sinn und allem Klangreichtum auf der Brücke zwischen physischem Gehör und Gehirn, eben doch eine entsetzliche Sache, die man seinem ärgsten Feind nicht gegönnt hätte; nach all dem ermüdenden Handwerkeln übertags kam abends noch diese Plage über Sachs, und schon war er drauf und dran, das Zeug in eine Ecke zu schmeißen und still zu sitzen und Gott nicht freventlich zu versuchen: Liebenswürdigeres denn Dichten konnte man tun: aber das, was ihm am Tage eingefallen war, ließ ihm doch nicht Ruhe, raus mußte es und er wollte es seinen Mitbürgern ins Gesicht sagen: So und so geht es zu, wenn der Mensch sich nicht vor seiner vermaledeiten Natur in acht nimmt.

"Wie schändlich sei'n die groben Laster,
Die alles Unglückes Zugpflaster."

Er schrieb es auf, soweit er gekommen war, die originellen, etwas übergeräumigen Verse, die ebenso voll Teufelei steckten als voller Schmerzen um die getretene Form. Wurde so was nun ein Dialog oder ein Drama, wie er das nannte, so fehlten da manches treue Mal die Übergänge, die Leute kamen recht unvermittelt zum Schluß oder verloren sich in arger Weisheit. Wars aber ein Gedicht, da stand dann im Tonfall plötzlich irgendwo ein Dorn hervor, gleich einer gebrochenen Rippe, und war mittels aller kosmetischen Wendungen und Phrasenvergipsungen nicht wegzukriegen. Solcherlei Stellen, für die nun einmal das Wortmaterial eines Schusters anno 1530 nicht geschmeidig genug war, hätte ein schlauer Patron von klügelndem und raffiniertem Ästheten einfach weggelassen. Sachs aber tat es sehr leid um die schöne Sentenz, die dann auch fortgemußt hätte. Er war viel zu ehrlich, um auf dieses künstlerische Spitzbubengewissen zu verfallen, daß ein Gedanke unbeschadet wegbleiben dürfte, wenn er die Form störe. Er lehnte sich auf dagegen, er war zu gründlich, geschah ihm recht, wenn er nicht genug Talent besaß, aber das durfte auf keinen Fall wegbleiben. Er zog das große Taschentuch aus der Brustfalte; da war der Gedanke, den hatte er sich heute beim Schustern extra eingeknotet! So kams, daß er die Form elendete, aber doch ein ehrlicher Mensch blieb. Er ließ die Stelle passieren und schwor sich zu, morgen würde er da mit der Ahle kurieren! Aber morgen, wette ich, wird der fruchtbare Kopf wieder eine andere Idee haben! Dann laufen ihm die Leute eines Tages die Tür ein. "Ach, Meister Sachs, wir brauchen so notwendig, so notwendig ...." "Ein Paar Stiefel?" fragt Sachs und greift nach einem soliden Exemplar, das noch unreif am Leisten steckt. ".... Nein, nein, ein Stück von Euch, eine Komödie, ein Spiel, 's ist Fastnacht und Ihr wißt ..." "Aber, liebe Nürenberger, ich habe ja nichts", sagt Sachs. "Sachs, Ihr lügt," schreien die, "wir wissen ganz genau, daß Ihr im Vorrat arbeitet. Ihr seid ein Genie, Ihr langts nur so aus der Tasche, wir kennen das schon. Also macht keine Anstände und schämt Euch ..." Das Manuskript rückt aus, erst wird es säuberlich samt all den Flecken auf seinem künstlerischen Ehrenschild gebucht, dann wird es inszeniert, aufgeführt und applaudiert. Sachs sieht sich die Affäre ein wenig wehmütig und verdutzt an. Da haben sie nun nicht nur seinen Rippenbruch nicht gemerkt, sondern ihm auch noch ein paar neue Rippen dazu eingeschlagen. Es ist vielleicht doch besser, wenn er bei der Schusterei bleibt, es ist ein anständiges und gesittetes Metier, das niemanden zum Irrsinn treibt. Sachs hatte eine grenzenlose Hochachtung vor aller solcher Arbeit, es liegt so viel Freude darin, einen Schuh zu machen, ihn in der Hand zu halten und zu sehen, daß der Stoff sich dem guten Willen fügt. Steckt der Schuh an einem gesunden Fuß, geleitet er ihn durch ein Stück Leben hin, dann wirkst du als Schuster in die Menschheit hinein. Bekleidest du einen Ambassadeur mit deinem Werk und sitzt es gut, dann hat der Mann ein Auftreten und du hast, ungekannter Held, deine ganze Nation aus einer schlimmen diplomatischen Verwicklung gerettet. Verse aber sind früher abgetreten denn Sohlen und können nicht gedoppelt werden. Wenn also Sachs heute zu Frau Kunigunten heimkehrt, ist er melancholisch und arbeitet einmal nichts. Dafür nimmt er sich den Luther und den Melanchthon her, den Hutten und den Reuchlin, kramt sein bißchen Latein und Griechisch aus der Schule zusammen, weit hat ers, ein Sohn des Handwerks, in jenen Disziplinen nicht gebracht, und studiert in den brauntonigen Blättern, bis ihn ein neuer Geist anweht. Eine Zeit später tritt er mit seiner Familie zum Lutherismus über, schreibt ein tadellos gelungenes Lied: "Die wittenbergische Nachtigall, die man jetzt höret überall" und veranlaßt auf diese Weise einen religiösen Umsturz in Nürmberg.

Hans Sachs in seiner Idylle war kein Duckmäuser und Philister. Er hatte sich seine Ruhe erkämpft, mit 17 Jahren ein Stück Welt gesehen, als er, nach seiner eigenen Wiedergabe, fünf Jahre lang in Deutschland als Handwerksbursch herumzog und in den verschiedenen Meisterschulen der Städte gastierte. Sein Seelenleben machte die von ihm selbst in einem Gedicht geschilderten religiösen Konflikte durch. Sieben Kinder starben ihm, als er in die Sechzig ging. Frau Kunigunt folgte ihnen im Tode nach. Der kräftige, lebenslustige Mann nahm übers Jahr eine neue Gattin ins Haus, die schöne siebzehnjährige Barbara Farscherin, der eines seiner Gedichte gilt. Er, der so oft eheliche Zwiste zum Vorwurf seiner Tragödien und Komödien gemacht hat, lebte in glücklichem Hausfrieden. Er starb mit 82 Jahren, 1576. Seine Zeit war ein großes bewegtes Wellenschlagen von Dingen, die erst heute in uns zur Ruhe gekommen sind. Kriege und Seuchen, Untergang blühender materieller Kulturen, umstürzende technische Erfindungen füllten sein Zeitalter und Frühlinge der Philosophie belaubten die Wege der Menschheit. Kein Zeitalter gab es, das dem unseren ähnlicher wäre; weniger in den Tatsachen als in der Atmosphäre von Erregung, die über ihm liegt. 1792 in Paris war dagegen ein unordentliches frivoles Unternehmen. So nachhaltig wie Druckschrift, Schießpulver und Protestantismus hat innerhalb gotischer Kulturen nichts gewirkt. In deutschen Landen hat eine Revolution immer nur Aussicht, eine Reformation zu werden. Und das ist gut so. Der Geist des Zeitalters muß sich ändern.

Und er ändert sich; als Sachs und Luther auftraten, gab es in der Kunst einen mittelalterlichen Ästhetizismus: die Form überwog. Gelehrtenpoesie und Regelmache. Hinter der Form gab es die Nichtse. Auch heute gibt es diese Nichtse, aber die Perversion hat eingesetzt, die Freude an der Form äußert sich darin, daß man mit dem Finger unter ihr Gummi fährt und es beliebig dehnt. Das Formale ist Absicht. Der Mann aber, der wie Hans Sachs um der Ethik willen die Form naiv vernachlässigt, steht uns noch bevor; es ist nicht derselbe, dessen Pathos darin liegt, alle formalen Gesetze zu übertreten.

Hans Sachs gehört zu den Künstlern, die waren und sein werden. Für Temperamente seines Schlages ist die Zeit gekommen. Seine Bedeutung liegt aber nun gar nicht darin, daß er qualitativ einige Meisterwerke der deutschen Sprache, quantitativ 6048 Exemplare der Dichtkunst geliefert hat. Sie liegt darin, daß er als Schuster gedichtet hat, gewachsen und gestorben ist. Wichtig ist, daß Bürgerlichkeit und Aufgehen in der Sozietät das Dichten nicht beeinträchtigen. So einen Typus muß man allen Herzhaften, Jungen und Gutgesinnten auf die Seele binden. Sachs war ein Mann, ein Poet dazu.

SCHRIFTEN 1913

Vernunft oder Instinkt?

Motto: Wir bekennen uns zu dem Geschlecht,
Das aus dem Dunkeln ins Helle strebt. *Goethe.*

Asien zeugete Europa, Europa zeugete Amerika. Es ist die Genealogie der
Funktionswerte. So liegt Europa zwischen Amerika einerseits, Asien anderseits, und die Gefahr ist groß, daß seine eigene Entwicklung, die auch die
unseres Planeten ist, durch die Elephantiasis von Nebenbestandteilen der
Menschheit geschmälert werde. Um den Amerikanismus, Hybris und Hydrokephalie des Glaubens an menschliche Errungenschaft, zur Schrumpfung zu
bringen, wird auf die Dauer des nächsten Jahrzehntes eine Art "Konträramerikanismus" verwendet werden müssen. Konträramerikanismus ist im unge-
zwungenen Sprechstil etwa durch die Haltung gegeben: Na, na, oder: Auch
diese Suppe wird nicht so heiß gegessen, wie sie gekocht ist.

Amerika ben Europa ist ein talentiertes Schüppchen auf dem Häutchen:
Asien. Diese Einsicht ist wünschenswerte Medizin für den "Amerikaner". Er
soll erfahren, daß er von seiner radikalen Natur, die Asien, reines Asien ist,
nicht loskommen kann, daß er angewachsen und durch tausend Saugröhrchen
mit ihr verbunden bleibt. Aller Fortschritt ist nur eine Schnecke, die über diesen nährsamen Grund dahinkriecht. Auf der andern Seite aber äußert sich an
dem heutigen Europäer - auch an dem geographischen Amerikaner - ein böser
Asiatismus, eine Lust zum Rückfall in den Djungle. Gegen ihn hilft der Konträrasiatismus: der enrmaschinierte Djungle.

Der Asiatismus drückt sich im Leben des Europäers als ethischer Fatalis-
mus, Götzendienst vorm Instinkte, Exotismus, Verketzerung des Intellekts und
alles jene aus, das sich unter dem literarischen Schlagworte "Tiefe" begreifen
läßt. Es gibt zwischen 1890 und 1920 eine Generation, die, nach den eisigen
und harten Temperaturen jenes Zeitalters, als deren repräsentative Männer
Bismarck und Nietzsche auftraten, sich nach Lauheit sehnt, nach einem gut
gewärmten Hintern-Ofen-Dasein. Die Vernunft war ihr plötzlich zu kühl, die
Willenskraft zu wenig lustspendend, die Kraft ein zu karges Lebensgefühl, da
stürzte sie sich selbstverloren, traumheischend, singsingend in die Tiefe, ihre
Dichter und Künstler kamen und verkündeten sie.

In dieser Zeit entstanden Gedichte, Romane, Dramen, in denen Sehnsucht
nicht war, aber etwas saß da wie ein unfruchtbares Weib, hieß Sehnsucht und
fing Sehnsuchten wie Fliegen an der Mauer weg. Asche gewordene Leben
wollten entglimmen und harrten, bis Feuer vom Himmel fiel. Leidenschaften
legten sich hin und starben, ihre Gräber aber standen auf und trauerten um
sie; die knöchernen Tränen, die fielen, waren Kapseln, in denen die Tiefe
verschlossen lag. Ein Krater blies dünnen Rauch empor, um das Wallen anzu-
locken; er blieb leer und wollte trotzdem kein Berg sein. "Wir haben kein

Gefühl, wir haben keine Triebe, die Reflexion hat sie ertötet, dreimal vermaledeites Unheil des Denken- und Wollen-Müssens" kreischten die Menschen und Prozessionen taubgefühlter Schädel steinigten sich die Bußetreppen der Tiefe hinab. "Ei, so habt ihr Gehirn!" ward ihnen zur Antwort. Da streckten sie die Hände flach, hart in Entsetzensabwehr und schrien das Wehe! Wehe! über die Vernunft, bange derer Helligkeit.

Es ist nicht die Tiefe des Blickes nach oben, die sie meinen, der unerhörten Sehschärfe, jener acies oculorum des Goten, die sich zu Fernrohren und Mikroskopen verkörperlichte. Es ist nicht die unerhörte Klarheit und Durchdringungskraft des geistigen Gesichtes, sondern dessen Vermummung in die milchigen Nebel eines materiellen Mystizismus. Dieses Negativ ihrer Nasenspanne mit der unbekannten Größe der Nebularwelt dahinter nahmen sie vors Antlitz und waren glücklich. Tief aber ist der Asiate, denn ihn regiert der Instinkt, die mystische Emotion, der Schreigesang der inneren Münder, und alles geht ihm wollüstig hinter dem weißen Flor vor sich. Dieser Flor, den der Europäer eben verloren hat, ist das angenehme Gespenst, das der Verlustgänger um die Geistesmitternacht aufsucht; es ist die Tiefe der Nibelungen, der zwergischen Götterwelt des Wünschens und Wollens, des dummen, leidensseligen Schuftens und der Kulimusik, die seine Höllenfahrt aufsucht. Der Gote aber rang mit diesem Geschlecht der primitiven Tiefen, das an Ecken und Enden mit Fußangeln ihm auflauerte und gnomengrinsig zwirbelig aus dem Boden wuchs.

Der Rückzug in den Instinkt, in die Leidenschaft, das Gefühl und die Sehnsucht ward vor zehn Jahren allgemein von den Künstlern und ihrem Gefolge angetreten. Aber der Instinkt wird nur für die Frigiden das bewußte Ziel und nur der Eunuche liebt die Geste der Leidenschaftlichkeit. Für den Feurigen ist stets der Intellekt Wohltat gewesen und tendenziös errichteter Willensinhalt. Die letzten großen Werte im Leben und in der Kunst werden vom Bewußtsein und vom Willen ausgearbeitet; aber das Bewußtsein und der Wille sind freilich nirgends groß, wo die elementaren Triebkräfte fehlen. Amerika ist klein, wenn Asien nicht voller Reize steckt; aber ein gut erblühtes Asien im Fleische liefert jene Kräfte, die dagegen ins Feld ziehen und dem gotischen Intellekt gegen den asiatischen Instinkt zum Siege verhelfen.

Der Asiate ist auch im Kulturmenschen das Primäre; aber seit dem alten Juden ist er einmal und immer wieder überwunden, und taucht als atavistischer Typ auf, um neuerdings überwunden zu werden. Als die Juden Christum kreuzigten, ohne Verständnis für die Realität seiner Gleichnisse zu finden, verloren sie ihren Beruf als Europäer und erlangten ihn erst wieder, als sie sich zu den Goten bekannten. Christus und seine Vorgänger, die Propheten, lehrten das Bewußtsein. Die ungeheure Sache der begrifflichen Abstraktion wurde damals geboren. Mit Hilfe dieser Abstraktion konstituierte sich die Wissenschaft und diese gestaltete die Erdkruste gründlich um, schuf neue

Formen, Lebensmöglichkeiten und Energieen. Und doch, das große am Bewußtsein ist nicht, daß es die erkenntnistragende, sondern daß es die ethische Instanz ist. Wie und was die Welt ist, ist unserm dynamisch oder sensuell erfassenden Apparat zur Einsicht nicht gegeben; besser denn in der Erkenntnis ist die Welt in der Tat, welche gleich ist dem Ethos, verglichen. Das aber nur ist Tat, wo blanker Wille war.

Jung sein, heißt reifen wollen; das erst macht den *jungen* Mann aus, daß er über sich hinaus will. Auf den Straßen, in den Kaffeehäusern, in den Theatern und den Hochschulen aber begegnet man einer Jahrmarktsjugend, einem Mast-Jungsein, einer hypertrophischen Pubertät, die das Kalt- und Klugwerden mit Entsetzen und Unverständnis von sich fortschiebt, denn es ist ihr nicht Errungenschaft und Wohltat. Sie hat keinen heißen Kopf und keine glühende Seele zu erziehen, sie ist unbegabt an Jugend und darum geht sie nicht über sich hinaus, sondern hinter sich zurück und heischt den Zucker des Wahnsinns und den Träufelmet der libidinösen Zuckungen, und wähnt die reine Poesie der Kleinskind-Unverantwortlichkeit schon zu erreichen, wenn sie die Prosa des Mannes nicht akzeptiert. Diese Jugend hat genau die Fistelstimme, die aus dem Kommando asiatischer Wirtschaft ertönt, und der Eunuche, die hohle Fülle, die Unfruchtbarkeit inmitten von Vegetatismen, greint in ihr über die Potenz und darf sich für das gottgefälligere Wesen halten.

So ist Europa das Medium zweier Strömungen: des Amerikanismus und des Asiatismus. Da ist es Zeit, daß wir uns auf unsere Selbständigkeit besinnen. Amerikanismus ist zu *vertiefen*, zu vergraben wie eine ungediehene Wurzelfrucht; Asiatismus ist zu *heben* wie ein Schatz, an dem Würmer wüsten. Und während wir europäische Schatzsucher mit diesen beiden Zielen vorm Auge unser Stück Arbeit tun, werden wir, wie unsere Kollegen im Gleichnis, erst auf unserm wahren Schatz stoßen. Viele gute, dunkle, trächtig-niederträchtige Dinge sind in uns, Lüste einer perfiden und großartigen und schöpferischen Schönheit; Leidenschaften, die unsere Mütter und Väter übten, ein verbissenes Wollen, das sich wider die klarsten Erfahrungen unseres eigenen kurzen Lebens durchsetzt. Aus diesen Fonds mögen wir schöpfen mit dem Gefässe, das gestaltet und dieses Gefäß mag das Bewußtsein sein. Die Wissenschaft und das Einmaleins lösen unsere zum Fragezeichen in der Qual gekrümmten Gehirne nicht aus der Starre. Die asiatisch tiefstehende Hingabe an die Autorität der Stimmungen, der opiatischen Einfälle und wanzengesichtigen Triebe aber sollten wir stolz leugnen.

Die Kunst ist von Lüderlichkeiten und tropischer Wachswut und Schlemmerei verseucht und das firnblanke hochstimige Gotengenie geht langsam zugrunde. Das ist nicht Jugend, was sich im Djungle der eigenen Herkunft verheckt und verhockt. Jugend und Europäertum ist, was die alten starken Spannungen des asiatischen Erbteils im Menschen durch das Bewußtsein hervorholt und zum Nutzen aller, nicht zum Vergnügen eines Einzigen, arbeiten läßt.

Konträrasiatismus, das ist die Trockenlegung hinter den Ohren, die Ent-
sumpfung, die Gestaltung aus der Tiefe: Asien.

Das halbe Postamt

Man mag am ersten oder am mittelsten oder am harmlosesten Kalendertag
eines Monats vor einem österreichischen Postschalter erscheinen, stets wird
man den Herrn oder die Dame, die zu amtieren hätten, mit Geschäften über-
häuft finden. Das Publikum darf bei diesem Fleiß Zuschauer sein, es kann
sehen, was die Post alles zu leisten hat, und sich in Uneigennützigkeit üben.
Jeder überläßt dem anderen den Vorfußtritt, und da ist nun seinerseits wieder
der Postbeamte fröhlicher Zuschauer. Es ist unglaublich, aber es ist immer
wieder wahr. Und das Unglaubliche ist ja keineswegs die Tatsache, daß der
Parteienverkehr vernachlässigt wird; dies könnte ein stabil gewordener Zufall,
eine Regel von Ausnahmsfällen sein. Das Unglaubliche ist immer wieder die
Dialektik, mit der man amtlich diese Vernachlässigung zu demonstrieren
weiß.

Ich bestand das Abenteuer dieser Tage zum soundsovielten Male. Es galt,
ein Buch zu verfrachten. Zu diesem Zweck in einen ziemlich großen Raum
mit einer massiven Budel und einer Waage von der Größe eines kleinen Krans
gewiesen, fand ich den Saal vereinsamt und legte mein schmächtiges Paket,
ein Buch enthaltend, dem Kran zu Füßen. Dies war schon der zweite Teil des
Unternehmens. Der erste hatte in der Versetzung meines Buches von der
Rangsklasse "Drucksache" in die "Paket" bestanden, weil mein Buch, gewo-
gen und zu schwer befunden, mit 20 Gramm exzedierte. Gut, dies war meine
Schuld, ich hätte es ahnen sollen, und so war ich denn einzig und allein, wenn
auch freudig, darüber erschrocken, daß ein Postbeamter mit so viel Sicherheit
des Geschmackes ein Buch noch in der Emballage richtig zu taxieren weiß.
Der erste Teil nahm also nur die Zeit in Anspruch, die es kostet, eine Drucksache durch Herunterreißen und Auswässern der Marken und eine neuerliche
Emballage in ein Paket zu verwandeln. Jetzt lag das Paket auf dem Kran, der
sich bei dieser Aufgabe wie eine Apothekerwage vorkommen mußte. Und da
lag es; ich ging in dem Saal auf und ab und sah mir mit Muße an, was ich bei
weiterem Mangel an Unterbrechung aus den zwanzig offenen Fächern etwa
mit mir nehmen könnte, zum Andenken an die stille, schöne Zeit, die ich in
diesen Räumen verlebte. Aber es fiel mir ein, daß die österreichische Post alle
diese Dinge doch einmal würde brauchen können, und für dieses einemal
wollte ich ihr das Inventar intakt erhalten. Später entdeckte ich sogar, daß
dieses Inventar auch einen Herrn enthielt, der, im Waffenrock des Postbeam-
ten, ganz hinten in einer Saalecke einen Sessel beschäftigte; er saß darauf. Ich
erhob meine Stimme zu kräftigerem Klang und frug an, wo sich der Beamte

des Frachtenabteils befinde. Der Herr lächelte liebenswürdig und rief: "No, er wird halt wahrscheinlich ka Zeit ham!" Und er ergriff einen Federstiel; schrieb 60 Sekunden lang mit großem Fleiß und verschwand schließlich ebenfalls zu einer anderen Beschäftigung.

Ich war allein. In der fünften Minute wurde ich nervös; in der achten begann ich zu schimpfen, denn mittlerweile war ich auf meinen Spaziergängen in den Scheckverkehr geraten, hatte das Markenfräulein bei der Rekommandierten überrascht, in der pneumatischen Abteilung die Asthmaanfälle des Röhrensystems bemitleidet und den Versuchen, einer Lederkapsel den zerknüllten Karton zu entreißen, Interesse abgewonnen. Den Anwesenden klagte ich mein Leid und erhielt, da man mich meiner etwas unwienerischen Aussprache wegen für einen Zugereisten nahm, freundliche amtliche Achselzuckungen zur Antwort. Da begann mir dieses Wettrennen mit der Langeweile plötzlich Aufmerksamkeit abzuringen, und ich konstatierte an der Hand der Uhr. In der zwölften Minute erschien der Beamte.

Der junge Mann schien intelligent, und so ließ er sich mit mir, während er den Kran in Bewegung brachte, den mein Buch nicht aus seiner Ruhe stören zu können schien, leutselig in theoretische Erörterungen ein. Aber da geschah das Sonderbare. Während sich bisher niemand um mich und meine Absichten gekümmert hatte, strömten jetzt plötzlich die Interessenten eines Plauscherls herbei und umstellten mich wie ein gefangenes Tier. Es erschien das Markenfräulein und die Rekommandierte, der Scheckverkehr stellte die Zahlungen ein, die Briefträger standen mit großen schwarzen Beuteln um mich herum und zuletzt kam der pneumatische Funktionär, dessen chronischen Luftröhrenkatarrh ich belauscht hatte; er war embonpointierter und strenger als die anderen, er hielt eine Rede, in der er jede Störung des Betriebes durch Fremde strengstens verurteilte; ich antwortete, er antwortete, aber da wurde das Gespräch etwas schwer verständlich; ich verpaßte den Anschluß an die postalischen Gedankengänge. Unschuldig frug ich in meiner Neugierde, wieso es komme, daß eine ganze Abteilung elf Minuten lang ohne einen einzigen Beamten gelassen würde, ich wollte ja gewiß nicht dem Herrn selber die Schuld geben, aber die Postverwaltung sollte ... daraufhin erfuhr ich: erstens, daß dies hier überhaupt nur ein "kleines" und kein "ganzes" Postamt sei (Na eben! wollte ich erleichtert sagen), zweitens, daß hier überhaupt nur Pakete *unter* 2 ½ Kilo aufgenommen werden. Ich atmete auf; ich wollte sagen, wie gelegen mir dies käme, und wie peinlich es für mich wäre, wenn hier überhaupt nur Pakete *über* 2 ½ Kilo aufgenommen würden; wo nähme ich sonst die 1 ½ Kilo her, um das Paket aufs richtige Gewicht zu handikappen? Ich sagte aber bloß: "Nun ja, mein Paket hat ja nur 1 Kilo 20 Gramm, wie Sie sehen!" Da antwortete er siegreich: "Na also, warum gehen Sie denn nicht gleich in die Maria-Treugassen oder auf den Minoritenplatz? Dort sind drei Hantierer, da werden S' gleich abgefertigt sein!"

Na also, ich war geschlagen. Ich mußte aus dieser Logik erkennen, daß die österreichische Post nur für die Schwergewichtsaufgaben Talent besitzt. Für die leichte Postathletik hat sie nichts übrig. Auf den Postämtern, wo nur Möbelpacker für die Frachtenabteilung angestellt sind, geht es ja ganz smart zu; mit den kleinen Paketen aber weiß man nicht viel anzufangen. Der Österreicher liebt das Bagatellverfahren nicht. Wenn's nicht großzügig ist und nicht einen Ringkämpfer verlangt, dann lieber gleich gar nix. Unglücklicherweise gab ich diesen Gedanken dezidierten Ausdruck und verwies auf Deutschland und Amerika, deren postalischer Betrieb mir bekannt ist. Aber ich hatte vergessen, daß mittlerweile aus der Adresse des Absenders, die am Paket vermerkt war, meine gute Wiener Einsässigkeit zutage gekommen war; mein ausländischer Nimbus war vernichtet. "Was," schrie der Pneumatische, "was ham S' g'sagt? Ah, dös brauchen mir uns net sag'n lassen; das, was die Deutschen können, das können mir a no ..." Da entfloh ich den Folgen einer Amtsehrenbeleidigung, schneller als ein pneumatischer Brief. Immer wieder fragte ich mich auf der Straße draußen, warum ich denn nicht doch lieber in die Minoriten- oder gar in die Maria-Treu-Post gegangen sei? Aber wie ich dies Problem auch wandte, ich kam immer wieder darauf zurück, daß mein Bureau in derselben Gasse, vier Häuser weit von dem problematischen Postamt entfernt ist, und daß ich es mir nicht hätte träumen lassen, innerhalb des ersten Bezirks in einem Rayon zu wohnen, der kein "ganzes", sondern nur ein "halbes" Postamt hat! Ich habe, Gott strafe mich, ja auch noch nie eine Fünfheller-Marke aufgeklebt, wenn es eine Zehnheller hätte sein sollen!

G. K. C.

Langsam entblättert sich die Zwiebel der Dekadenze, Schale um Schale entsinken Jahrzehnte, und der Griff nähert sich dem Kerne. Die trockenen und dürren Jahre fallen, die Hungerkur des Geistes ist vorüber, und die Frucht des ganzen Schalensystems beginnt zu schimmern, kernig, beißend vor wirklichem Leben, und wieder nahrhaft. Das Knistern der Leugnung weicht der zähen Durchsaftung einer gegenständlichen Lebensfreude. Jede Jugend hat noch bezweifelt, was die vorhergehenden beteten, die kommende aber wird beten, was die letzte fluchte. Der Kern der Zukunft ist Rechtgläubigkeit in allem und jedem, appetitliche Gesundheit in allen Bedürfnissen des Gemütes und des Kopfes. Nächste Generationen halten die Wurzel der Wurzel, den Geist alles Radikalismus, den Kern der Zwiebel.

Die Revolution war die Sache der Jugend und wird sie sein; denn die Revolution will nicht das Neue, sondern das Alte, das Ewige, das in der Jugend frischer erhalten ist denn im mürben Alter. Darum ist die Revolution die Erneuerung gegen das Altern, ist die Revolution nicht das Würgen, sondern Verjüngen des Alten. Die Revolution ist das Konservative im Menschen, der Aufstand wider die Verschlechterung des guten Alten und Vernünftigen, und das Konservative im Menschen ist revolutionär. Alle Dinge unter der Sonne sind schon gewesen, sagt Rabbi ben Akiba; und alle Dinge unter der Sonne werden wieder sein, wiederholt revolutionär G. K. Chesterton, der eines Sinnes ist mit der Menschheit geschichtlichem Beginnen. Er leugnet nicht, er zweifelt nicht, er straft nicht Lügen, er glaubt an das, was je geschaffen wurde vom Dogma der Orthodoxie bis zur Revolution, der blutigsten. Der Geist ist zu sehr Grandseigneur, ist zu beweglich, ist zu sehr in Annäherung an ein Ziel begriffen, als daß er bei dem Zweifel sich beruhigen könnte. Sein Zweifel ist zum Pflücken überreif, und siehe da, man kann ihn, all der Schalen ledig, speisen. Er enthielt im Innersten das neue Heil des alten Glaubens. Ist es ein Widersinn, daß der Konservative den guten Wert, das gute Recht der Revolution beglaubigt, daß der Änderer und Verbesserer nicht nur den Glauben an den alten Gott, nein dessen Kirche und Hierarchie zu seinem Lebensglücke und seiner Glätte fordert? Chesterton ist der Radikalste unter den Radikalen, er ist der Bedenklichste unter den Bedenklichen, er ist fröhlich mit dem Finger an der Stirne, weise in der Beschränkung seiner Erkenntnis, ein Freigeist mit dem härtesten und geschlossensten Zwange des Gedankens; er ist ein Hirn außerhalb des gegensatzreichen Raumes, eines, in dem Humor und Ernst eins sein können. Sein Witz ist nicht färbender Zusatz, noch kaustische Spiegelung, sondern selbstverständliche Heimkehr und Einkehr zur Urform. Aber wenn er der Geistigste ist, der Nietzsche und Shaw milde verweisen, lächelnd und gutmütiger Tücke voll lehren darf, ist er der Erdgebundenste, dem erst aller Geist reif wird in den unscheinbarsten Verpflichtungen des Alltags. Es ist nichtsnutz, über den Dingen allein zu schweben, man muß in seinem Werk auch Revolutionär, Patriot und Katholik sein; wie Sokrates den Göttern noch peinlich den versprochenen Hahn opfern, dem Kaiser geben, was des Kaisers, und Gott, was Gott ist. Es ist der Typus des praktischen Christen. Institutionen im Stiche lassen, weil sie den Geist nicht klar ausdrücken, der sie schuf, ist schlecht und gemein, und verletzt nicht die Institution sondern ihren Geist. Die Loyalität ist die erste Tugend. In ihrem Sinne ist die Revolution Re-Volution. Die Utopien liegen nicht mehr nach vorne, sondern nach rückwärts. In diesem Sinne war der Zweifel der Jahrhunderte vielleicht am Platze, um den Glauben der Kommenden zu wecken. Der Mensch mußte, um alles zu gewinnen, erst alles verlieren - dies lebten Kierkegaards "Hiob" und Chestertons Robinson ("Orthodoxie").

Die Tiefe Chestertons ist nicht mehr die der Fäulnis, sondern die der Gesundheit. Sein Konservativismus ist die größte, neueste und zukunftsfroheste Schöpfung unserer geistigen Entwicklung. Wenn Nietzsche je, so hat er hier den ersehnten Schüler gefunden: den, der ihm im Widerspruch entspricht. Zarathustra hat Tafeln gegeben: nun aber handelt es sich über das Ja! hinaus um den Gehorsam vor und die gläubige Liebe zu ihm. Einrichten! donnert das kommende Jahrhundert. Das Leben ist eine Robinsonade, denkt Chesterton, alles hat Würde, und er genügt seiner Bürgerpflicht.

Varieté zweier Welten

Das Varieté ist das launischeste und zugleich graziöseste Geschöpf unsrer Zivilisation: seine Elastizität gegenüber Ort, Zeit und Bevölkerung ist unbegrenzt, die reine Möglichkeit ist seine Domäne und die Überwindung seiner jeweiligen Form sein konservativstes Gesetz. Während ein Theater dann ein gutes Theater ist, wenn es Rasse hat, das heißt: ganz auf den Lebensstil und die Haltung des Kulturzentrums eingestellt ist, dem es als künstlerischer Spiegel dient, gilt vom Varieté jene paradoxe Wertung, die ihm dann die rassigste Wirkung zuerkennt, wenn es unbekümmert um seine Umgebung sich international austobt.

Die Technik des amerikanischen Varietés ist denn auch dieselbe wie die Technik des europäischen; der Apparat ist wohl etwas größer, die Reklame besser, das heißt: kostbarer und rücksichtsloser. Das Programm wiederum ist das komplette, also auch kaum überbietbar. Aber in Einem sticht das transatlantische Varieté eben doch vom europäischen ab, und dies Eine ist die Stellung, die es in der Großstadt der Republik einnimmt. Die gesellschaftliche Minderbewertung des Theaters und seiner Vertreter liegt nun schon ein gutes Stück Zeit zurück.

Theater und Varieté kamen vom selben Ahn wohl her. Noch zur Zeit der engelländischen Komödianten in Deutschland lebten sie von einander ungeschieden in der Form der damaligen wandernden Volksbühne. Da war die weise Person und die törichte Person, und diese hatten schon damals Purzelbäume zu schlagen und störend einzugreifen, sich und die Welt auf den Kopf zu stellen und die Dinge so paradox einzurenken, daß man am Ende nicht wußte, wer nun der Weise, und wer der Törichte war. Später kam dann die geschickte Person hinzu, sie hatte gleichsam Weisheit, ja Geist mit dem Körper, sie überwuchs denn auch die beiden andern riesengroß und wurde: der Artist. Er reiste um in aller Welt und nahm Nahrung auf aus aller Herren Ländern. Afrika und Asien, alte Kulturen, die ihren Artisten hatten und im Kult für seine Kunst Verwendung fanden, wie die Inder, gaben ihm reichlich Ideen zu seiner Entwicklung. Die weise und die törichte Person gingen mit ihm und entwickelten, abwechselnd mit ihm das Programm bestreitend, eine eigene dramatische Kleinkunst des Monologs oder des lyrischen Vortrags. Und so kommt es, daß heute oft der Viertelstunden-Vorstellung eines Coupletsängers oder eines Sprechers eine größere dramatische Kraft innewohnt als einem langen Drama. Das Leben ist hier zwischen einem Salto mortale und einem Traumtanz wahrscheinlicher; im Theater schneidet es vorn und hinten ab. Das Theater ist ja diese entwickelte Urzelle der weisen und der törichten Person ohne die geschickte. Die weise und die törichte Person sind fortgewachsen. Die weise soll jetzt meistens der Schriftsteller selbst sein; die törichte Person aber hat sich parthenogenetisch in ein Rudel zerspalten, das die Bühne besiedelt. Die geschickte Person hat es allein noch zu einer Art Heroentum gebracht: wir glauben ihr ihre Muskeln, ihren Faltenwurf, ihren Scheinwerfer, ihr Tanzbein; wir glauben ihr ihren Humor, ihr Gedächtnis, ihre Schnelligkeit; kurz, wir glauben an ihre Überlegenheit, ihren Kothurn; und wir gehen überwältigt und voll Ehrgeiz fort und versuchen daheim an der Wand, ob wir nicht doch auch wenigstens auf den Händen stehen, oder ein ander Mal, ob wir nicht doch auch so tadellos quer über die Straße gehen können. Das Varieté, als eine physiologische Anstalt betrachtet.

In dieser Auffassung wurzelt ungefähr die Stellung des amerikanischen Varietés. Was der europäische Intellektuelle bewußt und mit eigener Autorisation erlebt, die Zersetzung der großtheatralischen Instinkte: das ist in Amerika ein unbewußter Prozeß. Das Drama als solches ist und war stets unwichtig; wichtig dagegen war die physische Vollendung des Akteurs. Die dramatische Produktion in Amerika ist denn auch ein wahrhaftiger Betrieb. Ein Manager mit Geld mietet eines der vorhandenen Lokale - und ihrer sind in New York, zum Beispiel, ungefähr soviel, wie Kinos in Berlin - und ein bekannter und beliebter Autor schreibt auf Bestellung ein Stück nach Schema F. Der Grundgedanke ist vollständig nebensächlich; wichtig ist allein, daß eine große Szene darin sei für Mister K oder für die berühmte Miß X. Der Schauspieler muß a fine boy oder a nice fellow, ein famoses Haus, sein; das heißt: er muß "tip top" dastehen, seinen Körper bis zur Exzentrik in der Herrschaft haben und dem Bürger verständlich sein. Der grübelnde analytische Schauspieler der europäischen Schule, der selbst an der letzten Schmiere zu finden ist, liegt nicht im amerikanischen Wesen. Der Schauspieler hat ein smarter Athlet zu sein.

Das Varieté nun ist nicht das Theater des Geistes, sondern jenes des Körpers und der Sinne. Im Varieté ist eben der "springende" Punkt der springende Punkt: der Nachdruck ruht auf den Wadenmuskeln, und das dekorative Verweilen des Körpers nach dem Sprunge stellt die künstlerische Behandlung des eingeborenen Materials einer Varieté-Demonstration dar. Unsre künstlerische Genugtuung gilt dem Verweilen in einem physisch fruchtbaren Augenblick des Lebens, wie er im Theater einem psychischen gegolten hat. Noch ein Flohtheater springender Punkte mag künstlerischer sein, als die leer festgehaltene Form eines Theaters, dem die Schöpferkraft gefehlt hat.

In Amerika wickelt sich die Sache derart ab, daß immer, wenn ein Manager, ein Kapital (dieses nicht unbedingt) und ein Stück da sind, das ganze Ensemble für eine Season auf die Road geht. Um diesen Sketch oder jene

Burleske gruppieren sich turnerische, athletische, choreographische und Vo-
kal-Vorführungen. Im choreographischen Teil sind die bodenständigen Nigger
und Indian Dances sehr beliebt; im vokalen Teil finden neben den in Europa
vorgezogenen Solis die Chöre ein leidenschaftliches Publikum. Da singen
junge Herren und Damen inmitten phantastischer transparenter Landschaften
oder inmitten exotischer Lokale sentimentale Weisen; es sind zumeist populäre neu erfundene Gassenhauer, die im Wohllaut an die Wienerischen Schlager
gleicher Kategorie erinnern, aber von der schwermütigen, sehr fremdartig
klingenden schottischen Liedmusik und von melancholischen Nigger- und
Indianerlauten durchtränkt sind. Akrobatische Vorführungen finden beim
Publikum, selbst wenn sie verwegen und originell sind, nur schwachen Beifall.
Der Amerikaner liebt mehr das Spiel als die nackte körperliche Arbeit. Wenn
dieses Ensemble nun beisammen und auf Winke hin eingespielt ist, dann geht
das ganze Unternehmen auf die Road, gastiert drei Tage in einer großen Stadt
von Kansas, wo es eine schöne Arena oder einen Theaterraum bezieht; knapp
die nächsten Tage spielt es irgendwo in der Prairie unter freiem Himmel, so
gut es geht, vor einem Parterre von Cowboys, die nur auf diese Gelegenheit
warten und in hellen Haufen von ihren Ranches und Farmen herbeigeritten
kommen. In der andern Woche bleibt die Geschichte irgendwo stecken, weil
kein Geld da ist oder der Manager samt der Kassa den Verlockungen der
weiten Prairie nicht hat widerstehen können. Dann löst sich die Versammlung
auf. War aber die Reise erfolgreich, dann war sie doch noch immer eine
Hundeleistung. Zweimal Spiel des Tages, mittags um Eins und abends um
Acht, hin und wieder wohl auch dreimal des Tages. Wenn die Leute dann
zurückkommen, sind sie dünn und epileptisch vor Anstrengung, ihre Leistungen gehen in den ersten Tagen der Faulheit rapide abwärts, und es braucht
erst wieder solide Kost, Ruhe und systematische Arbeit, bis sie zu einer neuen
Sache fähig dastehen. Aber Einer, der mit einem kleinen Tric angefangen hat
und früher Clerk mit einem mittleren Gehalt war, ist nun in der Lage, selbst
Manager eines Unternehmens zu werden und ebenfalls die Prairie zu seinem
schnellern Fortkommen zu wählen.

Albanesenkunde

Während alle Welt ihre Aufmerksamkeit auf das merkwürdige und romantische Volk richtet, das der Völkervulkan des Balkan plötzlich wieder an die
Oberfläche geschleudert hat, sind die französischen Zeitungen eifrig bemüht,
die Albanesen zu verunglimpfen, sie stellen sie als ein händelsüchtiges Raub-
gesindel hin, das keine Eignung zur Zivilisation bewiesen und niemals eine
Geschichte besessen habe. Diese Vorwürfe können von der wissenschaftlichen
Völkerkunde widerlegt werden. Es ist richtig, daß die Albanesen trotz ver-

schiedener Versuche zu einer selbständigen höheren Staatenbildung nicht gelangt sind, so weit es sich um die Erhaltung und den Ausbau ihrer ursprünglichen Lebensformen handelt. Aber das hat seinen Grund in der für eine Entfaltung der Zivilisation ungünstigen Beschaffenheit des karstigen Balkanbodens. Sieht man von den Kruppschen Kanonen und den französischen Champagnerflaschen der Offiziere ab, so ergibt die kulturelle Entwicklung der Serben und Montenegriner kein wesentlich günstigeres Bild, als es die Albanesen bieten. Alles, was diese Nationen für sich aufzuweisen haben, ist die staatenbildende Kraft, die sie seit 40 Jahren beweisen und die sie den Albanesen zu bestreiten trachten. Der Widerspruch ist klar, der kulturelle Vorsprung der Serben noch jung. In demselben Augenblick, da die Albanesen beweisen wollen, daß allein das türkische Verlotterungssystem ihre natürliche Entwicklung lähmte, werden sie von den Serben in einem unfairen Kampfe unterdrückt. Die Albanesen wären als Volk lebensunfähig, wenn sie nicht ihre Fähigkeit erwiesen hätten, durch kriegerische Kraft wie durch Intelligenz ihre Selbständigkeit zu erzwingen. Dazu braucht es nicht allein die Schwerttugend, auch die Fähigkeit, Freunde und Helfer durch einen gewissen Adel und eine spezifische männliche Anmut zu gewinnen, zählt als positive Kraft, um gegenüber dem Schlagwort einer künstlichen Konstruktion des Staatswesens wirksam zu werden. Die Hilfe Österreichs ist kein Zeichen der Unmündigkeit für dieses Volk. Es sind nun 27 Jahre her, seit der österreichische Gesandte Graf Khevenhüller im bulgarisch serbischen Kriege den siegreichen Bulgaren gegen Serbien Halt gebot. Damals hat Österreich der serbischen Nation ihre Existenz gesichert, und diese selbe Liebestat will Österreich, seiner Kulturmission am Balkan treu, nun auch den Albanesen tun.

Die Albanesen haben unserer Kultur nichts gegeben, aber den Vergleich mit ihren slawischen Nachbarn, die ihre kulturelle Begabung, Bulgarien ausgenommen, während der letzten Jahrzehnte nie bewiesen und immer wieder in Frage gestellt haben, halten sie aus, dies um so mehr, als die kriegerischen und romantischen Züge, die an den Südslawen fesseln mögen, gerade jener Herkunft entsprechen, die sie mit den Albanesen gemeinsam haben. Die Albanesen sind die Nachkommen, richtig gesagt, die Überreste der alten Illyrer, die um die Zeit 1160 v. Chr. G. die Randländer zwischen dem Schwarzen Meer und dem ligurischen Meerbusen bezogen; sie bewohnten den Balkan, so weit er nicht von den vor ihnen hergeschobenen Stämmen der Hellenen besetzt war, und reichten über die heutigen Küstenlande bis nach Norditalien. Die Veneter in der Po-Ebene waren illyrischer Herkunft. Wie Germanen und Kelten den Grundstock der nördlichen und westlichen Nationen schufen, so haben die Illyrer als Ferment jeder seßhaften Bevölkerung am Balkan ihre Rolle gespielt. Die Illyrer sind dort die älteste historische Menschheit, sie bilden eine Sondergruppe des indogermanischen Stammes und sind vermutlich ein Schwesterngeschlecht der Kelten, mit denen sie, während die

Germanen noch im Nachtreffen als dritte ähnliche Gruppe harren, die Herrschaft im nichtitalienischen Europa teilen. Der illyrische Typus zeigt heute noch im Albanesen jene physiologische Verwandtschaft mit den edlen Rassen Europas, er ist langknochig, langschädelig, hochstirnig, blond bis schwarz straffhaarig, großnasig und von charakteristischem Gesichte. Wie nahe er besonders seinem keltischen Bruder gestanden haben mag, zeigt die Reaktion des Germanen, der den keltischen Belger nach dem Stamm der Völker als Wlach bezeichnete und diese Bezeichnung bis heute für den illyrischen Sarmaten beibehalten hat. Mit der keltischen Gefühlswelt und Politik stimmen auch die Lebensäußerungen und gewisse Bildungen des Illyrers überein, der vorwiegend kriegerisch-melancholisch veranlagt ist und konservativ auf der Clan-Wirtschaft beharrt. Will man für den Rest dieses großen europäischen Stammes eine Brücke zu einer aktuelleren Vorstellung haben, so mag man sich den Typ des heutigen Schotten oder Iren oder des seltsamen Menschen aus Wales und der Bretagne vor Augen halten. Um das achte bis sechste Jahrhundert herum war Europa also zwischen den Kelten und Illyrern, die einander so nahe standen, geteilt. Südlich davon saßen die etruskisch-italischen und hellenischen Völker. Die Existenz anderer Völker, die nördlich des Mittelmeeres gewohnt hätten, ist historisch nicht aufgefallen. Es ist wahrscheinlich, daß ganz Europa nach Verdrängung der noch älteren finnischen, ugrischen und lappischen Völkerschaften, die seit Urzeiten Europa bewohnt hatten und erst als Bodensatz und Ingredienz der slawischen Völkerwanderung sich wieder zurückschlichen, von Kelten und Illyrern bewohnt war; wobei es fraglich ist, ob die Kelten, die den Römern erst im 5. Jahrhundert bekannt und also sieben Jahrhunderte später als die Illyrer offiziell wurden, mit diesen im Brudergrade verwandt waren oder eine Abspaltung des illyrischen Blockes darstellen.

Es hat lange gebraucht, bis man zu der Erkenntnis eines illyrischen Urvolkes durchdrang. Heute liegt die Vermutung nahe, daß die Illyrer bei der Blutbildung aller historisch wichtigen Rassen zur Synthese der kulturtragenden Typen beigetragen haben. Es gibt und gab eine Menge merkwürdiger Völker in Europa, die einesteils numerisch sehr unansehnlich, kulturell andererseits hervorragend keimtragend gewesen sind, über deren letzte ethnographische Zugehörigkeit aber die Gelehrten sich nicht einigen können. Der intuitive Gedankensprung einer Zusammenfassung auf die illyrische Grundeinheit liegt nahe und wird vorläufig von keiner Tatsache weder bestätigt, noch geleugnet. In dem Hinterlande nordöstlich der Adria lebt noch heute der Stamm der Rhäten und Furlaner. Von diesen ist es sicher, daß sie physiologisch ein keltisch-illyrisches Grenz- und Übergangsvolk sind und waren. Ein anderes Problem geben die Etrusker auf, die Stammväter der Römer, die alten Tusker im heutigen Toskana. Sie hatten eine Schrift und Sprache, die nicht die später römische war. Eine zweisichtige Auffassung leitet sie, die sich auch Raseni hießen, einmal von den Rhäten, also Illyrern ab, ein andermal von den Tyrrhenern, d. i. den Pelasgern des alten Hellas, die vor und neben eigentlichen Hellenen beglaubigt sind. Die Rasener müßten über Land, die Tyrrhener als Piraten eingewandert sein, eine Funktion, die ihrem Wesen als illyrisches Volk entsprochen hätte. Denn die Annahme, daß der Stamm der Pelagesier oder Pelasger, d. h. der Meerbefahrer, nichts anderes denn das europäische Grundvolk der Illyrer gewesen sei, gewinnt nach den neuesten Forschungen immer mehr an Raum. Zieht man als letzte Linie in dieser Berechnung die jüngste Anschauung von Wilamowitz-Möllendorf hinzu, so ergibt sich ein überraschend einfaches Resultat. Nach Wilamowitz-Möllendorf sind auch die alten Dorer nur ein hellenisiertes Illyrermischvolk gewesen, die Synthese eines außerordentlich kriegerischen und eines im wesentlichen künstlerischen Volkes. Die harte und kriegerische Gesittung der Dorer, deren Kultur nichts als ein großes System des Kriegsspiels war, findet hier eine zufriedenstellende Erklärung. Weitaus wahrscheinlicher aber ist die Annahme, daß auch die pelasgische Urbevölkerung Griechenlands aus Illyrern bestand. Da außer den Illyrern keine andere zusammenhängende Rasse am Balkan nachgewiesen werden kann, die Lebensfähigkeit aber, wenn man sie als autogen annimmt, numerisch so schwacher Rassen den damaligen Verhältnissen entsprechend unfaßbar ist, so liegt der gerade Schluß vor, daß alle die undefinierbaren Rassen im Süden Europas, so weit sie nicht Hellenen und Italer waren, nur Stämme einer einheitlichen illyrischen Rasse gewesen sind. In den Tugenden der etruskischen Römer und Dorer, die einander ähnlicher sind als Dorer und Ionier im engeren Kreis, ist also vielleicht die spezifisch kriegerische Initiative des alten Illyrers zu erkennen.

Zugunsten dieser Deutung spricht die Klanggleichheit der Bezeichnung Tusker, die sich lautlich mit dem albanischen Stammesnamen der Tosker deckt. Aber selbst von derlei kühnen Produktivschlüssen abgesehen, dürfte die illyrische Geschichte sich mit mehr Gewißheit in den sympathischen Gestalten mazedonischer und epirotischer Könige, von Philipp und Alexander dem Großen bis zu Pyrrhus verfestigen. Die Mazedonier werden als Halbgriechen bezeichnet und waren ein griechisch gebildetes illyrisches Soldatenvolk. Die fremde Bildung tut ihrer organisatorischen Kraft keinen Abbruch; Ionien bestimmte nun einmal die Lebensformen und konnte selbst die dem Charakter nach weitaus stärkeren und großzügigeren Römer zu seinen Kunden zählen, ohne fremde Tugendart zu verletzen. Auch heute noch werden die Albanesen als Griechen gezählt; diese Nachlässigkeit ist in der Politik der letzten Wochen eine Katastrophe geworden; von seiten der Albanesen durch Jahrtausende hindurch selbst geübt, gab sie Anlaß zu einer Unterschätzung ihrer nationalen Kraft. Der Albanese oder Illyrer als Tatmensch ist unliterarisch und unreflektiert, ein laxes Sprachgefühl und der Mangel an sprachlicher Widerstandskraft erinnert bei ihm an den Germanen, der zu vier Fünfteln bei seiner Ansässigmachung in Europa die eigene Sprache vor der romanischen hat kapi-

tulieren lassen, eine Art, die sich noch in der Vorliebe des heutigen Deutschen
für fremde Idiome erhalten hat. Der Illyrer, der seine Selbständigkeit als Her-
ren- und Kriegertypus eifersüchtig wahrte, aber ein Stück Freude und selbst-
vergessenen Übermut gegenüber exotischen Formen zeigte, erweist sich dadurch als ein eminentes europäisches Volksaufbaumittel. Dieses Wesen erinnert an die Geschichte der wärjägischen Herren, die später in dem fremden
asiatischen und durchaus minderwertigen Volkstum der Ostslawen aufgehen
sollten. Das gleiche Schicksal traf die Franken, Goten, Vandalen und Langobarden, die mit Drangabe der eigenen Sprache die westeuropäischen Nationen schufen. Was immer dagegen an Eroberergeltung und gesellschaftbilden-
dem Drang im Südosten Europas zum Ausdruck kam, ist selbst inmitten der
slawischen Völkerschaften auf das zurückgezogene Herrenblut des Illyrers
zurückzuführen. Soweit der Illyrer nachweisbar ist, besitzt er noch heute
sprachliche Duldsamkeit und Indifferenz. Rhäten, Zinzaren, Kutzovlachen
und Rumänen haben die romanische Mundart angenommen, obwohl der rot-
blonde bis brünette Typ des Illyrers, der sich nur wenig von dem Typus in
Bayern oder Belgien, wo der Kelte vorherrscht, unterscheidet, den Menschenschlag bestimmt. Der Albanese selbst, so hartnäckig er jede Unterdrückung
oder Verminderung seiner Stellung bekämpft, hat seine Sprache nicht rein
gehalten; sie besitzt neben türkischen und griechischen Einstreuungen zahllose
lateinische Lehnworte und wirkt kaum mehr charakteristisch. Ein Italiener
kann sich einem Albanesen ganz gut verständlich machen, ein schwerwiegen-
des Moment in der austro-italienischen Konkurrenz, die voraussichtlich einmal hier einsetzen wird.

Aber auch die slawischen Nationen des Balkans hat der Illyrer günstig beeinflußt. Die Slawen sind ein musikalisch, religiös und sinnlich tief veranlag-
tes Volk, aber sie sind unkriegerisch. Ein Volk, das Kriege führt, ist darum
nicht kriegerisch; die Kriegslust nicht Sache der Not, sondern des Tempera-
ments und der Sehnsucht. Auch der Jude hat zum Schwert gegriffen, aber den
Begriff des Krieges als Lebensorganisation wie der Arier hat er nie erfaßt. Die
Slawen nun kamen, wie schon der Name sagt, in die nördlichen Gegenden als
die Sklaven der Germanen. Diese Unterschichtigkeit hat sich erhalten; noch
heute sind sie die gesuchtesten Dienstboten, und sprichwörtlich ist die Unter-
würfigkeit des Russen. Übrigens sind die Slawen nirgends rein erhalten, als in
den edlen und arisch gebliebenen Stämmen der Polen, Letten und Borussen,
die blond-blauäugig die germanische Blutnähe verraten. Gerade bei ihnen fällt
auch die Unterschichtigkeit hinweg. Russen, Tschechen, Slowaken aber sind
ebenso wie die Südslawen durch überwiegend asiatische Bestandteile verdorben; diese Slawen sind slawisch sprechende Tartaren, wie die ganz und gar
nicht urslawische Sattelnase beweist. Auch der eigentümliche Konsonanten-
reichtum deutet an, daß man es nicht mit einer arischen Sprache, sondern
deren Mischung mit einem noch unbekannten Rasseidiom zu tun hat. Die

Südslawen jedoch, deren tartarisch-finnisch-avarischer Ursprung bei den Bulgaren flagrant ist, haben durch die Aufnahme des Illyrertums eine ausschlaggebende Veränderung zu ihren Gunsten erfahren. Somatisch zerfallen sie in die auch religiös-kulturell getrennten Stämme der Bulgaren, Serben einerseits und Kroaten andererseits. Der großgestaltige schöne Bosniake und der blonde Dalmatiner fügen sich in den Standard-Typus ein, der von der Ostsee bis Venedig und Albanien reicht. Ein ausgesprochen fremdartiges und uneuropäisches Motiv der anatomischen Bildung zeigen erst die Gesichter der Serben und Bulgaren, in denen der mongoloide Einfluß tartarischer und tscherkessischer Völkerschaften das rechtwinkelige arische in ein schiefwinkeliges asiatisches Liniensystem der Züge überführt. Im Montenegriner ist der slawo-mongolische und illyrische Typus zu gleichen Teilen vertreten; es gibt hier einen großen und blondinen und einen untersetzten und blauschwarzen Schlag. Wahrscheinlich ganz illyrisch ist die heutige Nation der Griechen. Es liegt eine ferne Ahnung anthropologischer Zusammenhänge in dem Umstande, der die Albanesen zu den Griechen rechnet; seine Richtigstellung liegt in der Umkehrung, daß die Griechen aus illyrischem Blute geboren sind. Die neugriechische Geschichte ist ein Beweis für die Leistungsfähigkeit des albanischen Typus. Der slawischerseits erhobene und von den Franzosen aufgenommene Vorwurf gegen die angebliche Kulturimpotenz des Albanesen beruht auf jener Vergeßlichkeit, die in ihm den 3000 Jahre alten Typus Europas von einiger Ehrwürdigkeit übersieht. Der Albanese ist der *überlebende Ureuropäer*. Innerhalb seiner selbständigen Geschichte erheben die organisatorischen Leistungen von Männern wie Skanderbeg einen gewissen Anspruch auf die Zuerkennung einer Begabung. Die eigentlichen großen Staatswesen der Illyrer aber liegen um Jahrtausende hinter denen der Mongolo-Slawen zurück, und was diese selbst geschaffen haben, setzt als Ferment den arnautischen Herren- und Kriegertypus voraus. Was der Gote für den Norden und Westen, das ist der Illyrer für den Südosten Europas gewesen. So wenig die Auflösung der altgotischen Sprache in Spanien und Rußland, dem dadurch das schöpferische Temperament erst injiziert wurde, gegen die Lebensberechtigung der deutschen Nation aussagt, so wenig vermindert die illyrische Sprachindifferenz die nationalen Rechte der Albanesen; ihre Sprache gehört wie die der Kelten, Italer, Hellenen und Germanen zu den vokalisch wohllautenden; weitaus fremder wirkt der slawische Konsonant. Die keltischen Franzosen haben wenig Ursache, Rassenpolitik gegen den Illyrer zu führen.

Der Roman des Amerikanismus

Nicht davon, daß der Amerikanismus vermutlich ein Roman an sich ist, weil kein Mensch weiß, worum es sich bei ihm handelt und welche großartigen neuen Erfindungen auf dem Gebiete der Ethik und der bürgerlichen Tüchtigkeit ihm zu verdanken sind, soll hier die Rede sein: sondern von den Romanen selbst, die nach Muster Joh. V. Jensen in seinem "Geiste" geschrieben sind. Der Amerikaner selbst hat nichts von diesem Geiste; er ist, was seine Literatur anlangt, beinahe phantasiearm zu nennen, denn er begnügt sich wie ein rechter Backfisch unter den Völkern mit den billigsten Erzeugnissen dieser Art. Da er auch in seinem bürgerlichen Leben der alltäglichste Kopf und, wenn schon eine Nervenmaschine, jedenfalls die schlampigste ist, die von dieser Gattung geschaffen werden konnte, ist es unerfindlich, warum ihn moderne Romanschreiber durchaus zu einem heldenmäßigen Ungeheuer stempeln wollen.

Dieser Artikel will Amerika nichts zuleide tun. Er mag sogar in allem irren, was er gegen Amerika sagt. Amerika ist ein wundervolles Land, eine einzige große Sehenswürdigkeit für Fremde, jung, kraftvoll, frech und vielversprechend. Und es mag Geschmacksache sein, wie man sich dazu stellt, es kommt da so stark in Betracht, was man von sich selber und den eigenen Lebensgewohnheiten hält, inwieweit einen darin Amerika beleidigt, inwieweit es einem eine erfreuliche Entlastung vom Pflichtenzwang bedeutet. Über Geschmacksachen läßt sich nur streiten, wenn sie prinzipiell sind. In dem Falle können sie ein Mehr oder Weniger an Kultur bedeuten. Die Schönheit einer Frau darf jedenfalls nicht einmal dann ein Problem sein, wenn diese Frau ein Backfisch ist. Es wird unter Umständen immer ein Mangel am Temperament sein, sie unfertig oder häßlich zu finden.

Unserm Dichter aber kommt alles, was er hat, von Amerika wie vom Backfische. Wäre dieser Dichter nun ein Individuum, so könnte eine derartige biokritische Bemerkung die Achtung vor seinem Werke erhöhen. Der Umstand aber, daß seine Begeisterung kollektiv ist, zwingt zur Polemik, denn die vielen, die nicht sein Werk, sondern seine Inspiration interessiert, führen ein falsches Verhältnis in die Kulturstatistik ein. Das Verhältnis, das uns interessiert, ist der Amerikanismus. Der Kampf geht, wie alle großen Kämpfe, um Realitäten. Es ist immer noch ein Vorrat an Realitäten vorhanden. Amerika ist schon so oft entdeckt worden und wird von jedem neu entdeckt, es gehört geradezu zum gutem Ton eines Weltmannes, Amerika zu entdecken. Und doch müßte man, um Amerika zu entdecken, wie es ist, und es unter eine Formel zu bringen, vorerst gestorben, und hernach auf dem Schauplatze seines Urteils wieder auf die Welt gekommen sein. Man müßte ein Leben dort verbracht haben, ohne alle europäischen Voraussetzungen, backfischgemäß, und dann am Schlusse zu jener amerikanischen Anschauung gelangen, daß Amerika auch in der Kategorie des Urteils den Amerikanern gehört. Urteile über Amerika, Abänderungsvorschläge in seinem angeblichen Sinne sind müßig. Ach was, Amerika liegt am Monde und es ist ein Mangel an Positivismus, sich darauf zu beziehen. Amerika gibts überhaupt nicht. Es ist das

Unding an sich. Sie erzählen über Amerika irgendeine Sache, die Sie für symptomatisch erklären. Und ein anderer erzählt gerade das Entgegengesetzte davon und baut eine Theorie darüber auf. Amerika ist aber noch gar nicht so weit, sich Theorien gefällig zu erweisen. Und nicht einmal das stimmt, wenn Sie vielleicht meinen, jetzt wäre Gelegenheit, sich von solchen Teufelsreizen imponieren zu lassen; denn das hat mein Stil verbrochen, daß das Fliegenauge Amerika, das Sie anglotzte, nun als Fazette funkelt. Es ist meine Koketterie, die in den Dingen liegt. Und es ist Ihre Erzählungskunst, Herr Dichter, die an allem Schuld trägt. Sie sind nämlich, sobald Sie auf Amerika zu sprechen kommen, eigentlich ein schlechter Dichter. Vielleicht steht in Ihrem Buche nur ein einziger Satz, der zum Beispiel den Helden, soweit er ein Held ist, auf Amerika zurückführt, vielleicht sagen Sie von einer tüchtigen Sache einfach "amerikanisch", weil Sie etwas besonders Prägnantes sagen wollen. Aber Sie sagen damit entweder etwas vollkommen Unanschauliches oder Sie gebrauchen einen Ausdruck von falscher Anschaulichkeit, denn auf die Assoziationen, die Sie damit wecken, dürfen Sie als Dichter mit reellen Prinzipien nicht reflektieren. Amerika, das ist als Begriff gerade der Gegensatz von Prägnanz. Auf diesen Namen könnte ein Chamäleon hören. Wünschen Sie aber in der Phantasie des Lesers eben dieses Farbenspiel zu zitieren, so lassen Sie sich Ihr Lehrgeld zurückgeben. Sie zitieren, und es erscheint ein edler Millionär, die Freiheitsgöttin, Buffalo Bill oder sonst eine Romanfigur, die es nur am Monde gibt. Sie müssen Ihrem Ausdruck ein Äquivalent geben, sonst fehlt etwas an der Technik, und wenn Sie kein anderes Technikum kennen, so müssen Sie, um das Publikum auf den schöpferischen Standpunkt zu bringen und ihm die Größe des Werkes an der Kleinheit des Anlasses zu demonstrieren, höflich um die poetische Lizenz bitten. Dann weiß das Publikum, aha, jetzt kommt ein Roman!

Ihre durchdringende Belesenheit an angelsächsischer Magazinliteratur, in der die epische Dichtung zum Artefakt erstarrt ist und nur eine mehr oder weniger bunte Variation von Mustern einiger erfinderischer Köpfe wie Doyle, Rider-Haggard, Stevenson, Kipling darstellt, verführt Sie zu einem Meisterstücke der Artistik. Sie haben die Idee, einen großartigen europäischen Kolportageroman zu schreiben, in dem alle diese Muster verwoben sein sollen. Da sie sich aber an ein literarisches Publikum wenden, so produzieren Sie diese exotische Mischung in Ihrem hochinteressanten Stile, der ganz Europa in Atem hält; denn er ist eine wunderschön gelungene Nachbildung herrschender ökonomischer und betriebspraktischer Tendenzen, er ist von einer geradezu fabelhaften Technik. Mit dieser Technik sind Sie ein ebenso tüchtiger Künstler, wenn Sie den Lebenslauf eines Hasen schildern, als ein schlechter Dichter, wenn Sie den Großbetrieb der amerikanischen Romantik zum Gegenstande nehmen. Denn jedermann glaubt nun, daß die faszinierenden Eigentümlichkeiten Ihrer Technik und Ihres Stiles die Eigentümlichkeiten des amerikanischen Lebens seien, daß es dort so kompliziert, wissenschaftlich, mystisch, athletisch und vor allem so spannend zugehe - während das Leben dort ebenso wie anderswo fade, abgehetzt und beiläufig ist. Daß Ihr soziales Bild nebenbei sogar etwas kitschig wirkt, übersehen auch wir gerne in dem Atemraubenden dieser Noblesse. Bei uns hat man kürzlich einen angeblichen Hehler der Phantasie gehenkt, er hatte Talent die Fülle und war der einzige geschmackvolle deutsche Vertreter der Phantastik; ich meine Karl May. Es war sein Genie und Willen, den deutschen Abenteuerroman zu schreiben. Die Ethik, die er nebenbei vertrat und die nicht allzuweit am schwarzen Punkt der allgemein und immer gültigen Vornehmheit vorbeischoß, hat ihn gefällt. Und doch war das Kollegium, vor das er treten mußte, von Literaten besetzt, und doch wehrte er sich dagegen, daß man seine künstlerische Tat mißverstand. Er wollte nichts anderes, als den kumulativen deutschen Helden einführen; aber Sherlock Holmes macht weiter das Geschäft und Winnetou bringt seinen weißen Medizinmann, einen wirklichen Zauberer, an den sozialen Pranger. Was Sie, Herr moderner Dichter, anbetrifft, Ihr Roman ist großartig, vorausgesetzt, daß Sie ihn in Berlin oder Kopenhagen gedichtet haben, aber er ist anfechtbar, wenn Sie wirklich jemals Chicago oder Newyork zu Gesicht bekamen. Sie verwenden den kumulativen Helden; und niemand merkt hier Literatur, jedermann schwört auf die Realität dieses Kolportage-Gemeinwesens. In Amerika aber werden solch strenge und gepflegte Leben nicht gelebt; vielleicht in Kopenhagen, vielleicht in Berlin, vielleicht in Wien. In Amerika lebt man das unqualifizierte Leben.

Man findet Geschmack an Jules Verne und H. G. Wells wie an einem Schachspiele. Alle diese Dichter salvieren das Realitätsempfinden ihrer Leser. In Ihrem Buche aber ist die Utopie Träger eines lebenden Kosewortes. Sie hat den Namen eines Backfisches, den wir alle kennen. Wollten Sie wirklich einen Schlüsselroman schreiben und nicht eine Utopie?....

Es handelt sich nicht darum, Amerika zu entdecken und in Verruf zu bringen. Nein, es ist auch nicht unsere Absicht, Dänemark zu erobern. Wir salutieren sogar! Die Landkarte des Amerikanismus soll korrigiert werden. Da ist ein Punkt, er heißt Amerika, den streichen wir. Wenn unser Geistesmeridian schon nicht durch Berlin geht, so mag er durch Kopenhagen gehen! Aber nicht durch Amerika!

Neue Helden

Der Talente sind viele, die Kraft ist rar. Einer der Sachlichsten, also besten, und voll der Symptome einer neuen Jugend ist der Wiener Otto Soyka, der innerhalb zweier Jahre vier Romane von spezifischem Charakter hat erscheinen lassen.

Um es gleich zu sagen, das neue Kunstwerk ist es nicht. Es sind Romane von gutem tektonischem Verständnis, mit Rechenschaft vor jedem Worte geschrieben. Szenen und Menschen erstehen in der Form des Referats, einer geläuterten idealisierten Art von Information, die dem Sonderbaren durch die Behandlung als Lapidarität seinen Reiz unauffällig schmackhaft erhält und die Güte einer leichten Hand nicht verletzend gestaltet. Die Anschauung, die dem eigentlichen Schreibakt hier vorausgegangen ist, war entweder sehr detailliert und durchlebt, oder es war die kombinatorische Besonnenheit und die darauffolgende Kleinarbeit des Klebens, Schachtelns und Spurenverwischens, die hier eine Baumeisterpflicht peinlich versah. Die wiederholte Lektüre der Bücher verstärkt den letzten Eindruck. Sie sind in einem klar organisierten Periodenfall geschrieben, oder in einer glücklicheren und für den Verfasser und seine Charaktere passenderen Hauptsatz-Koppelung, bei der die hackigen formgebenden Sätze der Phantasie des Lesers die gewünschte Stellungnahme kommandieren. Ein hübsch soldatischer honetter Zug macht diese Zivilistenbücher sympathischer, als die Schwerenöter-Romanzen gewisser Grazer Provenienz, die allgemein als Ausdruck des modernen Österreichertums genommen werden.

In diesen Büchern von literarischer Reife stehen unsere neuen Menschen - sie stehen und ihre Erlebnisse fallen. Sie bleiben in einsamer tatenloser Höhe. Schulterhoch überragen sie die Konflikte, denen sie unterworfen werden. Spieleraffären, Schulden, Raufhändel, Ehrenbeleidigungen, ungeschickte Liebesgeschichten nagen an ihrer Kraft, der ganze Klatsch eines Kaffeehauses gerät ins Figurieren und streift das Interesse ein, das der Leser bereit war, an eine ernste vom Autor zu lösende Aufgabe zu setzen. Aber der Abenteurer bleibt auf der Schulbank sitzen und der Pennäler regiert die Fieber, den Spuk, die Pikanterien und den Intellekt dieser Welten. Regiert, denn darauf kommt es an. Herr im Spiel - könnte so nicht jedes einzelne der Bücher heißen, jedes Kapitel, jede Seite, ist diesen Infanten eines erledigten Mannheitsthrones nicht gerade dieses Wort auf die Stirne geschrieben? Mittelschüler spielen "Herr im Spiel" und aus einem Schülerhasse montechristallisiert sich eine wirklich und scharf geladene Tragödie. Eine geistige Überlegenheit, die sie zweifelsohne besitzen, lassen sie sich an Siegessonnen mit kindlicher Genießlichkeit süß werden. Wozu dies alles? Im "Fremdling" erfolgt wie ein scheues Bekenntnis aus dieser spielerischen Guerillaschöpfung die Antwort, als Einer den Freund über die seltsame Laune, die Kindheit zu repetieren, aufklärt: Die Situationen, in denen man im Leben so einwandfrei der Überlegene ist, wie hier, seien selten. Und darum müssen alle diese in der Stunde der Wirklichkeit zu spät kommenden Knaben den Marschallstab ihrer Intellektualität in der Schultasche verbergen. Im Schwarm der träumenden Knaben, die an der kräftig gewordenen Kultur einer alten Reichshaupt- und Residenzstadt wimmeln, wird uns ihr Leben auf die Butterstulle gestrichen, ohne daß wir im Drang der breitbeinigen Arbeitslust um des Tages kulturelle und soziale Fragen wüßten, was feines wir da genossen haben sollen. Läge nicht gerade hier das Problem dieser neuen Menschen, der Kampf gegen die verzweifelnde Furchtlosigkeit ihrer Existenz innerhalb bestehender Gesellschaftsformen? Aber Knaben aus guten Häusern träumen nun einmal so, von Wirkung statt Wirken, luxuriös eingerichtete Gehirne mit komplettierter Neuzeitausrüstung treiben sie den hygienischen Kopfsport der geistigen fulldress wegen. Die Kopiosität ihres Auftretens in jeder Beziehung bleibt denn auch nicht ohne Effekt auf die Leserin am Divan. Und doch wäre man selbst gern Kunde bei diesem Zerebralkomfort, Publikum bei diesen brillanten Akteuren der Geistigkeit gewesen, hätte sie sich an erster Stelle bei aktuellen Fragen, bei neuer Menschlichkeit und Gesellschaftsreform gewünscht. Es irritiert, daß sie innerhalb dieser bürgerlichen Gesellschaft ihre Sherlock Holmes und Raffles-Lorbeeren suchen. Man mißgönnt ihnen eine Geistigkeit, die sie nicht zu den hartgesottensten Sündern, Lümmeln und Trotteln der Zirkel im Wiener Rathausviertel macht und kein Stäubchen auf ihre blasierten Bubenmanieren fallen läßt. Diese ätherischen Flegeljahre ins Unendliche fortsetzen, ist ein Zeichen der Unreife und ein Stoß an die Wirklichkeit, den wir just nicht unserm geliebten Neuen zutrauen wollen. Mit 18 Jahren ist man wohl noch so alt und greisenhaft, mit 25 Jahren aber sieht man das zeitgenössische Leben verdammt von irgendeiner Landstraße aus an, die man sich zum Weiterkommen gewählt hat. Otto Soykas Helden scheinen zwar alle gut bei physischen Kräften zu sein; aber sie gehen zu wenig spazieren; sie haben zuviel Geld und zuviel Automobile; und sie erfahren es nie, daß auch der genialste Kopf ein dummer Junge sein kann angesichts einer leeren Tasche, malträtierter Füße in durchgelaufenen Schuhen oder eines verlorenen Glückes, eines unbekannten bizarren Vokabels in einem Gespräche, oder einer so öden Geselligkeit, wie sie sich um einen in zweifelhaftes Dunkel gehüllten Mord gruppiert. Ihnen ist das Derangement ihres seelischen Gleichgewichts gespart. Stimmt es am Ende nicht hinter dem Plastron und muß man Rücksicht nehmen? Die Akkurateß und Gescheutheit, mit der diese Menschen sich kriminell benehmen, kann sie unserer Fronde gegen Bestehendes nicht einverleiben: Soykas Menschen sind nicht nur ganz neu, sie sind auch recht antiquiert und stammen ungefähr vom älteren Dumas ab - was ihre Taten anbelangt. Der Taumel, den die einsame Passage einer Korsengröße nach sich gezogen hatte, zeitigte in der damaligen biederlichen Seelenverfassung ein angenehmes Gruseln, dem die Literatur flugs mit Jesuitenmagik und unfehlbaren Nervensystemen diente. Mit dieser Vollständigkeit können unsere realen erwarteten Neuen nicht konkurrieren. Welchen Nerv immer man ihnen mitgäbe, jene Früheren haben ihn gehabt, und wärs auch der nervus rerum. Es tut den Soykaschen Gestalten Eintrag, daß sie nicht gegen den Orient hin abgegrenzt sind.

Aber um diese paar Nerven mehr oder weniger geht schließlich die ganze

Aufregung. Daß der neue Mensch in der Tat etwas noch nie Dagewesenes sein wird, glaubt nur ein Amerikaner, der seine Schwärmerei bedroht fühlt, wenn es sich bei den Lieblingen nicht um Premieren und Rekorde handelt. Die programmatische Neuheit des gebildeten Mitteleuropäers ist eine physiologische Reformidee. Die neuen Menschen werden etwas weniger magenkrank sein. Aus ihren sogenannten schlechten Nerven, ihrer sensitiven Natur werden sie Kapital zu schlagen haben und ein Energiequantum ins Arbeitsfeld werfen.

Wenn die körperlichen Umstände erst einmal rangiert sind, beginnt das neue Leben. Was sonst an den Neuen symptomatisch ist, muß füglich in diesem Leben als Inhalt stehen. Das Hazardspiel mit den Dingen der Zeit, die Intrige mit modernen Mitteln, mit Preßmanöver u. dgl., mag den Intelligenzdandies kavaliermäßig erscheinen. Aber man ist in seinem Zusammenhange mit einem chemischen Laboratorium kein neuer Mensch. Der moderne Mensch fühlt sich vor allem in der bestehenden Gesellschaftsordnung nicht daheim. In den Pausen, ihm gegeben, um sich von den zeitraubenden Schäden der Nachbarschaft einer solchen Gesellschaft zu erholen, wird er sich in jenen Anstrengungen als neu offenbaren, die eine bessere, geräumigere Gesellschaft heraufführen sollen. Kein neuer Mensch ohne eine neue Gesellschaft! Soll ja der Neuling nicht eine Ausnahme, sondern der zukünftige Durchschnittstypus sein. Aber erst wenn eine bessere Gesellschaft mit ökonomischem Talent die Güter: Zeit, persönliche Freiheit, sinnliches Glück und Selbstachtung weise verteilt hat, ist auch der physiologischen Bedingung des neuen Menschen genug getan. Die somatisch-ethnischen Umstände liegen gegenwärtig günstig, aus ihrem Aufschwung mag im Überfluß ethnischen Wohlbefindens der Gedanke einer Renaissance sich erhoben haben. Die Folgen, die der Verfall des Fleisches nach den kultischen Ausschweifungen eines asketisch lüsternen Mittelalters durch Jahrhunderte hindurchführte, haben sich in den Nervenkrisen der Geschlechter vor uns erschöpft. Es ist auffallend, wie die hellhaarigen langen Köpfe auch unter den südlichen Mitteleuropäern sich von Geburtsjahr zu Geburtsjahr mehren. Die markanten Gesichter von den ganz alten Ritterbildern tauchen wieder an den jungen Leuten auf, die Körper strecken sich, werden sehnig, widerstandsfähig, luftig, das Blut gelangt besser benützt und aus allen Teilen des Körpers unter mildem Drucke ins hochliegende Gehirn. Was wir in unseren Zeiten brausen hören, den Rhythmus eines lebensbereiten rassigen Glückes, die Seligkeit der Landstraße und den Takt erobernder Geberden, ists nicht die Völkerwanderung des bessern Blutes, die in unseren Ohren klingt, mit schmeichelnden Verheerungen in unser Gehirn einbricht und das Problem des bürgerlichen Flachkopfs ethnographisch löst? Der lange, vordringliche Ureuropäer, der in die durch Krieg, Syphilis und Morgenland gerissenen Lücken frühmittelalterlicher Zivilisationen trat, wird bescheiden in unserem Blute. Der Kulturträger darin hat sein periodisches Blühen. Ein rassehygienisches Ereignis steht in der Einverschmelzung der jüdischen Rasse knapp bevor. Und die Leiber werden aristokratisch mit bürgerlichen Nerven und freimütigen demokratischen Seelen.

Ähnlich sehen die Menschen Soykas aus, Menschen einer statischen Strenuosität. Konstitutionell neu und eigenartig, sind sies nicht aktiv. Sie haben Leben in der Anschauung des Dichters, er hat sie vor sich, wahrscheinlich an sich. Selbst ein moderner chemischer Kopf, experimentierte er, unterstellte sie interessanten Bedingungen, in einem großen Kubikmaß sozial reiner Luft. Seine Probleme sind nicht modern; modern ist bloß das Ausstattungsstück, das er überall zugleich geschrieben hat. In seinen Menschen aber sind die neuen Probleme doch vorhanden, in gebundener Form gleichsam, und das macht sie zu poetischen Menschen, wenn auch poetisch nach altmodischem Rituell. Damit gerät er an ein romantisches Publikum und schon ists um seine beste Tugend dann geschehen. Man wird seine Modernität nicht verstehen. Schade darum. Denn er ist einer der berufenen Jünger der Germantik, einer Kategorie von Wesenszügen, die mit der Romantik das Emotionelle und die Schraubung eines Erlebnisses gemeinsam haben, aber nördlicher bleiben. Seine faszinierende Kühle vermag das unausdrückbare Fluidum, das über unserer Rasse schwebt, ebenso substanzlos zu Gefühl zu bringen. Sein schnörkelloser Kettenstil gleitet wie ein angenehmer Rosenkranz durch unsere Aufnahmsorgane, jedes Glied an ihm hat eine Bedeutung, und am Schlusse hängt gußeisern und primitiv wie ein schmuckloses Kreuzchen die Idee. Und nach all den Talenten ein Schöpfer: er füllt das Stimmungsformular nicht aus, es impressioniert ihm nicht mit seinen Beobachtungen.

Und nun, er erzählt mit unerschütterlichem Ernste. Nirgends aus den Hintergründen, die einem Epiker gestattet sind, fällt auch nur ein Schein von Ironie auf die sympathischen Masken seiner neuen Menschen. Sie leben zu ganz, um voll zu leben - leben sie schon? Kaum gesehen, sind sie schon erfunden. Es hat noch neue Wege mit den neuen Menschen.

Der Nationalitätenstaat

Die geschichtliche Formel des XIX. Jahrhunderts zur Chiffre des "Nationalen Prinzips" vereinfacht zu haben, ist eines der geschichtsfeuilletonistischen Verdienste des dritten Napoleons. Diese Auffassung ist handlich und vulgär, also jedenfalls ein geeigneter Kursbegriff für die politische Oberflächlichkeit einer bis in die Seele hinein parlamentaristischen Zeit. Sie hat nicht gegeizt, ihren Schatz unter die Tatsachen zu bringen und im Getriebe der Entwicklung zirkulieren zu lassen. Aber seit die volksimperatorische Prägung abgegriffen erscheint, zeigt auch das Metall der Frase sich als eine billige Erkenntnis und theoretische Bezahlung der zum Kauf ausliegenden Erscheinungen. Die letzten Kriege am Balkan sind um dies Geld noch für die Zeit und ihre Zeitung erworben worden. Gebilde aber und Ereignisse schatten auf, deren Unverkäuflichkeit für den liberaljournalistischen Zwischenhändler Napoleons Wort als schlechten Nickel wird einmünzen lassen müssen.

Das nationale Prinzip ist für die Balkanfrage so unstichhältig, wie es sich von unserm Zeitpunkte aus für die Zukunft, aber auch bereits für die Vergangenheit erweist. Es war für eine Spanne Zeit die Theorie, die manches der eigentümlichen Kräfte Europas verständlich machte und praktisch eine Arbeit tat, der alle Ehrfurcht kommender Geschlechter gehören dürfte. Die Früchte solcher Arbeit waren zugrößt Deutschland und Italien. Hier wurden zwei Gebilde geschaffen, die fest in ihrem Boden wurzeln, in Not, Möglichkeit und zureichender Kraft organisch strebend; und die nicht nur dem politischen, auch dem menschlichen Begehren genug tun, daß ein Staat der Körper eines kulturellen Fluidums sei. Der Hebel, der diese Körper an ihren Platz setzte, war jene Theorie. Und dennoch könnte diese Theorie, an ihren Meisterleistungen zuerst, Verdacht an eigener Zuverlässigkeit erwecken.

Denn weder Deutschland noch Italien haben als gestaltendes Mittel das nationale Prinzip erschöpft. Beides sind Staaten, die das ihm zugrunde gelegte Volk nicht decken; sie sind darin nicht weniger lebensfähig als andere Staaten, die nur eine Anzahl von Segmenten verschiedener Völker in sich schließen. Hätte die nationale Idee Anrecht auf ihre Gültigkeit als staatliches Produktiv, wie ihre Politiker sie vortragen, so wäre vollständige Ausnützung der Materie, auf die sie anwendbar erscheint, die uneinschränkbarste Bedingung. Wenn es richtig wäre, daß in einem völkischen Dasein ein geschichtliches Schicksal enthalten ist, das zur Staatenbildung mit der Notwendigkeit eines biologischen Prozesses drängt, dann müßte die nationale Grenzeinschränkung sich als Vitalitätshemmung im Staatlichen bemerkbar machen. Der Nationalstaat wäre als Motiv der völkischen Erlösung beeinträchtigt und müßte diesen Defekt irgendwie praktisch äußern. Die Geschichte nun bietet Staaten, deren Mangel einer staatlichen Abrundung im Bedürfnis einer solchen nationalen zum Ausdruck kommt; dies hat dazu geführt, den *staatlichen Expansionstrieb* mit den immanent geäußerten *nationalen Kontrektationstrieb* zu verwechseln. Denn die Tatsache, daß die Geschichte gebietsmäßig saturierte, national unbefriedigte Staatswesen, wie Deutschland, als lebensfähig erwies, entkleidete den Nationalismus, soweit er über sein soziales und humanitäres Wesen hinausgehend sich als allein seligmachender staatsbildender Faktor aufspielt, der politischen Autorität.

Zur Hygiene des einen Staates mag der Pannationalismus als konstitutive Kraft gehören; die Hygiene eines andern Staates aber mag auf ein tiefer liegendes Element, dessen Äußerungen dann der Nationalismus allein in deutlicher Form übernommen hat, angewiesen sein. Dieses Element, das den Nationalismus verlockend staatspolitisch färbt, ist die *Homogeneität* der Bürger eines in Betracht kommenden Staates. Kein Staat entsteht aus Zufällen, sondern als eine Krystallisation aus der Gemeinsamkeit von Bedingungen. Diese Homogeneität wird durch nichts anschaulicher verbürgt als durch die Materie des nationalen Gedankens. In einem ebenso natürlichen, obwohl weniger dem Gefühl als vorerst einmal der Reflexion zugänglichen Ausmaße aber können sie auch die wirtschaftlichen, geographischen, und in einem späteren, bereits fortgeschrittenen Stadium auch die kulturellen Beziehungen involvieren. In der Fähigkeit vom ersten Gefühlsimpulse zu abstrahieren und die eines neuen Gemeinsamkeitsgefühles trächtige Reflexion zu Worte kommen zu lassen, wird die staatsmännische Anlage zu suchen sein. Das unmittelbar inmitten des Durchschnittshorizontes Gegebene ist der Nationalismus; der Horizont des Staatsmannes sieht die Grenzen des Gemeinwesens nach den Gesichtspunkten einer national wünschenswerten, aber durchaus selbstwilligen Homogeneität verlaufen.

Das nationale Prinzip ist in der Tat niemals als allgemein gültiges Metrum der großen Weltepopöe nachgewiesen worden; gültig ist es eben für die Staaten, für die es sich sinnvoll erwiesen hat. Aber auch hier ist es, wie vor allem bei Deutschland, daß Teile seiner Nation in Österreich und der Schweiz belassen und dafür die fremde Nation der Polen sich einverleibt hat, nie in seinem radikalen Ausmaße in Aktion getreten und hat, dank der Klugheit der Staatslenker, fremde Staatsgedanken verschont. In der Kraft und Vernunft seiner territorialen Geschlossenheit hat auch Italien gegenüber der Zerflossenheit seines ausfransenden Nationalgedankens den geschichtlichen und normalen Halt für kommende Arbeit gefunden. Sein nordafrikanisches Kolonialprinzip ist weitaus gesünder als seine Irredenta. Auch künftige Kriege würden weniger die Entscheidung über Savoyen und Südtirol, als über die nordafrikanische Küste der Franzosen bringen; denn in diesen Gebieten hat die überwiegende Mehrheit italienischer Kolonien europäische Wirtschaft eingepflanzt und den Grund zu baldiger Blüte gelegt. Südtirol ist wirtschaftlich einem fremden Staatsgedanken charakteristisch eingeeignet und wird vor allem strategisch einer fremden militärischen Tüchtigkeit in die Hände gespielt, die theoretische Abhandlungen über dies Thema wohl kaum jemals gestatten wird. Savoyen, wenn schon militärisch diskutabler, ist arm; Algerien aber ist reich und voller Zukunft. Und das koloniale Prinzip fesselt die Staaten seit je mächtiger denn das nationale.

Denn die Bedingungen zur Staatenbildung waren seit je die gleichen, und nur verschobene Machtverhältnisse vermochten die natürlichen Bedingungen nach neuen Gesichtspunkten zu gruppieren und damit den Verlauf der Staatenbildungen zu beeinflussen. Umso überraschender erscheint die Entdeckung des Nationalen Prinzipes für das XIX. Jahrhundert, das damit zu einer funkelnagelneuen Grundlage seiner Staatenproduktivität gekommen sein soll. Die notwendige Homogeneität des Menschenmaterials der alten Staaten wurde durch kulturelle, religiöse, wirtschaftliche, territoriale Bindungen, vor allem aber solche grundlegende der Kommunikation erzielt. Die sprachliche, das heißt nationale Bindung kam originär, niemals aber auffassungsgemäß in Betracht. Diese nationale Homogeneität formal hervorzuheben, blieb ein Vorbehalt des sozialistischen XIX. Jahrhunderts und war als solcher ein sozialistisches, also inneres Motiv. Erst ein Volk, das innerhalb eines Staatsgedankens zu einem Durchschnittsstatus von Erziehung, Selbstbeobachtung und Kritik gelangt war, erkannte die äußere Freiheit und innerlich gebundene Rassigkeit der Güter, die es zu einer Einheit verdichteten. Die Gemeinsamkeit der angenehmen Last beließ den sympathischen Druck als Gefühl. Das sozialistische Motiv kann also in einem schon vorhandenen realisierten Staatsgedanken die nationale Erweckung eines Volkes betreiben, wie es die Gegenwart an der ruthenischen, die nahe Zukunft an der slowakischen Nation beweisen wird; das Schicksal eines Staates aber kann es nicht entfesseln. Die nationale Erhebung der Balkanvölker ist nicht ein Beweis für deren staatenbildenden Rückschlag gegen ein innerlich fremdes Los; sondern ein Beweis der sozialistischen Reife einer begabten Unterschicht und der Brüchigkeit eines Staatsgedankens, den schon Moltke in die gesunde Magerkeit von Kleinasien, Syrien und Mesopotamien zurückgewiesen hatte. Die Zukunft wird zeigen, daß der serbische Nationalgedanke sich nicht auch mit einem Staatsgedanken deckt; daß vielmehr der Staatsgedanke, dem er durch Natur und Geschichte zugewiesen ist, jene Ländergesamtheit umfaßt, die sich um die zwei Punkte des Donau-Adriasystems krystallisiert hat. Schlechte Politik und eine weitaus weniger zu befürchtende militärische Untüchtigkeit der entwicklungsgeschichtlich fixierten Macht können die Etablierung dieses Zustandes verzögern; aber nicht einmal die Möglichkeit, daß ein zweites Gehirn dieser Macht in der Nähe seines Aktionszentrums an der Adria sich heranbildet, könnte diese staatliche Zukunft willkürlich verschleudern.

Als sozialistisches Moment ist das Nationale Prinzip erfreulich und berechtigt; wo es auftritt, quittiert es den Staatsgedanken, dessen innere Festigkeit und Arbeitskraft, ja dessen kulturelle Gestaltungsfähigkeit es bestätigt. Auch das deutsche Reich, das als Paradigma des staatsbildenden Nationalismus abgewandelt wird, verdankt weit weniger diesem als seinem uralten kräftigen Staatsgedanken sein Schicksal. Dieser Staatsgedanke hatte sich im Verlaufe von Machtverschiebungen, technischer Entwicklung und damit zusammenhängender Umgestaltung der Kommunikation verändert, verringert, verstärkt, ausgebreitet, verkleinert und zeitweise, im dreißigjährigen Krieg, sogar die Form einer über ihm stehenden Organisation, des nordischen Bundes angenommen. Aber er hatte lange bestanden und seine feste Form geschichtlich bloß schroffer manifestiert, als die in seinem Kulturkessel aufdampfende soziale Expansionskraft ihn selbst vom Gefühl in die Reflexion rückte. Man kann sagen, Deutschland, wie es leibt und lebt, verdankt seine so diätetisch und heilsam geschaffene Gliederung der Dampfmaschine und dem intellektuellen Sozialismus. Für das Postkutschenzeitalter besaß es vorerst einmal staatsgedanklich keinen Reifen; mit dem Nationalgefühl allein wäre es, nachdem die großen wirtschaftlichen Verbände und Kommunikationen des Mittelalters ohnmächtig oder flau geworden waren, ein taubes Faß geblieben. Erst die durch die Maschine hergestellte räumliche Verdichtung und der beschleunigte Austausch des geistigen Verkehrs schufen die notwendige tatsächliche Homogeneität und zeigten jene immerhin substantielle Wissensstimmung, die man den *intellektuellen Sozialismus* nennen wird. Alle großen Menschen der letzten 100 Jahre waren von seinem Geiste bewegt und selbst der herannahende durchaus gesunde Konservativismus und Reaktionarismus stellt nur seine konzentriertere Art dar. Der intellektuelle Sozialist, den die Geschichte als sinnfälligen Urheber Deutschlands nennt, war, damals noch einsam, heute schon begriffen, Bismarck. Niemals war gerade Bismarck im alldeutschen Sinne national; jedenfalls aber als Nationalist der größte Diätetiker und schon darum mehr vom Staatsgedanken denn vom nationalen Gedanken fasziniert. Er liebte sein Volk, heißt, er liebte dessen voraussichtliche Kulturbegabung und ihre Erfolge, in Szene zu setzen durch eine bestimmte territoriale Möglichkeit. Es bedeutet aber niemals, daß er sein Volk, pflichteifrigst dessen Zahl erledigend, je blindäugig an sein Herze drückte. Er weinte um keinen Deutschen, den die Grenze streng vom Himmelreiche deutschländischer Kulturstatt, im Staatsgebäude klug umzimmert, ausschloß. Es gibt Stimmen, die ihn darum einen Pfuscher heißen, und sein Werk nur als halb getan betrachten. Was sie wünschen, ist die gemütliche Vereinigung beim vollen Tische und die Ablehnung einer eigenen staatlichen Aufgabe und zivilisatorischen Existenzberechtigung. Was Bismarck haben wollte, war die visionäre Entfaltung studierter oder intuitiv gesichteter Kräfte, die den Ungeeigneten ausschloß und an andere mit gleichem Scharfsinn ihm kongenial erfaßte Entfaltungen wies, dem Staatsgedanken aber den auf bestimmten Geschmack hin gesonderten Sukkurs der Nation zuführte. Bismarck verbrauchte genau soviel an Nationalismus, als davon auf die Homogeneitätsforderung gegenüber dem Menschenmaterial des zur Bildung vorgesehenen Staatswesens kam. Der nationale Gedanke hat den Reichsgedanken nicht begründet; dieser bestand seit Karl dem Großen und war durch innere und äußere Politik modifiziert worden; der neue deutsche Reichsgedanke Bismarcks war eine sozialistische Neuorientierung seiner alten Fassung; der intellektuelle Sozialismus selbst wieder ein Produkt des alten Staatsgedankens.

Das Wesen des "Nationalen Prinzipes" radikaler Observanz ist, daß es das staatliche Gesundheitsideal in seiner vollständigen Anwendung erblickt. Es wirkt verbrecherisch, hochverräterisch, wo es den "Staatsgedanken" stört. Jeder Staat hat seine Homogeneitätsprinzipe; eines davon kann der Pannationalismus sein, muß es aber nicht sein. Gedeihlich, schön und formelkräftig wirkt der Nationalismus, wo er das Produkt von Kultur und ihres grundlegenden staatlichen Körpers ist, seines Homogeneitätsgehaltes entkleidet, aber wirkt er an sich nicht staatenbildend.

Das Hermann Bahr-Buch

Hermann Bahr ist nun 50 Jahre Österreich alt; es sind österreichische Jahre, schnellgelebte und genießliche und prahlerische Jahre, österreichisch in dem guten Sinne, wie er kaum von Wien, aber von den Provinzen verstanden werden kann. Auch Hermann Bahr kam ja aus der Provinz und wie er die ganze Entwicklung der letzten österreichischen Generation, man möchte sagen orthodox mitgemacht hat, so personifiziert er auch den österreichischen Provinzler, der sich im Laufe der letzten Jahrzehnte in den Großstädter verwandelte; er bleibt aber hier nicht als am Ziele seiner Sehnsucht stehen, sondern tut vom weltmännischen Pflastertreter und kontinentalen Literaturbummler wieder den gesetzmäßigen Schritt zurück, in die Berge, wo die Sonne noch auf und untergeht und alle die im Stadtbetrieb vernachlässigbaren Größen von Wind, Wetter und Kalender als tiefe Geheimnisse ins Gemüt reden; es wirkt ganz merkwürdig, inmitten der ästhetischen Maulsucht plötzlich einen Mann in schonungslosem Dialekt wie besagten Kalender reden zu hören, während er in der Windwaht mit dem Havelock am Klüwer bergauf strikte hinansegelt. Und wie er nun so bergauf dichtet, im Bergsteigertritt, der überlegensten und frohesten Gangart auf Erden, wird alles lichter und unschwerer um ihn und die Katastrophen und Konflikte des Lebens sind nur eine Frage von schön Wetter und schlecht Wetter der Seele. Das sind dann seine Dramen, die aus der Freiluft gegriffen, die den Talsumserern im Foyer den Krampf in den Waden und das Zwicken in der kleinen Zehe verursachen. "Au", sagen sie, "das Wetter hat sich geändert, es wird wieder schön"; und ziehen sich mißmutig von Bahr in ihre verregneten Seelen zurück.

Hermann Bahr stammt aus Linz; väterlicherseits führt ein Zweig nach Schlesien zurück, dem Lande Hauptmanns, einer anderen Gebirgswelt. Diese aber ist eine Welt der Arbeit und der schwerblütigen Lebensauffassung mit einer schwierigen mystischen Menschenart. Ein anderer Zweig der Linzer Familie führt in die Berge nach Salzburg. Und dieses ist ein trotz kräftiger Arme recht bummelanter und ganz fantastisch froher Menschenschlag. Er bezieht das Leben direkt von den wilden Tieren; es gibt aber ringsum keine andern Bestien als die Vögel, er hört ihnen die Lebenslust ab und jodelt sie ihnen nach, und darum ist seine Seele ebenso wild als harmlos, ebenso balzgroßtuerisch als schlichtlieb. Noch immer ist die Welt nur die große Vogelweide und ein Finkenschlagen und böser höchstens ein Falkenschnellen. Die saure Arbeit gedeiht unter Juchzern und die Gutmütigkeit hat blanke Scharfschützenaugen, denn, da sie so vortrefflich sieht und Distanzen schätzt, fühlt sie sich sicher. Das ist die eine Seite an Bahr, von der man ihn betrachten muß, wenn man ihn nicht mit der literarischen Schneiderelle messen, sondern als Typus aus sich heraus abschätzen will. Das ist sozusagen seine Nordseite, der kriegerische und jägerische Mensch, der saugende Blick des Beobachters, der sich innwärts zum Sinnen verschärft. Aber damit ist der Bajuvare noch nicht ganz charakterisiert, er ist südsichtig, und wendet sich in die Sonne und auf dieser seiner Südseite ist er Spieler, sich wiegend in der physischen Trunkenheit seines Selbst. So kann man Bahr zur eigenen Freude und aller glücklichen rassigen Menschen Freude betrachten, so betrachtet er auch selbst seine erdichteten Menschen. Die Echtesten sind die besten Komödianten, denen jede Art von Illusion nicht Bauernfängerei, sondern urgesunde Natur dünkt. Da Bahr selber ein urgesunder, unpathologischer Mensch ist, faßt er sie ohne Skrupel auf und es entstehen veritable Österreicher. Er liebt sie, mit einem Naturalismus, der jede klassische oder auch nur polizeiliche Form des Kunstwerkes zerstört; er liebt sie mit der Liebe des Epikers, denn auch sein Drama ist wesentlich Milieudichtung, worauf die zärtlichen Regiebemerkungen und die erschöpfend motivierten Züge seiner Figuren hindeuten. Er ist der Landschafter. Alles blüht ein wenig wildgartenhaft empor, ungestutzt und "unprinzipiell", und wenn er innerhalb der Zivilisation irgendwo ein freudiges Unkrautbeet entdeckt, sieht er keineswegs die amtliche Vorschriftsvernachlässigung darin, sondern ein Stück Landschaft. Und darum sind nicht nur seine Köchinnen so homerische Geschöpfe, er hat auch die homerischesten Doktoren und Staatsbeamten und das homerischeste Gelächter, das ohne das niedrige Dach überm Kopfe gelacht werden muß.

Bahr ist kein Dramatiker, sondern der österreichische Dramatiker. Das Drama Schnitzlers kommt aus der Kultur des Wiener Juden, die ein Problem für sich, jedenfalls das Produkt einer ganz heterogenen Veranlagung ist; und man kann dieses Drama nicht österreichisch nennen, denn es ist spezifisch wienerisch-jüdisch. Bahr aber, der als Schriftsteller im Lokale bleibt, ist noch dadurch wertvoll, daß er ein historischer Typus ist. Die ganze Entwicklung der letzten Generation ist regelmäßig je an ihm zuerst vor allem andern sinnfällig geworden. Er ist der Geologe der sozialen und seelischen Schichtungen und hat seine Zeit vom Naturalismus bis zur Nervokratie geführt. Es sind wirklich fünfzig Jahre Österreich, die er nun hinter sich hat, und man muß ihm Dank wissen, daß er sie so unbeschädigt an Leib und Seele, gewissermaßen heldenhaft, bestanden hat.

Diesen Dank frischt wiederum am besten, da er gerade daran ist, unter der jetzigen Generation abzuflauen, das Hermann Bahr-Buch auf. Sein Verleger, Bahrs Hauptverleger Samuel Fischer, einer der Matadoren der Volksbühne und der vor dreißig Jahren jungen Generation, präsentiert den Wechsel auf heutige, zukünftige und immerwährende Dankbarkeit in Gestalt dieses Exzerptbuches. Es ist dieser Konzentration wegen vielleicht Bahrs bestes Buch, wirklich das Hermann Bahr-Buch, das nicht nur einen Einblick in eine Persönlichkeit, einen österreichischen Typus, eine Wiener Literatur, sondern auch in eine europäische Zeit gewährt. Wünscht man sich außer diesem Buche noch den "Meister", "Ringelspiel" und einige Seiten aus dem Innundationsgebiet seiner Romane gerettet, so ist es für eine tätige, bauende, bessernde Jugend genug, um Ehrerbietung und Vertrauen zu empfinden.

Wie der Mensch, so beginnt dieses geschickte Buch mit dem Knaben, dem Provinzler, dem Landschafter und mündet über den hochformierten Großstädter, über die nervöse Verengung des Citymenschen wieder breit in die Landschaft, das Volk, den Staat aus. Nachdem Bahr ein Europäer geworden war und sich um europäische Dinge, Sozialismus, Literaturen in Nord, Süd und West geschert hatte, sorgt er sich wieder um Österreich. Kein kräftigeres Symbol dieser schönen Entwicklung hätte ausgegeben werden können, als dieser Abschluß auf dalmatischem Boden, einem Stück dunkelsten, besten und zukunftssichersten Österreichs. Ein langatmiges, aber auch starkatmiges Lebenswerk in der Verkürzung kleiner Atemexplosionen: das ist das Hermann Bahr-Buch!

Die graphische Darstellung des Gesamtwerkes addiert Punkt für Punkt aus Europas, Österreichs und Wiens jüngsten Tagen zur stolz geschwellten Lebenslinie. Es ist ein Triumpfzug durch die letzten dreißig Jahre, den ihm die Gleichaltrigen und Nächstaltrigen neiden werden. Die Jüngeren und Jüngsten wiederum haben keinen Grund zur Eifersucht. Gerade weil Bahr nicht mehr ganz ihr Wesen ausspricht, ihre Ideale oft verfehlt, ihre Wärme oft mit seiner Erfahrung korrigiert, wie es das sinnvolle Verhältnis zweier Generationen will, gerade darum, weil Bahr trotz aller Wandelbarkeit schon etwas Skulpiertes hat und für die Jugend einen der großen Arrivees darstellt, erweckt ihr die Distanz jene Ehrerbietung vor der Leistung. Und schon ist es vielleicht nicht mehr die glatte Statue allein, die die Jugend sieht, schon beginnt, was eben noch gemeißelt schien, zu verwittern und Pietät schleicht sich ein. Viele der Resultate, die der Bahrschen Generation Haltung und Farbe liehen, verachten wir, viele ihrer Hoffnungen teilen wir nicht. Wir sind gerade dort skeptisch, wo jene Positivisten waren, und wo jene zweifelten, fühlen wir positiv. Wir glauben es nicht, daß Frauenstimmrecht und organisiertes Proletariat die Welt erträglicher machen werden, als sie zuletzt war, und haben da so unsere eigenen Erfahrungen; unser Sozialismus ist ein anderer; eher neigen wir der Hierarchie, den konservativen Kräften des Staatslebens zu - und sind vielleicht gerade darin revolutionärer, als irgend eine andere vorhergehende Jugend war.

Aber dies hindert uns nicht, der Pflichten jeder Jugend eingedenk zu sein und zu salutieren, wo die Nächstaltrigen vielleicht noch füglich keifen dürfen. Dieser Saft eines fünfzigjährigen Lebens, von dem das vorliegende Buch seinen Geschmack hat, ist ein ganz besonderer Saft, ist bajuvarisches Blut, mit Tugenden, Kräften und Ränken aus Nibelungen und Vogelweiderzeit. Es sehnt "volles Maß". Dieses Wort schließt das Buch. Wir Jungen wissen, daß es diesmal "volles Maß" gehabt hat.

Der Asiate

Der Präsident von China: das bedeutet politisch ungefähr den Zylinderhut auf dem Haupt eines nackten Wilden. Freilich, wild ist der Asiate nicht; die Frage ist aber, ob er andererseits kultiviert genannt werden kann. Verfeinert ist er gewiß; sehr geglättet, zu guter Form gebracht, wie ein lange benütztes Instrument aus tüchtigem Stoff; während beim Europäer, der sich immer wieder als neue Lebensform erfindet, alles ein wenig im provisorischen Zustand des Schnittigen und Kantigen bleibt. Beim Chinesen ist von seiner Schrift bis zu seiner Kleidung alles rund, geläufig, ausprobiert und gediegen; und wegen dieser Gediegenheit ist er ein Träger von Menschheitswerten; ob er aber barbarischer oder kultivierter ist als wir: jedenfalls ist er anders.

Vor kurzem geschah's, daß ein Japaner seiner Mißbilligung der auswärtigen Politik dadurch Ausdruck gab, daß er sich den Bauch aufschlitzte. Solche Tat kann, wie das berühmte Harakiri des Feldmarschalls Nogi, Bewunderung zeugen für Zähigkeit, Todesverachtung (eigentlich müßte man sagen: Lebensverachtung), Qualitäten, die wir in diesem Grade kaum zu besitzen scheinen. Aber diese scheinbare Indisposition verbindet sich mit jener Duldsamkeit für Fremdes, die wir als ein Zeichen von Größe verehren, die dem Asiaten fehlt. Man stelle sich vor, welcher Gedanke Nogi, einen Besten und Gesittetsten seines Volkes, zum Harakiri treibt; ein Haß, der über Jahrhunderte hindenkt und Enkelkinder zu einem Sieg begeistert, der im Jahre 2100 den Japaner zum Meister des Ariers machen soll. Die Unfähigkeit, zu fremder Art Nein zu sagen, habe ich stets als den stärksten Einwand gegen unsere europäische, "liberale" Seele empfunden. Es ist ein Mangel an Rasse, an Wahl, an Instinkt. Und Asien, das allerfernste Asien, meldet sich immer dringlicher und begehrt Einlaß. Bald steht es da als Schauplatz uns unverständlicher Menschentat und drängt uns ein fremdes Ethos auf, bald eröffnet es das heimliche Wesen und Unwesen seiner Natur und läßt uns Mächte des Daseins ahnen, die wir wie Kinder eines anderen Sternes betrachten. Ist dort wirklich alles anders, größer, elementarer, urdinghafter, ist dort überhaupt alles wirklich groß, oder ist es nur die Einfalt der Rasse, in der sich jedwedes, von einer Privatangelegenheit bis zum klimatischen Ereignis, so ungeheuerlich, so schräg, so fratzenhaft bricht? Der Held eines asiatischen Volkes legt Hand an sich, oder ein meteorologischer Vorgang hat den Tod von Zehntausenden zur Folge; immer aber handelt es sich um Dinge, deren Perspektiven uns wie Unendlichkeiten anmuten. Dort aber erledigen sie sich förmlich um die Ecke herum; darum wirken sie so merkwürdig, so grotesk und verzerrt: wie ein Asiatengesicht.

Der Japaner und der Chinese, so sehr jene sich auch durch jahrzehntelangen Bildungsgang in der Schule Europas oberflächlich verändert haben mögen, sind für uns ununterscheidbar; weniger in ihrem psychologischen als physiologischen Charakter. Ja, man könnte sagen, daß sie überhaupt nur physiologisch für uns wahrnehmbar sind; denn was wissen wir, trotz Lafcadio Hearn und Bernhard Kellermann und Baronin Heyking von der asiatischen Psyche? Das sind Beobachtungen, die uns nie erreichten. Das Verhältnis des Asiaten zu Tod und Leben ist ein anderes denn das unserige; hier gibt es kein Verständnis, keine Versöhnung, keine Humanität, hier gibt es nur den Haß zweier fundamental verschieden gerichteten Lebenswillen. Noch ist es nicht lange her, da hatte der allerfernste Orient eine Taifunperiode zu bestehen. Wir hörten vom Untergang 50.000 gelber Menschen, aber unsere Hand, die das Zeitungsblatt hielt, zitterte nicht stärker, das Blut trat nicht aus unseren Wangen und unser Herz klopfte nicht. Fünfzigtausend! Das ist bei uns ein kleiner Staat. Wenn ein Omnibus auf einer Seinebrücke über Bord geht, fühlen wir, wie es an den Herzsträngen reißt. Als die "Titanic" mit 1700 Mann sank, war Heulen und Zähneknirschen unter uns. Als in Amerika die Springflut über die Dünen von Galveston brach, als San Francisco unterm Erdbeben in Trümmer sank, ward unser Mitgefühl rege. Hier aber ging ein Volk zugrunde, unser Verständnis und unser Gemüt schwieg. Bei der "Titanic" schrie man nach dem Schuldigen: es war der sportliche Ehrgeiz einer Nation. Derselbe sportlich-technische Ehrgeiz aber tut Wunder und rettet Tausenden das Leben. Gefahren lauern überall; der Blizzard ist in den Vereinigten Staaten zu Hause, er hüllt die Häuser in Eispanzer und läßt sie splittern vor Frost; bricht Bäume knallend wie Eiszapfen; und weht Not und Untergang unter dünne Kleider und schlechte Behausungen. Der Samum erstickt eine Karawane in Glut und Sand, der marokkanische Tornado schlägt Felsen und Stämme um die Köpfe der Bergbewohner und rasiert die Steppe. Der Taifun aber kreist als rotierender Trichter, ein Füllhorn des Unheils, übers Land, und 50.000 werden zur Strecke gebracht, ein Territorium verheert. Der Taifun kreist, aber die Zivilisation, die sich mit krummen Füßen, Päderastie und Mandarinismus beschäftigt hat, hat nicht Zeit gehabt, Dämme gegen die Sturmflut und feste Häuser gegen den Luftschwall zu bauen.

Fünfzigtausend! Die Zahl macht uns aufhorchen. Regt sich etwas? Es regt sich nichts. Wir haben keine Vorstellung vom Leben und Leiden dieser Menschen, wir wissen nichts von ihren Gefühlen, ihren Ängsten, ihrem Entsetzen. Aber ahnen, daß sie den Tod gleichgültiger betrachten als einen Rausch wollüstigen Nichtstuns, als den Traum von Opiumessern. Da überfällt uns die Wut. Mit 50.000 Menschen könnte man Zustände schaffen, die jedem Taifun ein Hindernis sind, sich an Menschen auszuwirken. Der Taifun ist wohl ein gefährlicher Wind; er stellt eine Röhre rasend nach oben sich schraubender Luftmassen mit einer oft 20 Kilometer breiten Stillstandsfüllung dar; auch der

Ring der Bewegung geht über viele Kilometer, und was bei seiner Fortpflanzung in ihn hineingerät, hat eine schwere Probe seiner Kohäsionskraft und Elastizität zu bestehen. Kleinere Schiffe, die ihm begegnen, sind im Handumdrehen enttackelt, das Meer ist ein einziger unrhythmischer Aufschrei von Wogen, Wasserzipfeln, Wasserhosen und Tromben, und selbst große moderne Schiffe schweben in äußerster Gefahr. Der Sturm kostet Geld, aber man kennt ihn, hat vorgesorgt und kommt durch; wenn man ein Europäer ist. Der Taifun ist den Chinesen seit Jahrtausenden bekannt, aber ihre berühmte alte Kultur hat kein Mittel gefunden, sich gegen ihn wenigstens leiblich zu schützen. Wer weiß, ob die Ägypter mehr als 50.000 Mann zur Verfügung hatten, um eine ihrer Pyramiden zu bauen! Aber dieses Volk war tektonisch begabt, es gehörte zu unserem Kulturkreis, es baute in die Höhe, nicht, wie der Asiate, in die Breite. Was haben die Chinesen gebaut? Natürlich eine chinesische Mauer, aber keine, über die der Taifun, stände sie im Süden, nicht hinwegfegen würde. Die Chinesen hausen wie Insekten, einer nahezu im anderen, und dieser Symbiose verdanken sie ihr schlechtes, verwöhntes Aussehen. Die Bevölkerungsdichte eines chinesischen Platzes übertrifft alle Vorstellungen; sie ergäbe sich ungefähr, wenn man einen New-Yorker Wolkenkratzer waagrecht umlegte und teleskopierte. Nirgends auf der Welt können viele Menschen so enge zusammenwohnen wie in China. Dies scheint großartig, bis ein Taifun die Dächer von den Häusern hebt und das grenzenlose Gewimmel zeigt, das darunter herrscht.

Der Asiate kennt nicht das Grausen vor dem Verlust der Zukunft. Der Europäer, der den Fortschritt als These setzte, fürchtet, von dieser Zukunft ausgeschlossen zu werden. Der Japaner hat den Fortschritt in einer rein technischen Hinsicht auf sich angewandt, er kommt sich besonders schlau darin vor, daß er unsere Maschinen fährt, unseren Sinn aber, der erst alle diese Abwälzung menschlicher Tätigkeiten auf den Motor entschuldigt, ablehnt. Aber zuletzt wird nicht die Indolenz, die den Tod nicht fürchtet, die überlegene Tapferkeit zeugen, sondern die physische Feigheit und geistige Verantwortung. Nichts Köstlicheres als diese physische Feigheit, die wir vom Asiaten voraus haben! Die Rasse, die unerhörte Kräfte daran setzt, das Leben des Einzelnen zu schonen, zu verlängern, die Rasse, die sich für entehrt und geistverlassen halten würde, wenn 50.000 der Ihren in einem Sturm zugrunde gehen oder ein Einzelner durch fanatische Gesetze zu einem nutzlosen Tode gezwungen würde, diese Rasse wird die tapferere sein, weil sie wissen wird, um welche Menschheitswerte es sich handelt. Kleinmütige und Schwächlinge neigen sich mißverstehend vor dem tiefstehenden Mut eines Asiaten und der Grandiosität tartarischer Lüderlichkeit: falsche Dichter, talentlose Humanisten, Verehrer roher Brutalität. Um sie hat der Taifun uns den Dienst getan, auf Traumpfaden kategorisch aufgeräumt. Der Asiate begreift den Tod als physiologischen Vorgang, nicht als Ende dieser Vorgänge; er schafft sich ein niederträchtiges Lustinstrument daraus, er erfindet die Lustmartern; der Chinese hat den Tod als eine freundliche Erholung von irdischen Unannehmlichkeiten stets vor Augen; das Menschenleben hat keinen Wert, denn es gibt keine Persönlichkeit; es gibt keinen Fortschritt, überhaupt keinen Schritt in die Dimension hinaus, denn der Asiate ist im Dimensionalen so primitiv wie seine Bilder. Aber es gibt eine allgemeine Depravation, und auch diese schafft kein glühendes, verzehrendes Ende, wie bei den alten, edlen Völkern der Mittelmeer-Kultur. Nang po, die Provinz, ist ein Loch im Gewebe, das Menschenwerk rings um die Erdrinde gehüllt hat, aber ein Insektenschwarm kommt und füllt es mit seinen Leibern aus, ein fleißiges Gewimmel baut das Netz der flächigen Dörfchen und Städte wieder zu. *Wir* bauten gothische Dome, Quader auf Quader, umbrauste Burgen auf den Riegeln vorm ewigen Schnee, wir bauten Wege mit Glas und Metall, auf denen unsere Augen bis zum Mars wandern, unser Geist stieg über den Raum hinaus, über die Zeit, über die Verknüpfung der Dinge. Die wir den Tod fürchten, wie Achilles, das weinende Kind, wir haben die senkrechte Linie erfunden, die Lanze der Unendlichkeit, und kreisen nicht trunken um den Reifen, den Schild, das Symbol der Passivität. Aber vom Osten her schiebt sich langsam ein unschöpferischer, zäher Filz menschlicher Existenzen über die Erdoberfläche, dehnt sich langsam und schrecklich, schiebt sich zwischen uns und den Boden, je höher wir streben, den Boden, in dem die Anker unserer Luftschiffe und unseres Geistes liegen. Dieser Filz schräger Knochen und Schlitze bedroht uns; Amerika hat ihn gespürt, es sprang mit Schaudern auf, als die Fühler nach seinem Leibe zuckten. Aber wir wollen es nicht sehen, selbst wenn die Natur einmal mit uns ist und ein Loch in ihn bohrt, an dessen Bruchrändern das Getriebe gierig ineinanderstürzt. Es pardonniert sich selber nicht, es flicht den eigenen Zopf in Wollustraserei enger und schmerzhafter.

Heroisch Bürgerlich

Die Zeiten sind vorüber, da das Talent in der Stille blühte. Die Rasse der Tassos ist zur Tagesordnung übergegangen, wirtschaftet in Aktualität und redigiert Drahtepen über die politischen Ereignisse irgendeines Jerusalems. So ist es recht und schlecht. Es ist ein Fortschritt und dennoch ein Laster. Denn wehe! daß man für die neuen Welten noch die alte Träne hegt; da darf dem Gottgefälligen des alten Tags und Schlags wieder einmal das verzweifelte Scheinrecht in den Schoß fallen, den epigrammatischen Wortschatz, den ihm eine zwittrige Gegenwart gehoben hat, vor die Leute zu bringen. Auch dagegen wäre nichts einzuwenden, und der Vorsprung, den das immer noch bedeutet, wäre rückhaltlos dem Selbstgefühle der Zeit einzuverleiben, wetteiferten nicht die beiden feindlichen Brüder in den traditionellen Pflichten des Tassotums und quälten sie uns nicht auch heute noch mit ihren Launen. Ja, selbst das wäre erträglich, müßten vor dieser Spezies Menschentum nicht die feinen festen Charakterköpfe der Antonii in den erledigten Hausarrest zurück. Außerhalb ihrer Mauern brandet jetzt der Strom einer Halbwelt. Freilich ist am Ende auch er Gewässer und treibt seine Gebetmühlen, dem Götzen "Geist" zuliebe. Aber sein Getriebe wird zur fruchtlosen Bewegung ähnlich der selbstgefälligen Rotation eines Propfenziehers, die vorgibt, um ihrer selbst willen da zu sein, obwohl noch lange nicht aller Flaschen Inhalt gelüftet ist, und die mächtig schwillt und schwillt, und doch stets am gleichen Flecke endet. Die Jugend, mit bengalisch erleuchteten Bleichsüchten, mit vielem Fett und Tran und ohne wirkliche nervöse Kulturen, bei lebendigem Leibe in Stimmungen einbalsamiert, und der ratlose Ästhet, der, von der Gunst und Anerkennung jener besoldet, ein notorischer Lebensfremdling, mit dem satirischen Vakuum seiner Lebensunfähigkeit nach Männern zielt, die ihre Persönlichkeit in den trivialsten Fragen mutig exponieren, sie beide bremsen dem großen Weltenrade mit veraltetem Nervensystem, das der Entwicklung des Zeitalters nicht gleichen Schritt gehalten hat und überlassen uns mit unanständiger Freude am Krassen dem Anblick eines stets wieder prolongierten Selbstmordkrampfes. Plump und geradezu sind sie trotz alledem, diese feinen Geister. Sie treiben den ganzen marktschreierischen Wahnsinn eines Tassogeschlechtes, das sich enkanailliert hat. Die Romantik läuft in allen ihren Versionen ab. Und inzwischen erwächst der verlassenen Kultur die tragfähige Rasse. Die Generation des Antonius konsolidiert sich. Eine freudigernste Bejahung des tätigen Lebens bricht sich Bahn und rückt die nächsten Dinge wieder zu nächst, auf daß wir ihre Freunde würden. Der Mut, den Dingen ins Gesicht zu sehen, weitet sich zum allumfassenden Ja, bezieht das Fragwürdigste und Grausigste, das Nüchternste und Skurrilste in denselben Kreis des Seins. Es ist die Zeit der abgehärtetsten Muskeln und der empfindlichsten Nervenkontakte, der spartanischen Maschinenfügung in Form und Stil, stählern, klingend, voll innerer Harmonie der Bewegung, gestrafft bis zu den letzten Fibern. Es ist ein athletisches Jahrhundert, das mit höchster Kraftanspannung noch das Molekül zerteilt und die Atomistik der Seele und die Mikroskopie der Körper zu himmelhohen Abgründen verfolgt. Die Medizeer der Technik bauen Reiche in neue Dimensionen und der Scharfsinn der Macchiavelle wird an den Schraubstock gestellt, um das Proletariat der irdischen Kräfte der Republik der Erfindungen dienstbar zu machen. Harte Güte und unsentimentale Milde, der Instinkt zu unumgänglicher Disziplin, der Schwung der Nüchternheit, der an der Poesie der nackten Tatsache ausholt, prädestiniert den Soldaten des neuen Lebens. Und über alledem liegt der keusche Schmelz des täglichen frohen Staunens über die sonnige Einfalt der Weltschöpfung. Ein Siegfriedidyll breitet sich über Fabriksdächer und Maschinenräume, über Paläste aus Ziegel und Stein, und Paläste aus Laub und Reisig, über Blüten aus lebendigem Safte gleicherseits, wie über Blüten aus Stahl und Eisen, wenn der Mensch von morgen mit den geschweißten Erbstücken seiner Kultur hinauszieht, um die Zukunft nach seinem Bilde zu zwingen und den Grenzpfahl kommender Zeiten aufzurichten.

Und jene andern, Unfreien unter den Vogelfreien, die, wo sie gehen und stehen, der Poesie verfallen scheinen, die nicht die Prosa der Angelegenheiten als Kunst, Kraft, Spiel, Wert sprechen hören können - - - Wer weiß etwas? Ein Steckbrief. Wer kennt ihn nicht, wie er unter uns wandelt? Hinaus mit ihm. Setzt ihn vor die Türe. Hinaus aus diesem anständigen Zeitalter. Hier sind Ungezogenheiten nicht Poesie, aber auch nicht Prosa. Hier benimmt man sich unauffällig, weder lyrisch noch dramatisch. Etwa wie ein alter Mohikaner, denn das wäre beiläufig Kultur; Ekstase und Würde, Wildheit und Beherrschung, singende Weisheit beim Kalumet und Sprunggelenke und Muskeln und Hinterlist in der Schlacht.

Der Schmock und der Philister sind die Errungenschaften der letzten Periode, da gibt es durchaus kein Oho! und enttäuschte Gesichter sind nicht gestattet. Sie sind ausgerechnet Errungenschaften. Sind die erfüllte Formel der vorjüngsten Kultur, mit der Kulturpose im Nenner. Aber daß es nur gleich heraus ist: Dieser Pose kann keine Kultur entgehen. Bescheidenheit und Überhebung in einem Atemzuge gehören einmal dazu und Lynchjustiz an jeder anders gearteten Kultur, mit dem Bemerk der Antibarbarei. Diese Kulturpose ist der Akkumulator der Persönlichkeit für ihre einschlägigen Kräfte, die leise Deklination vom idealen Kulturpol zum effektiven Magnetfelde hin, ist jenes Plus latenter Energien, das an sich selber nicht mehr gewertet werden kann und das bei der Flüssigmachung der Kapitalien draufgeht. Je nachdem die Abgrenzung nach jenseits oder diesseits der Kulturperipherie erfolgt, exzentrisch oder konzentrisch, den Ring von außen oder innen bildend, beruft sie zum Schmock oder zum Philister. So gewiß Kultur das pathologische Verhalten zu den Dingen ist, so gewiß ist das Pathos gegenüber ihren Dingen unerläßlich. Und so gewiß Kultur eine Ideologie ist, so gewiß ist die Geste des Idealismus unentbehrlich. Kultur ist gar mancherlei. Kultur ist ein russisches Windspiel, ein Indianerhäuptling aus Coopers Lederstrumpf, eine Panzerflotille und ein englisches Landhaus. Kultur ist aber auch eine Bildergalerie, ein Wagnertenor, oder eine Symphonie. Kultur ist einmal etwas Federndes, Elastisches, andermal etwas konstruktiv Fertiges. Das wenigstens ist europäisch-germanische Kultur. Kultur ist überhaupt ein Kräftesystem.

Alle Kultur braucht so gut Heroldsrufe ihrer Geschäfte als tüchtige Beschränktheit. Alle Kultur braucht Revolution und Barrikaden, Pöbel, Fahnen, Schlagworte und andere Schmockereien. Und alle Kultur braucht steinharte Ideologie, unpathologisches Verhalten, Zeremoniell und dergleichen Philistrositäten. Braucht diese Dinge und den Kampf gegen sie zu gleicher Zeit. Kultur entsteht als Reibungsfluidum in den Gelenkspunkten eines Systems.

Die Welt begann sogenannt mit dem Chaos, dahinter steckt ein tiefer Sinn,
denn das Chaos ist immerwährend da und es beginnt überhaupt alles mit dem
Chaos. Das Chaos vom Chaos ward zur Ordnung, das Chaotische, das blinder Sinn und Zweck der Rebellion war, gipfelte in einer phänomenalen Neugeburt. Und es stimmt schon, nur die Rebellennatur ist produktiv. Freilich,
wie gesagt, in guter Gesellschaft, in etwas kulturell so wünschenswertem wie
guter Gesellschaft, sind ein vorgestreckter Ellenbogen und eine rammbereite
Schulter ein fatales Ding, scheinbar höchst überflüssig und abgeschmackt.
Ein Eifer, der sich vor sauren teilnahmslosen Gesichtern stets selbst parodiert.
Zumindestens folgt ihm das Dumme-August-Intermezzo mit seiner stupiden
Einmaleins-Weisheit auf dem Fuße. Einer trat auf und bewies etwas. Ohne
Zweifel hätten es die anderen in dieser Art auch zusammengebracht. Aber sie
unterließen es. Verschmähten sie vielleicht, vom Leben so brutal zu denken?
Sie brüteten über Kolumbuseiern, doch kam nichts Lebendiges zum Vor-
schein. Die Frage war, wie entsteht Leben? Der Spitzbube machte es ratlos
einfach. Er schlug die Schalen kaputt und fraß hold den Dotter, den allernahr-
haftesten gelben Dotter. Nachdem er um zwei Millionstel Millimeter satter
gewachsen war, erklärte er sich just um zwei Sekunden reifer als die andern.
Die lächelten. Sie wollten den Abstand nicht anerkennen. Sie wußten nicht,
daß die Sekunde der wichtigste Bestandteil der Ewigkeit ist. In einer halben
Sekunde hört das Herz zu schlagen auf und in einer Sekunde ist es mit der
Ewigkeit fix und fertig dahin. Einen solchen Vorsprung hatte der Kerl sich
angefressen.

Als er gegangen war, ging es los. Während er dort stand, spürte man die
Wärme eines Taktes, außerdem, das mußte man ihm lassen, wußte er bei aller
Einfalt seines Appetits mit Eierschalen umzugehen. Nun aber sah die Stelle
nüchtern her und die Gesten, die noch in der Luft hingen, verdorrten. Es waren eben Gesten und nicht mehr bewegte Arme und Beine. Er beschäftigte die
Stolze vollzählig und entfesselte alle vorrätige Polarität. War er einfach ein
solider Magen, oder war er ein findiger Hungerleider, ein Charlatan um billige
Vorteile, ein pöbelhafter Till Eulenspiegel, der das Geistreiche mit dem Nahr-
haften - wie geistlos! - verband - - - Als der tiefste Denker unter ihnen, der ein
weiland Schmock war, gefragt wurde, ließ er das Wort: Schmock fallen. Das
war die Erlösung.

Ein biologisches Fatum ist erfüllt. Die Welt war ephebenhaft, ihre Routine
war der Pagenknix vor la sua altessa, la poesia, diesem derassinierten Gesel-
ligkeitsmöbel südlicher Weiblingskulturen. Nun ist die Welt ein Mann - oder
ein Weib, oder eine Mutter, was alles dasselbe bedeutet, denn nur was dazwischen liegt, ist unüberbrückbar davon entfernt. Nur was dazwischen liegt,
kommt nie zueinander. Der Mann und das Weib kommen zueinander: wie
zwei winkende Berggipfel, nicht anders, die über die Waldspitzen hin grüßen.
Sie kennen einander: wie zwei edle Renner, die, aus demselben Stalle, mit

einem Gefühl von liebevoller Feindschaft im verwandten Blute sich hart vor dem Ziele opfern und nachher im Stalle mit kampffiebrigem Maule treffen. - Und dazwischen liegen die literarischen Orgien der Impotenz und die Dämonien der unfruchtbaren Erotik, deren Ministranten des Geschlechts sich vergeblich aneinander erschöpfen, in marter vollfeigem, entseelendem Ringen, statt einander die Form zu schlagen.

Es ist ein furchtbarer und erhebender Gedanke, daß die Welt reif ist, das mag wohl darin liegen, daß er eine Verpflichtung in sich trägt. Die Zeit ist kostbar geworden, man muß frisch ins Zeug gehen, man findet es nicht mehr so heroisch und besonders fein, dem eigenen Gewissen zu trotzen, und der Laune, weil sie tyrannisch-großartig und geistreich auftritt, zu applaudieren. Man wird nicht mehr mit der frohen Verbitterung des jugendlich-honetten Argwohnes gegen den eigenen gesunden Drang wettern, weil ein Dummkopf ihn protegiert. Gegen solche eitle Kränkungen des Selbstgefühls hilft männliche Abhärtung. Schließlich ist die Dummheit immer wesentlich im Spiel, wenn irgendwo plötzlich die Welt ins Rollen kommt, das gehört dazu, wie der Esel zum Zarathustra. Es ist doch meistens die Dummheit, die die rechten Maße von den Dingen nimmt, dagegen hilft auch die grundgescheute Bemerkung nichts, daß es gar nicht darauf ankomme, die rechten Maße zu nehmen, und daß es das mühelosere Teil sei und so weiter. Die Sache ist nämlich so, daß die Gescheutheit manchmal recht hat, die unrechten Maße zu nehmen, und das erschwert einem die gute Absicht wieder, sie einfach ganz abzustellen. Andererseits gibt es eine Reinlichkeit, die keinen Wert mehr hat, denn es ist Zimperlichkeit, die die Exklusivität der Motive für geboten hält und die Kastengrimasse eines äußerlichen Aristokratismus nachahmt. Der rechte Aristokrat hat stets Distanz, mitten unterm Pöbel, es ist Feigheit, wenn er die Reibung meidet, nein, mittendrin ist er einsam, schrecklich einsam. Nur die reaktionären Fortschrittsgemüter weinen um das stimmungsvolle Postwagentempo von ehemals, nervenlose Gemüter, die an Geschwindigkeiten sich die Seekrankheit holen statt eines Zustandes höchster Gesundheit.

Die Zeit hat ein Mannsgesicht, durchaus markante Züge. Es werden Männer gesucht, nicht mehr und nicht weniger als Männer, aber vielleicht in einem erweiterten Sinne, mit einer kolossalen Inversionskraft, gemäß dem größeren Reichtum der Zeit. Aber jedenfalls Männer. Offiziere mit Soldatentugenden. Hart, kühn, schlau, wie Landsknechte der großen kriegerischen Jahrhunderte, bereit, jedes Brot zu essen, und jedermanns Lied zu singen, versteht sich, zu singen, zu *singen*. Verfeinerung ist eine Zuspitzung aller Instinkte. Nervosität, das sind Nerven, empfindlich wie gespannte Saiten, sie machen Musik, Musik bei jedem Atemzuge wie eine Äolsharfe im Morgenwind. Nervosität, das sind nicht Nerven wie Bindfaden, die bei jedem Atemzuge auf und davon wedeln. So ist es und so soll es sein. Es wird das prononzierteste Zeitalter werden, es wird gotisch zugehen, bizarr und phantastisch, modern prähistorisch, und man wird großes Interesse an allen Anfängen haben, statt wie bisher an Peripetien und Endpunkten. Alles wird prononziert sein wie ein Tannenforst und das weichere Laubvolk unter den Gemütern wird sich sinngemäß bei den Weibern einbürgern, sozusagen. Der Fichtenbaum im Norden wird sich besinnen, einsam stehen bleiben und nicht mehr von der Palme träumen. Im Gegenteile, die Palme, die ja ein räckeliges Frauenzimmer ist im ewigen Sonnenscheine, wie sichs gehört, knappgestaltig und ein wenig verhüllt, wie sichs gehört, wird sich bettelarm nach ihm träumen, wie er da steht, so saftig und so sehnig und so grade empor. Wie sichs gehört.

SCHRIFTEN 1914

Li

Li ist asiatische Kultur. Nein, Li ist die Bezeichnung für jenen Wesenskern aller Kultur, wie ihn das asiatische Leben zu einer edlen Routine der feinen seelischen Beziehungen entwickelt hat, wie aber auch wir ihn, losgelöst von allem technischen Fortschritt, als eine rein innerliche Angelegenheit verstehen. Li ist Herzenshöflichkeit, der Takt, das siegreiche Nachgeben, die Eroberung durch Zartheit, der Imperialismus des Gemütes.

Ich habe vor einiger Zeit an dieser Stelle die Überschätzung eingeschätzt, die man allem Exotischen bei uns mit wenig Wahl und Eigenart zuteil werden läßt. Ich möchte heute auf eine erzeuropäische Äußerung des richtigen selbständigen Geschmackes hinweisen. Ich meine das Buch "Li oder Im neuen Osten". "Li" ist das Buch des Deutschen Alfons *Paquet*. Es beschreibt, ich möchte sagen, eine Kulturreise durch Sibirien, die Mandschurei, China und Japan. Als das Buch eines Wirtschafts- und Entwicklungskritikers ist es vor allem durch die Schärfe seiner Beobachtungen wertvoll, und obwohl es einen wirklichen Dichter zum Verfasser hat, der mit seinen Wandergesängen (Held Namenlos, Colorado Springs ec.) vollwertige epische Literatur geschaffen hat, ist es für jeden Kolonialkaufmann, jeden Interessenten unserer nächsten wirtschaftlichen Umwälzungen eine Aufklärungstat. Von diesem Gesichtspunkte aus betrachtet, sind besonders die Winke über das kommende Sibirien das Zeichen eines guten, weiten Blickes. Zum erstenmal ahnt hier ein Mann, daß im Verhältnis zu dem, was Sibirien an typen- und zivilisationsbildender Kraft besitzt, Amerika bereits zum alten Eisen gehört. Und warum? Nun, nehmen wir gleich den anspruchsvolleren und tieferen Standpunkt ein. Weil es der Nahwirkung jener Kulturen unterliegt, die das Li besitzen. Der Sibirjake wird kein solches menschliches Scheusal sein, wie es der moderne, dekadente Amerikaner ist. Das Li, die Kultur in übergasförmigem Zustand, wird ihn vor allzu krassen Materialismen behüten.

Neben dem Buch Percival Lowells "Die Seele des fernen Ostens" ist es dieses Li-Buch, das jenes Verhältnis des europäischen Menschen zum Asiaten, in diesem Fall zumal des Deutschen, grundlegend feststellt. Es wägt die dekadenten Typen der beiden Rassen nicht gegeneinander ab und behält die gesunden im Auge. Es vergleicht Typen nur, soweit sie Organe einer Kultur sind. Es mißt nicht den unsmarten Chinesen am lilosen Europäer. Aber es gelangt dann dennoch ohne Chauvinismus zu einer Klassierung der Menschen nach ihrer metaphysischen Potenz. Um den besten konfutsianischen Chinesen und um den besten Europäer handelt es sich. Und da wird man denn mit Gentlemans Gewissen und ohne Unhöflichkeit sagen können, daß Europa vom Osten viel zu lernen hat und trotzdem mit einem tieferen Rechte die imperialistische Chance besitzt.

Viel schwieriger ist die Frage, was der Asiate von uns zu lernen und was er im allgemeinen zu erwarten hat. Ob eine Zukunft, ob einen Stillstand, wie bisher, ob einen Verfall. Der Präsident von China ist eine Dekadenzerscheinung. Der gesunde und edle Chinese wehrt sich mit Recht gegen den materialistischen Fortschritt. Und man mag es verstehen, wenn ein so feiner und freigeistiger Mann wie Ku-Hung-Ming in seinem Buche über "Chinas Verteidigung gegen europäische Ideen", zu dem ihm sein Freund Dr. Alfons Paquet ein Vorwort geschrieben hat, den Bau von elektrischen Straßenbahnen verurteilt. Denn der Chinese, der eine Eisenbahn fährt, zu deren Erfindung er nie die Phantasie und den Spürsinn gehabt hätte, ist dekadent. Es ist ein geschichtliches Schicksal, das man bedauern mag. Aber stets ist Einer im Leben der Stärkere. China wird sich gegen die fremden Ideen nicht verteidigen können; es sei denn, daß es uns und damit unsere Weltanschauung und unsere produktive Phantasie ausrottet. Womit wir bei der gelben Gefahr angelangt wären. Der autokratischeste Kaiser von China ist stilvoll. Der Präsident von China ein Verfallstyp. Dieses grausame Schicksal einer großen und vom Ballast ihrer einseitigen Begabung herabgezogenen Rasse, dieses Schreckgespenst des unausweichlichen Verfalles wird von allen denkenden Europäern geahnt. Die Einen, wie ich, fürchten für die eigene numerisch unterlegene Rasse, indem sie gebannt auf diesen Punkt der Zukunft starren, wo diese zahlreichste homogene Masse der Erde in ihrer letzten Verzweiflung ins Rollen kommt und die europäischen Werte von der Krupp-Kanone bis zur Kantischen Kritik vernichtet. Die anderen fühlen sich noch sicher und sind darum ihrem Herzen zur Noblesse verpflichtet. Zu diesen gehört Alfons Paquet. Er erhofft die Lösung dieser Frage im Sinn des Spruches: Es wird an deutschem Wesen noch einst die Welt genesen. Und hier wird das Buch ein Stück gut gemeinter Utopie. Das "Li" könnt' einen Deutschen lehren! Ob aber der phantastische und nur in geistiger Verschnörkelung sinnliche Deutsche die konfliktslose Interessensonderung der beiden Rassen ohne Verluste auf beiden Seiten wird durchführen können, möchte ich bezweifeln. Früher oder später wird der Asiate doch auf seinen starken Arm und seine Lebensverachtung angewiesen sein, um etwas gegen uns in die Waagschale zu werfen. Und das mag dann zuhauf wohl noch stärker sein als der Gedanke eines Nietzsche oder Kierkegaard, der nie mehr wieder wird gedacht werden können. Ich für meinen Teil halte es diesen beiden zuliebe lieber mit den Kruppgeschützen. Bis dahin aber wollen wir uns das "Li" zu eigen gemacht haben!

Contre-Anarchie

Darüber kann kein Zweifel mehr bestehen, daß der Liberalismus nicht nur als politische Meinung, sondern auch als geistige Haltung abgewirtschaftet hat. Das offen und freigebig sein im Empfangen, die Liberalität, kennzeichnet ein

Übergangsstadium und eine Lernperiode. Der Liberalismus war den Erfahrungen einer neuen technischen Welt geöffnet; in seinen tragischesten Momenten, wie sie seine Dichter festgehalten haben, war er vielleicht sogar eine offene Wunde, ein sentimentaler Schmerz, eine Völkersehnsucht, eine überschwengliche ruhmredige Betonung der Unreife. Aber je offener er wurde, desto mehr begann ihm diese eine wesentliche Größe zu ermangeln: Die Offenbarung. Der Liberalismus war für alles da, dies ist sein Verdienst, daß er sammelte, Menschenseelen zu Museen von Meinungen und Stimmrechten machte und die allgemeine Gleichheit unter die Lebensdinge verteilte. Aber dies eine große Erlebnis der Offenbarung in irgendeiner Art hatte er in seinen letzten Erscheinungen nicht mehr.

Die Praxis der Politik hat uns den liberalen Mann in der Gestalt des Bürgers vermittelt. Die bürgerliche Partei bedeutete eine liberale Partei, und der Appell an den Bürger den Appell an dessen Liberalismus. Die Zukunft nun wird beide trennen. Das heroisierte Ideal des Bürgers, das auf die aristokratische Wertgeltung des atheniensischen Polites, des Cives Romanus, des gotischen Freien, des mittelalterlichen Herrenbürgers zurücksieht, wird wie diese seine Vorgänger die entschiedenen und konservativen, nicht die "freigelassenen" und liberalen Werte begünstigen. Alle konservativen Ideale, vom Kriegertum bis zur verkirchlichten Religion und zum Katholizismus haben ihre Renaissance zu gewärtigen: ein unerhörtes Aufblühen der sie tragenden Rasse inmitten europäischer Nationen zieht wie der Duft von Blumen Sonnen auf entstirnte Himmel an.

Der heroisch bürgerliche Mensch der Zukunft ist, um ihm den geschichtlichen Doppelgänger zuzunennen, etwa ein Deutscher aus der Hohenstaufenzeit; sein Geist ist nicht mehr liberal, sondern imperialistisch und nicht um ein Rheinreich allein und klein geht sein Sinnen und Sehnen, sondern wieder um ein heilig römisch Reich europäischer Nationen. Alte Tugenden und Symbole, stahlhart, klirrend, gurtig, schmiegsam und mit Feuer im Schimmer den Träger belebend, kommen aus der Rüstkammer der Welt wieder, Heldenschätze, Mythengeister regen in neuer Form uralten Sinn. Das Beste von Völkern, die dies Europa gebaut haben seit Armins, Marbods, Alarichs, Ruriks und Gensarichs Tagen, schläft im Blute kommender Männer und Frauen sich ins Wachwerden aus.

Der Konservativismus, dem vorerst einmal das Feld gehört, ist ein solcher der Eigenschaften, nicht ein solcher der Lebensmittel, ist einer des Seins, nicht einer des Habens. Dem Körperlichen ist die ungebundene Entwicklungs- und Variationsmöglichkeit und die Lust an ihr genau so mitgegeben, wie dem Geistigen, je stärker und findiger es ist, je reicher und perverser es schafft, die Neigung zum Erwerb alterprobter und längstgeübter Ideale. Alle großen Revolutionäre enden wie Nietzsche bei den alten Tugenden, bei den ewigen und letzten Typen der Geschlechter, dem Krieger und dem Weibe. Alle kleinen

Revolutionäre aber beginnen bei der Nichtelektrifizierung der Stadtbahn, singen die Zeiten des Postwagens und des Handbetriebes und werden vom Muß des äußern Fortschritts zermalmt. Dieser Konservativismus ist grell materialistisch; er überschätzt die Bedeutung des technischen Gebildes, indem er es verbietet; und ihm wäre keine Grenze gesetzt, wenn er eines Tages statt des Zündholzes den Flintstein einzuführen beliebte. Ihn vertritt der Chinese Ku Hung Ming in seinem Buche "Über die chinesische Oxforder Bewegung". Und von dem Glanze eines Könnens, das ihm nicht liegt, eifersüchtig geblendet, legt er Protest ein gegen eine gleichgültige Größe und Schöpfergabe ohne geistigen Kummer, fordert zu ihrer Verteidigung den Weißen heraus, macht Reklame für sie und weckt die technische Affektation des Europäers, der sich gibt, wie er sich beobachtet weiß. Dieser Konservativismus ist nicht nur wertlos, sondern gefährlich; denn es nährt den Geist nicht, den Körper zu hemmen, und es nützt Gott nichts, der Maschine in die Räder zu fallen. Der Geist, der die äußerliche Funktion vervollkommt, um sich über sie hinaus zu konzentrieren, ist der stärkste.

Die gleiche Ungenauigkeit des Heils aber ahmt eine geistige Haltung nach, die, um aus dem Materiellen und Rationalen der Zeit zu entkommen, einen verschwörerischen trüben Irrationalismus wider die Vernunft hetzt. Die Hingabe an den zweifelhaften Instinkt wird der Gottesdienst berufloser Korybanten, schmächtiger Künstlerseelen und beredsamer Stotterdenker. Die Äußerungen der Vernunft im sozialen und technischen Leben fallen der Fehme von Hirnen hinter Kapoten anheim, das Klare und Gesunde, Wirkliche und Balsamische vernünftiger Lösungen freut den Geschmack Übergessener nicht. Weil zuviel Brot da war solange Zeit, wollen sie nun nur mehr die Rosinen und vergessen den Kuchen. Weil zuviel Zahl, Gradheit und Scharfsinn sie sättigte, treiben sie nun willentlich Askese in Leidenschaften und Trieben. Denn die Leidenschaft will sie nicht und läßt ihren Lebensbaum ihnen nicht Früchte schütteln, so wollen sie die Leidenschaft und beginnen zu klettern. Dies ist nicht Leidenschaft; dies ist Leidenschaft, von der Vernunft vorgeschlagen, ist nicht leidenschaftliche Leidenschaft, sondern berechnete und ein Postulat. Denn der Witz der Leidenschaft geht anders: sie weiß sich zu übermächtig und gefährlich und schlägt die Vernunft vor, die Zahl, die Gradheit und den Scharfsinn. Sie spürt es zucken und votiert für das Nationale; die Leere aber spürt sich hohl und klafft nach dem Schauer.

Die Männer des 19. Jahrhunderts glaubten eine große Erfahrung über alles, was vorher gedacht wurde, gemacht zu haben. Bis zu ihren Tagen hatte die Welt auf Grund des Guten, Gesunden und Vernünftigen bestanden. Da ergaben sich Zwischenfälle, auf die diese Worte nicht mehr anwendbar schienen; es schien sich zu erweisen, daß Gutsinn, Gesundheit und Vernunft für das menschliche Leben ungültig geworden waren, und die Probe aufs Exempel konnte gemacht werden, daß die Kontrastbegriffe ebensoviel zur Bildung der Welt, des Menschenlebens und der Gesellschaft getan hatten wie jene ersten. Die Menschen ersannen und vollführten die Umwertung und stützten das Leben auf Bösartigkeit, Krankheit und Vernunftlosigkeit. Diesen indifferenten oder pervertierten Geist nannten sie den wissenschaftlichen im ganzen, in seiner entsprechenden Teilung struggle for life, Genie und Irrsinn, und Irrationalismus. Das Leben war ein ödes Getrampel und Getrete, das Genie stets ein wenig leidend, die Vernunft aber am glänzendsten durch ihre Abwesenheit.

Diese Periode ihrerseits zerfiel wieder in zwei Erscheinungen, in die Bösen und Kranken, die man Rationalisten, und in die Vernunftheiden, die man Irrationalisten nannte. Die zweiten waren die Feinde der ersten. Die ersten waren unzufrieden mit der Lage der Dinge und figurierten die große Dekadence; die zweiten waren bereits zufrieden mit ihr und waren nicht nur nicht mehr enttäuscht, sondern postulierten sie sogar. Den ersten war der Umstand, daß man sich auf gut und böse, gesund und krank nicht mehr recht verlassen konnte, peinlich; die zweiten aber fanden bereits das Stimulans, das darin lag, heraus und forderten, daß der Instinkt des Menschen, der sich um Gut und Gesund nicht sonderlich zu kümmern scheint, wider die Vernunft recht behalte; und setzten die Vernunft, die noch immer dagegen Einsprache erhob, kräftig auf die Erde nieder.

Sie kamen nicht vom Flecke. Denn was vernünftig war an der Vernunft, die Kraft ihrer Zucht, das gaben sie daran; und behielten gleichwohl, was fehl und unvollkommen an ihr ist, ihre Frechheit und ihre Tyrannei. Denn nichts ist rationalistischer gedacht als der Irrationalismus. Der Rationalist entzwirnt den ethischen roten Faden einem Knäuel des Eigennutzes aller organischen Wesen; der Irrationalist erhebt die Intensität dieses Eigennutzes zur Triebromantik und postuliert sie im bloßen ästhetischen Feuer der Leidenschaft; die Vernunft nützt er, ihr zuchtloses Gegenteil zu deduzieren. Ihren Fehl, den Mangel an Eingebung, dehnt er zur irrationalen Tugend, die Eingebung zu erzwingen, oder, woferne diese fernbleibt, mittlere und kleinige statt der großen überwältigenden sich zu halten. Der Irrationalist ist nichts andres, denn der zufrieden und philiströs gewordene Rationalist; beide stehen der Gegebenheit und dem Wissen ewiger Werte skeptisch gegenüber; beide glauben dem religiösen Wunder der sinnvollen Läuterung menschsinnlicher Triebe durch eine weltsinnliche Vernunft nicht. Die Tyrannis der Vernunft ist durch die Pöbelherrschaft der Instinkte ersetzt. Das Leben aber, geschleust in Vernunft, macht der Dammbruch der Triebe uns nimmer strömen.

Aber die neue Erfahrung außerhalb des Überlieferten und Gesetzmäßigen, die Erfahrung wider dieses war wie ein großes Erlebnis gekommen, das ein System zerstörte. Dieses System enthielt alle aufbauenden aber nicht alle zeugenden Werte. Aufbauen, bilden konnte nur das System der drei Dimensionen: gut, klug und gesund. Was außerhalb war, der Wahnsinn, wirkte hemmend, hintertreibend, vernichtend - aber er wirkte auch zeugend. Diese Erkenntnis verführte. Der starke Mann hieß nicht der, der seinen Willen brauchte, zu arbeiten, zu schaffen, zu bauen, sondern der, der seinen sinnlosen Sinn und Blutwunsch gottete. Aber so wahr es ist, daß gutes Blut freche und frohe Wünsche hat, so wahr ist es, das bestes Blut Wünsche gegen seine Wünsche hat. Welcher Instinkt des Menschen wäre so sicher, so siegreich, so schön als der zur Vernunft?

Das System von gut, gesund und vernünftig fiel, als man gewahrte, daß der Zufall den großen Teig der Werte buk; da wurde, was weder diesseits noch jenseits des Systems lag, dem menschlichen Geistergaumen resch. Der Tolle schuf das Werk, der Kranke erntete Arznei aus seinem faulen Blute, der Böswillige schuf Milde und Arglosigkeit rings um sich und stach im Erfolg den Edelwilligen aus. So war es und ist es seit je und fürder; aber die Menschen der Zeit schlossen daraus, daß die Zeit gekommen sei, wo man den Gaul mit guter List beim Schwanze aufzuzäumen hätte. War den einen das Leben ein Logarythmus, so war es den andern ein unbeeinflußbarer Verdauungsvorgang; und wie recht die letzten auch haben mögen, so steht doch fest, daß die Aufmerksamkeit und Vernunft des Menschen willentlich nur dem Logarythmus, und erst auf dem Umweg über ihn irgendeinem Dickdarm zugewendet werden kann: niemals aber der Tätigkeit dieses selbst. Der Mensch kann nicht das betreiben, was sich selbst betreibt; aber für alles Stumme und Dumme hat er Geist und kann er den Betrieb, seine Emanation, einsetzen. Mit den gegensätzlichen Begriffen von gut, gesund und vernünftig kann man nichts leben und nichts wollen; und wie sehr man auch wünschen mag, daß eine unbekannte Fügung den menschlichen Willen überholen könne, so gibt es doch keine andere Gewißheit über die Richtigkeit von Werten, als die alte konservativer Art und Herkunft. Im heutigen Zustande der Vernunft kann man nicht mit ihrer Ausgefallenheit rechnen; man kann so wenig die Zeit zurückrücken wie ihre Entwicklungsergebnisse; und es ist doch wirklich sehr fraglich, ob der Höhlenmensch oder die sogenannten intuitiven Kraftnaturen früherer Zeiten im ganzen genommen stärker waren als der moderne Reflexionsmensch mit seinen abgemessenen Trieben?

Denn erst dieser Reflexionsmensch ist imstande, die Zeit, die nicht zurückgerückt werden kann, zurückzurücken. Er denkt Gedanken wider sie selbst, er schafft das Paradox, diese fünfte Dimension, in der die Zeit normal zu sich selber verschoben wird, wenn sie im Gehirn einen Gedanken zugleich mit seinem Gegenteile formt. Dieser Mensch hat das große Erlebnis seines Geschlechtes, den Zweifel, nicht vergessen, aber er hält mit peinlicher Sorgfalt, mit einer Art boshafter und pedantischer Strenge an dem System von gut, gesund und vernünftig fest. Der tiefe Gedanke der Erbsünde, der ewige harte Werte und ein elastisches Versündigen des göttlichen Instinkts alles Lebens zur paradoxen Synthese bringt, ist ihm geschenkt. Man kann nicht die Hand rühren ohne die feste Regel der Vernunft, ohne das Gesetz, ohne die bindende Willigkeit zu ihm und seinen kleinsten Verpflichtungen. Man kann nicht, weil irgendwo ein fehlerloseres Gesetz am Werke ist, geschaffenes Gebot verkehrend befruchten; man kann nichts tun, als das Gesetz ohne Nachsicht befolgen, und vor seinen Ausnahmen anderseits nicht allzu blöde sein. Gutsinn, Gesundheit und Vernunft allein können Ziele sein und Willen auf sich ziehen; der Takt, den niemand niemandem geben, den niemand niemandem lehren kann, wird entscheiden, wo sich ihre Übertretung oder Verkehrung zur höheren vieldimensionalen Realität des Paradoxen erhebt. Es gibt nirgends einen Fleck der Erde, nirgends eine Faser Papiers, auf denen gestattet wäre, den Trieb gegen die Vernunft zu insurgieren und das minutiöse Verhältnis des Geistes zu gleichzeitigen Gegensätzen dem Mißverständnis der Massen auszuliefern. Völker lehret das Gut-Gesund-Vernünftig, selbst wenn sie stumpf und philisterhaft am Paragraphen hocken! Denn lehrt ihr sie, was nicht zu lehren, sondern nur zu erzielen ist, indem mans spart und totschweigt, das Paradoxe, so glaubt ihr feine Köpfe zu züchten und verführt doch nur Pülcher. Die Zeiten aber, wo man darauf angewiesen war, den Rowdie zu affektieren, um kein Spießbürger zu sein, sind gottlob vorbei. Heute ist man, um kein Spießbürger zu sein, wieder ein Spießbürger. Man ist diskreter und zurückhaltender geworden mit seiner Unspießbürgerlichkeit. Dieser modernen Art von Bürgerlichkeit, ja Spießbürgerlichkeit ist Georg Aschenbach, das umdichtete Ich Thomas Manns.

Er ergreift nicht nur die feste Anschauung sondern ergriffe auch den blechernen Orden auf seiner Brust. Er lächelt über zweiflerische verzweifelnde Jünglinge und fühlt den patriotischen Rausch vorm Anblick schaffender Staatsgewalt; er ist einsam in Arbeit und Denken, aber er fühlt den Rhythmus von Zeit und Volk die Grenzen seiner Person verwischen und ihn zur Zeugung des großen Kunstwerkes beleben, das allen Bestes gibt: Gutsinn, Gesundheit und Vernunft. Georg Aschenbach, der seinen eisernen Willen auf das Gesetzmäßige, das Überlieferte, das seit je Erreichte richtet und die Beziehungen findet zu den alten Werten seiner Rasse, wird vom Irrationalen in den Maëlstrom der Triebe gerissen. Aber seinen leuchtenden starken Untergang bietet uns Thomas Mann nicht als irrationalistische Lehre über das Leben, zieht nicht aus der Verwegenheit menschenmöglicher Schicksale den Rückschluß auf die Minderwertigkeit bürgerlich vernünftigen Schaffens. Wie der Trieb das Walten der Vernunft wildromantisch stört, wird je zu schildern die Aufgabe des bürgerlichsten und im einfachen Leben tüchtigsten Mannes von Genie sein. Aber er wird, wie Thomas Mann, nicht verfehlen, den Heroismus des bürgerlichen Typs verlockend und menschenwürdig darzustellen.

Ich habe versucht, an den größten und ehrlichsten Gestalten unserer deutschen Literatur jene Züge zu lesen, die das Bild des lebensfähigsten Menschen inmitten einer stark entwickelten äußeren Zivilisation zu tragen berufen sein dürfte. Es liegt im Wesen der großen Dichter als der Fortgeschrittensten unter uns, daß sie die biologische Weiterbildung zuerst von allen am eigenen Leibe verspüren, als einen Krampf, als eine qualenreiche Geburtsstunde des Lebens, als ein Wehenbett niederkommender Dinge und Formen. In diesem Sinne sind Heinrich Mann und Gerhart Hauptmann die heldischesten, die leidendsten, die ihrer schöpferischen Qual anhänglichsten, und darum vielleicht die, die Kommendes am tiefsten, langsamsten und dauerndsten sich entwickeln lassen. Der Abschied von ihrem Entwicklerschmerze fällt ihnen schwer: und noch wagen sie nicht, Erfolge und Abschlüsse in sich zu sehen, Gestaltetes nun auch wirklich so wandeln zu heißen, daß es nicht mehr im Buche bleibt, sondern hinaustritt in die Welt, sich unter die Menschen mischt, in den Alltag wie in eine längst ersehnte Heimat findet und unmerklich den Typus ein gut Stück Weges weiterführt. Noch ist ihre Entdeckung von den neuen unerhörten Steigerungen der Lebenskraft, die sie im Sensibeln, im scheinbar Kranken gefunden hat, nicht ihrer Laune zugute gekommen. Am leichtesten fiel es dem Dänen Jensen, denn schon ist er um die Hälfte einer Generation jünger und schneller. Das positive Werk gelang wohl Altenberg in der Schöpfung der physiologischen Humanität, der Neuordnung menschlicher Kräfte gemäß der Verwandlung der äußern Umwelt. Das erstemal aber als wirklich, wirksam und erreicht begriffen, das erstemal schon als ein Glied seiner Gesellschaft ausgerichtet und eingewohnt, entsteht der neue Mensch in der Novelle Thomas Manns: Der Tod in Venedig*).

Dieses Werk ist berauschend in seiner Reife. Es ist von einer mythischen Einfachheit und Deutlichkeit der Personen, des modernen Lebens, seiner ungeduldigen Sinnlichkeit und leidenschaftlichen Bewußtheit, die zum erstenmal den heroischen Zug dieser Zeit festhalten. Die erregende, bis zum Weinen reizende Schönheit dieses nüchternen Stiles, den auch Mann hier zum ersten Male in dieser Meisterschaft dem Ohre des scharfhörigen Nervenmenschen anklingt, ist ein sinnliches Zeichen für den Grad seiner inneren Entwicklung. Jeder Satz ist schwer von den Früchten einer Weisheit, die den Ernten eines ganzen Geschlechts entstammen. Weit über die Prestdigitativkunst des Impressionismus hinaus ist die durch diesen erzielte Geschmeidigkeit der Sprache zu Eleganz und in sich vollendeter vornehmer Masse verselbständigt. Diese Sprache braucht auf den Einfall keinen Wert mehr legen, sie braucht keinen Geist, keinen Glanz, keine Leichtigkeit, keine Detektivschlauheit, um den Gegenstand apart zu machen, sie ist vielmehr so vollkommen in diesen selbst versunken, so restlos in ihren Inhalt aufgelöst, daß sie kaum erstaunt, aber wohltut, nur wohltut und mit einem Brausen von Gnaden den dankbar kaum gewünschten Leser umwittert. Eine solche Harmonie aber mag die Folge eines endgültigen Erlebnisses von etwas Neuem Menschlichem sein.

---

*) Berlin, S. Fischer.

Der Wirbel chemischer Umbildungen im Blute des neuen Menschen hat sich gesetzt. Die Paria-Psychologie, die Mißgunst-Seelenkunde, die Verräterei und Prostitution der Iche ist vorüber. Georg Aschenbach, der Führer seines Volkes, gibt der Jugend, die dem Höllennichts eigener Anfänge auf dem Fuße folgt, die sittlichen Maßstäbe wieder. Er zeigt "eine Sittlichkeit jenseits der Erkenntnis". Er ist entschieden, mit der Analyse im Rücken. Er ist ein Wille, mit dem Allwilligen und Nichtswilligen von einst unter den Sohlen. Er ist ein Recke mit einem zarten und feinfühligen, ja schwachen Körper, aber er hat die Kraft dort, wo er sie braucht: und dies eben ist Kraft! Der Irrwisch widerspenstiger und kranker Neugier nach den Folgen alles Zuchtlosen ist ein großes ruhiges wissendes Auge geworden, das über das Wissen, die Erkenntnis, die Amoralität des Probelustigen, den Kreislauf aller Logik, die Unverschämtheit des Rechnens hinwegsieht. Er handelt mehr denn je ursprünglich, nach einem Takte, nach einer rhythmischen Eingebung, und dies, je mehr er das exakte System der Vernunft und ihre Dreidimensionalität gut, gesund, vernünftig anzuerkennen beginnt. Er geht nicht von seinem Volke fort, sondern spitzt es zu sich zu, bleibt nicht ein Stern außerhalb von dessen Welt, sondern sammelt wie ein unendlich vereinsamter und vereinzelter Punkt dessen Lebenswirkungen zu sich als einer Gipfelexistenz ein. Ein starker Austausch von Strömen hält die zwei Weltkörper, Genie und Masse, im Kreislauf. Er fühlt, wie man so sagt, sozial, er ist Patriot im nächsten und im fernsten Sinne. Die Ruhe, Heimlichkeit und Konzentrationsförderung der bürgerlichen Welt läßt ihn nicht mehr an ihrer Kraft zweifeln: er sieht sie als den Erfolg einer Entwicklung; nicht als einen Abtrag, sondern als eine Form des Menschlichen. Die höchste Form des Menschen ist der Bürger; freilich nicht jener im liberalen, sondern im heroischen und antiken Sinne. Aschenbach ist wie alle großen Geister, auch wie Kierkegaard, dessen poetische Justiz des Heims und aller Heimnaturen Gerechtigkeit übt, ein Spießbürger. Das Idyll paßt zum Heros; die Aufregung zum Schwächling. Die Eigenschaften des großen Dichters sind nicht die des Zigeuners, sondern die des Beamten.

Die Eigenschaften des großen Dichters aber sind ungeachtet des problematischen Zusatzes in seiner opferbestimmten Winkelried-Existenz die des jeweiligen großen Menschen. Wie ist das Genie, frägt, nach dem Muster von "Wie werde ich energisch" so mancher Literat. Aber es läßt sich vom Genie grundsätzlich nichts aussagen, es sei denn, daß es grundsätzlich ist. Das Genie ist die Summe der Eigenschaften, die alle im jeweiligen Augenblicke gegebenen Notwendigkeiten befriedigen. Der bürgerliche Dichter Georg Aschenbach erfüllt sie. Aber indem er sie erfüllt, ist es wie ein Opfer. Er wankt für den Sieg der Zeit, er fällt. Sein Untergang ist ein Mittel, um die ganze Fragwürdigkeit einer schon älteren Zeit, welcher der künstlerische Mensch der wichtigste Mensch war, noch einmal aufzurollen. Kurz vor dem Ende der Novelle finden sich anderthalb Seiten zusammenfassender Betrachtung, in

denen Thomas Mann nach Art platonischer Dialogschlüsse der absterbenden
Schönheit dieser Erscheinung ein Denkmal setzt: die neue Stärke siegt, nicht
ohne dem besiegten Gegner und Vorgänger mit Erschauern und Bewunderung
die ritterliche Ehrenbezeigung geleistet zu haben. Wohl wahr, der Ästhet, dem
auch der größte Gedanke nur ein Vorwand für seine Form war, ist der Erb-
feind: aber war er nicht schön? Ein Schweinehund, wer dennoch so sentimental wäre, bloß darum wieder zurückzuwollen.

Nein, denn der Kampf des Schönen und des Sittlichen, der Kampf zweier
anderer Schönheiten nur, ist entschieden: Aschenbach hatte der Jugend das
Mögliche "einer neuen Sittlichkeit jenseits der Erkenntnis" gewiesen. Das
Werk steht, wenn auch Aschenbach fiel. Denn auch Thomas Mann lebt, es ist
immer noch eine Ungenauigkeit, eine Fragwürdigkeit, ein Lebensreichtum
mehr da: Thomas Mann ist als der Aschenbach des Endes gestorben, aber er
lebt als der Aschenbach seines Anfangs und verdächtigt mit gutem Gewissen
den Künstler im Menschen. Was davon als Fingerzeig bleibt, als sittliches
Motiv für hörende Ohren, das ist: der Mensch ist zuchtlos und muß es sein; er
kann aber nichts andres wollen als die Zucht, die Würde, den Anstand.

Der kommende Mann ist entschlossen wie ein russischer Anarchist. Jenseits der Aufklärung harrt seiner eine schwer verdiente Selbstgerechtigkeit, die
ihn frei und leicht macht den finsteren Urkünften seiner Triebe gegenüber. Er
meidet die Auskunft über sich, ohne unehrlich zu sein, ohne ehrlich sein zu
müssen. Er ist nicht mehr vor der eigenen Pose höhnisch. Die allgemeine
Demoralisation zweier und dreier Jahrzehnte ist von ihm genommen.

Will man der entwickelten Anschauung dieser Generation die These geben
und den Komplex von Gesamtresultaten der Empfindung und des Denkens
publizistisch aufzäunen, so mag dieser Versuch in folgenden beiden Formeln
glücken: *Überwindung der Analyse* und *Wiedergewinnung der Konvention*.
Was der Kandaules Hebbels und der Siegfried Wagners begannen und was
Nietzsche zu einem geschichtlichen Ende brachte, das ist nunmehr wirklich zu
einem Ende gediehen, das jeden weiteren Schritt gefährlich, epigonenhaft und
wohl auch schön lächerlich erscheinen läßt. Die Konvention ist zerstört, und
da nicht ihr Untergang, sondern die wünschbare Geschmeidigkeit des menschlichen Geistes, der sich an solchem Beginnen lediglich zu üben hatte, das Ziel
darstellte, kann dem Raffiniertesten nur mehr die Aufgabe zufallen, abzuwie-
geln. Das bleibende Resultat dürfte das Paradox, und zwar das geheime Paradox, nicht das ostentative, sein.

Dieses Paradox ist nicht eine literarische sondern eine existentielle Kategorie. Es ist nicht eine Form sondern ein Zustand, eine Simultaneität wider-
sprechender Zustände, ein synthetischer Zustand. Das Paradox gestattet dem
Geistigen allein jene Entschiedenheit, die er sich kraft seiner fortwährend
regen Analyse des Bewußtseins verbieten würde; es überwindet für ihn die
Analyse ohne sie aufzuheben und macht ihn tüchtig zur Tat. Der Paradoxe

betont das Entschiedene, da es sich für ihn in einer höheren Sphäre widerstandslos auflöst; und man kann in Zukunft sagen, nur der Paradoxe ist ein Mann der Tat. Über jeder Entschiedenheit, jedwedem Gesetz und jeder Regel steht das Leben, das sie verlachen kann; aber nur das Paradox schließt jenes Imponderabile des regellosen selbstwilligen Lebens ein. Macht man die Regel zum Leitstern, den logischen Verlauf, den rationellen Hergang, so stößt man auf eine irrationale Wahrheit, die alle Regel scheinbar entwertet; aber man kann darum nicht die Regellosigkeit zur Regel und den Rausch gefühlsmäßiger Handlung zur Pflicht machen. Zu handeln und inmitten von seinesgleichen zu leben kann man nur mit dem alten System von gut, gesund und vernünftig versuchen. Jede Umwertung und Umkehrung führt ins grenzenlose Nichts.

Alle kommenden Denker werden, am stärksten, wo sie an konservative und traditionelle Maßnahmen anknüpfen, paradox sein. Außerhalb Deutschlands nenne ich Henri Bergson, Bernard Shaw, G. K. Chesterton. Bergson hat einen übergraziösen, schon leicht anrüchigen und direkten Irrationalismus, der aber mit der gewöhnlichen Marktware dieser Art nichts zu tun hat, geschaffen: er ist vielleicht das einzige Temperament, dem man dieses Resultat wird glauben können. Bernard Shaw und G. K. Chesterton aber, der Sozialist und der Katholik, sind in ihrer konservativen Neigung die direkten Nachkommen der Nietzscheschen Epoche. Sie finden den Bürger menschlicher als den Menschen, die kleine tüchtige Handlung voll eines unberühmten Heldentums, den sozial Empfänglichen größer veranlagt als den ästhetischen Individualisten. Die Cincinnatustugenden des Bürgers, das römische Profil seines harten welterobernden Kopfes schmeicheln das Mannesideal einer männlichen Zeit. Kleinliche aber schöpferische Züge schaden ihm nichts, so wenig wie seinem zigeunerhaften Vorgänger, der malerische Leicht- und Zerstörungssinn. Während das liberale Jahrhundert und der Abschluß seines literarischen Jahrzehntes vom Bürger ein durchaus sentimentales Ideal entfalteten, sammeln sich um den Bürger als Typus kommender Zeiten und Kulturen heroische Maße an. Seine Intensität wird im Betriebe nur allzuoft kleinlich, starr, ungeistig erscheinen und dennoch nur der Ausfluß eines heftigen Geistes sein; aber die Proportionen seines Denkens, Fühlens, Wissens und Handelns werden sich nur aus einer unsentimentalen Zeit verstehen lassen. Es steht außer allem Zweifel, daß unser Typ sich dem früher Jahrhunderte nähert. Wer die alten isländischen Sagas von Grettir und Egil und Hrafnkel gelesen hat, wird in dem Interesse an diesen heroischen imperialistischen Naturen eine Anweisung auf unsere Nachkommenschaft erblicken. Das schwere gewalttätige Blut im Kampfe mit dem zähen Willen zu Vernunft und Gesetz wird dies poetische Schicksal solcher Männer auch in Zukunft sein. Die Gegenwart wimmelt von Zukunft; aber die Zukunft wimmelt von Vergangenheit. In diesem Sinne werden die radikalen Parteien in absehbarer Zukunft die konservativen sein. Es gibt, sagt Georg Aschenbach, eine zweite Unbefangenheit; sie mag ein Paradox sein; aber sie ist ehrlich. Und es gibt einen zweiten Konservativismus, eine Blutbestimmtheit jenseits des Gehirns. Sie ist paradox und hat es nicht nötig, in ihren kleinen Bekenntnissen ehrlich und selbstquälerisch zu sein. Sie ist heroisch.

Die Contreanarchie hat eingesetzt.

Yvette Guilbert-Soiree

Yvette *Guilbert* ist in Wien keine Fremde; ihr gestriges Auftreten brachte den spontanen Kontakt mit dem Publikum zustande, sie brauchte nicht erst zu suchen und zu reizen, mit den ersten Tönen und Gesten nahm ihre unverwüstliche Urkraft den Genießenden in ihre starken Welten mit. Jeder Faden an ihr ist wahre Kunst, und doch ist's nicht die geschraubte Form oder Leistung, die sie charakterisiert, sondern eine elementare Fähigkeit, mittelst der ihr gegebenen Rohmaterialien Klang, Geste und Rhythmus zu typisieren. Ihre Kunst ist ein Dämon, aber ein fröhlicher, gesunder und herzlicher Dämon, dessen Schauer rein bleiben, noch wo sie in ihrer animalischen Intensität in die Tiefen des Menschlichen steigt. Eine Fülle von Gestalten entströmt ihrem fraulichen Körper, brandet wie ein ewiges Meer von Empfindungen an die harte romanische Linie ihrer Kunst. Ihre klaren und unzimperlichen Mittel tanzen auf der schmalen Kante des Gefälligen. Aber sie bleiben inmitten der mit gallischer Schärfe übertriebenen Verzerrung edel. Sie beginnt graziös mit der Satire, einer musikalisch und gedanklich schlichten Form des Hohns. Und da ist es wunderbar, wie höfische Medisance und rustikale Lachlust aus dem gleichen Körper quellen, diesem Körper, dessen große Formen ein Widerhall der Zärtlichkeit der Natur sind. Dies ist vielleicht das Wesen dieser Künstlerin, eine Zärtlichkeit, die zu machtvoll ist, um im Dekadenzsinne erotisch zu sein, die zu statuesk ist, um pittoresk zu wirken, etwa wie die Dämonie eines russischen Menschen. Alle gottgefälligen und teuflischen Typen trägt sie in ihrem Herzen. Und darum ist sie die große Karikaturistin. Aber dann hetzt sie sich plötzlich ins Grauen, findet in der "Auberge sanglante" und in "l'idiot" inmitten eines undramatischen Konzertsaales und nur von einer Draperie dem sachlichen Raume entrissen, nahezu dramatische Ausdrücke, die sie ohne äußere Hilfe aus der physischen und seelischen Kraft ihrer Persönlichkeit holt. Innigkeit und frommen Sinn, echt das einemal und verschmitzt und fade das anderemal, gestaltet sie in zwei Klageliedern aus dem 18. Jahrhundert und schließt mit der hektischen Inbrunst moderner Chansons, die aber von ihrer natürlichen Gesundheit in ein vollblütiges, rauhstürmiges Pathos getürmt werden. Teile ihrer Gesänge werden von einem dreipaarigen hübschen Schlinggewächs lieber Mädchen getanzt. Dies ist eine erneuerte ältere Idee, bei der die rhythmische Darstellung von der Sängerin, die nun nur mehr andeutet, getrennt und auf eine mannigfaltigere Weise exponiert wird. Diese Kraftersparnis und Formenbereicherung wirken durchaus gut und lebhaft. In der Beziehung der zarteren Körper zu der Dominante der Sängerin liegt selbst bereits ein rhythmisches Grundverhältnis verborgen. Yvette Guilbert, das Genie, wächst an der flüggen Abhängigkeit seiner Umgebung. Das Meisterinnenhafte fördert ihre letzten Werte zutage. - Aus der Gefolgschaft der Künstlerin haben Virginia *Brooks* mit der Arie der Iphigenie und die Herren *Fleury* (Flöte) und *Jeisler* (Klavier) gestern Beifall erzielt.

Albanien unter dem Hause Wied

Analogie zu den rumänischen Hohenzollern. - Völkische und wirtschaftliche Gegensätze des Landes. - Österreichs Anteil an Albaniens Zivilisation.

Langsam tritt die Figur des neuen Staates mit deutlich werdender Plastik hervor, und man gewahrt mit Genugtuung, daß es kein chemisch gezeugter Homunkulus, sondern eine lebensfähige und vielseitig begabte Kreatur ist, deren Rumpfrelief mit der Krönung des Prinzen zu Wied zum Mbret von Albanien der Kopf angefügt wird.

In diesem Zeitpunkt scheint es angemessen, den politischen Analogien des Jahrhunderts nachzugehen. Der Konstruktionsfall, der die Mitglieder deutscher Fürstenhäuser fremdvölkischen Körpern einverleibte, stellt sich als ein in der Mehrzahl der Fälle gelungenes Exempel der Transplantation dar. Einen Mißerfolg hatte lediglich die Kandidatur des bayerischen Otto in Griechenland zu verzeichnen; die deutschen Herrscherhäuser Bulgariens und Rumäniens aber sind mit ihrem zweiten Heimatboden so organisch verwachsen, daß das Entlehnte ihrer Herkunft vollständig verwischt erscheint. Es ist, so wie die Dinge sich bis heute in Albanien entwickelt haben, kein Grund vorhanden, der die Chancen der Wurzelhaftigkeit für das Haus Wied verringert.

Den klassischen Fall der Interessenverschmelzung haben *Rumänien* und seine Hohenzollern-Linie gegeben. Die Thronbesteigung des Prinzen Karl im Jahre 1866 ist es denn auch, die manche Parallele zwischen heute und damals scharf hervortreten läßt. Auch Prinz Karl ist unter den denkbar ungünstigsten territorialen Verhältnissen in seinem Bestimmungslande eingetroffen; von der Blüte, in der sich heute das rumänische Kulturleben in jeder Richtung hin erschlossen hat, war auch noch nicht ein grüner Keim zu sehen. Das Land war von der Türkenherrschaft ausgesogen und verwahrlost, die Staatskassen, soweit man von dieser Institution damals überhaupt sprechen konnte, standen leer und die Armee war von einer zierlichen Däumlingsgröße. Eine einzige Sorgenwolke war dieses Rumänien, in dem der Hohenzollern-Prinz auf

Schleichpfaden verschwand. Denn Prinz Karl ging ohne das Wohlwollen seiner Potsdamer Verwandten, ohne die Anerkennung Österreichs, allein auf den Rat Bismarcks hin auf seinen Posten; in Verkleidung durchreiste er Österreich und kam in ein Reich, dessen nachbarliche Beziehungen vor trüben Aussichten standen. Mit Fleiß, Arbeitslust und diplomatischem Takt arbeitete er sich und das ihm anvertraute Volk zu der Machtstellung des heutigen Rumänien durch. Dem Prinzen zu Wied aber, dem Neffen des Königs Karol, bieten sich hilfreiche Hände; er geht als der Anerkannte Europas und nimmt selbst die ehrlichen Wünsche der Tripelentente mit auf seinen Weg; er ist mit dem Talisman von 75 Millionen gegen das Schlimmste gefeit, und ein Stock von gut gedrillten und disziplinierten Gendarmeriekaders wird dazu dienen, eine gute und nur technisch noch zu entwickelnde Armee zu organischer Entfaltung zu bringen.

Diesen Vorteilen gegenüber wäre es unbillig, die krassen Nachteile seines Arbeitsobjekts zu verschweigen. Rumänien ist nicht nur national, sondern auch wirtschaftlich ein homogener, nach gleichmäßigen Regeln zu behauender Zivilisationsblock gewesen. Bei Albanien, das national von einer strengen und geschlossenen Einheitlichkeit zeugt, kommen neben dem völkischen Moment noch das religiöse und wirtschaftliche in Betracht.

National umfassen die Grenzen des heute endgültig umzirkelten albanischen Staates eine rein albanische Bevölkerung, deren Charakter sich sprachlich und traditionell allerdings, trotz der Kleinheit des Landes, in einen nördlichen und südlichen spaltet. Diese beiden albanischen Gruppen sind im Norden die Ghegen, im Süden die Tosken; beide sind illyrisch-thrakischer Herkunft, im Norden ist das illyrische Urelement des blondinen und langknochigen Typus reiner erhalten; der südliche, toskische Typus ist untersetzter und dunkelhaariger. Die Ghegen des Nordens, deren bekannte Stämme die Mirditen und Malissoren sind, sind die eigentlichen kriegerischen Adlersöhne, die Indianer Europas, hart, kühn und idealistisch, zu Raub und Gewalt geneigt, aber ebenso an Treue, Gastfreundschaft und ritterliche Gesetze gebunden. Sie hausen ohne eine Spur von Zivilisation, dem Kriegs- und Jagdhandwerk ergeben, in den spröden Felsen der Mirdita und Malissia; ihr bekanntester Führer ist Prenk Bibdada, der Blutige. Sie ähneln in der Art ihrer Clanpolitik, ihrer Mischung von Melancholie und Militarismus den keltischen Hochländern Schottlands, wie diese ein Gebirgsvolk und der Zivilisierung schwer zugänglich. Diese Adlernester werden für die neue Zivilisation, die langsam aus Valona und Durazzo heranschreitet, eine schwierige Beute werden. Es ist zu raten, den harten und militärisch höchst verwendbaren Sinn dieses Bergvolkes nicht voreilig übers Knie brechen zu wollen. Warum soll Europa nicht sein Fleckchen Romantik behalten?

Aber nicht die nationale, kaum die religiöse, wohl aber die wirtschaftliche Nuance dieser Hochländer scheidet sie von den südlicheren Flachländern.

Diese wilden Malissoren und Mirditen sind Katholiken, wobei zu erwähnen wäre, daß die Stadt Skutari eine mohammedanische Insel darstellt. Aber von den Wünschen der Mohammedaner, ihren Kult bei der Königswahl berücksichtigt zu sehen, abgesehen, leben die beiden Konfessionen, zu denen weiter südlich noch griechisch-orthodoxe Einstreuungen hinzukommen, ohne sonderliche Reibungen nebeneinander. Ihre politische Vereinigung wird keine Schwierigkeiten bieten. Anders verhält es sich mit dem wirtschaftlichen Ausgleich zwischen Nord- und Südalbanesen. Diese sind dunkelrassiger, weniger ideologisch und nach der Werner Sombartschen Theorie mehr den Handels- als den Heldenvölkern beizuzählen. Ihre Verbindung mit dem Meere, ihre Vermischung mit zugereisten levantinischen und besonders griechischen Elementen hat sie glatter und bei gleichwohl heftigem Temperament weniger kriegerisch als diplomatisch gemacht. Der Erztypus dieser Rasse, die zugleich eine starke Neigung für die italienische Kultur aufweist, im Gegensatz zu der österreichischen Schwärmerei der Mirditen und Malissoren, ist *Essad* Pascha.

Noch weiter nach Süden vergriecht sich der Charakter im guten und im schlechten Sinne immer mehr; diese Südleute sind geriebener und kulturfähiger; ihr Typ ist in dem berüchtigten *Kemal* Bey repräsentiert. Ihr Gebiet ist vorläufig agrarisch betont, mit einem Stich ins Händlerische. Dies unterscheidet sie von den herrenmäßigen Gebirgsbauern des Nordens, die gleichberechtigt unter einem Bajraktar, einem Stammeshäuptling, leben. Die Großgrundbesitzerpolitik des Südens aber zeitigt ein soziales Problem; ein guter und kulturell ambitionierter Fürst wird gegen den Widerstand der Großgrundbesitzer den hörigen Bauernstand zu kräftigen haben. Und dies sind die beiden von der Natur und dem jetzigen Entwicklungsstand dieses Volkes aufgedrängten Fragen: die Großgrundbesitzer im Süden und die kriegerischen Stämme im unwegsamen Norden. Daneben türmen sich der Zivilisierung Hindernisse entgegen, die aber äußerlicher, nicht psychologischer Struktur sind und mit dem goldenen Stab der kapitalistischen Unterstützung entzaubert werden können: der gänzliche Mangel jeder Kommunikation. Hier wird die technische Arbeit des Regierens einsetzen müssen, um durch die belebende Wirkung des Verkehres die albanische Seele geschmeidiger zu gestalten.

Die Bodenbeschaffenheit des Landes ist nicht ungünstig. Forst- und Landwirtschaft können sich auf großen noch unausgenützten Strichen etablieren. Aber auch dies wird erst möglich sein, wenn Straßen gebaut und streckenweise Meliorationen durchgeführt sind. Denn sumpfige Teile fressen die Abrundung der schönsten Gegenden an und verbrauchen viel Erde. Die Indolenz des türkischen Regimes hat die natürliche Wildheit des Landes apathisch sich selbst überlassen. Überlegt man, daß auch der Boden Noricums, der heutigen grünen und reichen Steiermark, vor Römerzeiten nur eine Wildnis darstellte, so ergeben sich in Anbetracht der modernen Mittel für die Entwicklung Albaniens keine ungünstigen Perspektiven. Alles hängt jetzt von der

Initiative des Fürsten ab, aber auch von der kapitalistischen Geduld Österreichs und Italiens. Vor allem Österreich braucht diese Mahnung; schon bauen die Italiener elektrische Bahnen und Brücken und beeinflussen die Post. Wenn Österreich nicht scharfe Augen macht und seine Geschäftsleute mit der gewohnten kleinlichen Sparsamkeit operieren, ist die letzte Chance verdorben. Die Adria ist geschlossen und wir können auf dem netten kleinen See vor Triests und Polas Molen fashionable Segelfahrten arrangieren. So viel wird uns Italien von der Adria gerade noch übriglassen.

Der Reporter

Fragt man die ganz jungen Männer, was sie werden wollen: Indianerhäuptlinge, Piraten oder Generale, so antworten sie: Aviatiker. Nun gut. Sind es aber besonders unterrichtete, im letzten Fortschritt beschlagene Exemplare, dann wollen sie große Reporter werden, Reporter mit Leib und Seele, und nichts andres als Reporter: denn alles andre, vor allem aber alles Neue ist in diesem Beruf enthalten. Der Reporter ist die einschlägige Persönlichkeit für jedes hochgespannte Leben, jedes Dasein von Klasse.

Der Reporter ist nicht originale Neuheit. Er ist gegenwärtig, oder sagen wir: war bis vor ungefähr fünf Jahren, bis zum Auftreten Jensens nämlich, im Zustand der Dekadenz begriffen. Den klassischen Stil der Reportage hatte die angloamerikanische Abart, vor allem aber der historische Henry Morton Stanley gegeben. Dann kam nach den großen lebhaften Bewegungen um 48 herum ein organischer Abstieg; der biologische Prozeß, der den Journalisten vom Dichter und Schriftsteller nach dem Arbeitseinteilungsprinzip abgespalten hatte, führte den Zeitungsmann in einer Abwärtsbewegung immer mehr von der literarischen Urzelle fort, in eine Sackgasse der Entwicklung hinein, wie es schien. In diesen Zeitläuften, vier Dezennien ungefähr, deren erstes Bewußtsein in dem bekannten Drama Gustav Freytags an der Person Schmocks reflektiert, erfuhr die Auffassung des Journalismus eine moralische Verschlechterung. Diese literarische und soziale Währung zieht sich bis in die Gegenwart herein. Ein Uhrmacher oder Stiefelputzer scheinen indifferent; dem Journalisten aber dichtet man ein Kainszeichen auf jeden Gedanken an. Es gibt gewiß eine Menge unehrlicher und schwatzhafter Journalisten; aber genau so viel Pfuscher und Schwätzer waren bis jetzt nicht imstande, die Dichtkunst zu diskreditieren. Oder doch?

Ja doch! Sieht man sich die Bücher an, die mit neuen Gedanken, mit Inhalt, mit Leben, mit Idealismus kommen, dann sind die besten von Journalisten geschrieben. Eine Menge neuer und guter Dinge strömt aus ihnen auf die Zeit über, und es ist so wenig ein Beweis gegen eine Zeit, daß ihr der Journalist etwas zu sagen hat, wie es ein Beweis wäre, wenn ihr der Uhrmacher oder

der Stiefelputzer zu etwas verhülfen: jener, indem er sie aufzieht, dieser, indem er sie auf den Glanz herrichtet. Aber beides hat schon der Reporter besorgt.

Das Urbild aller Reportage, die Kolossalfigur des heroischen Reporters, hat in Henry Morton Stanley gelebt und geschrieben. Gelebt und geschrieben: ich bitte, diese janusköpfige Energie zu bemerken, in der vielleicht schon der ganze fundamentale Unterschied zwischen dem Poeten und dem Reporter steckt. Beide haben ja, ganz abgesehen von der Gleichheit ihres Materials, des Wortes, viele Eigenschaften gemeinsam: aber das sind just nicht die des Dichters, sondern die jeder kräftigen und schöpferischen Persönlichkeit, Moltkes so gut wie Goethes, Bismarcks so gut wie Darwins. Dichter und Reporter ähneln einander also oft bis zur Unkenntlichkeit, und die Trennung wird erst deutlich, wenn der Dichter den Reporter gelegentlich beleidigt, indem er ihn beim Namen ruft. Aus Übermut darüber aber setzt sich der Reporter auf eine Eisenbahn, fährt unter Palmen, Gletschern und fremden Sternbildern umher und schöpft von dieser köstlichen mannigfaltigen Welt in einem kurzen schnellen Buche den Rahm weg. Des Reporters Gesamtenergie mag ebenso groß sein wie die des Dichters, aber sie ist diffuser. Denn die praktische und extensive Energie des Reporters, der mitlebt, mithaftet, mitschreit und im Abgrund des Ereignisses, im halben Sturz durch ein endlos verquicktes Geschehen mitten innehält und das Wort zum Querschnitt eines unteilbaren Entwicklungsstromes werden läßt, die Energie dieses Kavalleristen der Feder wird durch tausend kleine alltägliche Hemmungen, Demütigungen, Entnervungen aufgebraucht, während dem Dichter die selbstgerechte und egoistische Maschine seines Schaffens alle Verausgabungen weise erspart. Darum ist ein großer Reporter so viel wert wie ein großer Dichter. Er ist nicht die Korrumpierung eines älteren Typs, sondern eine Neusprengung, ein Produkt unsrer Nerven, eine Figur von eigenartiger und moderner Vitalität; und all sein Wesen ist in diesem zur Einheit personifizierten Wortpaar erhalten: Er lebt und schreibt!

Er lebt und schreibt: das tat Stanley, der Reporter. Er schrieb nicht nur, denn zweifellos hätte er auch dies allein als Spezialität gekonnt und mit seinem mächtigen Organisatorengehirn wunderbare Kunstgebilde geschaffen. Aber seinen Nerven bot es nichts; und vielleicht war er auch zu gescheut, um ein solches Achtel der Welt, wie es die Kunst ist, zu überschätzen. Flaubert in seinem Musenkoller war zweifellos ein Heros auf seine Art; aber daß diese Innerlichkeit und Beschränkung das Letzte und Aufreibendste sei, das will ich, nachdem ich es geprüft habe, getrost leugnen; es steckt hinter solchem Eigenarrest doch auch ein gut Stück Temperamentsmangel, ja menschliche Minderwertigkeit. Wie furchtbar ist dieser Stanley, wenn er die lächerlichsten - denn das sind die unübersteigbaren - Hindernisse überwindet! Ich kann mir, aus den Tagen meiner reifern Entwicklungszeit, kaum einen stärker beeinflussenden Eindruck vorstellen, als jenen, den dieser Mensch aus einem Guß auf mich ausübte. In ihm war alles vereint: der Mächtige, der Gütige, der Soldat, der Literat, der Organisator; nichts von allem, was ein Mann ehren und mit Erfolg krönen kann, fehlte, und zuletzt schuf er noch schnell einen ganzen Staat, ein Reich, einen zukünftigen Weltmittelpunkt: das Kongo!

Elegant und burschikos, nachlässig und gründlich zugleich, wie nur ein Reporter, frech in der Intuition und erschöpfend in der Beobachtung war er, Henry Morton Stanley, und legte in seiner Geschichte den klassischen Kanon der Eigenschaften des großen Reporters nieder. Und auch dies Schicksal des Reporters widerfuhr ihm: er wurde widerlegt, angefeindet, als Schwindler entlarvt und verachtet; der Entsatz Emin Paschas brachte ihm Undank, Verfolgung und Zeitungspolemik; seine spätern Fahrten Meutereien und den Verrat seiner weißen Offiziere, die ihn daheim denunzierten; die gewöhnlichen Schwätzereien der Philanthropen vom grünen Tisch über Negermißhandlungen hemmten sein großzügiges, unsentimentales Zivilisationswerk; seine erste Reise aber, seinen Hauptcoup, die Entdeckung Livingstones, schändeten sie ihm durch die brutale Lächerlichkeit, womit sie diese Tatsache bestritten, einfach bestritten, weil er ihnen Livingstone, the old man, der sich nun einmal lieber am Zambesi vergrub, nicht auf die Nase setzte, sondern in einem prachtvollen Literaturwerk - beinah hätt' ich gesagt: dichtete. Wie er diese Reise, nein, diese Reise ihn aus der Luft griff, ist in der Einleitung zu seinem Buche "Wie ich Livingstone fand" zu lesen. In diesen wenigen Seiten ist ein für alle Mal ein epochemachender Stil der Berichterstattung, die Tatsachen ohne deren Langeweile gibt, festgelegt.

In den Staaten angelsächsischer Zunge ist die Tradition des großen und heroischen Reporters unentwegt festgehalten worden; ja, Rudyard Kipling, der als der größte Dichter Britanniens gilt, gibt diesfalls eine unbequeme theoretische Nuß zu knacken. Kipling, ein englischer Indier, hat nämlich als Dreiundzwanzigjähriger seine Karriere als erfolgreicher und smarter Journalist begonnen, und seinen Reporter-Raid quer durch die amerikanischen Nordstaaten in einem Buche niedergelegt. Das ist nicht alles; er ist noch immer Journalist von reinstem Wasser und hat nie aufgehört, von diesem Beruf zu schwärmen. In "Das Licht erlosch" erzählt er nebenbei die Geschichte von verschiedenen Reportern aus den indischen Feldzügen und denen in Afghanistan, schildert er ferner das große Kesseltreiben gegen den Mahdi am mittleren Nil und die Gefühle, die einen plagen, der von diesem berichterstatterischen Spektakel ausgeschlossen ist. Von Kipling aber in direkter Darwinscher Abstammungsfolge ging der Typus auf Johannes V. Jensen über, den Dänen, der seinerseits wieder den deutschen Reporterwindhund, dieses in mächtig ausgreifenden Sätzen durch unsern Stil jagende Tier, geboren hat, dieses Geschöpf der heroischen Magerkeit der Sprache und der nervösen Berichtsekstase.

Von Jensen zu sprechen, kann ich mir wohl schenken. Jedermann, der mit

Literatur zu tun hat, kennt ihn. Man braucht ihm keine Empfehlung mehr zu geben. Um so mehr muß man darauf aufmerksam machen, daß Jensen nun wirklich, aber in einer ganz angemessenen Weise, für unsere Literatur fruktifiziert zu werden beginnt. Es gibt deutsche Reporter, die nun schon ebensogut Bescheid wissen in ihrer Technik und ebensoviel Person und Empfindlichkeit mitbringen wie Jensen. Es sind Arthur Holitscher, der "Amerika von heute und morgen" (bei S. Fischer in Berlin) und René Schickele, der "Schreie auf dem Boulevard" (bei Paul Cassirer in Berlin) geschrieben hat. Im Verlag Fischer ist ferner ein Buch des Dichters Emil Ludwig erschienen, das die Züge des Dichters und des großen Reporters vereinigt.

Jensen-Söhne - ist es ein Vorwurf gegen ihre Ursprünglichkeit? Nein, es ist eine Notiz über ihren literarischen Anschluß; geradesogut könnte man Jensen, und das mit viel bessern Gründen, Kiplingsches Epigonentum, Kipling aber Stanleysche Einflüsse nachsagen. Es geht ein direkter Weg von Stanley bis zu Schickele: alle diese Männer verkörpern und schildern ein modernes Lebensgefühl; ihr Werk ist nicht nur die schriftstellerische Wiedergabe, sondern die gereifte Dichtung; und das Fesselnde an ihnen ist, daß sie diese Dichtung reisen, daß sie dem Leser nicht nur Abenteuer referieren, sondern das Lebensgefühl, das sie selbst inmitten aller Sensationen umbrauste, übertragen, bis es ihm kribbelig wird in allen Knochen und er sich vor Lust eine Reise am Orte tanzt; das Wichtige aber ist, daß sie erziehen, daß sie eine Art Vorbild geben von moderner Männlichkeit und den vor Innerlichkeit vertrockneten Mitteleuropäer an die frische und freie Luft führen.

Stanley hat es gewiß am bittersten gehabt, und die Lebensgefahr, die ihn stündlich umgab, hat keinen mehr bedroht; es hat auch keiner mehr einen Kongostaat begründet. Aber der Griff, dieser catch-as-catch-can-Griff des modernen Menschen, der aus der Fülle des Lebens wieder die Lebensfreude fördert, ist Enkeln wie Ahnherrn gemeinsam. Daß diese Männer solche Bücher überhaupt reisten, dann schrieben, das ist eine frohe, feine Angelegenheit, die den Mitlebenden zum Aufhorchen empfohlen wird.

Holitschers Amerikabuch ist informativ das beste, das bis jetzt geschrieben wurde. Kanada ist am reichsten geschaut. In den Staaten kam die Gutwilligkeit des Autors ins Feuer; er reiste vor allem als Sozialist, "not exactly" als Sozialdemokrat, aber doch als Sozialist, in jenem vielleicht Fabianschen und Shawschen Sinne. Ich habe nun, aus einer Erfahrung, die an örtlicher Stabilität und Zeit jene des Autors vermutlich übertrifft, durchaus nicht seine gute Meinung von den Staaten und glaube, daß diese auf Jahrhunderte hinaus eine hoffnungslose Sache sind, noch immer vorausgesetzt, daß die Japaner ihr überhaupt den ihr nötigen Frieden geben. Aber darauf kommt es bei diesem von Landschaft, Menschlichkeit und Beobachtung schwellenden Buch nicht an. Es ist das Buch des großen Reporters, des Sehers und Verallgemeinerers, des Erziehers ohne Ödigkeit, des sozialen Genies, das Holitscher in den

Männern und Frauen philanthropischer Organisation nicht geschrieben, sondern gestaltet hat, weil jede solche Gestaltung ein Stück Eigentemperament und Eigenbegabung in die fremde Figur hineinträgt. Der gleiche Zug, von einem mehr ästhetischen Geschmack ins menschliche Schöne statt Gute gewendet, liegt auch in dem Gesicht des Cecil Rhodes in Ludwigs Afrikabuch. Leben, ach, leben will, was dort genannt ist, und was nennt, und ein junger Reporter, männlich, kühn und empfindsam, stellt sich in hinreißende Situationen von Süße, Wildheit und romantische Unreife fremder Zivilisationen. In René Schickele aber ist Jensen überholt. Hier ist aus der Schlamperei der letzte und verschwendetste Reiz der Darstellung hervorgeholt. Dieser prachtvolle Elsässer vereinigt gallische und deutsche Eigenheit zu einem bravourösen Europäismus. Hier ist der Journalist der "ergriffene Mensch", der Blutzeuge von Weltgeschichte, der Geist, der in Zungen redet. Roosevelt, Briand, Jaurès springen durch ihre Karriere, ihr Seelenleben, ihre Lebhaftigkeit in einen stilistischen Schnappsack hinein, in dem sie für alle Zukunft aufgehoben sein dürften. Der Aufsatz über Loyola ist einfach ein Meisterwerk. Mit schneidendem Scharfsinn durchschaut der Geist eines Lebenshelden den andern, zerlegt ihn auf seine simpelste und gewaltigste Triebfeder. Ein Mord, eine exotische Liebesgeschichte sind auf acht Seiten dauernd eingerahmt. Und wem ist dieses Buch geweiht? Den elsässischen Fremdenlegionären; deutsch Blut, französisch Ehr'! Allem Lanzknechttum, allem Heldentum im fremden Solde: auch dem Journalisten, auch dem Reporter!

Veranstaltung Jacques Dalcroze

Die im Musikvereinssaal vorgeführten Übungen der Dalcrozeschen Hellerauer Schule, deren Zweigstelle Wien die Teilnehmer beistellte, bedeuten für den Zuschauer ein grundlegendes Erlebnis. Das Publikum, das sich eine Art Zirkus erwartet zu haben schien, fand im Anfang nur schwer das herzliche Verständnis für die klugen und gründlichen Theorien, die Jacques *Dalcroze* selbst zum Vortrag brachte: jenes Verständnis, das der genuinen Art dieses Mannes entsprochen hätte. Als aber statt des bildungsmäßig anspruchsvollen gedanklichen Elementes das Anschauliche in seine Rechte trat, riß das Sichtbare das immerhin gewählte Publikum dorthin fort, wo J. Dalcroze die Menschen haben will: Menschen zu sein. Was Dalcroze bringt, ist nicht Turnen, nicht Tanz, noch Athletik. Am ehesten möchte man es, mit Abzug der Härten, die dieser Begriff zur Vorstellung bringt, ein Nerventraining nennen. Aber der physiologische Vorgang ist schwingender als sein Wort, er ist eine ebene, spontane Arbeit, keine artistische Quälerei. Das System ist auf den Elementen Klang, Rhythmus, Dynamik aufgebaut; es lehrt die Beherrschung von Raum und Zeit im metrischen Sinne, der Dimension der Bewegung, der Aufmerksamkeit. Seine Aufgabe ist die Aufhebung der psychischen Hemmungen, Förderung der Konzentration, Verselbständigung des Selbstverständlichen. Es bezweckt die Schaffung neuer Reflexe und ist im Grunde die Ausbildung von Grenz- und Schwellenwerten. Sein Charakter ist die *schöpferische Passivität.* Der Erfolg ist überraschend und erweist das Genie des Grundgedankens durch dessen Einfachheit. Es ist, wohlgemerkt, kein Tanz; es erzieht nicht jene muskulöse Sprödigkeit, die unser Geschmack als Eleganz kennt; es erzieht nicht zu Korsettgrazie und Parkettbodengetrippel, sondern zu freizügigem Schreiten und funktionellem Handeln. Die Gliederung der Natur ist noch einmal nachgegliedert; der Arm, das Bein, als Naturwerk, werden durch vitale, nicht kunstmäßige Betonung Kunstwerk. Das Bedeutende des Systems liegt in seinem Mangel an Interesse für Spezialistenbegabung; es taugt jedem Körper, setzt nichts voraus als Gesundheit und Ebenmaß. Von großen Massen gespielt, kann es zu einem volkeinenden Ereignis werden, wie die Mysterien der Alten. Die Bejahung des Körpers, die Hingabe der Seele an den sanften Rausch des Fleisches sind Werte, die unserer Kultur heute fehlen. Dalcroze hat uns ein großes Geschenk gegeben. Sein System gehört als Maß einer völkischen Körperkultur in den Rahmen der olympischen Spiele der Gegenwart.

Deutscher Einfluß in Südamerika

Die Konkurrenz der Franzosen und Nordamerikaner

Die Arbeit der letzten Monate hat für *Deutschland* auf *kolonialpolitischem Gebiet* die langersehnten Erfolge gezeitigt. Beträchtliche Teile fruchtbaren Afrikas sind an der zentralen West- und Ostküste in seine Einflußsphäre gelangt, und die Hoffnung ist nicht von der Hand zu weisen, daß diese Gebiete sich nach dem inneren Kongo hin einst zu einem mächtigen zentralafrikanischen Reich schließen lassen, dessen Bedeutung für Deutschland der *Indiens* für England entspräche. Ein anderer, wirtschaftlich und imperialistisch zu bearbeitender Territorialblock aber ist durch die jüngsten Pariser Verträge gesichert: das Land zuseits der Strecke der *Bagdadbahn*, dieser genialen Kulturstraße nach den Ruinen älterer Kulturen, aus denen unter deutscher Arbeit neues Leben erblühen soll.

Von diesen Objekten seines imperialistischen Dranges vollauf in Anspruch genommen, hat Deutschland und deutscher Unternehmungsgeist ein anderes Gebiet kommerziell bis jetzt nur launisch und zufällig gestreift: die *Republiken des südamerikanischen Kontinents.* In diesen Ländern wird der Handelsumsatz in erster Linie von Engländern und Nordamerikanern, dann wohl auch von Franzosen bestritten. Deutschland steht im Hintertreffen. Die Gründe ergeben sich leicht. Der Impetus des deutschen Kaufmannes, dessen realpolitischer Sinn und dessen pragmatische Bildung den kommerziellen Typus aller anderen Nationen und Rassen weit dahinten lassen, ist gleichwohl mit einer echt deutschen, stark ideologischen Frontseite ausgerüstet. Der deutsche Kaufmann ist nicht nur Geschäftsmann, er ist Kulturpolitiker, ein zivilisatorischer Machttypus, der Nachkomme einer Rasse von prägnant militärischem Geschmack. Und da bieten sich denn in *Zentralafrika* und *Mesopotamien* weitaus befriedigendere Chancen für seine Phantasie als in den von der Monroedoktrin hermetisch geschlossenen Republiken Südamerikas. Noch vor kurzem hat der Yankee diese Schnüre wieder enger gezogen. Und wär's auch dies nicht, die Möglichkeit, seinen rein geschäftsmäßig-egoistischen, exploitativen Unternehmungsgeist und seine immensen Kapitalien in die aufsaugende wirtschaftliche Lücke, die nicht allzu südlich von ihm klafft, zu werfen, ist dem Nordamerikaner durch territoriale Nähe ergiebiger geboten.

Mit diesen Kapitalien und dem davon abhängigen flotten Geist kann Deutschland nicht konkurrieren. Der deutsche Kaufmann muß kleinlicher und sparsamer sein. Und dies wirkt auf seinen Ruf zurück, der bei der Gefühlsbereitschaft des romanischen Hidalgo eine gewisse Bedeutung hat. Der Deutsche ist nicht allzu wohlgelitten. So zahlreich er in allen Republiken zu Hause ist, und so konstitutiv er für die Gesamtkultur seines jeweiligen Staates wirkt, so ist er gesellschaftlich doch minorenn und als minderartig betrachtet. Im Süden Brasiliens bildet er den Hauptfaktor einer ganzen Provinz, *Rio Grande do Sul*, und in Chile lebt eine Stadt, *Valparaiso*, von dem Blute und der Tüchtigkeit deutscher Ureltern. Und der Deutsche ist loyal. Aber irgendein Rassenantagonismus trennt ihn von dem Herzen seiner romanisch-kreolischen Mitbürger. Der Deutsche ist Landbauer, Militär und Lehrer. Die Agrikultur ruht technisch und aufklärerisch auf seinen Schultern; seine Militärkommissionen organisieren die zügellosen Haufen der republikanischen Flibustier zu modernen Heeren; und die Großgrundbesitzer der Pampas lassen ihre Kinder von jungen Deutschen aus guten Häusern erziehen, die ihre Abenteuerlust in den wilden Kontinent verschlagen hat. Aber schon hier tritt ein charakteristisches Motiv auf: diese deutschen Lehrer müssen den jungen Hacienderos das Französische beibringen. Denn der Südamerikaner, der eine sachliche und substantiell fundierte Kultur noch weniger kennt als sein nordamerikanischer Bruder, fühlt sich vom Pariser Boulevard abhängig. Frankreich ist Importeur des Luxus, des guten Geschmacks und des Lebensgenusses und hat, vom moralischen auf das kommerzielle Gebiet gewiesen, auch den Export der einschlägigen Artikel nach den Republiken in der Hand; wobei auch noch der republikanische Grundgedanke der beiden Gesellschaften ein guter wirtschaftlicher Leiter sein mag.

Der südamerikanische Deutsche hat für den deutschen Staats- oder Kulturgedanken keinerlei ernsthafte Bedeutung. Hin und wieder sind in den Republiken selbst politische Paniken entstanden, wenn ein Wirrkopf von Politiker oder Journalist aus der konkurrenzbietenden Tüchtigkeit deutscher Männer eine "deutsche Gefahr" ableitete. Diese Gerüchte wurden von der deutschen Regierung allemal kategorisch zurückgewiesen. Es ist wahr, Deutschland braucht nicht nur ein Absatzgebiet für seine Produkte, es braucht auch Territorien für seine Menschen und seine kulturellen Ideen und Werte. Und was der Franzose vom kreolischen Süden übrig läßt, und vielleicht einmal auch dies, ist dem keltisch-nordamerikanischen Geiste reserviert oder dem malayisch-japanischen Zukunftsreiche des Pacific aufgespart. An eine territoriale Eroberung mag man einmal auf deutscher Seite kühn und oberflächlich gedacht haben. Heute ist jede straffe Absicht darauf vor wichtigeren und praktischeren Problemen geschwunden.

Aber eine kommerzielle Initiative und Interessenspannung läßt sich doch bemerken. Die viel diskutierte Reise des Prinzen Heinrich nach Buenos Aires ist eine gute Einleitung, sie hat Methode, den stark äußerlichen und von Machtmitteln leicht imponierten Südamerikanern eine Ahnung von dem männlichen Ernst deutscher Weltaspiration zu geben. Von Interesse ist ein Artikel des bekannten imperialistischen und Wirtschaftspolitikers Paul *Rohrbach* im "Berliner Börsenkourier", dem wir das Folgende entnehmen:

"Der innere Unterschied zunächst zwischen Deutschland, England und den Vereinigten Staaten als Wettbewerber innerhalb der südamerikanischen Welt ist der, daß England und die Union nicht nur mit ihrem Handel, sondern vor allen Dingen mit bedeutenden Kapitalsanlagen in dem Erdteil festsitzen, Deutschland aber hauptsächlich auf den gewöhnlichen Handel, Export und Import, angewiesen ist. Fast das ganze argentinische Eisenbahnsystem ist mit englischem Geld gebaut. Es wird von London aus verwaltet; alle Persönlichkeiten in leitender und viele in mittlerer, gut bezahlter Stellung sind Engländer. In Peru spielt das amerikanische Kapital neben dem englischen nicht nur im Eisenbahnwesen, sondern auch in den Bergwerken die herrschende Rolle. Dadurch kommt es, daß nicht nur der allgemeine Einfluß Englands und Amerikas bedeutend ist, sondern auch, daß die Lieferungen großen Stils, Eisenbahnbaumaterial, Maschinen aller Art für Bergwerk- und landwirtschaftliche Betriebe fast ausschließlich nach Amerika oder allenfalls England gehen. Die *Amerikaner* und *Engländer* sind im *südamerikanischen Geschäft sicherer* als wir, und sie sind außerdem in der Lage durch ihre im Lande investierte *Kapitalsmacht* stets einen gewissen Druck auf die Regierung und die einheimische Handelswelt auszuüben. Die deutschen Kaufleute exportieren Landesprodukte und führen Industriewaren aller Art ein, aber sie können aus dem Geschäft hinausgedrängt werden, sobald ein anderer kommt, der höhere Preise bieten oder billigere Preise berechnen kann. Darauf gehen jetzt die Amerikaner aus, denn die *nordamerikanischen Trusts* sind in der Lage, dem *ausländischen Konsum* in den Vereinigten Staaten *hohe Preise* zu diktieren und dafür ihre

120

Fabrikate billig ins Ausland zu verschleudern. In Südamerika bekommt man überall Proben dieses Systems zu sehen, für dessen Wirkung die großen amerikanischen Kapitalien im Lande die Handhabe bieten. Es ist ja eine bekannte Tatsache, daß in Deutschland wenig Kapital zur Anlage im Auslande gefunden werden kann. In *Bolivia* gab es während der letzten Jahre eine *deutsche Militärmission*, die Vortreffliches geleistet hat. Daraufhin wollte die bolivianische Regierung in Deutschland eine übrigens nicht bedeutende *Anleihe* aufnehmen, um ihr Eisenbahnnetz an das argentinische anzuschließen. Die Bemühungen waren vergeblich. Bolivia mußte sich nach *Paris* wenden. Dort bekam es das gewünschte Kapital, aber selbstverständlich mit dem Auftrage, die *deutsche Militärmission baldmöglichst abzubauen*. In diesem Jahre sind nur noch zwei deutsche Offiziere in La Paz; im nächsten wird wahrscheinlich niemand mehr dort sein.

Frankreich ist für die romanischen Völker Südamerikas in allen Kulturdingen das Ideal und das maßgebende Vorbild für den Geschmack. Der Grund ist der, daß die Franzosen seit altersher in der überseeischen Welt, vor allen Dingen bei den ihnen stammverwandten Völkern, als das Vorbild aller höheren Kultur gelten, und mit dem Wachstum des Wohlstandes bei den Bewunderern u. kaufenden Kunden Frankreichs steigt auch die Nachfrage nach den besonderen französischen Erzeugnissen. Frankreich exportiert viele Luxuswaren, wie Seidenstoffe, Kleidung, Wäsche, Möbel, sogenannte Pariser Artikel, Kunstgegenstände und dergleichen. Je mehr die Wohlhabenheit der überseeischen Länder sich vermehrt, desto sicherer vermehrt sich auch vermöge der dort herrschenden Bewunderung für die französische Kultur der Export Frankreichs.

Die Befriedigung über die äußerlich und zahlenmäßig *scheinbar bedeutende Stellung Deutschlands in Südamerika* darf uns nicht darüber hinwegtäuschen, daß bei den *Engländern* und *Amerikanern* und teilweise sogar bei den *Franzosen* sicherere Grundlagen für den Einfluß im wirtschaftspolitischen Leben Südamerikas vorhanden sind als bei uns."

Diese Auslassungen zeigen richtig, wo der deutsche Vorstoß nicht allzu schwer anzusetzen hat, um nicht Kräfte zu verschleudern.

Roosevelt

Brasilianische Expedition. - Der Archetype des Tatmenschen. - Roosevelts Bedeutung für Amerika

Roosevelt ist verschollen und die Amerikaner haben, was sie brauchen: einen verschollenen Heldenpräsidenten. Die Cowboys im Westen und auf den unmöglichsten Ranches werden ihre Schlapphüte in die Luft werfen, ihre Coltpistolen abfeuern und Rache für ihren Colonel Teddy geloben, wenn ihm ein Haar auf seiner von allen Sonnen gegerbten Haut gekrümmt worden sein sollte. Waghalsig, wie er ist, mag er die allenthalben geäußerte Befürchtung schon erfüllt haben und in die ewigen Jagdgründe eingedrungen sein. Auf der anderen Seite aber muß man sich erinnern, wie klug, systematisch und gerieben er ist, um nicht Todesgefahren zu entgehen, denen ein weniger nervenstarker Mann erliegen würde. Um dieser Nervenkraft willen wird man ihn im wilden Westen überschätzen, in den Oststaaten auf die gemeinste Weise beneiden und verleumden und in unseren Kaffeehäusern verachten. Ich unternehme es daher, Roosevelt so zu sezieren, als ob er eine europäische Seele hätte; und wenn etwas von ihm auch für uns übrigbleibt: umso besser.

Roosevelt ist die musische Lösung der Rätsel eines formlosen Zeitgeistes; sein Typus ist der einer Mannesschönheit. Diese Individualität ist kleidsam, sie trägt gleichsam enge Gamaschen, wetterfestes Zeug mit Fransen an den Nähten, mit dem man bei jeder Witterung präsentabel bleibt; ihre Art, die schmucke, schlappende Liebenswürdigkeit zu lüften, ist malerisch. Die Geste ist das Vegetative ihrer Existenz. Leistungen bietet ihr Dasein nicht; aber ihr Dasein ist ihre Leistung. Was immer Roosevelt unternimmt, er ist das einzigartige prächtige Bulletin seiner selbst. Er erlebt die animalische Freude der Betätigung, schnurrt ab wie eine kostbare Präzisionsseele. Er arbeitet herkulisch, aber ohne darum und um die Poesie seines ökonomischen Stils tiefinnerst zu wissen, er arbeitet aus dem Überfluß heraus, er trifft den glücklichen Punkt, wo die Pflicht zur Laune wird, und schafft mühelos. Es macht ihn gefällig und genialisch, daß er um die Mechanik seiner Gebärde von der keuschesten Unwissenheit ist. Denn sein Element ist Gestikulation und sein Element strömt aus ihm a tempo. Er zeigt die glatteste Lösung jemals in eines Menschen Existenz aufgeworfener Fragen. So ist es nicht sein Wert, Blick zu sein wie die großen Geisterseher Europas. Für alle und sich selbst noch ist er erfreuender Anblick. Der ganze Mensch gehört einfach in die Ästhetik, ist sozusagen eine Muse der Männlichkeit.

Vielleicht hat es niemals eine durchsichtigere Pose gegeben. Aber das muß man sagen, diese Durchsichtigkeit gehört zur Pose selbst. Ja, die Pose ist im Grunde genommen nichts anderes als diese Durchsichtigkeit. Hier wird die Pose nicht geglaubt. Hier wird an sie geglaubt. Wenn seine Gesten fassen, gewahrt man Hände und nicht Handschuhe. Die Gesten gehören zu dem Überschuß des Mannes, aus dem heraus er sich erklärt. Sie betteln nicht draußen, sie speisen drinnen an einer reichbesetzten Tafel der Dinge. Der Mann Roosevelt fühlt die gesunde Bewegung in seinem Blut, darum glaubt er an sie. Die Dialektik seiner Psyche ist ein kreisrundes Keulenschwingen, das den Stoffwechsel beschleunigt und den Willen zur Hingabe an die Öffentlichkeit mittelst Temperamentsgymnastik sehnig erhält.

Die Bedeutung eines solchen Mannes muß in der Instruktion liegen, die von ihm ausgeht. Seine Wirkung ist didaktische Poesie. Roosevelts politische und militärische Erfolge sind denn auch mittelmäßige Surrogate für historische Großmannstaten seiner Nation; sie bleiben schätzenswert als Luxusgegenstände der Geschichte, denn ihr letzter Gehalt ist ein ästhetischer. Der kubanische Feldzug war ein sonntägliches Fest im Wochenplan der Kriegskultur. Die ganze Nation legte ihre besten Kleider dazu an, gönnte sich ein wohlhabendes Aussehen und eine frohe Feiertagslaune und besann sich darauf, einmal ein wenig für die Schönheit des Lebens zu tun. Auf diesem Kunstgebiete allein hat sich die überseeische Rasse seither originell bewiesen und mit ihren künstlerischen Talenten Erfolg gehabt. Eine stilisierte Buffalo Bill-Szenerie erschöpft das latente Künstlertum der jugendlichen Kultur, und es kann nicht geleugnet werden, daß dahinter noch allerlei artistische Möglichkeiten stecken, von denen man heute keine Ahnung hat, die sich aber günstigenfalls zu ausgewachsenen Künsten entwickeln können. Auch die Kunst der alten Perser bestand ja in nichts weniger, denn gut mit Pfeilen schießen und die Wahrheit reden, und als der Hellene Alexander sich dieses Dasein in seiner sogar degenerierten Form besah, fand er es so menschenwürdig und respektabel, daß er sich zu dem kultivierten Barbarentum bekehrte. Genau so machen es heute viele verfeinerte Geister Europas, die sich atemlos mit der neuen Ästhetik einverstanden erklären. Ich nenne nur Johannes V. Jensen. Das ist die Wirkung eines Mannes wie Roosevelt.

Da sind zum Beispiel Roosevelts Bücher. Sie haben absolut nichts in der Literatur zu suchen. Aber sie suchen auch nichts darin, und das macht sie hinfort wieder wertvoll. Auf die Geste des Bücherschreibens überhaupt kommt es an, auf die athletische Leistung eines Lebenswerkes, das schließlich doch sämtliche Berufe umfaßt und sämtliche menschenmögliche Gleichgewichtslagen des Talents eingenommen hat. Gleichwohl ist Roosevelt nur in einem Falle produktiv, in der Figuration der Universalität. Seine Genietat, so bewunderungswürdig im Ensemble der Geschäftigkeit, geht niemals über das Maß eines Rauhrittes hinaus, bei dem er zwölf Stunden im Sattel verbringt. Er ist kaum ein hervorragender Sprecher. Seine Terminologie ist nicht mit Fallöchern für die fremden Intellekte besät, in denen diese unvermutet gepfählt werden. Auch ist es charakteristisch, wie er als Redner nach dem Reden wirkt, mit dem Lächeln des Siegers und der Haltung eines, der unbedingt etwas Besonderes gesagt hat, jener Haltung, die man ihm aufs Wort glaubt, das er nie gesprochen. Unter den Doktoren der Redekunst, die die Stichhältigkeit ihrer Logik mit Geist plombieren, ist er der Zahntechniker. Viele seiner Vorgänger am Präsidentenstuhl hatten tiefer gegriffen, aber keiner hat höher gehoben. Sein heftiger Atem trieb alle Mühlen im Lande.

Das Neuartige an dieser Erscheinung ist ihr Instinkt zur Buntheit; ihr felsenfester Glaube an ihre eigene Schönheit. Sie ist geradezu ein Bild von einem Manne. Man analysiert sie, so stößt man auf Farben, die nicht einmal sonderlich sauber sind, aber die Moral des Typs ist das summarische Verfahren gegenüber Welt und Ich. Für Amerika bedeutet er die Konsolidierung des Rassencharakters, der sich hier das erstemal produktiv versucht. Die Produktivität des Individuums Roosevelt selbst hat ihr Material in der Volksseele. Seine Tüchtigkeit ist eine ethische Instanz für die anderen, ist eine mehr dichterische als administrative Tugend. Er hat den besten Symptomen seiner Zeit genug getan. Darin besteht seine Größe, seine Aufgabe, sein Kontakt mit der Psyche des amerikanischen Jahrhunderts.

In Europa war jeder politische Erfolg Roosevelts ein Fiasko seines Typs und der Bruderkuß der Epigonen des Tourniers eine Blamage seiner höheren Werte. Es berührte peinlich, ihn am Arme der greisenhaften Lebensfreude einer alten Kultur zu sehen, der allein der Sattelknopf für seine Bedeutung aufgegangen war. Es berührte bis zur Qual, denn jene greisen Schädel wirkten doppelt kahl und diese Jugend doppelt ungekämmt. Kontraste kleideten einander nicht, und wer ein wenig Zartgefühl besaß für abgestempeltes Blut, der konnte sich den Geschmack verderben. Und dennoch war's der Frühling, der so zum Winter kam. Die Gehirne setzten Knospen an. Die Blume, die man zuletzt gesehen hatte, war im Knopfloch Oskar Wildes erblüht; ihr süßer Duft war damals in allen feinen Geistern rege. Aber er hielt so wenig an, wie irgend je ein Wohlgeruch, die Welt zog die Konsequenzen ihres tragischen Vorbildes und ging in der Zwangsjacke über Lebenspfade dahin, deren Blütenstaub sie erst jüngst von ihren Füßen geschüttelt hat. Dann kam die Pause und die Nacht. Die hatte diesmal ausnahmsweise einen Namen, sie hieß Bernard Shaw und war das geistreichste Intermezzo und das amüsanteste Dunkel, so je zwischen zwei Tagen mit dem Philister gerauft hatte; sie schlug ihn morgenrot und himmelblau, sie war voller souveräner Ahnungen und stabilierte den begabten Hochstapler aller geistigen Dinge als Übergang. Das schien notwendig, damit daraus der neue Kapitalist des Lebens entstünde. Die notwendige Geste selbst zu erlösen, fand sie sich nicht imstande. Der Zukunftstrommelwirbel der angelsächsischen Mobilmachung sollte Roosevelt werden.

Roosevelts eigene geistige Person ist nicht eigentlich blendend. Ein Können ist allemal ein Nichtanderskönnen. Und zu allen wertvollen Dingen gehört ihre Mystik und ihre Romantik. Man war nie mystischer als in der Zeit, da man den Zusammenhängen nachging. Der Anblick einer Nabelschnur ist der Menschheit bestes Teil. Die Romantik aber einer Sache liegt in ihrer Geste. Das Realitätsbedürfnis war wiederum nie strenger als in seiner Romantik. Ein Amerikaner wird nach langer Zeit wieder einmal leben können, ohne sich zu blamieren, nachdem man Roosevelt in der Mystik des Individuums und der Romantik der Geste begriffen hat. Denn Roosevelt entstand, als man ihn bemerkte.

Bedürfnisse sind nicht, sie werden gemacht. Irgendwie geschah's, da wurde ein allgemeiner Appetit nach Roosevelt gestartet. Seither ist nichts mehr rückgängig zu machen. Das zwanzigste Jahrhundert braucht seinen Roosevelt, wie das neunzehnte seinen Napoleon gebraucht hat, damit die Dichter leben können. Ohne den und das Werk seiner Düsterkeit hätte es kein Drama aus gewalttätigen Seelen gegeben. Ohne Roosevelt und seine Helligkeit würde es niemals das optimistische Kunstwerk der Zukunft geben. Das Verdienst liegt auf keiner Seite, und die Größe ist es, die wider das Verdienst geht; denn Größe ist als Tatsache da; sie wird nicht verdient, sonst wäre sie ein Geschäft und nicht die Größe. Größe ist überschüssiges Dasein. Überschuß meldet die Gelegenheit zu Bedürfnissen an, und die ist alles was am Bedürfnisse echt ist. Hunger ist ein Bedürfnis nach sich selber; wer wirklich hungert, weiß um den Hunger nicht. Wer in Gefahr ist, hört die Angst nicht mehr, denn die ist eine disponible Kraft. Und selbst der Wunsch zu leben ist nur ein Überschuß an Leben ...

Roosevelt hat uns gerade noch gefehlt! Er füllt das Maß der Zeit mit alledem, was an ihr zeitlich ist. In der Tat, er hat uns nie gefehlt. Aber gäbe es keinen Roosevelt, so müßte man einen bauen. Roosevelt und die Welt sind nun einmal Liebesleute, und wenn zwei sich nach einander sehnen, fangen die Gründe erst an. Der Meteor fällt. Plötzlich ist ein Plus da. Es widerspricht nicht mehr und nicht weniger dem Gesetze von der Erhaltung der Stoffsumme, wie die Größe dem der Kausalität. Es bereichert. Reichtum ist, wenn dort etwas hinkommt, wo nichts ist, und wo nichts ist, dort hat auch Roosevelt erst sein Recht gewonnen.

Roosevelt kann Trumpf sein. Wenn er schwiege, würden die anderen Meteorsteine reden. Aber er spricht, und darum beginnen die Kibitznaturen an der Lebenspartie das Maul zu halten und selbst wieder die Karten zu mischen. Diesmal sind die Kartenaufschlägerinnen unter ihnen am Geben. Der Bub steht zur Dame und zu den Königen. Er passiert à tout und sticht selbst die höheren Werte. Das Glück steht ins Haus. Hilfe, ein Sonnenkind ist vom Himmel gefallen, und nun weiß man nicht, in welches Findelhaus der Zivilisation damit! Man hat wieder ein Fabeltier aus den Urwäldern der Zukunft, an das man sich halten kann. Ein wenig Buntheit, Heldentum, Pose, und die Lust, sich anzufabulieren, und man hört darin den letzten Schrei nach dem Sonnenkinde. Die Anwartschaft auf einen erledigten Thron der Poesie verlangt ungestüm ihre Bestellung.

Die Amerikanisierung Mexikos

Ein Rotrassenstaat. - Der Weg nach Panama. -
Konkurrenz zwischen Britannien und der Union. -
Die militärischen Chancen. - Japan im Hinterhalt.

Mexiko ist neben Alaska das Problem der nordamerikanischen Union. Denn Kanada, das heute noch englische Kolonie ist, wird mit historischer Sicherheit und Eleganz den Weg in den majestätischen angelsächsischen Staatenbund machen. Scheitern kann die staatliche Aufgabe der Union, die Heranbildung einer nach neuen Gesetzen sich kristallisierenden Rasse und Gesellschaft, nur an zwei Punkten. In *Alaska* ist der Körper jener Zivilisation, die wir als amerikanische zu bezeichnen pflegen und mit Recht als eine Spielart der indogermanischen in Anspruch nehmen, von der slawotartarischen, deren Zukunftsmusik schon heute aus Sibirien ertönt, bedroht. Diese geschichtlichen Ereignisse sind bereits zu ahnen; aber sie tauchen nur als Drohungen oder Schlüsse auf. In ein sichtbares Stadium dagegen ist das mexikanische Problem getreten, an dessen Lösung sich die nordamerikanischen Politiker, wie gewöhnlich, ohne Talent zu Pfuschern und Schwindlern hinaufarbeiten.

Das Land Mexiko liegt an der wichtigsten Stelle des merkwürdigen und einzigen Doppelkontinents, den die Erdkugel aufweist. Obwohl der Einschnitt, der die beiden durch eine Brücke verbundenen Erdteile trennt, südlich von der mexikanischen Grenze verläuft, stellt Mexiko als tropisches oder doch subtropisches Territorium, das seine eigene Rasse streng konserviert hat, einen Vorstoß des südlicheren Kontinents gegen den nördlicheren, einen Eingriff in dessen charakterbildende Rechte dar: es gehört seinem Wesen nach zu den südamerikanischen Republiken, seiner Lage nach zu dem nordamerikanischen Kontinent, der aus den Mischnationen der alten Welt eine neue Mischrasse mit einer entsprechenden demokratisch-föderalistischen Gesellschaft formen will. Mexiko ist von einer fremden Rasse bewohnt, die der amerikanischen Expansion aus ihrem innersten Wesen heraus Halt gebietet. Der amerikanisch-mexikanische Gegensatz ist eine Rassen- und Kulturfrage. Es gibt nämlich zweierlei Amerikanertum: das ursprüngliche *indianische* und das hinzugekommene *indogermanische*. In Mexiko wird sich entscheiden, ob Amerika den Indianern oder Nordamerika den Nordamerikanern gehört. Denn dies ist heute schon sicher: über den *Panamakanal* kommen die Nordamerikaner nicht hinaus. Die Frage ist nur, ob die Uramerikaner nicht darüber wieder hinaus kommen und ob das indogermanische Reich, das wir heute unter der Kontinentbezeichnung Amerika verstehen, nicht ein Intermezzo war.

Bei der Betrachtung der mexikanischen Frage hat man also als grundlegende Tatsache festzuhalten, daß Amerikaner und Mexikaner sich nicht etwa in der Distanz zweier europäischer Nationen, wie etwa Deutsche und Franzosen, gegenüberstehen. In Mexiko fühlen Volk, Militärs, Minister und Präsidenten nicht spanisch, sondern indianisch; ihr Leben spielt sich in indianischen Formen ab und gleicht nach unseren Begriffen eher dem, was wir Orient nennen, denn dem, was wir Südländer- oder Romanentum nennen. Die Amerikaner haben damit zu rechnen, daß diese Rasse sich nicht aufsaugen und umarbeiten läßt, wie die eingewanderten europäischen Nationen in dem großen Schmelztigel zwischen Frisco und Neu-England. Gelangt diese Rasse zu Wohlstand und Macht, dann ist die Existenz des Nordamerikanertums zwischen Japanern, Negern und Indianern bedroht. Darum ist der Selbsterhaltungstrieb des Amerikaners, der sich in so krassen Extremen wie Negerpogrom und Mongolenausschluß äußert, dem Kenner amerikanischer Verhältnisse begreiflich. Einer der Gründe, die das Washingtoner Departement den Rebellen Madero gegen den Präsidenten Diaz ausspielen ließ, womit bekanntlich die politischen Wasser ins Wirbeln gerieten, war der, daß Diaz ein Bündnis mit Japan zu schließen im Begriff war; das Schriftstück, das den Plan verriet, war durch Spione nach Washington gekommen.

Ein hochinteressanter Prozeß spielt sich vor unseren Augen ab. Wir stehen am Beginn eines großen Kampfes zwischen zwei Völkern, die in kreuzweis gestellter und paradoxer Form Zivilisationen vertreten, die nicht einmal ihr Eigengut sind. In der Union, deren Sprache das Englische ist, haben wir einen von keltischer Initiative getragenen Staat vor uns; im Mexikaner, dessen offizielle Sprache das Spanische darstellt, sehen wir eine Erscheinung von spezifisch indianischer Sittlichkeit, Vitalität und Lebensart. Was für uns von diesem Prozeß sichtbar wird, sind nur die aktuellen Ausläufer, also Politik, Zeitungsklatsch, Roheiten und bestenfalls Geschäft. Aber all dies ist nicht so sinnlos, als es erscheint; es hat einen Sinn; vielmehr, es ringt um einen Sinn; Dieser Sinn ist der *indianische Gedanke*. Deshalb die instinktive Stellungnahme der Vereinigten Staaten. Der indianische Gedanke, der unklar im Volk herrscht, kommt jeweils in einer starken Persönlichkeit zum Ausdruck; eine solche war der berühmte Juarez; eine solche war auch Porfirio Diaz; und eine solche ist der jetzige Präsident Huerta. Wie hat sich die Union diesen Männern gegenüber verhalten? Sie hat die Familie Madero ans Ruder gebracht, in der vermutlich ebenfalls indianisches Blut vorhanden war, deren Bekenntnis aber immerhin ein Kreolentum war. Im Gegensatz zu den Maderos sind Diaz und Huerta, die nicht ganz Vollblut sind, als Vertreter des Indianertums zu betrachten. Ohne die rassische Idee nur auch zu erwähnen, aber mit guter Nase hat die Politik der Union ihre Wahl getroffen. Der in Menschenliebe dahinschmelzende Wilson hat dieses Prinzip wohl nie theoretisch sehr hoch eingeschätzt, aber er hat, wie sich nun herausstellt, danach gehandelt. Madero beseitigte Diaz; Huerta beseitigte Madero; jetzt soll wieder Huerta beseitigt werden. Aber dies ist eben die Frage. Denn darüber, daß *Huerta*, der Indianer, besser gesagt, der Träger des indianischen Gedankens, der begabteste Mann im Lande ist, kann kein Zweifel bestehen. Sämtliche europäischen Gesandten sind von seiner Kraft überzeugt, und welches Erstaunen hat es erst hervorgerufen, als der Gesandte der Union selbst, ein anderer Wilson, sich im Gegensatz zu seiner Regierung für Huerta erklärte?

Hier eine gerechte Entscheidung zu treffen und Partei zu nehmen, ist nicht leicht. Die schöpferische Kraft des Landes liegt im Indianertum verborgen; sie mittelst europäischer Lehrer, Methoden und Kapitalien zu heben, ist die Absicht des energischen und dabei (man hat die Lebensbedingungen des Landes in Betracht zu ziehen) gewiß nicht rücksichtsvollen Huerta. Auf der anderen Seite stellt das Emporkommen des Indianertums zu nationalem Selbstgefühl fraglos eine Bedrohung der militärisch sehr untüchtigen amerikanischen Rasse dar. Es ist eine Machtfrage wie überall in der Welt. Das Problem wäre zu lösen, wenn die Union Mexiko erobert und amerikanisiert; aber das kann sie nicht, denn dazu gehört eine Armee, die die Union niemals besitzen wird. Alles, was sie besitzt, ist eine gute Marine, das Geschöpf des viel verlästerten Roosevelt; und diese sehen wir augenblicklich in energischer Aktion. Die Armee jedoch kann für eine Eroberung Mexikos nicht in Betracht kommen, weil sie gar nicht vorhanden ist: es sind bestenfalls dreißigtausend Mann, die militärisch auf der Höhe einer gut genährten und schneidigen Gendarmerie stehen; sie können zur Not Indianer mit Vorderladern hetzen, Streiker totschießen, Gefängnisrevolten zu Ende bringen und sonstige malerische Leistungen vollführen; aber schon in den Guerillas gegen die Philippinos haben sie versagt. Der kubanische Feldzug wurde von Freiwilligen gegen eine wunderbar schlecht geführte und ausgerüstete spanische Armee gewonnen. Dies würde sich in Mexiko nicht wiederholen; denn dort kämpft ein Volk auf seinem Boden. Der Generalstabschef der amerikanischen Armee selbst hat seinerzeit im Kongreß erklärt, daß keine 200.000 Mann amerikanischer Truppen genügen würden, um Mexiko zu erobern und besetzt zu halten. Die amerikanische Armee, die sich nur aus Freiwilligen rekrutieren würde, hat keinerlei taktischen Wert und würde im Felde nicht viel besser sein als die berüchtigten Possen von Cowboys oder als die mexikanischen Armeen selber. Und was der Mexikaner im Kleinkrieg leisten kann, das wissen Österreicher und Franzosen schon seit Langem; ein habsburgischer Prinz hat daran glauben müssen. Die Amerikaner würden tapfer kämpfen und gut ausgerüstet sein. Das erste gilt aber auch für die Mexikaner; das zweite ist für die nicht unwahrscheinlich, da *Japan* Mittel und Wege zu finanzieller Unterstützung finden würde; immer vorausgesetzt, daß es nicht von heute auf morgen den Krieg erklärt und Amerika schlägt, wie es Rußland geschlagen hat. Denn es ist unwahrscheinlich, daß sich die amerikanische Flotte, die sehr viel Geld kostet und auch tatsächlich schön aussieht, vor der japanischen behauptet. In diesem Falle ist das Geschick der amerikanischen Indogermanen entschieden. Das erste Bataillon japanischer Infanterie, das amerikanischen Boden betritt, ist nicht mehr zu schlagen.

Dies sind Gründe genug, um einen kriegerischen Konflikt mit Mexiko, der nichts Gutes bringen kann, zu vermeiden. Man braucht nicht erst Philanthrop zu sein, wie Wilson, der ein ganz ausgezeichneter und charaktervoller Mensch ist, aber eine Quäkernatur, und der weder den Unternehmungsgeist noch den Ideenreichtum des Irländers Hearst, noch die hinreißende persönliche Wirkung des mehr deutschen Roosevelt besitzt. Es ist ein bitterer Augenblick für die Union, der aber scheinbar im gewohnten Optimismus wieder unterschätzt wird. Die Folgen werden sich nur allzu bald auf wirtschaftlichem Gebiete zeigen. Denn gewiß wird Huerta sich beeilen nachzugeben; aber wie ein Asiate, mit einem Djin-Djitsu-Kniff. Schon hat er sich einen Bundesgenossen gesichert: *England.* Um die Schätze des Landes zu verwerten, ohne sie den Yankees in die Hände zu spielen, hat er mit englischem Kapital eine Petroleumkompagnie gegründet, die den amerikanischen Gesellschaften Konkurrenz macht und für England von ungeheurer Bedeutung ist. Die Ölfeuerung, für die durch die bekannten Diesel-Motoren bereits Verwendung geschaffen wurde, gewinnt immer mehr an praktischem Wert. Die größten Petroleumproduzenten sind heute Nordamerika und Rußland. Für England handelt es sich darum, in seinem Erdölkonsum unabhängig zu werden. Zu diesem Zwecke hat die Regierung unter privater Adresse in Mexiko große Landankäufe bewerkstelligen lassen. Dies ist für Huerta wirtschaftlich wertvoll und bildet keine politische Gefahr. Ebenso verhält es sich mit den reichen mexikanischen Minen, für die Millionen französischer Kapitalien im Lande angelegt sind. In dritter Linie kommen deutsche Unternehmungen. Alle diese Firmen arbeiten mit Huerta gut zusammen und sehen in ihm den einzig möglichen Mann in Mexiko. Gewinnen dessen Gegner die Oberhand, so stehen große Verluste für die betreffenden Nationen bevor. Es ist nicht unmöglich, daß sich die vereinigten Europäer gegen den amerikanischen Kandidaten wehren. Angesichts der schönen Regelungen zwischen Deutschland und England, die in letzter Zeit alle Welt verblüfft haben, könnte man beinahe vermuten, daß sich auch hier eine Interessengemeinschaft zu praktischen Schritten verwenden läßt. Dann gibt es etwas für den "Simplizissimus": Huerta wird sich zurückziehen und man wird sich ein Dutzend deutsch amerikanischer und englisch amerikanischer Zwischenfälle entspinnen sehen. Wobei durch eine geschickte und konzentrierte Politik die Amerikaner zu einem noch nie dagewesenen Rückzug gezwungen werden könnten. Es wäre dann ein Laufgang gegraben für das Nichtkaukasiertum; und ob damit den europäischen Mächten geholfen ist, ist noch sehr die Frage. Das mexikanische Problem ist von einer unerhörten Feinheit und wird nicht mit dem ersten Kanonenschuß gelöst sein.

Das kurdische Problem

Verhältnis zu den Armeniern. - Herkunft, Rasse und Sprache. - Der mohammedanische Gedanke

In den letzten Tagen haben Nachrichten aus den versteckten Völkerwinkeln der Türkei von der Existenz und von dem Lebenswillen eines anderen Volkes, das einst in den Kolossalbau des Osmanenreiches vermauert worden war, Kund gegeben. Man hat bis jetzt stets nur von den Leiden und den Wünschen der Armenier gehört, aber dabei ganz vergessen, daß deren Frage nicht gelöst werden kann, ohne daß man auch die Lebensbedingungen eines Volkes beachtet, das den Armeniern an Zahl gewachsen, wenn nicht überlegen ist, und mit ihnen die gleichen Landstriche als Heimat teilt. In den armenischen Provinzen und Städten wohnen auch Kurden und sie sind die erbittertsten Feinde ihrer Nachbarn. Die Armenier haben das Interesse Europas und besonders auch Österreichs erregt, weil sie ihrer Konfession nach Katholiken sind. Die Kurden sind Mohammedaner; man hat sich nun in Europa daran gewöhnt, den Verfall des Fürstentums als mohammedanischer Zentralgewalt mit dem Verfall des Mohammedanismus zu identifizieren, und dies hat manchen politischen Fehler gezeitigt. Aber man darf nicht vergessen, daß der Mohammedanismus eine Schöpfung semitischen und innovarischen Geistes ist und ihm aus dieser Herkunft immer noch mit Hilfe bisher nur halb verwerteter Völker eine Renaissance erblühen kann. Die einzige Politik, die wieder so klug ist, dies zu erkennen, ohne es indes für die anderen Europäer an die große Glocke zu hängen, ist die der Engländer. Diese gehen in allen mohammedanischen Fragen mit äußerster Vorsicht und Delikatesse zu Werke, denn sie wissen, daß sie selbst zu einem guten Stück mohammedanischer Staat sind, und daß auf ihrem Verhalten gegenüber dem Mohammedanismus ihre asiatische Zukunftsherrschaft beruht; womit sie einen Hebel gegen den Orthodoxismus der sonst in allem Asiatischen viel talentierteren Rassen geschaffen haben.

Die Lage ist nun diese: Der Türke, der als geborener Soldat sich an die Spitze des mohammedanischen Gedankens gesetzt hat, den er selbst zwar nicht schuf, aber als Herrentypus glänzend verwaltete, ist heute ein kranker Mann. Aber nicht weil er ein Mohammedaner ist, sondern weil er, wie alle Rassen, an seinen Erfolgen zugrunde ging: er ermattete an ihnen, er erwarb mit ihnen und verdirbt an dem in gewissem Grade kommod gewordenen Leben, das sie ihm sicherten, wie alle Rassen. Der Türke ist heute rassisch steril. Wer aber dürfte behaupten, daß auch der Mohammedanismus heute überlebt sei? Der Mohammedanismus ist ja ein Gedanke, vielmehr ein System von Gedanken, er ist eine Weltanschauung und besteht für sich. Die Elektrische Bahn ist ebenfalls nur ein Resultat und dann ein Mittel einer Weltanschauung und sagt für den, der eben Mohammedaner ist, gar nichts gegen den Koran aus. Das *Kef*, der kontemplative Zustand als maximales Lebensphänomen, kann einem Mann just ebenso wünschenswert erscheinen wie einem anderen von anderer Rasse ein 60 HP.-Auto. Es gab eine Zeit, da war man auch der Meinung, das Christentum wäre eine schrecklich veraltete und überholte, ja störende Angelegenheit und müßte mit dem nächsten modernen Kehrichtwagen beseitigt werden. Aber diese Zeit ist heute vorüber. Wir erleben sogar das Gegenteil: das Aufleben einer Kultur unter dem christlichen Motto. Ich erinnere nur an Paul Claudel und Chesterton. Warum soll das Mohammedanertum, sobald ihm nur die nötigen ethnischen Reservoirs zur Verfügung stehen, nicht auch wenigstens das Bestreben zur Lebensfähigkeit zeigen? Denn daß das Christentum gesünder ist als der Mohammedanismus und wenigstens der Dynamik unserer nervösen Rasse besser entspricht, ist eine philosophische Idee für sich.

Und der Mohammedanismus hat ein solches Völker-Reservoir. Die Engländer und schon auch die Franzosen in Nord-Afrika sehen in ihm einen Faktor, den man nicht früh genug in Rechnung setzten kann. Wie, wenn der große Kampf zwischen christlicher und mohammedanischer Welt sich noch einmal erneuern und die Kreuzzüge sich in verschärfter Weise und mit mechanisch und intellektuell gesteigerten Mitteln wiederholen würden? Vielleicht ist es die Mission des Erdballes, zu entscheiden, ob der aktiv-nervöse oder der beschauliche Typus höher steht, beziehungsweise lebensfähiger ist? Ob die Sage vom *Fortschritt* oder die Sage vom *Kef* und *Nirwana* Gesetz werden soll? Denn auch Gesetze haben ihre Proportionen. Und wenn sich dieser Kampf eines Barbarossa wiederholen kann, warum nicht gleich jetzt nachdenken, damit wir auf dem Posten sind, wenn wir unseren Typus und unsere Anlage verteidigen sollen?

Das also können wir als sicher ansehen, daß mit dem Türken nicht auch der Mohammedanismus verschwindet. Die Kurdeneinfälle in der Provinz Wan und in Armenien überhaupt belehren uns, daß es da ein Volk gibt, das fruchtbar und kriegstüchtig und fanatisch ist, also Eigenschaften besitzt, um die wir es schon beneiden können. Aber sowie man auf dem Balkan über Slawen und Griechen die Albanesen vergessen hat, so vergißt man jetzt die turkmenischen und kurdischen Stämme, die Kleinasien bevölkern. Man wird sich die Kurden ungefähr als eine Art Albanesen vorstellen können. Auch sie waren des türkischen Feldherrn gute und beste Soldaten im Krieg gegen Ungläubige jeder Art; innerhalb der Armee oder des Reiches aber auch widerspenstige und hartnäckige Rebellen, wie der letzte Fall beweist. Die Kurden kamen aus Osten und sind, wie die Perser, ein iranisches Volk, das heißt, Arier, wie der Name ihres Herkunftslandes Ir-an sagt. Auch ihre Sprache ist vollständig erklärt und eingereiht; sie ähnelt der persischen. Dem Typus und der Komplexion nach sind sie blond bis schwarz und vorwiegend dolichokefal. Sie stehen uns also näher als die hethitischen Armenier, die eine fremde Rasse in sich aufgenommen haben. Von diesen, die den mehr merkurischen Eigenschaften in ihrem Seelenleben Raum gewähren, unterscheiden sie sich durch ihre Kriegstüchtigkeit; der Armenier ist feig und schlau und von den mehr chevaleresken Nationen wie Türken und Kurden verachtet und gehetzt. Es ist in der Psychologie der Völkerbeziehungen auch hier jener Zug bemerkbar, daß der Herr den Knecht unterdrückt, weil er ihm das menschliche Antlitz unschön widerspiegelt. Der Armenier gilt im ganzen Orient als der bösartigste und niedrigste Geselle. Der Kurde aber, der Ritter ist, das heißt unter der dermaligen Wirtschaftsform: Viehzüchter, Räuber und Kriegspraktiker, ist, von diesen für uns unannehmbaren Lebensäußerungen abgesehen, gleich dem Albanesen eine Erscheinung von allerdings landesüblicher Anständigkeit. Das heißt, wir alle würden es mit Recht ablehnen, zu einem kurdischen Chef zu Gaste gebeten zu werden. Aber wir würden es auch bedauern, mit einem Armenier ein Geschäft gemacht zu haben. Unter diesen beiden Voraussetzungen kann man noch immer sagen, daß der Kurde ein anständiger Kerl ist.

Was soll nun in Armenien, das es gar nicht gibt, geschehen? Eine armenische Gesellschaft mit Ausschluß der Kurden ist undenkbar. Eher noch werden sich die Deutschen und Tschechen in Böhmen versöhnen, denn diese beiden Völker, zwischen denen die Religion und ein heftiges Blut liegen. Damit, daß man den Armeniern unter die Arme greift und Priesterseminare und dergleichen gründet, wird das Problem nicht erledigt. Das Oberhaupt der armenischen Katholiken ist der Patriarch von Kilikien. Kilikien soll unter österreichischen Einfluß kommen, und das gehört sich auch. Hier hat der armenische Katholizismus einen Grund zur Anlehnung, der Österreich als Schützer dieser Rasse und Konfession geradezu prädestiniert. Aber auch die Kurden haben ein Existenz- und Entwicklungsrecht und werden es sich weniger als irgend eine andere Nation nehmen lassen. Man sieht, die Sache ist nicht so einfach, als es Armenierfreunde glauben machen möchten. Eher ist sie so verwickelt wie die mazedonische Frage. Sicher ist nur Eines: daß die Mächte ein Interesse daran haben, dem Mohammedanismus nicht allzu früh die Waffen in die Hand zu drücken. Wie der mongolische Gedanke in Ostasien, der indianische in Mexiko, so erhebt der Mohammedanismus an allen Teilen des zerstückelten Türkenreiches sein Haupt.

Der New-Yorker Cop

Falsche Optik für amerikanische Verhältnisse. -
Die New-Yorker Atmosphäre. - Das Quäkertum. -
Der Gentleman-Cop

Der durch die Wiederaufnahme des Prozesses und die sensationelle Hinrichtung der vier Rosenthalschen Mörder neuerdings zur Diskussion gestellte Fall des Polizeileutnants *Becker* beweist nicht nur die angebliche Korruption der amerikanischen Polizei; er beweist in seinen seelischen Wirkungen auch eine Korruption des europäischen Gemütes, das imstande ist, aus tropischen Hitzen der Bewunderung und Überschätzung alles Überseeischen im Handumdrehen in ein Sturzbad der Unduldsamkeit umzukippen.

Es wird immer Sache eines vernünftigen und gebildeten Europäers sein, vor den überspannten Vergnügungen und Extravaganzen einer Kulturentwicklung zu warnen, deren Erscheinungen man als Maximalphänomene der Menschlichkeit heute unter dem Sammelnamen "Amerikanismus" zusammenfaßt. Denn wo immer diese Entwicklung auch in den großen Zentren Europas jener bekannten Rapidität und Großzügigkeit zustrebt, dort ist sie doch auch um Meeresbreite von den gleichen Begriffen entfernt, sobald diese wirklich amerikanisch arbeiten. Nichts ist schädlicher und hemmender für uns, als der Glaube an eine Überlegenheit des transatlantischen Typs. Auf der anderen Seite aber steht der leichtgläubige Europäer, der nicht nur nicht mit Kniefällen vor angeblicher amerikanischer Größe geizt, wenn ihm von dort her seine kleinen Verhältnisse deutlich unter die Nase gerieben werden, sondern der auch mit wetterwendischem Sinn jeder neuen Zufälligkeit nachrennt, in der sich amerikanische Unvollkommenheit immer wieder äußert. Denn das muß endlich gesagt werden: für den, der Amerika nicht nur kennt, sondern es erkannt hat, ist nichts von alledem, was mit kolportagemäßigem Furor der europäischen Öffentlichkeit in die Ohren klingt, symptomatisch. Amerika ist so groß, daß sich bis jetzt noch keine Normen dafür gefunden haben. Alles wächst drüben, nur die Regel nicht. Es ist also weder so stark, noch so prächtig und bunt, wie es die Phantasie der meisten haben will, noch so schlecht, so verworfen, so bösartig primitiv im moralischen Empfinden, wie es die letzten Skandalgeschichten beweisen sollen. Der Fall Rosenthal ist ein schweres Kapitel von den Sünden der Menschheit, soweit diese auch hinter den Uniformen einer Polizei steckt. Aber den Schluß der moralischen Minderwertigkeit des New-Yorker Cops daraus zu ziehen, ist selbst für den gewagt, der sich durch seinen normalen Kulturhaß zu abfälligen Urteilen über Amerika von vornherein berechtigt fühlt.

Nun ist es wieder der New-Yorker Cop, der den gesammelten Angriff über sich ergehen lassen muß. Er ist tierisch und verbrecherisch bis in die Zehen, er ist ein Blutsauger und Meuchler der Menschheit, eine Schlange am Busen der Moral, ein unterirdisches Gespenst, das die Großstadt unterminiert. Treten wir aber aus stubenluftiger Lektüre hinaus in die lärmerschütterte, vibrierende heitere Luft New-Yorks, so begegnen wir einem großen hübschen Bengel im legeren blauen Anzug, mit liebenswürdigen Manieren und einer physischen Vollständigkeit, die ihn arglos macht. Nein, trotz Becker und Konsorten, der New-Yorker "Cop", wie ihn der Volksmund nennt, ist der netteste Junge, der dir unter all deinen verschiedenen Bekanntschaften unterkommen kann. Tritt näher und du kannst dich amüsieren, was gilt die Wette? Er ist immer fröhlich und witzig, tut keiner treuen Seele was zu Leide, ist galant gegen Damen und überhaupt stets am Platz, wo es für ihn reglementmäßig zu tun gibt. Die Gauner sind in aller Welt frech und findig, in New-York aber sind sie genial wie Wanzen, die über die unüberschreitbarsten Zonen hin und trotz Einmauerung und Abschwemmung und Ausschwefelung auf ihr Sach' kommen. Denn der New-Yorker Verbrecher ist flott, er ist Verbrecher aus Romantik und Hysterie, er ist's um der Emotion willen und ist nicht auf lumpigen Erwerb angewiesen. Sein Blutdurst ist ästhetisch, sein Raffinement künstlerisch. Er ist eigentlich bloß insofern ein bewußter Tunichtgut, als er rigoroser Bohemien ist. Sonst ist er vielleicht ein ganz anständiger und lieber Kerl, ein Mensch, nicht verbohrt, nicht vertiert, mit dem sich reden läßt. Meister sein, that's all; der Stärkere sein. Nietzscheanismus in der Praxis, ein wenig roh verstanden. In Summe: Renaissancemenschentum, Condottierismus und Rinaldinismus, alles aus der Fabel, was du willst; denn ein Fabeltier ist der amerikanische Verbrecher wirklich, er ist absoluter Geist, vielleicht Träumer und der einzige Mensch in Amerika, dem das Geld nicht den Kernpunkt des Lebens darstellt. Ein gefährlicher Bummelant in Gelddingen, das ist seine Marke.

Diesem Manne steht nun der *Polizist* gegenüber. Und er steht ihm nicht nur gegenüber, er ist eigentlich dieser selbst, wie alle orthodoxen Extreme dasselbe sind. Der Polizist fängt nämlich dort an, wo der Verbrecher merkantil und sozial wird. Sonst ist er genau so gutmütig, genau so kräftig und genau so intelligent wie dieser. Dem jungen Manne mit Phantasie, wenn er nicht den schnurgeraden Weg der kaufmännischen Entwicklung gehen, sondern ein wenig extravagant abbiegen will, bleibt ja drüben nichts anderes übrig als Polizist oder Feuerwehrmann zu werden. Die Soldateska als Beruf meidet er womöglich, denn Putzen und Reinemachen und straff und pünktlich sein und noch dazu in der kleinlichsten und demütigendsten Weise, das paßt dem jungen Herrn nicht, der vor seine Berufswahl gestellt ist. Ein Mann mit so viel Unternehmungsgeist wie er geht entweder überhaupt nicht in die Schranken einer bürgerlichen Gesellschaft und daraus ergibt sich dann das kriminelle Extempore in irgendeiner Art; oder er geht doch hinein, weil sein ererbter vorherrschender Erwerbssinn ihn besticht; gut, dann wird er ein schmucker Polizist, erhält runde Summen gezahlt, einen Club, d. h. einen

Hartgummiknüttel, für den sich bald eine brave Gelegenheit zum Lostrischaken ergibt, und eine tadellose Repertierpistole. Er ist gut genährt und physisch gepflegt, ein tüchtiger Boxer, ein erstklassiger Springer und Läufer. Es geht ihm nicht wie seinen europäischen Kollegen, die mit dem Schwert, das sie nicht zücken dürfen, mit einem schweren unnützen Helm und einem recht untrainierten Beinwerk vor jeder jüngeren verbrecherischen Kraft das Nachsehen haben. Nein, der New-Yorker Cop läuft wie ein Rüde, schlängelt sich wie eine Eidechse durch Hindernisse, springt auf sausende Automobile und erledigt eine Verbrecherjagd durch die Straßen New-Yorks mit den Eigenschaften des Kenners. Der New-Yorker Verbrecher ist ein Fabeltier, denn er wird trotz des Apparats und des glänzenden Materials, das man ihm entgegenstellt, nicht immer gefangen und bleibt unregistriert. Er hat den Plan von langer Hand und den grundsätzlichen Mangel jeder Schonung von Menschenblut auf seiner Seite, so daß er auch mit dem schönsten Aufwand aller anderen Eigenschaften nicht zu bieten ist. Der Polizist New-Yorks aber ist historisch. Er ist der beste Polizist der Welt und nur der Londoner Cop, von dem er als Typus abstammt, reicht noch an ihn heran.

Dieser unterirdische Zusammenhang, eine Polarisation der gleichen phantastischen Uranlage, wirft aber keineswegs den erwünschten Makel auf unseren Mann. Die flotte Abwicklung von derlei malerischen Gefahren und Situationen liegt just in dem amerikanischen Völkerfrühling begründet, dessen frischer, süßer Hauch noch vor kurzem alle die Geister Europas hingenommen hat. Wo viel Werden ist, ist naturgemäß auch viel Gewalttätigkeit. Um barbarische Urkräfte wird in einem Volk gespielt, Triebe, so rot und unabänderlich wie das Blut, sollen kulturbar gemacht und dem gepflegten Charakter einer Rasse einverleibt werden. Nichts wirkt erzieherischer für eine Gesellschaft als ihre Verbrecher. Die Polizeien unserer europäischen Zentren lassen viel zu wünschen übrig; sie sind in ihrem tiefsten Wesen so gegenstandslos geworden, daß nun sogar Frauen als Soldaten der bürgerlichen Ordnung und des Gleichmaßes berufen sind, wie man jüngst gehört hat. Aber das kann sich ändern. Zwingt die Not, so bekommt das kleinste Krähwinkel noch eine Heldenpolizei. In Amerika aber ist eben noch alles jung und in seinen Resultaten für uns unannehmbar; wohl aber annehmbar in seiner Stimmung. Eine Stimmung, eine Atmosphäre, wie sie New-York zeigt, ist weder schlecht noch korrupt. Die angebliche Bestechlichkeit seiner Polizei erweist sich als Toleranz. Amerika ist ja angeblich das Land der Freiheit. Aber, wie gesagt, in Symptomen muß man bei Amerika vorsichtig sein; es gibt dort auch Gesetze, und zwar bösere und härtere als in irgend einem Land der Welt. Dort, wo die blutigsten Gehirne an die Tat denken, dort existieren auch die unmenschlichsten Tendenzen gegen die natürlichste menschliche Entfaltung. Wenn alle Gesetze, die es in Amerika gibt, peinlich genommen würden, bliebe dem Mann dort nichts übrig, als nach Preußen oder Rußland auszuwandern. Der

New-Yorker Cop aber ist nicht fade und drückt ein Auge zu. Gewiß, der Sonntag ist heilig, aber was verschadet's einer durstigen Kehle, wenn sie am Tag des Herrn einen kräftigen Schluck zum Preis der Schöpfung wählt? Die soft drinks, die "zahmen Tränke", wie man sie heißt, sind der reinste Antialkohol, eine Abart Alkohol von gleicher Giftigkeit, und man mag noch so sehr gegen den Rausch sein, für eine akute Dyspepsie kann man unmöglich schwärmen. Da läßt sich denn der New-Yorker Polizist mit Seelenruhe eine laxe Moral nachsagen und handelt nach menschlichem Empfinden. Alle Welt weiß das, die Quäkerseelen sind entsetzt und schreien nach der Polizei - ah, Pardon, sie schreien ganz einfach, andere aber schreien mit und spannen die Sache über die politische Kampf- und Werbetrommel. Der Besitzer der Wirtschaft oder des geheimen Hauses, den der Cop nicht vermutzt hat, ist auch kein Schmutzian und nach amerikanischem Brauch hält er ein männliches Verhältnis mit dem langen, gutherzigen Athleten am Straßeneck aufrecht. Ähnlich ist es mit den Spielhöllen. Da sind Herren, die erst gut schlafen können, wenn sie eine Million verspielt haben. Der Polizist rechnet einfach mit diesen Nerven, und was bös ist, ist eben nur je nach den Umständen bös. Er ist kein Prinzipienreiter, der Blaurock.

Nichts leichter verständlich als das: er ist großstädtisch und fühlt sich als Funktionär eines Millionenverkehres. Lausbübereien, Gemeinheiten duldet er nicht, und er ist kein Feigling und eben auch nicht faul. Er hilft dir sofort gegen einen Stärkeren. Wenn aber zwei Gentleman nach allen Regeln der Kunst ein Duell mit den Fäusten austragen, ist er Sportsmann genug, nicht unnötig plump einzugreifen. Kurz, er ist ein feiner Bursche, ein strong-arm-man mit Verlaß auf sich selbst, und in seinem Temperament zwar schwungvoll, aber keineswegs kriminell. Wenn er auf einen "Fall" losgelassen wird, ist er prächtig wie eine Bestie, zumindest gibt er darin seinem malerischen Cesare Borgia-Gegenüber nichts nach. Verehrtes Europa, bitte, diese tatsächliche Berichtigung entgegenzunehmen. Es ist nicht wahr, daß der New-Yorker Cop ein Verbrecher ist. Wahr ist vielmehr, daß noch nicht alle New-Yorker Verbrecher Polizisten geworden sind, weil man sie infolge der Tüchtigkeit dieser nicht alle beschäftigen kann. Und wenn man sie beschäftigte, würde überhaupt keiner mehr etwas zu tun haben, es sei denn, man schickte sie zu den olympischen Spielen, wo sie alle Kapitalpreise gründlich auf- und davontragen würden.

Karl Kraus oder Dalai Lama. Der dunkle Priester.
Eine Nervenabtötung

Karl Kraus
Katechismus der Fackel. - Der Kaiser von China. -
Psychopathologie des "Homme inconnu". -
Der Schismatiker des Liberalismus

Die Fackel. Was ist das? Das ist eine lange Geschichte mit einem kurzen Prozeß. Der kurze Prozeß ist der, daß man die 15 Jahre lange Geschichte nicht liest. Steckt man den Kopf in die Tätigkeit dieser Zeitschrift, dann ist die Welt und das gesunde Bewußtsein ihrer Maße verloren. Ein kleiner Zeilenschinder steht vor Bernard Shaw, Gerhart Hauptmann wird in demselben Atemzuge genannt, mit dem ein stadtbekanntes Citytrottel ernsthaft verschluckt wird, die höchsten menschlichen Forderungen werden auf eine Carplatform verpackt und das ganze Stilleben auf zwei Bogen geschriebener Migräne in Gedanken gebracht. Man gewöhnt sich an Unordnung, und über kurz oder lang erscheint einem Kraus als die eines energischen und vernünftigen Angriffes würdigste Person. Es ist ein Irrtum; wie aber die Verirrung gutmachen, als sie einzugestehen? Man watet in Strömen Blutes, die Kraus unter seinen Mitmenschen vergoß, man war Zeuge so vieler Verwechslungen, Verdrehungen und gemächlicher Selbsttäuschungen, man ward so blaß vom Anblick dieses Blutbades, daß es nur die eine Röte, diese eine Überbietung mehr gab: Karl Kraus für wichtig zu nehmen und das Werk der falschen Einstellungen mit seiner Erhöhung zum literarischen oder sozialen Problem zu krönen.

Steckt man den Kopf in diese 15jährige Tätigkeit, die bereits jeder Chefredakteur als tüchtige Journalistenkarriere anzuerkennen beginnt, so zieht man ihn mit üppigem weißen Haare wieder zurück. Ja, man ist alt geworden dabei, aber man hat jetzt doppelt so viel Haare wie vorher, denn sie sind alle gespalten worden. Oder ist es ein Irrtum, und hat man von seinem Kopf eine Doppelnummer zurückerhalten? Hier ist alles ungewiß, hier ist alles möglich, hier ist alles überraschend, und man kann nie wissen, welche Stellung Karl Kraus einnimmt. Man glaubt, einem Manne ins Gesicht zu sehen, da schiebt sich ein Tagblatt vor, zwischen dessen Spalten wir in seiner Seele lesen müssen. In diese Spalten dringt kein Sonnenlicht; denn dort unten ist das Reich der Fackel, die Sonne aber mischt sich, wie alle Sonnen, nicht gern hinein, denn sie merkt die Anspielung, die in diesem Benehmen der Fackel liegt. Die Sonne bringt es eventuell an den Tag, die Fackel aber holt es aus dem Tagblatt. Sonst sind beide gleich produktiv, Osiris und Wiemiris. Wie ihm nämlich ist, das sagt er gern, er ist ja kein Lyriker, sondern ein Publizist. Und darum schreibt er auch von der Sprache ab, denn diese gibt über die Nächsten die zuverlässigste Auskunft. Frägt man sie aber nach der Fackel, dann erfährt man ja, genau wie Karl Kraus, was man schon geahnt hat. Ihre Bilder lassen sich vermutlich auf jeden abziehen, am gelungensten aber gewiß auf den, der diese Lyrikermanier für die Polemik erfunden hat. Stupst man sie ein wenig, also: sag' schön, wie ist das eigentlich mit der Fackel? dann entstehen ganze Welten, ganze Firmamente um die Fackel. Also, was ist's mit der Fackel?

Fackeln dienen dem Abend, indem sie ihn romantisch beleuchten. Was aber nachts, am erregten Tisch der Geselligkeit Geist war, der aus dem Schattenfächer der Körperwelt und der zusammenklappbaren Perspektiven sich ins Intellektuelle sublimierte, wird beim Schneefall weißen Tageslichtes das Glatteis, auf dem die Frühe ein paar traurige Schlehmile vorfindet. Die Nacht ist aus, die Paradoxe werfen keine Schatten mehr und spiegeln sich unter sich hinab als Gespensterbilder einer ichverseuchten Reflexion. Die Sonne geht aufund um Mittag ist die Fackel ein Krug mit Pech und schlechtem Qualm; niemand hat ihren Nimbus noch bei schönem Wetter leuchten sehen - darum bemüht sie sich stets ängstlich, es abzusagen. Aber weil Rauch da ist, schließen sie auf eine Feuersbrunst, das Donauweibchen wird hysterisch und behauptet, seine Kleider hätten Feuer gefangen und die Sache habe eine tiefe Moral. Der Rathausmann bricht eine Lanze pro und steht angesichts zweier Kerzen im Gerichtssaal vor seinem jüngsten Richter. Denn damit die Fackel leuchte, muß es dunkel sein; und damit die Fackel leuchte, muß auch die Welt dunkel sein. In der Dunkelheit betrügt das Donauweibchen den Rathausmann mit dem Herausgeber eines unregelmäßig menstruierenden Blättchens. Aber bitte, nur in der Dunkelheit!

Die Sprache erhält als Muster der Gefügigkeit ausnahmsweise eine Freikarte zur Krausvorlesung. Was erlebt sie da? Sie erlebt mit Verwunderung, daß sie da mit dem Fackeljargon verwechselt wird. Sie sieht sich als Wurstel der nur aufzutreten braucht - und niemand lacht mehr. Sie sieht, daß man eine Zeitschrift herausgeben kann von den Nachdruckshonoraren, die man den bogenweise zitierten Journalisten vorenthält. Der Kopf schmerzt sie, denn sie fühlt sich im Zopfstiel geflochten und gehört einem wachsgelben Jicina-man an. Langsam beginnt sie die Stimmung mystischen Dunkels zu begreifen.

Zwei Kerzen Lichtstärke, mehr verträgt die Fackel nicht, sonst muß sie blinzeln; sie aber will nur dem Rathausmann verständnisvoll zuwinken. Und hier bewahrheitet es sich, daß dieser ein Mann von Eisen sei; es schlägt zehn, aber er weilt noch immer lange; er hat ein Herz und gönnt es den Hausmeistern, daß der Karl Kraus ihre Erfindung ist; aber dieser muß doch eine recht uralte Wiener Erfindung sein, denn von seiner ersten Vorlesung her ist noch der Stock-im-Eisen stehen geblieben und steht noch immer da. Ah, habe die Ehre Donauweibchen, Karl Kraus und Rathausmann, hier hätten wir ja unser berühmtes typisches Kulturkleeblättchen, das Fackeldreieck, die ganze Redaktion auf einem Häuferl! Daher also der lüderliche Instinkt für Herrn

Nestroy und den saftigen Kürnberger, dieser Instinkt, der auch eigentlich
Saphir meint, aber in der Zerstreuung statt ins Blaue ins Rote hineinredet!
Sososo; und das Wöltkind in der Mitten, mit dem Antlitz zwischen Allerhaligen und Allerseelen, sieht also heute so aus? - Und was hätte erst Kürnberger,
der Wanderer, der Freiluftmensch und Stadtwilde zu einem Nachfolger gesagt, der Sitzfleisch von seinem Fleische und Blutarmut von seinem Blute ist?
Kapellmeister, Musik! Spielen Sie die echte Wiener Raunz'n, mit Tempo,
eigensinniger Liebe, drei Männer - sechs Teufel - aber zwölf Götterstärke, mit
Großmut, Freude und Humor, und mit Takt und Weisheit und Lebensappetit!
Denn dieser moderne Sektierer brödelt aber schon sehr eigen und seziert seine
Kalamitäten und Pferdefußpodagren und seine geheimen Leiden aber schon
sehr vivi!

Also zarathustert die Sprache; sieht man sie daraufhin an, so scheint sie
geradewegs als eine Verulkung des Karl Kraus entstanden zu sein; will man
sie lachen sehen, so braucht man ihr nur seinen Namen nennen. Sie ist ein
Tierchen, das, läßt man ihm seine Grillen und Krallen, leicht und treulos aus
jedermanns Hand frißt, und was sie für Kraus gegen andere weiß, das weiß
sie auch mit Vergnügen gegen Kraus für andere. Aber so wenig ihre Silvesterscherze und Bleigießereien etwas gegen die Opfer der Krausschen Stilkunst
sagen, so wenig wäre ihre Dienstbarkeit die richtige Geburtshelferin für eine
Anklageschrift gegen ihn. Nicht die Willfährigkeit der Sprache zeugt wider
ihn, aber die Wahllosigkeit, mit der er ihr Buhlen erhört. Hier liegt der wunde
Punkt des Lyrikers; doch ist dessen Ruhm um so größer, je größer seine
Wunde ist. Und hier ist die Achillesferse der Philosophen; aber, selbst niederträchtig getroffen, läuft dieser vielleicht eine bessere und stichhältigere Logik
als ohne den höllischen Kitzel. Das Geschenk der Sprache an ihn mag jene
mystische Lebensfreude sein, das Schlummerlied gerade der haarscharfen
Logiker, das keiner ihrer Raubvogelgedanken sonst singen könnte. Aber just
den Publizisten will es nicht kleiden, daß er sich auf die Sprache verläßt. Im
Getümmel des Tages verursacht die schöpferische Sprache mehr nutzlosen
Lärm als das manierliche Klischee. Da ist es an der Zeit, daß sich der
Sprachgewaltige entscheide, ob er für wenige Genießer, Hypergescheute und
sublime Bosnickel einen kriegerischen Ausruhpunkt vom bürgerlichen Frieden
schaffen, oder einem Volk die Augen öffnen, eine Mission erfüllen und Organisationsfehler und bürgerliche Irrtümer auf breiter menschlicher Basis
brandmarken will. Die Unklarheit seiner Absichten ist schuld daran, daß er
als Dichter wirkt, wo er Konkretes bessern, und als Journalist anwidert, wo er
Hymnen hören lassen will. Darum trägt sein langjähriges Werk, das manche
Eigenschaften aufbraucht, weniger Größe als die schlichte und verzichtleistende Arbeit eines Avenarius oder der ungesichtet produzierende Anregungswille Hermann Bahrs.

Kraus erzählt uns, daß er eine Mission habe. Prüfen wir nach, so besteht sie darin, eine lodernde Fackel in die dichteste Druckerschwärze zu halten und zwischen einem fremden Beistrich und einem Druckfehler Licht zu machen. Wir fragen uns verwirrt, ob es nicht ein müßiges Werk sei; handelt es sich um eine Mission oder um einen Jux? Das Klischee, das Stereotyp der Phrase soll dem Bürger verleidet werden, vermutlich, damit sein Lebensstatus sich bessere. Aber wenn die Sonne scheint, dann zwängt sie sich auch an den schwärzesten Spalten einer Tageszeitung vorbei ins Blut des Lesers, und wieviel zu viel und wo zu wenig geschrieben steht, ist ein Rätsel, das gerade der naive Leser an seinem Leibblättchen mit Leichtigkeit löst. Das Klischee ist ihm der Hausschuh der Neuigkeit, und nicht anders war's gemeint. Trockenheit und Sachlichkeit sind die Resultate einer letzten und höchsten Stilkunst; die hingeworfene und zwischen zwei Gleichgültigkeiten skizzierte Information wird stets sentimental bleiben. Und das ist gut so; denn das sentimentale Klischee verhütet Geist und Einfall. In der Emballage des Pofels bleibt die Information schmackhaft. Trockenheit nähme der Tatsache ebensowohl wie echter Geist Frische und Geruch. Das Klischee ist die konventionelle Armhaltung, die einen neuen Inhalt weitergibt, ist die höfliche und banale Erleichterung eines Verkehrs, dem kein Gewicht beigelegt wird. Das bleibt unklar beim einzelnen Vertreter der Journalistik, der das Klischee oft durch wirklichen Geist versäuert und hier Konfusion schafft; so lange er die Phrase wahrte, blieb er anständig. Der Vorteil der geschlossenen unoriginellen Wendung und des schmierigen Gemeinplatzes aber wird klar, wenn ihn einmal ein Dichter wie Gerhart Hauptmann in seinen offiziellen Reden verwendet. Es überrascht im ersten Augenblick, in einem als gründlich befundenen Kopfe ein Klischee zu ertappen: Dem Polemiker als Professional gibt es Gelegenheit zum hysterischen Aufschrei. Dann aber kommt das Vertrauen auf, die Göttergabe des guten Menschen, und wird vom Nachdenken zu einem glänzenden Siege geführt: Wie wenn die Klischeerede Hauptmanns vor der Wiener "Konkordia" die höfliche Kurzangebundenheit eines Feinen und Innerlichen gewesen wäre? Das überflüssige Klischee ist kürzer als die schwer lesbare und würzige Prägnanz des großen kalten Stils: diese raubt durch ihre Reize dem Leser die Unschuld, und er wird, statt zu erfahren, genießen. Gesetzt, es wäre ein wirklicher Schilderer unter den Reportern - so würde die Sentimentalität vom Blatte in den Leser flüchten. So aber liest er sie und ist immunisiert.

Die Existenz der Presse zu verteidigen ist überflüssig; genug, sie ist als wesentlicher Faktor in den Betrieb unserer Zivilisation eingestellt; zu einer Verteidigung ihrer heute geläufigen Mittel kann selbst eine Kontroverse mit Kraus nicht verführen, weil diese Mittel auch noch nach einer logischen Rehabilitierung gegen Kraus'sche Scheinangriffe anfechtbar bleiben. Zu verteidigen wäre die Presse einzig und allein gegen die Fackel; nicht weil jene unschuldig wäre, sondern weil diese nicht der berechtigte Anwalt von idealen Forderungen sein darf, die sie nicht erfüllt, und weil der einem Betrieb eingeordnete Schmock eine höhere ethische Person darstellt, als der Herausgeber eines mit einem einzigen schmächtigen Ich bemannten Blattes. Ich will zeigen, wie die Sünden der Väter am Sohne gerochen werden. Denn, die Fackel ist nur eine neuere und freiere Presse - ja, eine etwas freiere und dekadentere Presse.

Die Fackel enthält seit Jahr und Tag Polemiken, die gegen Personen des öffentlichen und literarischen Lebens gerichtet sind. Sie gibt dies zuerst einmal als Mission aus. Da geschieht es aber eines Tages, daß die Lektüre dieser Angriffe unzufrieden macht; Aufmerksamen entgeht es nicht, wie ungefähr die Argumente gehalten sind, und wie wenig sich Stich und Körper decken. In diesem Augenblicke wird die Mission fallen gelassen und wir erfahren, daß wir es bei dieser Polemik, deren Tadel Institution statt Impuls ist, nicht mit Naturtreue und Realismus, sondern mit einer impressionistischen Abart zu tun haben. Ob die äußeren Veranlassungen echt sind, bleibt jetzt gleichgültig; den Kunstwert, die wunderliche geistige Kristallisation, den kompositorischen Aufwand sollen wir bewundern. Unter einem ethischen Vorwand sollen wir uns zu Ästheten machen lassen. Wir müssen die Witze, die Sprache und den eigenmächtigen frechen Geschmack des Autors bestaunen, indem wir die Person, an der sie verübt werden, verraten und ihre Schwächen gegen die Stärke des Polemikers halten. Wir sollen paff sein vor der Knifflichkeit, mit der man Menschenfresserei betreiben kann, ohne mit der Polizei in Konflikt zu kommen. Die konstruktive Hand, die ihre Gegner zugleich fingiert und zugleich vernichtet, sollen wir dem Fechter küssen. Der lebendige Gegner aber verschwindet immer mehr vom Schauplatz und an seiner Stelle liegt ein toter Kartoffelsack; es ist ja immer die gleiche Theaterpuppe, die die besten Leichen darzustellen hat.

Der Kraus macht die Fackel; der Chefredakteur macht sein Blatt, so gut er's machen kann. Das Blatt steht im Mittelpunkte seines Interesses. Er will nicht der Öffentlichkeit dienen und nicht die Ereignisse aus dem passiven Schweigen erlösen, noch zwischen beiden vermitteln. Er macht einfach das Blatt und Publikum und Ereignis sind das Material, respektive die Gesetzmäßigkeit, damit und danach er gestaltet - und ich möchte glauben, daß noch immer mehr organisatorische Kraft dazu gehört, eine große Zeitung einen Tag lang, als eine Fackel ein Jahr lang hinauszustellen. Krieg und Revolution, Todesfall und Katastrophe, ein Roman und eine Feuersbrunst und ein Schachmatch sind in der Hand des Chefs knetbare Form und den Guß des Schöpfungswerkes zeigt nicht die Detailleistung, sondern erst das ganze Blatt. Der Chef ist ein müder Mann. Sein Selbstgefühl, sein Schlaf, seine Frau und sein Automobil hängen ab von dieser künstlerischen Tat. Er hat seine Schönheit normiert und sein Weltbild festgerahmt. Die Natur, die Wahrheit und das allgemeine ethische Ideal werden sich verbeugen, wenn der Chef spricht, und sich fügen.

Der Individualismus, das Sansculottentum der gelösten Ichschnürln hat
den Chefredakteur und seine Reporter, er hat aber auch ihren Satiriker verdorben und den napoleonesken Hosenträträs die Rechte in den Busenschlitz
gesteckt. Feindlich messen sich die Konkurrenten, und was der eine Ehren-
rühriges zusammenschweigt, das platzt der andere heraus. In der Terminologie der Fackel heißt es Mission. Aber es bedeutet den Greisler am Eck, der
zur Ehre Gottes den Kaufmann vis-á-vis ruinieren will.

Und doch gibt es eine Mission. Der Redakteur faßt seine Zeitung, der Politiker seine Politik, der Bierwirt seine Restauration und der Polemiker seine
Zeitschrift als Selbstzweck, als Kunstwerk und als Erdachse auf. Es ist die
Zeit der unpolitischen Ichpolitiken, darüber hinaus sind die Zusammenhänge
der Menschen zerrissen und die großen Kulturgemeinschaften in Nebenwich-
tigkeiten zersplittert. Schon beginnt das Ästhetentum furchtbar zu werden, die
Drosselung à l'art pour l'art isoliert die Zellen eines Organismus und macht
sie krebsartig blühen. Eine Zeitschrift, rot wie die konzentrierte Entzündung,
wächst sich zu einem Krampf polemischer Geilheit aus. Ist das wirklich
unsere Pracht und unsere Leidenschaft? Ist das wirklich Humor, wenn die
Fackelgeis wider den Preßköter bockt und dann doch nur Junge schmeißt, die
sie von ihm gekriegt haben könnte?

Es ist der Zipfel einer Mission. Die liegt nicht in der Auflehnung gegen das
Klischee, gegen den blauen Dunst, gegen das badstubenwarme Temperament
eines Feuilletonisten; nicht in der Abschaffung eines talentlosen Dichters,
noch in der Verkümmerung einer normal tüchtigen, aber klatschweise des
Nimbus beraubten Leistung oder Handlung. Denn all dies ist negativ und
wirkt nicht gut. Man könnte z. B. eine bessere Presse gründen, aber steht es
dafür, eine Fackel herauszugeben, und der Welt das Hinterteil dieser Presse
zu zeigen? Genau so verflucht wäre es, jetzt ein Kesseltreiben gegen die
Fackel zu veranstalten. Hat man den Vorstoß einmal getan, im Irrtum einer
Überschätzung, so ist jedes weitere polemische Interesse in Zukunft überflüssig. Man sollte vielmehr eine bessere Fackel schaffen, aber dann wäre es
eben keine Fackel mehr, sondern etwa ein offenes Fenster im Sonnenschein,
ein Ding mit großer Lichtschärfe, damit die Probleme gut von allen Seiten her
beleuchtet werden können. Die Mission beginnt beim Schuster und Lebens-
mittelfälscher. Solange wir Dreck fressen und unser Blutkreislauf durch
schlechtes Schuhwerk gestört ist, ist es ganz gleichgültig, ob wir vom Kriegs-
schauplatz durch einen lyrischen Reporter, oder vom Reporter durch einen
lyrischen Polemiker unterrichtet werden. Die Mission beginnt überhaupt nicht
damit, daß man diejenigen Dichter unterscheidet, die Kraus protegiert, und
diejenigen, die er nicht, oder nicht mehr, oder noch nicht protegiert; es haben
ihm nämlich noch nicht alle ihre Verehrung ausgedrückt oder nicht ausgedrückt, und da heißt es abwarten und scharf aufpassen. Sondern die Mission
beginnt beim Müllern. Der Satiriker ist freilich dagegen, und wenn wir auch

gleich sagten, von einem ältern Junggesellen, der es nicht von jung auf gelernt hat, verlangten wir das nimmermehr: das ist es nicht. Der Satiriker legt prinzipiell ein großes Gewicht auf das miserable oder zweideutige körperliche Aussehen der Menschen; wo käme sonst der Beruf allmählich hin? Sein Witz lebt doch von den Plakaten, deren Gelächter es ist, daß ihre Körper geistreich aussehen statt gesund.

Es ist ein müßiges Unterfangen, dem Karl Kraus die 15 Jahre seiner Fakkel gewidmet hat; aber müßig soll es sein und in die Mitte einer ästhetischen Welt gestellt, glatt auf einen Kaffeehaustisch hingelegt, eine Bescherung aus purem Übermute zu Ruhm und Ehre eines Einzigen. Die Brauchbarkeit, die er nicht mißbrauchen kann, sucht er nicht in seinem Werke. Es steht und fällt als die Phantasie von Kaffeehaussesseln, treuer vom Echo vollbesetzter Paladine, die Augen haben, zu hören, und Ohren, zu reden. Eine Krone für Wien und seine kleine Gernegroßmacht; ein armer Plattenvater bittet um diese Krone! Gebt sie ihm, die Salbung hat er schon. Er war beim Bau beschäftigt, als das alte Griensteidl abgetragen wurde. Seit damals ist ihm die Zerstörung in die Nase gestiegen, als die Kritik diese Nase nett fand. Als sie aber bis zur Langeweile gedreht wurde und es mit dem Talent offiziell zu Ende war, verschnupfte er die gutmütige, Konnexionen aufrecht erhaltende Satire und begann den bitteren Lebensernst zu niesen. Na, was er da leistete, das geht auf keine Schleimhaut, erzählt die Sprache. Man muß nur einmal hinhorchen, wenn sie den Spieß umdreht und ihrerseits als Nase hervorsteckt. Das stinkt durch die chinesische Mauer hindurch. Aber der letzte, der das riecht, ist ein Herr aus Wien.

Als inoffizieller Typus trägt Karl Kraus Züge, die durchaus Sympathie erwecken. Fleiß, unbeirrbare Anständigkeit, Ordnungsliebe, ein kalter und leidenschaftsloser Geschäftssinn ohne Tränen dürften im Verkehr mit ihm einnehmen. Seine hausfrauliche Sorge um den eigenen Beistrich sollte sogar imponieren; nur wieder einen zweiten Karl Kraus, der Charakter und Vernunft drangibt und um eine Medisance nach Beachtung fiebert, könnte diese tapfere Kleinlichkeit zum Grinsen reizen.

Aber während die Arbeit an einer großen Zeitung, deren Leiter hinter einer Fülle von Disziplin, Wissen und Beobachtungsgabe verschwindet, doch eher so etwas wie ein Stückchen Genie darstellt, ist das Werk der Fackel, die vor lauter Herausgegebenheit eines Einzigen nicht zu sehen ist, nur eine Aufreihung unfruchtbarer und überanstrengter Dummheiten. Denn dieses Wörtchen allein trifft Kraus: er ist dumm, nicht in dem absprecherischen Sinne von Unbegabung, sondern in dem Sinn einer hysterisch eingenommenen Haltung. Es ist die Konzentration des Irren, der methodisch sich mit seinen Wirkungen nach außen befaßt und Scham, Reue und Selbstzüchtigung in seinen menschlichen Verkehr projiziert.

Die seelische Basis des Pressebekämpfers ist der verbitterte abgewiesene Reporter, der immer wieder in Karl Kraus auftaucht. Seit 15 Jahren steckt ihm der Pfahl im Fleische, immer wieder reißt er ihn heraus und schwingt ihn als Fackel. Sein Fleisch klebt daran, gewiß. Aber ist diese Verwundung tötlich? Seit 15 Jahren prolongiert er seinen Selbstmord zu Büchern und weist das Menschheitsweh im Brande nach, der zur Wunde allmählich hinzutrat. So rächen sich Kinder am Tisch, der sie gestoßen hat, und zeigen mit Fingern auf ihn! Als die Fackel frisch, fröhlich und frei gegen die Presse begann, konnte man noch an Humor oder reformatorischen Ernst glauben. Seither aber hat sich immer deutlicher und langweiliger der Verfolgungswahnsinn des Mannes ergeben, der jetzt den ganzen Kredit der Sprache dafür in Anspruch nimmt, seit je und je gegen das Klischee bereitgelegen zu haben. Sein Ohr eines Psychoten hört den Lufthauch seines Namens in allen Ecken raunen und beargwöhnt alte, immer wiederkehrende Garnituren von Gedanken als Plagiat; er hält sich wie der Psychotiker für mißbraucht, vielleicht bloß gebraucht, und wendet die Bosheit, die er gegen eine Befürchtung hegt, an das Lautbild geklammert wie wiederum der Irre, gegen den bloßen Begriff der Brauchbarkeit. Worte fängt er auf und knüpft willkürliche Gedankengänge daran, die in seinen Bezichtigungen seine Eigensünde enthüllen. Beachten Sie die eiserne Konsequenz dieser Entwicklung, diesen von Haß, Angst und Gewissensbissen zur Entfaltung gebrachten Irrsinn! Den Urgrund bildet die moralische Grausamkeit des puberten Knaben, der den Teufel in sich mit dem Beelzebub austreibt. Dieser Knabe kommt zuerst an die Presse und läßt seinem schriftstellerischen Ehrgeize im Abfassen von Ischler Saisonberichten freies Spiel. Der Betrieb, in den er hier von der subalternsten Seite her Einblick gewinnt, stößt ihn ab. Als ihn dann äußere Umstände von der Karriere in dieser Richtung fortführen, ist der Konflikt für ihn noch nicht gelöst und wird als solcher das Inzitament der in ihm angesammelten Schreibelust. Diese Schreibelust ergeht sich im bloßen Spielen mit den Ornamenten des Denkens und stellt eine absonderliche und überraschende Art von Logik vor, wie sie bei Kindern und Irren zu finden ist. Der größte Teil seiner Paradoxe ist darum billige und krasse Ware. Der Trieb zum Schreiben selbst ist kein auszeichnender, es müßte erst das große, einer Zeit fundamentale Erlebnis, oder ein durch die Rasse übergebener Ideen- und Gefühlswert gleichsam im Schreibenden den Anstoß erweckt haben. Die Schreibelust des jungen Kraus aber hätte sich offenbar innerhalb der geringen abstrakten Spannungen, die der Zeitungsstil verlangt, ganz wohlgefühlt, wenn er sie mit der nachdrücklich verlangten Anständigkeit seines Knabenherzens hätte vereinbaren können. Seine Mission setzt nach den journalistischen Erfahrungen ein, sie zehrt von ihnen, sie wurzelt in ihnen, und zieht man die Berechtigung, die ein Gedanke hat, wenn er gegen die Presse kibitzt, ab, so bleibt nichts an Kraus bestehen als der Journalist, ders Kartenspielen beim Kibitzen erlernt hat. Da sieht man das Profil des Journalisten ins en face des Antijournalisten übergehen und zur Maske findet sich ein Gesicht. Die zu Journalismus demolierte Literatur, der zu Literatur aufgeschaufelte Journalismus leiten ein Lebenswerk ein, das den Horizont mit Trümmerstücken und abgetragenen Brettern verbaut. Die quälende, kaum zum freien Atmen Luft lassende Enge assimiliert sich einen Brustkasten, der beim kühlen Sprechen versagt und beim Wogen pfeifen muß.

Es ist die Hysterie des "homme inconnu": die gewollte und zornig festgehaltene Dummheit, die absolute Unzugänglichkeit für einen vertrauensvollen Standpunkt und die Verwandlung dieser Wachsamkeit nach innen in Typus-Unterschiebungen. In der Tat, Kraus verfolgt den Journalisten im Richter, im Künstler, im Journalisten. Und was klagt er an? Sein Pathos, seine Witze, seine Sentimentalität. Also just das, was er, der Reporter des Universums und der Leitartikler des Geistes, selbst in widernatürlichem Ausmaße besitzt. Ganz lächerlich ist es, wenn er wegen Geldverdienstes tadelt. Dieser Vorwurf ist immer lächerlich im Munde eines Menschen, dessen ganzer Erfolg auf der Verläßlichkeit seiner wirtschaftlichen Lage aufgebaut ist. Kraus zwingt das Leben ins Klischee des Geistreichen, und was seiner Natur nach nicht hineingeht, bleibt ihm trübe verkanntes Allzumenschenwesen. Ein Geist seiner Art vergißt, daß die Journalistenfrage ein Problem der Wirtschaft ist und gelöst wird, nicht bevor der Journalist sein und der Familie Leben für alle Fälle garantiert erhält. Solange Männer fürs Publikum der Zeitung schreiben, tun sie es für ihre Mütter, Freundinnen, Frauen und Kinder.

Die Verkennung der allgemeinsten menschlichen Güter und der kaukasischen Kulturgüter im Speziellen ist bei Kraus nicht mehr naiv; sie ist rhetorisch und mittels Trugschlüsse erzwungen. Es ist nicht die Einfalt des Versunkenen und von der animalischen Natur seines Ichs Absorbierten, der an den sozialen, ökonomischen, hygienischen und technischen Interessen unserer Zeit vorübergeht; sondern der Schielblick des *Kontrefaszinierten*, der von diesen Dingen fortgebannt wird, des zu einer kontinuierlichen unanständigen Geste Suggerierten. Welche Kunststücke wendet dieser Möchtegern-Lyriker nicht auf, um die harten Dinge des Rechnens, Exerzierens und Folgens, wie sie unser Betrieb heischt, als Schamlosigkeiten unlyrischer Seelen zu beweisen? Welche peinliche und verdachtsäende Bezichtigung ist ihm dumm und schlecht genug, um sie gegen den Sport und das Interesse um öffentliche Wohlfahrt auszusprechen? Und will man die letzten Ziele einer solchen Mission hören und verlangt zu sehen, was sie gibt, statt deß, das sie vorwirft, so erfährt man, daß es nur ein Spaß war, und das Ganze müßte als das Ästhetikum, als die Temperamentsangelegenheit eines persönlichen Geschmacks genommen werden. Und wieder erscheint die Subjektivität als der große Organisator des Anzugreifenden. Bibelfeste Flüche harren der Sünder und springen im Augenblicke auf den Zufälligsten los. Und all dies nur zu Lob und Preis eines Einzigen Gerechten in Israel, und um Talent und Tiefe in einem Einzigen der Welt vor Augen zu führen!

Der Vogel, der im Busch sein Lied schlägt, ist nicht subjektiv; und was dem Vogel sein Singen, ist dem Menschen sein Denken. Bei der Subjektivität handelt sich alles darum, ob sie objektiv berechtigt ist. Eines Tages wollte ein Spatz im Blätterwalde die Spatzen reformieren und zu Singvögeln machen; er hub an und es wurde ein Krähen. Da kamen die Turteltauben herbei, die am kitzlichsten sind unter allen Vögeln des Waldes und den geborenen Beifall in der Kehle haben; und sie lachten sich die Hälse dick und saßen fromm um ihn herum in Krähwinkel; und staunten baß, wie ihm ein roter schöner Kamm aus dem Köpfchen wuchs. Sie abonnierten diesen roten Kamm, und so wuchs er weiter und wurde nach periodischem Blutvergießen eine Zeitschrift. Das Krähen des Spatzen war subjektiv; aber man kann nicht sagen, daß es schöpferisch gewesen wäre: aber einträglich, das war es. Eine Nachtigall und selbst ein rassiger Spatz, der nur ein Spatz sein wollte, hätten das anders angefangen. Sie hätten etwas ganz Normales, etwas ganz in ihrer allgemeinen Art Gelegenes zum Besten gegeben, ohne auf Spatzen oder Wälder pikiert zu sein, und hätten bloß recht viel Mühe darauf verwandt: und plötzlich wußten es alle Vögel ganz genau und ganz bestimmt, wo dies Jahr der Winter besonders warm sein und die Jungen fettes Futter ohne Kümmernis finden würden. Dieser Rassespatz war auch subjektiv; aber er wars schöpferisch im Allgemeinen.

Und nun möchte ich wohl wissen, was Kraus, im Verhältnis zu seiner Selbsteinschätzung, Schöpferisches zutage gefördert hat? Sein ganzes Lebenswerk bleibt so negativ, daß es schon schöpferisch sein würde, hätte er statt dessen geschwiegen oder nur Ischler Saisonberichte gemacht. Er hat uns ein Ich gezeigt, aber keines gegeben, hat sich an Plakaten ausgeweint, an der Bitte um Feuer entzündet, am Beiwagenkondukteur gerädert und die Lektüre der Tageszeitung für so wichtig genommen, daß er sie ihrer 8 Stunden-Währung überführen wollte. Er hat sich maßlos interessant gemacht, und wir wissen nun, daß seine Fackel eigentlich nur mehr automatisch im Nachlaß erscheint, denn er hat längst Selbstmord begangen und seine Seele in seine rechte Hand befohlen. Der Philister war es, der uns erzählt hat, er wolle sein Zimmerchen ganz ohne Luxus, bürgerlich aber schön. Auf Telephon und Zentralheizung verzichte er, aber hier müßte eine mächtige pathetische Vase stehen und dort müßte ein donnernder Bibelspruch kleben. Die Dinge müßten vergiebelt und geschwungen und in gegeneinanderlaufende Ornamente geordnet sein. Das Zimmer müßte eine große, große Tirade sein. Der andere Philister erzählte uns dasselbe von seinem Stile, und den wollte er uns geschenkt haben. Was aber ist dieser gepriesene Stil? Ein Stück alttestamentarischen Jammerns, jene tönende orientalische Klageweiberlyrik, berechnet, die Laune zu verderben, eine gut gespielte Jehovahwut, ein zeremoniöser Tonfall geweihter Hochnäsigkeit!

Nietzsche, der uns des Lebens nächste und letzte Dinge, den Menschen, der ist, und jenen, der kommen soll, lehrte, hatte den langen Atem, der zu einem solchen hohen Ruf über den Kontinent gehört. Von ihm auf die Presse und den Geschlechtsverkehr abgeschrieben, wurde er Karl Kraus zum Leitartikel-Deutsch. Saphir und die alten Propheten hat dieser zu seinem Rosinensterz zusammengebacken. Aber das Zeichen des Genius, die Gabe, zu disponieren, die seltener ist als Wissen, Geschmack, und sogar Fleiß, hat Karl Kraus niemals bewiesen. Seine Arbeiten sind ein wildes Gestrüpp von Velleitäten, Witzen und Klassizismus. Er streichelt die glatte Form und zählt den Reichtum abgerundeter Ornamente wie ein Geizhals, die abgezwungene Gegenbewegung seiner Paradoxe ist immer wieder ein ärgerlicher Aufenthalt für den Denkenden, störender jedenfalls als Klischees und Trambahnsignale.

Hätte er nicht immer Schaum vorm Mund, man könnte Herz zu seiner Ausgelassenheit fassen und sein unmündiges Auftrotzen protegieren, wie wirs taten, als wir selbst im Gymnasium waren und uns als Mitschüler jeder gut gegebenen Replik wider die Tyrannen fühlten. Wir waren veranlaßt, die Fakkel, gegen jede Art von Professor zu verteidigen. Diesen Wirkungskreis hat Karl Kraus nie überschritten. Die Fackel ist die Maturazeitung als fünfzehnjährige Institution. Es ist die Auffassung des Mitschülers vom Geiste. Die Schule ist etwas nocturno mit Fackeln geworden, das Lachen ist verstummt und das homerische Weinen ihres Herausgebers füllt die Tränenkrüglein der im Aphorismus erlösten Jungfrauen. Aber Milieu, Stimmung und Waffe, die Papierkugel, ist geblieben, über das Reifezeugnis hinaus. Nur noch der Tritt ins Leben, den unser Polemiker manchmal empfängt, hat eine Entwicklung durchgemacht.

Der Polemiker birgt nicht die Petarde in der hohlen Hand, sondern trägt eine kleine Kirche oder irgend eine Konstruktion auf ihrer Fläche, wie die Steinbilder alter gotischer Bauherren. Denn das menschlich Bedeutsame am Polemiker wäre die Liebe, die ihm erst seinen Haß eingibt. Er ist ein Umbauer mit einem schonungslosen Ziel vor Augen und nicht ein blinder Zerstörer. Besser als nichts ist das Schlechte. Denn eine Tugend ist schon das Sein. Und nur wer mehr gibt, hat ein Recht, Halbes zu zerstören. Was aber will uns Kraus gegeben haben? Kultur statt Presse, Sittlichkeit statt Kriminalität, Widersprüche statt Sprüche. Also je ein Abstraktum, ein Wortspiel, einen Aberglauben für eine konkrete Sache, eine Anschauung, einen Glauben. Er stellt Alternativen auf, in denen jede Wahl dasselbe trifft, ungefähr, wie wenn ich sagen würde, die Sonne sei mir lieber als eine elende Wohnung, oder, ich zöge Geld einer Million um Beträchtliches vor. Kultur nämlich läge darin, die Presse zu reformieren, statt sie zu beschimpfen, und Sittlichkeit wäre es, den praktischen Ausgleich zwischen den tausend Tatmotiven des Individuums und der einen organisch gegebenen Blindheit der gesellschaftlichen Justiz zu finden. Sittlichkeit liegt nicht in Gerichtsbarkeit; aber das Unverständnis für die majestätische Grausamkeit der Gesetze erweist den untragischen, unsittlichen, unchristlichen Menschen. In derselben Art verfährt Kraus gegen den Fortschritt; er versteht darunter den unangenehmen Umstand, daß die Welt sich von seinen alten biblischen Flüchen nicht mehr berühren läßt und die Fackel nicht für den Dornbusch zu halten geneigt ist. Über den Fortschritt zu sprechen ist hier nicht der Platz. Kraus widerlegt auch hier nichts anderes denn das Wort und die dümmste und oberflächlichste Auffassung. Wer den Tritt ins Leben bekommen hat, der hört nicht gern vom Fortschritt, denn ihm ging der Atem aus. Die gleiche Verwüstung herrscht in Sport und Technik, wenn Kraus sich dieser Worte bedient, um Sätze zu assoziieren und Gedanken darüber zu bekommen. Was aber kennt Kraus von der Technik? Die Trompete des Beiwagenkondukteurs. Er unterbricht den Mann durch Denken und gibt ein gutes österreichisches Beispiel. Er ist der Sinnierer, wie er im Grillparzer steht. Vor der Bewegung erstarrt er zur Haltestelle wie Lots Weib.

Aber Technik erst ist die wahre Entmaterialisation: ihr Inhalt sind die Verkürzungen sinnlicher Erlebnisse und gleichartig wiederholter Willenshandlungen zugunsten der höher stehenden Lebensäußerungen. Technik ist ein Stenogramm von Gewohnheitsleistungen, eine Entfettungskur vom Tun. Vom Sporte kennt Karl Kraus den Fleischhauer. Er verurteilt etwa jene Gemütshöhe, die befähigt, die Schweine beim Schwanz aus dem Kofen zu ziehen. Der Sportsmann aber ist analytischer als der Monomane und verbraucht mehr Selbstbeobachtung als der Satiriker. Wer anders denn der physiologische Analphabet hat heute den Mut der Beschränktheit, vor unserer jungen Körperkultur zu warnen und die Geistigkeit zu reklamieren, wenn es um die ersten Forderungen der Menschenwürde, einen gesunden, widerstandsfähigen Körper, geht? Geist hat stets die sinnlichen und behaglichen Güter dieses Lebens bewirtschaftet, nicht aber verneint; und mehr Geist und Selbstzucht liegen in der Pflege des Sportes als in der Verwahrlosung des Asketen. Sport ist praktisch angewandte bildende Kunst. Kraus möchte die Geschlechtsliebe durch Aphorismen bei uns einführen; aber kürzer und hygienischer als sein System ist der Weg über die natürliche Betätigung der Gliedmaßen. Es scheint lächerlich, daß hier überhaupt der Versuch gemacht werden soll, Selbstverständliches logisch zu begründen. Aber Selbstverständliches versteht nur selbst sich, und darum verstehen es die nie, die nur sich selbst verstehen; das Verrückte und Verkehrte kommt stets gelegen; das Normale aber bietet stets eine Überraschung. Was könnte einen Menschen wie Kraus tiefer erstaunen machen, als der Wille zu Gesundheit und Geradheit? Er weiß doch, wie wenig dem polemischen Fechter an Menschenwürde in Wahrheit liegt, wie wollte er glauben können, daß ein anderer sie für sich bis in seine Muskeln und Nerven durchsetzt? Verhält sich's so, dann wehe dir, daß du kein Erbe bist. Die Schmach des Jahrhunderts ist's, laufen zu können, die größte Verlegenheit für den Geist, Muskeln zu besitzen, und eine Beeinträchtigung der Fackel, ohne chinesische Vorbilder auszukommen.

Die Zweideutigkeit eines Wortes macht Kraus die zwei Begriffe, die sich unter derselben Lautsammlung zusammengefunden haben, undeutlich; dann sieht er die Dinge vor lauter Worten nicht mehr. Wo das Wort sich einstellt, da fehlen zur rechten Zeit die Begriffe, würde die Fackel sagen. Es ist ein Schema ff, das ein jeder nachäffen kann, hat er beim Witz erst einmal den Witz heraus. Saphir war der Klassiker dieser Lautspiele, Kraus ist ihr Romantiker. Als freie Kunst aber treibt es jeder Berliner Gassenfritze. Nestroy hat den böhmischen Zirkel der Sprache wohl auch angewandt, aber er hatte Humor, und sein Witz war kein solch dürrer Mechanismus wie bei Kraus, der gern in Nestroys bürgerlichen Dämon fahren möchte. Humor, wenn er seine Sache getan hat, ist sanftmütig und geht seiner Wege. Er ist so eine Art Musik über den Dingen, und das Liedhafte hängt noch seinem Grotesken, seiner knarrigsten Erfindung an, hebt den Haß in seidenblaue Himmel und hat ein sonniges Auge wie der liebe Gott. Bei Kraus gibt es nur Launen. Da ist alles dämonisch, Prophete links, Prophete rechts und des Geistes Kind in der Mitten. Wut soll eine Abart von Humor sein und die Galle eine große Satirikerin. Aber Humor hat die Widersprüche des menschlichen Lebens gelöst, er ist der Synthetiker; das, was Kraus an sich Humor nennt, hat Widersprüche geschaffen. Mit den Widersprüchen, die wir in uns tragen, können wir leben, und leben besser, wenn einer Humor hat; mit den Widersprüchen, die uns Kraus auf den Hals gehetzt hat, kann man sich nicht einmal aufhenken; seit 15 Jahren versucht dieser prolongierte Selbstmordkandidat den letzten Streich gegen die menschliche Lebensfreude, indem er Aphorismen mit Knochenbrüchen und organischen Sehnenzerrungen in die Sprache laicht. In ihnen macht er sich über Liebe und Leben ernst. Aber selbst dazu fehlt ihm der Humor. "Links gehen" ist ein kostbarerer Aphorismus unserer Zeit, als je am Scheideweg des Krausschen Stiles gelegen hat.

Sprechen und widersprechen ist die zusammenfassende Formel seiner Beschäftigung. Geht einer links, so geht Kraus rechts; geht aber der andere rechts, so wird Kraus linkisch gehen; und da dies letzte Verhältnis das häufigere ist, so bleibt's dabei; nämlich beim Wortspiel. Aus ihm reagiert Kraus nicht bloß seinen Humor, sondern auch sein Paradox ab. Das Paradox ist keineswegs ein Bösewicht, wie der brave Untertanenverstand es haben will. Es ist vielmehr ein therapeutisches Mittel, um Schiefheiten durch eine Zurückverschiebung ins Grade zu heilen. Es ist kein Luxus, sondern eine Notwendigkeit; oft eine Notwehr, die freilich nicht einen Ehrgeizigen, sondern etwas Allgemeines durchsetzen soll. Das Paradox dient dazu, die Gesundheit mit Ungesundem zu beweisen. In einem Zeitalter der Ungesundheit gilt nur das Ungesunde. Wie wolltest du da das Gesunde beweisen, als indem du es paradox sagst, die Leute mit ihren eigenen Schlichen betrügst? In diesem Sinne haben Altenberg, Chesterton und Hamsun Geist. Die Mittel des Paradoxensprechers sind stets willkürlich; sie sind mit der Hand umzuwerfen, und zwar gerade von dem, dem es verboten ist, daran zu rühren; aber die Tendenz ist objektiv und so erreicht sie mit subjektiven Mitteln eine objektive Wahrheit, Einfachheit, Durchsichtigkeit, die über das Frappante hinweg die wertvolle Trivialität emporsteigen läßt. Gutmütig gesagt, zeigt das Paradox des Karl Kraus den Virtuosen: der größte Teil seiner Paradoxe hat keine andere Aufgabe, als ihm zu schmeicheln; kommt je ein ausdrücklicher Wunsch, ein Geschmack, eine Anschauung zum Vorschein, dann ist sie so widerwärtig in ihrer Armut, so niederträchtig in der Bejahung ihrer persönlichen Voraussetzungen, daß selbst die bewiesene Geschicklichkeit empört. Dann ist die Faust besser als die Finesse, der Trumpf reinlicher als die Hypothese, die Tatsache geistiger als die Möglichkeit. Wo der Typus verletzend auf das menschliche Schamgefühl wirkt, da kann auch die schöne Sprache nicht mehr bestehen, so wenig wie die vornehmen Manieren eines Hochstaplers für ihn günstig stimmen.

Ein Musterbeispiel für das Paradox wäre die Behauptung, daß der Mensch nicht durch den Mund, sondern durch die Nase atme. Das Paradox soll die Dummköpfe schütteln; aber nicht alles, wovor die Dummköpfe sich schütteln, ist ein Paradox. Oft ist es auch nur Unsinn oder Spielerei. Der Umstand, daß die Menschen vor den Sprüchen und Widersprüchen lachen, beweist noch gar nichts für das Buch. Es unterscheidet sich nur dadurch von den übrigen Büchern Kraus', daß seine Aphorismen in Zwischenräumen gedruckt sind. In den anderen Büchern treten sie sich nämlich auf die Füße, und solche Tausendfüßler heißen dann Essay. Es ist der erwähnte Mangel an plastischem Talent, der hier für Dieb und Hehler einer folgerichtigen Entwicklung Mauer macht; und eine monotone, sterbenslangweilige Feuermauer, in der die Paradoxe wie Ziegel aufeinandergeschichtet sind. Das wirkliche Paradox aber fällt nach einigen ruhigen und unauffälligen Redensarten wie ein Blitz aus heiterem Himmel herab, es erhellt die Gegend, die man durchschritten. Der festgehaltene Blitz macht blind und hält das Verständnis auf. Platzersparnis ist nicht unter allen Umständen ein Moment stilistischer Kürze und Präzision. Dies beweist nichts besser als "Sprüche und Widersprüche", dessen Register nur die unendlichen Variationen zweier primitiver Gedankengänge enthalten. Die Aphorismen sind bekanntlich den Personen der Umgebung des Herausgebers an den Leib geschrieben. Es ist wunderbar, wie oftmals der Geist diesen Leib variieren und die Formel: "N. N. ist ein Trottel" und "Ich bin ein Genie"! auszudrücken vermag. Aber er ermüdet nicht nur den Leser, denn dies wäre kein Beweis gegen ihn; er macht vielmehr den Eindruck der Ermüdung und zeigt einen Unglücklichen, der auf das scheugewordene Uhrwerk der Sprache ein Leben lang horchen muß und akutes Ohrensausen zum Stil chronisiert hat.

Aber der Kurzwarenhandel ist hinterm Großkaufhaus, das Kraus in seinen Kommentierungen Hardens in Asche zu legen versucht hat, noch immer ein gutes Stück zurück. Angesichts der Fülle von beherrschtem Material, die einem hier entgegentritt, überfällt einen die Scham vor den ewigen leeren

Fächern, die die unfruchtbare Wespe aufspeichert. Bei Harden klebt der Honig an den Fingern, darum muß man vorsichtig bei ihm zugreifen. Bei Kraus aber sieht man durch die leere Wabe wie durchs Gitter gedachten Einerleis auf verödete Plätze. Daß Kraus ein Stilist ist, dieser Meinung bin ich auch heute noch wie als Gymnasiast; aber heute will ich den beleidigen, von dem ich es meine. Rund herausgesagt, mit Stilisten ist uns heute nicht geholfen. Es geht uns nicht so gut, wie den Wiener Ästheten der vorigen Generation, die sich einen Zirkus für ihre Steckenpferdekraftmeierei gründeten. Wir wünschen belehrt und informiert zu werden; wir sind so naiv, Suppe und keine Schüsseln zu wünschen, Stoff und nicht eine Kollektion Formen. Harden hat sich in jüngster Zeit, als der Krieg drohte, entschieden für eine gewisse Politik ausgesprochen; und was er darüber geschrieben und in seinen Wiener Vorträgen zu bedenken gegeben hat, hat unvergleichlich mehr Nachdenklichkeit und vernünftigen Willen verraten, als die Reporterintimitäten, die uns Kraus zu entziffern gab. Die Schmöcke hatten's heiß gegeben und er hatte arktische Witze daraus geschunden; das stellt das mitteleuropäische Klima und Gleichgewicht wieder her. Zur gleichen Zeit erschienen in den Heften der Zukunft kritische Übersichten über die politischen Konstellationen des Balkans seit Napoleon; jede dieser Arbeiten war das Werk eines Politikers, eines Künstlers und Gelehrten in einem. Aber hier muß man sich erinnern, wie unwissend Kraus ist, und wieviel an seinen ungenügenden und irrigen Auslegungen des Lebens die Schuld dieser Unwissenheit ist. Die zu eng angenommenen Schnüre des menschlichen Seelenlebens brechen dem seinen den Kragen. Der Umfang eines Wissens gibt keinen Halt für den Intellekt, der es trägt. Aber das Wissen ist just so individuell wie Stil oder Erotik; dies bewies Strindberg und beweist Harden; Nichtwissen aber ist nimmermehr individuell.

Wie tief muß doch ein Mensch im Papier stecken, der die feste ruhmvolle Überzeugung mit sich durchs Leben führt, er könne einen anderen Menschen mit seinen gedruckten Bonmots vernichten! Das ist das Säugetier, dessen Euter Tinte spritzen und dessen Berührung Schwarz hinterläßt; das ist die Kreatur des Scheins, deren Augen und Ohren, ja deren Gehirn und deren Seele nur gedruckt sind und noch auf den weißesten Sonnenstrahl abfärben; das ist das fleischgewordene Abbild des literarischen Schwindels, dem das Leben und der Mitmensch dazu da sind, um in ein Buch zu kommen. Und in was für ein Buch! Der Schmock singt täglich sein Lied, pick und patzig und affektiert, und schmeichelt seiner Umwelt mit billigen Karessen; es könnte besser sein; aber darin höre ich ein Herz, ja hinter, weit hinter dieser schlechten Sentimentalität höre ich ein Herz schlagen, sehe eine Liebe und Lebenslust walten, die das All mit seinen Gräßlichkeiten und seinen Harmlosigkeiten in die Arme nimmt. Ich höre dieses gefehmte, geleugnete, gequetschte Herz wie eine dünne Trommel des Gewissens stürmen, wenn die Scham es gezupft hat; und sehe unbefriedigte Männer sich unter den Qualen versäumter schöpferischer

Pflichten winden, sehe die offenen Mäuler der Kücken und die wartenden Familientische und leeren Schränke. In den Magen und an den vertretenen Schuhen sehe ich Zeilen um Zeilen entstehen. Das Schreibheft des Satirikers aber füllt sich nur mit Figuren des Wahnsinns und der Rache; da ist ein Herz, eine große Glocke, die für manches zu tönen scheint; aber dahinter sehe ich die Sentimentalität eines Ichwilden, die Angst eines krankhaft Ruhmsüchtigen, nicht gehört zu werden, die Freisen eines Kühlen, der nicht lieben kann; ich sehe das alles aber weitaus lächerlicher und herabstimmender, sehe ein vergrämtes Junggesellengesicht, Junggeselle mit Bezug auf das Leben.

Der Satiriker greift Herrn X und Herrn Y an; auch der Preßkapitän, wenn er nicht zufällig Herr X ist, greift sie an, zumindest Herr Y; ich verteidige nun Herrn X und Herrn Y nicht; ich sehe in der Grausamkeit, mit der ihnen für Irrtümer, die sie begehen mußten, Gerechtigkeit zuteil wird, das Leben; aber ihrem Dasein muß man verzeihen, darf nicht das Leben selbst verkleinern und töricht putzen und dabei Scherben machen; darf nicht hart sein gegen das Leben und gegen die Tatsache, so hart diese auch mit Einemselbst umspringen mag; darf nur sich härten und stählen und als Widerstandskraft schön werden und unbrechbar und nie zu beugen. Ach, es ist ein Werk, das des Satirikers, ohne Güte und ohne Weisheit, und selbst ohne Wissen! Es ist bloß Einem zuliebe und Allen zuleide geschrieben, es soll nicht die Haare Gottes raufen über die Häßlichkeit des Menschen, sondern die Antipathien eines Lebensschwächlings zur Norm machen. Ja, aber ist denn dies das Werk des Satirikers, oder wäre unser Satiriker kein Satiriker?

Lacht der Satiriker nicht über die Schwäche und Anmutslosigkeit des Gebildes? Er lacht. Aber es ist Nutzenfreude, wenn er lacht, es ist Freude über den wunderlichen spaßigen Irrtum der Menschen, der nun ein Ende finden soll. Aber es ist nimmer Schadenfreude, wenn er das prächtige Gebiß zeigt.

Der Irrtum! Da erfahren wir, daß der Irrtum ein persönliches Gut oder eine allgemeine Genietat ist. Solange er ein Fetisch um den Hals ist, ist er harmlos und paßt zum Wahnsinn. Wird er ein Talisman, der hieb- und stichfest macht den Tollen, ist er gemeingefährlich. Diesen Fall zeigt Karl Kraus. Er salviert sich, indem er den zugegebenen Irrtum einführt; das ist eine Spielerei, die niemand wehtut; auf der anderen Seite aber wird er ruppig, wenn niemand hinschaut. Wundern sollt ihr euch, wie die Natur ihn mit einem natürlichen Panzer umgeben hat und glauben, daß er ihr liebster Sohn sei! Da seht her, wie alles an ihm auf ihn selbst hin organisiert ist, wie sich alles zu seiner Selbstbehauptung ineinanderfügt und wie abgerundet dieses ganze Schutzsystem um ihn herumläuft! Verehren sollt ihr und fürchten. Den Verehrer nennt er einen weisen, oh gerechten Richter. Den Fürchter heiratet er einfach auf. Weg ist er und nichts ist mehr von ihm da. Und er will Euch alle haben, das Leben das er nicht gekriegt hat, braucht viele viele Vizeleben, um ihn vergessen zu machen.

Und nun will ich den Todesstreich gegen Karl Kraus führen. Habt ihr schon bemerkt, daß es wirklich einen Mann unter uns gibt, der sich einbildet, er könne mittels Literatur einen andern Mann umbringen? Nun, Kraus hat sich gegen Bernard Shaw und Hermann Bahr versucht; etwas enttäuschend bezüglich seiner Kraft wirkt es, daß er hier immer noch nicht fertig geworden ist; einen Artikel gegen Harden nennt er eine "Erledigung" weil er darin dessen Stellung dadurch untergräbt, daß er Hardens Freund Bierbaum zu Bierbaumbach verwitzwässert. Aber lieber möchte ich noch bierbaumeln als mich kräuseln. Gackert aber irgendwo ein Witz herum, dann ersteigt der Kikerikraus die höchste Staffel und steht plötzlich hoch erhaben über jedem Witze: er läßt sich keinen Saphir aus der Krone brechen. Die Sprache hats gegeben, die Sprache hat ihn benommen. Und wenn einer Kraus heißt, dann müßte man nach diesem Rezept annehmen, daß nicht alles ganz straff an ihm sei: und wenn man sieht wie locker, nein lockig sein Sprachgefühl sitzt, möchte man wirklich noch ihm selber treu werden und mit ihm Haare spalten, bis er genug für eine Perücke hat, um einen Kopf darzustellen. Bei Rudolf Hans Bartsch hat er eines Tages eine äußere Klangähnlichkeit dazu benützt, um eine Kritik gegen den Barsch zu schreiben. Er traf Kleinigkeiten und vertat sich in der Hauptsache, indem er ein albernes ästhetisches Vorurteil gegen die "Zwölf aus der Steiermark" ausflachte. Aber ist selbst der Leichtsinn, mit dem er die Kleinigkeiten traf, ethisch entschuldigt, wenn das Resultat nicht stimmt? Im Geratewohl des abfälligen Urteils wiegen die Treffer die Opfer blinder Schüsse nicht auf. Hermann Bahr, an dessen flotter und eleganter Gleichgültigkeit sein Unangreifbarkeits-Panzer zum Glühen kommt, sucht er durch die gezwungene Ähnlichkeit mit einem Plakat von Geßlers Altvater zu charakterisieren. Wer aber erinnert sich nicht im Hinblick auf Kraus des dämonischen Humors einer Physiognomie: "Da bin ich schon wieder, Herr Gerstl?" Wenn von den Gesichtern von Weinagenten die Rede ist, hat Kraus allen Grund, zurückhaltend zu werden. Man könnte sonst glauben, die Altvater-Absprecherei des Karl Kraus sei nur ein schlaues Manöver des alten Bahr, um bestens und sicherstens empfohlen zu werden.

Keine Polemik reicht an die Tatsache heran, daß der Angegriffene lebt. Auch Kraus ist noch besser als das Beste, das gegen ihn gesagt werden kann. Es ist seine unverwüstliche Tugend, daß er lebt, und nur ein Chinese mag darüber anders denken. Dieses künstlerischen Selbsterhaltungstriebes halber halten sie ihn für einen Künstler. Es ist ein äußerliches Argument, das aber so zwingend ist, daß man ihm Glauben schenken darf. Es stattet fruchtbaren Dank ab. Denn plötzlich zeigt sich das Problem eines Mannes, den die Natur äußerlich zum Künstler bestimmt, innerlich aber in den Anfangsgründen hat stecken lassen.

Es ist klar, daß Kraus weder Gedichte noch Romane noch Dramen schreibt. Weniger klar ist es, daß er auch keine Essays schreibt; es fehlt ihm an der Ordnung der klaren Vorstellungskraft und Beobachtungsgabe des wirklichen Essayisten, vor allem aber jener Fähigkeit des Schriftstellers, die ich die skulptierende nennen möchte; denn die malerische besitzt er! Seiner schriftstellerischen Kategorie nach ist er trotzdem Publizist, aber unrein und lyrisch. Er ist Sprachmystiker, hat aber vermutlich als Lyriker nicht gut getan, da er zu matt ist für das formheischende lyrische Erlebnis, und wurde von der Natur darum in die Satire gesteckt; hier war ein Feld, seine affektive Eigenart zu trainieren und sogar zur Produktion zu bringen. Seinem durchsetzerischen Triebe gehorchend, sich an seine schwache Begabung stemmend, ist er nie über die Anfängerart des stilistischen Goldsuchers hinausgekommen und im Bergwerk der Sprache, mitten im Dorado verschüttet worden. Da hört, wie er rumoret!

"Seine Artikel sind kleine Kunstwerke." *Kleine* Kunstwerke aber sind sie, Erzeugnisse einer niedrig stehenden Abart produktiver Kraft. Es ist das Verfahren der Klecksographiestudie des Anfängers, der den Kontur rund zum Fleck zeichnet, statt im Stoffe seine Absicht auszudrücken. Sein Stil besteht aus schönen grammatikalisch sauber gehaltenen Phrasen, die vage und unreif abgerissene Gedanken enthalten. Das ist die Lust des blutjungen Erotikers, der in der neuen Pracht zu frühe Halt macht. Es bleibt konsequent und witzig als Prinzip einer fraulichen Kunst, wie etwa der Else Lasker-Schülers. Denn die Dichterin steht organisch nur die Wahl zwischen Gartenlaube und Mystik frei. Der Weg des männlichen Künstlers führt weiter zur Gestaltung. Die Pointen-Willigkeit der Sprache macht ihn mißtrauisch und beirrt ihn; er sucht Gegenständlichkeit, Schärfe und Sichtbarkeit, er will eine bestimmte Vorstellung decken oder eine abstrakte Idee zufriedenstellen. Nur die höchste menschliche Bewußtheit entlastet ihn, das flockenleichte Ungefähr des Unbewußten drückt ihn nieder. Denn der Künstler ist kein betrunkener Sklave, sondern der Feldherr, der heroische Organisator, der Stratege, das reine technische Genie. Von dieser Art sind nicht nur die Prosaisten seit Plato bis Balzac, Dostojewsky und Strindberg, sondern auch die Poeten von Homer und den Nibelungendichtern bis zu Liliencron. Die stoffliche kiesellautere Faßbarkeit Walters von der Vogelweide mag die Fakultät und Sprachmöglichkeit in sich verwendet haben; es gibt keinen im Worte Schaffenden, der nicht durch den tropischen Urwald, so am Ende aller nährenden Kräfte steht, gekommen wäre. Der Sprachmystiker steht in noch biologisch fernen Zeiten der Sprache. Versetzen wir ihn aber radikal weiter, so stoßen wir auf die wunderschönen zwecklosen poetischen Wucherungen des Irrsinnigen, des Atavisten.

Karl Kraus hat nichts, womit man leben könnte. Kaum geht man mit einem seiner Gedanken auf die Straße, ohne Gefahr zu laufen, überfahren zu werden. Wenn man diese Eindrücke und Beobachtungen mit den Ergebnissen der Psychopathologie zusammenhält, wird man zu dem einzig möglichen Schlusse gelangen, daß *Kraus* eine *rudimentäre, statt zum Wachsen, zum Quellen gekommene künstlerische Formation* darstellt. Es ist ein Fall elefantiasisartiger Pubertät, gigantischer Unreifezustände in der natürlichen Verbindung mit primitiven Ichgefühlen. Dieser stark vertretene Typus des modernen phobischen Menschen nimmt die Angstzustände des Wilden, der aus ihnen seine Naturreligion dämonisierte und das Harmloseste anklagte, wieder auf. Es ist kaum mehr zu verschweigen, daß wir es bei dem Typus Kraus und Konsorten mit einer pathologischen Rückbildung zu tun haben. Daran kann auch der Umstand nicht rütteln, daß er sich außer seinem steifen, mit pathologischer Nettigkeit getüftelten Stile nichts zuschulden kommen läßt. Der Irrsinn kommt in den besten Familien vor und fährt mit uns auf der Bahn. Nur wenn der Kondukteur bläst, errät man ihn. Denn so ein Irrsinniger ist schlau und verdeckt seine Symptome. Der Kenner aber kennt auch die Komplikation, daß jener sich durchschaut.

Ich bin nach wie vor der festen Überzeugung über Kraus' private Anständigkeit. Er ist gewiß eine bürgerliche Respektsperson. Er ist kein Giftmischer und auch die Gerüchte von Kellnermißhandlungen scheinen übertrieben zu sein. Es handelt sich hier einzig und allein um die Unzuverlässigkeit eines bewunderten und auch bezweifelten Lebenswerkes, dessen Keime in einer ins Künstlerische ausgearteten zerebralen Desorganisation zu suchen sind.

Die Unhaltbarkeit dessen, was Karl Kraus sein Lebenswerk genannt hat, wäre weder durch sprachliche Kniffe noch durch dialektische Vergnüglichkeit zu gestalten; dies hieße Kraus hinter der eigenen lyrischen Schanze aufzusuchen, die drei Grad hinterm Monde liegt. Der Polemiker aber darf sein Terrain, das der vollendeten Tatsachen und der vollendenswerten Ideen nicht verlassen. Dies eben ist die Anklage, die gegen Kraus, den weder-Polemiker noch-Künstler erhoben wird. Je mehr der Polemiker aus dem Dienste eines vorgefaßten allgemeinen Zieles heraustritt oder sich der geometrischen Klarheit der Tatsachen entäußert, um mit dem Glanz seiner Sprache und der Verve seiner Methoden Gefallen und Demütigung zu wecken, desto haltloser wird er sowohl als Polemiker wie als Künstler.

Ein Einwand ist freilich zweifellos wahr: Karl Kraus wird nie hinter dem Monde hervorkommen; er wird sich nie auf einem Terrain stellen, das ihm so wenig liegt wie die Logik. Er wird darum nie wirkliche und siegreiche Angriffe vorführen, wird nie in einer sachlichen Angelegenheit Recht behalten und den zukünftigen Völkern ein Gut gerettet haben; er wird immer nur belästigen und aus der Parodie mit pavianischem Grinsen herüberhöhnen; aber wird in den Ästen und Zweigen seines Sprachbaumes wohlgeschützt und unzugänglich hausen, denn er hat zwei Gliedmaßen mehr zum Sprechen voraus. Nun ist es ja wohl denkbar, daß einer mehr Herz hätte für den armen Pavian als für den Jäger unten mit dem unfehlbaren Repetiergewehr; warum stört der Mensch die Lustigkeit? Warum freut er sich nicht an den lustigen Sprüngen und den rührend weinerlichen Gesichtern? Ja, aber warum schmeißt der Pavian abgelegte Unverdaubarkeiten gerade auf die himmlische Geduld herüber und brüstet sich mit seiner Notdurft? Auf den ersten Blick sieht der Jäger, der dieses satirische Idyll im tropischen Sprachbaum stört, recht hartherzig und übelwollend aus. Aber da es wirklich etwas anderes zu tun gibt, als possierlich zu sein oder auch nur unbequeme Possierlichkeiten mitanzusehen, hat der Mensch ganz recht, wenn er den Burschen mit einer Schrotladung in seiner Hartleibigkeit einschüchtert. Dieser flüchtet über ein paar Satzlianen in ein Sprachgeheck und dort hockt er. Keine Seele hat Lust, ihn da aufzusuchen, solange er Ruhe gibt und mit den Stilblüten spielt und vor den weiblichen Endsilben Männchen macht. - Wenn ihm aber der Jäger doch einmal nachsteigt, dann ists, weil er Lust hat, auf diese uralten Kunststücke einzugehen und dem vierhändigen Klavierspieler der Sprache zu zeigen, daß auch er klettern, nicht nur schießen kann. Und hiemit steigen wir wieder auf den festen Boden herab und laden eine neue Patrone ein.

Dieses dum-dum-Geschoß der Unhaltbarkeit, das verheerender wirkt, weil es keine Spitze hat, ist mit folgenden brisanten Gründen geladen. Wir haben gesehen, daß die Mission Kraus' hinfällig ist, weil sie absichtlich oder unbewußt, mit falschen Plänen ausgerüstet war und darum weitab vom vorgesteckten Ziele landete. Die untenstehenden Entwicklungen werden folgern dürfen, daß diese Pläne persönlich unabsichtlich unterschoben waren, wodurch die moralische Belastung dieses Typs sich zugunsten einer humaneren Beurteilungsweise verschiebt.

Karl Kraus will ein tragischer Typus sein; er ist das verkannte Genie, das sich an der Stumpfheit der Welt verblutet. Er ist der mißverstandene totgeschwiegene Künstler. Er ist das zuckende Menschheitsherz in der Faust von Tatsachenmenschen, von Ehrfurchtslosen, von Gottesleugnern und Musenhassern. Man sieht nicht ein, daß er Erhabenes und Vollendetes gegeben hat in seiner Predigt gegen Herrn A. Die schnöde Welt, die auf den Gassen drängt und an den Tabak-Trafiken ungerührt vorübereilt, sieht nicht ein, daß er ihr die Kultur gerettet hat, als er sie statt der Bitte um Feuer an die Apokalypse wies. Sie unterschätzt die Nervosität, die dazu gehören muß, dem Herrn Y mit Ausdrücken des höchsten Stils das Grüßen untersagt zu haben. Sie ahnt die Leiden dieses Ehrgeizes nicht, dem alle Rackerei um einen möglichst gedankenlosen, aber sprachlich malerischen Ausdruck am Interesse für das lebendige Leben zu schanden wird. Sie hat keinen Sinn für seine Art, seine Bedürfnisse, seinen Machtwillen, sie weiß ihn nicht bei der Liebe zu packen, die auch in ihm wohnt, sie verletzt die Mimosenhaftigkeit seines Empfindens, sie legt nicht die Schuhe ab, wenn sie seine Tempel betritt. Und doch muß er finden, daß es eine gutmütige Welt ist, die sich außerhalb seiner gütlich mit sich abfindet. Ist er nicht die Wiederholung aller tiefen und großen Dulder? Soweit ist er es wohl. Aber soweit ist es ein jeder, dessen Blut nicht verdorben und dessen Triebe nicht vom Pariah geerbt sind. Das ist das Zeichen alles Menschlichen, daß jeder Einzelne, und sei er die Räude von oben bis unten, ein Mensch ist, sie alle zusammen aber ein Untier, dem auch der gehässigste Satiriker nicht einen Kopf von der Stelle rückt. Das ist aber noch nicht das Zeichen eines Besonderen oder Tragischen. Es ist der Erbfluch, der auf allem liegt und der erst den ethischen und religiösen Menschen möglich macht, also ein genialer und überirdischer Fluch, praktisch, wie alles in der Natur. Tragisch ist, wer vernünftiger ist als sein Fluch; er ist von einer so wunderbaren Klarheit und Vernunft, daß sein Fluch, daß die Natur an ihm dumm wird. Tragisch ist der Held oder der Narr. Der Held hat 77 mal durch seine Anmut den schnellsten Tod enttäuscht, 77 mal durch die organische Vernünftigkeit seiner Bewegungen die Gefahr verlacht oder 77 mal die Versuchung mit dem Leben überwunden. Eines Tages aber geht er über die Gasse, da fällt ein Ziegelstein herab und streift seinen Schlaf. Er nickt ein wenig, ja, jetzt weiß er, daß die Natur, vor der er sich als Held demütig beugte, also doch dümmer ist als der Mensch. Der Ziegelstein fiel weich und blieb ganz. Er wird in ein neues Haus eingebaut werden. Er war eine harte Träne, hart und dumm aus dem Lid des Geschehens geglitten. Aber, war es nicht eine praktische Dummheit, wie alles in der allesseienden Natur, denn sie zeugte Heldentragik? Oder tragisch ist der Narr. Er ist tragisch, weil er seine Erkenntnisse und seine Weisheit mit Schellen sagen muß, ansonst die Menschen sie nicht vernehmen möchten. Elixier kann er vergeben, aber er muß Wein anbieten. Und was wäre schöner, was wäre praktischer, weil es tragisch ist und nach Elixieren schreien macht, als daß die Menschen seinen Wein saufen und mehr begehren und sein Elixier verschütten und danach verbrennen vor Durst? Tragisch ist der, dem die Verbitterung zur Kraft wird, ohne Erfolg, ohne den wohligen Ruf, ohne die Macht, ja, ohne den Willen zur Kraft das Allernächste und Notwendigste zu tun, ja, einen ganzen weichaufgefallenen Ziegelstein über die Gasse zu tragen, damit der neue Hausherr einen Ziegel spart? Und was wäre wunderbarer, was berauschender, was hymnischer, was praktischer als alle diese Unvollkommenheit und dieser Unsinn, dessen Werkzeuge und Kreaturen die Menschen rings um den Einzelnen sind?

Karl Kraus sehnt sich nach der Tragik. Aber ist er der Held? Ich glaube, er ist eher der Ziegelstein, der erschlug. Ist er der Narr? Nein, er ist eher der Ziegelstein, der verbaut wurde. Er fällt weich, er bricht nicht. Der Narr ist kein Spielverderber, er spielt vielmehr mit, bei allem und jedem, er singt seine schönsten sehnsüchtigsten Lieder der göttlichen Stupidität des Naturgeschehens. Er feiert das Unvollständige, trällert Unzulänglichkeit wie die sonnige Laune und ist der große Liebhaber des Lebens. Von all diesen bejahlichen Dingen hat Kraus nicht eine Miene. Wenn man die ganze große Welt ansieht, ist ja auch er noch schön, nichts faßt dieses Dasein an Formen, das nicht seine praktische Schönheit hätte, und seine Schönheit ist, daß er das Ja! stärker

herausfordert, als es vor ihm dagewesen ist. Der journalistischen Erbsünde
mußte die männliche Furie beigegeben sein. Diese Furie ist, mit dem weltum-
spannenden Gefühle erfaßt, nicht ohne ihre Schönheit und dies wissen manche
Kenner, die in sichern und trägen Stadien ihres Weltempfindens ihrer Ver-
wöhnung pflegen; aber sie ist nicht selbst schön oder tragisch, sondern erinnert nur als Schönheitsfehler an das Ganze, das sie stört. Untergang und
Verkennung des Zerstörers aber können niemals tragisch sein. Tragisch ist der
Starke, der von seiner Schwäche absieht; der Schwache, der stark sein möchte, ist in dieser Sehnsucht noch nicht tragisch. Kraus ist dieser Schwache; sein
Werk ist des Hasses und nicht der Liebe. Wann kam er je zu helfen und zu
bessern?

Daß er die tragischen Voraussetzungen nicht erfüllt, aber doch irgendwie
als tragischer Typus präformiert erscheint, muß das Ergebnis tiefliegender
generativer Gründe sein. Kraus hat eine ausgesprochen dichterische Begabung, die nie Gestaltungen ausgegeben hat als in seinen Polemiken. Er hat ein
starkes Bestreben nicht zur mathematischen, aber intuitiven Abstraktion,
trotzdem hat er nie eigentliche Ideen produziert. Viele haben Kraus für einen
von Grund auf bösen und unmoralischen Menschen gehalten. Dies ist ein
Irrtum. Wir haben seit Nietzsche keinen ethischen Menschen von gleicher
Fähigkeit zum spezifisch ethischen Erlebnis gehabt. Und doch ist alles bei ihm
von einer seltsamen Unfruchtbarkeit; alles ist entstellt und unreif. Die einzelnen Organe des Dichters und Denkers, die in ihrer äußersten Leistung ja den
ethischen Erfolg erzielen, scheinen mit vielversprechenden Kräften versehen;
tritt dann der Gesamtorganismus dieses Einzellebens mit seinen Absonderun-
gen hervor, so zeigt sich das System seines Ichs unausgewachsen, steckengeblieben, rudimentär. Wir haben es mit der Anlage des forzierten Dichters
und Denkers, d. h. des Ethikers zu tun, aber diese Anlage hat sich nach unre-
gelmäßigen Sprossungen, zwischen denen dafür die Wände von einem ungeheuerlichen inneren Wachstum durchbrochen wurden, im Stillstand fixiert.
Karl Kraus ist kein unmoralischer, aber ein ungesunder Typus.

Gesundheit bedeutet hier keine konventionelle Bezeichnung eines ärztli-
chen Beschaues, sie ist keine Alternative zwischen Pausbacken und Bleich-
sucht. Die höchste menschliche Gesundheit, die des Schöpferischen, hat nie
rote Backen, sie wird auch durch Störungen, Krankheiten und Indispositionen
nicht aufgehoben. Es gibt körperliche Zustände, die medizinisch unter das
Fehlen der Gesundheit gerechnet werden. Sie erheischen den Arzt, sie bergen
Gefahr; sie haben aber physiologisch ungefähr nur den Rang einer Stich-
wunde, mit der ein Mann zu Bette liegt. Ist er darum ungesund? Auf der
anderen Seite steht eine Ungesundheit, deren Besitzer nie Patient ist. Es gibt
und hat ungesunde Rassen, Generationen und Familien gegeben; sie haben
gelebt und Kulturen gezeugt und sind nur schwer von den Gesunden zu unterscheiden. Man wird diese Unterschiede je nach der Vollständigkeit ihrer

organischen Interessen geben. Ein durchaus gesundes Volk waren die alten Ägypter, die Griechen, Römer und Inder. Weniger gesund waren die Juden und die Türken; Jehova und Allah sind kodifizierte Sanatoriengründer, während das Christentum selbst des Paulus und der Kirchenväter die robuste menschliche Gesundheit darstellt, jene Abrundung aller Lebensmöglichkeiten, die der westkaukasischen Rasse erst ihre Weltstellung verschafft hat. Gesund ist nämlich das All, nie das Eine. Eine ungesunde Nation sind die Russen, die nordamerikanische Rasse nach Linkoln und die Japaner. Alle diese Lebensrichtungen sind limitiert, während das gotisch christliche Europa unendlich und mannigfaltig ist. Der gesündeste Punkt der Welt ist das Gehirn; er ist ein Höhenluftkurort, und welches Wesen immer sich dorthin begibt, gedeiht am besten. Darum sind die Neurastheniker der Heinrich Mann'schen Romane und zumal seine Tragödinnen gesünder als die Herren und Damen der Marlitt. Gesundheit nicht im beschränkt medizinischen, sondern im weiten menschlichen Sinne ist die Kapazität fürs Dasein und seine Formen. Eine Person von strotzender Gesundheit ist etwa Gösta Berling oder der Hamsunmensch. Der gesündeste deutsche Dichter ist der Geisterseher Möricke, gegen den Häckel einen totkranken Mann bedeutet. Ungesund ist der liberale Bourgeois; aber ungesund ist auch Karl Kraus, dem das Leben zu einem Kringel von Wortspielen wird, zu einer Paralyse weich verfließender Lautbilder, zu einer Zersetzung von eckigen Tatsachen, rollbaren Gefühlen und exakten Gedanken in einer grausig endlosen Spinnmasse, in ein Gerinnen aller Konsistenz zu brakkiger Molke.

Die unerklärlichen Züge, die das Leben und Treiben des Mannes trägt, und die sich weder den Anhängern der Theorie vom Künstlervölkchen noch gutwilligen Moralisten entwirren, treten scharf und übersichtlich hervor, sobald man einmal den Standpunkt *Entartung* aufgefaßt hat. Der Fall ist einfach, es handelt sich um den Mann, der der Kaiser von China ist. Er kennt das Einmaleins, er findet seine Wohnung, er meistert die Sprache mehr als ein anderer, er besitzt einen stark ausgeprägten Gerechtigkeitssinn und ist für fremde Leiden, Erduldung von Unbilligkeiten und alle ethischen Motive empfänglich. Er ist ebenso scharfsinnig als treuherzig; aber, er ist der Kaiser von China. Seine Logik ist außerordentlich geradlinig, beinahe mechanisch prompt; sie übersieht mit Fleiß und Gewissen in die Augen springende Vorteile, die zu normalen bekannten, oder von der Tatsachenwelt bestätigten Resultaten gelangen würden, und erspäht methodisch nach einer erstmaligen kleinen Erfindung gewisse persönliche, auf sein aufgewecktes Sprachgefühl sehr frisch wirkende Momente, die ihre gefühlsmäßige Aufmerksamkeit wie einen Instinkt, wie eine Witterung aufregen. Assonanzen und phonetische Kuriositäten machen sie zittern, wie das Spielzeug das Kind; sie geht auf die Ausführlichkeit des Bildes ein, siedelt mit ihrem sprunghaften Interesse aus dem Verglichenen in den Vergleich um und organisiert das Original jetzt nach dem

Bilde, statt es mit diesem zu kräftigen und zu bestätigen. Die Folge ist eine für den menschlichen Verstand ungebrochene logische Gerade, deren Illusion dadurch erzeugt wird, daß mit hartnäckig festgehaltener Konsequenz ein Syllogismus sich an den anderen kettet. Der Psychopath dieser Art ist ferner dichterisch und besonders musikalisch veranlagt; er schafft damit Laut- resp. Buchstaben-Symphonien, die den ästhetischen Gesetzen äußerlich zu entsprechen scheinen, Plattheiten neben krasse Subjektivismen setzen, in den Details oft seltene und gelungene Einfälle ausführen, aber in der eigentlichen Anlage verworren, entgleist und formlos dastehen, weil das unter einem Gesichtspunkt ordnende Bewußtsein ermangelte. Neben dem Symptom der monomanen Selbsteinschätzung, der affektiven Urteilsbereitschaft und der ungehemmten Produktion finden wir in dem psychopathischen Typus, der rein gesellschaftlich durch die Tatsache, daß er nicht Patient ist, meist undurchschaut bleibt, den *Gehetzten* und den *Weltverbesserer*. Der *Weltverbesserer* hat eine große Zahl unzusammenhängender Reformideen, deren positiver Gehalt eine leere abstrakte oder logische Formel ist, die dialektisch haltbar wäre, wenn ihr nicht die einfachsten menschlichen Voraussetzungen meist fehlten; auf diese Formel wird aber vonseiten des Weltverbesserers weniger Gewicht gelegt, sie autorisiert ihn dagegen zu einer heftigen, mit großem Aufwand an Humanitätsforderungen geführten Kritik wider Institutionen, Typen oder Individuen, deren Beziehungen zur Person des Erregten in dessen Unterbewußtsein meist als mit Angst, Feindschafts- und Überlegenheitsvorstellungen verquickt nachgewiesen werden können; der Psychopathe ist überempfindlich gegen fremde Kräfte und Machtwillen, die sich ihm aber nicht als Gegenstände der Erkenntnis sondern seiner Phantasie als moralische und humane Probleme nähern. Die Tiefe und gelegentliche Schärfe seiner Stellungnahme in Fragen des menschlichen Verkehrs und die Aufstellung höchst empfindlicher geselliger Gesetze und Werte, sowie die fesselnde Allgemeinheit seiner idealen Forderungen ertäuschen ihm von Seiten Unvorbereiteter und unwachsamer Durchschnittshörer ein respektvolles Vertrauen. Wie denn die galoppierende Geistigkeit des schöpferischen Krüppelriesen, in dem die Kräfte einer langen Degenerenzentenreihe noch einmal übereinandergetürmt und dann erschöpft sind, sich von der milden Form des genialen Reformators nur durch dessen Kargheit und positive Leistung unterscheiden. Der Weltverbesserer nimmt das Maul voll, reiht Eindrücke, Entdeckungen, Ideen, Sprachverfänglichkeiten, Kalenderschlüsse, Fetischvorstellungen und Aberwitz aneinander, sondiert nach Schwächemotiven - aber nur nach diesen - in der Seele seines Gegenübers, fratschelt mit vergnügtem Augenzwinkern aus, um plötzlich mit katzenartiger Falschheit beim Worte zu nehmen und knüpft an unrichtige Gelegenheiten das ganze gründige Lager erinnerter Urteilskomplexe. Ein äußerlicher Reiz, ein Wort, eine ähnliche Situation, ein Gefühls-, meistens Haßmotiv bewirkt ihm den Samenverlust sämtlicher in seinem Gehirn vorrätiger Analogien. Er verpufft richtige Beschwerden zu frühzeitig, überlebt logisch den harmlosen Moment und beunruhigt sich, vermutlich auf Grund lastender anzestraler Erinnerungen, an erprobten, von Menschenhand nur teilnahmslos gestreiften Verläufen. Er erblickt Bilder der eigenen Vergangenheit, eigener Seelenkämpfe und Überwindungen der niedrigen Triebe in fremden Handlungen, durch zufällige Übereinstimmung; er projiziert die Dämonen der eigenen Brust in fremde Haltungen; mit Grauen glaubt er sein verdrängtes Ich in äußeren Figuren auf sich zukommen und ihn nachahmen zu sehen. Da er eine ethisch veranlagte Natur mit einer starken Sehnsucht zum Guten ist, lebt er inmitten der Schrecken des Panoptikums seiner Ontogenese. Er ist der *Gehetzte*. Er fühlt sich allenthalben geschädigt und verkauft; sieht man die Serie seiner Verehrungen, Freundschaften, Bündnisse und Verträge durch, so erkennt man, daß sie alle ein peinliches Ende genommen haben; nirgends sind sie in den großen und schönen Tod der harmonischen Lösung hinübergeglitten, weil die Gesetze individueller Entwicklung es verlangten; sie waren unwahr und voller niedriger Machtvorteile, und wurden nur unter Krämpfen und Weheschreien aufgegeben. Dies ist die Stelle, an der das fundamentale Bedürfnis nach Liebe und Zärtlichkeit, das von den Bildungen der übrigen Wesensteile mitgeformt wurde, sich Bahn brach in eine Erotik des Hasses. Der Psychopathe macht sich vertraulich mit der Liebe und, wie er glaubt, der Kommunikation durch Haß; er deckt mit vom Verstande unkontrollierten Schaudern seine libidinösen Forderungen. Sein Liebesleben wird, wie alles an ihm, unfruchtbar, indem er es verwörtelt und nach innen organisiert und in ein müßiges System von Konflikten und Maßregeln bringt, die er sich aberlebt zu haben glaubt. Er halluziniert Eingriffe und Vergewaltigungen, Zumutungen, andererseits persönliche Wirkung und erweckte Verliebtheiten und ist nicht weit von der fatalen Haltung des Gecken; er selbst ist leicht gerührt; nirgends als in diesen Dingen ein Psychologe, aber kein Menschenkenner; er wird zynisch und stellt die ritterliche Härte, die die Keuschheit verlangt, auf den Kopf. Seinen femininen Affekten gelingt es, sich zu verphilosophieren, er nivelliert die Geschlechter, indem er den Mann die Liebe beschäftigen läßt. Er sucht zum Genusse die Zerrüttung eines andern Selbst und findet sie im Freudenmädchen, dessen Apathie geistreicher scheint als die Teilnahme eines Weibes. Immer wieder kommt der Irre auf das *Prostitutionsmotiv* zurück, auf das ihn der Gewissensbiß seiner starken moralischen Manie verweist; er gebraucht es als Insinuation, Anklage, stärksten Vergleich. Sein unermeßlich gesteigertes Reinlichkeitsgefühl wird von diesem Gegenmotive fasziniert; nach dem Erlebnis seiner Verneinung gelangt er plötzlich durch ein dialektisches Manöver zu dessen Entgiftung und produktiver Einverleibung, und gibt jetzt als Pointe aus, was ihn ursprünglich als Zwangsidee verfolgte. Charakteristisch für den Psychopathen, der in Reue vor seinen Schwächen das "tut Buße!" der Kraft predigt, ist das ethische Raffinement, mit dem er den positiven und gesunden Kräften im *Obszönen* nachspürt; hier stößt es ihn ab, hier lockt es ihn aber auch; ihm scheint die körperliche Infamie eine beseligende Gradheit, ein Gesundbrunnen. So sehen wir ihn sexuell durchtrieben, aber anerotisch. Denn dem wahren Erotiker fällt das Freudenmädchen außerhalb des Kreises seiner Interessen, weil es seinem Kunstwerk, der Verführung, zu wenig Aufgaben bietet. Der Erotiker sieht vor allem das Problem nicht im Weibe, sondern in dessen qualitativer Gewinnung. Das Weib als solches bietet dem männlichen Erotiker keine Konflikte, diese liegen allein in dem Verhältnis, das er zu einem Weibe hat, und sind durch eine Geltendmachung männlicher Potenzen in keiner Weise gelöst. Ich verweise auf die Galanterie des gotischen Mittelalters und auf Kierkegaard. Der Kampf gegen die Untreue und die andern negativen Qualitäten des Freudenmädchens, noch weniger aber die formulierte Aufgabe dieses Kampfes sind nicht entfernt erotisch. Das Erotische wird nämlich erst in der Treue aktiv, hier erst entsteht ein Verhältnis, das man plump Kampf der Geschlechter genannt hat, das aber eine retardierte Durchdringung darstellt. Wenn nämlich eine Frau einen Mann nicht mag, oder leichtsinnig ist oder untalentiert, so ist weder sie, noch der, der dran zugrunde geht, erotisch. Der Erotiker kann überhaupt nicht zugrunde gehen; viel bedeutsamer ist es für ihn, daß er sich konserviert und in einen Zustand sozusagen rasender Aufgewecktheit gelangt. Sie ist es, die eine Verwechslung mit dem Psychopathen begünstigt; dieser aber ist anerotisch; doch ist er dem genialen Erotiker, dem Verführer, wie ihn Kierkegaard versteht, im Typus des *vornehmen Obszönikers* angeähnelt. Man wird anderseits nicht fehlgehen, zu schließen, daß ein Mensch mit bedeutenden geistigen Anlagen, wofern er nicht erotische Begabung besitzt, psychopathisch ist.

Der Erotiker ist daran kennbar, daß er sich vor Definitionen des Eros hütet; ihm kommt alles auf die Modulation und Symbolik von unnennbaren Geschlechterbeziehungen an, er ist, obwohl mit ästhetischen Terminis arbeitend, wesentlich um die ethische Aufarbeitung einer Art Schuld bemüht, die mythologisch im Sündenfall ausgedrückt ist. Der Psychopathe hingegen zerstört den Eros und die Individualität seiner Träger durch ärgerliche Definitionen, die allerdings vorsätzlich vom begangenen Wege abirren. Es entsteht das mechanische, sammlerhafte Paradox, das nicht Erkenntnis vermittelt, sondern geistreich registriert. Das erotische Erlebnis, das reine, wenn auch geistige Aktivität, Änderung, Anpassung und Umbildung ist, wird in die Zellen eines Irrenhauses exemplifiziert, starrt melancholisch in Ecken und wird eine Kontemplation, ein spirituelles Voyeurtum, eine magische Onanie. Es kostet die Situationen von Worten wie die von Körpern aus.

Die Vision der Zweiheit ist so stark, daß sie auf den Stil des Psychopathen als Postulat übergeht. Seine Sätze sind rein äußerlich und gedanklich von einer wahnsinnigen Symmetrie, wie sie die Natur, die Intuition und Gesundheit nie zustandebringen. Wie der Psychopathe selbst, sind seine Gedanken ungern einsam, sie ziehen immer schnell ein Weibchen oder ein Männchen nach sich. Unruhig geht es von Pol zu Pol. Es ist ein verrücktes und ulkiges Prinzip, mutet wie Affenzwingerlangeweile oder ein altjüngferliches Geduldspiel an. Denkt er hier a, so kann er in seiner Nervosität nicht anders, und denkt dort b. Diese Exaktheit aber ist nicht mehr Logik, sondern gleichsam die schraffierte Kanalisierung eines zerfallenden Gehirns, das in Lamellen wuchert. Es ist ein Tic von Übertechnik. In der Folge entsteht daraus die Wortverdrehung. Der Irre erkennt im Anfang mit Genugtuung die lustige Wirkung, die er mit dem flinken Umsetzen von Buchstaben resp. Lauten erzielt. Eines Tages aber wird es gräßlich, er verzieht das Gesicht nicht mehr und redet ernsthaft und unverdrossen von rechts nach links. Es ist so gespenstisch, wie wenn ein Wagen mit Pferden nach rückwärts gefahren würde. Die Denkmaschine gibt Kontredampf und schnurrt ab. Er hat alle Scham verloren, er macht aus dem Haus eine Sau und rechnet damit wie mit einer Welt neuer Resultate. Jetzt sind es nicht mehr Worte, sondern Wörter, die er kombiniert, und er arbeitet mit ihnen unbeirrbar als seinen Naturalien. Er gibt sprachlich die äußersten menschlichen Phänomene von sich, seine Technik hat alle Hemmungen der Beobachtung und des Zweifels überwunden, aber ihr substantieller Denkerfolg ist gleich Null.

Es wäre ein Irrtum zu meinen, dieser psychopathische Typ könne in seiner Totalität nicht im bürgerlichen Leben vorkommen, da sonst Maßnahmen gegen ihn ergriffen würden; ein Irrtum, von der medizinischen Zurückhaltung auf die Korrektheit des Betreffenden zu schließen! Weit gefehlt! Die Mediziner haben hier nichts zu tun, denn der in Rede stehende Bürger ist nicht als Person krank, sondern als Typ ungesund. Mancher Gesunde, wie Peter Altenberg, ist viel kranker als er. Ich habe schon gesagt, daß er nicht Patient ist, und es nie zu sein braucht; aber er repräsentiert einen pathologischen und darum schädlichen Teil der Menschheit, er ist Psychopath von Temperament, möchte ich sagen, wie ein anderer Sanguiniker ist. Er ist, bei ganz richtig gehender Lebensweise, funktionell irr; daß er lebt und bürgerlich fortkommt, beweist nichts: in Afrika gibt es Stämme, die seit vielleicht Jahrtausenden im Irrsinn leben; das Leben ist ja keine Angelegenheit der Gesundheit, sondern diese ist ein philosophischer Gedanke und geht über das Einzelleben hinaus. Wäre der Mann als Individuum krank, so wäre er selbst von innen heraus erledigt und es wäre überflüssig, seine Pathologie zu zeichnen. Aber von diesem Kranken unterscheidet er sich etwa wie der Teufel vom Bösewicht; er ist eine Inkarnation eines Ungesunden und die Höherbildung Hemmenden. Der Bösewicht ist noch immer ehrbar, denn er ist vielleicht ein Sünder; der Teufel aber, der aus Selbstbestimmung Teufel ist, ist nicht großartig, sondern über alle Maßen dumm und verächtlich. So geht es auch unserm Manne. Ich sehe in einen unerträglichen Abgrund. Er ist nämlich nicht nur der Kaiser von China. Nein, sein Kaisertum ist ein Irrentum. - Je tiefer die Idee, mittels der eine Tatsache gehoben werden muß, desto ordinärer die Tatsache, die gehoben wurde.

Karl Kraus ist ein Produkt des Liberalismus.

Seine kulturpolitische, die bohememäßige Zone bewohnende Indolenz, seine träumerische Vorliebe für exotische Völkerschaften zu Ungunsten des heimischen Typs, und die oft schönen und schmückenden, oft schwächlichen Züge von Humanität reihen ihn unter die lebende Masse ein.

Der Umstand allein, daß Karl Kraus die "Chinesische Mauer" geschrieben hat, deren artistische Bedeutung ich hier respektvoll hervorheben will, hat ihn bewogen, seine Symbole auch zu politisieren. Er hat mich seinerzeit in der "Fackel" unter namentlicher Anspielung angegriffen, weil ich in einem Roosevelt und Nogi konfrontierenden Artikel im Heft 3 der Zeitschrift der "Ruf" mich noch immer lieber für den Amerikaner als für den Japaner ausgesprochen habe. Dieser Fehlgriff von seiner Seite ist befremdend. Aber er rundet das Bild solcher Schleuderhaftigkeit der Urteile nur ab, denn er zeigt, wie wenig dieser Schriftsteller die Bedeutung seiner poetischen Symbole beherrscht und wie er stets von der Phrase auf das Sachliche zurückschließt. Man hätte glauben sollen, der Chinese und der Neger, wie sie in den Artefakten dieses lebhaften und willkürlichen Schriftstellers ihre Rolle spielen, seien Symbol einer reinlicheren Menschlichkeit, Abstraktionen eines menschlicheren Menschen, der dem verkommenen Mitteleuropäer monumentalisiert gegenübergestellt wird. Aber Karl Kraus wollte hier wieder einmal nicht bloß gedichtet haben; er vermeinte in der "chinesischen Mauer" Rassetheorie, Sinologie und Weltpolitik getrieben zu haben. Er hatte ehrliche Absichten auf den Thron Dschingis Khans und Attilas.

Denn nur dies rechtfertigt die Logik seines Angriffs. Da ich in dem zitierten Artikel nicht für den Amerikanismus, sondern, meiner Anschauung gemäß, gegen den Amerikanismus für Roosevelt eingetreten bin, lag für jemanden, der diesen Artikel gelesen hätte, kein Grund vor, so antisemitisch mit mir zu sein. Denn Roosevelt ist, worüber sich Karl Kraus aus meinem Artikel hätte informieren können, im östlichen Amerika keineswegs die würdigste Figur. Er gehört dem Cartoon, dem politischen Zeitungswitz. Er ist ein Idealist, ohne ein fader Kerl zu sein. Beides gibt es in Amerika in solcher Vereinigung nicht mehr. Dieser Kontinent teilt sich in Schwindler und Quäker.

Weniger motiviert habe ich meine Geringschätzung für den japanischen Feldherrn Nogi, der ein Held und ein glänzender Soldat war. Dies war meinerseits ein Fehler. Ich polemisiere hier daher nicht gegen den Angriff, den Karl Kraus gegen mich gerichtet hat, sondern gegen den Geschmack, den er hier wie immer bewies. Ich habe es stets verstanden, daß die Chinesen seiner Feder Symbole sind. Er nicht; er hat die mongolische Rasse aus diesem Grunde gegen mich verteidigen zu müssen geglaubt. Es ist ihm gelungen, sie zu verraten und aufs Haupt zu schlagen. Davon will ich hier profitieren.

Der Umstand, daß einer nicht auf kaukasische Art ein Held ist, genügt mir, um ihn lächerlich zu finden. In welcher Rasse Karl Kraus Held ist, habe ich nicht heraus zu finden gewußt; daß er es sein muß, spüre ich an meinen Lachmuskeln und an seinen Artikeln. Ich habe es stets als den schwächsten Punkt unserer liberalen Seele empfunden, daß es ihr an Kritik, Wahl, Bestimmtheit und Geschmack mangelt. Ich verstehe die Nasenringe der Neger menschlich und moralisch. Sie sind nicht viel irrsinniger als unsere Zylinderhüte. Aber da der Zylinderhut das symbolische Überbleibsel des alten fränkischen Topfhelms ist, eine Herrenzier, quittiere ich die organische Berechtigung seines verletzenden Anblicks. Wenn Karl Kraus dieses ritterliche Symbol zu tragen beliebt, fahnde ich nicht gleich in seinem Stammbaum nach Raubrittern und Kreuzfahrern. Aber den Neger mit dem Nasenring fasse ich gleich. Denn ich sehe die Kette aus diesen Ringen sich in die Zukunft verlängern. Sie kann eine Fessel für uns werden. Auch Kraus ahnt diese Kette; aber da er liberal ist, freut er sich dämonisch auf den Untergang der weißen Rasse; eine dichterische Idee, bei der ich ihm schmunzelnd folge; ein dunklerer Erdteil als seine Paradoxe ward nie angestrichen. Machtpolitik aber kämpft zwar letzten Endes um die Verteidigung oder Verbreitung von Symbolen, doch sind die geschickten Finger des Verfassers der chinesischen Mauer in solchen gegenständlichen Fragen zu unzuverlässig.

Ich betrachte es als eine der mir gesetzten Aufgaben, meine Generation auf den mit ihrem Eintritt in die Weltgeschichte beginnenden Entscheidungskampf zwischen Orient und Okzident aufmerksam zu machen. Der friedliche Ausgleich ist unmöglich und wäre ethisch wertlos. Die Natur hat nicht durch ausgeglichene, sondern durch verschärfte und kampfmäßig entwickelte Typen die Gegenwart hervorgebracht. Ein reformiertes China ist ebenso widerwärtig und dekadent, wie ein beschauliches Europa. Die Zukunft entscheidet die schärfere Schärfe. Spätere Geschichtsforscher werden diese Zeit als den Rüstungstermin vor dem großen Zusammenstoß der Kulturen im Tibet des Dalai Lama erkennen. Was aber kennt Karl Kraus davon? Nur sich selbst, und vielleicht das nicht, und das Gedicht der Else Lasker-Schüler. Genug für einen guten, ja sogar für einen ehrlichen Schriftsteller; zu wenig, um für einen Japaner auch nur einen Funken politischen Interesses haben zu dürfen.

Karl Kraus ist liberal. Der Begriff des Liberalismus ist hier nicht im Sinne einer politischen Fraktion, sondern in jenem einer geistigen Strömung verstanden. Ich weiß nicht, ob Karl Kraus christlich-sozial wählt; es wäre hübsch von ihm. Gewiß aber ist, daß er sich antiliberal stellt. Dies beweist nicht, daß er nicht ein geistiger Liberaler wäre. Die Hälfte aller Christlich-Sozialen und alle Sozialdemokraten sind liberal. Wie anderseits ein Konservativer oder Radikaler seinen auf eine bestimmte praktische Idee gerichteten Willen durch einen liberalen Stimmzettel zum Ausdruck bringen könnte.

Der Historiker lehrt uns die organischen Bedingungen der Gesellschaftsgebilde. Damit sein Urteil von Nutzen sei, muß er sich das Herz aus dem Leibe reißen und sein Blut zu einer einzigen großen Voraussetzungslosigkeit verdünnen. Um seine Erkenntnis nicht zu trüben und seine Beobachtung nicht glückeshalber zu fälschen, muß er die Partei, die seine Knochen, sein Nasenknorpel und seine Nerven zu ergreifen trachten werden, abschwören und einen unbeschädigten Tatsachenerfolg zu erreichen suchen. Dann kommt die Wahrheit, soweit das arithmetische Verhältnis der Motive Wahrheit sein kann, an den Tag. Der Historiker lehrt uns jetzt weiter, daß Toleranz die schönste menschliche Eigenschaft sei. Bei der Betrachtung des menschlichen Lebens in Folio habe sich ergeben, daß man auf vielen Wegen zum Ziel käme. Hier in dieser Tasche sehen Sie eine kleine Sammlung von Lehren und Doktrinen, die alle in gleicher Weise empfohlen werden können! Dort in jenem Handkoffer stecken 27 Stück prima Moralen, gesammelt seit dem Beginn der Welt. Kaufen Sie, meine Herren! Es ist Auswahl da, für jede Laune ist gesorgt. Für jede Laune ist gesorgt. Aber die Leidenschaft kommt dabei zu kurz. Ich will gleich sagen, daß ich hier unter Leidenschaft nicht die zuchtlose Verworfenheit des ungezügelten Trieblebens verstehe, die weit weniger Leiden schafft und weit weniger menschlich ist, als der unbefriedigte Drang zum Guten des Ichs. Dieser allein hat etwas mit dem hohen Begriff des Leidens zu tun, während den Trieb nur ein mehr oder weniger empfindliches Mißbehagen begleitet.

Der österreichische Liberalismus schwärmt für die "Neue freie Presse" und stellt Karl Kraus ein Toleranzpatent aus. Den Schnitt, auf den es ankommt, haben Beide und darum sind Beide willkommen. Aber für den Liberalismus steht es eben doch so, daß er, und nur er, Karl Kraus unterschätzt, wenn er ihn nicht Ernst nimmt. Und das, obwohl Karl Kraus sein Fleisch und Blut ist und urteilt und handelt, als wäre er nicht des Liberalismus liebster Hofnarr, sondern eiserner Kanzler.

Der Liberale ist dadurch gekennzeichnet, daß er sich an den wirklich brennenden Fragen der Welt niemals die Finger verbrennt. Dies tut er nicht aus Feigheit; er ist ein tüchtiger und begabter, ein energischer und moralisch und physisch gestählter Mann. Aber er tut es aus Leidenschaftslosigkeit und weil er von dem historischen Gleichsehen behext ist. Organismen vergehen und entstehen. Was von ihnen geblieben ist, sind Methoden und Kraftanwendungen. Diese haben nicht hingereicht, sie zu erhalten. Unser Liberaler ist gebildet und weiß das. Er zieht daraus in letzter Zeit unangefochtenen Schluß, daß es keine Wahrheit, sondern nur Wahrheiten gäbe, und auch diese seien ein Schwindel. Nun ist er der Härte und des langmütigen starken Geistes überdrüssig, der Vernunftkater überfällt ihn, er rousseauifiziert seine Sehnsucht wieder einmal und, da er ein Kind des Weltverkehres ist, stilisiert er sich seinen entsprechenden Schäfer zum Zulukaffer oder Chinesen. Er glaubt irrational zu sein, wenn er für Exotisches schwärmt. Aber gerade das pessimistische, tolerante und kulturaltruistische Element, das in ihm den Glauben auslöst, die Rassenäußerung sei zuletzt gleichgültig und erhalte höchstens ästhetisch einigermaßen Geschmack, zeigt ihn als nackten, gottverlassenen, steuerlosen Rationalisten. Er hat vielleicht Lafcadio Hearn, der überschätzt wird, und Bernhard Kellermann statt Stanley oder Sven Hedin gelesen und abstrahiert ein äquatoriales oder orientalisches Dorado von Humanität. Er glaubt, Japan grenze an Johannes V. Jensen, da zieht die Exotik wie eine gleißnerische weibliche Figur mit furchtbaren Lüsten auf und er beglückt sich an ihr. Aber sie ist nur ein armes tätowiertes Schindluder. Denn der Riesenhumbug, der idiotische Nachtfalterfang, die salonfähige Blamage, die moderne Zimperlichkeit, das ist die potemkinsche Stimmung des Exotismus. Jeder Schafskopf, der einmal seekrank geworden ist, hat davon die üppigsten und verzehrendsten Tropen zurückbehalten. In Wirklichkeit sind das alles nur Landstriche, in denen Eisenbahnen gebaut, Malariasümpfe trockengelegt, ungeheure erträgnisreiche Prärien kultiviert, Metalladern exploitiert und ein paar Schwarze oder Gelbe gehenkt werden müssen.

Aber die liberalen Dichter und Feingeister brauchen den Süßstoff. Ein Dichter hat einst das europäische "Müde bin ich, geh' zur Ruh" so gebetet: "Wir Wilde sind doch bessere Menschen". Nun, derselbe Mann hat sich von Gott auch einen anderen Indianerkrapfen gewünscht, nämlich, daß die Blutstropfen seines Gesichts zu einem Gedicht zusammenrönnen. Ein Gedicht, aber ach, ein Gedicht, hielt seines Lebens Wunschzettel fest. Das Blutbleichgesicht ist nun gerade jenes, das sich als moderne Liberalenvisage in eine tropische Hitze überm Schreibtisch hineinschwitzt. Denn wenns die Sonne dort nicht getroffen hat, was muß es erst den Stil kosten, die Dinge so zu halten, daß sie für den Impressionismus reif sind?

Viele der hier angeführten Züge kennzeichnen den liberalen Schriftsteller der letzten zwei Dekaden, aber man wird sie bei Karl Kraus nicht vorfinden. Im Gegenteil, man wird ihn gegen sie wettern hören und sich dadurch täuschen lassen. Denn auch hier ist Karl Kraus nicht produktiv, sondern nur invers. Er ist nicht auf die herkömmliche Weise liberal, aber auf eine paradoxe. Die Frivolität, die ein Anderer seiner Kollegen bei der Betrachtung fremder Kulturen äußert, die äußert K. Kraus bei der Betrachtung der einheimischen. Was er von ihr einschätzt, gilt ungefähr soviel wie das, was ein Couplet vom Kongoneger auszusagen hätte. Er hat es halt gut. Damit ist dessen Humanität erschöpft. Was er von Europa weiß, taugt soviel wie die Mitteilung über Indien, daß dort die Engländer Tennis spielen. Die gleiche Nonchalance ist hier wie dort am Werke; sowenig wie die öffentliche Meinung Asien, kennt Karl Kraus seine heimische Kultur. Und das Respektlose gegenüber der Leistung verrät seine wahre Natur. Man kann nicht sagen, daß Kraus nach diesen Grundsätzen die asiatische Kultur begutachtet; nein, er beschlechtachtet nach ihnen die heimische. Er pervertiert von ihm gerügte Fehler. Er ist der *Schismatiker des Liberalismus.*

Der Typus von Kultur ist egoistisch. Der beengte Persönlichkeitskult und egozentrische Individualismus jedoch haben einen falschen und sentimentalen Kulturaltruismus gezüchtet. Dies war nur konsequent. Denn das Eine war so gut zerstörender Faktor wie das Andere, durchlöcherte die Geschlossenheit des Kulturbewußtseins und brutalisierte die eigene Seele zugunsten eines süßlichen Exotomaterialismus. Es mag stimmen, Japan mag uns in manchem über sein und die Lampionkultur das europäische Fackellicht in den Schatten stellen; aber wir sind schon lange nicht mehr bei Beleuchtung und Bogenlampen, sondern bei Kant oder meinetwegen Henri Bergson. In diesen Köpfen ist der Funke schon längst wieder entmechanisiert. Und just dies spricht gegen den Asiaten, daß er die Steile unserer Innerlichkeit unerklettert läßt und sich wie ein Triumphatoraffe an unsere Bogenlampe hält. Der Tao te king, eine gemütliche Plaudertasche ohne geistige Kraft und ohne Humor, besitzt höchstens die geographische Situationskomik der größeren Entfernung von Greenwich. Röche er nicht unseren künstlerischen Kaufmannssöhnen nach Tee, er würde sich gerade den literarischen Leckermäulern durch keinerlei Assoziationen empfehlen. Dieselben Männer, die es bei sich zuhause als schreckliche Zumutung empfinden würden, sich auf das Niveau eines bürgerlichen Romanciers zu begeben oder die Bauerndichtungen Roseggers und die nationale Feierlichkeit ehrlicher Gefühlsmenschen zu verstehen, schrauben sich vor dem chinesischen Flachland bis zum Meeresspiegel hinab. Die Katechetenpoesie des Kon Futse und die monotone Gesundbeterei des Asiaten entzücken die überreizten Gaumen. Die Heimatkunst des Chinesen wirkt zusamt ihres harten Formalismus pikant. Die gesunde Nahrung daheim aber fordert sie zu überstürzten Geistigkeiten heraus.

Diese Literatenart tauscht einen zusammenhängenden Kulturkontinent gegen einen Archipel sensationeller Exotismen aus. Der Japaner aber kennt keine Exotik. Wir sind für ihn nicht exotisch, sondern weiße Teufel, Juden und Querköpfe. Denn der Orientale ist ein Horizontale und sieht die gotische Senkrechte schiefäugig. Der Japaner hat nicht mit dem Raum gerungen, weder metaphysisch noch bildnerisch, noch territorial. Es ist kein Zufall, daß dieselbe Rasse, die die räumliche Distanz überwand, auch den Raum als solchen überwunden hat. Von der Malerei des Japaners können wir lernen; aber nicht bloß eine groteske Manier, Geduld und ein kleinliches Auge. Der Japaner bleibt im Bilde und organisiert die Perspektive nicht von einem objektiven Beschauer aus, sondern vom subjektiven Ereignismittelpunkt der farbig angeordneten Tafel. Und er ist auch als Politiker Maler. Er ist es aus dem gleichen Grunde, aus dem sein Naturell keinen Denker oder Moralisten großen Stils gezeugt hat: er ist inabstrakt. Er ist ein Poet, der auch als Denker über schöne Blumen, über menschliche Unvollkommenheit und Kurzlebigkeit, über vergängliche Freuden und treue Schmerzen philosophiert; aber dabei nicht über die elementarsten geistigen Regungen hinauskommt. Er ist ein feiner Naturalist, der Dinge sieht, aber keine Vorgänge, ein menschlicher Typus, den die Natur an Intuitionskraft hat zu kurz kommen lassen.

Das Wesen des Asiaten ist in seiner Blüte auf Selbstvernichtung angelegt. Dies wäre für uns gleichgültig. Aber es ist so stark, daß es in unserer eigenen Kultur eine Parallelerscheinung gezeitigt hat. Die amerikanischen Weiber und die europäischen - anderen Weiber laufen der Gelbhaut nach. Um es im Großen und Ganzen zu verhindern, hat uns die Natur kräftige Nasen und jenes kulturelle Selbstgefühl gegeben, das Karl Kraus unmotiviert erscheint. Er ist ehrlich, wir dürfen ihm das Erlebnis glauben. Wäre er einzig, er wäre amüsant; aber er ist kollektiv, er ist ein ganzes Kaffeehaus, er ist eine Stadt von Kaffeehäusern. Diese lyrische und sentimentale Art von Sinomanie ist eine zeitgemäße Hysterie, die mir bekämpfenswerter erscheint als das Klischee der Neuen freien Presse.

Der Rassenhaß des unbesonnenen Reporters ist kulturvoller und rassiger als die kosmopolitische Arabeske eines Halbblutstils; dieser verzichtet auf Kultur-Subjektivismus, um seinen eigenen sprechen zu lassen. Der Reporter, der im Handumdrehen Zivilisationen fallen läßt, freut sich, wenn er das Bewußtsein seiner Kulturbereitschaft sich zu grandiosen Ungerechtigkeiten entfalten sieht. Er tut nichts andres als Karl Kraus. Aber dieser ist dabei um seine Originalität besorgt.

Das Salz der feinen Witze wird recht fade, wenn die vereinigte malayisch-japanische Flotte einst in Triest beilegt und der wirkliche Dalai Lama das Kaffee Pucher erobert. Ganz abgesehen davon, daß diese Politik für einen Menschen, der so besorgt darum ist, daß er gut erhalten auf die Nachwelt komme, höchst unpraktisch wirkt. Und schon fühlt sich der Satiriker im exotischen General getroffen; er hört von Selbstmord und glaubt, es handle sich schon wiederum um die Welt der Plakate und den Herausgeber der Fackel.

Das Müllern ist nicht nur gesünder, es ist auch schwieriger als das Harakiri und erfordert mehr Charakter. Der Satiriker aber, der alles falsch nutzt, hat die affektiven Unreinlichkeiten eines exotischen Volkes mit dem edlen Tiere Instinkt verwechselt, das eines von den Lieblingen Zarathustras war und seither das Haustier seiner Pfaffen geworden ist. Dies ist das Furchtbare an unserem Satiriker, daß er die Wäsche der großen Philosophen wäscht und darum für appetitlich gelten möchte. Aber der Instinkt ist es, der gesunde, reine und lebendige Instinkt, den ich an unserem Manne suche und nicht finde. Statt dessen steht ihm das Entartungsmerkmal der Verneinung auf der Stirne - - und es steht ihm gut.

Der Mensch des zwanzigsten Jahrhunderts, der seine Rasse durch Derassinement, Humanitätsideal, Liberalismus und Toleranz vertreten hat, tut einen letzten Schritt: er kommt zu neuer Treue, Selbstgefühl und Radikalismus zurück: Karl Kraus, der Liberalist, ist ihm nicht gefolgt.

Darum lasset uns fröhlich sein. Laßt uns hoffnungsvoll sein und Späße treiben mit den Dingen, die in unserer Aorta daheim sind. Da wir gesund sind, lasset uns lachen mitten im Kriege! Um die Erscheinung dieser Zeit in eine These zu fassen, möchte man sagen: Sehet, dem Intellekt geht das Herz auf! Es gibt eine einige und unteilbare Wahrheit; und kann nicht atomisiert werden in Witze und Wahrheitchen. Sie ist nicht die atavistische Sehnsucht des schlechtgewärmten Satirikers nach dem Mutterschoße der Vergangenheit. Sie ist nicht die Zukunft des Utopisten, die oft nur eine perverse Vergangenheit ist. Sie liegt vielmehr in der Gegenwart und auf jedermanns Rhodos. Jeder kann sie springen, wenn er die Beine hebt. Es gibt sichere, verläßliche Resultate, Verbesserungen, Weiterbildungen, einen tausendfältig erblühten Lohn einst gelebter und geliebter Schmerzen. Es ist nicht gleichgültig, ob der Skeptiker oder der Synthetiker einen Zustand erleben und die Formeln bilden, die Kultur heißen. Nur ein positiver Glaube hat aus Weichtieren Wirbeltiere und aus Asiaten Kaukasier gemacht. Nur wo das Leben selten und fein und gesund ist, war seine Form keine Sackgasse. Das natürlichste Gesetz der Natur ist nicht, daß sie roh und ungefüge und natürlich bleibe, sondern daß sie sich verfeinere. Der stärkste Instinkt des Menschen ist der wider seinem Instinkt. Und was soll das sagen? Es ist nicht eins so gut wie das andere. Darin liegt die Schärfe und Entwicklung eines Bewußtseins, daß es nicht trägerweise Werte zusammenwirft, sondern die biologische Gigantenleiter der Qualitäten wie ein hochgemutes Kreuz auf sich nimmt. Gesundheit, Vernunft, Frohsinn, physisches Lebensgefühl und der Glaube an Gut und Böse soll überwunden sein? Ordnung soll absurd und sklavisch sein? Sport, Technik, Arbeit, Organisation und Politik sollen wegen einiger Druckfehler, die die Natur darin hat stehen lassen, von schlechtem Stil zeugen? Der Reiz des Menschlichsten, des Fragmentes, wird uns durch die Ergänzungen des Polemikers verleidet. Wir erhalten dafür die Verneinung, den Witz, den Stil; statt des Kaukasiers den Buschmann, statt der Tapferkeit Flagellantismus; statt des Reformators die männliche Furie - - - Seid Ihr nun so gesund, daß Ihr mitten im Kriege lachen könnt? Dann lacht fröhlich über den guten liberalen Jungen, den Satiriker! Was vermag der rote Ichbazillus gegen unser gutes Blut?

Kritik des Amerikanismus

Es stimmt, es stimmt. Alles in der Welt kommt von Deutschland: die sogenannten amerikanischen Schuhe, der Amerikanismus selbst. Der chicagoer Däne Mister Johannes V. Jensen hat dieses unter Deutschen ungezogene Wort das erste in einem seiner ersten Bücher sein lassen und hat, in einer Zeit, wo alles einen neuen Anfang zu nehmen scheint, das altehrwürdige Ex oriente lux entkräftet und dementiert. Erst war es ein geistreicher Einfall von ihm, eine graziöse dänische Werbung, verbindlich einem Publikum zugeworfen, das sich seither unter seinem Namen als nennenswerte geistige Partei konstituiert hat; dann wurde es ihm aus einer Interjektion ein Thema, als er sah, daß aus dem Spaß Ernst ward, daß er in der Tat Deutschland entdeckt hatte, und zwar sowohl als Absatzgebiet für die Arbeiten seiner fabelkräftigen Feder wie auch als das wahre Vaterland seiner Geistigkeit, in dem er der Prophet wurde. Ein blutjunger Mensch, dem schon damals der Schnabel und die Phantasie hold gewachsen waren, zog in die Welt hinaus und übersah dabei, was ihm am nächsten Gutes lag: Berlin, diesen Wucherboden für Exotismen. Er wandte sich traurig von den Fabrikschloten der rheinischen Industrie-Gegend ab und voltigierte mit einem echt skandinavischen Luftsprung, den er vielleicht bei Knut Hamsun einstudiert hatte, über die düsseldorfer Turmspitze, die ihm sentimentale Erinnerungen an Heine und andre Pubertätserscheinungen erweckte. Von hier aus begann er eine Rundreise durch die Wälder der Sehnsucht, bis seine Wünsche jene bestimmte Gestalt annahmen, die er, weil nun einmal Entdeckungen nie den rechten Namen bekommen, Amerika hieß. Aber eines Tages, als er nach Amerika rief, parierte ihm Deutschland, ein andres Jung-Deutschland, das die Kaiser-Peer-Gynt-Phantasien seines damals auf Heine gestimmten Dichterherzens erfüllte. In diesem Herzen begann es plötzlich angesichts der begeisterten Jugend zu singen, der Abglanz eines erotischen Verhältnisses huschte zwischen Dichter und Leserin hin und her, und aus der köstlichen Wortphantasie eines begabten Stilisten schlüpfte züngelnd und schillernd wie ein Schlänglein eine geheimnisvolle biegsame Form, die der inzwischen Mister gewordene Jensen in allen den größern und anspruchsvollern Journalisten thematisch verarbeitet hat - ein sagendeutendes Fingerspiel, in dem Deutschland den Daumen und Protagonisten, der Gote Jensen den Zeigefinger darstellt: Alles kommt von Deutschland, wie vom Weibe.

Es gibt also einen deutschen und einen amerikanischen Amerikanismus; aber seine Begriffsmasse hängt gegenwärtig noch undifferenziert in den Gehirnen. Am Anfang war das Wort: Amerikanismus. Und dieses ist eine deutsche Erfindung, die an sich beweist, daß die eigentliche überlegene Erkenntnis und Wertsetzung ihren Ursprung in deutschen Köpfen hat. Köpfen. Denn die Ausnützung menschlicher Energien, deren methodische Zusammenfassung eben jener -ismus involviert, hat einen gebildeten, icherfahrenen und nervösen Typus zur Voraussetzung. Und dies sind Eigenschaften, die der Deutsche hat, nicht der Amerikaner; die nationalen Folgeerscheinungen akuter Dispepsien nämlich ergeben durchaus nicht jene gewünschte hochrassige Nervosität, die die äußere Fixigkeit zu einem inneren Ereignis des 'schnellen' Menschen macht und zu einer säkularen geistigen Haltung bestimmend beiträgt. Der 'Amerikaner' ist ein Standardmensch unsrer Entwicklungssehnsucht. Aber ihm gleichen in Amerika genau so wenige wie in Europa, und alle andern siebzig Millionen freier Bürger sind ebenso verzweifelt arbeitende Schurken und Mühlentreter wie anderswo. Der Träger des 'Amerikanismus' im amerikanischen Sinn ist nur der große Unternehmer, die personifizierte Profitlawine, der Boß. Seine sozialen Rangnächsten schon die ärmsten und gottverlassensten Kulis; man vergesse doch nicht, daß der asiatische Kuli in seinen Mußestunden Schach spielt, der Amerikaner aber nur Fußball, und auch dies nicht einmal, weil er sich es von hochbezahlten Professionals vorspielen läßt. Dieser Amerikanismus steht ohne Epitheton da. Er ist kaum widerwärtig oder unberechtigt, nur zufällig, ach, so zufällig: ein echauffiert gewordener Beamten- und Tätigkeitseifer schwitzt sich hemdärmelig in die hohen Ziffern hinein. Amerikanismus aber wird die Geschichte erst, wenn sie in die deutsche Phantasie kommt und zur Form gefriert. Und jetzt ergibt sich ein Wille zur Typen- und Heroenbildung, das Außen menschlicher Energien wird organisiert, um diesem steifgeschraubten, ekstatischen, im Nüchternheitsrausche tanzenden Ich den heftigsten und wildesten Ausdruck zu finden, so daß man sagen möchte: Der Amerikanismus ist die Poesie jener gesteigerten Generation seit 1900.

Der Europäer weiß nicht, daß der Amerikaner sein Geschäft mit jenen romantischen Methoden macht, wie sie Kinder gebrauchen: dem Superlativ. Für den Europäer handelt es sich darum, von der im täglichen Lebensbetrieb so schleppenden Romantik und Genialisierung der selbstverständlichen Dinge loszukommen. Der Amerikaner aber subtrahiert im Vorhinein den fünfzigprozentigen Aufschlag an dekorativem Talent und würde als Geschäftsmann jedem Unternehmen mißtrauen, das nicht mit grotesken Übertreibungen arbeitet. Durch diesen Prozeß wahrt er sich noch immer den richtigen Blick für Proportionen, die dem Europäer naiver erscheinen, als sie in der Tat sind. Dieser schwört auf Rekorde und professionelle Geniestreiche wie auf Durchschnittsleistungen. Der Amerikaner hingegen hat das Temperament eines Backfischs: er schwärmt und hat doch den großen Ernst fürs Leben, soweit dieses aus Taschengeld und Rosinen besteht. In diesem schwärmerischen Sinne kann man sagen, er habe eine Leidenschaft für den Rauhreiter, er ist ihm nationales Heroentum und eine Art homerisch primitiven Kunstempfindens, das am Inhalt haftet. Amerikanische Schöpfungen sind großzügig und lückenhaft. Der Amerikaner fühlt sich unbeschränkt in seinen Möglichkeiten; als Persönlichkeit ist er von unmöglicher Beschränktheit; denn Persönlichkeit weiß, daß sie eine einzige Möglichkeit zufriedenstellen kann und - muß. Ein Amerikaner will nichts hören von Müssen. Er haßt die Disziplin.

Und hiermit gelangen wir zu dem reinen Amerikanismus, jener intellektuellen Strömung, die man meint, wenn man das falsche Wort hofiert. Der praktische Amerikanismus, der darauf beruht, daß man Geld über alles schätzt, war zu keinen Zeiten originell: er existierte bei den Krämern aller Epochen und Nationen und konnte die neue Perspektive nicht sein, die sich plötzlich den Führern der mitteleuropäischen Kulturen auftat. Der reine Amerikanismus fußte auf der Proklamation eines neuen Menschentyps und hatte vom Amerikaner nur jene Eigenschaften, die dieser nicht besaß: Sachlichkeit, Disziplin, Selbstsucht, Verständnis für Wirklichkeit. Die Idee war, den deutschen Soldaten zu reorganisieren, und diese Idee ist im Zuge. Die intellektuellsten Köpfe Mitteleuropas haben sie erfaßt. Das alte friederizianische System wird der Technik und der Hand in Hand damit gehenden Entwicklung der gotischen Psyche angepaßt, sowie sich heute ein Truppenkörper in raffinierter Mimicry taktisch und koloristisch dem Terrain anpaßt. Von Moltke und Roosevelt, der die San Juan Hills pittoresk gestürmt hat, mit Schlapphüten, Schärpen und mexikanischen Cowboy-Sporen, war Moltke der bessere Amerikaner. Moltke ist auch unser Mann. Er hat den kühnen Blick für Realität, an der der Idealismus nicht zugrunde geht; sondern, die er befruchtet, daß sie ethisch wirkt. Es ist dann eine Tugend, innerhalb dieser Realität zu leben, und jenes peinliche Verhältnis bleibt erspart, bei dem die eigentliche Befriedigung des Individuums erst eintritt, wenn seine wichtigsten Bedürfnisse im beargwöhntesten Abteil des Lebens und wie mit einem ewigen Attentat auf den doch allein seligmachenden Idealismus gestellt sind. In diesem Falle ist die Welt fürs Essen, Trinken und Verdauen, fürs Robotten und Geldverdienen und sehnt sich doch und sagt sich doch, unzufrieden im Geheimen, daß das Leben ohne diese Dinge reinlicher wäre. Aber es fällt den Leuten nicht ein, diese reellen Dinge schön zu gestalten, indem man sie ins Helle rückt, das Leben großzügiger verteilt und es in seiner Sachfälligkeit Kunst und Idealismus sein läßt. Denn die Verheimlichung einer Realität ist Zeitraub. Nur durch prompte Anerkennung und Erledigung der einen gelangen wir zu jener nächsthöhern Realität, auf die wir uns konzentriert zu sehen wünschen.

Jenes ist der amerikanische, dieses wäre der deutsche Amerikanismus; jener ist eine Schmiere, bei diesem handelt es sich um einen Protagonisten. Die Stichworte zu diesem sind da. Alle wirklich bedeutenden Dichter der letzten Dekade haben sich um sie bemüht. Wie aber soll das Leben dazu aussehen, wie der Mann? Amerikanisch nur insoweit, als dies deutsch bedeutet. Denn die Urzelle des Amerikanismus ist deutsche Tüchtigkeit, aber als exotische Marke rückimportiert. Sowenig der Deutsche drüben gesellschaftlich rangiert, so ausgeprägt deutsch ist Vieles und grade das Beste im administrativen und organisatorischen Verlauf. Aber die verfremdeten, entgeisteten Werte der eigenen Seele kommen Deutschland zurück und lasten ärger auf ihm als seine treuesten Laster. Der deutsche Amerikanismus ist schöpferischer als der amerikanische, denn er ist auf einer weitaus menschlicheren Grundlage errichtet. Der amerikanische Amerikanismus in Deutschland aber amerikanischer und gefährlicher als der in Amerika - aus demselben Grunde. Der deutsche ist immer, noch in seinen fragwürdigsten Existenzen, schöpferisch. Der Amerikaner aber menschlich unschöpferisch noch in seinen größten. Denn man irre sich nicht: Die Dekadenz des deutschen Typs um 1890 herum war nur eine Vitalitätsverschränkung, keine wirkliche Entartung. Gabriel Schilling, der aus

innerm Dilemma und nervöser Erschöpfung in den Tod geht, ist weit weniger
dekadent als Carnegie. An das intense life Kramers oder Arnolds in Heinrich
Manns "Zwischen den Rassen" reicht keine Roughrider-Seele heran; deren
Kunststücke sind von uns wieder einmal phantastisch überschätzt worden.
Immerhin mit dem biologisch wertvollen Erfolg, daß nun diese Innerlichkeit
zur bewunderten Roughrider- und Chauffeur-Grazie sich kapabel zu machen
strebt und erst damit wirklich die Materie unter den Geist zwingt: denn erst
wo jene mechanisch und smartest erledigt wird, ist dieser bei sich. Der Amerikaner ahnt nicht auch nur im Entferntesten, wie biologisch wichtig seine
Tugenden für den Menschheitstypus sind. Dies tut erst der notorische Ahner,
der Deutsche. Er mißversteht es gleich, und davor muß durch rechtzeitige
Kritik gewarnt werden; aber er ist selbst dann noch schöpferisch. Der moderne Amerikaner dagegen ist mitsamt seinen Tugenden ein Dekadenzeffekt,
organisch betrachtet. Und in der Tat: die Zahl der Irrsinnigen, der unbrauch-
baren und gemeinen Art von Irrsinnigen, nicht die der brauchbaren wie
Dostojewski, ist in Amerika erschreckend hoch. Ein Beweis dafür, daß es mit
der rationellen Ausnutzung menschlicher Energien dort nicht so weit her ist.
Darüber kann auch eine Figur wie Roosevelt, der übrigens ganz unamerikani-
sch, nämlich sehr romantisch-europäisch ist, nicht hinwegsehen machen. Die
Hoffnung, aus dem Amerikanismus der Menschheit ein seelisches Dynamo-
Prinzip zu gestalten, ist zwischen die Grenzen deutschen Landes gesät.

Der jüdische und der christlich-soziale Gedanke in Österreich

Was gegen die Zurückgebliebenheit und Verwirrung österreichischer Zustände vorgebracht wird, darf als unanfechtbarer Tatbestand kaum in Frage gezogen werden. Wer aber ist so schonungslos, ein Gegebenes ohne Kenntnis
seiner Bedingungen zu beurteilen und eine summarische Formulierung gegenüber Neubildungen und langsamen Entfaltungen anzuwenden? Die meßbare
Potenz der österreichischen Gesellschaft ist gering; ihre kinetische Energie
rührt kaum etwas vom Platze; aber sie ist mit der beispiellosen Zähigkeit und
trägen Beharrlichkeit ihres Innern im historischen Dasein verankert; und
dieser Druck, der keine sichtbare Bewegung zeugt, setzt sich dafür in die
Wärme jener sublimen Erscheinungen um, als die man die musikalische und
künstlerische Originalität Österreichs gerade inmitten der raffinierten technischen Zivilisation des Nordens bewundert. Diese Energie ist an ihre Form
nicht gebunden; aus Musikern und gepflegten Müßiggängern können Streiter,
Helden oder Menschheitsführer werden. Der Orient, der Dandismus der
gekreuzten Beine, verschwindet dann in einer Versenkung, die Divanvölker
werden eine Matraze, die unterm Gang einer tätigeren Rasse federt. Und das
Blut der alten bajuvarischen Raubherrn, die ihre tatfreudigen Trutzburgen in

den Kalkspat gebrochen und auf Sandstein und Granit getürmt haben wie
natürliche Kristalle, Schöpfungen eines unbezwingbaren Organisationswil-
lens, dies Blut bricht plötzlich wieder in den Menschen der Schneegebirge und
der schnellen, frostigen Flüsse, die zur Donau ostzu münden, auf.

Was kennt man denn von Österreich? Seine Macht, den Liberalismus.
Seine Tugend, seinen Radikalismus, kennt man nicht. Er ist ein Wille und eine
Kraft, er geht bis ans Ende, er hat eine starke, oft formlose Daseinslust. Denn
es gibt ja in Österreich keinen gescharten Radikalismus, er ist noch keine
durchgängige und festgelegte Bewegung, sondern ein Geschöpf meist des
Schöpferischen im Menschen, ein Ausbruch der Antithese und des paradoxen
Vereinfachungstriebes. Radikal genannt sind die verschiedenen nationalen
Parteien, die Christlich-Sozialen und die Sozialdemokraten. Reinlich radikal
aber sind nur die Christlich-Sozialen, und aus ihnen blüht denn auch der
Staatsgedanke, den einzig und allein einst diese Gesellschaft wird verwirklichen können. Die Nationalisten sind ebenso wie die Sozialisten nur Abschat-
tierungen eines bösartigen liberalen Typs.

Im Ausland und im Reiche hat jedermann die Empfindung, daß die Verlotterung dieses Lebens ein Werk der radikalen Parteien, der Nationalisten und
der Klerikalen, sei; der Liberalismus jedoch halte durch seine zähe, fermentie-
rende Kraft diese auseinanderstrebenden Teile mühsam zusammen. Aber dies
ist eine der größten historischen Lügen, so die liberale Presse zum Verbreiter
haben. Nichts anderes als der Liberalismus mit seinen negativen und entwick-
lungsunfähigen Charakteren hat die Dinge so verfallen lassen können, wie sie
heute sind. Alle Talentlosigkeit, alle Faulheit, alle organische Kränklichkeit
des Landes ist bei ihm aufgehoben, alle Kulturschulden nimmt er auf den
Besitz des Gesamtstaates hin auf. Der Liberalismus ist nicht nur arm an Persönlichkeiten; er entbehrt auch aller Verdienste und ist mit einer chinesischen
Mauer von Hemmungen umgeben und in seiner innersten Struktur verholzt.
Alles was heute vor der Welt gegen Österreich zeugt, ist sein Werk, oder
vielmehr sein Unwerk und Ohnwerk.

Sieht man sich nicht nach den Machthabern, sondern den produktiven
Köpfen um, so findet man sie auf Seiten des Radikalismus. Das bedeutendste
organisatorische Genie der letzten zehn Jahre war zweifellos der christlich-
soziale Bürgermeister von Wien, Dr. Karl Lueger, ein langschädliger blonder
Mann mit einem ausgesprochenen Bajuvarismus im Namen. Sein Hingang hat
die Partei um ebensoviel geschwächt, als er in seinem Gehirn vereinigen
konnte. Die Korruption, die hinter seinem Grabe begonnen hat, ist ein einma-
liges Symptom geblieben; was sonst unter diesem Namen gebrandmarkt wird,
ist ein mit erstaunlicher Energie und geradezu bismärckischer Offenheit be-
triebener Machtzueignungsversuch, der sich auf kapitalistischem Terrain
äußert. Denn es ist das Geld, das dem Liberalismus Macht verleiht; und da

der christliche Sozialismus alles eher denn betschwesterliche Lebensfremdheit ist, sondern die einzig und wirklich zupackende Bewegung lebendiger Menschen, arbeitet er gegen den bemittelten Gegner ohne Rücksicht. In der Person Bielohlaweks, eines ungebildeten Emporkömmlings mit bedeutenden natürlichen Gaben, hat die Tatkraft Luegers eine Art von Erben erhalten. Auch in Bielohlawek tritt physisch neben slawischen Abmilderungen der bajuvarische Typus konsequent hervor. Seine Mitarbeiter sind Männer proletarischer Herkunft, sanguinisch und resolut, von großem Fleiß, Unternehmungsgeist und Lebenslust. Es ist ein bäuerisches Herrentum.

Vor diesem gesunden Proletarier- und Demokraten-Radikalismus wirkt der eigentliche Wiener Sozialismus spitzfindig. Er steht unter Führung von anrüchigen Intellektuellen, Literaten und Juden. Die letzten treten als Emanzipationstypen auf, als Träger einer Humanität, wie sie in ihrer absoluten Idealität nur von dieser Rasse konzipiert wurde. Während für den Arier das Ethische nicht mit der Schonung zusammenklingt, sondern sogar das Blutvergießen als männliche und sühnende Handlung in die Reihe ästhetischer und ethischer Erlebnisse fällt, ist dem reinen Juden die Bejahung des Schmerzes mehr als problematisch, unmöglich. Seine Glücksvorstellung gipfelt in der Leidlosigkeit; die des Ariers in unbegrenzter Aktivität; der Schmerz ist für ihn ein Pathos, eine Sehnsucht sogar, wie bei den Geißlern und Flagellanten und nirgends voll und tendenziös vereint; das letzte arische Ideal ist der Krieger, dessen Güte eine andere ist als die des jüdischen absolut "Gütigen". Dieser ist das Ideal des reinen Juden.

An der Geistigkeit Viktor Adlers gemessen scheinen alle anderen Politiker unbedeutend und auch der jüdische und arische Stab dieses Parteiführers kaum nennenswert. Die Partei als solche aber, die von diesem Herzen und dieser Arbeitskraft getragen wird, nähert sich durch die jüdische Präponderanz innerhalb ihres Regimentes und den dadurch anhaftenden bürgerlichen Tic dem Liberalismus. Wirklich radikal erscheint nur die christlich-soziale Partei und ein oder der andere Individualist, der, ein geborener Ideenträger, sich irgendwelcher zufälligen Partei einschreiben muß, um überhaupt gehört zu werden. Eine der originellsten Figuren ist Graf Adalbert Sternberg, mehr ein politischer Denker denn ein Politiker; auch er greift neben föderativen Tendenzen wie der christliche Sozialismus auf alte starke Zuchtgedanken, Militarismus und Feudal-Klerikalismus, zurück und wirkt gegenüber dem alle Zügel lockernden Liberalismus gerade dadurch radikal.

Von den nationalen Parteien weisen die Deutschen, die bereits in den Liberalismus hineingleiten, nur das liberal gebildete aber ideenarme Mittelmaß auf; von den hervorragenden Herrennaturen der magyarischen Nation abgesehen, sind es die Tschechen, die große Männer wie Kramarcz und Masaryk ins Feld stellen. Die polnische Oligarchie ist ein staatlich durchaus gesunder

Faktor, sie enthält achtbare altpolnische Kulturwerte, aber sie ist geschlossen und zeigt keinerlei Individualitäten. Die begabteste slawische Nation des Reiches, die dalmatinischen Kroaten, ein Seefahrer- und Handelsherrenvolk, zeigt ihre politischen Fähigkeiten schwach entwickelt; es scheint ihr, wie allen Südslawen, die finnischtartarischen Bulgaren ausgenommen, an Organisationskraft zu fehlen. Die fremdsprachigen Nationen schaffen im Ungestüm ihres nationalen Egoismus provinzielle Großtaten, errichten neue technische Körper in der Heimat, bauen aus, gestalten um, ringen ehrgeizig um kleine Fortschritte. Selbst dem radikalen Deutschtum sind schöne Leistungen geglückt, wie der "deutsche Schulverein" oder die Organisation "Südmark". Deutschböhmen, der Sitz des radikalsten Deutschtums, ist ein Mittelpunkt der österreichischen Zivilisation, hinter dem selbst Wien zurücksteht. Denn auch die Großstadthinterziehung Wiens haben die Liberalen am Kerbholz; es ist ganz falsch, zu wähnen, das christlich-soziale Regime sei es, das Wien zur Farce einer Metropole entstelle; diese kleinen Gewerbetreibenden und Kaufleute sind durchaus genußsüchtig, baulustig und des Komforts froh; über ihren Geschmack läßt sich streiten, sobald künstlerische Werte ins Spiel kommen; was aber sonst verbessert, eingerichtet und organisiert wird, entstammt ihrer Proletenfaust. Die untern Schichten der österreichischen Gesellschaft sind unharmonisch, undifferenziert, urwüchsig und beweglich; der Bourgeois durchaus gleichgültig, skeptisch, Änderungen ungeneigt. Ein reicher Bürger pflegt sein Geschäft mit Ach und Weh, bleibt im alten Haus sitzen und verachtet alle Zusatzstücke, um sein ziviles Leben zu komplettieren; aber ein erfolgreicher Fleischhauer oder Schuster oder Gastwirt, vielleicht mit recht slawischen Buchstaben im Geschäftsschild oder einem älplerischen Akzente in seinem Deutsch, hat schnell sein Automobil, zieht in eine moderne große Wohnung, richtet sich ein Telephon ein und kauft die allerneuesten Möbel. Er ist ein Tölpel, aber er hat Tempo. Seine Kinder gehen bereits als feine Menschen einher, wenn er klug genug war, sie so streng zu erziehen, wie er selbst noch erzogen worden ist; sie sind kräftig, hübsch und schlau, absolut nicht geistreich, aber sehr entwicklungsfähig; altväterische moralische Vorurteile sind hier weniger zu finden, als bei der stillstehenden Generation des Liberalismus. Sie ist verzogen und leidet an Nervosität. Aber die Nervosität des cholerischen Herrgottsakramenters ist weitaus schöpferischer und geht darauf aus, Ordnung zu machen, nicht sie aufrecht zu erhalten. Der Revolutionär ist immer viel ordentlicher als der treue Eckehart des Statusquo.

Der Liberalismus aber, der nicht einen Finger rührt, nimmt sich aller Ideen an und eröffnet Vogelfreiheit für alle Theorien. Er ist durchaus Reflexion und Stagnation. Wie konnte man den christlichen Sozialismus verkennen? Vielleicht, weil er, in seiner klobigen Art zu philosophieren, sich mit dem Antisemitismus identifiziert hat. Der Antisemitismus als logische Konstruktion ist verwerflich. In Österreich aber gibt es keinen Anti-Semitismus, denn die Semiten fehlen; was so bezeichnet wird, sind die stark degenerierten Nachkommen der Diaspora-Juden. Eine Bewegung, die sich in einem Staate wie Österreich, der die Betonung seiner germanischen Kristallisationsgesetze und -zentren so nötig hat, gegen einen dekadenten Menschenschlag wendet, aber ist nicht mehr Antisemitismus, sondern das gesunde Reaktionssymptom einer numerisch schwachen und darum gefährdeten Rasse. In allen Kulturländern des Westens wird der Jude bis zur Unkenntlichkeit seines ursprünglichen Typs assimiliert; seit Gambetta leben die Franzosen von dieser neuen Injektion. Aber schon ergeht es ihnen, wie es den Österreichern dank des christlichen Sozialismus nicht ergehen wird. Sie geben die praktische Gewalt an die Juden ab, die rein abstrakt begabt und zum Regieren und Verwalten von Lebensgütern ungeeignet sind. Der Jude erlangt Geld und politischen Einfluß: und sofort entsteht daraus jener gräßliche Merkantilismus, der dem abstrakten Juden ein furchtbares, nur-logisches Ideal, eine innere Gesetzmäßigkeit wird, die ihn an sich befriedigt. Jede Gesetzmäßigkeit ist dem Juden ein letztes; seit er den Handel in die Hand bekam, hat er eine mathematische Schönheit an sich daraus geschaffen. Man möge einen jüdischen Händler betrachten, und man wird merken, daß keineswegs immer Geiz oder Habgier ihn zu seiner Haltung veranlassen; nein, er ist an seinem Geschäfte seelisch beteiligt. Dem Juden ist alle Berechenbarkeit eine heilige Sensation. Seinem Wesen entspricht die Gleichung, die er im Leben immer wieder herstellen zu können glaubt; er baut auf Gerechtigkeit und Humanität und appelliert an den weisen, den gerechten Richter. Er wird wahnsinnig, wenn er sieht, daß hinter seiner abstrakten Logik eine konkrete Logik liegt, die unmittelbar aus dem Körperlichen, der starken Betonung alles Körperlichen hervorgeht, die Logik des arischen Denkers. Der Jude hält darum den Schmerz für eine Überzahlung des Lebens und sucht in den Grundbüchern nach, den Fehler auszurotten. Denn er ist überzeugt, daß der Schmerz im Laufe der Zeiten vermindert werden kann, seine ganze Lebenshoffnung klammert sich an diesen Daseinssinn. Aber es liegt ein Beobachtungsfehler vor: Schmerz ist nicht quantitativ sondern qualitativ meßbar. Hundert Schwerkranke leiden nicht mehr als einer; wenn aber neunundneunzig gesund sind und einer bleibt krank, hat sich an den menschlichen Verhältnissen menschlich nichts geändert: die Summe des Leidens bleibt konstant. Der Arier hingegen verneint den Schmerz nicht, er ist inhuman im jüdischen Sinne und bekämpft den Schmerz nur zwecks seiner Entfaltungen, seiner Pracht, seiner Hysterien, förmlich um ihn zu alterieren. Es gibt im täglichen Leben Dinge, die ihm die Logik nicht equilibrieren kann, er glaubt Salomon nicht und fühlt das Problem durch die eigene Aktivität allein gelöst. In diesem Sinne ist er kriegerisch; seinem Gerechtigkeitsgefühl, das die Macht des Stärksten will, genügen Schiedsgerichte und verstandesmäßige Lösungen nicht.

Es wäre falsch zu sagen, daß der Jude ein Geschöpf des Verstandes, der
Arier ein Geschöpf des Gefühles sei; dies trifft in dem einen Falle zu, in dem
andern könnte gerade das Gegenteil geltend gemacht werden. Richtig ist es zu
sagen, daß die Gefühlsvoraussetzungen des Juden und des Ariers verschieden
sind. Dies ist der Grund, warum der Jude sich dem Sozialismus zuwendet, den
er mit Recht als eine europäische Konsolidierung des jüdischen Geistes an-
spricht. Man gehe in der Entwicklung sozialistischer Hauptgedanken zurück
und man wird als Urheber das jüdische Genie finden. Die internationale Sozialdemokratie ist auf der Sehnsucht der jüdischen Humanität aufgebaut; sie
hatte sich mit dem arischen Demokratismus vereinigt, um realisiert werden zu
können; wir haben eine jüdische Spekulation mit arischem Gefühlskapital vor
uns. Und dieses ist der wichtige Punkt, an dem der christliche Sozialismus
einsetzt. Auch er vertritt das demokratische Prinzip, daß Gleiches gleiche
Rechte hat; denn daß alle gleich seien, ist kein Prinzip, sondern es behaupten,
ein Mangel an Beobachtungsgabe. Er hat das sozialistische Interesse für die
wirtschaftliche Hebung der untern Erwerbsklassen zu einem wesentlichen
Bestandteil seiner Sorgen gemacht. Aber er hat das spezifisch Jüdische aus
der Sozialdemokratie eliminiert und durch eine bodenständige Note ersetzt;
kurz er hat den jüdischen Sozialismus durch den christlichen paralysiert.

Die unter dem summarischen Schlagworte "Antisemitismus" gegebene
Richtungslinie des christlichen Sozialismus zerfällt in zwei Komponenten: in
den Protest gegen den jüdischen Sozialismus und den Protest gegen die Unju-
den. Der Unjude wird im Liberalismus bekämpft, dessen Charakterlosigkeit
und Indifferenz er gerade gelegen kam. Er stellt jenes niedrige, gesellschaftlich
einfach unmögliche Geschöpf dar, das in der Enge des Diaspora-Ghettos
gedieh. Es ist nicht mehr der Jude des alten Testaments und der Propheten,
sondern ein dekadenter Typus, der die Krankenhäuser füllt. Rhachitis,
Schwindsucht und Paranoia zehren ihn auf. Seine lange Generationen-Reihe
hat einerseits einen vergeistigten Typus geschaffen, dessen einzelnes Exemplar sozusagen theoretisch bis zum Genie verfeinert ist; ihm gegenüber aber
steht gleich der Paranoiker und Monomane; der Hypochonder und Verfalls-
mensch. Er ist es, der sich als numerische Gefahr mit dem österreichischen
Liberalismus, der nackten, organisatorischen Talentlosigkeit, vereinigt. Er ist
in Österreich jener furchtbare Mehltau der Völker geworden, ist nicht Jude
geblieben, sondern Unjude geworden. Gegen ihn protestiert der christliche
Sozialismus; gegen ihn protestiert oft genug der reine Jude selbst. Dem Chaos
des jüdisch-arischen Liberalismus ist ein mächtiger und radikaler Gegner
einzig und allein im christlichen Sozialismus entstanden.
Er hat mehr Verdienste, als man in Europa ahnt. Er greift auf die konservative christliche Ethik, die ein für allemal das Fundament der sittlichen Entwicklung der Zukunft sein wird, zurück. Er ist, in seinem viel verachteten

schwarzgelben Patriotismus, die einzige organisatorische Kraft, die dem Zerfall der Monarchie steuern kann. Was liegt an den Freiheitsidealen eines Kranken? Ihm ziemt Diät. Der christliche Sozialismus, dem schon die Intelligenz, nein die Intellektualität sich zuneigt, kommt mit historischem Schritt; Österreichs Blütezeit hängt von seinem Gedeihen ab.

Österreich hat vorwiegend kulturstrategische Aufgaben; es ist ein Pionier an der großen Ostfront gegen Asien. Es wird nie selbst produzieren, immer hinter dem Reiche zurückbleiben und von ihm seine höchsten Werte erhalten. Es ist eine Detachierung der deutschen Kultur nach Osten und braucht die intelligente Sorglosigkeit des großen Kulturkörpers, für den es verdaut, lernt, sich abhärtet und kämpft wie ein zur Autonomie trainiertes Organ.

Psychotechnik

Mit den Germanen kam die Reflexion in die Welt, das heißt, die Erotik, die Hysterie und die Romantik, die eigentlich Germantik heißen müßte, denn sie entstand als Niederschlag, sobald germanisches Wesen in einer schon bestehenden Kultursphäre, der romanischen, sich verdichtete. Aber diese Art von grundlegender Romantik als Rassenmerkmal ist lodernde Feindseligkeit gegen alles Weichlicheffeminierte und Stimmungsintime, gegen die Kuchenpoesie der verkommen byzantinisch-romanischen Kultur. Alle diese Dinge sind nicht mehr, oder sie sind da in einem weiteren, stärkeren, reiferen Sinne. Die Poesie ist Prosa, die Romantik ist eine abenteuerlich geräumige Geistesverfassung, die auch dem Alltäglichsten und Gewöhnlichsten den Schwung der Lebensschönheit abgewinnen kann. Die Gesundheit ist Hysterie und das Verhältnis von Mann und Weib, die Liebe als Entwicklungsrekord, ist Erotik.

Der Gesamtkomplex der mittelländischen Kultur mit ihren drei ethnographisch unterschiedenen Jahrtausendringen bedeutet den Ausbau der intellektualistischen Fakultät des Menschengeschlechtes. Mit den Juden fing es an, das war die erste intellektuelle Fasson, selig zu werden, und sie stieß auf eine eminente Begabung. Dann kamen die Helleno-Romanen und spekulierten, und lächelten listig über die Erscheinung der Dinge. Sie sahen ihnen ihr Wesen ab, trieben Anatomie der Welt, und das wurde ihre Kunst. Und schließlich fand sich der introspektive Germane hinzu, er war hochbegabt und gelehrig in allen Dingen, setzte aber am Ende doch seine eigentliche Begabung durch und schuf die Charakterkunst (gegenüber der Typenkunst der Pallaskinder und der Mathematiklogikkunst des Mosesvolkes).

Und nun gab es nach dem gleichen Schema eine weitere Entwicklung im engeren Rahmen. Der Intellektualismus war skeptisch gewesen, er ging den Dingen zu Leibe und legte sich in Wissenschaft an. Als der Germane zum Durchbruch kam, als die Reflexion ans Ruder gelangte, die nachgerade so etwas wie ein zyklopischer Instinkt geworden war, da begannen die Ansätze, die sich bereits früher gezeigt hatten, laut zu werden. Mit einem Male war es da wie ein neuer zoologischer Typus. Der Intellektualismus war sozusagen exekutiv geworden, das heißt, er organisierte sich die Bedingungen. Der Siegeslauf der Technik, die noch in ihren jungfräulichen Jahren steckt, begann dazumal. Und was auf diese Weise im Weltdimensionalen geschah, das wiederholte sich im Säkularen. Der Germane überhaupt erfüllte das Schicksal des Jahrtausends, der Mann von heute erfüllt das Schicksal des germanischen Jahrhunderts. Die Psychologie war bis dahin analytisch gewesen, das hysterisierte Christentum mit seinen hochnotpeinlichen Gewissenserektionen, die Aufklärung, das historische und später das naturhistorische Jahrhundert waren ihre Moden. Damit ist das Leben zwar noch nicht fertig geworden, aber es ist ihm immerhin nicht mehr genügend. Denn jetzt gilt es dem Leben die Technik, oder, wie das im Psychologischen lautet: Die Psychologie ist produktiv. Sie produziert Werte, verbessert die Rasse. Sie sucht Heilaszesen und Tonika mit Peter Altenberg, reformiert die Gesundheit durch die Neurosen Heinr. Manns. Andere jedoch bringen das Wildzivilisierte, das Gotische, das Groteske wieder in die Welt. Es gibt wieder einen neugotischen Stil. Monumental ist die Geschichte und echt gotisch verbastelt, das sieht man an den Herren Malern und Architekten, es ist eine waghalsige Fülle von niegesehenen Formen da, von produktiver Psychologie. Diese Psychologie ist jetzt nahezu solid geworden in ihrer eigenen Kenntnis. Sie weiß Kräfte zu wecken, sie berechnet Steigerungsmöglichkeiten, sie züchtet etwas Neues, ein von sich selber betriebenes Individuum, vielleicht eine intelligente Maschine. Die eiserne Maschine ist der moderne Dinosaurier. Aber die Gegenwart wimmelt von Zukunft. In den sentimentalsten Ruinen wird aufgeräumt und auf ritterlichen Zinnen werden Telefunkenbureaus errichtet. Zu denken, daß die Erdoberfläche ihre Plastik ändert, andere Züge annimmt, gleichsam eine neue geologische Schicht auflegt wie nach einer tieferschütternden Umwälzung, daß eine neue Flora aus dem Boden schießt mit den wildesten Formen und aus den seltensten Stoffen, daß es neue, noch nie dagewesene Geschöpfe gibt, mit den ungeahntesten Bewegungs- und Subsistenzmöglichkeiten, und überhaupt, daß ein neuer Pan durch die Welt geht, ein universales Bewußtsein, eine kosmische Leidenschaft alles Organische wie ein zartes Gewebe bis in die geistigsten Regionen hinein durchtränkt! Nie war der Geist größer. Eine Weltausstellungssensation ist die Philosophie des nächsten Jahrhunderts, und nichts mag sublimer sein als ein Aeroplan. Nichts ist künstlerischer, gotischer, shakespearescher. - "So wird man unter Goten fluchen, Euer Wohlgeboren. Nehmt Euch in acht, feiner junger Herr. Man wird nach Eisentinktur in Euren Adern suchen und von Euren Drüsen verlangen, das sie Arsenik schwitzen; aber nicht solches Zeug, das Ihr Euch habt vom Bader verschreiben lassen. Und man wird nichts bei Euch vorfinden als Euer laues junges Blut und eine giftige Tarantel, wo Ihr Euer männliches Herz haben solltet; die werdet ihr mit einem Frauennamen kosen, dankbar, weil es der einzige Kitzel ist, für den Euer abgestumpftes Dasein noch Empfindung hat. Aber Ihr seid im Irrtum, Herr. Das ist nicht mitnichten das Weib. Das Weib ist vielmehr jener elektrische Traum von Eurer Kunst in Euch, die Welt um ihret- und ihrer Brut willen schlicht und komfortabel, wie Ihr selber seid, machen zu können. Es ist jedoch nicht wahrscheinlich, daß Ihr reüssieren werdet. Gegen die Pocken seid Ihr geimpft, meinetwegen auch gegen Alkohol, Nikotin und Tragik, obwohl Ihr das Eurer alten Generation verdankt, und trotzdem immer noch edle Räusche heuchelt, wo es sich nur um eine speiige Besoffenheit handelt. Aber setzt einmal den Fall, wie würdet Ihr eine solche Expansion vertragen? Ihr, die Ihr stets ängstlich darauf bedacht wart, Euer Volumen einzuziehen wie eine Qualle unter der Sonne, um die Spannung zu konservieren? Ich denke, Ihr würdet zerplatzen, in tausend Stücke würdet Ihr zerrissen werden. Ihr seid ein Überbleibsel auf dieser neuen Erde, die unter einem anderen Atmosphärendrucke gedeiht. Merkt Ihr nicht, daß es ein Anachronismus ist, wenn Ihr Euch modern nennt? Ihr wart einmal, darum seid Ihr für uns noch immer interessant genug, uns um Euch zu bemühen. Nehmt einen guten Rat an und saugt Euch schleunigst mit Leben voll, bevor Ihr zerquetscht werdet . . ." Das wäre Humor vom neuen Kaliber und nach der annehmbarsten Art von dazumal.

Was also in dieser Weise vor sich geht, um darauf zurückzukommen, ist eigentlich mehr als eine Renaissance, eine Wiedergeburt. Eher ist es so etwas wie eine Geburt, oder die klimatischen Folgen eines Seelenbebens, sozusagen ein achter Schöpfungstag, oder eine Arche Noah. Für uns, die wir mitten drin sind und für ihren Akzent kein Maß im Gedächtnis haben, weil wir in Summa er selber sind, ist es eine Geschichtsperiode wie jede andere, eine Kultur, die Schritt für Schritt ihrer bisherigen Logik treu geblieben ist. Aber wenn man das Werk übersichtlich betrachtet, so ist es nicht mehr ein Reim, sondern bereits eine Strophe, die vollbracht ist. Eine Lebensform ist erreicht, und wenn der allmähliche Übergang auch die Bescheidenheit seiner Ansprüche betont, so kann es ihm doch nicht helfen, daß er dabei ein großer Mann wird. Man ist noch eine Art Mensch, aber ohne Weltschmerz, ein hartgesottener Guter und eine wandelnde Ballade vom praktischen Leben. Man hat sich im kleinen Finger und kennt seine eigene Geschichte, vor allem, das ist wichtig, man wird sein eigener Staatsmann. Denn erst die Naturwissenschaft, dann die Weltgeschichte, und schließlich die eigene Geschichte bis auf die letzte Minute mit ihren Voraussetzungen und Möglichkeiten gibt die innere Solidität, man wird förmlich in ein Trikot von historischem Bewußtsein gekleidet, fühlt sich knapp wie in einem Muskelgürtel von Disziplin und von Gewissen für die eigene Einordnung. Man hat das Leben nicht mehr zur Verantwortung zu ziehen, daß es so oder so und manchmal anstößig ist. Es bleibt freilich weniger beschwerlich, um Werte zu fragen und auf sichere verläßliche Antwort zu reflektieren, wie man sich verhalten solle, als das Unternehmen in die Hand zu packen. Kein Zweifel, so und so lange und bis heute hat man gebraucht, darauf zu kommen, daß die Gebrauchsanweisung fehlt. Da half nichts anderes, man mußte das Gift: Leben in seine Bestandteile zerlegen, nachsehen, wie es sauer und basig reagierte, und in welchen Verbindungen es haltbar war. Nachdem man das jetzt beinahe heraus hat, kann man daran gehen es einzunehmen. Das klinische Bild ist vollständig; die Diagnose ist gestellt, also darf man sich endlich wieder mit der Prognose befassen.

Man tritt also jetzt an das Leben praktisch heran. Das Bewußtsein, Kritik des Lebens, ist an und für sich nur eine vegetative Erscheinung, die neben den anderen Erscheinungen des Lebens gleichartig besteht. Aber, und das ist das Grundlegende an der Sache, das Bewußtsein als vitale Erscheinung ist doppelschneidig. Es ist einmal Register und das anderemal Regie, und der Abstand zwischen beiden ist genau derjenige zwischen einer Art und ihrer vorhergehenden nächstverwandten animalischen Lebensäußerung. Elemente werden Bausteine, man weiß jetzt, wie man es zu machen hat. Freilich, die atemraubende Distanz zwischen Edison und Buddha, der anderen radikalen Möglichkeit der arischen Kulturseele, macht zaghaft. Gibt es nach der Erkenntnis der Weltnichtigkeiten überhaupt ein würdiges Leben? Nun, da muß man schon sagen, jetzt soll ja das Kunststück erst beginnen. Fühlen Sie sich mitten durchgebrochen? Sie verstehen doch, es ist ein viel elastischeres Rückgrat nötig, mit dieser unwandelbaren Überzeugung im Gemüte an dem Unsinn der Welt seine Freude zu haben. Wenn das Leben absolut stupide ist, was gilt es dann noch, seinen höheren positiven Typus durchzusetzen? Das ist hier der Punkt, um den sich die Pagode dreht, hier sehen Sie, wie sich die befangene Weisheit Gautamas stabil erhält. Denn indem er das Leben verneinte, mußte er es bejahen, er wollte den höheren Typus schaffen, und das, man muß es gestehen, ist ihm im Durchschnitte gelungen. Er hatte Erfolg, gerade das blamierte ihn, er fiel mit seinem Erfolge durch, denn er erreichte das Gegenteil von dem, was er wollte, er schuf eine pointierte, intensivere Daseinsform. Sein Erfolg war so durchschlagend, daß die Zivilisation, die er übergehen zu müssen glaubte, sich seiner barmherzig erinnerte, sein System adoptierte und in einem phänomenalen Kastendenkmal verewigte, wie es die Welt nur ein paarmal gesehen hat. Was aber seinen Kulturrekord anlangt, so ist er nachgerade daran, geschlagen zu werden. Das Originelle an der alten Geschichte vom Neuen kommt nämlich erst. Es ist alles schon dagewesen. Sehr gut. Denn, wenn man im Grunde zusieht, so hat die geistige Welt genau so ihre begrenzten Mittel, mit denen sie schafft, und ihren Stil wie jeder Weltkörper im kleinen. Aber die Moden sind einander doch nur ähnlich und nie genau dieselben. Alternde Staats- und Rassegedanken verfallen stets auf die gleichen Launen; aber wenn unser Typus heute in der gleichen Dekadenz phosphoresziert, wie zu Zeiten des Fajums, Montezumas und Neros, so ist das doch wieder keine Wiederholung. Was Reaktion gegen den Quietismus und als solche ein historisch beglaubigtes Symptom für die letzten Kulturzuckungen vor der Todesstarre ist, das ist doch zugleich auch ein wundervoller Anfang. Diesmal hilft der technische Sinn, dieses neue physiologische Gesetz der Materie, dieser neuste animalische Instinkt, diese modernste menschliche Emotion, die unfraglich vorhandene Überkultur in praktische Richtungen zu lenken, diese überflüssig sich verlaufenden Kräfte zu organisieren. Das Technische im Geistigen, das produktiv Psychologische, baut sich Blitzableiter für seine Entladungen.

Die Ökonomie des Verhältnisses von Ich und Mitwelt, die taktische Verwendung von Stimmungen, Sensationen und psychischen Einheiten, die dem Ich anschauungsmäßig unteilbar sind, zu der aufs Leben Aller gerichteten Tat, dies ist der Inhalt und das Feld der Psychotechnik. Sie ist ausnahmsweise einmal keine Disziplin der Gelehrten, sondern der Schöpfer, Organisatoren, Erfinder und Künstler im höchsten Sinne. Psychotechnik, unlernbar, lehrt ihre Wissenden die Beherrschung des Elementes: Mensch. Ihr rasendes Ergreifen von Steigerungen, ihre Musik zum verzückten unwahrscheinlichen Gleichgewicht des dionysischen Kreisels zwischen Menschenschläfen ist die äußerste bekannte Kraftform der Germantik, eine Kategorie von Wesenszügen, die mit der Romantik die Schraubung des Erlebnisses gemeinsam haben, aber nördlicher und intensiver hervortreten.

Gerhart Hauptmann oder: Überwindung der Analyse

Gerhart Hauptmann, Vater der Zeit, evoë! Das Leben war in den Winkel geworfen, aber nun ist es uns wiedergewonnen. Das Leben war vergiftet, aber nun hat es bloß einen neuen Geschmack bekommen. In dem langen gotischen Schädel mit den schluchtentief liegenden Augen und einem Gebirge von Gehirn darüber wurde um diese Zeit gestritten, die Zeit war verloren, verraten und verdammt darin, und die romanische Absinthseele, süß, rauschig und trübe umnebelte es. Einen Sonnenaufgang hatte es gesichtet, in dem herrliche Menschenmassen in einen gerecht verteilten Tag zogen. Als sie aber weiterschritten, wurde der Einzelne und Beste krank und verfeinert von der allzunahen Nähe seiner Brüder, er wurde unlustig zur Härte, Trockenheit und Langsamkeit ihrer Bewegungen und ging, der er Massen in Marsch gebracht hatte, ohne seine Schritte nach dem ihren mäßigen zu können, einsamer denn je ein Mann die eigenen Wege. Er war stark, da ging er mit den Starken. Er ging tief, da waren jene nicht stark genug. Er kam von der Kraft in die Schwäche. In der Schwäche war er blendend, dies ist die Eigenart der Starken in der Schwäche. Aber nun wollte er nicht blendend sein, sondern glanzlos wahr und wie sehr er auch die Kraft in seiner christlichen Demut verneinte, er haßte auch die Schwäche, weil sie geistreich war, und kehrte darum zu einer erdigen Kraft und zu einer unromantischen pragmatischen Lebensfreude zurück. Dies war der Wandel der Zeit, wie sie durch das Gehirn Hauptmanns zog. Als die Schwäche, die brillante, faszinierende, hektisch-erglühte Schwäche hinfällig geworden war, ergriff sie mit Gabriel Schilling die Flucht ins Meer, wo die alten Töpfe rosten und gespenstische Wracks gründeln, während ihre Gallionsfiguren steif und mystisch durch das grüne Wasser schauen. Ein nordischer Kräftefrühling, eine frische salzige Brise und ein gesundes, heiteres, unüberspanntes Menschenpaar, das eine Generation prächtiger Enkel und Kinder zeugen wird, blieben uns am Ufer dieses Lebens zurück und darum evoë!

Wenn Hauptmann mit einer Notiz, einer Zuschrift, der Antwort auf eine Enquete in die Öffentlichkeit tritt, wird es märchenhaft. Die Rede ist nicht links und nicht rechts, sondern geradeaus auf die Sache losgeführt, die Meinung ist ohne eine Floskel gesagt, hier glänzt wirklich Stil durch Abwesenheit, das Ganze ist mit dem letzten Verzicht aufs Imponieren hergegeben. Und genau so märchenhaft geht es in seinen Stücken zu, da sind keine Offerten zugunsten des Künstlers, nichts, was verführen soll. Hier stelle man sich den dazugehörigen Kopf vor, einen Dämen-Kopf, der als Gebilde das geistreichste Anatomikum eines gotischen Schädels ist seit Goethe. Diese Form, wo hat man sie doch schon gesehen? Richtig, er sitzt wie ein Polyp auf dem schlanken engen Körper und saugt ihn aus, die fanatische Lebenskraft, die sonst vielleicht in diesen Gliedern prall ausgebrochen wäre, wölbt nun seine Knochen. Der Kopf, mit seinem Innen und Außen, seiner Plastik und seinem Denkvermögen, ist an und für sich ein Held, ein Wundertier, ein Original; er ist ein Symbol von Macht und eminenter geistiger Kraft; wenn er aber von der Arbeit, die in dieser monströsen chemischen Maschine geleistet wird, durch seinen Mund zu verlautbaren beginnt, wird es heimlich, und plötzlich weiß man, wie das Mächtigste menschlich und das Menschliche mächtig ist. In diesem Kopfe ist die Meisterglocke versunken, und nun tönt sie fort; aber auch Pippa, das Menschheitsfünkla tanzt in ihm, und nun ist es ebensowohl der Schädel des Menschheitstieres, des alten Huhn, als der des ewig-Wer irgend-Wann. Der alte Huhn, das ist die Leidenschaft des Menschen mit Ruß und Asche vermengt, aber er ist, wenn man genauer zusieht, ganz weiß an der Haut unter den Kleidern wie sein Menschenbruder Wann, der Un-Mensch auf der andern Seite des Lebens. Wann ist nämlich der Un-Mensch mit der weisen, der kalten Verzweiflung. Der wirkliche Mensch sieht entweder so aus wie Michel, der Poet und Okarinabläser, oder wie Professor Mäurer, der auch ein Künstler und Poet ist, aber ein moderner, und bei dem die Poesie daher bereits manche Vorläufigkeiten früherer problematischerer Typen ratifiziert hat. Der Gewinnst solcher Köpfe, wie deß Hauptmanns, kommt ihm zugute, die neugewonnene Lebenssicherheit. Jenseits des Lebens gibt es aber noch einen dritten Un-Menschen, den der inbrünstigen Verzweiflung. Er heißt Arnold Kramer und Gabriel Schilling.

Die Tragödien dieses Leidens sind als Möglichkeiten bürgerlicher Konflikte fesselnd, aber ihre Bedeutung geht übers Persönliche hinaus. Das Schicksal Kramers und Schillings ist derselbe Gedanke in zwei Perioden; das erstemal ist er "der Deutsche", das zweitemal bereits "der historische Deutsche", vom Dichter aus gesehen. Man sieht gleich wieder einen hypertrophierten Schädel, diese Röhre, die sich unsäglich spitz zum "Ich" verdünnt, eine Pinzette des Bewußtseins. Es ist der Deutsche um 1890 herum, ein Kopf, nur ein Kopf und darunter als Anhängsel der ganze Knäuel von Verwicklungen, der mit den eingeschrumpften Gliedern, Organen, Funktionen nachgeschleppt wird. Der Kopf möchte eigentlich allein leben, der Nimmersattkopf, der auf seinem Träger wuchert. Dadurch wird er selbst schwach und will zuletzt nicht mehr denken können wollen. Er wird einfach feige wie ein verletzter Knöchel, der die Subordination verweigert. Das ist die Station, an der der Maler Schilling entgleist. Er hat zwei Frauen um sich, eine energische, beschränkte und reizlose Person von niedrigem Selbsterhaltungstrieb; an der andern Seite ein schönes Luder, das doch sehr hoch steht. Diese Frau hat Lunge, Herz und Nieren und speziell die weiblichen Organe gesund, all dies ist bei ihr so rassig, wie bei dem Maler der Schädel. Sie ist ein wilder schlagfertiger Mensch; ein wenig nervös ist die sympathische Kanaille, aber das kann man nicht krankhaft nennen, wenn der Mensch sich am Heißhunger aufzehrt. Schilling nun, der so fabelhafte Einfälle hat und allen Personen im Stück überlegen ist, müßte sich durch eine einfache Rechnung entscheiden können. Da ist er nicht imstande, ein fremdes Schicksal anzutasten, er scheint apatisch, er stemmt und weigert sich, wie ein kranker Knöchel, beholfen zu sein. Es zeigt sich plötzlich, daß die Urteilskraft eingeschüchtert und der Kopf zu träge ist, daß er offenbar nicht genügend genährt wird und daß das Blut nicht im richtigen Verhältnis durch ihn hindurchströmt. Meerbäder, Spaziergänge, zufällige Gymnastik und die Massage der ozonreichen Seewinde auf der verwöhnten Haut bessern ein Zeitlang diesen Zustand. Als aber das slawisch-jüdische Vollbluttier ihn anspringt, wirft es ihn nieder, jetzt kann er sich nicht mehr erheben. Der Kopf ist nicht klar und vermag die Wirklichkeit: Griechenland oder Hanna Elias oder Gabriel Schilling nicht zu fassen. Eine ungeheure Müdigkeit und Zerbröckelung überkommt den Mann.

Bei dem starken, unbegrenzten Wann, der seine Illusion deponiert und als tote Rümpfe untern Dachbalken hängt, ist der Intellekt ein lebensfähiger Ersatz für andere Triebkräfte geworden. Im Gedanken schafft die Natur dem Kräftigen ein Symbol seiner Instinkte. Bei Schilling ist der Geist nicht stark genug, Geist zu sein, es entscheidet sich also Alles doch nicht geistig, sondern physisch. In dem Bildhauer Mäurer ist die Lebensfähigkeit bei strenger geistiger Disponierung erreicht. Um diesen Typus wird es sich in Zukunft handeln.

Die gotische Ruine, zu der der Kontur von Hauptmanns Schädel sich schlingt, weissagt, daß in Hauptmann eine Rassefrage sich beantwortet. Die Lethe- und Absinthkultur und der Pariser Buddhismus, die Selbstvernichtungs-Harakiri- und Opiumträumer-Lust, der asiatische Grundstock jedweder Menschheit, der vor zwei Jahrzehnten durch das europäische Land hervorgebrochen war, ist in Hauptmann überwunden. Der geistige Epikuräer denkt frugal. Hauptmann ist aber auch nicht der gestillte eudaimonistische klassische Mensch, dazu ist er zu intellektuell. Er ist der gotische Mensch, der catch as catch can-Mensch, der freie-Stil-Mensch, der einfach zugreift, auch mit dem Gehirn. Aus Werther, Tasso und Faust einst wurde jener große Deutsche, der den zweiten Teil Faust füllt. Schilling war der um 100 Jahre älter gewordene Tasso und Mäurer steht vor der heutigen Welt so da, wie Antonio vor der damaligen. Hauptmann wird nun wohl seinen Erlösungsgesang schreiben müssen, in dem das Evoë dieser Zeit aufklingt, seinen Faust II.

Die gelbe Kalesche

Novellen von Julius Szini. Übertragen von Stephan J. Klein - Saturn-Verlag, Hermann Meister, Heidelberg 1914

Wir sind von der jungen magyarischen Literatur, zumal aber von jenem Teil, den uns Stephan J. Klein von seinen meisterhaft eingelebten Übersetzungen zur Kenntnis bringt, gewohnt, daß sie kleinere, in sich geschlossene Kunstwerke produziert, von jener vollkommenen Form, wie sie bisher nur die kurze epische Erzählung der Franzosen hervorgebracht hat. In dieser Gewohnheit und Erwartung sind wir auch hier wieder durch Julius *Szini* bestätigt. Anmutig und von fremdartiger Zagheit, aber kräftig und wie Kleinmädchenblicke sich darbietend, sind diese mit behutsamer Hand entrollten Lebensbildchen Märchenfragmente einer unfernen Wirklichkeit. Und nicht umsonst hat der Instinkt den Autor angetrieben, eines seiner entzückendsten Pastelle, die "Legende vom Prinzen Yoru", in ostasiatisches Gewand zu kleiden. Eine andere dieser widerstandsfähigen Zerbrechlichkeiten ist "Der Lebküchler". Und "Triliby", ha Triliby - "Wir Männer wären ein Mysterium? ... Es ist möglich!" Solche Anfänge stiehlt sich ein Talent. Packt seine Siebensachen (sind nur sechse) in ein "gelbes Kaleschchen" und führt uns reizend, kosend, liebhabend, trauernd ein Stück Lebensernst und Liebesleid spazieren. Wir sagen frommen Dank. Und hoffen, daß St. J. Klein bald wieder ein Szini-Büchlein überträgt.

Beiträge zu Österreichischen Erziehungs- und Schulgeschichte

Herausgegeben von der österreichischen Gruppe der Gesellschaft für deutsche Erziehungs- und Schulgeschichte, 15. Heft. - Verlag Karl Fromme. Leipzig und Wien, 1914

Dieses Heft ist reichhaltig an Information und pädagogischen Winken und bringt Beiträge aus der Feder hervorragender Lehrer und Schulorganisatoren. Es enthält von P. Ludwig Koller, O. S. B. in Göttweig, einen Aufsatz über "Deutsch-österreichisches Schulwesen vor der Reformation", ferner Mitteilungen vom kaiserlichen Rat August Hofer und A. Gubo, den größeren Teil des Heftes bestreitet der bekannte Schulhistoriker und Pädagoge Dr. Karl Wotke. Ein sehr instruktiver Beitrag zur "Geschichte des Piaristenordens" dürfte allgemeinem Interesse begegnen; er enthält Urkunden über den Status dieses bedeutenden Erzieherordens aus den Jahren 1792-97, die mit Gründlichkeit, Sachkenntnis und Überblick das Netz der damaligen Zustände entwerfen. Mit emsiger Einsicht in die Bücher des Ordens, in fremde Glossarien und Betrachtungen ist der Gang der Reformen geschildert, der sich aus der damaligen Lage der Priesterlehrer und der Erziehung im allgemeinen ergab. Es ist lohnend, sich um die Kenntnisnahme dieser Vorgänge zu bemühen und mit den fiskalischen und systematischen Mitteln einer so vergangenen Epoche bekannt zu werden. Die Mühe fällt umso leichter, als Jedwedes knapp und schlagend formuliert ist. Andere Aufsätze Dr. Wotkes handeln über "Priestermangel", den "Gymnasiallehrplan der Wiener Gymnasiallehrerversammlung 1792", die überraschende Perspektiven in die Art der damaligen Lehrmethodik bietet, und bringen auch eine Kritik von "Drei Arbeiten des Freiherrn v. Birkenstock" aus der gleichen Epoche. Man erfährt Grundlegendes über Birkenstocks großartige Organisationsarbeit. Soweit Dr. Wotke selbst das Wort nimmt, zeichnen sich die Ausführungen durch überlegene Kenntnis, geschickte Disposition des Stoffes und mustergültig klare Sprache - auch unter Pädagogen oft eine Seltenheit - aus.

Der Futurist

Nicht der Futurist, der Mensch der Kontre-Anarchie wird das Geschenk des gegenwärtigen Geschlechts an die Menschheit sein.

Und so ungerecht, den Futurismus ohne Kenntnisnahme seiner inneren Kraftordnung zu verwerfen, so vorurteilsvoll, vor bösen Wirkungen und Mißbildungen unbekümmert um den guten Geist zu werden, der etwa dahinter stecke, dürfte allein der fertige und gereifte Mensch sein. Auf dem Wege zu diesem haben wir im Norden eine Hand auszustrecken nach allen Kämpfern im Süden - um sie im gegebenen Augenblicke wieder energisch und unsentimental zurückzuziehen.

Denn dem Futuristen geschieht Unrecht und Notzucht, wo der Kunstkritiker sich für ihn berufen hält. Der Futurismus ist nicht eine künstlerische, sondern eine Lebensbewegung. Er sprengt und regelt Formen, um den Namen für Kräfte zu finden. Inmitten der allgemeinen Auffrischung des europäischen Typs stellt er ein völkisches Ereignis dar, das romanischen Nationen in zwölfter Stunde beschieden erscheint. Und das Jahrzehnt, das Italiens Politik von provinzlerischer Irredenta zu Mittelmeerhoffnungen und afrikanischer Expansion entwickelte, hat auch den Sturm und Drang des Mailänders Marinetti jungen Romanen verständlich gemacht.

Die Futuristen sind junge Italiener, die, im gastlichen Paris ausgeschwärmt, die neuen Formen für ein neues Lebensgefühl suchen. Die Überhebung der Bewegung liegt wie die des Amerikanismus in einem Mangel an Gedächtnis oder Bildung: denn was neu gewähnt wird, ist das Erbe eines alten bewährten Blutes, ist eine Überlieferung alter und schon längst geformter Werte. Den Trieben, der innersten Bestimmung aus dem Ich, redet der Futurist das Wort, wenn er den Intellekt verpönt, verleumdet, verschreit. Die fertige und gegebene, unzerlegbare Anschauung des Mystikers, durch Einfühlung mehr denn durch Verstand und rechten Willen verständlich, gilt ihm höher als der Erfolg baumeisterlicher Logik. Nichts anderes haben das Christentum und die guten alten deutschen Mystiker bis Hamann gelehrt.

Die Auffrischung des europäischen Typs hat in England und Deutschland eine Anzahl kleinerer Bewegungen ausgelöst, die von der Eugenik bis zum Werkbund und zum Vortrupp-Parlament den ersten Sprechversuch einer sicheren inneren Stimme darstellen. Diese kleinen Bestrebungen machen, gerade wo sie falsch und fanatisch auftreten, keinen unfreundlichen Eindruck; es sei denn, daß um einen Grad zuviel System und Trockenheit in ihnen liege, was aber dem hilflosen Temperamente von Durchschnitts- und Massenbewegungen im Norden stets anzuhaften pflegt: falsch sind sie freilich trotz alledem. Die körperliche und neu angepaßte Vollkommenheit des Menschen wird gesucht; ob aber die scharfe Abstinenz den Typus steigert, wenn sie ihn schon gesundet, und ob der Reichtum des inneren Erlebnisses, das der Wein im nervigen Menschen auslöste, in einer giftgeschonten Existenz aufgewogen erscheint? Es wird am Menschen geknausert, statt gespart, statt entwickelt, und wer Werte gewinnen will, muß Einsätze geben. Der Alkohol macht selbst nicht geistig noch bravourös, höchstens besoffen und zeugt schlechte Nachkommenschaft. Aber der Genuß wird zuviel als Sünde und die Enthaltsamkeit zuviel als Tugend erwogen, und dies muß notgedrungen eine armselige und furchtsame Haltung ergeben. Erwiesen ist der Niedergang der deutschen Nation durch Alkohol; erwiesen aber ist auch die Verfeinerung ihrer Feinsten, eine Vitalität zwischen Giften, eine Gesundheit zwischen Anfechtungen, eine olympische Klarheit zwischen Dämmerzuständen.

Weil Hundsfötter sich den Wanst vollgossen, sollen wir den Wein der Sonne den Rebläusen überlassen; und weil Schweine sich in Vernunft wälzten, sollen wir nicht geradeaus denken dürfen. Dies letzte ist die Reaktion des Futurismus. Er bekräftigt das Emotionale wider den Intellekt; er will einen neuen, lebhafteren, unanalytischen Typus schaffen und die Eingebung statt der Überlegung zum Gesetz menschlichen Handelns machen. Dies heißt, die Kraftrarität, den seltenen Augenblick der Überwältigung zur Norm verpöbeln, und ist spießerhaft. Denn der Philister ists, der immer im Alltag sitzt und im Ausnahmszustand sitzen möchte. Der gesunde und anmutige Geist aber läßt alles an seinem Platze, den Alltag und die Arithmetik, und die starke Stunde und den Rausch der Intuition. Der Futurist ist wider die Vernunft; und doch ist nichts so stark mit Rationalismus durchsetzt wie seine Lehre und seine Tat. Er ist, ich weiß es nicht genau, vermutlich für den Alkohol. Aber als symptomatische Äußerung eines richtigen Aufschwungs allgemeinen Lebensgefühls ist er ebenso falsch wie der Antialkoholiker im Norden. Die Tüchtigkeitsbestrebungen in England und Deutschland sind sympathisch, aber ein wenig fade. Auch der Futurist ist keineswegs unsympathisch; aber er ist romanisch dreimal übersalzen.

Das soziale Leben scheint ihm ein etwas poetischerer Verdauungsprozeß; die künstlerische Arbeit aber ein tabellarisches und formulatives Resultat, eine hypothetische Aufgabe, ein Chiffrierungsproblem. Um seine literarische und malerische Leistung zu verstehen, gibt er einen Schlüssel mit, nach dem denn auch die Lösung des Geheimnisses gelingt. An die Stelle der Anschauung setzt er die Rechnung; und an die Stelle des berechnenden Willens die Zuchtlosigkeit, den Zufall, die wenig gewählte Assoziation. Er verehrt die Maschine, nicht weil sie die Tugenden einer Maschine besitzt, sondern weil sie kein Kanapee ist. Das Wichtigste, das Begeisternde an der Maschine ist aber der Umstand, daß sie nicht zu spät kommt.

Der Futurist besingt die Schnelligkeit: aber er geht verwirrende Umwege, um sie gefällig zu machen. Er setzt akute, ausgeprägte, linealgerade Tugenden ein, aber sie heften nur am Reißbrett da. Und während er den vernünftigen und klaren Willen innerhalb der menschlichen Gesellschaft und ihres Alltagslebens als den leibhaftigen Zigeuner-sei-bei-uns mit Kreuzschlagen ausmerzt, verkennt er die Gewalt der Selbstverständlichkeit, die im Anschauen künstlerischer Dinge beschlossen liegt.

Aber nicht die futuristische Kunst, die futuristische Moral ist das Ereignis, das uns interessiert. Die ausgestreckte Hand nach Süden, zurückgenommen und vorbehalten, reichen wir wieder: dieselben Kräfte, die den europäischen Typ im Norden zu gesunden trachten, sind auch in dem wilden Chor der jungen Futuristen rege, die Kunst mit Zerrbildern scheuchen, wenn sie dem neuen Leben mit Gesten einer neuen brausenden zeitgemäßen Anmut winken. Die Emotion ist alt und rassig; ihre Äußerung übertrieben, suchend, gierig, erfunden wie die Form eines modernen Vehikels, das binnen einer Woche seine Gestalt von Grund aus ändert. Und der Futurist hat die Kunst auch gewissermaßen überwunden, und in seiner übertriebenen Geste steckt ein gut Teil Verachtung für ihre Kleinlichkeiten, ihr notgedrungen menschliches Versagen, ihren moralischen Ballast an Furchtsamkeit, Zurückhaltung, Unwahrheit, Bequemlichkeit, Aufopferungsunlust. Der Futurist hat den künstlerischen Menschen, diese Totenmaske des Liberalismus aus seinen letzten Jahrzehnten, revolutioniert, um zum menschlichen Künstler zu kommen: und hat damit nur auf anderm Wege versucht, was seit Jahren von unserem Geschlechte erwirkt wurde. Mit seinem Eigenresultate kann man, und zwar je weniger man Künstler und je mehr man Mucker ist, desto unzufriedener sein; der Anlaß aber, der Temperamentsausbruch, der Kraftüberschuß, die gedankliche Unternehmungslust fesseln das heftige Gemüt auch des Nordens. Die technischen Manifeste über Malerei, Skulptur und Literatur, die von Marinetti erlassen sind, enthalten für den guten Kopf nicht zu verachtende Genüße, sie sind reich an Beobachtung, Scharfsinn, Bildkraft und ganz schlauen und einsamen Gedanken in haltbarer Form. Ihre endgültigen Folgerungen sind ein Fehlschlag, denn sie technifizieren die Kunst und schaffen ihr künstliche Sprachen, eine Art artistischer Volapüks. Doch der Künstler, von dem Thomas Mann einmal umfassend bemerkt, daß er ein Gemisch aus Zucht und Zuchtlosigkeit darstelle, ist ein so definitiver gottgewollter Typus, daß man ihn nur auf die Gefahr hin, ihn seiner Fruchtbarkeit zu berauben, zur Strammheit erziehen kann. Er wird, wenn er ein guter Künstler ist, diese Strammheit gestalten, aber auch sie nur in Ohnmächten und Niedergängen und Zweifeln erleben. Wichtig ist, daß er sie wieder besinge. Wichtig ists, zu verhüten, daß seine Berufsmoral einem Volke zum Vorbild diene.

Die futuristische Kunst mag ärgern oder unterhalten, so wird, wer deutlich seine Zeit im Pulse fühlt und den weitschwingenden Takt eines Jahrhunderts vernimmt, in den schnellen Taktschritt des Futuristen mit einfallen und bei seiner Moral aufhorchen. Der Futurist rühmt die Liebe zur Gefahr, den Militarismus, den Patriotismus, den Krieg, die einzige Hygiene der Welt und ihre einzige moralische Erziehung. Er lehrt die schönen Ideen, die töten, und die Verachtung der Frau und die zerstörerische Tat des Anarchisten. Wohlan! Wir aber lieben den Krieg, den großen Schaffer, Richter, Rächer und Lohner für Gut und Böse, der mit allen Mitteln dem Allstärkeren hilft; wir lieben die furchtbaren harten Ideen, die zeugen, und lieben die Liebe zum Weibe; und rühmen die Zerstörung zerstörende Tat des exakten, gehorsamen, innigen Menschen, des fröhlichen, erobernden, schöpferischen Menschen, wir rühmen den Dreadnought-Menschen, den Menschen der Kontre-Anarchie, den Bürger eines heroischen Zeitalters!

SCHRIFTEN 1915

Russischer Volksimperialismus

Es kann heute als allgemeine Beobachtung gelten, daß sich zwar nicht das politische Interesse, wohl aber das Interesse der politischen Denker in den letzten Zeiten Rußland zugewendet hat. Man spürt seinen eigentümlichen Gesetzen nach und analysiert seine "letzten" Bewegungsursachen. Man findet indes nur die vorletzten. Zwei ausgezeichnete Bücher, in vermutlich ganz verschiedenen Sphären und unabhängig voneinander entstanden, treffen sich in der Konstatierung der vorletzten Tatsache, daß der ehemals zarische Imperialismus vom russischen Volke weitergetragen wird, und daß die Maßlosigkeit des russischen Landes beeinflussend auf das Ferngefühl, im imperialistischen Sinn auf das Verfernungsgefühl des Volkes gewirkt hat. Die beiden Bücher sind: Paul *Rohrbachs* "*Rußland und wir*" (Verlag J. Engelhorns Nachfolger, Stuttgart, 1915) und Karl *Leuthners* "*Russischer Volksimperialismus*" (S. Fischer Verlag, Berlin, 1915). Rußland ist eines jener ungeheuren politischen Tiere, das sich nach dem Gesetz seiner Eigenschaften bewegt. Ein gleichmütiger, beinahe temperamentloser Hunger, ein hemmungsloses Wachstum rückt es unaufhörlich wie die Zeit vom Flecke. Auf seinem Wege nach dem Stillen Ozean, nach dem Persischen Golfe gibt es keine dauernden Hindernisse. Man kann annehmen, daß es einst seine europäischen Provinzen verlieren wird. Daß es nicht eines Tages seine eigenen heiligen Grenzen im heiligen Ganges und bald im Indischen Ozean baden wird, ist unvorstellbar. Mit einer Gesetzmäßigkeit, die etwas Grauenerregendes an sich hat, vollzieht sich dieser historische Prozeß: die Slavisierung Westasiens und die Bildung einer "asiatischen Nation". Alle die alten arischen Stämme, alle die alten vorderasiatischen Halbkulturen werden in die mächtige russische Seele aufgenommen werden. Und am Ende einer voraussichtlichen Geschichtsentwicklung stehen diese beiden Typen: der germanisierte Slave und der slavisierte Iranier. Immer wieder wird Rußland das tiefe Geschöpf dieser Art sein: Melancholie des Kämpfenmüssens und Friedenwollens; der frohe und gutmütige Lebensappetit mit der Hölle im Blute; die gesunde und nicht zu dämmende Expansion an der Front und die Revolution im Rücken. Immer wieder wird Rußland dieses mystische beklemmende Tier sein, dessen Zähne vom Lebensgenuß und von der Beute lächeln, während seine ersten und nun letzten Teile langsam abfaulen. So wird sich Rußland bewegen, über Sibirien, vielleicht über Kanada. Ein Reich wird entstehen, das einen neuen Typus zeitigt, den Sibirjaken, eine Analogiebildung zum Nordamerikaner, einen Gründertypus wie diesen. Aber während es Asien gewinnt, wird es Europa verlieren. Damit hat es seine Mission erfüllt. Das europäische Slavenerbe tritt Österreich an. - Rußland ist im Grunde friedlich. Man vergleiche den russischen und den deutschen Imperialismus. Der deutsche gipfelt in einer abstrakten Idee. Er ist eine Art Spannung und Aufgeregtheit, so wie sie der stark trainierende Sportsmann

besitzt. Der Imperialismus Rußlands aber ist eine beinahe physische Verbrei-
terung. Still, ohne Coups, ohne Einmärsche, beinahe unbekannt vollzieht sich
die russische Durchdringung Asiens. Rußland siegt förmlich mit Niederlagen.
Man kann Rußland nur bewundern. Es ist von einem mächtigen Gemüte, von
einer allgemeinen menschlichen Sittlichkeit erfüllt, die nur durch den humanen
Maßstab des europäischen Liberalismus nicht erfaßt werden kann. Bei all der
Grausamkeit und Verwirrung, die der russischen Seele anhaftet, steht der
Russe als Mensch und Kulturtyp höher als der moderne schlenkerige Franzose, dessen Wesen seit hundert Jahren eine immer stärker werdende Ver-
flachung und Entrassung aufweist. - Um so unbegreiflicher ist es, wenn selbst
hervorragende Denker und Politiker, wie Paul Rohrbach, in den allgemeinen
Fehler oberflächlichen Beurteilens verfallen und von den Russen als "unkul-
tivierten Barbaren" sprechen. Das Gegenteil ist richtig. Die russische Seele ist
maßlos, das ist wahr; aber seit wann wäre Maß ein Vorzug der deutschen
Kultur gewesen? Nur einmal, verpfuscht in ihrem Wesen und eigentlich schon
wieder übermaßen, nämlich in der Meistersinger- und Stollenzeit. Die Maßlosigkeit der russischen Seele hinwiederum hat im seelischen Leben dieses
Volkes ungeheure sittliche Werte geschaffen. Diese Werte, unter der Formel
"Autokratie des Bewußtseins" zusammengefaßt, haben eben jenes Letzte im
russischen Wesen herbeigeführt, das sich niemand erklären kann, auch Rohrbach und Karl Leuthner nicht. Rohrbach führt den Übergang des imperialistischen Motivs vom Zarat auf das Bauerntum, auf die Stolypin'sche Agrarreform 1905 zurück. Sein Buch resultiert in den folgenden entscheidenden
Sätzen: "Das gegenwärtige Rußland ist nicht konservativ, es ist nicht einmal
mehr absolutistisch, sondern es ist demagogisch. Die russische Gesellschaft
ist es, die jetzt die russische Politik macht, nicht mehr der Zar. Die wirtschaftliche Entwicklung der letzten zwei Generationen hat die bis dahin leblose russische Volksmaterie entfesselt. Dieser neue Bauernstand ist die eigentliche
Gefahr für die westeuropäische Welt. Die öffentliche Meinung in Rußland,
der gegenüber die Regierung und insbesondere der Kaiser so gut wie keinen
Widerstand mehr wagen, ist der tatsächliche Selbstherrscher geworden." Ich
setze aus dem Buche Leuthners, das eine Fortführung und kulturelle Vertiefung des rein politisch gedachten Buches Rohrbachs ist, fort: "Die russische
Allmenschlichkeit, der slavophile Messianismus Dostojewskys, Danilewskys
Stufentheorie sind dagegen die mystisch-religiöse oder rassentheoretische
Verklärung und im Endergebnis die Nationalisierung des russischen Eroberer-
reiches, sozusagen die Volkwerdung des zarischen Imperialismus! .... eines
fertigen Machtstaates Ziele und Strebungen aus den schwach gewordenen
Händen des Absolutismus die zur Selbstherrlichkeit sich erhebende Nation
übernimmt, sie mit entfesselten Kräften ins Ungeheure erweiternd. Noch vor
dem bewußten Nationalismus der Intelligenz hat das russische Volk durch die
Tat dem Eroberungszuge der russischen Politik in seinem eigenen Ausdeh-

nungsdrang die nationale Weihe verliehen. Das Volk selbst in seinen politisch denkenden Schichten ist zum bewußten Träger der Machtideen des russischen Nationalismus geworden, deren Vertreter und Willensvollstrecker bisher der Zar gewesen." - Rohrbach in seinem politisch grundlegenden Buche erklärt die nun einmal feststehende Tatsache, daß wir es nicht mit dem Zaren, sondern wirklich mit dem russischen Volke zu tun haben, durch ein sozialwirtschaftliches Ereignis. Leuthner in seinem sprachlich und denkerisch geradezu imponierenden, jedenfalls entzückenden Buche erklärt die Tatsache physiologisch und sucht sie scharf ins Bewußtsein des Deutschen zu rücken, um auf eine Gefahr aufmerksam zu machen. Seine Erklärung ist: "...... Imperialismus nach seinem Grundtriebe, hat die Weltweite des nordeuropäisch-asiatischen Tieflands in seinen Empfindungsrhythmus aufgenommen." Er zitiert Ruedofer: "Diese Überzeugung ist aufgebaut auf dem Bewußtsein des ungeheuren Raumes, den das russische Reich einnimmt. Der russische Bauer steht hinter seinem Pfluge und sieht die unendliche Ebene und alles ist Rußland", und Gogol: "Was verheißt die unermeßliche Freiheit und Weite, oder sollte hier in deinem Schoße auch der unendliche Gedanke geboren werden, wo du doch selbst kein Ende hast?" Diese Auffassung ist unbefriedigend. Der Horizont ist überall gleich groß. Es ist auch nicht einzusehen, warum unter den gleichen territorialen Bedingungen nicht auch die anderen, die 'eroberten' Völker, wie Polen, Ukrainer, Grusiner oder Kalmücken zu Eroberern wurden. Das weite Land, die Ansammlung von Erde, Menschenmasse, Zahl und die zentralisierend verstopfte Dichtigkeit, das Blockformat dieses ganzen Erobererobjektes sind Folgen. Ein durch sittliche Rechenschaft ganz beispiellos gehemmter beispielloser Formdrang massiert, statt zu formen. Die Verachtung des Dinges, im Widerspruch mit dem Instinkt des Menschen, zwingt notwendig eine unbefriedigt bleibende sammlerische Energie hervor. Das richtig beobachtete Häufen, die epische Leidenschaft des Russen, wie man sagen könnte, ist also nur ein korrumpiertes Formen. Das Leuthnersche Buch, das mit einer ganz bedeutenden, literarisch noch nie so würdig in Erscheinung getretenen Persönlichkeit (der Verfasser ist Abgeordneter) bekannt macht, ist das informativ und psychologisch beste Buch, das ich bisher über das geistige Rußland gelesen habe, und ergänzt die gründliche und gescheite politische Arbeit Rohrbachs zu einem runden Bilde des russischen Volksimperialismus.

SCHRIFTEN 1916

Inhalt ist Form. Diese These ist künstlerischer Apriorismus. Und was wäre in der Kunst nicht apriorisch? Man kann ebensogut sagen, Form ist Inhalt. Und man wird, je nachdem zwei Menschen das Eine oder das Andere voraussetzen, nicht einmal auf sie schließen dürfen; die Überlegung ergibt, daß man aus Stärke das Gleiche, aus Stärke aber auch das Entgegengesetzte wählt. Jenes kennzeichnet etwa den Franzosen und den Engländer, dieses den Deutschen und den Slaven. Die Permutationsmöglichkeit des Verhältnisses Form zu Inhalt ist also für jeden Typus gar keine; für unseren engeren Typus eine vierfache, denn es wird das Entgegengesetzte gewählt; aber im Gegensatze als Bewegungsprinzip der Seele liegt es, daß man nicht auf der Gegensätzlichkeit besteht, sondern sie beweglich durch positives Verhalten unterbricht. So gelangen wir schließlich auf diesem spekulativen Wege zu einem Ergebnis, ausdrückbar in den Sätzen, erstens: daß die deutsche und die slavische Wesensart permutativ, also innerlich verwandt und nach außen hin gegen den fränkisch-angelsächsischen Komplex abgegrenzt ist; zweitens, daß dieser letzte seelisch-positiv wirkt, an Form zwar straffer und klarer, aber an Inhalt genau um die Hälfte aller östlichen Möglichkeiten bar ist. Diese beiden Sätze enthalten mehrere neue Auffassungen, die an Hand der Literatur und der sozialen Kultur gedeutet werden sollen.

Der hier vertretene Standpunkt deckt sich nicht mit der von der laufenden Politik abgeleiteten Anschauung von "russischer Barbarei". Diese Anschauung kann man bei näherer Betrachtung nicht teilen. Kriegsgreuel gehören in ein Gebiet von seelischen Äußerungen für sich. Die russische Seele ist zweifellos grausam und zu Exzessen jeder Art geneigt. Die Empörung über gestrige Skandale kann aber unmöglich bestimmend sein für die Aburteilung eines so alten und entwickelten Seelenlebens, wie es das des Russen darstellt - und dies versteht man ja wohl unter Kultur, die Entwicklung einer typischen Seele und ihre Schwankungen und Festigkeiten.

Teilt man die europäische Seele, die im Ganzen germanisch wäre, so erhält man einen fränkisch-normannischen Westen und einen gotisch-slavischen Osten. Im Mittelland, das heißt über Deutschland und England, breitet sich ein verbindend nivellierendes Element aus, das sächsische. Zum Osten gehören die Skandinavier, die Deutschen, Russen und anderen Slaven. Diese Einteilung widerspricht jedem herkömmlichen Begriffe. Studiert man aber das Wirken der Volksseele genau, wird man finden, daß die "Westlichkeit" des Deutschen nur in seiner Permutationsfähigkeit inbegriffen, aber nicht dominierend ist. Noch heute besteht die uralte Sympathie des Deutschen für den Franzosen, die sich in der schattierten Haltung des Publikums gegenüber den Gefangenen, in Äußerungen bedeutender Politiker, Militärs und Schriftsteller kundgibt. Der Deutsche ist vom Franzosen gefesselt, eben weil dieser das schlechthin Andere ist. Er hegt den Franzosen in sich; umgekehrt ist hier nicht gefahren. Der Franzose, der seine Form nicht dehnt und sie nicht paradoxiert, der einen "stehenden" Inhalt besitzt und nicht einen "setzenden", leidet den Deutschen nur wenig, weil auch er in ihm das schlechthin Andere sieht.

Ein Volk, dem wir keine besondere studienhafte Zuvorkommenheit beweisen, sind die Russen. Sie sind uns gleich; nicht in der Absolutheit, die sie nicht besitzen, so wenig wie wir; sondern im Mangel an dieser, in ihrer Differenziertheit. Desgleichen sind wir für die Russen das uninteressanteste Volk; wir sind ihm ähnlich. Er haßt uns als Kenner. Er verachtet uns, weil er an uns die gleichen Eigenschaften gewahrt wie an sich, nur in größerer Strenge und Härte. Er verachtet uns umsomehr, als er uns mit diesen wohlbekannten Eigenschaften einer derberen Ausgabe Erfolge erzielen sieht, die er selbst im Grunde seiner Seele verschmäht. Er empfände es als Blutschande uns zu lieben. Unsere eigene Gleichgültigkeit gegen ihn hat dieselben Gründe. Er ist eine verwilderte Form unseres "wilden" Geistes; etwas gemäß unserer ausschlaggebenden Gegensätzlichkeit in uns Bekämpftes und - natürlich, da wir es vermeiden wollen, konsequent zu bleiben - Überwältigtes. Wir interessieren uns für das *Behagen*, die *formgewordene* Inhaltlichkeit des Franzosen oder Engländers, produzieren sie wohl auch in Kunst und Leben, unterbieten oder überbieten sie aber ebenso oft. Denn unsere Liebe gehört nicht uns noch dem Eigenen. Stark und eigenmächtig, von alles niederwerfendem Selbstgefühl sind wir erst in der Erhaltung unserer Universalität, Gegensätzlichkeit, Inklusivität. Schon den nächsten Universellen, den Russen, übersehen wir als unauffällig.

Dennoch sind wir mit ihm verwandt; verwandter als irgend einem Volke, den Skandinavier ausgenommen. Gerade dieser zeigt wieder den osteuropäischen Charakter. Kierkegaard könnte ein Russe sein. Dostojewsky könnte ein Schwede sein. Und Nietzsche, das moderne deutsche Prototyp, nicht als endgültiger Philosoph, sondern als Existenz, war in der Tat ein halber Slave. Dem Dreiklang *Kierkegaard-Nietzsche-Dostojewsky*, dem man nunmehr noch *Strindberg* hinzufügen muß, steht der Zweiklang *Zola-Darwin* gegenüber. In der Tat hat die russische Literatur in der skandinavischen und deutschen eine befruchtend-kongeniale Wirkung gehabt, die von der französischen, die bloß zur strengeren Maßnahme zwischen Form und Inhalt erzog, nie ausgehen konnte. Noch der amerikanisierende Roman "Der Tunnel" von Bernhard Kellermann, der erfolgreichste Roman der letzten Jahre, weist Hamsunsche Züge auf. Zu jedem seiner vorhergehenden Bücher aber, "Jester und Li", der berühmten Mädchengeschichte "Jngeborg", beliebt wie ein Heinesches Liederbuch und der jeweils ersten Geliebten in ganz Deutschland empfohlen, dann "Der Tor" und "Das Meer", Bücher übrigens, die den "Tunnel" an ehrlicher Kunst und Menschlichkeit weitaus überragen, zu jedem dieser Bücher ließe sich bereits eine Geschichte von *Knut Hamsun*, dem Norweger, finden.

Zum Beispiel "Viktoria", "Pan", "Mysterien". Hamsun selbst ist aber bereits ein Russenschüler, ein Annex zu Dostojewski. Seine Reverenz vor Rußlands Tiefe und seiner Literatur, in die "Kaukasusreise" eingestreut, brauchte man nicht erst gelesen zu haben, um zu diesem Schluß zu kommen. Auch Johannes V. *Jensen*, der Däne, ist bei Hamsun zur Schule gewesen. Und nun muß man wissen, wie sehr französisch und englisch, jedenfalls westeuropäisch der Däne in seinen politischen und zivilisatorischen Neigungen ist, um ganz einzuschätzen, wie stark der russische Dämon auf dieses jütisch-fünische Volk, ein deutscheres Deutschtum, gewirkt hat, und wie östlich selbst diese Westler sind. Bei uns hat es ja bis zur Verblüffung überrascht, als man erfuhr, daß ein Sohn des berühmten Gymnasten J. P. *Müller* in der englischen Armee diene, und daß Joh. V. Jensen für das Preßbüro der französischen Regierung arbeite. Die letzten Arbeiten Jensens, "Der Gletscher" und "Das Schiff", sehr respektable und fesselnde historische Systeme, kommen stark an die französische Literatur heran; es ist etwas von der rechtschaffenen und in einsamen Kunstkellern gekälteten Arbeit *Flauberts* an ihnen. Aber was daran auf uns wirkt, ist just nicht dies, sondern das Abstechende, das "seelisch Abenteuerliche" möchte man sagen, jener leise psychologische Druck, der in den literarischen Kolportageromanen "Madame d'Ora" und "Das Rad", ferner in den "welttiefen" Erzählungen noch so stark war. Jensen ist permutativ wie seine osteuropäische Seele; eben darum einverleibt er sich gerne Kipling, Zola und Walt Whitman. Aber er wäre ohne Kierkegaard und Dostojewski unmöglich.

Der italienische Geist spielt innerhalb des westeuropäischen keine Rolle. Bemerkenswert wäre eine Erscheinung wie d'*Annunzio*. Seine Geschmacklosigkeiten während dieses Krieges gestatten kein Urteil über sein Gesamtwerk. Von diesem sind die ersten Lebemannsgeschichten wie "Piacere" noch das Würdigste; aber sie sind erstens parisisch, und im ferneren nicht wirksam genug gewesen, um eine neue "lateinische" Rasse oder Literatur zu schaffen. Heute ist d'Annunzio als physisch und intellektuell zugrundegehende Existenz ein Abbild seiner Nation und Literatur. Diese kann füglich bei unseren Erwägungen übergangen oder unter der französischen Literatur mitbegriffen werden. Es handelt sich darum: niemals war die Ausländerei je in Frankreich und England so bedeutend, daß dort Männer hätten auftreten müssen, die zur Besinnung auf das eigene Volkstum rieten. Dies geschah und mußte geschehen in der skandinavischen, in der deutschen und der russischen Literatur und Lebenshaltung. Diese bilden einen Komplex östlicher Seelenverfassung mit dem gemeinsamen Maß des Maßlosen im Gegensatz zum Maßvollen, das die Äußerungen der westlichen Seele regiert - aber auch wirklich absolutistisch regiert. Hier, in der Westseele, ist Form schon ein Inhalt; man braucht nicht erst auf d'Annunzio zu zeigen, dessen Kriegsgesänge dem romanischen Ohr durchaus nicht so inhaltslos dünken wie unserm; man kann dies auch an der ganz eigentümlichen Romantik selbst der besten englischen Zeitungsarbeit merken, an diesen historisch-pompösen Namen, an diesen martialischen Zeitungsköpfen, dem nahezu taziteischen Stil der Berichterstattung und nicht zuletzt an den wirklich phantasievollen Beschimpfungen. Denn kein Engländer hält uns darum wirklich für Hunnen, weil Herr *Wells* uns schriftstellerisch so betitelt; Wells glaubt es selbst nicht. Auch das "boche" ist nur schriftstellerisch. Das Vergnügen am Namen, an der Pracht des Worteinfalls genügt, der Inhalt wird nicht besonders exakt durch und durch gemeint, wie etwa vom Deutschen. Beim Deutschen könnte man gleichwohl nicht das Gegenteil sagen, daß Inhalt Form sei. Denn seine a priori gegensätzliche Stellung hiezu ist eben eine so durch und durchgehaltene, daß für ihn auch einmal gelten könnte, es sei Form Inhalt. Form und Inhalt sind ineinander umhergewälzt, Form ist sozusagen vom Inhalt so durchgespeichelt, daß es einem Franzosen, der etwa unsere gedankenschwere Metaphysiker liest, übel wird. Freilich ist es ein Zeichen von schwachem Magen, aber wir wissen anderseits ganz gut, daß wir sprachformalistisch nicht ganz appetitlich sind, denn unsere Verdauung ist sichtbar schwer und gründlich. Und darum sind wir auch wieder mal für Form allein, für eine Form mit ganz dünnem und restlos zu bewältigendem Inhalt.

Das Gleiche gilt vom Russen. Er ist zu weit, um je worteng zu sein. In den ungeheuersten epischen Gebilden jedweder Literatur, in den Romanen Dostojewskys, ist die Form nicht bewältigt. Man sieht deutlich, sie hat dem Dichter keine Flaubertschen Sorgen gemacht. Der Stoff ist nirgends verdünnt, wo Zusätze gemacht scheinen, Anläufe, Übergänge, Einschübe mittels Phrasen wie: "so geschah es denn, daß ..." oder "An diesem Tage sollte etwas Merkwürdiges geschehen ..." oder "Was nun N. N. betrifft, so ..." ja, wo also derlei Schnörkel und Manuproprien verwendet sind, runden sie nur Ecken der Erzählungen ab, verbinden Loses, eilig Produziertes, oder fälschen Aufgeregtheit in epische Gemütlichkeit. Der Stoff ist so außerhalb, besser überhalb der vermittelnden Form, daß ihn Franzosen, die dieses Wort ganz anders verstehen, metaphysisch nennen. Metaphysisch ist er natürlich niemals. Es wird zur Charakterisierung der Gestalten über Metaphysik gesprochen - hat man schon bemerkt, daß die Figur des Kirilow in den "Dämonen" Zarathustra glatt vorwegnimmt? - aber der Inhalt selbst ist nirgends metaphysisch. Das "Tagebuch des Verführers" von Kierkegaard hingegen ist, wenn man es richtig liest, metaphysisch an Inhalt. Der Franzose versteht unter metaphysisch das Unsinnliche statt des Übersinnlichen. Und Dostojewski ist zweifellos stark unsinnlich, er ist undinglich. Er beschreibt weder Landschaft noch Milieu; er hängt gar nicht am Gewerblichen, an der Sache, an der Form. Und dies dürfte der wesentliche Grund sein, warum er uns so außerordentlich fesselt. Es gibt keine Kunst, die uns Deutsche so beim Wesentlichen faßte wie die seine. Denn auch wir lieben das Ding und die Form gar nicht. Wir sind, möchte man sagen, "Formnomaden". Wir haben keine Anhänglichkeit für sie und lassen sie leicht im Stich. Wir sind im gewissen Sinn, wie Dostojewskys Helden und er selbst, besitzlos. Das Unsrige tragen wir jederzeit bei uns: Die Möglichkeit, die Form zu wollen. Denn wir haben auch *Form*: jene, die wir wollen. Form ist für uns ein Willensakt. Sobald wir wollen, ist es getan: Das Unaussprechliche; es bekommt Form. Aber auf dem Wege zum Willen sind wir formlos und dingvergessen. Und der Wille ist nicht immer unser Glaube. Bei den Deutschen trat ein Philosoph des Willens auf. Nicht, weil der Wille fehlte. Aber weil der Wille fragwürdig war. Gibt es etwas Natürlicheres als den Willen? Die Besinnlichkeit wird, sobald einmal die erste rohe Natur überwunden ist, etwas tieferes als der Wille.

Hierin empfinden wir ganz mit den Russen und den altarischen Indern, die das Problem allerdings so lösten, daß sie den Willen verneinten. Wir gehen darüber hinaus, indem wir fortwährend sinnen und nie lösen; oder richtiger, indem wir stets neu besinnen, was wir gelöst haben. Denn der Inder ist aktiv und tritt ein- für allemal aus der Besinnung heraus, indem er den Willen verneint. Wir bleiben kontemplativ, indem wir die Aktivität nicht aufheben, sondern jeweils besinnend erleben aber stets im Verdacht haben. Das gleiche Erlebnis hat der Russe. Dies ist ja eben der Grund, warum er uns als Verräter empfindet. Denn für den Russen scheint heute der Deutsche das Willensproblem bejahend, also gleichfalls kleinlich und endlich gelöst zu haben. Der Hochmut der Russen beruht auf dieser eigenen Elastizität von Ja und Nein, die aufrecht zu erhalten, er allein die Kraft zu haben glaubt. Er erblickt die deutschen Erfolge, den Übergang zum Willensvolk, die scheinbare Ermüdung in der Besinnung; und, da er im Übrigen die Anlagen zu genau kennt, respektiert er diese "billigen" Erfolge, die mit Verrat eines höheren Standpunktes erkauft sind, nicht, sondern verachtet sie. Lebte Dostojewsky heute, er würde sich mehr als je berechtigt vermeinen, die Einzigkeit des Russentums zu predigen, das allein sich das Leben bisher noch nicht erleichtert hat. Aber es liegt hier bei ihm eine dialektische Steife, ein ruckartiges Halt, eine Prellung vor. Er hat das Folgende nicht fertig gedacht: es darf nicht nur eine Hintanhaltung der Antwort auf die Willensfrage im einen oder anderen Sinne geben; es muß auch unter Beibehaltung der höheren Unentschiedenheit die faktische Entschiedenheit in jedem Falle durchgeführt sein. Die *Tat geringschätzen, aber sie tun!* Die Form, die unendlich gleichgültig ist, ist endlich die Voraussetzung, daß der Inhalt sich erneuern kann. Denn was nicht erstarrt, bewegt sich nie. Was sich immer bewegt, ist stets in Ruhe. Die *seelische Bewegungsphilosophie als Sittlichkeit* scheint demnach vom Deutschen restloser erfüllt zu sein als vom Russen.

Es wäre nun die Frage, ob der Russe wirklich unsinnlich und undinglich, "formlos" sei. Er ist es natürlich ebensowenig wie der Deutsche. Wären sie es, so hätten sie ja kein Recht auf jene Betrachtungsart. Beim Deutschen ist die Form Willensakt, und sobald sie dies ist, ganz hervorragend gewaltig. Da aber seine Sinnlichkeit nicht frei waltet, und, wo sie auftritt nicht "ausnahmsweise erlaubt", sondern "gesetzt" ist, haftet seiner Form der Weg über die Besinnung an: Die *Form des Deutschen ist das System*. Es würde hier zu weit führen und ist im Augenblicke der sich selbst erklärenden und in diesem Punkte nur Bekanntes bietenden Weltereignisse überflüssig, den Nachweis der *deutschen Form* zu erbringen. Diese Gedankengänge sind heute Gemeingut. Der Deutsche formt nicht, er organisiert. *Der Russe* organisiert nicht. Formt er? Er *massiert*. Dieses Ungeheure im Russen, in seiner Seele, in seinen endlosen Romanen, seinem Lande, das alle Welt bewundert und wie etwas elementares betrachtet, ist ein Seelenprodukt. *Die Masse ist sozusagen der Lapsus der russischen Formkraft*, die, jeden Damm der Willensfrage und der sittlichen Haltung durchbrechend, an Quantität und wütendem Wachstum ersetzt, was ihr an Gliederung von innen her verboten ist. Der Russe ist nicht formlos. Dies beweist *Gogol*, beweisen nicht nur der allerdings französische *Turgenjeff* und der deutsche *Mereschekowsky*. Es beweisens auch *Tolstoy* und *Gorki*, der Dichter der Steppe, des Meeres und des großen Stromes. Es beweist dies auch das Rituell des russischen Kultes. Es beweist dies vor allem die russische Psychologie selbst, der gegliedertste denkerische und empfindungsgemäße Vorgang im allgemeinen, neben dem kluge Franzosen und Engländer als Flachköpfe erscheinen. Wie steht die Erotik eines Maupassant neben der Liebe einer Dostojewskyschen Person! Ja, dies Übermaß an seelischer Gliederung frißt an den andern Gliedern des russischen Gehirns. Da seine Natur hochbegabt aber *konzentriert* ist, türmt sich um ihn die Masse. Nicht weil alles in Rußland so endlos ist, ist der Russe ein solcher Mann, ist alles um ihn so endlos geworden. Warum sind denn die Flüsse, Meere, Ebenen in Rußland größer als anderswo? Wohl nicht. Aber der Russe muß *massieren*, quantitativ, nicht intensiv; er muß erobern, weiten, dimensionieren, um nicht unter dem inneren Druck zu bersten. Es ist ein sehr hochstehendes und interessantes Volk, und wenn wir schon sein Todfeind sind und uns nichts daran liegt, es vorderhand zu bleiben, so wollen wir doch auch nicht vergessen, daß wir mit dem russisch-tartarischen Slaven (es gibt auch Slaven, die ich die "italienischen" und die "türkischen" nenne) und dem Indoarier zusammen eine Ostseele besitzen, die uns von den westlichen Völkern des eurasischen Kontinents grundlegend scheidet. Es ist ebenso falsch und gewöhnlich, bei uns von den Russen als formlosen Barbaren zu sprechen, wie wenn ein Pariser Quartierlatinist uns "formlose boches" nennt. Ist nicht auch "Sammeln" ein Formen, und ist der Sammler nicht eine rohere, mittelbare Art von Künstler? Heute baut man. Die Zyklopen türmten einfach Blöcke, sie "sammelten" sozusagen ein Bauwerk. Der Russe ist fein und baumeisterlich bei sich selbst; nach außen hin gleicht er einem Zyklopen.

Orthodoxie, die "Streng"-Gläubigkeit des Russen, nicht nur eine kultische, sondern auch eine kaum zu überbietende Sittlichkeitskategorie, die aber for-

mal verstopft, schafft ebensolche kulturelle Hemmungen wie der Mohammedanismus, der an ähnlich primitiven dialektischen Fehlern des sittlichen Bewußtseins krankt, aber unter dem Einfluß des Deutschen, das hiezu wieder
durch seine Ostseele befähigt wird, den Weg der Gesundung beschritten hat.
Die Frage ist nur, wie Krankheit und Gesundung jeweils wechselnd übereinander hinausschreiten. Um diese Frage, nicht nur um Territorien, Meere und
Absatzgebiete wird auf dem östlichen Kriegsschauplatze jetzt gleichfalls gerungen. Der Sieg des Deutschen könnte eine völlige Umwälzung des russischen Geistes, eine "Aufformung" und Annäherung innerhalb der gemeinsamen Ostseele herbeiführen.

Der Roman des Afrikanismus

Die Geschichte Afrikas ist ein historisches Gebiet, zu dem nicht Bibliotheken,
Ämter, Museen und Akten den Schlüssel besitzen, sondern die Theorien der
Rassenforschung und der Völkerkunde. Klärt man in diese dunkle Vergangenheitsrichtung auf, so wird man zu Resultaten gelangen, die weniger der politischen Geschichte des Menschen als seiner Naturgeschichte zu Umfang und
Tiefe verhelfen werden. Außer den bekannten Staatswesen der alten Hamiten,
der Ägypter und der Berbereskenstaaten, den weniger bekannten der halbarabischen Kulturen rings um den Tsadsee, außer den Militärstaaten der südafrikanischen Zulus und Matabeles sind die sozialen Lebensformen Urafrikas
heute unbekannt; und verdienen es vielleicht auch nicht anders, denn bei aller
Merkwürdigkeit für Liebhaber mögen sie nicht einmal an Primitivitäten und
Urzuständen ergiebiger sein als irgendwelche anderen Gesellschaftsgebilde
nichteuropäischer Rassen. Aber über den Menschen selbst, über seine Anrassung, die Gesetze der Völkerverschiebungen, über Wanderungstermini und
Bewegungsmethoden, kurz über alles, was wir heute als "vorhistorisch" zu
bezeichnen pflegen, wird ein vom analytischen Geiste Europas beherrschtes
und durchdrungenes Afrika die verschwenderischesten Auskünfte darbieten.
Da die Rassengrundlage auch der heutigen europäischen Bevölkerung nachgewiesen negroider Natur ist, wird Afrika über den Menschen schlechthin und
seine noch zu erratenden biologischen Vorgänger ein reicheres Material zur
Verfügung stellen, als es sich unsere anthropologischen Laboratorien zu erträumen wagen. Um diesen vorhistorischen Schatz zu heben, wird man alle
erreichbare afrikanische Geschichte studieren und das Erdreich selbst auf die
europäische Stufe stellen müssen. Es geschieht durch die kapitalistische, handels- und verkehrstechnische, soziale, psychologische und elementare Eroberung des Kontinents.

Und schon steht auch eine solche europäische Geschichte Afrikas geschrieben, die genau wie europäische Geschichte zu behandeln ist, nämlich aktenmäßig, datisch, entwicklungsparagraphisch. Das Verdienst der Verfasserschaft fällt dem Schriftsteller, Forscher und deutschen Verwaltungsbeamten Dr. Karl Peters zu, der im Ullsteinverlag ein Buch "Afrikanische Köpfe" erscheinen ließ. Peters ist selber Afrikaner, nicht im Sinn des Meldezettels, aber im Sinn des lateinischen "Africanus". Ja, Peters Africanus ist selbst ein afrikanischer Kopf, dies verraten die Art seines Buches, der Tonfall, die Klangfarbe seines Stiles, die Wahl der von den Lieblingen erzählten Züge und die durch Persönlichkeit zusammenhängenden Beobachtungen nur zu genau. Wenn Peters von den Tragödien seiner afrikanischen Großen erzählt, von ihrer Verkennung im Lichte eines öffentlichen Europas, von ihrer Arbeit, ihrer Stimmung und ihren Träumen, dann weiß man, daß dieses politisch referierende Buch über afrikanische Köpfe mehr ist als ein Bericht, eine Information oder eine Propaganda. Es ist eine Gestaltung, der bildnerische, beinahe künstlerische Triebe innewohnen. Wer gut liest, liest in dieser Geschichte großer Afrikaner auch das individuelle Erlebnis, er liest die immer wieder individuell reproduzierte Lyrik eines spezifischen Afrikanismus darin, der im Autor ebenso schöpferisch wirkt, wie er in den Lebensläufen der fünf großen Afrikaner als wirkend nachgewiesen wird. Das Buch ist ganz sachlich geschrieben, in einem fast soldatischen Stil. Aber es ist nicht nur für den Wißbegierigen interessant, es ist auch als Stoff und literarische Leistung von der ersten bis zur letzten Seite so spannend, daß man bedauert, den Autor in dieser Art nicht fortfahren zu hören.

Nach Ansicht Peters' aber ist der Roman Afrikas, der hiermit tatsächlich geschrieben erscheint, mit eben diesem unfertigen halben Dutzend als wesentlichen Figuranten des Afrikanismus erschöpft. Die Geschichtsbetrachtung des europäischen Kulturbelags Afrikas ist, der Kürze der Entwicklung und ihrer Schnelligkeit entsprechend, eine individualgeschichtliche. Das Epos der Paul Krüger, Cecil Rhodes, Menelik, Emin Pascha und des Kongogründers Leopold II. zieht vorüber, mit ihm der große afrikanische Hintergrund, das Urwald-, Riesenstrom- und Wüstenland, und das persönliche Leben als innerliches und oft moralisches Ereignis, mit sittlichen Problemen und der menschlichen Frage nach letzten Gründen und Dingen. Man erfährt Details zum Rahmen einer allgemeinen Kenntnis von afrikanischen Verhältnissen, Ereignissen und Persönlichkeiten. Aber dies ist der Wert des Buches nicht, das, wie gesagt, eigentlich eine konzeptive Form der Information vertritt und menschlich gestaltet, wo es Tatsächliches meldet. Es ist im wahrsten Sinn ein gutes und schmackhaftes Buch. Die prekäre Lage eines Forschers inmitten ehrgeiziger Konkurrenz kommt viel weniger und nirgends so peinlich zu Gefühl, wie etwa bei den psychologischen Versuchen Stanleys, seine menschlichen Beziehungen zu Livingstone und Emin Pascha auf den englischen offiziösen cant hin reifzusprechen. Dennoch will mir gerade die Erscheinung Stanleys zugunsten des belgischen Kongo-Leopolds etwas dezimiert erscheinen. Stanleys Forscher-

und Gründerleistung war enorm, und seine afrikanischen Reiseepen gehören
zum Besten der Weltliteratur; sie sind in ihrer Art homerisch und von keinem
Reiseschilderer übertroffen. Ob wirklich nicht Stanley, sondern Leopold II.
der geistige Urheber des wunderbaren Kongostaates war, ist auch nach den
Quellenangaben Peters' noch unklar. Stanleys Brutalität, seine amerikanisch-
journalistische Verlogenheit in Geschäfts- und Darstellungssachen stehen
außer Zweifel, auch wenn man nichts als seine eigenen Bücher gelesen hätte.
Aber darum war er doch eine heroische Erscheinung, der in diesem Männer-
gemälde eines werdenden Afrikas ein Plätzchen gebühren würde. Daß Eifersucht Peters zu einer Unterschlagung veranlaßt hätte, kann man nach dem
durchaus noblen Ton seines Buches keineswegs annehmen. Dieser fällt um so
mehr auf, als Kleinlichkeit etwas darstellt, das über Afrika in der Luft zu
hängen scheint. Amerika erzieht die Menschen, von zweifelhafteren Eigenschaften abgesehen, zu einer gewissen Großzügigkeit. Bei Australien und
Afrika ist das Gegenteil der Fall. Hier neigen die Menschen, im Banne des
Landes, zu einer gewissen seelischen Zwerghaftigkeit. Ob es die Erde, oder ob
es die verschiedene Rassennachstrahlung des Indianers und des Negers sind,
die derart beeinflussen, ist heute noch nicht zu sagen. Gewiß ist diese eine
versimpelnde Wirkung Afrikas, offiziell beinahe sind diese Kalamitäten afrikanischer Personalverhältnisse das Provinzlerische selbst in größeren Gesell-
schaftsgebilden; und genugsam kontrolliert auch dieser enge, klatschrige und
boshafte Geist des Negers, der so sehr von der weisen Menschlichkeit des
Indianers und des Orientalen absticht.

Von diesem "Neger"-Geiste ist im Petersschen Buche auch nicht ein Streif-
schuß zu finden. Wenn der Autor von Stanley nichts zu empfangen hatte,
dann mochte dies eben in der persönlichen Art beider Männer gelegen sein.
Der persönliche Stempel, der das Buch vielleicht in seiner Umfangspflicht
verkürzt, in seiner Intensität und seiner Abrundung aber komplettiert haben
mag, wäre von uns ungern vermißt. Ihm volle Gebühr und eine Empfehlung
des Buches an jedermann. Es ist freilich kein Roman; aber es behandelt den
allen fünf Porträten und dem Autor selbst gemeinsamen Roman des Afrikanismus.

Frontleute

Lieber Freund, sage ich, wenn mich jemand nach meinen Erlebnissen fragt:
Du wirst sehr erstaunt sein, daß ich dir, obwohl im Kriege und an einer Stelle,
wo er am rapidesten zum Ausdruck kommt, dennoch nichts von meinen
Abenteuern berichte. Du kennst mich als Sportsmann, hältst mich für unter-
nehmungslustig, abenteuerlich und bunt. Ob ich es bin oder nicht, will ich
dahingestellt sein lassen. Jedenfalls bin ich noch immer so, wie ich war, ganz

genau so, ungebrochen, unverändert; aber wie wirst du mir folgen können, wenn ich dir sage, daß ich jetzt ein Frontmann bin, das Partikelchen einer Masse, in die ich eingeordnet bin in einem solchen Grade, daß ich nicht einmal das Gefühl davon habe und mir wie etwas Schwimmendes, Freischwebendes vorkomme? Du wirst sehr enttäuscht sein. Denn du als Leser willst natürlich von persönlichen Erlebnissen hören. Nun, ich habe keine. Es scheint mir immer wie ein Gewaltakt, eine gequälte Analogisierung nach früheren Mustern, wenn Einer damit kommt. Dieser Krieg zeigt nur Typisches; er fließt ganz breit und episch dahin. Du verstehst mich vielleicht, wenn ich sage: Dieser Krieg, ein Chaos der Organisation, in seinen Äußerungen nur antithetisch zu verbildlichen, verhält sich zu früheren Kriegen, wie die Musik Schönbergs zur alten Musik. Damals einzelne Melodien, abgeschlossene Parzellen, heute ein unendliches Saugen und Fortspinnen am Werke. Ich will versuchen, dir dieses betäubende Grunderlebnis des Krieges begriffsmäßig vorzuführen.

Die Front steht. Die Front schwankt. Dir Front schreitet vorwärts. Was ist die Front? Die Front ist ein mehrere Kilometer breiter Streifen menschlicher Tätigkeit, der summarisch an den Grenzen des Reiches entlang läuft. Menschlicher Tätigkeit? Menschlicher, allzu menschlicher! Sie ist unmenschlich nur in ihrer direkt nicht einmal scharf und allein passiv empfundenen Wirkung und gleicht grade darin der Arbeit irgendeines Industriearbeiters. Wir bedienen eine lange Maschinerie. Geschütze, Minenwerfer, Flammenwerfer, Maschinengewehre, Handfeuerwaffen sind die letzten, das Ergebnis liefernden Organe. Das Skelett, der Rumpf der Maschine sind die sogenannten Deckungen, eine ungeheuer fortgesetzte Röhre, ein Kessel wogender Kräfte aus Muskel, Fiber und Hirn, der auf einen konzentrierten Willen hin zu pulsen beginnt. Nein, es ist nicht einmal eine Maschine. Gestehen wirs: wir machen uns in unserem unbefriedigt gebliebenem alten Kriegerdrang ein unbewußt poetisches Bild, wir dämonisieren, wir romantisieren. Nichts da, wir dürfen uns an unsrer Nüchternheit nicht vorbeischwindeln. Wir gehen am Beginn einer Woche in eine Fabrik, wir arbeiten im Wahnsinn rotierender Vernichtung, wir schaufeln, heben, stemmen, kurbeln und kontrollieren angstgespannt Ventile, Auspüffe - wir lösen uns in Schichten ab, schlafen verzweifelt, schnell, gepeinigt vom nachwuchtenden Druck der wochenlangen Arbeitszeit, schwitzen, jagen und stemmen wieder - und sterben fabrikmäßig, plötzlich, fatalistisch, irgendwo, irgendwie in den Bereich der feindlichen Vernichtungsfabrik geraten, Objekt, Stoff, exponierter Bestandteil der eigenen Fabrik geworden.

Der braungebrannte und athletische Krieger gehört der Zeit der individuellen, nicht jener der Massenkriege. Aber eine Spannkraft steht wild auf unserm Gesichtern, und irgendein Fluidum ist da, mit dem die Fabrik arbeitet, irgendein Gas oder eine Schwingung, nicht Elektrizität, nicht Radium, aber eben dieses, unsre Spannung, unser groteskes Vermögen, alle Kräfte bis zum Rest zu nützen: Schwere, Licht, Muskelkraft, Erde, Luft. Es ist ein Totentanz, wenn wir Stellung beziehen. Aber irgend eines Dämons Korybanten sind wir doch, die Schädel, wie Nägel in die Front getrieben, klammern die gesamte Stofflichkeit des Terrains und des eigenen Körpers zu einer elastisch kräftigen Form. Unsre Sinne sind von verrückter Feinheit. Den Krieger haben wir hinter uns gelassen; aber Urmensch und Wilder indianert in uns. Die meisten unter uns sind kurzsichtig, haben verlesene Augen, tragen Brillen. Aber auf diese banale Tüchtigkeit des Augenlichtes kommt es nicht an. Wir haben Gesicht, wir "sehen"; ein bewegtes Blatt, eine unwahrscheinliche Tönung des Laubes, eine selbst im diskrepanten Karst nur einigermaßen unbillige Bodenform reizen uns zu kranker Spürsamkeit; unser Gehör differenziert auf Herkunft, unwahrscheinlich genaue Distanzen, Akzidentien, Wesen. Solche dunklen Nächte haben wir nie erlebt wie die Nächte in den Karstschluchten bei Ablösung. Aber wir schnobern uns am Boden hin, unsre Haut spürt das geringfügig stärkere Saugen eines Loches, die mild abstoßende Unnahbarkeit eines Felsens; wir differenzieren durch dicke genagelte Sohlen hindurch die schwankende Anziehung der Bodenunebenheit. Unser Gehirn denkt in Mulden, Falten, Raummaßen, ballistischen Kurven. Triebhaftes Schätzen schiebt unsern Weg hinter natürliche Schanzen. Und ein Kerl, der diese Technik heraushat, kann sich oft selbst im Gefecht erlauben, Besuche zu machen; er ist immer irgendwie im sogenannten toten Raume. Man lernt es nicht. In der Front sagen wir Genie dazu. Mancher findets nie, und Jahre exakten Kasernendrills lehren sie nicht, die Orientierungsseele, die Logik der Körperverwendung für die Geheimnisse des Bodens. Manche sind in dunkler Nacht verloren, ihr eines Bein schreitet selbstverraten nordwest, während das andre südwärts marschiert; rund um sich selbst hetzten sie sich in der Panik des Dunklen. Aber der echte Frontmann tigert im Dunkelsten, als hätte er nie im Leben die elektrische Beleuchtung seiner heimischen Großstadt genossen.

Ja, dies ist das Leben der Front. Man muß ein neues Lob für uns erfinden. Wir sind unzufrieden mit den Dichtern und Feuilletonisten. Wir verzichten auf einen Ruhm, den wir nie erstrebt und nicht einmal verdient zu haben glauben, jenen Ruhm des glänzenden und unbeschreiblichen Siegers. Wir wollen bare Münze für unsre Arbeit. Denn dies war es. Harte, bittere, tödliche und endlich erfolgreiche Arbeit, und nicht mehr, aber auch nicht weniger. Soldaten? Ja. Der Begriff geht mit der Zeit. Krieger? Hm! Wir sind Frontleute. Man muß neue Worte für uns finden. Wir haben das Unsrige getan, wir sind in einer ganz neuen Art tüchtig gewesen. Nun wäre es an den Bildnern und Künstlern, daß sie unsre echte Form herausfänden. Die sogenannten markigen Soldatenworte haben bei uns nicht gezogen. Wir sprachen stets mit dem Gemüt von Familienwesen oder, wir gestehen es, über das Essen. Es waren äußerste Dinge, die man von uns verlangte, und wir taten sie. Auch noch darüber zu

reden, erschien uns abgeschmackt. Aber niemals ist eine Fahne vor uns hergezogen, wie der Dichter schreibt. Das wäre uns spaßig und unfeldmäßig vorgekommen. Die wir bei beißendem Regen nicht einmal ein Zeltblatt oder sonst
ein Fetzchen über den Leib hingen, um dem Schurken von Artillerieaufklärer
am Felsen gegenüber nicht in die Augen zu stechen! Der Blinksäbel, das
Rednerrequisit aus Körners Zeiten, wurde rostig, er wurde ein paar Mal gestutzt, bis er nur noch ein Attribut und keine Waffe mehr war. Wir können
uns auch nicht erinnern, daß wir je gegen die Farben Italiens losgegangen
wären. Der große Krieg, die hohe Politik, das metaphyselte geheimnisvoll von
unserm Rücken her, aus jenem Wunderland, woher auch die Menage kam.
Wenn wir etwas gegen jemand auf dem Herzen hatten, dann war dies just
diese gottverdammte Patrouille, jene schon langweilig gefährliche Batterie, ein
bösartiger Schützengraben, ein merkwürdig frecher und vorwitziger Sandsack; die berannten wir, gegen diese zogen wir in die Fabrik. Wir waren
Frontleute.

Namenlos. Wir waren Dus, sonst nichts. Der Kommandant sagte in schweren Augenblicken: Du! zu seinen Leuten. Und seine Leute sagten nur wegen
der hergebrachten guten Art: Sie! zu ihm. Aber sie empfanden: Du! Und das
war die Freude des Kommandanten, war er nun ein Kadett, ein Bürscherl, das
väterlich war mit Vätern, oder selbst ein reifer väterlicher Mann. Ich habe nie
gesehen, daß Männer sich so liebten, wie wir. Man schämte sich keiner Zartheit noch Zärtlichkeit. Wir waren nicht empfindsam, konnten Wunden sehen
so groß wie ein ganzer Mensch, und harte, zynische, ekelhafte Bemerkungen
darüber machen. Aber wenn Einer von uns fiel, dann weinten wir. Und es
fielen doch so viele und so schnell. Und grade jeweils bei Diesem fühlten wir
stets: So früh? Du, du - es blieben noch einige Dus und neue kamen wieder
dazu. Unser Regenereszenzvermögen wurde mystisch. Dies sind wir Frontleute.

Isonzobibel

Wir sind Frontleute. Und nachdem oft geschildert war, wie bescheiden wir in
unserem Glauben an unsere Taten sind, wie demütig wir den Erfolg unserer
trostlosen Arbeit in Empfang nehmen, wollen wir einmal fröhlich sein und den
Mund mit großen Worten volltun, um unserer geschichtlichen Tat die volle
Ehre harter Männer und Soldaten zuteil werden zu lassen. Ja, dies eine muß
man vorher wohl wiederholen. Wir hatten geduldet, wir waren klein geworden. Wie eine Zeit biblischer Heimsuchung, alttestamentlichen Jammers liegt
es in seiner Größe, seiner Menschenmöglichkeit, seiner abgrundtiefen Grausamkeit und Zerfahrenheit über dem Gestern, wenn wir so aus der räumlichen
und zeitlichen Ferne zurückblicken. Liegt es nun dort, zugleich begriffen, ge

hoben und gestaltet, im vollen Bilde der weltentwickelnden Einordnung, das uns damals in seiner Allzunähe vor den getrübten geistigen Augen verschwamm. Wir verstanden das menschliche Leid seit eh und je, gedachten gar manche unter uns da des erlittenen Menschheitstyps im alten jüdischen Volke, als es durch die Wüste zog? Was hätte es mehr gelitten denn wir? Hunger, Seuche, Verfolgung und Gottverlassenheit waren seine Plagen wie die unsern. Das Glück war nicht mehr im Menschen, noch für ihn; tieferes Sollen deutete sich an; alle Berechtigung, die sonst im Menschen und Einzelnen wurzelte, war in ein Außen verpflanzt, das die matte Seele nicht mehr zu bewältigen vermochte. Die Seele schrie, es gäbe einen Sinn zu dem allen, es müsse einen Sinn geben; wie und wo ist dieser Sinn? Winde, Dünste, Hitze, Kälten beizten und dörrten den Leib, damals an Jehovas Volk wie gestern an uns. Wie es damals, redeten wir gestern in Psalmen, sangen uns sprechend in Klagen an, verzweifelten, haderten und suchten Trost zu spenden. "Wo ist meine Stärke hin? Wo ist der Trotz meines Leibes? Wo liegt das Land Ur zu diesen Ländern des Schmerzes, der Qual, zu diesen Regionen der Prüfung? Herr, wer und wo bist du? Idee, bist du ein Götze, oder ist ein Götze, der sinnliches Behagen und geruhsame Mittel dem Leibe leiht, sinnvoller als du, höchster formgewordener Sinn, Idee, für die sich hier alles erniedrigt, um in ihr erhoben zu werden?"

Wir duldeten, was ewig und immer Menschheit duldet, und wozu jener Judenzug durch die Wüste Sinnbild ist, wir duldeten Pein an Seele und Leib. Was aber über Friedensjahre und auf Ärmste verteilt ist, Proletarier und Ausgestoßene, duldeten in Tage verdichtet nun die verwöhnten Söhne unseres Volkes, unsere Mächtigen, unsere Geistigen, unsere Behaglichen. Es war nicht mehr als dies versprengte und ausnahmsweise Friedensdulden, was wir zu tragen hatten, nicht mehr als auch die Qual des alten Volkes, aber just ebensoviel, ebenso schwer und ebenso furchtbar. Aber waren wir nicht weniger wehleidig? Machten wir nicht weniger Wesen daraus? Es soll noch geschehen. Wir wollen hernach, in den friedlichen Jahren, ein Wesen daraus machen, zum ewigen Gedenken und zur Erbauung und Besinnung behaglicherer Menschheit. Wir wollen unsere Bibel noch in Demut und Bescheidenheit erst schreiben, nicht eine prunkende Geschichte aus dem Ärmel geschüttelter Siege. Denn diese Schwere überlebter Zeit ist ja unser Christenstolz, unser Inhalt, unser Geschmack am Leben, unser ganzes Erlebnis. Unsern Sieg wollen wir nur feiern, weil er uns instand setzt, unsere Bibel zu schreiben, unsere Psalmen zu sammeln, unsere Choräle zu erheben. Denn der Sieger schreibt die Geschichte. Und er ward erwählt zu siegen, weil er der Menschheit der bessere Lehrer über Art und Preis der Siege sein wird, über Elend, Bedenken, Selbstzucht, Demut, Verlassenheit, Todesfurcht und Todesfreude als ihren Voraussetzungen! Und so wollen wir denn unsern Sieg feiern in einer alltäglichen soldatischen Sprache und Art.

Die Geschichte wird über die Feldwachenschlacht am Isonzo die schwerstgefalteten Schleier des Mythos hängen. Als die italienischen Brigaden in die Berge westlich des Isonzo gekommen waren, war ihnen ein plötzliches Halt geboten. Ihr Aufmarsch dauerte lange, obwohl ihnen ein durchaus überlegenes Netz von Straßen und Wegen zur Verfügung stand. Er war nervös, aufgeregt, überwach, und dann wieder einmal grenzenlos vernachlässigt, in einem richtigen Detail falsch kalkuliert, verpfuscht oder von einem Unterkommandanten verschlafen oder veramüsiert. Diese italienischen Unterkommandanten sind einer der Krebsschäden des italienischen Heeres, von dem man weder als feig, noch als minder gerüstet oder grundlegend schlecht geführt sprechen kann. Die Figur des italienischen Gefangenen war stets günstig, von seiner auffallenden körperlichen Zartheit abgesehen, die ihn denn auch unsicher machte, ihn den Bajonettkampf meiden oder sich inmitten des Handgemenges verhältnismäßig verlegen und unentschieden benehmen ließ. Er schimpfte dann maßlos und in endlosen Tiraden, sprang in Übermacht auf einen Gegner los, zauderte im übrigen, wie man es bei Kinderspielen und Bubenschlachten gewahren kann, wo keiner in der Ungewohntheit und dem Ekel vor körperlicher Berührung angreifen will, und rannte schreiend davon, sich Kappe, Gewehres, ja sogar Überschwungs entledigend; wenn er es nicht vorzog, lächelnd, oft burschikos, oft verschreckt äugend die Hände hochzuhalten. Im Infanteriefeuer, muß man sagen, ging er tapfer auch bei großen Verlusten vor. Das Bajonett, den Kolben, die Faust, wenn man ganz psychologisch sein will aber: das *Auge* des Gegners fürchtete er. Er war im mechanischen Kampfe tüchtiger, wie es seinem Naturell, das sich leicht gräbt modelliert chauffiert, entspricht, als im Kampfe Mann an Mann. Ähnliches hat man auch an den außerordentlich wilden und buchstäblich blutgierigen Serben beobachtet. Der "wilde" Soldat fürchtet am meisten die Intelligenz, das feindliche Auge als Machtkünder. In dieser Beziehung ist auch der sonst so anmutige und geschickte Italiener wild; im Gegensatze zum etwa deutschen Soldaten, der als frech, unimponiert und im Gefecht göttlich selbständig erscheint - Züge, die von Deutschmeistern hier festgehalten sind - und dessen überlegene *Intelligenzwut* auf den Gegner geradezu panikverbreitend wirkt. Das geistig vornehme Gesicht deutscher Truppen, mit ausgebildeterer Denkkraft und Strenge statt Wildheit in den Linien, entnervt den nahen Gegner. Die Haltung der italienischen Angreifer war denn auch sofort geändert, wenn Alpini eingesetzt waren. Es ging ruhiger, systematischer und mit plötzlich und dann alles einsetzender Energie zu. Die Bersaglieri entpuppten sich als maßlose Brüller; sie waren körperlich schön und kräftig, kriegerisch und wirksam angezogen, aber ihre physischen Eigenschaften blieben, wenn sie nicht bis nahe vor Volltrunkenheit besoffen waren, die gleichen minderwertigen wie jene der gewöhnlichen Infanterie. Von dieser unterschieden sich als die untüchtigeren wieder jene Regimenter, die der Brigade Napoli angehörten. Es war Mißwachs, eine schlimme Sorte, gemein, überläuferisch, schwächlich und verlegen. Jeder, den man fing, beteuerte, er habe gerade in diesem Augenblicke desertieren wollen. Die Angst schlotterte an ihnen und sie begannen unaufgefordert Buße zu tun, besetzten Sonnino, Salandra, d'Annunzio, schworen Krieg und König ab und taten schrecklich verhungert. Gleichwohl ist Mangel an Tapferkeit nicht das Hauptmerkmal des Italieners, und nicht ihm sind die seltsamen, geradezu unverständlichen Mißerfolge einer mehrfachen Übermacht zulasten zu legen. Die Offiziere sind durchwegs tollkühn und ehrgeizig. Ein gefangener Leutnant weinte vor Scham; er beteuerte, seine Leute hätten nicht weitergewollt und die Waffen fortgeworfen. Die Offiziere gehen stets der feindlichen Schwarmlinie voraus, was wohl auch nötig ist, denn verräterisches Rufen und Pfeifen, Zurechtweisungen, Anfeuerungen melden nicht nur automatisch den Angriff - nur die Alpini benehmen sich feldmäßig - sondern zeigen auch die innere Haltlosigkeit der Angriffsenergie, des Planes, des Willens und des Könnens an. Die italienische Infanterie ist zwar also nicht feige, wie man nach den ersten Paniken feuer-ungewohnter Truppen gemeint hat, wohl aber untüchtig.

Beppo, Beppo! Vieni qua! Avanti! Coraggio! Diese Rufereien gehen regelmäßig einem angesetzten Infanterieangriff voraus. Ist der Angriff abgeschlagen, steckengeblieben, im Feuer verendet, dann hört man im Gestein den Galopp wahnsinnig Flüchtender, die wohl ihre führenden Offiziere verloren haben, und hinter ihnen drein erschallen gepeinigte, markerschütternde Schreie, langgezogenes Heulen und Betteln: mamma mia! madre mia! Ajuto, ajuto! Italienische Vokabeln singen durch die dunkelblaue Isonzonacht, schön, herzergreifend, dämonisch, Worte des Sinnes: entsetzlich! unerträglich teuflisch! Die gleichen Ausbrüche entlockt ihnen das Feuer zielsicherer Artillerie. Sie lachen sorglos, sie steigen auf die Böschung, sie haranguieren, wenn es daneben geht. Der erste Treffer bläddert sie auseinander, ganze Züge und Kompanien strömen aus einem Loch, einem Schützengraben, wo ein haushoher Geiser schwarzer Erd- und Gesteinsstrahlen Wirkung verrät.

Was also ist wohl die wirklich faule Stelle am Körper des italienischen Heeres? Das sind die Unterkommandanten. Sie sind bravourös und ehrgeizig, aber sie sind untüchtig, genußsüchtig, fahrlässig. Ein fleißiger Artilleriebeobachter beobachtete eines Tages ihrer eine Schar in einem Hause, aus dem Rauch aufsteigt. Jeden Abend um sechs beginnt dort der Schlot zu qualmen; es ist ein Bahnhofsgebäude. Ist es eine Offiziersmenage? Und nun stehen sie eines Nachmittags nach dem Mittagsschläfchen vor der Tür, rauchen, lachen, schwatzen, setzen Ferngläser an und ab und unterhalten sich über unsere Stellungen. Man sieht sie im Scheren-Fernrohr zappeln. Der Artillerieaufklärer beginnt in die Phonkassette zu mahnen, er zirkuliert und lokalisiert die amüsierte Gesellschaft auf einen Buchstaben in der Landkarte aus: "Drei Millimeter knapp nordöstlich vom oberen Rande des a im Worte P ......" - Zehn Minuten später girrt, trillert, karriolt anschwellend bis zu einem beinschneidenden Sirenenlaut ein "Stellwagen", wie Deutschmeister das schwere Mörsergeschoß nennen, im Kilometersprung auf den Bahnhof herab. Es ist zu spät, noch weiter davonzulaufen. Die Herren hauen sich hin. Ein dumpfer Fall, Erdspritzer, ein dickes, metallisches Klingen, dann ein Gelächter aus dem Bauch der Karstfelsen, kein Getöse, nur ein grauenhaftes, robustes Knirschen und eine meilenweit verspürte Erschütterung; wie ein grauschwarzer Schwamm schwillt es unendlich empor, Explosionen balgen Klötze im Feuerwirbel, zu Kegeln aufschießende Weißglutpunkte treten unkenntliche Stümpfe in den Weltraum hinaus, die erst nach Sekunden, ja Minuten niederfallen werden. Die Herren sind fort; einer verschwindet um die Ecke. Andere brachen, die Hand vorm Gesicht, in den Rücken; einer stützt sterbend die heile Hand auf, während im blutschwarzen Brei seiner Oberschenkel ein riesiges heißgeschwungenes Sprengstück verzischt. Der Stab einer Brigade, einer Division vielleicht ist dezimiert.

Die Berichte der italienischen Unterkommandanten, streberischer oder furchtsamer Leute, die Mißerfolge umredigieren wollen, sind stets ungenau, ja verlogen. Die Heerführung, auch die Berichterstattung Cadornas erscheinen falsch eingeschätzt. Die Führung ist mehr gründlich als findig, sie macht einen schwerfälligen, ehrlich bemühten, soldatischen Eindruck. Die Anordnungen, wie man sie entlang einer Linie, auf der zwanzig feindliche Divisionen massiert sind, übersichtlich verfolgen kann, zeigen stets ernsthafte Erwägung, Entschluß, Vorarbeit und summarische Unterstützung, aber nie ein eigentlich geniales Manöver. Die Berichterstattung, die nach rückwärts laufend und instanzenweise stets ins Optimistische anschwellend, sich bemüht, sachlich und geographisch aufrichtig zu sein, färbt in der Berechnung, daß der Gefechtsbericht der kleineren Einheit aus der Front stets egozentrisch, schwarzseherisch, stimmungsmäßig belastet sein muß, jede widrige Tatsache ins Harmlose, ein Akt, dem das Bewußtsein der geborgenen Kraft inmitten noch unverbrauchter Reserven entgegenkommt; und vergröbert unter dem Gesichtspunkt, daß eine kleine poetische und stimmungmachende Steigerung, eine Korrektur vom Relativen ins Absolute die Wahrheit eines verhältnismäßig so kleinen Vorgangs, wie es ein einzelnes Frontgefecht ist, nicht trübt, die oft unwägbare Feinheit und Delikatesse eines Vorteils über den Feind. Wenn aber bereits der Kleingefechtsbericht aus der Front übertreibt, sei es aus Ehrgeiz, sei es aus Angst, zu mißfallen, so ist daraus, bis er zum obersten Generalstab gelangt, ein Fehler von mächtigem Ausschlagswinkel geworden. Auf diese Weise entstehen die berühmten, von Irrtümern starrenden Schlachtenberichte Cadornas, das Gelächter der Männer an der Front, die mit Staunen und Genuß die phantasievollen Angaben ihrer angeblichen Niederlagen lesen. Man kann nicht annehmen, daß diese Cadornaschen Verbildungen der Wahrheit Absicht oder nur Bewußtsein sind. Sie sind durch die elende und unsoldatische Mogelei der Kreaturen entstanden, der kleineren Kommandanten, die vielleicht einige Begabung zu Parfüms und zu d'annunzianischem Stil, aber keinerlei soldatische Ehrlichkeit und Strenge besitzen können.

Eines Tages waren von uns in der Nähe eines Ortes - und es liegt schließlich alles in der Nähe eines Ortes - ein paar provisorische Feldwachstellungen geräumt worden, die den Zweck hatten, den rückwärtigen Ausbau eigentlicher Stellungen zu sichern. Es war nichts zurückgelassen worden als die Spuren kräftiger menschlicher Verdauung und höchstens einige in den Lehm verstampfte Patronen. Nach vier Tagen erschien der berühmte Cadornasche Bericht, der die Einnahme der beiden Dörfer Z. und Z. und einer Menge von Beute, darunter ein Maschinengewehr, meldete. Er wurde von unseren Leuten, die gemütlich ein Dutzend der gerade damals ganz ungefährlichen Angriffe auf die Stellung abgeschlagen hatten, mit Hurra! begrüßt. Was war geschehen? Vermutlich hatte eine Patrouille die Löcher (Graben waren sie nicht zu nennen) leer gefunden; die Löcher wurden besetzt. Der Kommandant der Kompanie, dessen Zug diesen "Vorstoß" gewann, machte sich großartig und gab die Parole einer Eroberung meldungsweise nach rückwärts; vermutlich hatte er sich auf die Aussagen seines Leutnants oder Unteroffiziers verlassen und war nie selbst nach vorn gegangen, hatte die Sache verschlafen oder mit Kameraden verspielt.

Der Kommandant des Bataillons, des Regiments, der Brigade, der Division, des Korps, der Armee hatten noch weniger Anlaß, dies zu tun. Sie mußten d'Annunzios zeitraubende Kriegsgesänge auswendig lernen. Als der Bericht, der wohl mit der schon einer Aufschneiderei gleichkommenden Meldung zu leben anfing: "Wir haben bei Z. zwei feindliche Gräben besetzt und zurückgelassene Beute vorgefunden!" - als dieser Bericht endlich zu Cadorna kam, war er wie eine Lawine angeschwollen. Bei Z., das heißt wohl die Stellung von Z. Die Stellung von Z., das hieß wohl das Dorf Z. selbst. Nachgesehen auf der Karte. Stimmt. Kolossale Sache, gelinde gesprochen ein Sieg, ein strategischer Vorteil? Beute? Was einer gerne wünscht, das glaubt er bald. So wurde von ganz Italien träumerisch an unser Maschinengewehr geglaubt. In Wahrheit: Wir hatten gar keins gehabt. Das nächste Maschinengewehr stand 2000 Schritt vom Fleck.

So vollzog sich denn der Aufmarsch der italienischen Brigaden. Vielmehr, er vollzog sich nicht. Es wurde hin- und hergeschoben, vorgestoßen, zurückgenommen, abgelöst, die abgelösten Brigaden, die sich an einem Orte nicht bewährt hatten, wurden am anderen Orte eingesetzt, die eigenen Kräfte und die des Gegners wurden probiert; es war im Grunde eine recht emsige und geschäftige Arbeit, wir spürten zahlreiche und oft frische Ideen gegen uns arbeiten, aber diese Ideen waren immer banal, ein schlichter Artillerie-Aufklärer, der ein bißchen mehr überblickte, als man gewöhnlich in der Schwarmlinie merkt, und im übrigen fleißig war, konnte jedes Unternehmen an seinem Beginne, jede Falle an ihrer Straßenschlinge, jedes Manöver an seiner artilleristischen Schattierung und Abweichung sofort berechnen. Er hörte in einer Nacht fideles Schreien, Karrengeräusch, Rasseln von Metall, Befehle, Singen; er legte sich mit Aug und Ohr auf die Lauer und paßte scharf auf; verfolgte ein scheinbar einsames Wassertragtier auf seinem wiederholten Wege; nahm einen Schwarm brottragender Männer ins Scherenfernrohr; erwischte einen spähenden Offizier, der im Busch steckte und unsichtbar gewesen wäre, wenn nicht die Sonne sich im Brennpunkt seines Binokels gefangen und im Umkreis von Kilometern alle Aufmerksamkeit auf diesen übertrieben gleißenden Punkt gelenkt hätte. Der Aufklärer, der dort einen italienischen Konkurrenten, eine Beobachtungsstation witterte, ließ eine Haubitze schießen und folgte gespannt bis zum Endziel, dem die Vertriebenen zustrebten, bis zu den Unterkünften. Am dritten Tage setzte er sich mit mehreren Batterien in Verbindung. Er grenzte seinen Ort ab, zwischen dem Walde, nördlich der Kote soundso in der Tiefenlinie östlich vom einzelstehenden Haus des Dorfes T. Sprengpunkt, Distanz, Seitenverschiebung: die Batterien schossen, er korrigierte fieberhaft, einige Schüsse, dann waren sie drin. Eine 15 cm-Granate saß. Nach einigen Sekunden quollen schwarze Massen von Fußgängern aus Niederung und Wald. Kavallerie saß auf und jagte davon. Train blieb stehen, Radfahrer radelten wie verrückt über den weißen Streifen Straße, der von uns aus eingesehen war. Das Auto des Brigadiers plumpste über Ackerboden und fuhr in die tollgewordene Infanterie hinein. Eine Brigade war ausgehoben worden. In der Nacht störten unsere Haubitzen, die sich eingeschossen hatten, die Bergungsarbeit des zurückgelassenen Materials.

Und warum kamen die Brigaden des Gegners nicht vom Flecke? Warum dauern ihr Aufmarsch, ihre Proben, Versuche nun schon seit sovielen Monaten, ohne daß es zu einer Ganzoffensive gekommen wäre? Welche mächtigen österreichischen Heere in welchen mächtigen Verschanzungen haben der gesamten Volkskraft Italiens die Stirn geboten? Wir lächeln nur. Noch ist es nicht Zeit, mit unseren Ansprüchen an Kriegsruhm hervorzutreten und die ganze fast übernatürliche Wahrheit laut werden zu lassen. Nur sovieles darf verraten werden: Die Heere, die den italienischen Brigaden Halt geboten, waren: österreichische Feldwachen. In Feldwachen aufgeteilt einige Bataillone, Brigaden, Divisionen hielten eine Linie, von der man sie beim ersten, absolut nicht mehr erträglichen Ansturm in eine glänzend und luxuriös ausgestaltete Stellung zurücknehmen sollte. Das war die große Rechnung, durch die der Italiener einen Strich machte. Er hatte kein Mitleid mit uns, er wollte uns aus unserem ganz stellungslosen Vorstellungsgebiet absolut nicht in unsere schönen wahren Stellungen nach rückwärts lassen. Regimenter, Brigaden splitterten an den trotzigen Klümpchen unserer Feldwachen, die derart monatelang die Offensive an das Westufer des Isonzo bannten - auch wo ihr am Ostufer ein Blick ins verheißene Land gegönnt war. Heute ist das anders und es ist zu spät. Heute haben sich die rührigen Feldwachen schon zu Stellungen ausgewachsen.

Die Räuberbande von Tulez

Der Krieg hat die menschliche Seele aller Illusionen, die sie zu geben bereit ist, entkleidet und die nackte Menschlichkeit eines jeden geoffenbart. Der moralisch Gehaltene, in seinen Trieben anständig fundierte Charakter hat sich in dieser Zeit der unbegrenzten Möglichkeiten, wo der Umfall größter weltbestimmender Gesetze das Beispiel für die kleineren Konventionen der menschlichen Gesellschaft abgab, in seiner Treue, seiner Selbstzucht und Selbstkritik, seiner aufs endgültig Rechte gestimmten Anlage erweisen können. Der nur von äußeren harten Formeln gebändigte trübe Instinkt, Habgier, Egoismus, Genußucht und Schwäche gegenüber der das Verbrechen fördernden Chance des Augenblicks, kurz die minderwertige und vorm Vorstoß der Leidenschaften gebrechliche Menschlichkeit hat in dieser Zeit der hysterischen Ausgelassenheit sich den Orgien ihrer zweifelhaften Selbstlichkeit hingegeben und fragwürdige Instinkte zur Psychose gesteigert. Da Völkerrechtsbrüche wie wissenschaftliche Entdeckungen behandelt, Menschenrechte wie künstliche Konstruktionen einer veralteten Periode in den Winkel geworfen werden; da das Extrem der öffentlichen Handlung, der macchiavellistische Wink des Mächtigen, der Stil des Tages und seiner Unternehmungen sind; was dämmt in diesen Weltgeschichtsmomenten die kleine, mißgünstige, aber von keiner Zucht der Umwelt gehemmte Seele, im Strom der großen Ereignisse als der kleine, verbrecherische Tropfen zu verschwinden, in der Masse unterzutauchen als eine Kraft, die nicht das Recht der repräsentativen Begabung, aber doch den Schnitt und die Mode eines Zeitgeistes an sich trägt? Diese Zeit weist ohne Zweifel eine Atmosphäre auf, die innerhalb der vom Kriege betroffenen Wohnstätten der Menschen dem Verbrechen besonders günstig ist. Die gleiche hysterische Ausgelassenheit wird in Weltstädten wie Paris und New-York den Lebestil der Exzesspolitik, im kleinen, der Welt und ihrer Dimension entrückten, vom allgemeinen Geschehen aber tonisierten serbischen Dorfe den niedrigen Verbrecher und seine Gefährtin zeitigen.

Dieser Krieg ist die große Probe auf den Menschen, den Menschen im nackten Sinne des Wortes. Was goldhaltig war, hat sich drastisch geschieden aus der Mischung mit Unlauterem. Die günstige Folge davon ist, daß das Unlautere zu fassen sein wird, daß die Gesellschaft der Guten und Tüchtigen das Stigma der gezeichneten Kreaturen erkennt und sich von ihnen befreit. Auf unseren kleineren Kreis angewandt hat dies Ergebnis einer allgemeinen Entwicklung uns den Fall, das Leben, Wirken und Untergang der Räuberbande von Tulez erbracht. Am Samstag Nachmittag sind in Lazarevac nach sorgfältiger Untersuchung durch unsere Behörden von der zehnköpfigen Raubmörderbande von Tulez vier Männer und drei Frauen gehenkt worden. Zwei Frauen und ein Mann, des Totschlages überwiesen und zum Tode verurteilt, hat nach Erwägung mildernder Umstände der Kommandant des Brückenkopfkommandos zu zehn, beziehungsweise fünfzehn Jahren Kerker begnadigt.

Das Ereignis mag durch seinen zahlenmässigen Umfang, durch die überstürzte Vehemenz, mit der die einzelnen Mitglieder der Bande die schiefe Ebene des Verbrechens hinabglitten und vom Diebstahl bis, man möchte sagen bis zum Genußmord, bis zum Sport der rohen Tötung in verhältnismässig kurzer Zeit gelangten, seinen Nachhall in der Öffentlichkeit finden. Aber nicht die Sensation ist es, die sich das studienhafte Interesse Aller verdient, nicht der durchlebte Roman einer Bande von Existenzen, deren Verkommenheit aus der Phantasie eines schlimmen Kolportage-Schriftstellers entsprungen scheint, der aus Hinterhalten, kinomäßig gestellten und geschulten Manövern, ebenso raffinierten als brutalen Überfällen mit der Beimengung geschlechtlicher und erotischer Momente ein Schauertränkchen mischt: als psychosoziales Problem, als die Arbeitsleistung einer Verwaltung und auf menschlich gerader Basis entwickelten Gesellschaftsidee ist es der Mühe des Beobachters wert. Nicht nur der Zeitungsleser, der Gesetzgeber, der Lehrer, der Seelsorger, ja jeder Bürger des Gebietes hat ein Anrecht, über dieses Geschehnis zu hören, damit grundlegende Auffassungen zum Ohre der Bevölkerung finden. Denn was dem mitteleuropäischen Geiste, dessen Vertreter augenblicklich die Verantwortung für die soziale Entwicklung des okkupierten Landes auf sich genommen haben, unverständlich bleibt, ist diese Zaghaftigkeit der Bevölkerung gegenüber den sie bedrückenden und unter steter Beängstigung haltenden Individuen. Der Verwaltung kostete es Mühe, zum Herzen der Verschreckten zu dringen. Zeugenaussagen bestätigen, wie sehr die rings um Tulez verstreuten Häuser und Gehöfte unter dem Druck der Bande litten. Dieses Verhalten ist symptomatisch. Es hat unter dem früheren Verwaltungsregime Individuen gegeben, die durch ihr politisches Bekenntnis und ihre Anhängerschaft an ausschlaggebende Faktoren der damaligen Ordnung sich im voraus Amnestie für ihr soziales Outsidertum, ihre im kleinen Kreise unbegrenzte Gewaltherrschaft, ihre ausgesprochen despotischen Launen und Begierden zu sichern wußten. Diese Typen haben in der gegenwärtigen Ordnung, die dem Ruhigen das Recht auf Ruhe garantiert, keinen Platz, die Verwaltung wird Wege finden, sie aus der Verschwiegenheit, in der die stumme Demut einer so lange ausgesogenen Bevölkerung sie gehalten hat, hervorzuziehen und mit einem nach mitteleuropäischen Begriffen verbrecherischen System abzurechnen.

Die Taten der Räuberbande von Tulez, die mit einem Diebstahl der vor dem ersten Dezember letzten Jahres zugereisten Zigeuner Milia und Petko begannen, entfalteten sich organisch zu einer immer gröber werdenden Form des Verbrechens. Im Bewußtsein, daß die Kriminalaufzeichnungen der verflossenen Verwaltung zum Teil verloren gegangen sein mußten, ihre Vergangenheit und Identität also schriftlich gelöscht war, überliessen sich die Verbrecher, die sich im späteren wesentlich aus den Familien Jovanovic und Joksimovic aus Tulez ergänzten, ihrem Tatrausche. Im Anfang mochten sie zum

Lebensunterhalte gestohlen haben, eine Erwerbsform, zu der sie, wie die Untersuchung ergab, seit Generationen neigten. Inwieweit sie bereits kriminell belastet waren, als sie die während der Okkupation dem nunmehrigen Gesetze fälligen Handlungen verübten, ist nur nach der Aussage der Zeugen aus der Bevölkerung eruierbar. Möglicherweise hatte die frühere Verwaltung, als sie den strategischen Ergebnissen des Weltkriegs weichen mußte, die Gefängnisse geöffnet und derart so mancher Persönlichkeit die Freiheit gegeben, die nunmehr den Zeitpunkt zum Ausleben als gekommen erachtete. Die neue Verwaltung, die kein oder nur ein umständlich und lückenhaft geführtes Kriminalmaterial vorfand, benötigte einige Zeit, um sich zurecht zu disponieren und in die Lebensformen des Volkes, die sie respektieren wollte, einzufinden. Die Bevölkerung selbst, teils von früher her verschreckt, teils unkundig ihrer von der neuen Verwaltung gern garantierten Rechte auf bürgerliche Ruhe und Unabhängigkeit von der Laune und Gewalt eines Nachbarn, verhielt sich passiv. So konnte es geschehen, daß den Verbrechern der Kamm schwoll, das von Grund aus schlechte Herz sich den wüstesten Begierden öffnete und der einmal ausgekostete körperliche Machterfolg die Sinne umnebelte. Die Klimax seelischer Entwicklung, die Steigerung zu immer exzessiveren Stadien des Verbrechens ist von dem feinhörigen Untersuchungsrichter deutlich beobachtet worden. Es ist interessant, diese Steigerung zu verzeichnen: im Anfang war der Diebstahl. Das zweite Attentat ging bereits als Gewaltakt mit Tricks und Manövern vor sich und löste Akte der Körperverletzung aus. Immer mehr wird der Akzent des Unternehmens vom bloßen Raub auf die Gewalt verlegt, auf die körperliche Mißhandlung des Opfers, und zwar, scheint es, in umso auffallenderem Ausmaße, als Frauen sich tonangebend, verleitend, hetzend, zusehend und vielleicht in einem sittlich tiefstehenden Sinne genießend daran beteiligten. Die Prozedur wird zur raffinierten Methode, zu einer Art Hauwahnsinn, zur Mordlust, ja zur Tötungskunst. Schrittweise vollständig entartend, endigen Urheberinnen und Ausführer der Tat in jenem bestialischen Falle, in dem einer Frau das Herz buchstäblich zerhämmert, durch systematisches Bearbeiten des sonst unverletzten Brustkastens chokartig lädiert wird, bis der Tod eintritt. Zweimal werden an Opfern Henkungen durchgeführt. Jener Akt allein zeugt von einer derartigen Roheit, daß das Urteil des Richters und der Entschluß der Verwaltung, es durchzuführen, nicht nur den Beifall zivilisierter Menschheit, sondern in erster Linie die befreite Zustimmung der betreffenden Bevölkerung finden mußte.

Eine besondere Bedeutung fällt der Tatsache zu, auf die hier zur allgemeinen Kenntnis und künftigen Orientierung hingewiesen werden soll, daß die Bande mit Namen und Maske der jetzigen Verwaltung selbst ihr Geschäft betrieben hat. Die Pflicht, gegen solche Elemente vorzugehen, erwächst dem Verwaltungsträger zu den andern menschlichen Pflichten hinzu. Die Bande arbeitete nämlich mit einem Trick, bei dem sie die Uniform eines reichsdeutschen und eines österreichisch-ungarischen Soldaten effektvoll verwendete. Diese beiden Soldaten hatten in der letzten Zeit eine so häufige Rolle in Anzeigen der Bevölkerung gespielt, daß die Identifizierung in etwa 30 Fällen zu einem Resultate führte. Der Vorgang spielte sich nach Zeugenaussagen in der Form ab, daß einer der Räuber zum Opfer kam und freundschaftlich mit ihm zu sprechen begann. Plötzlich entstand allemal im Vorraum ein Lärm wie von streitenden Männern. Man hörte die deutschen Worte: Auf! Auf! Die Frauen rückten zusammen, die Kinder schrien, der nichts Gutes ahnende Hausvater fragte den Besucher, was das zu bedeuten habe. "O, das ist nichts, menge dich ja nicht hinein, das sind deutsche Soldaten, die plündern wollen," sagte der Besucher. "Ich will sie begütigen," sagt der Hausherr. "Nein, nein," schreit der Besuch, "um Gotteswillen, öffne die Türe nicht. Weißt du denn, wie diese Deutschen aussehen? Sie haben große vorquellende Augen und einen Mund von einem Ohr bis zum andern. Deine Kleinen würden sich schrecken." Der Hausherr, ein kräftiger und mutiger Mann, läßt es sich nicht nehmen, hinauszugehen. Er wird angefallen, geschlagen, er wehrt sich nicht und flieht unter das Bett. Die Räuber sind körperlich schwach, das Opfer aber wehrt sich nicht. "Warum hast du dich nicht gewehrt?" werden die Opfer, die alle auf eine ähnliche Weise überwunden wurden, vom Richter gefragt. "Ich bin stark," sagt Einer, "und ich hätte es mit drei solchen Schwächlingen aufgenommen. Aber ich wagte es nicht, zum letzten Mittel der Abwehr zu greifen, weil ich glaubte, es wirklich mit fremden Soldaten zu tun zu haben, und die Strafe des Gerichtes fürchtete, wenn ich ihnen etwas zuleide täte." Andere Opfer sagten das Gleiche aus. Das Opfer verhielt sich im Streite so lange nur abwehrend, bis ein Angriff der schwächlichen Gegner endlich gelang. Der zuerst gekommene Besucher figurierte dann als Dolmetsch der Absicht der angeblichen fremden Soldaten und zwang die Überfallenen zur Herausgabe von Geld und Wertsachen. Es wurde Bargeld im Werte von 20.000 Dinars, Wertsachen im Werte von über 15.000 Dinars geraubt.

Diesen ganz ungeheuerlichen Fall entarteter Menschheit hat die gegenwärtige Verwaltung nach umfangreicher Untersuchung menschlich und juridisch erledigt. Kein Zweifel, die in der Zeit liegende Frivolität, die Neigung zur Hingabe an schlimme Leidenschaften, der Wechsel der Verwaltung mit dem Interim entfesselter Brachialität, vielleicht auch das ausrederische und ganz falsche Gefühl, einer fremden Verwaltung gegenüber an weniger menschliche Forderungen gebunden zu sein - ein Gefühl, das der besonnene serbische Bürger im eigenen Interesse nur ja nie mißverständlich begünstigen möge - all dies hat zu der beinahe abenteuerlichen Serie von Verbrechen geführt, die letzten Samstag auf der Richtstätte von Lazarevac ihre Sühne fanden. Der Räuberhauptmann war schon früher von seinen eigenen Leuten ermordet worden. Daß auch ein junges hübsches Mädchen, das verrohte Instinkte und Grausamkeit vielleicht mehr als bloße Gewinnsucht zur gewaltsamen Aktion

trieben, daß auch eine Mutter neben ihren Kindern jetzt am Galgen von Lazarevac hängt, sind tragische Züge, die das Bild nicht verlieblichen und hoffent-
lich für eine naive, poetisch veranlagte Bevölkerung nicht romantisieren. Das
Bild der Täter ist in allen seinen Teilen niedrig, ohne Größe, ohne irgendwelchen, auch den kleinsten Heroismus.

Bernard Shaws Völkerreich

In einem amerikanischen Blatte ist eine Ansicht zur Veröffentlichung gelangt,
der zu dieser Stunde des Weltkrieges und der politischen Lage eine gewisse
Bedeutung zugemessen werden muß. Bernard Shaw, des Teufels Schüler, ein
Teil von jener Kraft, die stets das Gute will und es mittels des Boshaften
schafft, hat am Scheideweg einer begrenzt englischen oder einer unbegrenzt
europäischen Weltanschauung sich für die letzte entschieden. Er sagt, nachdem er den alten Mut zum lang geübten Beruf wiedergefunden hat, den Amerikanern ins Gesicht, was sie ungern hören werden, daß es nämlich mit ihrer
angeblichen Neutralität nicht sehr weit her ist, und daß ihre Unterstützung der
Entente mittels barer Gelder und in Naturalien als wichtiger Widerstands-
posten zugunsten der Alliierten in Empfang zu stellen ist. Aber er geht noch
weiter, er sagt nicht nur seine den englischen Cant vor den Kopf stoßende
Meinung, er offenbart auch eine menschlich anständige Kulturgesinnung, eine
Bekehrung gleichsam nach Zeiten der Infektion durch den Bazillus der englischen Zeitungsphilosophie. Als Garanten künftiger Weltentwicklung sieht er
die kulturelle, vielleicht sogar politische Vereinigung von Großbritannien,
Deutschland, Frankreich und den Vereinigten Staaten vor sich.

Dürfte diese Hoffnung, was den politischen Teil anlangt, auch ein frommer
Wunsch bleiben, so ist ihr Sprüchlein doch symptomatisch für einen gewissen
Umschwung des Weltdenkens. Bernard Shaw hat eine schlimme Stunde
gehabt, in der er mit den englischen Politikern im Klischee eines angeblichen
englischen Antiprussianismus und Antimilitarismus einig war. Von ihm
stammt die Vivisektion der deutschen Seele in die Bestandteile des Typus
Mozart und des Typus Bismarck. Der deutschen Musik, rief er einmal aus,
verdanke ich so viel, daß ich mich der Ansicht vom deutschen Barbarismus
nicht anschliessen kann. Jenes andere Deutschtum aber, das ihm im großen
Fritz, in Bismarck, in den jetzigen Heerführern der deutschen Armee verkörpert schien, dünkte in den Aussprüchen eines Asquiths und eines Grey, deren
engstirnigem Engländertum er selbst kaum solches Recht auf Seelenbewer-
tung einräumte, auch ihm treffend gebrandmarkt. Der künstlerisch individua-
listische Deutsche war ihm, dem sinnlich regsamen, Irländer, dem bürgerlich
frei erzogenen Großbritannier sympathisch; der organisierte Pflichtdeutsche,
dessen gründiger Philosophie sein graziöserer Geist nie wird nachspüren kön-

nen, mußte ihn befremden und abstoßen. daß der Pflichtbegriff als deutsches Geistestum zwar eine Erziehung, aber doch eine Erziehung darstellt, die aus der Seele des Volkes kommt, von ihm erlebt, als richtig und ethisch wünschenswert geschaut ist, hat Shaw damals nicht verstanden. Die Natur, die den Deutschen ganz in jener Art zum Rebellen gemacht hat, wie sie vielleicht in Bernard Shaw selbst am glänzendsten zum Ausdruck gebracht ist, mußte dem Deutschen zu seinem ewig protestierenden, reformierenden, kurz zu seinem zentrifugalen Drange eine zentripetale Anlage hinzu verleihen, eben jenen inneren Pflichtbegriff, auf den Kant eine Moral begründet hat, die nur die Vertiefung dessen darstellt, was der sogenannte Militarismus an aktiven Kräften enthält.

Mit diesem mitteleuropäischen Geschöpf scheint nun der Geschmack Bernard Shaws sich ausgesöhnt zu haben. Es ist aller Anerkennung wert, wenn man bedenkt, daß so bedeutende und tiefe Geister wie etwa ein Maeterlink und Verhaeren, ein Bergson und in England ein Rudyard Kipling auf ihrer antideutschen Stimmung, ihrem sogenannten Barbarenhass und ihren andern freundlichen, aber recht abgeschmackten Vokabeln beharren. Shaw hat einsehen gelernt, daß der Militarismus der englischen Imperialisten sich in gar nichts von dem deutschen unterscheidet, es sei denn darin, daß er weniger wohlorganisiert ist als jener und nicht mit den gleichen ethischen Auffassungen seiner einzelnen Träger rechnen kann. Er sieht ein, daß der streitbare und gehorsame, der fleißige und sich selbst in Zucht haltende Deutsche eben und genauderselbe Deutsche ist, der die deutsche Literatur, Musik und Philosophie gezeugt hat. Er erkennt ihm Barbarismus ab und Europäismus zu und vereinigt ihn träumerisch mit den andern großen Weltstaaten zu einem internationalen Gesellschaftsorganismus.

Auffällig an dieser Kombination, an der Shaw von der Ententeseite ihrer drei, von unserer Seite aber nur ein Reich teilnehmen läßt, ist das Fehlen Österreichs. Dies dürfte indes kaum auf den bösen Willen des Autors, als vielmehr auf, man muß sagen "auch" seine Unkenntnis über Österreich zurückzuführen sein. Der Engländer hatte im Allgemeinen vor dem Kriege keine deutliche Vorstellung von Österreich, wenn er auch ihm gegenüber stets etwas milder gestimmt blieb, als dem Vertreter Deutschlands gegenüber. Die geographischen und etnographischen Kenntnisse, die der Engländer von Österreich besitzt, sind durchaus mangelhaft auch heute noch, wenn auch die Leistungen der Heere, die das österreichisch-ungarische Banner über die Grenzen des Reiches trugen, ihm Respekt abgenötigt haben mögen. Shaw mag also bei seiner Zusammenstellung einfach auf die Monarchie vergessen haben, oder aber, und dies wäre nicht ausgeschlossen, in der Bezeichnung "Deutschland" ein Synonym für den gesamten mitteleuropäischen Arbeits- und Kampfkomplex gesehen haben. Oder sollte er dennoch der Meinung sein, daß Österreich ein anderes Kulturinteresse als das der Westmächte zu beanspruchen habe?

Gesetzt, dies wäre die unausgesprochen gebliebene Meinung dieses Kultur-politikers, so hätte ihn eine unbewußte Erkenntnis vielleicht nicht allzu schlecht beraten. Aber dann war auch seine Kombination falsch, denn was sich auf dieser Linie für Österreich geltend macht, gilt im gleichen Gefühlsumfange auch von Deutschland. Nein, nicht von Deutschland, sondern vom Deutschen wie vom Österreicher.

Würde die Politik nach einem Gesetz der inneren Anlage gemacht, so könnte gegenüber der Shawschen Zusammenstellung geltend gemacht werden, daß neben der westlichen Zivilisation die russische Kultur der Seele, die ethi-sche Tiefe eines Dostojewsky und Tolstoi, die Menschlichkeit eines Gorky es ist, die den deutschen, nicht nur den slawischen Sinn von Mitteleuropa stärker fesseln, als die mehr an der Oberfläche der menschlichen Möglichkeit lie-genden Probleme des Westeuropäers. Wollte man also einen wirklich uni-versalen europäischen Menschentypus zusammenschweißen und durch ge-genseitige Wechselwirkung die Völker zum Europäismus erziehen, so dürfte im Bunde weder der Russe, noch der vielnationale Österreicher und der die-sem rassisch nahestehende Balkanier fehlen. Dann aber machen wir gleich, was Deutschland und Österreich schon jetzt machen wollen: den Mitteleuro-päer, den Europäer.

Mitteleuropa

"Mitteleuropa, steige herauf in Poesie und Prosa!" Dieses Wort ist der Tenor des bekannten Naumannschen Buches, sein Ergebnis und sein Postulat. Es birgt eine tiefe Einsicht: daß die großen politischen Umwälzungen, die menschlichen Fortschritte der Gesellschaftsbildung und der Weltgeschichte nicht nur eine Angelegenheit des rechnenden Verstandes sind, sondern auch eine gewisser poetischer Kräfte, die das Gesamtleben der Völker wie der Einzelnen durchzieht.

Männer der nackten Tatsache werden den Naumannschen Anruf wie eine Blasphemie empfinden. Was hat die Poesie bei einer so rationalen Angelegen-heit zu tun, wie es ihre industriellen, kapitalistischen und agrarpolitischen Be-rechnungen sind? Was kann ein Träumer, der Ideale aufstellt und die Men-schen nach Neuerungen, nach Sensationen ihres politischen Triebes begierig macht, was kann ein Dichter, auch wenn er noch so kundig und fachmännisch geschult ist, bei der Organisation eines so komplizierten Bauwerkes vermö-gen, wie es ein Mitteleuropa jedenfalls sein würde? Ihnen beantwortet sich die Frage von selbst. Aber sie ist und bleibt nach solcher Antwort letzten Endes doch ungelöst. Denn die Form, wie Menschen miteinander leben wollen, ist nicht ein Exempel nur für Fachgelehrte, für couragierte Verdiener, für energi-sche Egoisten eines kleineren Betriebes. Über eine so wichtige Angelegenheit wie Mitteleuropa entscheidet der beruflose Mensch, der Mensch schlechthin, und zwar durch seinen treuesten Sprecher, den Dichter, oft mehr als durch irgendeine andere Wahlpotenz. Rousseau, der gar nichts von Appartementspolitik verstand, hat mehr Einfluss auf die Entwicklung der damaligen Dinge genommen, als ein Minister es vermochte. Die russische Politik steht zum Beispiel noch heute unter den Gedanken eines Dostojewsky. Bismarck, einer der größten Staatsgründer, wäre weniger erfolgreich gewesen, wenn er mehr Berufshemmungen gehabt hätte.

Der Einspruch gegen Mitteleuropa stammt von Interessentengruppen. Da man heute der Meinung ist, als müßte es eine wissenschaftlich berechnende Methode geben, nach der Resultate ohne jede Interessenverletzung erzielt werden können, weigert man sich, an die mitteleuropäische Möglichkeit zu glauben, dieweil eine Serie von wichtigen Interessen in jedem der für ein Mitteleuropa in Betracht kommenden Staaten erst aufgegeben werden müßte. Ein Trotzdem-Standpunkt scheint unpolitisch, weil man nun einmal nur mehr an die Rechnung glaubt. Ob man aber damit nicht eine Sünde wider den heiligen Geist der gesellschaftlichen Entwicklung begeht? Ob es wirklich so weise und entsprechend ist, die Irrationalitäten aus dem politischen Getriebe auszuscheiden? Ob eine Völkersehnsucht nicht ebensoviel wert ist wie ein gewahrtes Interesse?

Sitzungen von Handelskammern, Parlamenten, Vereinen, Parteien, Ausschüssen ad hoc, Petitionen, Ansprachen, Artikel und Bücher beschäftigen sich mit der einmal aufgeworfenen Frage und sind in der Intensität ihrer Arbeit ein besserer Beweis für die Sache, als jede Pro- oder Kontra-Stellungnahme, zu der sie debattierend und abstimmend gelangen können. Mitteleuropa soll ja eine Synthese sein, nicht aber eine Addition, es soll ein Mechanismus, aber auch ein Lebewesen sein, ein Betrieb, aber auch ein Getriebe in jenem Goetheschen Sinn: Du glaubst zu treiben und du wirst getrieben. Zu treiben oder zu hintertreiben glauben Fraktionen und Interessengruppen; der mitteleuropäische Mensch selbst aber, der jeder Einzelne ihrer Mitarbeiter hinter seiner Berufsleistung ist und bleibt, wird wie von einem Dämon, diesmal im Sokratischen Sinn, zur Zukunft des mitteleuropäischen Staatenwesens getrieben. Mitteleuropa hat etwas von der paradoxen Form Österreichs an sich, es widerspricht dem klügelnden Kalkül, und hat doch die mystische Widerstandskraft eines ganz großen, man könnte sagen, genialen Lebewesens. Mitteleuropa wird entstehen, wie Österreich besteht, durch die geistige Leidenschaft zu einem Welttypus. Diese Leidenschaft ist stärker und produktiver als alles, was in der Politik zugunsten oder zuungunsten einer Sache in die Waagschale geworfen werden kann.

Daß zwischen der Staatenkette von der Wasserkante bis Mesopotamien eine Wehrunion die dauernde kriegerische Zusammenarbeit garantieren wird, ist heute kaum mehr die Frage. Daß ein bestimmtes Verhältnis auch Staaten wie Deutschland als Industriestaat, Österreich-Ungarn als Industrieübergangsstaat, Bulgarien und die Türkei als Agrarstaaten wirtschaftlich wird binden können, ist vorauszusehen. Nur die Frage der Form und Innigkeit ist noch diskutabel. Wir glauben, daß die Lösung der Frage mittels eines angenommenen Stammzolles und Schutzzuschlägen bei gefährdeten Industrien des einen oder anderen partizipierenden Staates die gerechteste Form einer Gemeinschaft darstellt. Alles weitere ist der inneren Entwicklung der Industrien überlassen, ferner der Industrialisierung der Landwirtschaft, an der jetzt nach deutschem Muster lebhaft gearbeitet wird. Eine wichtige Entscheidung wird über die Verteilung der Interessensphären zu treffen sein. Es liegt in der Natur seiner geographischen Anlage begründet, daß Österreich freie Hand am Balkan erhält, der nach diesem destruktiv gewordenen Krieg ein erheblicher Konsument sein wird, umsomehr, als seine Völker nach den Strapazen der Feldzüge, aber auch nach dem engeren Kontakt, in den sie mit westlichen Völkern getreten sind, eine höhere Lebenshaltung und äußeren Komfort anstreben werden. In dieser Beziehung muß zugegeben werden, daß der Krieg für Österreich bereits seine deutlichen Resultate, als Substrat eines eventuellen Friedensprogramms, gezeitigt hat, während die endgültigen Entscheidungen für die deutschen Ansprüche, die ausgreifender tendieren und nicht so direktlinig und instinkthaft gegeben sind, noch nicht fallen konnten.

Für Mitteleuropa sprechen also militärische, wirtschaftliche, politische, vor allem aber menschliche Gründe. Am lautesten sprechen die menschlichen, am zartesten die wirtschaftlichen. Die militärischen sprechen wie gewöhnlich nicht, sie werden handeln. Und werden, wenn die Geschichte einst nach ihrer Fundierung frägt, am menschlichsten gehandelt haben.

Symbole

Sommerzeit - Kut-el-Amara

Die Sommerzeit hat begonnen. Der deutsche Weltwille hat die Zeit um eine Stunde zurecht gerückt, um Zeit zu gewinnen. Hat eine Konvention durch eine neue schöpferische Konvention ersetzt. Ist er nicht recht eigentlich reaktionär, dieser deutsche Weltwille, aber ist seine Reaktion nicht stets irgendwie produktive Haltung, ist im Umgekehrten seine anarchische Willkür gegenüber Gesetztem nicht eine bedeutende organisatorische Anlage zur Gesetzgebung, seine Antithese eine lebenspendende Widersinnigkeit: ja, möchte ich fragen, ist dieser Deutsche, den niemand versteht, nicht ein gelebtes Paradox, eine fruchtbare Tatsachenverdrehung, eine sehr praktische und einträgliche Münchhauseniade? Man kann sich kaum etwas Unverschämteres, aber auch kaum etwas Lustigeres, Originelleres und letzten Endes auch Zweckmäßigeres vorstellen, als diese Idee der deutschen Sommerzeit. In diesem Imperialismus des Kant-Volkes gegenüber einer Funktion des menschlichen Intellekts liegt der deutsche Typus beschlossen. Die Tatsache erkennen, ist nicht, das Weltwesen erfassen; der deutschen Wissenschaft gelingt diese Erkenntnis systematisch, sie hat keine Konkurrenz darin zu fürchten; aber diese Erkenntnis genügt nicht, es bedarf der schöpferischen Willkür, um den Deutschen selig zu machen und restlos auszudrücken. Der Deutsche ist nämlich der geborene Expressionist; die "These", das Gesetzte, die Produktion aus der überquellenden Phantasie sind seine organische Entfaltung. Dieser geistige Imperialismus ist weitaus deutscher als jeder angeblich territoriale, den er nicht bekennt. Die Tatsache erkennen, ist nicht, das Weltwesen erfassen. Das Weltwesen ist in der Verarbeitung der Tatsache erfaßt, im Ausdruck, in der Persönlichkeit. Das deutsche Volk ist gleich einem Manne, der sich zuerst einmal eine äusserst präzise Uhr, die präziseste am ganzen Erdball, konstruiert; aber dann, immer mittels dieser präzisesten und unfehlbarsten Uhr, seine eigene Zeit einstellt, der Sonne zum Trotz. Nicht, daß er nichts über die Sonne wüßte; er weiß so Vieles von ihr, daß er sich legitim fühlt, wenn er gegen sie rebelliert. Er ist konservativer als die Sonne, darum rebelliert er. Er ist Frondeur. Deutsches Rebellentum ist stets irgendwie konservativ und reaktionär.

Diese Ausdeutung einer Verwaltungsmaßnahme, wie sie die Einführung der Sommerzeit darstellt, zum Rassesymbol scheint gewagt; aber sie ist nicht gewagter, als es eben diese Verschiebung der Zeit ist. Verschiebungen, am rechten Platze durch den rechten Geist, sind fruchtbar; Umstellung des Akzentes ist ein belebendes Element.

Der rechte Geist am rechten Platze? Wer bürgt für, beweist sein Recht? Die Durchführung. Was ein Organismus in sich ist, kommt unverbrüchlich, mit und ohne Gesetz, thetisch und antithetisch zur Welt.

Dies ist das eine große Symbolgeschehen des Tages; aber es wäre vielleicht nicht so großartig herausgekommen, wenn es nicht eine Folie gefunden hätte, ein Gegenstück, das von der gleichen symbolischen Bedeutung gestützt ist und in seiner Unmittelbarkeit eine beredte Sprache spricht. Für die Deutschen bedeutet die Zeit, die sie zuerst als Metaphysikum erfaßten, dennoch etwas sehr Praktisches, nämlich Geld; sie sparen Geld an der Sommerzeit. Aber für die Engländer ist Geld nicht nur ein Kursmittel für Zeit, sondern auch für andere seelische und geistige Momente. Townshend, der Chef der Kut-el-Amara-Armee, hat den Türken für Bewilligung des freien Abzugs eine Million Pfund angeboten. Hätte er bloß seinen Abzug gegen, sagen wir Überlassung der Waffen ausbedungen, so wäre dies nach unseren Begriffen eine ernste soldatische Beurteilung seiner Lage gewesen, deren erfolgreiche Verwendung ihm mit Recht hohe Ehre eingetragen haben würde. Aber welche Ehre kann es für einen Soldaten darstellen, sich wie ein freigelassener Sklave losgekauft zu haben? Jedoch, der Engländer ist nun einmal so: großzügig in seiner Unverschämtheit, beinahe respektabel in seiner Grandseigneurshaltung, seiner praktischen Weltklugheit, seinem schon borniertem Unverständnis für zarte innere Wesentlichkeiten, die den Mitteleuropäer, aber auch den Orientalen ausmachen. Der Engländer kauft Soldaten, eventuell auch vom Feinde, er fühlt sich nobel und ist doch sparsam darin: 20 Millionen Kronen für 13.000 Männer. Wieviel ihm ein Mann wert ist, kann man sich ausrechnen. Nachdem sich Townshend, dies bleibt anzuerkennen, gut und zäh geschlagen hatte, nachdem er eine militärische Leistung vollbracht hat, die sich gewiß den Respekt jedes Soldaten verdient, denn seine Leute können unmöglich bei vollen Tischen gesessen sein, nachdem er sich also ein Anrecht auf Heroenlob erworben hatte, erledigte er sich durch eine Impertinenz, durch eine Zumutung nicht nur an die militärische, sondern auch die moralische Intelligenz seines Gegners. Er kauft sich los. Daß er gerade bei den Türken, die in dieser Beziehung sehr empfindlich sind und als wirkliche Kavaliere das Peinliche der Zumutung lebhaft fühlen müssen, keinen Erfolg haben würde, hätte er erkennen müssen. Umso bemerkenswerter für ihn ist es, daß er sich nicht einmal die Geste davon ersparte. Er erledigt sich also. Aber erledigt er sich wirklich? Kann man sich über diese eigentümliche Kraft, die uns vielleicht abstößt und verletzt, mit einer moralischen Abfertigung hinwegsetzen? Dieselbe unbeirrbare Kaltblütigkeit gegenüber ausländischen Gefühls- und Ehransprüchen, dasselbe Genie des geldlichen Kalküls, dieselbe phantasielose Nüchternheit gegenüber Lebensvorgängen, die Townshend zu seinem grotesken Angebot, aber auch zu seinem zähen Widerstand vermochten, diese selben dürren Eigenschaften sprechen auch aus der philosophischen Gabe, die uns England im Materialismus geliefert hat. Der erste äußerst kluge Weltmaterialist war bekanntlich der Engländer Bacon of Verulam. Der Darwinismus, der den struggle for life gelehrt hat und die Zurückführung des Weltwesens auf die praktische Überlegenheit, hat auch bei Kut-el-Amara zäh gekämpft und derb kalkuliert, den Lebenskampf mit den direkten Mitteln des Verstandes treu ausgefochten. Eine Treue immerhin, eine Treue zu sich und für sich. Daß es vorbeigelang, daß der träumerische, mehr ethische als aktive, mehr illusive als spekuliersame Türke den praktischen Lebenskämpfer niederrang: ists ein Symbol der Weltgeschichte, vom Kleinen aufs Allgemeine weisend? Geht in den Ententeschlappen des Weltkrieges nicht der Materialismus zu seinem Ende, bricht nicht die Rechnung über dem tieferen, unermeßlich schöpferischen Weltwillen idealistischerer Völker zusammen? Ist nur der Praktikus praktisch, ist der Metaphysiker in seinen Ideen nicht viel praktischer, "zeitbestimmender", und verdient der Idealist nicht mehr, als sich in Geld bezahlen lässt: den Sieg seiner Ideen? Symbole sind gedeutet. Symbole werden siegen, siegend befriedigen, aber auch bereichern.

Die österreichisch-ungarische Monarchie hat eine natürliche Erstreckungstendenz, die mit den Talbildungen der Alpen gegeben ist. Sie verläuft von Westen nach Osten, genau wie die großen und zahlreichen Flüsse, die dortselbst entspringen. Zusammenstöße verschiedener gesellschaftlicher Sphären, Kulturzonen, Kraftorganismen, wie sie Staaten und Völker darstellen, geschahen daher stets in der Senkrechten auf dieses Erstreckungsgebiet, also vom Norden nach dem Süden. Die Geschichte faßt diese Kämpfe unter dem Sammelnamen des Kampfes von Europa gegen Asien zusammen.

Als Vorkämpfer des Westens und seiner infolge Erbschaftsübernahme vom antiken Staat höherer Gesittung sehen wir sich die Ostmark in den Alpen entfalten. Sie ist die Keimzelle eines später ausgebauten Ostreichs. Der Name allein sagt schon, welche Tendenz dem älpischen Gebilde auf seinen Entwicklungsweg mitgegeben war. Nach Osten richtete sich der Blick der Bauern und Gutsherrn, der Kaufleute und der Krieger, die ein Feld für ihre Energie und ihre Initiative suchten. Als wichtigster Sammelfluß, der die Alpen entwässert, hält die Donau, nachdem sie eine Verlegung nach Süden vorgenommen hat, den ursprünglichen Ostkurs konsequent ein. An ihren Ufern entlang zu gehen, beinahe ohne Nachdenken sich den Direktionen zu überlassen, die von der Natur derart dem ostmärkischen Staatswesen vorgeschrieben waren, lag auch im Trieb des Ostmärkers. Dieser Expansionstrieb war so lange ungehemmt, bis er auf entgegengesetzte, aber in gleicher Wirkungshöhe liegende Kräfte stieß, mit denen es zum Konflikt kam. Die Repräsentanten solcher Kräfte waren die vorderasiatischen Völker, zuerst Hunnen und Avaren, später die Türken. Der aktive Posten in der ostreichischen Leistung blieb für eine lange Zeit dieser erfolgreich durchgeführte Kampf gegen den Asiatismus.

Aber dieser Vorstoßtaat mit der Spitze nach Osten mußte eine Deckung an den Flügeln haben, wenn er innerlich ruhig und gefestigt an seine östlichen Geschäfte gehen wollte. An der Linken schützte ihn das Deutsche Reich oder doch jeweils ein Teil, eine Form desselben. An der Rechten erwuchs ihm die Aufgabe, sich zu sichern. Im Augenblicke, wo er diese Sicherung vornahm und sich eine Position schuf, die in den slowenischen Gebieten bis zum adriatischen Triest wurzelt, erwuchs ihm bereits eine neue Aufgabe. Wenn man dem territorialen Wesen der Staaten nachspürt, wird man auf die Stern- oder Kreuzform ihrer kräftemäßigen Anlage stoßen. Eine Staatskraft ist am harmonischesten entwickelt, wenn sie am Ursprung ihrer Geschichtlichkeit nach allen Seiten wirksam ist. Der Verlauf der Geschichte kann dann die eine Seite entwickeln, gleichsam trainieren, eine andere Seite zur Verkümmerung kommen lassen. In mindest zwei Seiten wird die zentripetale Wirkung eines gesunden Organismus erhalten bleiben. Dies ist beim Ostreich der Fall gewesen. Von West nach Ost in der Richtung der Alpenverläufe und des Donauflußystems, und vertikal hiezu in der Richtung vom Norden nach Süden ist der Weg gewiesen, auf dem das Ostreich sein Wachstum methodisch vollendet. Dieser Prozeß kann einmal und wird einmal abgeschlossen sein, wie er für die meisten europäischen Staaten, die überseeisch geworden sind, bereits stattgefunden hat. Für das Ostreich ist diese Entwicklung erst mit dem jetzigen Kriege abgeschlossen. Denn darüber kann kein Zweifel sein, daß, was immer an territorialer Erwerbung von irgend einem Staate gemacht wurde, nicht so konsequent und naturnotwendig geschah, wie der Ausbau des Ostreichischen Organismus in der Resultante seiner Südostkomponenten. In welcher Form die endgültige Festlegung des geschaffenen Kraftverhältnisses geschehen wird, ist hiebei gleichgültig. Die endlich ausgelebte Energie des Kraftzentrums an der Donau ist nunmehr bereits ein Requisit der Weltgeschichte für die Lösung der zarteren Fragen einer Weiterbildung von Formen der menschlichen Gesellschaft und ihrer Komplexe.

Von der rein östlichen Tendenz mußte sich für das Ostreich der Akzent nach dem Süden verschieben, sobald erst einmal diese Richtung zu ursprünglichen Sicherungszwecken eingeschlagen war. Mit diesem derart eingestellten Akzent ist nunmehr zu rechnen. Das Donau-Adria-System harrt seiner Vollendung.

Entscheidend erkannt hat diese funktionelle Wirkung und Schwerlinie des Ostreichs, das zum Staate Österreich-Ungarn geworden ist, eine Arbeit des Wiener Professors Dr. Oswald *Redlich*, die im Verlag Ed. Strache, Warnsdorf in Böhmen, in der Sammlung von Flugschriften für Österreich-Ungarns Erwachen erschienen ist. Der Essay disponiert in überaus klarer Weise die Entstehung dessen, was man seinerzeit das "österreichische Nationalgefühl" genannt hat, worunter mit einem moderneren Ausdrucke das Staatsgefühl für den heute dualistischen Staat verstanden werden muß. Er konstatiert vor allem vier Augenblicke aus der Geschichte, die selbst die disparatesten Kräfte zusammenfassend organisierten und zur Erhaltung des Staatswesens verwendeten: der Durchgang durch den Humanismus des Abendlandes, der die Ungarn und die Westslawen kulturell dauernd von den Ostslawen und dem Orient schied. Die gemeinsame Staats- und Kulturaufgabe, die seinerzeit in der Abwehr der osmanischen Expansion zu größter Bedeutung erwuchs. Die militärische Großmacht, die durch das Heldenzeitalter des Prinzen Eugen geschaffen wurde, wobei besonders den Kroaten ein hervorragender Anteil zufiel. Ferner die durchgreifenden sozialen Reformen der Maria Theresia und Josefs II., durch die das westländische System des Lebensbetriebes endgültig seinen Einzug in die Donaumonarchie hielt. "Dieses Kaisertum Österreich war eine gewaltige Einheit. Als solche war Österreich in den Zeiten nach dem Wiener Kongress die erste Macht des europäischen Kontinents."

Diese Festgefügtheit hatte Österreich, das in friedlichen Zeiten mehrfach zentrifugale Launen aufweist, noch stets in Zeiten nach großer militärischer Kraftanstrengung bewiesen. So zur Zeit des Prinzen Eugen, zur Zeit Metternichs nach dem Freiheitskampfe gegen Napoleon und in der Zeit nach den Radetzkysiegen gegen Italien. Wir zählen auch heute eine solche Zeit der militärischen Erstarkung und inneren Gehaltenheit. Zu den Zeiten Eugens und Radetzkys wird man eine dritte große Heldenperiode nennen, die auch ihre staatlichen Konsequenzen haben wird. Den nationalistischen Sondergeist erkennt Professor Redlich mit Recht als eine Nachgeburt der deutschen Romantik. Eine interessante Auffassung, die zum Programm des neuen staatsbejahenden Sozialismus Karl Renners hinüberführt, spricht aus Bemerkungen über die Unterstützung, die jeder, sowohl der religiös als national rebellierende Gedanke durch ständische Machtfragen erhalten hat. Das Buch sagt: "Die religiösen Gegensätze des 17. Jahrhunderts verbanden sich mit dem Gegensatz der oppositionellen Stände gegen die landesfürstliche Gewalt." Und: "Nicht so sehr das nationale Moment war es, das Schwierigkeiten bereitete, sondern der alte Ständestaat, der überwunden werden mußte." Die Konsistenz der sogenannten politisch-historischen Individualitäten, die der geniale und methodisch denkende Karl Renner bekanntlich als staatsfeindlich erwiesen hat, scheint in ihrem Wesen auch dem Wiener Professor, der gleich Renner zu einem modernen starken Staatsbegriff zu kommen trachtet, nunmehr fragwürdig.

Redlichs Arbeit, die auf historischer Grundlage weiterbauen will und die südöstliche Bestimmung Österreich-Ungarns scharf formuliert, hat gegen den Schluß hin zwar keinen eigenen, aber doch den Fehler der allgemeinen Zensur. Sie läßt die Aufgabe ahnen, aber nennt sie nicht beim Namen. Der Autor verfügt offenbar über die Details seiner Vorstellung, aber er muß sie im Interesse einer noch nicht zu Ende gekommenen Kriegslage verschweigen. Immerhin ist es schon bedeutsam, wenn ein kluger und informierter Mann auf die südöstlichen Aufgaben der Monarchie wieder einmal hinweist.

Intellektuelle Demobilisation

Nach Shaw Maeterlink. Nachdem Bernard Shaw mit seinem unlängst publizierten Wunsche nach einer europäischen Zusammenarbeit Englands, Deutschlands, Frankreichs und der Vereinigten Staaten von Nordamerika seine Antibarbarismen revoziert hat, ist nun auch Maeterlink mit einer Veröffentlichung milder gestimmter Auffassungen über die mitteleuropäische Art hervorgetreten. Da er nicht so kühn wie der irische Brite ist, dem es keineswegs darauf ankommt, gesinnungstreu zu sein, wenn höhere menschliche Werte auf dem Spiele stehen, die zum Eingeständnis drängen, hat er seine geänderte Ansicht sehr vorsichtig und mit Einschränkungen zum Ausdruck gebracht. Vom Barbarismus der Mitteleuropäer ist er noch immer überzeugt, aber er gibt zu, daß sie sich mit hervorragendem Mute schlagen und in ihrem angeblich so unbeliebten Militarismus wahre menschliche Kräfte entfalten.

Nicht aus Selbstgerechtigkeit wollen wir auf diese Anerkennung des großen Franzosen, den wir auch heute noch als einen Pfeiler europäischer Geistigkeit verehren, hinweisen; nicht um an unsere Brust zu klopfen und deutlich
zu machen, wie mutig unsere Soldaten sich schlagen. Sondern um das spezifisch Französische dieser Äußerung zu beleuchten, die, so nahe sie dem Mitteleuropäer durch ihre plötzliche Abmilderung offenbar zu kommen strebt,
sich doch um eine Breite vieler seelischer Zonen von ihm entfernt. Da es bei
uns niemandem einfällt, dem Gegner Mut abzusprechen, kommt es auch keinem bei, sich lediglich vom etwa bewiesenen Mute des Gegners schon überraschend imponieren zu lassen. Der Mitteleuropäer lebt unter der Voraussetzung eines ungefähr gleichen Pröbchen Mutes bei allen europäischen Völkern.
Er spricht ihn dem Gegner nicht ab: aber wenn dieser dann wirklich Mut
beweist, kommt er auch nicht in die Verlegenheit, sich getäuscht zu haben.
Diese schlimme Voraussetzung, daß der mitteleuropäische Soldat weniger
mutig sein müßte als der französische, ist eigentlich ein Stück seelischer Un-
bildung auf Seiten des Franzosen. Wie anders führt sich die anständige Gesinnung etwa jenes von Hötzendorf zitierten Spruches ein, der allen europäischen
Nationen die gleiche militärische Tapferkeit beimißt! Der Mut ist das Selbstverständliche. Es gilt, mehr als den natürlichen Mannesmut zu beweisen: geistige und ordnende Kräfte, Scharfsinn, Erfindungsgabe. Mut als Kriegertu-
gend ist ein usuelles, aber keineswegs ausschlaggebendes Requisit des modernen Kriegers, des Soldaten. Die Weltgeschichte als ein Spiel des Mutes
anzusehen, als eine Salongeste, als Renomeesache, ist französisch; es bleibt
interessant zu beobachten, wie sich selbst der begabte und tiefe Maeterlink,
der noch dazu einen flämischen Zuschuss haben dürfte, von der Oberfläche des
französischen Wesens nicht loszulösen vermag. Die lateinische Auffassung
vom Soldaten ist wesentlich die plastische. Der Soldat ist schön. Am extrem-
sten hat diese Auffassung sich in den Italienern eingenistet, wo sie bei D'Annunzio zu einem Fieber geworden ist. Mut ist eine Angelegenheit der Kaffee-
häuser, in denen er beklatscht wird.

Maeterlink war überrascht von der Tapferkeit der deutschen Verdunstürmer; es rehabilitiert sie in seinen Augen ein wenig. Ja, um Gotteswillen, konnte denn ein Mensch wie Maeterlink wirklich bisher in dem Wahn leben, die
Mittelmächtearmeen seien eine lockere Bande von Räubern und an Tapferkeit
von jedem französischen Dutzendhelden weitaus übertroffen? Glaubte er
wirklich, daß Mut eine Gottesgabe des Lateiners sei, eine herrliche poetische
Geste, die allein schon fremde Armeen ins Boxhorn jagen würde? Ist dieser
Dünkel nicht ein Zeichen von innerer Leere? Diese Selbstgenügsamkeit nicht
ein Maßseicht eindringender Menschenkenntnis? Dieser nun enttäuschte
Glaube Maeterlinks ist symptomatisch für den Franzosen und die Erwartungen, die er noch immer vom Kriege hat. Nur diese seelische Verfassung, die
vor Ereignissen blind bleibt und in einem Zustand der Selbstberäucherung

verharrt, kann noch des Glaubens leben, als würde dieser Krieg den Franzosen Elsaß-Lothringen zurückgeben. Man greift sich an den Kopf, wenn man von bedeutenden Franzosen solche Aussprüche vernimmt. Sie alle fühlen im durchgegangenen Klischee, erkämpfen sich ihr spärliches Restchen Originalität im Schweiße ihres Angesichtes. Wie muß es Maeterlink strapaziert haben, zu der geradezu frechen und anstößgen Ansicht über einen deutschen Mut zu kommen!

Dennoch, wir beglückwünschen uns zur Änderung des Maeterlinkschen Bewusstseins und freuen uns, daß die fremden Denker nun nachzudenken beginnen. Das Lob für deutschen Mut wird die Deutschen kalt lassen. Sie kämpfen nicht, um ihre Tapferkeit zu beweisen. Aber ein hoch-europäischer Beweis ist die Maeterlinksche Publikation trotz alledem. Die starr versteifte Haltung der Intellektuellen unserer Gegner beginnt sich zu lockern, das Exagerierte, beinahe Hysterische ihrer Urteilsfunktion gesundet und weicht einer frischeren Auffassung. Dieser Krieg hat ja neben viel Überraschungen auch die eine gebracht, daß er die stärksten Geister, die gehaltensten Besinnungen, die tiefmenschlichsten Willenskräfte mobilisierte und in die Uniform eines nationalen Klischeeurteils steckte. Auch auf unserer Seite sind Fehler geschehen, die aber meistens nur die Antwort auf dumme Provokationen waren. Mit Unrecht hat Gerhart Hauptmann den französischen Philosophen Bergson lapidar abgetan. Der greise Häckel, an dessen Weltklarheit vorher nichts hatte rütteln können, geriet in ein pamphletisches Fahrwasser, das ihn weiter schwemmte; aber da ist nicht zu vergessen, daß alle diese Männer sich hinterrücks von Freunden hineingestoßen fühlten, an deren allgemein menschliches, über dem politischen Geschehen stehendes Verständnis sie bis dahin beinahe schwärmerisch geglaubt hatten. Eine Katastrophe wurde der Krieg für die Intellektualität der gegnerischen Seite. Daß Rudyard Kipling, der britische Imperialist, eine großartige aber eigentlich derbe Schöpferkraft, nicht deutschfreundlich singen würde, damit war zu rechnen. Daß aber ein Shaw, Wells, Chesterton, Verhaeren, Maeterlink, ein Bergson sich gegen die Würde des großmenschlichen Urteiles vergehen würde, war unberechenbar und mußte, als es geschah, befremden.

Diese Intellektualität aber hat nun, so scheint es, sich ausgetobt, und die geziemende Einsicht in das Menschlich-Allzumenschliche auch des großen Krieges wiedererlangt. Die mitteleuropäische Gesellschaft hat kein Vergnügen an der Aufrechterhaltung eines Hasses, der niemals produktiv wirken kann und auch keineswegs eine militärische Tugend ist. Daß die Soldaten in den Schützengräben viel gutmütiger sind als die Literaten hinter der Front, daß sie des Hasses als Stimulus zur Leistung nicht bedürfen und vielmehr aus einer Art sachlicher Arbeitsfreude heraus ihrem schweren Berufe, einen Menschgegner zu bezwingen, obliegen, ist ja eine von Frontleuten immer wieder bekannt gemachte Tatsache. Jede geistige Annäherung der Spitzen der Völker muß, noch während der Entscheidungskampf an Schärfe zunimmt, gutgeheißen werden. Darum begrüßen wir die Aufklärung des komischen Mißverständnisses, dem ein Maeterlink so lange Zeit hindurch unterliegen konnte. Unsere Theater werden die letzten sein, die seine fabelhaften Stücke es irgendwelchen Velleitäten nach diesen ungerecht zur Aufführung bringen werden.

Festung Belgrad

Geschichtliche Studie von Theodor Stefanovic von Vilovski.

Es ist bekannt, daß nach der Eroberung Belgrads durch Prinz Eugen von Savoyen 1717 und nach dem Pozarevacer Frieden 1718 Belgrad sozusagen neu erbaut und neubefestigt wurde, und daß diese Restaurationsarbeiten von 1723 - als unter dem damaligen Gouverneur und Vorstand der sogenannten Serbischen Administration Feldmarschall Prinz Alexander von Württemberg der Grundstein zu den neuen Befestigungen gelegt wurde - bis 1736 währten, als unter Feldzeugmeister Grafen Marulli die Werke vollendet wurden.

Um den Gegenstand, über den ich schreiben will, besser zu verstehen, müssen wir erst einen Blick auf das Bild werfen, welches Belgrad vor dem Kriege 1737-1738 und der unglücklichen Schlacht bei Grocka bot.

Die Belgrader Befestigungen waren ungemein stark und umfingen die Stadt und die Zitadelle von der Save bis zur Donau mit einer ganzen Reihe Bastionen, Schanzen und Toren. Diese Befestigungen forderten im ganzen einen Kostenaufwand von 20 Millionen Gulden, eine Summe, die zu jener Zeit als sehr bedeutend gelten konnte. Die Befestigungen wurden nach dem System des berühmten Voubau angelegt; die Bauarbeiten waren zuerst dem kaiserlichen Genieoberst Debof anvertraut, später führte sie General Doxat de Morense weiter, welcher später vom Kriegsgerichte wegen der Übergabe von Nisch zum Tode verurteilt und in Belgrad hingerichtet wurde.

Diesem General Doxat hatte das damalige Belgrad nicht nur seine starken Befestigungen, sondern auch die Regulierung der ganzen Stadt zu verdanken. Der Plan, nach welchem 1723-1736 die Stadt gebaut wurde, entstand unter der Leitung dieses außerordentlich tüchtigen technischen Offiziers, dessen diesbezügliche Referate und Rapporte noch heute im Wiener k. u. k. Kriegsarchiv zu finden sind. Alle die wichtigeren öffentlichen und privaten Bauten des damaligen Belgrad wurden nach seinen Projekten ausgeführt, so zum Beispiel: die große Alexander-Kaserne, die kleine Maurer-Kaserne, das Rathaus, das Palais des serbischen Metropoliten, die katholische Pfarrkirche, das (noch heute bestehende) große Pulvermagazin in der Festung, alle sonstigen Kasernen und Offizierswohnungen in der Stadt und schließlich das stattliche Palais des Kommandanten im deutschen Stadtviertel, in prunkvollem Barockstile ausgeführt, dessen Ruinen noch vor ca. 20 Jahren (im Volksmunde als "Pirin-cana" bekannt) in der Dušanova ulica zu sehen waren.

Die Stadtteile des damaligen Belgrad waren folgende: Die Festung, welche in diesem Zustande bis auf den heutigen Tag erhalten ist, ferner die deutsche Stadt, welche von den besagten Befestigungen umringt war und welche den Raum zwischen Kalemegdan und Stambol-kapija (Konstantinopeler Tor), zwischen Donau und Saveufer einnahm, und auch begann, sich außerhalb des Befestigungskreises auszubreiten. Sodann die Serbenstadt, welche den Raum zwischen Varoš-kapija bis zum heutigen Bahnhofe und der Topcider-Chaus-see einnahm und die Vorstadt Karlstal, welche nach ihrer Lage und Flächen-inhalt etwa der heutigen Palilula entsprechen würde. Der Raum zwischen der Serbenstadt und Karlstal, also die ganze heutige König Milanstraße mit allen ihren Nebenstrassen, war damals unbebaut und von verschiedenen Straßen durchschnitten, von welchen die wichtigste die Konstantinopler Heerstraße war, welche von dem Württenberger oder Stambuler Tor etwa in der Richtung der heutigen König Milanstraße, an der Batal-Dzamija und am Markov Trg vorbei etwa in der Richtung der heutigen Semendriaer Straße verlief.

An Bauten befand sich auf diesem Raume nur die Batal-Dzamija, welche in allen Türkenkriegen eine wichtige strategische Rolle spielte, und gleich in der Nähe der letzteren das große Militärspital, erbaut von 1720-1730, welches auch nach Abzug der Österreicher von den Türken verschont wurde, sodaß es noch im Türkenkriege, welchen Kaiser Josef II. durch Laudon 1789, [Folgezei-le fehlt im Original; die Hrsg.] wieder als Militärspital benützt werden konnte.

In der deutschen Stadt wohnte die nach Beendigung des Krieges in Belgrad eingewanderte deutsche Bevölkerung. Diese Deutschen waren zumeist Katho-liken aus der Speirer und Wormser Gegend, aber unter ihnen war auch eine Anzahl von Familien, welche von kaiserlichen Soldaten gegründet worden waren, denen für ihre treuen Dienste das Ansiedlungsrecht in Belgrad verlie-hen worden war. Der Hauptteil der deutschen Stadt, wo sich das Rathaus befand, deckte sich etwa mit dem heutigen Donauviertel (Dorcol), also vom Hauptmarktplatze abwärts bis zum Donauufer. Im oberen Stadtteile, um die serbische Kirche des heil. Erzengels Michael (gegründet und erbaut von den Metropoliten Moses Petrovic † 1730 und Vicentije Jovanovic † 1735) und das serbische Metropolitenpalais herum, waren außer deutschen auch serbische, griechische und armenische Kaufleute ansässig, und zwar im ehemaligen türkischen Bazar, gleich hinter der Württembergschen und Maurer-Kaserne, etwa an der heutigen Ecke König Peter und Fürst-Michaelstrasse.

Die serbische Bevölkerung lebte in der sogenannten Serbenstadt, außer-halb der Befestigungen. Zu Anfang lebten sie wohl auch in der inneren Stadt, als das deutsche Element noch schwach vertreten war, aber gleich nach dem Dienstantritt des neuen Gouverneurs Prinzen Alexander v. Württemberg wur-de die Belgrader Bevölkerung national geschieden. Damals siedelte ein großer

Teil der Serben aus der deutschen Stadt in die Serbenstadt über, welche zwischen der sogenannten Varoš-kapija und der Topcider-Chaussee lag und in welcher sich, nach Kupferstichen aus der damaligen Zeit zu urteilen, eine stattliche Anzahl schöner und großer Häuser befand. Die Bevölkerung setzte sich zu Anfang aus denjenigen serbischen und griechischen Bewohnern zusammen, die noch von der Türkenzeit her in Belgrad lebten, vergrößerte sich aber im Laufe der Zeit beständig durch Zufluß reicherer Leute aus dem Innern des Landes und auch aus Syrmien und dem Banate.

Die deutsche und die Serbenstadt waren voneinander geschieden. Jede von beiden bildete eine besondere Gemeinde. Die deutsche Stadt hatte ihren Magistrat mit dem Bürgermeister, später dem sogenannten Stadtrichter an der Spitze, welcher von der Gemeinde gewählt und von den Behörden bestätigt wurde. Diese Gemeinde hatte gewisse autonome Rechte, stand aber unter unmittelbarer Kontrolle der Militärbehörden. An der Spitze der serbischen Gemeinde hingegen stand ein Gemeindevorstand und vier Schöffen, welchen die Verwaltung der Gemeinde oblag. Außerdem hatten die zum überwiegenden Teile dem Kaufmannsstande angehörigen Bewohner der Serbenstadt ihre Kaufmannsinnung mit einem Zunftrichter an der Spitze, welcher gewisse Machtbefugnisse über seine Mitbürger hatte.

Die Vorstadt Karlstal, welche von deutschen Bauern aus den Rhein- und Moselgebieten bewohnt war, gehörte allem Anscheine nach in kommunaler Beziehung zur Gemeinde der deutschen Stadt, wenngleich diese Vorstadt außerhalb der Befestigungen lag. Das ist besonders ersichtlich aus gewissen Entscheidungen der Landesverwaltung, in welchen im Namen des Magistrates über gewisse auf Karlstaler Gebiete liegende Häuser und Grundstücke verfügt wird.

Im Savetale, oberhalb der Serbenstadt, gegenüber der Zigeunerinsel befand sich das Zigeunerdorf, welches unter strenger militärischer Kontrolle stand. Unter türkischer Herrschaft wohnten die Zigeuner an den Stätten, auf welchen unter österreichischer Herrschaft die Serbenstadt erbaut wurde und außerdem um die Batal-Dzamija und den heutigen Markus-Friedhof herum.

In der deutschen Stadt befanden sich außer der serbischen Kathedrale und der katholischen Pfarrkirche, welche zu gleicher Zeit auch Episkopalkirche war, und mit welcher die Dotationen für den katholischen Bischof und vier Domherren verbunden waren, noch einige größere und kleinere Klosterkirchen, und zwar die Jesuiten-, die Franziskaner-, die Kapuziner-, die Minoriten- und Trinitarierkirche. Die Armenier hatten ebenfalls ihr Gotteshaus und trachteten einen eigenen Bischof zu erhalten, was ihnen aber scheinbar nicht gelungen ist, obgleich der armenische Bischof Wertabred, der zu jener Zeit oft in Belgrad weilte, lebhaft für diesen Wunsch seiner Stammesgenossen eintrat. Die Juden, besonders diejenigen, welche noch von der Türkenzeit her die Stadt bewohnten, bildeten eine besondere Gemeinde. Für dieselben bestanden besondere Verordnungen. Sie bewohnten ein besonderes Stadtviertel und zahlten eine besondere Steuer, das sogenannte Juden- oder Toleranzgeld. Sie besaßen auch ihren Judenhof, von welchem in Amtspapieren oft die Rede, aber dessen Standort heute nicht mehr zu ermitteln ist. Die deutschen und polnischen Juden, welche mit den kaiserlichen Truppen nach Belgrad gekommen waren, waren zu Anfang meist arm, bereicherten sich aber schnell durch Armeelieferungen und Geldgeschäfte. Einer der bedeutendsten unter ihnen war der Bankier Samson Wertheimer.

Auf Grund allen dessen kann man behaupten, daß die Bevölkerung Belgrads von 1717 bis 1739 zahlreich und verschiedenartig war. In den ersten Tagen nach der Einnahme Belgrads durch die Kaiserlichen sollen allerdings kaum genügend Bewohner zurückgeblieben sein als nötig war, um die von den Türken in sehr verwahrlostem Zustande zurückgelassene Stadt wenigstens einigermaßen zu reinigen, aber gleich nach dem Abschlusse des Pozarevacer Friedens begann, besonders deutscherseits, eine so starke und lebhafte Einwanderung, daß aus Wien den Belgrader Militär- und Kameralbehörden nahegelegt wurde, bei Genehmigungen von Einwanderungen Sorge zu tragen, daß die Bevölkerung von Belgrad nicht in einem Maße anwachse, daß sie die Operationen der kaiserlichen Truppen in einem eventuellen neuen Türkenkriege stören könnte. Daraus geht hervor, daß die Einwohnerzahl von Belgrad zu jener Zeit sehr bedeutend gewesen sein muß, obgleich leider eine genaue Ziffer festzustellen nicht möglich ist, da bekanntlich zu jener Zeit die Volkszählungen noch ziemlich oberflächlich - nur insoweit sie für Steuereinhebungszwecke erforderlich waren - durchgeführt wurden. Doch jedenfalls war Belgrad damals mit seiner Bevölkerung und bedeutenden Garnisonen eine große, kraftvoll sich weiter entwickelnde Stadt. Außerdem war auch das Bild, welches die Stadt darbot, an und für sich interessant. Die Häuser waren meist zweistöckig, die Straßen gerade und reguliert. Der Hauptmarkt, welcher zur Türkenzeit ein Friedhof war, war jetzt das Stadtzentrum und gänzlich mit schönen, sich kreuzenden Straßen ausgebaut. Dort stand die römisch-katholische Kathedrale und das Bischofspalais. Die alte serbisch-orthodoxe Kathedrale, hinter welcher sich die Residenz des Metropoliten erhob, war weithin, besonders von Semlin aus, sichtbar. Sie befand sich an derselben Stelle, wo sich die heutige Kathedrale erhebt, während das damalige Metropolitanpalais etwa an der Stelle stand, wo heute die dortige Volksschule sich befindet. Von der Donauseite her verliehen die übrigen katholischen Kirchen und die großen, in damaligem prunkvollen Stile ausgeführten öffentlichen Bauten Belgrad das Bild einer zeitgemäßen europäischen Großstadt. Außerdem hatten seine Befestigungen einen besonders großen Ruf, so daß Belgrad damals stets gleichzeitig mit den stärksten Festungen Österreichs und des Deutschen Reiches genannt wurde.

Politische Phantasie

Große Männer sind nicht nur schöpferisch, sie sind auch schuldig. Sie streuen vermittels ihrer Autorität Irrtümer aus, sie, die nichts weniger als gewöhnlich sind, verbreiten Gemeinplätze. Dies ist so in der Kunst, es ist aber noch viel mehr in der Politik der Fall. Ihre Aperçus erhaschen eine Wahrheit im Fluge; aber die Zeit, die den Geschlechtern diese Wahrheit überliefert, hat den Flug erstarren lassen. Nur eine Wahrheit, die sich bewegt, ist gebrauchsfähig; eine Wahrheit, die innehält, fällt zu Boden. Was ist Wahrheit? Wahrheit ist, zu einer Wahrheit zurecht kommen.

Eine solche Wahrheit der Politik war die Erkenntnis Napoleons III. vom Wesen des Staates als Nationalstaates. Nur was Nation ist, ist auch Staat. Aber auch alles, was Nation ist, ist vorbedachter Staat. Diese Tendenz hat in der Tat um die Siebziger Jahre des vorigen Jahrhunderts herum zur Staatenbildung geführt. Es entstanden Deutschland und Italien. Ein später Nachklang dieser Tendenz ist die Loslösung und Organisation der Balkanstaaten. Aber schon um das Jahr 10 dieses Jahrhunderts herum war mit derlei Gesellschaftsargumenten nichts mehr anzufangen. Österreich-Ungarn, das auf der Basis solcher Beurteilung einem planetarischen Gerichte ausgesetzt war, wurde nach diesem angeblichen Naturgesetze der Staatenbildung zum Tode verurteilt. Wie irrig die Auffassung der Numationalisten war, hat der gegenwärtige Krieg bewiesen. Es gibt heute überhaupt keinen Nationalstaat mehr, alle Staaten sind Nationalitätenstaaten geworden. Der irische Aufstand hat wieder daran erinnert, wie extrem gerade England, das mit dem nationalen Befreiungsgedanken für andere Völker zu spielen liebte, dem kategorischen Imperativ des Staatsgedankens unterliegt: dem es die Freiheit seiner einzelnen Nationen bis zur Blutunterdrückung opfert. Zum heutigen Zeitpunkt der Weltgeschichte ist die Menschheit psychisch und damit in ihren politisch-sozialen Ausdrücken bereits so kompliziert, daß nur der Nationalitätenstaat, der eine lebhafte kulturfördernde Bewegung seiner verschiedenen Teile garantiert, als gesellschaftliche Form dem Innern des modernen Menschen entspricht. Der internationale Staat befriedigt die politische Reizsamkeit mehr als der national einförmige; was Hemmung scheint, ist auch Ursache zur Schöpfung.

Eine andere Formel, der heute noch das Geschlecht zum Opfer gefallen scheint, ist das Bismarcksche Wort von der Realpolitik. Wie denn Bismarck, wohl einer der stärksten politischen Denker, der zur kleinen Norm immer von einem menschlich großen Standpunkt aus gekommen ist, wie denn gerade Bismarck Bemerkungen von so prägnanter Schärfe gemacht hat, daß sie sich bald überleben mußten. Denn je wahrer eine politische Bemerkung ist, je mehr sie den Gegenwartsgrund ausschöpft, desto verlebter ist ihr Gesicht. Sie altert schnell an sich. Die treffendsten Bemerkungen Bismarcks sind heute Musealstücke. Sind sie darum menschlich unbedeutender, uninteressanter für den Kenner, wertloser für den Laien? Sie bleiben an Wert, was sie waren; aber sie stellen Reliquien dar. Eine besonders hoch einzuschätzende Reliquie der Bismarckschen Zeit ist das Wort Realpolitik.

Von diesem Wort sind unsere Politiker noch heute so fasziniert, daß sie in der Ausübung ihres Berufes ängstlich werden. Man sehe sich einmal die Art und Weise an, in der die meisten Sachverständigen an das Problem Mitteleuropas herankommen. Es ist noch nicht einmal der Anfang zu einer Hilfszeichnung gemacht worden, da treten auch schon die Abwiegler hervor und warnen mit gehobenem Zeigefinger, man möchte sich in keine Phantasiepolitik einlassen, sondern hübsch bei der Realität bleiben. Was ist nun aber diese Realität? Diese Realität sind die Geschäfte einer oder mehrerer Gruppen von Geschäftsleuten und Unternehmern. Da nicht allen persönlich restlos und profitlich mit einem mitteleuropäischen Staatenverband gedient ist, ist die Idee hinfällig zu erklären? Und dies geschieht nicht etwa aus Eigennutz. Ein solcher wäre schnell durchschaut und bald zurechtgewiesen. Die Ablehnung ist rein prinzipiell. Sie erfolgt auf Grund der Realpolitik. Diese Realpolitik ist aber nicht mehr Realpolitik, sondern schon mathematische Politik. Man berechnet in wissenschaftlichem Wahnsinn, der nach den Erfolgen der modernen Wissenschaft auf dem Schlachtfelde alle ergriffen zu haben scheint, nun auch den Staat. Hm, so ist das wieder nicht. Mit Logarithmen ist in der Ausführung vieles zu leisten. Aber der Einfall kann nur aus mystischen Gründen kommen. Man kann den Staat nicht wie eine Brücke berechnen, mit Tragfähigkeit, Ausdehnungskoeffizienten der Teile usw. Das heißt, man kann auch den Rumpf des Staates, wenn man sich einmal entschlossen hat, ihn zu bauen, haargenau in Zahlen ausdrücken. Aber auch die Brücke wird man aus dem Impuls bauen, aus dem Einfall, aus irgend einem verrückten Wunsche heraus, den die Altvordern gar nicht verstanden hätten.

Was aber heute von guten Köpfen gemacht wird, ist nicht Realpolitik, sondern Materialpolitik. Realpolitik ist es sogar, die Brücke unausweichlich dort hinzubauen, wo sie im gegebenen Augenblick für das Gefühl gebaut sein muß, gleichgültig, ob das Material widerspenstig ist oder nicht. Realpolitik ist es, einen Staatenbund zu errichten, gleichgültig, ob das Material sich schwer fügen läßt und mathematische Schwierigkeiten in der Kombination vorhanden sind. Realpolitik in modernem Sinne wäre, eine Notwendigkeit, die nicht weiter diskutabel ist, weil sie vom Gefühl eingegeben wurde, durchzusetzen, nicht aber mit den Nöten der Herstellung statistisch unversöhnlich herumzudoktern. Realist sein, heißt das psychische Bedürfnis ahnen. Politik ist zwar auch eine Angelegenheit der Erkenntnis, der Wissenschaft, der exakten Methoden; aber zutiefst ist sie ein Schöpfungsakt, bei dem der Schöpfer alles riskieren muß: auch daß er einen Kardinalfehler gemacht hat. Eine ehrliche innere Sicherheit wird nie in den Fall kommen, an sich zu büßen.

Der Staat ist ein Organismus, der aus des Menschen Seele wächst, wenn sie vom Stoff, das heißt den territorialen, geographischen, ethnologischen und wirtschaftlichen Möglichkeiten eines Landstriches befruchtet wird. Der Staat ist kein Technikum. Diese mehr mystische Auffassung muß sich unter den mitteleuropäischen Völkern wieder durchsetzen. Einer der Gründe, der den Auslandshaß gegen das Deutschtum fördert, ist die abgründige rationale Gescheitheit des Deutschen, seine Exaktheit, seine Rechenkunst. Der Professor mit der Brille, der das Leben abzirkelt, liniert, und aus großen Nachschlagsbüchern doziert, ist noch immer die deutsche Lieblingsgestalt des lateinischen und des ihm verwandten keltisch-angelsächsischen Menschen. Auf nichts weniger als diese Vorstellung geht der uns unerklärliche Haß selbst des modernen Amerikaners zurück. Nun ist es ja freilich so, daß der Deutsche nicht aus Trockenheit, aus kleinlichem Rechengeist exakt ist; im Gegenteil, er wurde es aus Überschwang, aus Phantasie, aus einer Selbstzucht gegen die mystischen Instinkte, die ihn beherrschen. Aus Angst vor sich ist er der Realpolitiker in allen Disziplinen des Lebens geworden. Aber diese Besonnenheit muß wieder einmal ein Ende nehmen, diese anständige Gehaltenheit darf wieder einmal ins Gehenlassen umschlagen, der Rechnung darf wieder der Drang, der das Beste ist im Deutschen, wie in der gesamten Menschheit, folgen. Die Engländer haben sich in dieser Beziehung nie geniert. Sie erhalten sich geschmeidig durch diese Phantasie, sie spricht aus ihren Reden, sie hat ihnen die schönsten Erfolge ihrer Kolonialpolitik gezeitigt. Cecil *Rhodes*, der das ungeheure Südafrika eroberte, war durch und durch ein Phantast. Die kleinen Berechnungen, die notwendig waren, ließ er von seinen Offizieren durchführen. Denn der schöpferische Phantast findet immer die rechnende Ergänzung, den dinglichen Verstand als Hilfskraft. Es ist das gnädige Schicksal der großen Unternehmer. Die größte und erfolgreichste Politik hat der absolute Mystiker, der Religionsstifter gemacht. Das monumentale Reich älterer Geschichte ist das Reich Mohammeds gewesen. Das komplizierteste und interessanteste Reich das Reich der mittelalterlichen Päpste. Sie alle waren Realpolitiker. Aber sie machten die Politik der großen Gefühle, die durch den Bismarckschen Ausspruch in Verruf gekommen sind, obwohl niemand gefühlssicherer, phantastischer war als Bismarck, niemand jenes Undefinierbare stärker besaß, was man politischen Takt nennen könnte. Dieser Takt ist etwas Unwägbares.

Die moderne politische Phantasie wird mit modernem Stoff, dem wirtschaftlichen, arbeiten. Schon zeichnen sich ungeheure wirtschaftliche Linien eines Rumpfes vor, den die Phantasie spielend beherrscht, weil er Ausdruck einer allgemein gewordenen Persönlichkeit des mitteleuropäischen Menschen geworden ist; den die Rechnung fürchtet, weil sie eine Bismarcksche Hinterlassenschaft mit falscher Absolutheit verstanden hat. Man dichtet in Wirtschaftswerten. Eine Antithese? Erst dann wird es ein Organismus sein. Man muß sich auch in der Politik an den Satz vom psychophysischen Parallelismus

gewöhnen. Was in der Seele lebt, wird immer irgendwie ein materielles
Korrelat haben. Aber nichts, das im Stoffe sein wird, wird unseelisch gewesen
sein.

Europa aus der Vogelschau

Eine Ausgrabung, die mehr als modern anmutet, hat der Manzsche Verlag in
Wien zutage gefördert. Es ist dies die Schrift des vor einigen Jahren verstor-
benen politischen Schriftstellers Alexander von Peez "Europa aus der Vogelschau". Dieser Arbeit, die seinerzeit, es sind nun beinahe 20 Jahre her, in einer Münchener Zeitung als Artikelserie erschienen ist, kommen literarische,
geschichtsforschende und politische Werte zu. Der intimste Impuls des ewigen
Europa wird aufgedeckt: seine Schöpfungswut, seine Produktivität an Menschen und Ideen, sein Freiheitsdrang, seine hochmenschliche Auffassung.
Aber auch die Fehler, die aus seinen Fähigkeiten wachsen: seine Uneinigkeit,
seine Unlust zur endlichen Gesamtorganisation, seine nutzlose innere Kon-
fliktstimmung.

Die Bestimmung Europas ist unweigerlich in seiner Urzeit festgelegt. Europa ist das Land der Völkerwanderung heute wie vorgestern. Es ist das Land,
das den imperialen Menschen katexochen gebiert und immer wieder gebiert.
Innerhalb seiner vielgegliederten Territorien ist die Herrschaft eines einzelnen
Volkes unmöglich. Denn alle Völker Europas haben von ihren Urabkommen,
den Ariern her, das gleiche Bedürfnis nach Freiheit. Darum sind nirgends so
viele Freiheitskämpfe geführt worden wie in Europa, nirgends wurde soviel
nutzlose Kraft und so vieles verlorenes Blut vergeudet wie in diesen Zermür-
bungen endloser Kriege. Die europäische Politik, menschlich um soviel grös-
ser als jede andere, ist auch umso einförmiger. Ihre tiefe Bestimmung erlangt
sie erst in der exeuropäischen Eroberung.

Das Wesen des Europäers als Nachkommen der alten Arier ist die Liebe
zur Freiheit. Was immer Staaten hier versuchten, um kleinere Völker zu unterdrücken, mußte mißlingen. Was immer aber auch kleinere Völker in über-
schäumender kriegerischer Lebenskraft versucht haben, um größere gesellschaftliche Verbände zu ihren persönlichen Gunsten zu verschieben, ist dauernd nicht gelungen. Aus der bis jetzt erledigten Geschichte Europas läßt sich
die neue Lehre ableiten. Die Völker Europas, um zu ihrer vollen Wirkung zu
gelangen, müssen sich organisieren. Die Tendenz der europäischen Gesellschaft ist eine föderative. National getrennt in Sprachen und auch Glaubens-
bekenntnisse, sind diese Einheiten doch untereinander wieder verwandt durch
die gemeinsame grundlegende Arier- und Kriegerrasse, die sich nach Völkerwanderungen, von denen wir historisch nur mit der letzten vertraut sind, in
schon vorhandene turanisch-semitische Mischvölker ergoß und jene Kombi-

nationen bildete, die wir heute als die europäischen Nationen ansprechen. Diese Arier waren im fremden Elemente der organisierende Keim. Untereinander aber ungefähr gleich stark und begabt, haben sie stets im Kriege gelegen und das hervorgebracht, was die Geschichte als europäische Politik bezeichnet: eigentlich etwas recht Uneuropäisches, denn im Wesen des Europäers liegt der Trieb nach Organisation, den nur wieder seine Freiheitsgelüste kurz vor der großen Tat zu hemmen pflegt.

Bedeutende Stellen des Buches repräsentieren eine Neuorientierung der Rassenforschung, wie sie bis dahin nicht unternommen worden war. Das Buch, das hier zur Besprechung steht, vereinfacht das Problem durch eine sehr kluge Einsicht, die so natürlich ist, daß sie an das Ei des Kolumbus erinnert. Was heute ist, war immer, sagt Peez. Der Deutsche, der Engländer, der Slawe, der Lateiner, der Kelte, eigentlich nur ein keltisch redender Germane nach einer Zeit der Einwanderung aus dem Nordosten, sie alle waren und sind noch heute identisch geblieben. Was sie zur Römerzeit bestimmte, bestimmt sie auch heute noch zur Aktion. Was sie damals hemmte, hemmt sie auch heute noch. Was sich also heute ereignet, ist das rechte Maß, um die europäische Vorzeit zu erforschen. Auch der umgekehrte Weg ist beschreitbar: was sich damals ereignete und uns heute klar ist, ist ein brauchbares Mittel, um uns Unverständliches der Gegenwart zu klären.

Umfassende Gedanken über moderne Politik, nicht als Parteienhader aufgefaßt, sondern als instinkthaftes Blühen einer spezifischen europäischen Menschenart, eines fertigen Stiles zu leben und zu wirken, machen das Buch zu einer grundlegenden Studie für das Verständnis der jüngsten Politik. Obwohl der Autor den Ausbruch des Weltkrieges nicht mehr miterlebt hat, enthält sein Buch doch Stellen, deren treffende Betrachtungen wie aus dem Augenblick des Heute geschöpft erscheinen. Der Autor hat den Weltkrieg für unmöglich gehalten, weil die Entscheidung ihm mehr als fraglich erschien. Er schreibt: "Gleichwohl ist ein Blick aus der Vogelschau geeignet, derartige Kriegsbesorgnisse zu vermindern. Und zwar aus einem sehr einfachen Grunde. Seit dem Jahre 1500 haben Frankreich und Russland ihr Herrschaftsgebiet von zusammen 2.7 Millionen Quadratkilometer auf den heutigen Stand von 25.4 Millionen zu vermehren gewußt. Ihre Errungenschaft in den vergangenen vierhundert Jahren beträgt zusammen 23.7 Millionen, und das ist der ungeheure Einsatz, um welchen beide Länder im Kriegsfalle spielen, während ihr möglicher Gewinn kaum in anderem als in Hoffnungen besteht. Die Mittelmächte dagegen fechten nicht für Beute, sondern um ihr Leben, ihren bedrohten Nationalbestand. Das ist der gewaltige Unterschied, der auch unsern Nachbarn nicht unbekannt ist. Das, dünkt uns, macht den neuen Ausbruch eines Krieges unwahrscheinlich."

Derartiges hat *Peez* im Jahre 1887 geschrieben. Sein Scharfblick hat die gegenwärtige Situation erfaßt. Ihr Wesen ist den heutigen Kombattanten auf den Kopf zu gesagt.

Der Wert des Peezschen Buches, das auch für literarische Feinschmecker durch den Reiz seines kristallenen, aber bilderreichen Stiles Körper haben mag, liegt in der Tatsache, daß es zum ersten Male eine allgemeine *europäische Rassigkeit* proklamiert, deren sozialen Ausdruck, deren gesellschaftliche Formen eine wirklich europäische Politik zu suchen hätte. Führer der europäischen Geschichte und Entwicklung ist ein für allemal der Arier, dessen Ideale gerade dann am stärksten in den unterschichtigen Rassebestandteilen zum Ausdruck kommen mögen, wenn, wie bei den Galliern und Franzosen, der Eroberer vollkommen die Sprache und manche Eigenheiten der früheren volklichen Mischbestände angenommen hat. Peez drückt dies so aus: "Es zeigt sich, daß neben dem Christentum der germanische Ursprung der herrschenden Klassen in dem weitaus größten Teil Europas vielleicht die stärkste, jedoch bisher nicht genügend beachtete gemeinsame Grundlage europäischen Wesens bildet." Diesen Germanismus mit einem gewissen Pangermanismus zu verwechseln, wäre natürlich verfehlt. Er ist mehr eine biologische Erkenntnis, als ein Dogma zu politischer Ausschrotung.

Die Aufgabe Europas wird wie folgt formuliert: "So scheint es denn die von der Vorsehung dem europäischen Stammvolke zugewiesene Bestimmung, daß es diesen Weltteil, die Herberge der Kultur, gegen die Angriffe östlicher Barbarei und Weltherrschaft schütze. Schließlich sind alle Welteroberer in Europa gescheitert." Dies wird nachgewiesen an den Römern, den Semiten Nordafrikas, den Turaniern von den Hunnen bis zu den Mongolen und Osmanen. Im Gegenteil: "Groß-Germanien, die atlantische Kammer des Weltteils, war die Heimat der hellen Rasse, und jenes Menschenstroms, der in der ältesten Zeit wie in der Gegenwart sich über Länder und Meere ergossen hat." Innerlich zersplittert durch Gleichheit der Kraft, da sie ja einer gleichmäßig initiativen Rasse entstammen, sind sie die Eroberer schlechthin in anderen Erdteilen. "Dem Halbinselcharakter Europas entsprach der föderative Zug des europäischen Stammvolkes. Die Aufgabe dieses Stammvolkes war, mit der rechten Hand und zumeist an der Donaustraße Europa vor den Turaniern zu schützen, mit der linken aber die zumeist über das südliche Frankreich längs der Rhone emporstrebende Kultur der Südvölker aufzunehmen, weiterzubilden und zu befestigen." Gegenüber den Weltherrschaftsplänen der Römer und Turanier schützen die Germanen den föderativen Charakter Europas.

Die Rassigkeit Europas, seine föderative Anlage hat innere Gegner: die Engländer. Äußere Gegner: die Turanier, das heißt die Russen und wohl auch die Ostasiaten, die bei Peez indes noch keine selbständige Rolle spielen. Er verkennt wohl auch ein wenig die Kulturmöglichkeit, die dem slawisch-turanischen Volk der Russen und dem rein turanischen der Ostasiaten geboten ist. Indes behält er Recht mit einer Warnung vor England: "Im Jahre 2000 werden die Angelsachsen 900 Millionen zählen!" Dieser Berg, der sich in der Doppelgestalt einer britischen und einer nordamerikanischen Union drohend vor uns

240

erhebt, kann nicht früh genug gesprengt werden. Der föderative Charakter Europas, nämlich die Erhaltung seiner Rassigkeit in verschiedenen Nationen, gemischtnationalen Staaten und internationalen Verbänden ist nach wie vor der Sinn Mitteleuropas. In dieser Konsequenz wirkt das Buch wie von heute geschrieben.

Es ist in einem starken Stile und Klamm geschrieben, enthält die europäisch tendenzierte Weltgeschichte im Extraktformat. Es ist, obwohl kurz, eine Schöpfung, das Testament eines zeitgemäßen Menschen und Österreichers.

Die Musterfarm von Banjica

Eine Stunde Wegfahrt westlich von Belgrad breitet sich das leichtgewellte Gelände von Banjica im vollen Grün des vorgeschrittenen Frühlings bis an den Fuß des Avalaberges hin. Schollige und tief gefurchte Feld- und Karrenwege kreuzen als braune Striche die grüne ununterbrochene Fläche, aus der jetzt junge Samen keimen und ein dickes Laubwachstum die Schäden vergangener Schlachten freundlich verhüllt. Geplagte und von alter Mißwirtschaft gepeinigte Menschen, vom Krieg zertretene Familien in engen Heimen sollen an eine neue Zeit und ihre Hoffnungen glauben. Die Natur verdeckt noch einmal mütterlich die Narben des großen Herrschaftsunterganges, den talentlose Regierer an diesen Orten wie an anderen des fruchtbaren Serbiens sich selbst verschuldet haben. Die Zeit, an die geglaubt werden darf, ist da. Der Boden, der das Blut von Kriegern getrunken hat, öffnet sich den Arbeitern des Friedens, den werktätigen Unternehmern, den ideenreichen Förderern der Volkskraft.

Längs der braunen Wege, deren von mancherlei Radwerk gelockerter Boden seine dunkle Fruchtbarkeit verrät, treten hie und da die harten Linien hölzerner Kreuze, seit wenigen Monaten schon verwitterter Stümpfe aus Riedgrasbuschen und fett aufgeschossenen Grashügeln hervor. Es sind die Gräber der Gefallenen, die wie aus längst vergangenen Tagen anmuten. Auf diesem Schlachtboden, dessen grausamere Spuren von Natur und Menschenhand verwischt, dessen Granattrichter eingeebnet und dessen Schutt und Sparrenwerk in Häusernähe abgeräumt oder rechtgeschlichtet sind, erhebt sich seit wenigen Monaten eine kleine geschlossene Ansiedlung, die das Resultat einer einzigartigen Organisation darstellt.

Es ist die Musterwirtschaft von Banjica. Seitlich der Straße, auf der unser hoher elastischer Jagdwagen dahinschlingert, erlangen die Gehöfte plötzlich ein gehaltenes und besonnenes Aussehen, auch die zerwürfelte Straße ordnet sich mit Einem und wird zum ruhigen, methodisch gepflegten und genützten Fahrgleis. Kalkhelle Häuschen gleißen frisch unter dem saftigen Grün von Platanen und Buchen, rohfarbene Holzgitter schützen Anlagen und Pflanzun-

gen vor ungebetenem Besuch. Architektonische Formationen, die wie funkel-
nagelneue Blockhäuser anmuten, Schuppen, sachliche Magazinbauten, abwechselnd mit den heimischen Gehöften im soliden Viereckstil zeigen an, daß
man sich inmitten einer einheitlich geleiteten Niederlassung befindet, die aus
Verbrauchtem Frisches, aus Altem ein Neues gemacht hat und mit ihren
besten Absichten zur Hälfte eines vielversprechenden Entwicklungsweges
gediehen ist. Plötzlich senkt sich die Straße steil und der Wagen geht in einer
Kurve den Talhang hinab. Die Straße ist geschottert und aufgefüllt, ihr zur
Seite laufen Bürgersteige, die aus Ziegeln gelegt sind. Um die Achsel des
Hügels schwenkend, rollt der Wagen den Fahrgast und Beschauer plötzlich
vor das kleine Panorama einer sauber erdachten und durchgeführten Niederlassung, deren Maße, klein und idyllisch, nicht nur praktisch abgestimmt,
sondern auch schön sind.

Diese Niederlassung ist das Werk von Soldaten, es ist eine militärische
Arbeit, deren betriebliche und geschäftliche Faktoren Selbständigkeit erlangt
haben und wie ein rechter Organismus weiterzutreiben beginnen. Ein Artille-
riekommandant, der Befehlshaber eines Sektors des Belgrader Wehrkreises,
dessen Peripherie die Kuppe des Avalahügels schneidet, hat in der grauen
Vorzeit dieses kleinen Staatswesens, die immerhin nicht länger als ein paar
Monate zurückliegt, zu einer strategischen Stellung den modern wirtschaftlichen Untergrund gelegt. Um Wohnung, überkommene Ordnung nördlicherer
Menschheit, Verpflegung, aber auch um seelische Genüsse inmitten einer
Kulturwüste für seine Leute zu schaffen, hat er Verfallenes aufgerichtet, völ-
lig Zerstörtes abgetragen, Straßen gebaut, hat gemauert, gebohrt, gezimmert,
gemessen und gegrübelt. Was daraus entstand, ist ein kleines Etablissement,
das sich selbst erhält, ein winziges Zentraleuropa sozusagen, das aus Nichts
sich Produktion schafft und sich mit erfinderischen Mitteln unabhängig macht.
Ja, diese Banjitzaner sind sozusagen gute Mitteleuropäer. Die graue Vorzeit
ihrer jetzigen Heimat liegt nicht weiter zurück, als die Zahl ermißt, bis zu der
nach der Aussage des Sprichwortes der Klägliche zu zählen weiß. Aber sie
war eine regelrechte Vorzeit, grau, wüst und unkultiviert. Sie war, inmitten
des 20. Jahrhunderts, nicht viel anders als eine wirkliche Steinzeit. Als die
österreichisch-ungarischen Soldaten hierher kamen, fanden sie in der Tal-
sohle, in der jetzt Werkstätten, ein Dampfbad und ein Kaffeehaus sich erheben, den Ursumpf vor. Von den unbewohnbaren Häusern der Urinsassen
mußte buchstäblich die alte Zeit erst abgekratzt werden. Heute sind diese
Häuser weiß gekalkt, der vom äußeren Eindruck des Gesamten angeregte
Gast kann sie vertrauensvoll betreten und findet in ihrem Innern eine so peinliche Sauberkeit und gediegene Ruhe des heimatlichen Befindens, daß es ihn
an die besten Stuben nordischer Bauernhäuser erinnert.

Aber einen großen, keuschen Schatz haben die Ankömmlinge am Beginn
ihrer Landtätigkeit vorgefunden. Von der Fahrlässigkeit früherer Jahrzehnte,

die auf sieben bis acht eingeschätzt werden können, her, umwälzte die dürftigen Gruppen der Dorfgehöfte ein Gefolge von ungeheuren Misthaufen. Dieser
Abfall war beinahe eine geologische Schicht, aus der das Dorf sozusagen zur
Neuzeit herausgeschaufelt werden mußte. Als die trojanische Ausgrabung
geglückt war, ging es den Schatzgräbern wie in der bekannten Legende. Die
Umgrabung als solche war produktiv, der auf die Felder und Gartenanlagen
ausgeführte Mist düngte einen prächtigen Humus hervor, auf dem heute üppige Wiesen und kräftige Gewächse mannigfacher Nutzart gedeihen. Wie denn
die triste Uranlage dieses Landstriches, der Sumpf im Talgrunde mit seiner
Roß und Reiter versenkenden Bodenlosigkeit, den klugen Landgrüblern der
Anreiz zu ebenso wertvollen, als in ihrer Originalität lustigen Schöpfungen
wurde. Die beiden Quellen des Sumpfes wurden erforscht, eingedämmt, fil-
triert und in ein Röhrensystem gezwungen: und speisen nunmehr, ganz abgesehen davon, daß sie ein dem Terrain abgelauschtes Berieselungssystem von
schlichter, geradezu klassischer Einfachheit bedienen, ein Dampfbad. Jawohl,
ein Dampfbad. Dieses Dampfbad ist groß genug für die Verhältnisse des Landes, ist eine komplett eingerichtete Miniatur zu städtischen Unternehmungen
der gleichen großen Art. Es baden turnusweise außer den Soldaten die Wirt-
schafts- und Gewerkschaftszöglinge der Kolonie, serbische Jungen, die mit
Begabung ihren neuen Beruf erfassen, ferner die Dorfbewohner; und manch
tragischer Seufzer tugendhafter Alten wird in Banjitza kolportiert, die sich bis
zu ihrem 50. Jahre die Unberührtheit ihres Körpers treu erhalten hatten, aber
dem unerbittlichen Gebot des Kommandanten ihre hysterische Wasserscheu
nunmehr opfern mußten. So wirkt dieses Bad nicht nur volkshygienisch, sondern ist auch als Fördernis mancher humorvollen Szene ein Seelenbad für solche, die sich bereits an die Härten und Unkommoditäten der mitteleuropäischen Zivilisation gewöhnt haben.

Diese Duodezausgabe des modernen Quisisanastaates, wie ihn der Krieg in
Mitteleuropa geschaffen hat, dieses Bedienedichselbst-Gemeinwesen besitzt
alle Anstalten, die zu einem Betrieb großer Art notwendig sind. Aus Maschi-
nenwracks, aus Anfängen rationeller Bauernwirtschaft, hat der Kommandant
Hauptmann *Chytill* mit seinen Offizieren die kleine Gernegroßtadt organisiert.
Die Arbeit, die hier, Spaß beiseite, geleistet worden ist, überrascht nicht nur
durch die Schlagfertigkeit, mit der die Schöpfer vor dem Rohstoffe, einem
verwüsteten und vernachlässigten Lande, gestanden sein müssen, das schlim-
mer war als die Natur im Urzustande, sie überrascht auch durch die Kürze
der Zeit, in der sie zustande kam. Hier hat man gearbeitet wie die Biber. Über
dem Sumpfe, der überschüttet und von einer gut geschotterten Landstraße
durchzogen ist, stehen außer dem Dampfbad auch eine Dampfwäscherei, eine
Mühle, eine Serie von Werkstätten, eine Töpferei, eine Gerberei, die Hunde-
und Schaffelle verarbeitet. Ein acht Joch umfassender Gemüsegarten kann
nicht nur die Bewohner ernähren, er kann auch, gleich einigen der Werk-

stätten, exportieren und verdienen. Die Kapitalanlage hat sich bei diesem Betriebe beinahe schon in jedem Detail mehrhundertfach rentiert. Die Sachen sind gründlich überlegt, mit Phantasie gesehen und mit Liebe durchgeführt. Der Geflügelstall ist kein Stall, sondern eine kleine Menagerie mit Bädern, die Ingenieurbauten sind gefällig und das Nützlichste behält inmitten einer lieblichen Natur seine ästhetische Würde.

Der Nutzen der Musterwirtschaft von Banjica ist nicht nur ein praktisch-ökonomischer; er ist auch ein moralischer, weil er der bisher in ihrer landwirtschaftlichen Bildung vernachlässigten Bevölkerung die Vorteile der rationalen und fleißigen Bewirtschaftung schlagend vor Augen führt. Waren doch diese Naturkinder in der Naivität ihres Glaubens an die allerdings beträchtliche Fruchtbarkeit des Bodens höchlichst erstaunt, als man von ihnen verlangte, sie sollten die Komposthaufen, in die sie sich und ihre Behausungen eingesargt hatten, aufs Feld bringen. Die Wirkung des Düngers war ihnen unbekannt. Sie lernen denken, sie arbeiten und fühlen sich in der Nutznießung der Arbeit in einer Weise frei, wie sie ihnen bisher unbekannt geblieben war. Die eigene Produktion und die Freude am Resultat weckt in ihnen den Konsumenten, der wieder die Industrien des Unternehmers verdienen läßt. So gelingt es den Werkstätten des Banjicaer Unternehmens, die selbsthergestellten Produkte an die Bauern der Umgebung zu einem billigen, aber noch immer reingewinnhaltigen Preis zu verkaufen. Die Zirkulation ist angebahnt. Von diesem Kumulationspunkte aus kann sich Serbien zu einem bedeutenden wirtschaftlichen Faktor des mitteleuropäischen Komplexes entwickeln.

An den Neubauten, auf den Feldern, in den Werkstätten von Banjica arbeiten neben den k. u. k. Soldaten Frauen, Männer und Kinder der Umgebung gegen Entlohnung. Knaben werden in den Werkstätten zu praktischen Berufen herangebildet. Sie sind nach den Angaben ihrer Unterweiser sehr gelehrig und erfassen bald die Techniken eines Handwerkes. Der Unterricht erfolgt pädagogisch rationell in Stufen und nach der Auffassungsmöglichkeit der Schüler. Die Erfolge sind überzeugend. Für kleinere Kinder ist der Normalschulzwang eingeführt. Zu Banjica gehören jetzt 13 Gemeinden, deren jede ihre eigene Schule besitzt. Früher waren für alle 13 Gemeinden nur zwei Schulen vorhanden. Als Lehrkräfte wirken k. u. k. Militärpersonen, professionelle Lehrer und Einjährige. Der Besuch einer Mädchenklasse in Banjica ergibt ein Bild von wohltuender Zivilisation. Die Kinder sind nett gekleidet, als Lehrsaal dient der rein praktisch eingerichtete Raum eines ehemaligen Wirtshauses, dessen nunmehrige funktionelle Einfachheit angenehm wirkt. Die Fortschritte der Kinder in dieser seit zwei Monaten errichteten Schule sind geradezu verblüffend. Neben der pädagogischen Anordnung ist es besonders die von den Lehrern stets hervorgehobene Begabung des Schülermateriales. In diesem unverbrauchten, aber verwahrlosten Volke schlummern bedeutende europäische Kräfte.

Jedes Kind ist gezwungen, einmal in der Woche von schulwegen zu baden und erhält einmal in der Woche einen Laib des ärarischen Brotes geschenkt. Kinder von mittellosen Eltern, besonders von Vätern, die in der serbischen Armee dienen, werden unterstützt. Die letzte Volkszählung, die von den k. u. k. Behörden durchgeführt wurde, hat 15.000 Einwohner für den Distrikt ergeben. Davon sind 2000 schulpflichtige Kinder. Eine andere wichtige statistische Arbeit, die durchgeführt worden ist, und zwar nach modernen raumrechnerischen Begriffen, sind die Katasteraufnahmen. Den Bewohnern war die Rechnung in modernen Raummassen fremd. Bei der Nachfrage nach ihrem Besitz gaben sie diesen stets in "Tagackern" an. Ich besitze acht Tagacker, sagte also zum Beispiel ein Bauer, wenn er nach dem Umfang seiner Ländereien gefragt wurde.

Neben dem Handwerk sind es eine Reihe von Betrieben, die teils zur Durchführung gereift, teils in vorgeschrittener Vorbereitung begriffen sind. Diese sind: eine Kaninchenzucht zur Erzielung von billigem Fleisch, eine Bienenzucht, die bei den starken Beständen an Linden und Akazien vielversprechend ist, und eine Seidenraupenzucht. Die Baumkultur war eine der ersten Maßnahmen, die inauguriert werden mußte. Die Bäume wurden von Raupen gereinigt und ihre vernünftige Besorgung unter die allgemein zu beaufsichtigenden Arbeiten, zu denen die Bevölkerung im eigenen Interesse auch gezwungen werden kann, aufgenommen. Diese Umsicht, Phantasie für die von einem reichen Lande gebotenen Möglichkeiten und Hurtigkeit in der Durchführung haben es vermocht, das derart bewirtschaftete Gebiet zu 75 Prozent exporttreif zu gestalten. Ein in dieser kurzen Zeit von Monaten geradezu erstaunlich beschleunigter Erfolg.

Zu dem Komplex von Banjica gehört das wirtschaftliche Institut, das 15 Minuten Weges von Banjica entfernt liegt und unter der Leitung des k. u. k. Oberleutnants Dr. Katona, eines Budapester Rechtsanwaltes, steht. Der Zweck dieses Institutes ist der Unterricht für erwachsene, aber verwahrloste Kinder in gewerblichen Fächern. Diese Kinder, deren Eltern teils verschollen sind, teils unfähig sein mögen, den nunmehr verlangten mitteleuropäischen Erziehungsstatus zu erzielen, werden aus dem ganzen Lande hier zusammengebracht und erhalten eine theoretische und praktische Ausbildung, bis sie zur selbständigen Arbeit fähig sind. Die einfachste der Künste, die sie gelehrt werden, ist die Korbflechterei. Eine Schlosserei ist im Betriebe. Die Knaben sind in erneuerten oder ganz neuen Baracken untergebracht, deren Reinheit und fachlich vernünftige Instandhaltung den besten Eindruck erwecken. Es sind bisher 161 Knaben gesammelt. Die Anlage, die noch nicht ausgebaut ist, ist auf 2000 berechnet. Das Institut ist auf einem Schlachtfeld errichtet, in Friedenszeiten hat sich in der Nähe davon der große Exerzierplatz der verfloßenen Regierung befunden. Auf einer Erdwelle, die das geneigte Terrain überhöht, steht noch der demontierte Pavillon des ehemaligen obersten Führers, das

Feldherrnpostament, eine Steinunterlage, über die sich ein verbogenes Drahtgerüst knäuelt. Unter den Bäumen des flachliegenden Laubwaldes stehen zwei Baracken der früheren Periode. Das Militärlager bestand aus diesen und den Zelten, die dazu aufgeschlagen worden waren. Die Baracken wurden gereinigt und dienen heute dem Institut.

Auf der Straße gegen Topcider zu liegt die gleichfalls zu dem Distrikt gehörige wirtschaftliche Station unter der Leitung des Oberleutnants Reinhard. Dieser Annex vervollständigt das Wirtschaftsbild durch viehzüchterische Maßnahmen, die in seiner Organisation zum Ausdruck kommen. Büffel, Rinder und Schafe bevölkern die Weiden. Die Gebäude, die als Grundlage für die Verwaltungstätigkeit dienen, stammen von früher her. Sie waren zu einer Musterwirtschaft der Könige ausersehen, ihre ungünstige und irrationelle Anlage indes ließ ihren Erstzweck nicht ausreifen. Ein Palais des Königs Milan ist verlassen und soll später zu einem kunsthandwerklich-ethnographischen Museum ausgestaltet werden. Es zeigt in seinem Bau interessante türkische Motive, architektonisch und ornamental. In einer großen Meierei waren seinerzeit die Staatsgefangenen untergebracht. Der jetzigen Verwaltung blieb es vorbehalten, das jetzt daraus zu machen, nämlich ein Asyl für tausend kleine Kinder; eine Verwendung, die der allerbesten Bestimmung immer näher kommt. Außer diesem Asyl soll auch ein zweites wirtschaftliches Institut für weitere zweitausend Knaben geschaffen werden.

Die Musterwirtschaft von Banjica ist mit ihrem dreizehn Gemeinden umfassenden Gebiet nur ein Teil dessen, was werden kann, aber nicht das einzige Exemplar dessen, was bisher unter der neuen Verwaltung geworden ist. Es drängt der Stempel der wilderen Zeit für Land und Leute. Ein Stück Donauland ist dem Orient abgerungen.

Serbischer Frühling

Eine Ebene quillt über in Chlorophyllfontänen, ballt sich klumpig in Buschserien zu einem blitzblauen Himmel, quirlt sich staudicht in Haine zusammen, die millionenhaft weiße, wohlriechende Blüten abschuppen; diese Ebene knäult sich förmlich aus einer Tafel Grün zu Formen, die dickgrünen Segel sanft ansteigender Laubwälder sind halbschräg vor den gleißenden Horizont gespannt. Ist es Oberitalien, von dem Licht, Duft, Farbe auf die Sinne schnellen? Es ist Nordserbien, Gegend Miadenovac-Lazarevac. Dunklere Rauten saftigen Gebüsches säumen Bäche, weißgesogene Landstraßen, aus denen Kalkbrocken gleißen, punktieren Kastanienalleen ins hellere Grün. Dieses Gebiet gleicht den Landschaften Jungwiener Maler, ihrem Gesicht von Italien. Seine dickversponnene Grüne, seine knorrige Saftigkeit, seine überschüssig wachsende Gartenenergie unter dem blau erhitzten Metall des Gewölbes muten wie Frühlingserde der Poebene an.

Aber das Land, seine Blüte und sein Wachstum sind härter, noch klassischer, man möchte sagen, trotz aller grünen Weichheit felsiger als die Vielfarbe Italiens. Und wie das Land ist auch die Seele seiner Menschen. Südlich-streng, übertrieben-einfach; die Leidenschaft nahezu einfältig, das mittlere Gefühl kompliziert, vom slawischen Skeptizismus zersetzt, umgangen, zuletzt gesteigert. Auch in dieser Seele finde ich wieder, was die Landschaft bietet: die farbige Glätte, die wuchernde, im klassisch Einfachsten phantastische Oberfläche; und zugleich den Felsen, Karst, starr, brüchig, unterirdisch. Die slawische Seele, die in den Werken der großen Russendichter Menschentiefen sprengte, wird auch diesem sonderbaren, noch nicht zur Schöpfung gesammelten, hochbegabten Volke der europäischen Welt Werte zu zeugen haben. Der europäischen Welt zu zeugen? Vielleicht von ihr zu gebären haben. Denn dieses Land, dieses Volk, hat strenge Züge wie seine Frauen, die doch hingebendes Weib sind, feurige Geliebte, Mütter, Trägerinnen des werdenden Lebens. Dieses Volk ist nicht weiblich, nichts weniger als dies. Aber es hat jenen vermengten Geschlechtscharakter, wie ihn Musiker haben sollen, sagt die moderne Biologie; hat jenes Geschlecht, das gebiert, nicht das zeugt, jenes, das sich fruchtbringend befruchten lässt. Eine männliche Frauenseele, felsig in den Zügen: hingestreckt, üppige Matten, poetische Laubwälder im Gemüte. Was wird daraus im sozialen Leben? Verschlupfte Räuberromantik, Grandezza der Handlung, zerworfene Leidhaftigkeit am Dasein, religiöse Inbrunst, mystischer Überschwang aus dem Konflikt von sachlichem Verstand und unbefriedigter Sehnsucht nach dem Weltmonumentalen, Felsengroßen. Der Garten und der Karst streiten in ihm. Ein Volk der Verzückungen, ob es liebt, haßt, Geschäfte oder Politik macht. Ein Volk, tiefer und problematischer als der pragmatische und tüchtige Nordslawe, hurtiger, aktiver, nervöser (nicht neurasthenischer) als der Ostslawe der Weichsel-Wolga-Länder. Ein Übergangsslawe aus dem Orient zum Europäer, aber kein europäischer Epigonentypus, sozusagen; eher ein neuerer, frischer Typus Mitteleuropäer, der den Kenner der österreichischen Seele interessieren dürfte.

Während ich die Landschaft durchschiene, durch vom Kriegsverkehr zerschundenes, jetzt einsames Terrain rassle, muß ich über diese Seele grübeln. Was ist die Erdoberfläche ohne den Menschen, den sie, der sie formt, der sie sich geformt hat, gleichsam, als er sie zur Heimat wählte? Der, als er sie zum Weilen bestimmt, sie sich als seine Form erschuf? Wer war felsiger, wer war frischer und grüner vom Anfang; die Erde hier, als die Menschen kamen, die Menschen, als sie die Erde eroberten? Bildet das Land sich den Menschen, bildet der Mensch sich ein Land ein? Sie kommen zusammen und sind einander Ausdruck. Ihre Züge sind Bruder und Schwester, von gleicher Art, die sich einmal im Schicksal fanden. Es liegt ein elektionistischer Vorgang vor. Sage mir, wo du Heim nimmst, und ich sage dir, wer du bist. Was ist Heim? Heim ist Wahl. Tausend Jahre, länger saß kein Volk in diesem Eurasien - im letzten Osten, China, ist's anders - am Flecke, modeln dreißig Geschlechter nicht, wenn nicht die Urkommen gewählt hätten. Die Heimat ist ein Ausdruck, schöpferischer politischer Urakt, ein Formwille. Ändert sich der Mensch, ändert sich auch sein Heimatskennen. Dadurch entstehen Völkerwanderungen. Es gibt keine Heimat. Wir Menschen, irgendwo hergekommen - und Reife führt zu den Herkünften zurück - sind mit keinem Boden bloß der Dauer nach so verwachsen, daß er uns formen könnte, wenn wir nicht disponiert wären. Heimat nennen wir die Ähnlichkeit mit uns, eine metaphysische Identität, eine Doppelvorstellung des gleichen Willens im Schopenhauerschen Sinne. Was wäre der Grund sonst, daß man einen Boden so zäh verteidigt, mit solcher Liebe an ihm hängt, wenn er wirklich nicht mehr als eine Gewohnheit wäre? Aber er ist mehr, er ist eine Wahl, eine Selbstbespiegelung. Wer ist dieser Mensch, der sich die Gras- und Felsenheimat erkor, muß ich mich fragen, während der Kraftwagen auf den Seitenrädern kantet, zu Deichen rutscht, die Innenwände von Straßengräben schneidet, über Riffe kippt, durch Rasten schaukelt?

Diese Straße, Heerstraße nach Lazarevac, ist in einer nahezu poetischen Weise schlecht. Sie ist Straße, das erkennt man eben noch, denn sie springt weißgrau aus der grünen Fülle. Aber sie ist bodenlos klippig, mit riesigen Wunden, stagnierenden Pfützen. Rutschungen, wo Damm ist, Bruchstellen, hohlgefressenem Unterbau, wo sie flachliegt. Es ist das betörende, sinnlich erschütternde Skelett einer ehemaligen Strasse. Sie hat das Schicksal des Weltkrieges verkostet, es ist eine der nun historischen Straßen der Welt: wie wohl die meisten in Serbien. Armeen Europas, englische und französische Hilfshaubitzen, Kuriere, Ordonnanzen, Kommissionen aus Paris, London, Petersburg, ritten über sie hin. Deutsche Bataillone aus dem Norden, Train und schwere Pferde aus dem Westen haben sie getreten, österreichische Mörser sie vielleicht beschwert. Serbische Heere gingen her, hin und wieder zurück auf ihr. Frost und Glut machten sie springen. Granaten mögen sie an Stellen, wo sie Schlachtgelände wie bei Arangjelovac durchzieht, gerissen haben. Auch diese Straße spricht, während sie die Ebene an sich vorbeischiebt, harte Laute, pulst unruhige Gedanken in den Beobachter wie die Ader eines zermarterten Herzens. Wo die Ebene wieder endet, wogen sanft grüne Höhen heran und heben sie, die unter mir rasselnde graue Ader, als dürftigen grauen Strang über sich, an dem es mich zum zermarterten Herzen des Serbenlandes vorwärtszieht. Werde ich das Herz finden?

Es ist mir nicht gegeben, zu sehen ohne zu denken, zu beobachten ohne sinnvoll zu organisieren, und sei's mit einem Kommando, mit einer letzten, höchsten metaphysischen Art von Initiative. Ich bin ein Deutscher. Zur Ehrlichkeit gehört mehr als die Wahrheit und die Tatsache: Die Anordnung einer der Gründe, warum der moderne Künstler, der aufschlußreich schlechter porträtiert als die guten Porträtisten der früheren Zeit, sich ehrlich dünkt. Ich käme mir grundschlecht vor, verlogen ein hoher Begriff, wollte ich nur beschreiben und nicht ordnend folgern. Auch dieses serbische Land, dessen anthropologisches Porträt ich gebe, würde mich nicht reizen, wenn nicht der serbische Mensch mich beschäftigte; auch dieser hellsinnige Frühling wäre mir keine Heimat, wenn er nicht den Frühling einer Seele bedeutete, die ich deute. Unter Winterkrusten des Kämpfens, unter der Asche eines historischen Frostes, keimt der junge Staat; nach drei Ausrottungskriegen wieder sich selbst bekräftigt und verfeinert sich der Lebenswille eines hochbegabten Volkes.

Theodor Däubler

"Mit silberner Sichel." Hellerauer Verlag, Dresden, Hellerau

Deutschland hat uns wieder einen Österreicher entdecken müssen. Theodor Däubler stammt aus Triest. Gesättigt mit Lateinischem, ist er eine deutsche Kraft, sobald er nicht seine Sympathien, sondern seine Triebe äußert. Deutsches speist das Fremde mit dessen Wesen. Was das Kunst-Rom anlangt, ist er päpstlicher als der Papst, lateinischer als die lateinische Rasse: eben darin deutsch. Er schreibt, nachdem er in Paris und Italien gebummelt, gelungert, im Freien genächtigt und sich in endlosen Debatten verbraust hatte, heute in den ersten Zeitschriften Deutschlands, wird von ersten Verlegern verlegt. Als er vor ungefähr fünf Jahren in Wien auftrat, als Gast des Akademischen Verbandes aus seinem "Nordlicht" sprechend, hatte man die Empfindung: ein Stück Komet dieser Erde, im Weltraum bereist, im Wandel bewandert, sucht den Heimatboden wieder: ein Brocken europäisches Urgestein. "Schwerpunkt zu sich im Sturz nach oben." Auf dieser Reise der Ablösung, des Derassinements, der Depatriierung siedelt sich der Europäer am Europa des Weltenraumes an, dem Monde, der Robinsonade der Einsamen, dem großen Kalkriff des Universums. Das ewig Mondliche alles Geschehens zieht ihn an und zieht Bücher aus ihm. "Der Mond ist der Zwang eines nahenden Klanges." Nur der Mond? Der Gedanke, das Sein, das Werden. Däublers Schreiben ist: *innig*, "immanent", schreibt sich selbst; schreibt schreiben. Die Welt ist ein Gehirn und ihr Geschehnis ist wortvolles Sinnen. Däubler sieht das Meer, die Ostsee. Was ist die Ostsee? Sein schreiberischer Schöpfungsakt, wenn er sie schreibt. Zum Beispiel: "Dichtung beginnt auf einem Höhepunkt. Und nun habe ich meine Ostsee und ihren Leuchtturm. Jede geschichtliche Umständlichkeit bleibt abgetan: lebendige Bereitschaft in jeder Lage läßt auf Vollkommenheit schließen. Wer das Leben versteht, kürzt ab, überspringt die Zeit, damit sie verschwinde. Auf einmal liegt, was ich verwirklichen mußte, geformt vor mir. Viel kann ich aus der Vogelschau erkennen: meine Blutwege werden sichtbar wie die türkischen Schriftzüge blauer Strömungen im grünglitzernden Meere.

Geistreiche Einfälle überraschen mich, erfrischende Windsherzen, lustige Luftermunterungen silbern über die Ostsee, rhythmisch ineinanderglitzernd, dahin. Hat das nächtliche Meer seine Eigenscheinbarkeit? Oh ich weiß, der jüngste Mond ist bloß zu unserer Beruhigung da."

Däublers Werk hat Welt. Nicht "monde", sondern Kosmos. Nein, auch "monde". Seine "Kosmetik" ist für den physischen Geist des Mannes, aber auch von dem irdischen Leib der Frau. Stellen über das nächtige Paris könnten von René Schickele oder Jensen sein; hochstehendes Feuilleton; deutscher Mond, französisches "monde", ein silberner und seltsamer Schein jedenfalls, Geheimnisse durch diese Weltreise mittels Segel, Rad und Flügel, diese Weltreise um das Ich, dieses Looping the loop des Raum- und Zeitbewußtseins, Spiegellabyrinth des Erkennens. An Tiefe unausschöpfbar sind Stellen wie die folgende: "Das Labyrinth zerspiegelt mich; mein Raumgefühl ist weggeblendet, dafür drängt sich die Wahrnehmung der Dauer sehr nervös auf. Immer hörbarer hämmert das Herz, immer eiliger. Ich komme nicht fort; erfaßt mich Schrecken? Wenn ich nur nach oben hinaus könnte! Also schweben unmöglich; wenn ich aber träumte, dann müßte es doch gelingen! Nun ich beherrsche mich, der folgende Gedankengang Bergsons wird mir klar: Tiere haben kein Raumgefühl wie wir, ihr Instinkt nimmt Verschiedenheiten um sich auf, zu einer Vereinheitlichung sind sie unfähig und darum stürzen sich Wandervögel dem Geruch nach auf ihre Richtung. Irgendwo komme ich nicht herum. Ich habe soeben die Windrose der Seele verloren. Ich kann mich aber fassen, und dabei weiß ich im voraus: wenn ich ablebe, wird mich der Instinkt in die Richtung meines Weiterlebens werfen; sein Klarermachen ist mein irdisches Dahingehen. Wie der Same seine Blüte, so findet auch die Seele dereinst ihre Schwebefreiheit, um zu weiteren Leichtigkeiten hinzugeistern. Menschlich ausgedrückt heißt das Bild: Schwerpunkt zu sich beim Sturz nach oben." Dazu diese Schaulust in die Natur: "Eine Biene kommt von der Sonne auf den blauen Krug im Zimmer zugeflogen; drinnen schimmert purpurner Himbeersaft. Was für ein wundervolles Vor-den-Augen-blühn! Das Fenster steht offen, auch der Septemberhimmel blaut und bläulicht immer dunkler und einsichtiger durch alle Ecken der Stube. Eine große Wolke, schneeweiß und aufgereckt wie Jütland, stellt sich soeben in den Fensterrahmen, im unteren Zwickel silbert und blauäugelt ein Dreieck Ostsee." Ein Weltdichter ist vernehmbar. Naturbursche und Gehirnzucht widersprechen in ihm der Vereinigung nicht mehr. Haben wir einen neuen Altenberg bekommen, einen europäisch-metaphysischen Walt Whitman?

Expressionismus·)

Der Expressionismus ist ein Rückschlag malerisch und weltanschauungsmäss-
ig; nein, er ist eine Erfindung, eine Komplottierung, eine Besinnung. *Malerisch*: Bild ist nicht Abbild, sondern Gebild. Es ist Dichtung in der Fläche,
Komposition innerhalb des Materials, zwei Dimensionen, Farbe. Das expres-
sionistische Bild widerspricht der Erfahrung; der Gegenstand des Bildes und
das Modell sind einander bis zur Unkenntlichkeit unähnlich. Diese Ansicht ist
halb und ungründlich. Der Expressionist wird mit Recht darauf antworten,
daß sein Bild als Bild echter ist, denn das Modell als Modell. In der Praxis
des Tages betrachten wir das Modell kursorisch auf Zwecke, wozu wir eine
gewisse anatomische und epidermale "Wahrheit" benötigen. Die Betrachtungsweise ist zweifelsohne falsch, aber es ist immerhin Methode darin; also
eine methodische Fälschung. Diese Methode ist eben die Wissenschaft. (Nicht
jede Methode ist es.) Unser Sehen war eine Zeitlang (Jahrhunderte, seit Beginn der wissenschaftlichen Ära, Anatomie in der Malerei) wissenschaftlich,
früher bildhaft, nun wieder bildhaft. Kunst entwickelt sich nicht mit der
Technik, wohl aber mit der menschlichen Psyche. In diesem Augenblicke sind
wir daran, die allein seligmachende Wissenschaft als ein erledigtes Vorurteil
und Betrachtungsvehikel zu verabschieden. Es kann nicht ohne Wirkung auf
die Kunst bleiben. Das Extrem des wissenschaftlichen Sehens war der Impressionismus; man kam auf ihn, wie auf alles, infolge Wahrheitsdranges;
aber eben dieser Wahrheitsdrang hat heute den Impressionismus als methodische Fälschung, die in unserer geistigen Konstitution zu suchen war, entlarvt.
Der moderne Künstler ist noch "veristischer" als es der Impressionist war;
aber er sieht, vom geistigen Erlebnis seiner Zeit gezeichnet, die Wahrheit nicht
mehr in der mechanischen Aufklärung, in den materiellen Verhältnissen: er
weiß das Leben wieder in den Menschen verlegt, die Welt als Vorstellung ist
die Welt. Wenn er malt, ist er assoziativ ehrlicher als jemals Vorgänger, er
malt wirklich "Bild", seine Assoziationen, unbeschnitten von einer wissenschaftlich anmessenden Richtigkeit, von einer Schneiderloyalität. Der Mensch
ist Chaos; was wir zu sehen vermeinen, ist eine etwas trockene und gewalt-
same Organisation auf praktische Zwecke hin, die immerhin honorig sind;
aber mit Kunst hat diese Art Darstellung nichts zu tun. Der Expressionismus
entspricht einem modernen geistigen Zustand, dem die Wissenschaft nur mehr
eine Handhabe, nicht mehr das Gefäss des Lebens selbst ist. Das Gefäß wird
nur durch die innere konzentrierte Anschauung in vollen Zügen gelehrt. Die
einzige Realität, das Chaos, ist nicht darstellbar, denn Darstellung ist Ordnung; auch Wissenschaft ist eine Darstellung, eine Versammlung von Chaos-
elementen um einen Zielpunkt. Eine andere Darstellung ist das Bild, wie es der

---

·) "Expressionismus" von Hermann Bahr Delphin-Verlag, München 1916 *reine Mensch* in sich trägt: Wilde, Kinder, der Träumer, die vorhellenistische, aber auch wieder die christliche Kunst, Byzanz, Gotik. Hier hat der Zwang des wissenschaftlichen Formens noch nicht eingesetzt; beim Expressionisten nicht mehr. Darum macht es den Eindruck, als wäre der Expressionist kunsthistorisch reaktionär bis zu einem fatalen und launenhaften Grade; er ist es nicht; alles, worauf er sich besann, ist die menschliche Gesundheit, die Integrität des menschlichen Seelenlebens. Die Bilder des Expressionisten muten wie Rekonstruktionen von primitiven Stadien der bildenden Kunst an; aber nicht ihre Technik ist primitiv, diese ist vielmehr hoch entwickelt, primitiv ist ihr Gemüt, wie es das sein soll.

Wer sich die Wissenschaft, das Maßnehmen, den ganzen Kunstbürokratismus nicht abgewöhnen kann, wer statistisch sieht, statt statisch, wird, selbst wenn er dazu kommt, ein expressionistisches Bild zu "schauen", niemals Freude daran empfinden. Dissonanzen, wie in der neueren Musik, stören ihn. Es fehlt an Melodie, an geschlossenen Gliedergruppen, es ist nicht leichtfaßlich, es ist nicht hübsch. Die Autonomien sind abgeschafft, das Bild des Expressionisten ist eine zentralistische Großmacht. Nichts ist da, das nicht organisch ins Bild verwüchse. Bild, eine farbig geknitterte Fläche, woraus die kubistische Auffassung entsteht, ist nichts Melodiöses, es ist etwas Rhythmisches. Auch unser physischer Ablauf ist nicht in Melodien parzelliert; die Assoziierung innerer Eindrücke verläuft kristallisch, formkeimend. Melodie, die populäre und wissenschaftlich-konventionelle Schönheit immerhin ist es, die der träge Beschauer vor dem expressionistischen Gemälde vermißt. Statt deß müßte er die rein malmäßig Komposition einer Tafel, ist gleich Bild, erfassen und genießen lernen.

Das Buch Hermann Bahrs ist vorzüglich, er kommt darin dem, was er an Moderne im Katholizismus seines "Himmelfahrt"-Romanes gestalten wollte, weitaus näher. Wir wundern uns, wie bescheiden, willig und liebenswürdig beinahe ein Mann die neue Art hier würdigt, der als einer der Hauptstützen des verflossenen Impressionismus ein Lebenswerk und einen Menschenstolz dahinsinken sieht. Das Buch ist natürlich kein fachmännischer Leitfaden, Augen werden dadurch, nicht einmal durch die vorzüglich gewählten Bilder (August L. Mayer), kaum gewonnen werden. Aber guter Wille wird angeregt, Verständnis entfacht, Nachdenklichkeit geweckt werden. Eine ganze Hälfte des Buches ist eigentlich ein wertvoller Goethe-Essay. Es sind die tiefsten Züge Goethes, die erfaßt werden, das nicht Lokalisierbare des Menschen wird dem Leser zur Einsicht und Geschmack gebracht. Dieses Buch von Bahr ist ein gutes und dankenswertes Ereignis, das er von sich gemacht hat, sein jüngster aber willkommenster Skandal. Er steht ihm noch immer gut, besser kann man ihn nicht loben.

Bedingt der Weltkrieg eine Umgestaltung unserer Weltanschauung?

Von Karl v. Roretz. Verlag von Leuschner und Lubenski, Graz, Leipzig 1916

Wir begegnen in dieser kurzen übervollen Arbeit einem bedeutenden kritischen Kopfe, der zum ersten Male die Distanz zu den aufreibenden Ereignissen der Gegenwart gefunden hat. Wenn man erwägt, wie die besten Köpfe auf beiden Seiten der Gegner sich von historischen Scheinbewegungen des Weltganzen haben verführen und oft lächerlich machen lassen, kann man Roretz nicht genug Dank sagen, daß er nun die Distanz wieder entdeckt hat, die dem Denker eben bei aller Loyalität und redlichen Gefühlsbereitschaft für die Sache, in der er geboren ist, unentbehrlich bleibt. Roretz proklamiert den Status quo der Philosophie. Seine Haltung ist rein, aber auch durchdringend kritisch; er tippt nicht, verrät kaum seinen Geschmack, lediglich vermittels Restrinktion erledigt er alle falschen Erwartungen, die der Krieg im Imperium des Gedankens realisiert haben soll aber nimmer hat. Am stärksten, meint Roretz, hätte der Technizismus, das heisst die mechanodynamische Auffassung aus der Linie *Ostwald* etwa, an Werbekraft eingebüßt. Eine neue, schöpferische Einkernung liegt der Arbeit nicht zugrunde; ihr Positives ist eine quietisch-negative Haltung, die gegen Schluß vertreten wird, eine sehr weltmännische labile Kritikhaftigkeit, die beißend logisch ist, aber mit Zartheit und Vorsicht an alle Irrationalismen rührt, wenn sie zum Beispiel das Thema der Religion oder des schweren Stils moderner Expressionistik anschlägt. Für diese urbane Gutmütigkeit des bedeutenden Skeptikers das zweite Mal Dank. Wissen, besser noch Wissenstakt und Schärfe des Ausdruckes tragen die nicht immer fertigen, aber stets ertieften Gedankengänge. Ein Buch, das verdiente, zu dieser Stunde populär zu werden, obwohl es dem handfesteren Geiste wenig bieten mag.

Hermann Bahr, "Himmelfahrt"

Roman. S. Fischer Verlag, Berlin, 1916

In seinen beiden letzten Arbeiten "Expressionismus" und "Himmelfahrt" scheint Bahr beunruhigt. Es geht etwas vor, das vielleicht nicht aus ihm, aber über ihn kommt. Die Gespräche mit dem modernen Maler Höfelind in dem Roman "Himmelfahrt" verraten das verlorene Gleichgewicht. Höfelind hat in der Kunst "das Objekt seiner Schleier entkleidet", bis ihm nichts davon in der Hand blieb. Für den Expressionisten begänne jetzt die Aufgabe; aber nicht nur die Aufgabe - denn der Expressionismus ist keine Methode, er ist ein

Weltgefühl -, sondern auch die große Fröhlichkeit und Freiheit. Die Aufgabe, den guten Willen, den Schweiß merkt man auch Bahr an; aber die Gesundheit der ganzen Affäre, ihrer Antithesen, Perversionen, Primitivitäten fehlt. Also fehlt das Wichtige und Überzeugende, der frohe und weltgerechte Sinn: fehlt nämlich dem um den Glauben ringenden Gehirn des Grafen Flayn, der nach dem "Himmelhof" zurückkehrt, dem Gut der Familie: das heißt zum frommen Aristokraten, zum Volk, zum Bürger, zum Priester, zum nützlichen Intriganten dieser Welt. Ein Vertreter des frohmachenden Glaubens ist der "Domherr". Geistreich und geistlich, tief und praktisch, also Katholik. Religion ist natürlich eine Sache außerhalb der Kirche; aber die Werke und die Selbstdarstellung, ein Expressionismus sozusagen dieser Religion, können nur in einer großen Organisation, wie es die Zeit heischt, statthaben. Dazu bringt der Katholizismus ohne Zweifel die echteste geschichtliche Legitimation bei. Man gedenkt der Gotik, der Ausdruckskunst des höchsten persönlichen Erlebnisses im Geistlichen. Kirche ist die Organisation der guten Werke und des guten Verhaltens; zu beidem kann auch eine Eisenbahn dienen. Niemand, am allerwenigsten die sogenannten Freigeister, werden den Jesuiten heute ihren Weltsinn verargen; höchstens, daß sie noch zu wenig davon manifestieren. Es kann unmöglich ein Widerspruch für den Geist sein, auch für den Geist Gottes, sich zu betätigen. So könnte ein Satz von G. K. Chesterton oder Kierkegaard lauten, dessen umwundener Sinn hinter den seltenen gescheuten Blättern des nihilistisch-konservativen spanischen Infanten in Bahrs Roman auftaucht. Es ist aber die Meinung des Domherrn. Hier sind wir bei einem Ergebnis. Es genügt. Die Bekehrung des Grafen Flayn, von der berichtet wird, ist hingegen schlimmste Reportage; selbst der tüchtige Domherr würde es ablehnen, diese Lanzierung in seinen weltklugen Manipulationen eine Rolle spielen zu lassen. Wir hören davon, aber wir erleben sie nicht.

Erscheint also die Gestaltung des Problems am Werdenden, dem Grafen Flayn, unfertig, so geht sie doch im Seienden, dem Domherrn, lebendig umher. Es ist eben die einzige Möglichkeit doch nur die, gläubig zu sein, nicht jene andere, deren Durchführung versucht und gestaltend erzwungen wird, gläubig zu werden. Die Naivität des Doppellebens, das der moderne wissenschaftliche Mensch in seiner reinen Emotion führen kann, will uns nicht genügend betont dünken. Flayn dürfte nicht ans Ende kommen. Man müßte sehen, wie er bei seinen Versuchen immer wieder und endgültig zurücksinkt. Auch der Glaube ist ein Training, kein Zweifel; insoferne kann man dem richtig gesehenen Domherrn, der den Katholizismus als eine mentale Disziplin auffaßt, nur zustimmen. Während der Lebensforschung, akzidentiell, kommt die große Sicherheit, und diese allein ist der Glaube. Das Objekt, immer Symbol, ist nahezu gleichgültig, jedenfalls einer aufklärerischen Feindseligkeit entrückt. Aber das Telegramm über den Eintritt dieses Ereignisses bei Flayn, mit dem wir am Schlusse überrascht werden, sagt uns gar nichts. Wir glauben nicht mit, während wir dem Domherrn uns sofort "sicher" fühlen. Der Glaube ist nicht Bewegung, sondern die große Ruhe; aber allerdings die Ruhe nach der angestrengtesten Bewegung. Wer indes nur Bewegung und nicht genügend aristokratischer Geist ist, um zu ruhen, im *Werden* zu *sein*, in der Bewegung stillzustehen, in der wechselnden Gliederung Chaos zu bewahren, der erringt dies, "Sicherheits-Glaube", nicht.

Der katholische Zustand Bahrs steht hier nicht zur Besprechung, er ist auch vermutlich echt, wie die nur einem Gefaßten möglichen Gedanken des Domherrn beweisen, aus dem Bahr selber spricht. Zur Besprechung steht das Buch, und dieses ist nicht ganz echt, weil es im Flayn wieder aufhebt, abschwächt, wegzweifelt und bewegt, was es im Domherrn rein statisch, besser: statuarisch, schon gestaltet hat. Der Domherr ist absolut überlegen, er "geruht" sich zu "bewegen", wenn er sich bewegt. Und er ist im Leben weder träg noch langsam. Aber dieser letzte Zweifel, als wäre der Glaube zur "Bewegung" zu machen, zum sozialen Erlebnis, zum Massenproblem, verleitet den Katholiken Bahr, nicht nur das Buch, sondern auch seine eigene bessere Überzeugung zu fälschen. Also kann die im Domherrn erschaute letzte Ruhe noch immer nicht sein wirklicher Zustand sein, nur ein sehr genialer Einfall, eine Ahnung, vielleicht eine Flaynsche Sensation?

Die Liebesgeschichte einer ätherischen Frauennatur, die gotisch-asketisch anmuten soll, ist mißglückt; es ist schlechthin nur die einer Betschwester. Der Verrat an den Sinnen war nie die Sache des Katholizismus. Das österreichische Fluidum aber, diese Landschaftlichkeit einer Menschenkonstellation - "Gesellschaft" kann man das in der merkwürdigen Mitte Europas nicht heißen - dieser Barockgarten wildwachsender Menschen mit Stutzformen ist Bahr so trefflich gelungen, daß aus einem Monolog mit verteilten Rollen über Katholizismus und Expressionismus *ein glänzender österreichischer Roman geworden ist.*

Phantasie

Wenn irgend etwas den Deutschen ausdrückt, so ist es eine restlose phantastische Leidenschaft. Was er *außerdem* ist, ist er nur *darinnen*, es ist ein Akzidens, das ihm auf den gefährlichen Wegen seines Wesens zustößt. Daß er sich verwandelt - hui, da ist er weg! - ists nicht schon angewandte Träumerei? Alles kennen, alles besuchen, alles werden, alles sein - davon träumen Jungens und Deutsche. Der Deutsche will nicht etwas Bestimmtes sein, er will Alles sein. Er ist ein Paniker. Im zwanzigsten Jahrhundert dreht er einen Ring, einen bei S. Fischer, Berlin, erschienenen Ring und gastiert in den Möglichkeiten seines Jahrhunderts. Der Hort liegt in den Glasgalerien eines modernen Warenhauses ausgebreitet; tut nichts, es ist noch immer derselbe Nibelunge wie vor zweitausend Jahren.

Wenn man das schöne große Märchen von *Otto Flake* gelesen hat, ist man viel in Deutschland herumgekommen. Das allein würde zur Zufriedenheit genügen. Wer hat das Wandern erfunden? Ist es nicht ein Merkmal der deutschen Einbildungskraft, daß sie zum Wandern veranlaßt, weil sie sich mit dem Konstruieren und Bilden der Ferne nicht begnügt, sondern kritisch ist, eine sehr kritische Einbildungskraft, die probiert, was sie studiert hat? Aber im Wandern sind uns die skandinavischen Vettern noch vor, wird man sagen. Man denke an *Johannes V. Jensen.* In der Tat. Aber Jensen ist ein Deutscher. Der Däne wird sich bedanken, denn bei "Deutsch" denken sie draußen in der Welt an den Herrn mit der Alpenstange, an Röllchen, magere Frauen, Normalhemden und im besten Fall an tüchtige Polizei. Aber hochentwickelte Deutsche treffen sich gern mit dem skandinavischen Geistesleben; und da dies die deutscheren Deutschen sind, gehören auch die Dänen zu ihnen, vor allem aber Johannes V. Jensen.

Er ist wieder gewandert; diesmal nach Ostasien, seiner eigentlichen Heimat. Sie steht ihm ins Gesicht geschrieben. Nun gibt er zu, daß er in Asien hinten menschliche Urformen zum ersten Mal erfaßt hat. Er ist tief drin, er ist diesmal am Grunde, alles, was er davon beschrieben hat, sind Treffer, unter "Olivia Marianne" gesammelt (bei S. Fischer). Er erlebt selbst nicht mehr, als erlebt haben zu wollen anständig ist. Aber er liest Abenteuer von fremden Gesichtern, lüftet die Masken von Personen wie biologische Schichten der Gattungen; seit Jahren sind wir ihm auf der Spur, unsere Ahnung! Er ist ein Asiate. Er hat eine beunruhigende Art, das poetische Böse im Menschen aufs Papier zu bringen, einen gewissen tüchtigen aber scheußlichen Nerv aufzudecken, eine Mongolenfalte über melancholischen Augen zu operieren! Seine Meisteranalyse, zwei Adjektive, eine medizinische Bemerkung genügen, sind die hinterfetzigen Charaktere, Menschen in Futteralen, mit Taschen, menschliche Beuteltiere sozusagen, wie er mit einer Anspielung schreiben würde, um wissen zu lassen, daß er auch in Australien war. Man erinnere sich an Evanston, an das finnische Mädel im "Gletscher". Eine verschlagene Süße, fragwürdige Verzückungen, geheime Laster lassen sich von seinem Stil am vollendetsten entdecken. Er ist sozusagen immer hinter diesem Ostasiaten im Menschen her, diesmal hat er ihn glatt erwischt. Er postuliert ihn als eine biologische Entdeckung; hat aber auch gute Augen für die neuen Ansätze, es ist zum ersten Male, daß man von dem chinesischen Reformmädchen erfährt. Eine wilde, vogelhafte Ahnung orientiert diesen Jensen in die Zeit. Alle Gerüche aller Regionen gehen durch seine Nüstern, und er spürt sie hoch oben im Kopfe, wo gutes Gehirn sitzt. Dieser Nordländer ist zart wie ein malaiisches Mädchen, das ebenso unschuldig als verdorben, ebenso einfältig als tückisch ist. Ist es nicht dieses Naturkind, das er in einem immergrünen Winkel seines Gelehrtengehirns sucht? Auf der Fahrt danach schreibt er "Olivia Marianne" und seine exotischen Novellen.

Schwenken wir einmal ebenso weit um den Mittelpunkt des phantastischen Germaniens, die Diktatur des Verstandes, herum, als Dänemark geistig von Berlin liegt, so kommen wir nach Österreich. Land, Blut, Rassigkeit aus vielen Völkerschaften bilden eine Atmosphäre, in der das deutsche Element, die Einbildungskraft, zu extremen Formen, waghalsigen Systemen, zur Groteske gerinnt. Der hochstehende Deutsche ist geistig. Hier aber liegt Geisterndes über den Menschen. Dies kommt ebensowohl bei einem reinen Bekenntnisroman durch, wie ihn Hermann Bahrs "Himmelfahrt" darstellt, als in den guten Unterhaltungsschriften Meyrinks. *Gustav Meyrinks* "Fledermäuse" (bei Kurt Wolff) sind sieben phantastische Geschichten, deren erzählende Spezialitäten gute Lektüre sind, deren gemeinsamer Charakter aber ein Geständnis ausmacht, das nur anders mündet als der Bahrsche Roman: in die Mystik, statt einmal wieder in den Katholizismus. Meyrink ist ein Böhme, vermutlich mit jüdischem Einschlag. Ein Böhme ist auch Franz Kafka. Kasimir Edschmids Zugehörigkeit ist mir unbekannt. Sein Vorname, gleichgültig ob bürgerlich echt oder angenommen, weil auch die Wahl charakteristisch wäre, scheint gleichfalls Slawisches anzudeuten. Dort ist, für den Literaturgeographen sehr anregend, ein literarisches Zentrum geworden. Diese drei Phantasten sind zu hören, sie stehen an der Südstelle des deutschen Pendels.

Bei diesen ist Phantasie nicht eine Manier wie etwa bei Jules Verne oder den englischen Erzählern, sondern ein Lebensprogramm. Sie interessieren auch nur insoweit. Die Tatsache ihrer Phantasie ist wichtiger als deren Inhalt. In ihren Grenzmenschen geht das Tote um, Erstarrtes, sie sind unverwendbar für das Leben des Lesers, und gute Literatur ist, ohne irgendwelchen Standpunkten und Grundsätzen ins Zeug pfuschen zu wollen, jene, die dem Leser weitergeholfen hat. Es ist Beschäftigungsliteratur, man hat, wenn sie gelesen ist, keine innere Arbeit geleistet.

Gustav Meyrink ist unbeherrscht, es liegt nicht im Erlebnis, sondern im Handwerk. Er ist oft unklar, aber nicht von jener zauberhaften Mystik, die nicht zu verstehen man den Drang hat, sondern rein mitteilungsmäßig; er hat eine unklare Ausdrucksweise, es scheint, als ob er nie literarisch jung gewesen wäre, aber es noch ist; als ob er nie trainiert und gleich geschaffen hätte. Es fehlt seinem Geschriebenen an Einmaligkeit und Präzision. Er hat keinen Humor, denn er ist ein Pathetiker bis zum Unerträglichen, aber er hat Komik, sein Witz eben ist pathetisch, es ist eine Komik, die ganz aus dem Worte kommt wie seine Melancholie, sein verzehrender Pessimismus, seine Mystik, die oft zu den tiefsten Dingen hinabgeht. Wo er chaotisch ist, an den Wurzeln des Denkens, im Fegefeuer der Sprache, wird er symptomatisch für das Zeiterlebnis, das einen wissenschaftlichen Nihilismus, eine Aufklärung wider das Gelehrtendogma kennt. Das Leben erscheint als Kreislauf von Motiven, Worte, nein Wörter stehen pflanzenhaft, als Fetische des Geschehens, im Mittelpunkt. Er denkt in Sprachprämien, das Phonetische einer Prägung ist nichts Zufälliges, sondern eine Verwandtschaft, die Lautanalogie sozusagen zum Urgrunde alles Seins. In der fünften Erzählung erhält das Wort "Vivo" die Bedeutung des Elixiers. Meyrinks Schreibeakt chiffriert das Leben, in diesen Kürzungen und Kraftworten kommen die sonderbaren Leitmotive, die das Weltgeschehen ins Kreisen bringen, in einer Art Nebelplastik, wie Wolken, die über das Bewußtsein ziehen, zum Ausdruck. Das Nebeneinander der Buchabsicht, Unterhaltung und Schöpfung, widerstreitet oft. Meyrinks Witz ist nicht immer fein, dazu ist er zu aktuell, es ist ein Witzblattwitz. Das Wort, ein Kraftschema, ist die Grundlage seines Witzes wie seiner Philosophie. Ein pathetischer Lyriker also, der lacht und erschrickt! Man hat den Eindruck, daß hinter dem Mystiker der zynische Lebemann steht, der seine Späße forciert, bis er ins Grausen gerät. Es steckt eine Art von christlichem Erlebnis darin.

Die Phantasien des *Kasimir Edschmid* sind Tableaus, schöne Tafeln, zur Gänze gegliedert, sie haben unüberbietbaren Kunstwert, aber sie geben wenig her. Edschmid ist die stärkste Begabung und hat die konsequenteste Phantasie. Die Details nie erlebter, nur geschauter Dinge sind so kraß tüchtig, daß man auch dort am Erlebnis zweifelt, wo das Geschaute sich im Wahrscheinlichen ergeht und das Erlebnis sogar wünschenswert wäre. Am nächsten steht uns "Fifis herbstliche Passion" und die Erzählung von dem Cowboy Yup Scottens. Edschmid, dessen Spannung so enorm ist, daß er sie künstlerisch verwischen kann, hat dieses "Problem des Erlebens" selbst durchdacht. Zu den Kunsttafeln seines Buches "Die sechs Mündungen" hat er in seinem folgenden "Das rasende Leben" (beide bei Kurt Wolff in Leipzig) die Philosophie geschrieben. Er sagt: "Es ist dieses, was dem Geschehen erst Form gibt und Würde: was wir mit den Erlebnissen tun ... Man soll keine Erinnerung haben, niemals." Ist das nicht: den Eindruck vergessen und sich ganz auf den Ausdruck stellen? Es könnte, in einem weiten Sinn, ein expressionistisches Bekenntnis zum Leben sein.

Es gibt zwei Spannungen der Phantasie. Man folgt mit geschlossenen Augen der Erfahrung, die man vom menschlichen Leben hat. Diese Phantasie, Einfühlung, Beobachtungsgabe besitzen Detektive, Politiker, Psychiater, Romanziers. Sie ist ein Scharfsinn, der sich anschauliche Bilder leisten kann, ein geistiges Indianertum, ein dichterisch gesteigertes Kombinationsvermögen, aber nicht eigentliche Dichtkunst. In diese Kategorie gehört Johannes V. Jensen. Die andere Phantasie stellt Erfahrungen zu neuen Gebilden zusammen, gründet selbständige Enklaven des Lebens, Werke. Mit jener wirkt man im Leben, auch wenn man nie anderes getan hätte, als Federn in Tinte getaucht. Mit dieser organisiert man das Leben neuartig, stärker; es sind immer Unzufriedene, die diese Phantasie haben oder nützen, begabte Mönche, Dichter. Dahin gehören Meyrink, Edschmid und *Franz Kafka*. Von Kafka liegt ein neues Buch vor: "Die Verwandlung" (Kurt Wolff Verlag). In die saubere

unromantische Erzählungskunst Kafkas gerät eine Idee. Seine "Verwandlung"
ist ein phantastischer Klex auf einem wohlerzogenen Kunstablauf. Der Erhal-
ter und kindlich eifrige Sohn einer Familie erwacht eines Tages, von seiner
überstrengen Arbeit nervös zerstört, als riesiger Käfer mit dem Gemüt des
Christen und der schwachen geistigen Kraft des Erzguten, der nicht einmal zu
staunen vermag. Mehr hat er auch zu Menschzeiten nicht besessen. Die
Familie erschrickt, heult, betrauert und pflegt diesen grotesk verlorenen Sohn,
bis sich ihr natürlicher Egoismus regt. Es ist kein Problem, sondern ein Experiment; es wird erzählt. Die Hypothese, die alle biomechanische Wahrschein-
lichkeit aufhebt, wirkt nicht fördernd; es gefällt als geistreiches, fleißig und
lückenlos überdachtes Spiel, aber die Zumutung ist zu groß. Sie strapaziert
den Geschmack mehr als etwa die Mystizismen Meyrinks oder die gestellten
Bildschönheiten Edschmids. Die sonst absichtslose Erzählerkunst Kafkas, die
etwas Urdeutsches, rühmlich Artiges, im Erzählenden Meistersingerliches
besitzt, wird durch die hypothetische Flicke auf ihrem schönen Sachgewande
deformiert.

Und nun schwingt das deutsche Phantasiependel zur Mitte nach Westen
und bleibt dort stehen. Seine Spitze liegt im Elsaß, das uns nun schon manchen mehrdeutschen Dichter gab. Alle jüngeren deutschen Dichter haben einen
Zuschuß Fremdes, sei er slawisch, sei er lateinisch. Es ist, als ob sich das
frühere Deutsche verbraucht hätte und wir daran wären, ein neuer Typus zu
werden, eine Grenzrasse, eine Weltrassennation. Die inneren Widersprüche
und Spannungen machen uns darum unserer Deutschheit - diese ist das Wichtige, nicht das Deutschtum - um so bewußter.

Der schöne Heide *Otto Flake*, dessen Ring wir gedreht und zu dessen
Wirklichkeit wir nach diesem Exkurs in phantastische Deutschheiten zurück-
kehren, hat mit seinem "Horns Ring" (S. Fischer, Verlag) einen umfangrei-
chen Gegenwartsroman geschrieben. Von den phantastischen Fünf, denen wir
hier ins Gesicht zu blicken versuchten, hat er das stärkste und gütigste Profil,
ein dem Leben zugewandter Theologe, eine, wenn man dem Begriffe den
ganzen Menschen aus sinnlichen und geistigen Kräften zugrunde legt, durch
und durch athletische Erscheinung. Strenge, die uns aus seiner Arbeit an-
herrscht, dürfte das Kampfergebnis gegen Fehler der Zeit sein. Seine Psycho-
logenkoketterie Frauen gegenüber, vor der Leserin, die leicht erraten kann,
wieviel geschickter und doch kundiger Zartsinn sie und ihre Schwestern im
Buche erwarten, kann nicht enttäuschen. Flake ist unter den Jungen ein Kopf,
für den alles, was etwa Männer wie Meyrink, Edschmid, Kafka gestalten,
zum Element einer Zeitordnung wird. Meyrinks Mystizismus, Edschmids
sinnliche Lebenssteigerung, Kafkas der Satire verwandtes Erzählertum wirken
an ihm mit, er ist, obwohl im einzelnen nicht so ausdrucksvoll begabt, der
Repräsentativste von allen, denn er besitzt auch noch diese ältere Form der
Phantasie aus der Jahrhundertwende, den phantastischen Materialismus Jen-

sens und der großen Engländer Kipling, Wells, Doyle. Sein Roman ist dann der Roman aller Romane, wie sie heute geschrieben werden. Es sind alle Züge des heutigen Lebens da, darum ist er derjenige, der uns am interessantesten erscheint und uns am stärksten beschäftigt. Das Repräsentative seines Romans, der uns durch die wahrscheinlichsten und immer geschmackvollen Abenteuer dieser Betriebszeit führt, leidet wie die Erzählung Kafkas ohne Zweifel an allen Stellen, wo das Ringmärchen den mechanischen Weltablauf unterbricht. Es macht oft unfroh, hier weiterzulesen, weil man Willkür fürchtet; aber die Ringidee ist nicht ausgenützt, diese zweite Störung innerhalb der Störung restituiert den Ernst des Buches. Flake zeigt außer literarischen Eigenschaften, die ja auch ein schlechter Kopf haben kann, eine bedeutende Denkkraft. Er hat Urteil, er ist ein Mann, dessen Bücher man nicht nur mit Vorteil liest, sondern der auch in Angelegenheiten der Nation befragt werden darf, über Kunst und Bücher anderer, über Politik und soziale Reform. Der Kampf der Geistigen um ihre Macht, der nach diesem Kriege, in dem sie in der Vereinzelung eine lächerliche und schlimme Rolle gespielt haben, mit einer nie dagewesenen Schärfe und Opposition ausbrechen wird, feiert in seinem Buche Vorahnungen. Der Ring des Deutschen Horn war ein Hilfsmittel der Annonce und eine Anspielung. Flake versteht etwas von Organisation.

Der Osten liegt leer. Das deutsche Phantasiependel ist noch keine Weltuhr. Dort könnte dem Grenzertum deutschen Geistes die tiefste und umfassendste Modernität gelingen. Denn dort liegen Rußland und China. Immerhin hat Jensen hiervon einen Zug in unseren Gesichtern und eine uralte Delikatesse in unseren Knochen konstatiert.

"Die Liebesfalle" und andere Novellen, von Otto Soyka

Verlag Albert Langen, München

Otto Soykas Arbeiten standen bisher an der Grenze von Kolportage- und intellektueller Literatur. Nicht Unvermögen im einen oder anderen veranlaßten den Autor zum Kompromiß, sondern Absicht, diese Art mit behendem und modern-technischem Leben zu füllen, jene Art aber zu veredeln, indem er sie in einen geistigen Kreis rückte. Das vorliegende kleine Buch (in der "Langens Mark-Bücherei" erschienen) enthält drei Novellen von ungleichem Wert. Die erste schildert den methodischen Seelen- und Sinnenfang, den ein Alternder an einem Mädchen durchführt. Dieses Stück ähnelt früheren, eine geschickte Ingenieursarbeit, einwandfrei logische Konstruktion, Experiment unter Bedingungen, Laboratoriumserleben von Homunkuliden. Ganz anders die beiden folgenden Novellen "Diskretion" und "Der Weg vorbei". Beide - die erste in Brief-Tagebuchform - sind Abrechnungen mit einem Frauentypus, der dargestellt, aber auch erklärt ist - und abgeurteilt. Dies letzte zum Überfluß; es geschieht von Seiten des Autors auf der Basis eben jener Voraussetzung, der die Würde und Empfindung des Mannes in seinen Novellen zum Opfer fällt: einer des gesellschaftlichen Anstandes, der Verpflichtung (nicht Pflicht), des Grundsatzes, daß die Forderungen des menschlichen Verkehres hintergrundslos und perfekt sind. Der geschilderte Frauentypus ist nicht neu, er kommt immer wieder in der Literatur hoch, aber hier ist er von einer plötzlichen und sichtbaren Reife. In "Diskretion" zerstört das Weib den Mann durch die Voraussetzung einer "Diskretion", die einseitig für den Mann gilt. Genuß ist diesem Weib die Spiegelung aller seiner gleichzeitigen Verhältnisse in allem; eine irrsinnige Reflektierung und ewige Prolongation der Hinabe, sadistisch-exhibitionistische Motive mit rein intellektueller Technik. Schrankenlosigkeit in den Formen der guten Sitte ist das Motiv der Frau in Soykas "Diskretion". Eigentlich ein kleiner Gesellschaftsroman, aber von großer Kunst, ehrwürdiger menschlicher Einsicht und faszinierender Darstellungsgabe in einem geradezu Stendhalschen Stile. Der Typus der Frau ist aus dem Leben; es ist die mit dem männlichen Kopfe und ohne die männliche Formkraft, sie besteht aus nichts als unnützen geistigen Techniken, die leer laufen. Auch die dritte Novelle Soykas ist Justiz: Ein Frauentypus, der dem ersten ähnelt, aber nicht zur Individualität gesteigert, sondern im Weiblichen und allgemeiner. Hier ein erotisches Verratsproblem wie dort. Soyka hat diesmal tiefer gegriffen, er ist aus dem gutschreibenden Sensationsliteraten zu einem ersten deutschen Erzähler geworden. Es sind keine Basteleien mehr, drollige Uhrmacherarbeit, sondern ein Lauschen, Dichten, Verstehen von Natur, die allerdings ganz in den Irrgängen des modernen Gehirns, und nur als diese da ist.

"Nicht da, nicht dort", von Albert Ehrenstein

Heft 27/28 von "Der jüngste Tag", moderne Bücherei des Kurt Wolff-Verlages, Leipzig

Nicht da, nicht dort. Nicht dies, nicht das. Aber doch Etwas, ein undefinierbares Etwas von Kunst, das Kritik nicht bezwingt, Zerlegung nicht ordnet, noch wertet. Nicht Dichtung ist ein solches Ehrensteinsches Produkt, sondern: das Dichten. Nicht was, sondern daß gedichtet wird, ist die Allegorie eines Lebens. Allerdings wieder nicht des Lebens, sondern des Lebens des Dichters, immerhin *des*. Nicht da, nicht dort, dies ist das Schicksal jedes Homers. Ehrenstein wäre dann der Homerrismus, denn er ist schwer zu lokalisieren, auch in seiner Schaffensart. Das vorliegende Werk besteht aus satirischen Märchen, es ist ein langgesponnener Bildergesang, im filmartigen Wechsel eintöniger Rezitation, gesprochene Hieroglyphen oder peruanische Bildknoten, ganz

Lyrik, verwegene, weibliche, unorganisierte Assoziation. Es ist kein anheimelndes Buch, unter den Jüngsten ist er der Befremdendste, und dies soll keine Reklame sein; aber dem Außerordentlichen, Reichen, Eigentümlichen zollt man Würdigung, auch wenn man dem persönlichen Standpunkt, das Leben als den Sieg der Gemeinheit zu sehen und den gepflegten Stil des Elends als Kunst- und Freudeborn, nicht zustimmt. Wir möchten das Buch weder als voll noch kurios empfehlen; es wäre zu viel und zu wenig; aber als stark und interessant. Die Homer-Allegorie erscheint uns als Bleibendes, Klassisches in seiner Weise, dieses sarkastische Gedicht des: "Nicht da, nicht dort".

Der Tote von Sarajevo

Franz Ferdinand war der ungeschliffene Demant Österreichs. Man sah ihn nie glänzen. Man wußte nur, daß er hart ist, hörte, daß er schwarz sei, und hielt ihn, wenn je einmal Strahlen aus ihm brachen, für ein Stück glimmender Kohle, einen düsteren Block gebundener Leidenschaften, eine nicht ungetrübte Quelle von lebenspendender Wärme und Rauch.

Er war nicht schwarz. Er war schon damals klar. Er hätte sich weder bei Schönwetter "aufgeklärt", noch hätte er sich in schweren Stunden verfinstert. Eine stetige, gleichmäßige Undurchdringlichkeit war um ihn. Dies kam so: Er hatte seine Kraft, sein Glück, sein Eigenrecht, zu erleben, und war doch ein Thronfolger, das heißt ein Mann zwischen den Bahnen schreitend, den vorgezeichneten strenger Erbordnung und den vorzuzeichnenden erwarteter freier Schöpfung. Seine Kraft war seine Ehe. Seine Tat seine Frau. Er selbst beides. Sein Genie sein Erlebnis.

Er war hart. Mit ihm hat Österreich seine Härte verloren. Und diese brauchte es: die Härte, nichts anderes. Das andere, die flotte Begabung, der Schmiß, Musik, ist da. Es fehlte: Härte. Die Härte hatte der dahingeschiedene Erzherzog. Dies kam so: er hatte sich eine Frau zu erringen.

Wenn nichts an seiner Geschichte menschlich bewegen würde, dies eine würde ihm Hoheit vor allen Männern sichern: daß er nicht verzichtete, weder auf seine Thronfolgerschaft noch auf die edle Frau, die ihm wert erschien. Es war sein großes Erlebnis, es war, möchte man sagen, seine Politik.

Er gehörte keiner Partei, unterstützte in der Ausnützung seiner Machtmittel die eine mehr, die andere weniger, und verdammte die dritte in wörtlich ausgesprochenen Urteilen auf offenem Markte. Er kannte nur eine Partei: sich und seine Frau.

Viele betrachteten ihn darum als eigenmächtig und selbstherrlich. Man vergegenwärtige sich jedoch sein Grunderlebnis, diese Haltung inmitten höfischer Verschwörungen, diesen erzenen Widerstand gegenüber ermüdenden kleinen Sprengversuchen. Es muß den Mann härten, den es versuchte, und mußte ihn auf sich zurückführen. Wer teilte sein Ich, wer war von seiner Art? Wer war glaubensstark und trotzig, rechtgläubig und doch nie vor höfischer Sitte und Gebärde feig? Er war von Geburt aus in Herkömmlichkeiten erzogen. Er war stark genug, sie zu brechen. Er war stärker; er war stark genug, das Herkommen, das er zu brechen wußte, auch wieder zu heiligen. Die Rechtmäßigkeit von Glaube, Empfindung und Tat, als Grundsatz durch die eigene Tat erschüttert, hat doch stets in ihm den Schirmer gefunden. Darin ist er unserem jungen Geschlechte, das die Überlieferung brach, um sie neu zu setzen, ein Sinnbild der Zeit und ihrer Männlichkeit. Man darf die herbe Ordnung fürstlicher Freiung nicht mißachten; es hat wohl guten Sinn, wenn edles Blut nur durch gleich edles Blut zur Mischung wählen muß. Aber bricht der Richtige im Augenblicke besserer Wahl und Erkenntnis das Gesetz, dann sind sie beide schön, das Gesetz und sein Brecher. Die Welt lebt in der Spannung von Kräften. Nur das ists, daß es Kräfte sein müssen.

In dieser seiner Ehe lebte der Mann, sein Schicksal, seine Größe, seine Politik, seine Möglichkeiten. Er war die Härte und die Tat, die selbständige Wahl und die unerbittliche Entscheidung. Unersetzlich ist dies an ihm: der *harte Deutschösterreicher*. Wie er sich äußerte, als Offizier, Beamter, Organisator, Hausvater, Landwirt, stets war er hart und gefürchtet. Mit Recht gefürchtet von österreichischer Halbheit und Fahrlässigkeit.

Mit ihm ist, man kann es nicht geringer ausdrücken, eine Hoffnung vernichtet. Vielleicht entsprach der hohe Verstorbene nicht ganz der liebenswürdigen Vorstellung, die sich Österreicher gern von besonders schätzenswerten Personen zu bilden lieben. Er war eine kompakte Natur, ein verknoteter Muskel, überanstrengt und ein wenig überhoben von der Last, die er in der tapferen Durchführung seiner Ehe bewältigt hatte. Aufgaben, groß wie Felsblöcke, harrten seiner. Sein Leben war nicht so gemütlich, wie man sonst in seinen Landen zu sein pflegt. Aber just dieser Ausnahmsfall von Härte prädestinierte ihn und wandte ihm die Köpfe all derer im Volk und Staate zu, die sich Gedanken machen und auf Besserung hoffen.

ANHANG

S. 7: *Ole Bert:* Pseudonym Robert Müllers; von ihm in einem Brief an Ludwig von Ficker vom 27. Jan. 1912 erwähnt.

Jänner. Österr. für Januar.

Die babylonische Verwirrung...: Sprachdurcheinander; sprichwörtlich nach 1. Mos. 11,9.

S. 9: *Remise*: Geräte-, Wagenschuppen.

armiert: bewaffnet.

Südwester. Wasserdichter Seemannshut.

ventre à terre: "Bauch an der Erde"; im gestreckten Galopp (Reiten).

puritanischen: Puritaner → engl. Protestanten, die ca. seit Mitte des 16. Jahrh. im Geiste des Calvinismus der Kirche ihre evangel. Reinheit wiedergeben wollten; strenge Selbstzucht; verstandesmäßige Beherrschung des Trieblebens.

S. 10: *Bohemienè-Natur.* Bohème → unbürgerl. Künstlerwelt des späten 19. und frühen 20. Jahrh. (H. Muger. "Scènes de la vie de Bohème"; 1851); Bohemien → Mensch ohne Bindung an das bürgerl. Leben.

Tribun: Im alten Rom als tribunus plebis Vertreter der plebs; als tribunus militum höchster Offizier einer Legion.

S. 11: *Chroniquer*: Berichterstatter (von Klatsch- und Skandalgeschichten).

Hippodromfuror. Hippodrom → Reitbahn; Gebäude oder Zelt, in dem zur Musik geritten wird. Furor → jähe Wut, Raserei.

Kandelaber. Mehrarmiger, säulenartiger Ständer für die Straßenbeleuchtung.

Pipen: Pipe → Wasserhahn.

S. 12: *Hindu*: Anhänger des Hinduismus, der Hauptreligion der Indischen Union.

Eirischer. Irischer.

Greenhorn: Grünschnabel.

...asiatischen Kriegen...: Der Spanisch-Amerikanische Krieg (1898) wurde auch auf den Philippinen ausgetragen.

...amerikanischen Südseereichen...: Nach 1898 fielen Guam und die Philippinen an die USA.

S. 13: *Karl Mays*: Karl May (25. Feb. 1842 - 30. März 1912); dt. Schriftsteller; Abenteuer- und Reiseromane.

...dem letzten großen Ehrenbeleidigungsprozeß in Berlin, den Karl May gegen seinen Gegner gewann...: Der Journalist Rudolf Lebius, der Karl May einen "geborenen Verbrecher" genannt hatte, war zunächst freigesprochen worden, wurde in der von May angestrengten Berufungsverhandlung jedoch am 18. Dez. 1911 verurteilt.

S. 14: *D'Annunzio*: Gabriele d'Annunzio (12. März 1863 - 1. März 1938); ital. Novellist, Lyriker und Dramatiker; der lebensgierigste und sinnlichste, rhetorischste und fortreißendste europ. Neuromantiker.

... erfreut sich der bedenklichsten Skandalgeschichten...: Ansp. auf die zahlreichen Affären d'Annunzios, u. a. mit der Schauspielerin Eleonora Duse.

Oscar Wilde: (16. Okt. 1854 - 30. Nov. 1900); engl. Schriftsteller; Inbegriff des engl. Fin de siècle; Snob, Dandy; Meister des Bonmots, paradoxer Aphorismen, der Gesellschaftskomödie.

...in ihren Sitten gelten lassen...: Ansp. auf die zwei Strafprozesse gegen Wilde wegen homosexueller Beziehungen (1895), die zu einer Verurteilung zu zwei Jahren Zuchthaus führten.

Edgar Poe: Edgar Allan Poe (19. Jan. 1809 - 7. Okt. 1849); amerik. Schriftsteller; Meister der Greuel-Kurzgeschichte; Schöpfer der Kriminalgeschichten.

Peter Altenberg: (eigentl. Richard Engländer; 9. März 1859 - 8. Jan. 1919); österr. impressionistischer Schriftsteller; Prosa-Kleinkunst.

Bessarabien: Landschaft zwischen Pruth, Dnjestr, Donau und Schwarzem Meer.

Gorki: Maxim Gorkij (eigentl. Aleksej Maksimowitsch Peschkow; 28. März 1868 - 18. Juni 1936); bedeutendster russ. Vertreter eines auf dem Marxismus basierenden Realismus.

S. 15: *moral insanity*: Defekt der moralischen Gefühle und Begriffe.

Johann J. Nagels: Hauptfigur in Hamsuns (s. u.) Roman "Mysterien"; eigentlich Johan Nilsen Nagel.

Hamsuns: Knut Hamsun (eigentl. Knut Petersen; 4. Aug. 1859 - 19. Feb. 1952); norweg. Romanschriftsteller; erneuerte den Abenteuer- und Schelmenroman im Typus des vitalen, ziellosen Vagabunden ebenso wie den Robinsonroman im Typus des bäuerlichen Siedlers; 1920 Nobelpreis für Literatur.

"Mysterien": Roman von Knut Hamsun, (1892; dt. 1894).

Dolus: Arglist, böser Vorsatz.

S. 16: *...Erzähler von Reiseromanen...:* Die bekanntesten Reiseromane von Karl May sind die vier Winnetou-Bände sowie der Orientzyklus; vgl. Anm. S. 13.

Jakob Wassermann: (10. März 1873 - 1. Jan. 1934); Sekretär bei Ernst v. Wolzogen und Redakteur beim "Simplicissimus"; Autor von Zeitromanen mit eindringlichen psychologischen Analysen, phantastischen und romantischen Elementen.

Otto Soyka: (9. Mai 1882 - 2. Dez. 1955); österr. Schriftsteller; schrieb unter Verwendung aktueller Begebenheiten psychologische Romane.

...Drama des Schutt...: Der Schut → ein Perser aus Nirwana und Gegenspieler von Kara ben Nemsi in dem Roman "Der Schut"; Anführer einer über den ganzen Balkan verbreiteten Verbrecherbande; stürzt auf der Flucht vor Kara ben Nemsi bei Gorki in die sogenannte Verbrecherspalte.

...Drama der beiden Brüder in Satan und Ischariott...: Die Brüder Harry und Thomas Melton sind im Romanzyklus "Satan und Ischariot" die Gegenspieler von Old Shatterhand und Winnetou; Harry wird als Satan bezeichnet, während Thomas als (Judas) Ischariot charakterisiert wird; Harry wird von seinem Bruder ermordet, der später in der Gefangenschaft Selbstmord verübt.

...Drama der Marah Durimeh...: Marah Durimeh erscheint zum ersten Mal im Roman "Durch die Wüste"; eine über einhundert Jahre alte Fürstin der Tijari-Kurden; hat großen Einfluß bei den Kurden und besitzt angeblich Zauberkräfte; im Spätwerk Mays als "Menschheitsseele" bezeichnet.

Winnetou: Held in vielen Romanen Karl Mays; wird als "Edelmensch" dargestellt.

S. 17: *Jules Verne:* (8. Feb. 1828 - 24. März 1905); franz. Schriftsteller der technischen Phantastik.

...Ulrik Brendel'sche Gelüste...: Ulrik Brendel → das Pseudonym des österr. Literaturhistorikers und Schriftstellers Leopold Liegler (30. Juni 1882 - 9. Okt. 1949), der im "Wiener Montagsblatt" am 17. Apr. 1911 den Artikel "Karl Kraus. Ein Wagnis von Ulrik Brendel" veröffentlichte.

Bälge: Balg, Fell.

König von Zion: Zion → Hügel in Jerusalem mit Tempel Salomos; danach Name für Jerusalem.

Barnabas: Begleiter des Apostels Paulus auf dessen 1. Missionsreise.

S. 18: *Sam Hawkins*: Figur bei Karl May; berühmter Westmann mit skurrilem Äußeren.

Brüder Snuffles: Figuren bei Karl May; berühmte Westmänner.

Bret Hart: (25. Aug. 1836 - 5. Mai 1902); amerik. Schriftsteller, Hauptrepräsentant der Lokalkoloritschule des fernen Westens.

Mark Twain: (eigentl. Samuel Langhorne Clemens; 30. Nov. 1835 - 21. Apr. 1910); amerik. Schriftsteller, dessen humorvolle Erzählungen zu den hervorragendsten Werken der amerik. Prosa des ausgehenden 19. Jahrh. gezählt werden.

Bädeker: Reiseführer; Buchhändlerfamilie; Karl Baedeker gründete 1827 den Reisehandbücherverlag Baedeker.

S. 19: *packelt:* Paktieren, Kompromisse schließen.

Johannes V. Jensen: (20. Jan. 1873 - 25. Nov. 1950); dän. Schriftsteller; versucht die Zeit-Dekadenz durch Verherrlichung des nordischen Menschen zu überwinden; 1944 Nobelpreis für Literatur.

Björnson: Björnstjerne Björnson (8. Dez. 1832 - 26. Apr. 1910); norweg. Schriftsteller, historische Dramen und Epen, Vaterlandslieder, Romane; 1903 Nobelpreis für Literatur.

Bismarck: Otto Fürst von Bismarck, Herzog von Lauenberg (1. Apr. 1815 - 30. Juli 1898); dt. Politiker, seit 1862 preußischer Ministerpräsident; Gründer des Dt. Reiches 1871; Gestalter der dt. Innen- und Außenpolitik.

Garibaldi: Giuseppe Garibaldi (4. Juli 1807 - 2. Juni 1882); ital. Freischarenführer, kämpfte seit 1856 für die Einigung Italiens; ital. Freiheitskämpfer und -held.

Christiania-Bohème: Roman in zwei Teilen von Hans Jaeger (2. Sep. 1854 - 8. Feb. 1910); wurde nach seinem Erscheinen 1885 in Norwegen verboten; eine Übersetzung erschien 1902 in Wien.

Impromptu: Klavierstück der Romantik; frei gestaltetes Musikstück.

Hamsun: Vgl. Anm. S. 15.

S. 20: *Repetierpistole:* Pistole mit Magazin oder Patronenkammer, kein Selbstlader.

Stendhals: Stendhal → Pseudonym des franz. Romandichters Henri Beyle (23. Jan. 1783 - 22. März 1842); erster franz. Romancier der Desillusion, der Seelenzwiespälte; antiromantischer Romantiker.

Capriccio: Launisches, an unerwarteten rhythmischen und harmonischen Wendungen reiches Tonstück.

Salonsylphide: Sylphide → ein weiblicher Luftgeist in der mittelalterlichen Magie.

"Das Sausen des Waldes" (Det vilde Chor): Gedichtband von Knut Hamsun, erschienen 1904.

S. 21: *Punze:* Beschauzeichen, Erkennungsmerkmal.

Embonpoint: Wohlbeleibtheit, Körperfülle.

Ibsen: Henrik Ibsen (20. März 1828 - 23. Mai 1906); bedeutendster norweg. Dramatiker von internationaler Wirkung; Gesellschaftskritiker.

"Apothekerdramen": Ansp. auf Ibsens Tätigkeit als Apothekergehilfe in seiner Jugend.

equipierten: Equipieren → ausrüsten, ausstatten.

S. 22: *...den amerikanischen Standardroman zu schreiben...:* Vermutlich "Madame D'Ora" von Johannes V. Jensen (1904), in dem Jensen ein scharf konturiertes und mit journalistischem Elan gezeichnetes Bild des jungen Amerika gibt.

Bonmots: Bonmot → Treffender, geistreich-witziger Ausspruch.

S. 23: *baumlanger Rolandsen:* Nicht ermittelt.

Johann Nagel: Vgl. Anm. S. 15.

Gorki: Vgl. Anm. S. 14.

Demos: Griech. für Gemeinde, Volk; ursprüngl. Gebiet und Volksgrenze eines Staates; später auch Bez. für das niedere Volk.

S. 24: *Glacialmensch:* Galzial → eiszeitlich.

Strindbergs: August Strindberg (22. Jan. 1849 - 14. Mai 1912); schwed. Schriftsteller, entwickelte sich vom Naturalisten über einen nietzscheanisch beeinflußten, dämonischen Individualisten zum mystisch und magisch gefärbten Symbolisten.

Bohemien: Vgl. Anm. S. 10.

S. 25: *Kasuistik:* Wortverdreherei, Haarspalterei.

Atomistik: Anschauung, die die Welt und die Vorgänge in ihr auf die Bewegung von Atomen zurückführt.

Mediceer: Im 14. Jahrh. mächtig gewordenes, florentinisches Bankiers-Geschlecht; 1737 erloschen.

Macchiavelle: Niccolo Macchiavelli (3. Mai 1469 - 22. Juni 1527); florentinischer Politiker, Historiker und Dichter; entwirft das Idealbild des durch keine Moral gehemmten Alleinherrschers.

Siegfried-Idyll: Orchesterwerk Richard Wagners; 1870 komponiert und uraufgeführt; vgl. Anm. S. 60, 107.

S. 26: *...ein alter Mohikaner...:* Vgl. die fünf Lederstrumpfromane "Pioniere" (1823); "Der letzte Mohikaner" (1826); "Prärie" (1827); "Pfadfinder" (1840); "Wildtöter" (1841) von James Fenimore Cooper (15. Sep. 1789 - 14. Sep. 1851); amerik. Schriftsteller, erster Weltbeitrag Amerikas zur Jugendliteratur.

Kalumet: Friedenspfeife.

Kasten-Grimasse: Kaste → streng abgeschlossene, nur in sich heiratende Berufsgruppe gleicher Abstammung, Namen, Sitten und Speisevorschriften.

Tanagra-Seelchen: Tanagrafiguren → bemalte Tonstatuetten aus dem 4. und 3. Jhd. v. Chr.; sie wurden in ausgedehnten Gräberfeldern nahe bei Tanagra gefunden.

S. 27: *Äolsharfe:* Altes Instrument, dessen meist gleichgestimmte Saiten durch den Wind in Schwingungen versetzt werden und mit ihren Obertönen in Dreiklängen erklingen.

Idiosynkrasie: Überempfindlichkeit (gegen bestimmte Stoffe).

povern: Power → armselig, ärmlich, dürftig, minderwertig.

S. 28: *Ganglienzellen:* Nervenzellen.

autochthoner: Autochthon → am Fundort entstanden, vorkommend.

Rousseau: Jean Jacques Rousseau (28. Juni 1712 - 2. Juli 1778); franz. Philosoph und Schriftsteller; postulierte einen (wieder anzustrebenden) glücklichen naturhaften Urzustand der Menschheit; gegen den Zivilisations- und Fortschrittsoptimismus der Aufklärung.

Le dernier cri: Der letzte Schrei (Mode).

S. 30: *Divination:* Ahnung, Wahrsagekunst.

Ekliptik: Der größte Kreis, in dem die Ebene der Erdbahn um die Sonne die als unendlich groß gedachte Himmelskugel schneidet.

Edison: Thomas Alva Edison (11. Feb. 1847 - 18. Okt. 1931); amerik. Erfinder, erbaute erstes Elektrizitätswerk.

Tesla: Nicola Tesla (10. Juli 1856 - 7. Jan. 1943); Physiker und Elektrotechniker; erfand 1891 einen nach ihm benannten Transformator.

russisch-japanischen Kontinentalkrieges: (1904 - 1905); Ursache war die russ. Wirtschaftsexpansion in der Mandschurei und in Korea; Materialaufwand, Masseneinsatz und Blutverluste überstiegen das bisher bekannte Maß; der Krieg endete mit Japan als Sieger.

S. 31: *Hypertrophische:* Hypertroph → überspannt, überzogen.

Brünnhilde: Brunhilde → im Nibelungenlied (vgl. Anm. S. 60, 154) Königin; Gattin Gunters; bewirkt Siegfrieds Tod.

Krimhilden: Kriemhild → Hauptgestalt des Nibelungenlieds (vgl. Anm. S. 60, 154); Gattin von Siegfried; ihre Rache für den Mord an Siegfried (vgl. Anm. S. 49) führt zum Untergang ihres ganzes Geschlechts.

Isolt: Isolde → keltische Sagengestalt; Geliebte Tristans.

kariatydenhafte: Karyatiden → in der antiken Architektur langbekleidete weibliche Gestalten in ruhiger Stellung, welche bisweilen anstelle von Säulen oder Pfeilern zum Tragen der Gebäude verwendet wurden.

S. 32: *...Schöpfernachtdunkeln der Johannisweihwelt...:* Vgl. Joh. 1, 1-18.

Kierkegaardscher: Sören Aaby Kierkegaard (5. Mai 1813 - 11. Nov. 1855); dän. Philosoph, Theologe und Schriftsteller; Wegbereiter der Existenzphilosophie und der dialektischen Theologie.

Jakobsväterlicher: Jakob → Patriarch im Alten Testament; seine 12 Söhne sind die Stammväter der 12 Stämme Israels.

Zarathustra: Altpersischer Religionsstifter zwischen 11. und 6. Jahrh. v. Chr. Im abendländischen Bewußtsein erneuert durch Nietzsche: "Also sprach Zarathustra" (1883 - 1885).

Antonius: Antonio → Figur in Goethes "Torquato Tasso" (1790); Staatssekretär von Tassos Gönner, dem Herzog Alfons II. d'Este; Rivale Tassos um Fürsten- und Frauengunst; für ihn als Diplomaten und Realpolitiker ist Dichtung bloße Fiktion und Illusion; Vertreter des "Vita activa".

Tasso: Torquato Tasso (11. März 1544 - 25. Apr. 1595); bedeutendster ital. Dichter der zweiten Hälfte des Cinquecento; vgl. Anm. S. 187.

Lyrilirium tremens: In Ansp. auf Delirium tremens etwa lyrische Gehirnerweichung.

.Schoten: Schote → Segelleine.

..geeint im Kräftespiel der Arbeit...: Frei nach "Faust II", Verse 11569 - 11586.

Platon: griech. Philosoph (427 - 347 v. Chr.); Schüler des Sokrates (vgl. Anm. S. 65); seine Ideenlehre zielt auf das sich immer gleich bleibende Seiende; philosophisch wie dichterisch Ursprung aller idealistischen Strömungen und Schulen des Abendlandes; berühmte Dialogtechnik.

Nietzsche: Friedrich Wilhelm Nietzsche (15. Okt. 1844 - 25. Aug. 1900); Philologe und Philosoph; bekämpfte die bürgerl. Vorurteile seiner Zeit; stellte gegen das Christentum mit seiner "Sklavenmoral" den freien Menschen; forderte zur Überwindung des Nihilismus die vorurteilslose Bejahung des Willens zur Macht.

S. 33: *Pandämonium:* Gesamtheit aller Dämonen.

Troglodytenleben: Als Troglodyten (Höhlenbewohner) bezeichnete die antike Ethnographie verschiedene primitive Völkerschaften hauptsächlich an den Küsten des Roten Meeres und Äthiopiens.

missing link: Fehlende Übergangsform zwischen Mensch und Affe.

dritte Reich: Nach Joachim von Floris (1132-1202) auf das Zeitalter des Vaters und des Sohnes folgendes, die Erlösung bringendes Zeitalter des heiligen Geistes; Lessing und Schelling verstanden darunter das dem petrinischen und paulanischen folgende johanneische Endzeitalter des Christentums und damit der geschichtlichen Entwicklung; nach Ibsen (vgl. Anm. S. 21) war es die Synthese von Antike und Christentum; nach Mereschkowskij die Synthese von Religion und Wissenschaft, Nazarener- und Hellenentum; Arthur Moeller van den Bruck ("Das dritte Reich"; 1923) verstand darunter eine neue, dem Heiligen Röm. Reich wie dem Bismarckreich folgende Reichsgründung, geprägt durch einen revolutionären, nationale und soziale Tendenzen verbindenden Konservativismus; in diesem Sinne wurde der Begriff zu einem dt. polit. Schlagwort.

S. 34: *Karl May.* Vgl. Anm. S. 13.

Old-Shatterhandsieg: Old Shatterhand → Held in Romanen Mays; Karl Mays Ich in Amerika.

...Stammes der Schammar...: Arab. Stamm im Orientzyklus Karl Mays.

S. 35: *Sanskrit:* In Indien als Literatur- und Gelehrtensprache verwendete altind. Sprache.

Ardistan: "Ardistan und Dschinistan"; Roman von Karl May; der Zeitschriftendruck erschien zwischen Nov. 1907 und Sep. 1909, die Buchfassung 1910.

Bärentöter: Gewehr von Old Shatterhand bei Karl May.

Henrystutzen: Mehrschüssiges Repetiergewehr (vgl. Anm. S. 155) Old Shatterhands bei May.

Amerikanismus: Bez. für die umfassende geistig-kulturelle Faszination, die die USA vor allem im ersten Viertel dieses Jahrh. auf zahlreiche (europ.) Intellektuelle und breite Bevölkerungsschichten ausübten.

S. 36: ... *in seinem Wiener Vortrage:* Robert Müller hatte in seiner Eigenschaft als literarischer Leiter des 'Akademischen Verbandes für Literatur und Musik' (vgl. Anm. S. 43) Karl May anläßlich dessen 70. Geburtstag zu einem Vortrag nach Wien eingeladen. Am 22. März 1912 sprach Karl May im Wiener Sophiensaal vor 2000 bis 3000 Zuhörern mehr als zwei Stunden lang in freier Rede über das Thema "Empor ins Reich der Edelmenschen".

"Am Jenseits": Roman von Karl May, erschienen 1899.

S. 37: *Die Humanitätsschlacht auf Kap Race:* Der engl. Passagierdampfer Titanic stieß auf seiner Jungfernfahrt am 15. April 1912 südlich der Großen Neufundlandbank mit einem Eisberg zusammen und sank. Dabei kamen 1513 Menschen ums Leben.

hedonistisch: Das Lustprinzip befolgend.

S. 39: *Dostojewskys gleichnamigen Roman...:* Fjodor Michailowitsch Dostojewskij (11. Nov. 1821 - 9. Feb. 1881); russ. Dichter; Grundthema seiner Romane ist die christliche Erlösung des Menschen durch Leiden und Glaube; "Idiot" (1868/69); dt. "Der Idiot" (1889).

Neptuns: Neptun → altitalischer Gott des fließenden Wassers.

Ausschrotungen: Ausschroten → (Fleisch) zerlegen, ausschlachten.

S. 40: *Frederic van Eeden:* (3. Apr. 1860 - 16. Juni 1932); niederl. Schriftsteller.

"Der kleine Johannes": Dreibändiger autobiographischer Entwicklungs- und Märchenroman (erschienen 1886 - 1906; dt. 1887 - 1906).

Kraftexaltation: Exaltieren → sich überschwenglich benehmen.

Karl May: Vgl. Anm. S. 13.

S. 41: *Orkus:* Reich der Toten, Unterwelt.

Doktor Stefan Hock: Stefan Hock (1877 - 1947); österr. Dramaturg und Germanist; veröffentlichte seinen Artikel "Karl May" in der Zeitschrift "Der Strom", Jg. 2, Nr. 2, Wien Mai 1912, S. 40f.

De mortuis nil nisi bene: Über die Toten (rede) nur Gutes.

desavouieren: Ableugnen.

Tort: Kränkung, Unbill.

S. 42: *Henrystutzen:* Vgl. Anm. S. 35.

Fichte: Johann Gottlieb Fichte (19. Mai 1762 - 29. Jan. 1814); Philosoph des dt. Idealismus; in seiner "Wissenschaftslehre" (1794ff.) Fortbildung des Kantischen Kritizismus (vgl. Anm. S. 99) zu einem metaphysischen Idealismus.

S. 43: *Götz von Berlichingen:* (1480 - 23. Juli 1562); fränkischer Reichsritter, im Bauernkrieg Hauptmann des Odenwälder Haufens; "Götz von Berlichingen mit der eisernen Hand" (1773) → Schauspiel des Sturm und Drang von Goethe, daß den Kampf um die Freiheit des einzelnen in der Gesellschaft thematisiert.

Hindukusch: Unwirtliches Kettengebirge südwestlich des Pamir.

Pundjab: Pandschab → "Fünfstromland" im Stromgebiet des Indus.

Albert Ehrenstein: (23. Dez. 1886 - 8. Apr. 1950); expressionistischer Schriftsteller und Kulturkritiker.

Akademischen Verbande für Literatur und Musik in Wien: gegründet 1908; Mitglieder waren Studenten und junge Künstler; Ziel: den Studenten größeren Anteil am Kunstleben und Möglichkeiten künstlerischer Betätigung verschaffen; soll Ergänzung der akademisch-wissenschaftlichen Vereine und unpolitischer, unabhängiger Sammelpunkt sein; Müller war seit Ende 1911 Mitglied und von 1912-1914 Leiter der literarischen Abteilung.

Prof. Gurlitts: Ludwig Gurlitt (1855 - 1931); sozialdemokratischer Schulreformer; veröffentlichte den Artikel "Karl May" in der Zeitschrift "Allgemeiner Beobachter", Nr. 24, Hamburg Apr. 1912; vgl. auch: "Gerechtigkeit für Karl May", Radebeul 1919.

S. 44: *Bonhomie:* Gutmütigkeit, Einfalt, Biederkeit.

S. 45: *Apologie:* Verteidigung(srede).

Friedrich II.: Friedrich II.; der Große (24. Jan. 1712 - 17. Aug. 1786); König von Preußen (1740 - 1786); sicherte Preußen die Stellung als europ. Großmacht; vertrat aufgeklärten Absolutismus.

Moltke: Helmuth Graf (1870) von Moltke (26. Okt. 1800 - 24. Apr. 1891); preuß. General-Feldmarschall (1871); bedeutender Militär-Stratege; erlebte 1866 (Dt. Krieg) und 1870/71 (dt.-franz.- Krieg) die Krönung seiner milit. Laufbahn.

Liliencron: Detlev, Freiherr von Liliencron (3. Juni 1844 - 22. Juli 1909); der erste dt. impressionist. Lyriker.

Herr Fried: Alfred Hermann Fried (11. Nov. 1864 - 4. Mai 1921); österr. Pazifist; gründete 1892 in Berlin die Deutsche Friedensgesellschaft und gab seit 1899 die Zeitschrift "Friedenswarte" heraus; 1911 Friedensnobelpreis.

Berta von Suttner. (Bertha; geb. Gräfin Kinsky; 9. Juni 1843 - 21. Juni 1914); österr. Schriftstellerin; pazifistische Romane ("Die Waffen nieder", 1889); Friedensnobelpreis 1905.

S. 46: *Michelangelo*. Michelangelo Buonarroti (6. März 1475 - 18. Feb. 1564); ital. Bildhauer, Maler, Baumeister und Dichter; größter ital. Künstler der Renaissance.

James Watt. (19. Jan. 1736 - 19. Aug. 1819); schott. Erfinder, Dampfmaschine.

Shakespeare: William Shakespeare (23. Apr. 1564 - 23. Apr. 1616); größter engl. Dramatiker.

Rothschild: Meyer Amschel Rothschild (1743 - 1812); gründete ein europ. Bankimperium, das durch seine Söhne weiter ausgebaut wurde; großer politischer Einfluß.

Cäsar. Gajus Julius Cäsar (13. Juli 100 - 15. März 44 v. Chr.); röm. Feldherr und Staatsmann; seit 45 v. Chr. Imperator; von den Republikanern Brutus und Cassius im Senat ermordet.

Napoleon: Napoleon Bonaparte (15. Aug. 1769 - 5. Mai 1821); Kaiser der Franzosen; erließ 1804 den Code civil, der das bürgerl. Recht in Frankreich bis heute bestimmt; krönte sich am 2. Dez. 1804 selbst zum Kaiser der Franzosen; dominierende politische Figur Europas bis zum Rußlandfeldzug (1812) und den Freiheitskriegen (1813-15); am 18. Juni 1815 (Schlacht bei Waterloo) endgültig gescheitert.

Cromwell: Oliver Cromwell (25. Apr. 1599 - 3. Sep. 1658); drängte seit 1640 zum Bruch zwischen Königtum und Parlament; ließ 1649 Karl I. hinrichten; 1653 Lordprotektor von England, Schottland, Irland; Puritaner.

Bismarck. Vgl. Anm. S. 19.

S. 47: *minorennen*. *Minorenn* → Minderjährig, unmündig.

Chandscharschneiden: Chandschar oder Handschar → ein zweifach gebogenes, bis 50 cm langes, zweischneidiges Sichelschwert mit breitem Griff ohne Parierstange.

Zarathustra. Vgl. Anm. S. 32.

...Sterbelager vor Metz...: Belagerung von Metz im Deutsch-Französischen Krieg 1870/71.

...letzte deutsche Lyriker hat seinen Sturm auf Adjutantenritten...: "Adjutantenritte und andere Gedichte" (1883) von Detlev, Freiherr von Liliencron (vgl. Anm. S. 45).

assentieren: Auf Militärtauglichkeit hin untersuchen.

S. 48: *Roosevelt*. Theodore Roosevelt (27. Okt. 1858 - 6. Jan. 1919); amerik. republikanischer Staatsmann; 26. Präsident der USA 1901 - 1909; Friedensnobelpreis 1906.

Nogi: Maresuke Nogi (11. Nov. 1849 - 13. Sep. 1912); japan. Feldherr, wurde als erfolgreicher Feldherr im chines.-japan. (1894 - 1895) und russ.-japan. Krieg (1904-1905) und als treuer Gefolgsmann des Kaisers Mutsuhito, dem er mit seiner Gattin freiwillig in den Tod folgte, zum Nationalhelden Japans.

Diarrhöe. Durchfall.

Dreadnoughts: "Fürchtenichts"; engl. Schiff (1906); der erste Vertreter des mod. Schlachtschiffs.

S. 49: *Siegfrieds*: Siegfried → german. Sagenheld im Mittelpunkt des Nibelungenlieds (vgl. Anm. S. 149).

Nekrophilie: Liebe zu Leichen.

S. 50: *Roosevelt*: Vgl. Anm. S. 48.

Amerikanismus: Vgl. Anm. S. 35.

...in die Brust geschossen...: Attentat eines Fanatikers in Milwaukee am 14. Okt. 1912.

Dyspepsie: Verdauungsstörung.

Neurasthenie: Erschöpfung nervöser Art.

Yankee: In den USA Bez. für die Bewohner Neuenglands; in Europa für die der USA.

Arnaute: Name der Albaner bei Bulgaren und Türken.

Alexander Dumas: Alexandre Dumas (Vater) (24. Juli 1802 - 5. Dez. 1870); franz. Schriftsteller, Meister des Unterhaltungsromans.

...Europa vor Jahren seinen Löwenjägerbesuch abstattete...: Roosevelts Reise nach Afrika und Europa von März bis Juni 1910.

S. 51: *Grandezza*: Feierlich-hoheitsvolle Art und Weise, in der jemand etwas ausführt.

Rauhreiterfreunden: Die "Rough Riders" waren ein Freiwilligenregiment, das unter der Führung von Roosevelt im Krieg mit Spanien (1898) volkstümlichen Ruhm errang.

Heinrich Mann: (27. März 1871 - 12. März 1950); dt. demokratisch-sozialistischer Schriftsteller; strebte die humanistisch getragene Synthese von "Macht" und "Geist" an; 1930 Präsident der Sektion "Dichtkunst" der Preußischen Akademie der Künste.

Pauper: Der Arme.

Paria: Pariah → Name einer niederen Kaste in Indien; soziologisch für sozial verachtet und isoliert, ökonomisch und rechtlich unterprivilegiert.

Bismarck: Vgl. Anm. S. 19.

S. 52: *Wilhelm II.*: (27. Jan. 1859 - 4. Juni 1941); dt. Kaiser 1888 - 1918; Versuche eigener Weltpolitik.

...das Harakiri eines Japaners...: Harakiri: In Japan dem Ritterstand vorbehaltene Art des Selbstmords (durch Bauchaufschlitzen).

Nogi: Vgl. Anm. S. 48.

Samurai-Moral: Samurai → im alten Japan Angehöriger des Ritter- und Kriegerstandes; strenger Ehrenkodex.

Dschingiskhane: Dschingis Khan (1155 - 18.(?) Aug. 1227); als Begründer des mongol. Weltreichs einer der größten Feldherren und Staatsgründer der Geschichte.

"president Bakschisch": Thomas Woodrow Wilson (28. Dez. 1856 - 3. Feb. 1924); Demokrat; 28. Präsident der Vereinigten Staaten 1913 - 1921.

S. 53: *Lüle-Burgas*: Stadt am Schwarzen Meer, bei Lüle-Burgas lag im Ersten Balkankrieg die zweite türkische Verteidigungsstellung; nach der Schlacht vom 29. bis 31. Okt. 1912 mußten sich die Türken vor den Bulgaren zurückziehen.

Hans Sachs: (5. Nov. 1494 - 19. Jan. 1576); Schuhmacher und Meistersinger (vgl. Anm. S. 54) in Nürnberg; verwendet den Knittelvers als Ausdruck des Naiven, Biederen, Bürgerlichen; Anhänger der Reformation.

S. 54: *Meistersingerei*: Meistersinger → zunftmäßig (Handwerker-Dichter) betriebene Liedkunst des 15. und 16. Jahrh.

Leisten: Dem Fuß nachgebildete Holz- oder Metallform zur Schuhherstellung.

Luther: Martin Luther (10. Nov. 1483 - 18. Feb. 1546); Schöpfer der dt. Reformation; rief zum Kampf gegen Papsttum und Priesterschaft auf, da sie Gewissen und Glauben bevormundeten.

pressant: Eilig, dringend.

S. 55: *"Wie schändlich sei'n die groben Laster..."*: Nicht ermittelt.

Sentenz: Sinnspruch, formelhafter Ausspruch.

Ahle: Nadelartiges Werkzeug zum Vorstechen von Löchern in Leder.

S. 56: *Ambassadeur*: Botschafter, Gesandter.

Melanchthon: Philipp Melanchthon (16. Feb. 1497 - 19. Apr. 1560); Humanist; Luthers theologischer Mitarbeiter; nach dessen Tod Haupt des Protestantismus.

Hutten: Ulrich von Hutten (21. Apr. 1488 - 29. Aug. 1528); dt. Reichsritter, Dichter, Humanist; Anhänger der Reformation.

Reuchlin: Johannes Reuchlin (22. Feb. 1455 - 30. Juni 1522); Humanist, Jurist und Philologe; Gegner der Reformation; vertrat den Neuplatonismus (vgl. Anm. S. 32) in Deutschland.

"Die wittenbergische Nachtigall...: "Die wittembergische nachtigall, / Die man ietzt höret überall" (1523).

...religiösen Umsturz in Nürnberg: Vermutl. ist der Baueraufstand im Mai 1524 gemeint.

...der eines seiner Gedichte gilt: "Das künstlich frawen-lob" (1562).

...1792 in Paris...: Ludwig XVI. wird gefangengesetzt; Frankreich wird Republik.

S. 59: *...Wir bekennen uns...*: Verfälschung des Goethe-Zitats "Der Verfasser gehört zu denjenigen, die aus dem Dunkeln ins Helle streben, ein Geschlecht, zu dem wir uns auch bekennen." In: "Schriften zur Literatur" und "Kurze Anzeigen III".

Genealogie: Wissenschaft von Ursprung, Folge und Verwandschaft der Geschlechter, Ahnenforschung.

Elephantiasis: Durch Lymphstauungen bedingte, unförmige Verdickung des Haut- und Unterhautzellgewebes mit Bindegewebswucherung.

Hybris: Frevelhafter Übermut, Selbstüberhebung, Vermessenheit.

Hydrokephalie: Hydrozephalus → Wasserkopf.

Amerika ben Europa: Amerika, Sohn Europas.

enmaschinierte: Zur Maschine gemacht.

Asiatismus: Bez. für die geistig-kulturelle Faszination, die Asien, im besonderen Japan, Indien und China, seit der Jahrh.wende auf viele (europ.) Intellektuelle ausübte.

Bismarck: Vgl. Anm. S. 19.

Nietzsche: Vgl. Anm. S. 32.

...ihre Dichter und Künstler kamen...: Literarisch vgl. in Dtl. etwa Bernhard Kellerman ("Ein Spaziergang in Japan"; 1912), Max Dauthendey ("Die acht Gesichter am Biwasee"; 1911), Hanns Heinz Ewers ("Indien und ich..."; 1911), Waldemar Bonsels ("Indienfahrt"; 1916), Graf Hermann Keyserling ("Das Reisetagebuch eines Philosophen"; 1919), Hermann Hesse ("Siddhartha"; 1922).

S. 60: *acies oculorum:* Schlachtblick.

Nibelungen: In der germ. Sage Zwergengeschlecht im Besitz eines Goldhortes, der durch Siegfried in die Hände der Burgunder-Könige kam, die danach auch Nibelungen wurden.

S. 61: *hypertrophischen*: Hypertroph → Überspannt, überzogen.

S. 62: *Budel:* Ladentisch.

exzedierte: Exzedieren → Unfug stiften, ausschweifen, übertreiben.

Emballage: Verpackung.

S. 63: *Rekommandierten*: Rekommandation → Einschreiben; Einschreibenabteilung.

...pneumatischen Abteilung...: Rohrpostabteilung.

Plauscherls: Plauderei.

embonpointierter: Vgl. Anm. S. 21.

S. 64: *Rayon*: Bezirk, Dienstbereich.

G. K. Chesterton: Gilbert Keith Chesterton (29. Mai 1874 - 14. Juni 1936); engl. Schriftsteller; bedeutender Vertreter des literarischen Katholizismus; Verfasser parodistischer Detektivgeschichten (Father Brown).

Dekadenze: Décadence → literarische Tendenz der Jahrh.wende ("Fin de siècle"), die durch Überfeinerung und den Kult des Morbiden und Verderbtschönen gekennzeichnet ist.

S. 65: *Rabbi ben Akiba:* Gestalt in Gutzkows Trauerspiel "Uriel Acosta" (1846); bekannt durch seinen Spruch "Alles schon dagewesen".

kaustische: Kaustisch → beißend, sarkastisch.

Nietzsche: Vgl. Anm. S. 32.

Bernard Shaw: George Bernard Shaw (26. Juli 1856 - 2. Nov. 1950); anglo-irischer Schriftsteller; Begründer des mod. engl. Dramas; 1925 Nobelpreis für Literatur.

Sokrates: (469 - 399 v. Chr.); griech. Philosoph; trat in Athen als Gegner der Sophisten auf; wurde zum Tode durch den Giftbecher verurteilt; Lehren durch seinen Schüler Platon überliefert.

...wie Sokrates den Göttern noch peinlich den versprochenen Hahn opfern...: Obwohl wegen Gottlosigkeit verurteilt, brachte Sokrates vor seinem erzwungenen Tod den Göttern noch das geforderte Blutopfer dar.

Kierkegaards "Hiob": vgl. Kierkegaards Schriften "Der Herr hat's gegeben, der Herr hat's genommen, der Name des Herrn sei gelobt (Hiob 1,20f.)" und "Die Briefe des jungen Menschen vom 15. Aug. bis 17. Feb."; vgl. auch Anm. S. 32.

Chestertons Robinson: Figur aus Chestertons Essay "Orthodoxie" (1908).

Zarathustra: Vgl. Anm. S. 32.

S. 66: *Varieté:* Theater, in dem im Wechsel akrobatische, musikalische, tänzerische Vorführungen stattfinden.

...zur Zeit der engelländischen Komödianten in Deutschland...: Engl. Berufsschauspieler überschwemmten von 1592 bis um 1650 Deutschland mit gängigen engl. Dramen.

Coupletsängers: Couplet → kleines Lied mit witzigem, satirischem oder pikantem Inhalt, der häufig auf aktuelle Ereignisse Bezug nimmt.

S. 67: *parthenogenetisch:* Parthenogenese → Jungfrauengeburt.

Kothurn: Erhabener, pathetischer Stil.

S. 68: *Clerk:* Kaufmännischer Angestellter.

S. 69: *...der österreichische Gesandte Graf Khevenhüller im bulgarisch serbischen Kriege den siegreichen Bulgaren gegen Serbien Halt gebot...:* Der bulgarisch-serbische Krieg brach 1885 nach der Gründung Großbulgariens aus; erst durch das Eingreifen Österreichs wurde im März 1886 in Bukarest der Friede wiederhergestellt; Graf Rudolf Khevenhüller (1844 - 1910) war zu der Zeit österr.-ungar. Gesandter in Belgrad.

Illyrer: Indogerm. Bewohner der Länder der westlichen Balkanhalbinsel.

Veneter: Illyrische Stämme nördlich der Pomündung, in der heutigen Bretagne und am Bodensee.

S. 70: *Belger:* Nordgallische Stämme zwischen Seine und Rhein.

Wlach: Mittelalterliche Bez. der Rumänen bei allen slawischen Völkern.

Sarmaten: Iranisches Nomadenvolk in der südruss. Steppe.

etruskisch-italischen: Etrusker → antikes Volk unsicherer Herkunft; vom 9. bis 4. Jahrh. v. Chr. führend in Italien; großer Einfluß auf den werdenden Staat. Italer → Urbevölkerung Italiens.

ugrischen: Die finnisch-ugrischen Stämme waren in weiten Teilen Europas verbreitet; als Urheimat nimmt man ein Gebiet zwischen dem Oberlauf der Kama und der Wolga an.

Rhäten: Bewohner von Ratien; das Gebiet umfaßte Graubünden, Tirol und das Alpenvorland zwischen Schwäbischer Alp und Inn.

Furlaner: Eigenname der Friauler, der rätoromanischen Bevölkerung im Nordosten Italiens.

Tusker: Die alten Bewohner Etruriens.

Raseni: Rasennä → Etrusker.

S. 70/71: *Tyrrhenern:* Tyrrhener → vermutlich pelasgischer Volksstamm.

S. 71: *Pelasgern:* Pelasger → Ureinwohner Griechenlands.

...nach den neuesten Forschungen...: Erst die Forschungen um die Jahrh.wende bewiesen, daß die Ureinwohner Griechenlands indogerm. Ursprungs waren.

Wilamowitz-Möllendorf: Ulrich v. Wilamowitz-Möllendorf (22. Dez. 1848 - 25. Sep. 1931); klassischer Philologe.

Dorer: Altgriech. Hauptstamm; seit 1104 v. Chr. im Peloponnes.

Ionier: Altgriech. Hauptstamm in Ost-Griechenland; um 2000 v. Chr. eingewandert.

Tosker: Südliche Stammesgruppe der Albaner.

epirotischer: Die Epirotenstämme waren die Bevölkerung von Epiros, der nordwestlichsten Landschaft Griechenlands.

Philipp: Philipp II. (382 - 336 v. Chr.); König von Makedonien 359 - 336 v. Chr.; unterwarf Griechenland; Vater Alexander des Großen.

Alexander der Große: (356 - 13. Juni 323 v. Chr.); makedonischer König seit 336; drang seit 334 auf seinem Eroberungszug bis zum Indus vor und gründete ein hellenisches Weltreich.

Pyrrhus: (319 - 272 v. Chr.); König der Molosser in Epirus; errang unter hohen Verlusten einen Sieg über die Römer (Pyrrhussieg).

S. 72: *wärjägischen:* Normannischen; vgl. Anm. S. 100.

Vandalen: Wandalen; germ. Volk; im 5. Jahrh. unter König Geiserich (vgl. Anm. S. 100) ein Reich mit der Hauptstadt Karthago; 533/534 durch den Byzantiner Belisar vernichtet.

Langobarden: German. Volk; seit 568 unter König Alboin in Ober- und in Teilen Mittel- und Süditaliens; in der 1. Hälfte des 8. Jahrh. größte politische Macht.

Zinzaren: Bez. der Serben für die Aromunen oder Araman; Nachkommen der alteingesesse- nen romanisierten Balkanbevölkerung; von anderen Völkern Walachen, von den Griechen Kutzowalachen genannt.

kutzovlachen: S. o.

Borussen: Preußen.

S. 73: *avarischer:* Awaren → asiatisches, mit den Hunnen (vgl. Anm. S. 200) verwandtes Nomadenvolk; das 570 in Ungarn gegründete Reich wurde 791-803 von Karl d. Gr. (vgl. Anm. S. 84) vernichtet.

flagrant: Deutlich und offenkundig, ins Auge fallend.

tscherkessischer: Tscherkessen → Völkergruppe im westlichen Kaukasus.

Skanderbeg: (1405 - 1468); eigentlich Gjergj Kastrioti; albanischer Fürst und Nationalheld.

arnautischen: Vgl. Anm. S. 50.

Amerikanismus: Vgl. Anm. S. 35.

S. 74: *Joh. V. Jensen:* Vgl. Anm. S. 19.

S. 75: *Freiheitsgöttin:* Freiheitsstatue → Standbild an der Einfahrt zum New Yorker Hafen; eine fackeltragende Frauengestalt; 1886 auf Liberty Island eingeweiht; Geschenk Frank- reichs.

Buffalo Bill: (eigentl. William Frederick Cody; 26. Feb. 1846 - 10. Jan. 1917); amerik. Kundschafter; später Kavallerieoberst und Schausteller.

Doyle: Sir Conan Doyle (22. Mai 1859 - 7. Juli 1930); schott. Schriftsteller, bekannt durch seine Sherlock-Holmes-Romane.

Rider-Haggard: Sir Henry Rider Haggard (22. Juni 1856 - 14. Mai 1925); engl. Schriftstel- ler; afrikanische Abenteuerromane.

Stevenson: Robert Louis Stevenson (13. Nov. 1850 - 3. Dez. 1894); schott. Schriftsteller, Abenteuer-, Reise- und Gruselromane.

Kipling: Joseph Rudyard Kipling (30. Dez. 1865 - 18. Jan. 1936); engl. Schriftsteller in der realistischen Tradition des anglo-indischen Romans des 19. Jahrh.; Lyriker, Romancier

("Kim"; 1901; dt. 1908), Essayist und Kinderbuchautor ("The Jungle Books; 1894/95. Dt. "Das Dschungelbuch"; 1898); Sprachrohr des britischen Imperialismus; 1907 Nobelpreis für Literatur.

S. 76: *Karl May.* Vgl. Anm. S. 13.

Sherlock Holmes. Detektivfigur in den Kriminalromanen von Sir Conan Doyle.

Winnetou: Vgl. Anm. S. 16.

Jules Verne: Vgl. Anm. S. 17.

H. G. Wells: Herbert George Wells (21. Sept. 1866 - 13. Aug. 1946); engl. Schriftsteller, steht am Beginn der mod. Science Fiction ("The time machine", 1895; dt. "Die Zeitmaschine", 1904).

salvieren: Retten, in Sicherheit bringen.

...Dänemark zu erobern: Ansp. auf Johannes V. Jensen; vgl. Anm. S. 19.

Otto Soyka: Vgl. Anm. zu S. 16.

...vier Romane: "Herr im Spiel" (1910), "Der Fremdling" (1911), "Das Herbarium der Ehre" (1911), "Die Söhne der Macht" (1912).

S. 77: *...die Schwerenöter-Romanzen gewisser Grazer Provenienz...:*Vermutlich Ansp. auf Publikationen von Autoren wie Alois Weinberger, Adolf Hagen, Karl Bienenstein, Wilhelm Fischer u.a.

S. 78: *Kopiosität:* Kopiös → reichlich, zahlreich.

Sherlock Holmes: Vgl. Anm. S. 76.

Raffles-Lorbeeren: Sir Thomas Stamford Raffles (5. Juli 1781 - 5. Juli 1826); brit. Kolonialbeamter und Naturforscher; nahm an der Eroberung Javas teil und gründete in England die Londoner Zoologische Gesellschaft.

Derangement: Störung, Verwirrung, Zerrüttung.

Plastron: Breiter Seidenschlips in der Herrenmode des 19. Jahrh.

Fronde: Scharfe politische Opposition; vgl. Anm. S. 224.

älteren Dumas: Vgl. Anm. S. 50.

...die einsame Passage einer Korsengröße...: Unter Ansp. auf Napoleon I. (vgl. Anm. S. 46) Hinweis auf Edmond Dantès, die Hauptfigur in Dumas' "Der Graf von Monte-Cristo" (1845/46).

nervus rerum: Der Nerv aller Dinge; Geld als Zielpunkt allen Strebens, als wichtige Grundlage.

S. 80: *Strenuosität*: Strenuität → Tapferkeit, Unternehmungsgeist.

Germantik: Vgl. Text "Psychotechnik" S. 180 - 184.

Nationalitätenstaat: Staat, dessen Bevölkerung sich im Gegensatz zum Nationalstaat aus mehreren Nationalitäten zusammensetzt. (Vgl. Anm. S. 235.)

dritten Napoleons: Napoleon III. (20. Apr. 1808 - 9. Jan. 1873); 1848 Präsident der Republik Frankreich; 1852 Kaiser durch Staatsstreich; im Deutsch-Französischen Krieg 1870/71 gefangen genommen und entthront.

Die letzten Kriege am Balkan...: Der Erste (8. Okt. 1912 - 30. Mai 1913) und der Zweite Balkankrieg (29. Juni - 10. Aug. 1913).

S. 81: *...Deutschland und Italien*: 1871 Gründung des Dt. Reichs unter Wilhelm I. 1861 nahm Viktor Emanuel II. den Titel eines "Königs von Italien" an.

S. 82: *...die fremde Nation der Polen sich einverleibt hat...*: Durch die drei polnischen Teilungen 1772, 1793 und 1795 wurde Polen zwischen Preußen, Österreich und Rußland aufgeteilt.

Sein nordafrikanisches Kolonialprinzip ...: Italien bemühte sich seit 1881 um Kolonialbesitz in Afrika.

Irredenta: Nach 1866 entstandene Bewegung in den ital. sprechenden Gebieten Österreich-Ungarns, die den Anschluß an Italien erstrebte.

S. 83: *ruthenischen*: Ruthenen → ältere und von ihnen selbst abgelehnte Bez. der westlichen Ukrainer im ehemaligen Österreich-Ungarn.

Moltke: Vgl. Anm. S. 45.

...Mesopotamien zurückgewiesen hatte: Vermutlich Ansp. auf die Orientalische Krise 1839-41.

...dreißigjährigen Krieg: 1618-48; der Gegensatz zwischen Katholizismus und Protestantismus als Anlaß trat im Verlauf des Krieges hinter politischen Machtkämpfen zurück.

...nordischen Bundes: Nordischer Bund → Protestantisches, überstaatliches Bündnis um Gustav Adolf von Schweden.

S. 84: *Bismarck*: Vgl. Anm. S. 19.

Sukkurs: Hilfe, Unterstützung, Beistand.

Karl dem Großen: Karl der Große (2. Apr. 742 - 28. Jan. 814); 768 König der Franken; 800 röm. Kaiser.

S. 85: *Hermann Bahr*: (19. Juli 1863 - 15. Jan. 1934); österr. Schriftsteller; sein künstlerischer Weg führte vom Naturalismus über Impressionismus und Symbolismus zum Expressionismus; am Lebensende altösterr. katholische sowie konservative Anschauungen; Kulturtheoretiker der Moderne.

Das Hermann Bahr-Buch: Erschienen 1913.

Windwaht: Windward Passage → 90 km breite Meeresstraße zwischen Kuba und Haiti.

Havelock: Ärmelloser Männermantel.

Klüwer: Auf Segelschiffen auf dem Bugspriet liegende, über den Steven nach vorn hinausragende Spier.

Talsumserern: Sumser → österr. für "Schmeichler".

Hauptmann: Gerhart Hauptmann (15. Nov. 1862 - 6. Juni 1946); dt. Schriftsteller; Erzähler und Dramatiker, bedeutendster Vertreter des Naturalismus; galt zu Lebzeiten als Repräsentant des dt. Geistes und Nachfahre Goethes; 1912 Nobelpreis für Literatur.

...nur die große Vogelweide...: Ansp. auf die Zeit Walters von der Vogelweide (ca. 1170 - ca. 1230); bedeutendster dt. Lyriker des Mittelalters; Minnelieder und politische Spruchdichtung.

S. 86: *Schnitzlers*: Arthur Schnitzler (15. Mai 1862 - 21. Okt. 1931); österr. Schriftsteller des Naturalismus und Impressionismus; Grundthemen: seelische Leere, Flüchtigkeit der Gefühle, Relativierung der Werte.

Nervokratie: Im Sinne von '(Vor-)Herrschaft der Nerven(kunst)'.

Samuel Fischer: (24. Dez. 1859 - 15. Okt. 1934); gründete 1886 den S. Fischer Verlag; bedeutsam für die Entwicklung der Literatur der Moderne.

S. 87: *"Meister"*: Komödie von Hermann Bahr, Berlin 1904.

"Ringelspiel": Komödie von Hermann Bahr, Berlin 1907.

Innundationsgebiet: Überflutungsgebiet.

Arrivees: Arrivierte → jemand, der sich beruflich, gesellschaftlich nach oben gearbeitet hat, zu Erfolg, Ansehen und Anerkennung gelangt ist.

Nibelungen: Vgl. Anm. S. 60.

S. 88: *....daß er sich den Bauch aufschlitzte*: Nicht ermittelt.

Harakiri: Vgl. Anm. S. 52.

...das berühmte Harakiri des Feldmarschalls Nogi...: Vgl. Anm. S. 48 und 52.

S. 89: *Lafcadio Hearn:* (27. Juni 1850 - 26. Sep. 1904); Schriftsteller, Sohn griech.-irischer Eltern; ging 1869 in die USA und lebte seit 1890 in Japan; ließ sich unter dem Namen Yakumo Koizumi naturalisieren.

Bernhard Kellermann: (4. März 1879 - 17. Okt. 1951); dt. Schriftsteller, erzielte mit seinem technisch-utopischen Roman "Der Tunnel" (1913) einen Welterfolg; Mitbegründer des "Kulturbunds zur demokratischen Erneuerung Deutschlands (1945).

Baronin Heyking: Elisabeth, Freifrau von Heyking (10. Dez. 1861 - 5. Jan. 1925); Schriftstellerin.

...Wir hörten vom Untergang 50.000 gelber Menschen...: Nicht ermittelt.

....."Titanic" mit 1700 Mann sank...: Vgl. Anm. zu S. 37.

...die Springflut über die Dünen von Galveston brach...: Infolge eines Hurrikans im Jahre
1900 erlitt Galveston, eine Stadt in Texas am Golf von Mexiko, große Zerstörungen und
Menschenverluste.

...San Francisco unterm Erdbeben in Trümmer sank...: Ein Erdbeben mit nachfolgendem
Feuer zerstörte vom 18. bis 22. April 1906 San Franzisko.

Blizzard: Nordwestl. Orkan in Nordamerika; große Kälte und starker Schneefall.

Samum: Ein heißer, sandführender Wüstenwind in Nordafrika und Mesopotamien.

Tornado: Trombe; Luftwirbel um eine fast senkrechte Achse; große Zerstörungskraft.

Päderastie: Erotisch-sexuelle Beziehung zwischen einem erwachsenen Mann und einem
Jungen oder männlichen Jugendlichen; Knabenliebe.

Mandarinismus: Mandarin → europ. Name für chines. Staatsbeamte.

S. 90: *Kohäsionskraft:* Kohäsion → der innere Zusammenhalt der Moleküle eines Körpers.

S. 91: *Depravation:* Entartung; vgl. Anm. S. 159.

Achilles: Held in Homers (vgl. Anm. S. 154) "Ilias"; im Trojanischen Krieg tötete er Hektor,
wurde durch einen Pfeil in die Ferse, seine einzige verwundbare Stelle, getötet.

Heroisch Bürgerlich: Enthält Auszüge aus "Das Kompliment der Neuen".

Tassos: Vgl. Anm. S. 32.

...politischen Ereignisse irgendeines Jerusalems: Ansp. auf Tassos Hauptwerk "La Gierusa-
lemme Liberata, overo il Goffredo" ("Das befreite Jerusalem oder Gottfried"; 1581); Epos,
das den Zusammenschluß von Orient und Okzident, von Christentum und Islam (→ türkische Eroberungspolitik unter Suleiman II. 1526-1541) behandelt.

epigrammatischen: Epigrammatisch → kurz, treffend, witzig, geistreich, scharf pointiert.

S. 92: *Antonii:* Vgl. Anm. S. 32.

enkanailliert: franz.: en canaille → verächtlich, wegwerfend.

Medizeer: Vgl. Anm. S. 25.

Macchiavelle: Vgl. Anm. S. 25.

Siegfriedidyll: Vgl. Anm. S. 25.

S. 93: *Mohikaner:* Vgl. Anm. S. 26.

Kalumet: Vgl. Anm. S. 26.

Schmock: In Anlehnung an Freytags Drama "Die Journalisten" (1854) abwertende Bez. für
Journalisten. Gustav Freytag: (13. Juli 1816 - 30. Apr. 1895); dt. Schriftsteller; 1848 - 1870
einer der Leiter der nationalliberalen Wochenschrift "Die Grenzboten", (1841-1922).

Coopers Lederstrumpf: Vgl. Anm. S. 26.

S. 94: *Kolumbuseiern:* Ansp. auf "Das Ei des Kolumbus", Kolumbus' Trick, ein Ei senkrecht
zu stellen; sprichtwörtl. für die genial-einfache Lösung einer unlösbar erscheinenden Aufgabe.

Till Eulenspiegel: (um 1300 - 1350); niederdt. "Erzschelm"; wurde in Volksbüchern (erstes
1515) zum Sinnbild dt. Volkshumors.

Fatum: Schicksal, Geschick, Verhängnis.

ephebenhaft: Ephebe → wehrfähiger junger Mann im alten Griechenland.

la sua altessa: Ihre Hoheit.

derassinierten: An Rasse eingebüßt.

S. 95: *Zarathustra:* Vgl. Anm. S. 32.

Äolsharfe: Vgl. Anm. S. 27.

S. 98: *"Li oder Im neuen Osten":* Erschienen 1912.

Alfons Paquet: (26. Jan. 1881 - 8. Feb. 1944); Erzähler und Essayist.

Wandergesängen: "Held Namenlos" (1912).

Sibirjake: Sibiriaken → die in Sibirien geborenen Nachkommen eingewanderter Russen.

Percival Lowells: Percival Lowell (13. März 1855 - 12. Nov. 1916); amerik. Astronom; ausgedehnte Reisen (1883 - 1893) fanden ihren Niederschlag in Reisebeschreibungen.

"Die Seele des fernen Ostens": Erschienen 1912.

konfutsianischen: Konfutius (551 - 479 v. Chr.); chines. Philosoph; galt im alten China als geistiger König und Heiliger; im 20. Jahrh. oft als Negativfigur für die Rückständigkeit Chinas verantwortlich gemacht.

S. 99: *Ku-Hung-Ming:* Georg Ku Hung-Ming (persönliche Daten nicht ermittelt); chines. Schriftsteller.

"Chinas Verteidigung gegen europäische Ideen": Erschienen 1911.

Kantischen Kritik: Vgl. "Kritik der reinen Vernunft" (1781) von Immanuel Kant (22. Apr. 1724 - 12. Feb. 1804); dt. Philosoph; Vollender der Aufklärung (Transzendentalphilosophie - Kategorien, apriorische Anschauungsformen; Sittenlehre - kategorischer Imperativ; Staatsphilosophie - Rechtsstaat, Weltbürgerrecht, "Ewiger Friede").

Nietzsche: Vgl. Anm. S. 32.

Kierkegaard: Vgl. Anm. S. 32.

S. 100: *Hohenstaufenzeit:* Staufer, dt. Herrschergeschlecht; 1138 - 1254 auf dem dt. Königs- und Kaiserthron.

Armins: Arminius (fälschl. Hermann), Fürst der Cherusker (18. od. 16 v. Chr. - ermordet 19. od. 21 n. Chr.); 9. n. Chr. Sieg über Varus im Teutoburger Wald; 17 n. Chr. Sieg über den Markomannenkönig Marbod.

Marbods: Marbod (gest. um 36 n. Chr. in Ravenna); König der Markomannen, einem germ., zu den Sueben gehörigem Volk im Maingebiet; führte sein Volk 9 n. Chr. nach Böhmen.

Alarichs: Alarich (370 - 410); König der Westgoten; Eroberungen auf griech. und ital. Gebiet; 410 Eroberung Roms.

Ruriks: Warägischer (normannischer) Heerführer; der Nestorchronik nach in den 60er Jahren des 9. Jahrh. Herrscher in Nowgorod; vgl. Anm. S. 72.

Gensarichs: Fälschlich für den Vandalenkönig Geiserich; neben Theoderich dem Großen bedeutendster germ. Fürst; gründete 442 als erster germ. König ein von Rom unabhängiges Reich mit der Hauptstadt Karthago; gestorben 477.

Nietzsche: Vgl. Anm. S. 32.

S. 101: *Flintstein:* Feuerstein.

Ku Hung-Ming: Vgl. Anm. S. 99.

"Über die chinesische Oxforder Bewegung": Möglicherweise Ku Hung-Mings "Chinas Verteidigung gegen europäische Ideen" (1911).

Korybanten: Dämonische Begleiter der phrygischen Göttin Kybele; der ekstatische Kybele-Kult gelangte im 7. Jahrh. v. Chr. aus Kleinasien nach Athen.

Kapoten: Kapotte → modischer Frauenhut des späten 19. Jahrh. (→ Kiepenhut).

S. 102: *...struggle for life...:* Eigentl. struggle for existence; als "Kampf ums Dasein" übertragen; von dem engl. Naturforscher Charles Darwin (12. Feb. 1809 - 19. Apr. 1882) in seiner Abstammungslehre ("On the origin of Species ...", 1859. "The Descent of Man ...", 1871) geprägte Formel; im (Sozial-)Darwinismus seit den 70er Jahren des 19. Jahrh. nicht allein großen Einfluß auf das organische, sondern auch auf das soziale und kulturelle Weltbild.

...Genie und Irrsinn...: Vgl. die einflußreichen Untersuchungen ("Genio e Follia"; 1864. Dt. "Genie und Irrsinn..."; 1888) des ital. Arztes Cesare Lombroso (18. Nov. 1836 - 19. Okt. 1909).

Dekadence: Vgl. Anm. S. 64.

S. 103: *resch:* Knusprig, spröde.

Emanation: Ausstrahlung, Ausfluß.

S. 104: *Pülcher:* Strolch, Taugenichts, Landstreicher.

insurgieren: Zum Aufstand reizen.

Georg Aschenbach: Zentralfigur in Thomas Manns "Der Tod in Venedig" (1913).

Thomas Manns: Thomas Mann (6. Juni 1875 - 12. Aug. 1955); dt. Novellist, Romancier und Essayist von herausragender (internat.) Bedeutung; der führende geistige Repräsentant des dt. Bürgertums seiner Zeit; 1929 Nobelpreis für Literatur.

S. 105: *Heinrich Mann:* Vgl. Anm. S. 51.

Gerhart Hauptmann: Vgl. Anm. S. 85.

Jensen: Vgl. Anm. S. 19.

Altenberg: Vgl. Anm. S. 14.

Prestidigativkunst: Zauberkunst, Taschenspieler-Kunst.

S. 106: *Paria:* Vgl. Anm. S. 51.

Irrwisch: Irrlicht.

Kierkegaard: Vgl. Anm. S. 32.

Winkelried-Existenz: Arnold Winkelried (Erni); soll in der Schlacht bei Sempach (1386) mehrere feindliche Spieße auf sich gezogen und dadurch den Schweizern den Sieg über Leopold III. von Österreich ermöglicht haben.

S. 107: *platonischer:* Vgl. Anm. S. 32.

Kandaules Hebbels: Kandaules soll im 7. Jahrh. v. Chr. König von Lydien und letzter Herrscher aus der Heraklidendynastie gewesen sein; vgl. Hebbel, "Gyges und sein Rind" (1856). (Christian) Friedrich Hebbel: (18. März 1813 - 13. Dez. 1863); dt. Dramatiker, galt als der größte Tragödien-Dichter seiner Zeit; Heldinnen im Kampf um Selbstbehauptung.

...Siegfried Wagners...: Richard Wagner (22. Mai 1813 - 13. Feb. 1883); dt. Komponist; vgl. u. a. "Siegfried" (1876) und "Die Götterdämmerung" (1876) als Teil der seit 1848 entstehenden, 1876 uraufgeführten musikdramatischen Tetralogie "Der Ring des Nibelungen". (Vgl. auch Anm. S. 25, 60.)

Nietzsche: Vgl. Anm. S. 32.

S. 108: *Henri Bergson:* (18. Okt. 1859 - 4. Jan. 1941); franz. Philosoph; einer der wichtigsten Vertreter der Lebensphilosophie (élan vital); 1927 Nobelpreis für Literatur.

Bernard Shaw: Vgl. Anm. S. 65.

G. K. Chesterton: Vgl. Anm. S. 64.

Cincinnatustugenden: Lucius Quinctius Cincinnatus; röm. Staatsmann des 5. Jahrh. v. Chr.; galt später als Muster altröm. Tugenden.

Grettir: "Grettis saga Asmundarsonar"; altisländ., um 1300 verfaßte Geschichte über Leiden und Kämpfe des Skalden Grettir Asmundarson.

Egil: Egill Skallagrímsson (ca. 910 - 990); einer der bedeutendsten isländ. Skalden; sein Leben beschreibt die "Egilsaga" (13. Jahrh.).

Hrafnkel: "Hrafnkels saga Freysgoya" ("Saga von Hrafnkel, dem Priester des Gottes Frey"); in der 2. Hälfte des 13. Jahrh. entstandene isländ. Saga.

S. 109: *Yvette Guilbert:* (20. Jan. 1866 - 3. Feb. 1944); seit 1890 Star der Pariser Revue- und Varieté-Bühnen.

Medisance: Verleumdung, Schmähsucht.

Dekadenzsinne: Vgl. Anm. S. 64.

"Auberge sanglante": Die blutige Herberge.

"l'idiot": Der Idiot.

S. 110: *Virginia Brooks:* Nicht ermittelt.

Fleury: Nicht ermittelt.

Jeisler: Nicht ermittelt.

Hohenzollern: Dt. Fürstenhaus; aus der fränkischen Linie seit 1415 die Kurfürsten von Brandenburg; Könige von Preußen und 1871 - 1918 dt. Kaiser.

Hause Wied: Wilhelm Prinz zu Wied, Fürst von Albanien (26. März 1876 - 18. Apr. 1945); wurde am 7. März 1914 in Durazzo als Wilhelm I. Fürst von Albanien; mußte Albanien am 5. Sep. 1914 wieder verlassen.

Mbret: Fürst.

...Kandidatur des bayrischen Otto in Griechenland...: Otto I. (1. Juni 1815 - 26. Juli 1867); wurde am 8. Aug. 1832 von der griech. Nationalversammlung zum König gewählt; verlor durch die griech. Revolution im Okt. 1862 seine Krone.

...Thronbesteigung des Prinzen Karl...: Karl I. (20. Apr. 1839 - 10. Okt. 1914); wurde 1866 durch Volksabstimmung zum Fürsten von Rumänien, 1881 zum König gewählt; verwirklichte den zivilisatorischen und politischen Anschluß Rumäniens an Westeuropa.

S. 111: *Bismarcks:* Vgl. Anm. S. 19.

Königs Karol: Vgl. Anm. zu "Prinzen Karl", S. 110.

Tripelentente: Dreiverband; eine lose politische Verbindung zwischen Großbritannien, Frankreich und Rußland.

Ghegen: Große ethnische Gruppe im Norden Albaniens.

Tosken: vgl. Anm. zu S. 71.

illyrisch-thrakischer: Illyrer → vgl. Anm. S. 69; Thraker → im Altertum ein zur indogerm. Sprachgruppe gehörendes Volk, das in zahlreiche Stämme zerfiel; besetzten gegen Ende des 2. Jahrt. v. Chr. fast die gesamte Balkanhalbinsel, wurden aber im Laufe der Zeit immer mehr nach Osten abgedrängt.

...Mirditen und Malissoren...: Stammesgruppen der Albaner.

Prenk Bibdada: Preng Bibë Doda (1858-1920); albanischer Stammesfürst und Politiker.

Valona: Hafenstadt in Albanien.

Durazzo: Albanische Hafenstadt am Adriatischen Meer, von 1913 - 1921 Hauptstadt.

S. 112: *Skutari:* Shkodra → albanische Stadt am Shkodrasee.

Werner Sombartschen: Werner Sombart (19. Jan. 1863 - 18. Mai 1941); Volkswirtschaftler und Soziologe; versuchte, eine allgemeingültige Theorie zu erarbeiten, die die Sinnzusammenhänge der Wirtschaft als Kulturwirklichkeit erklären sollte.

levantinischen: Levante → Mittelmeerländer östlich von Italien.

Essad Pascha: Esat Pascha Toptani (1863 - 3. Juni 1920); albanischer Nationalheld der Unabhängigkeitsbewegung.

Kemal Bey: (eigentl. Mehmed Namyk; 21. Dez. 1840 - 2. Dez. 1888); jungtürkischer Schriftsteller.

Meliorationen: Bodenverbesserungen.

S. 113: *Polas:* Pola → Hafenstadt in Kroatien, an der südlichen Westküste Istriens.

Aviatiker: Luftschiffer, Flieger.

Jensens: Vgl. Anm. S. 19.

Henry Morton Stanley: (eigentl. John Rowlands; 28. Jan. 1841 - 10. Mai 1904); brit. Journalist und Afrikareisender; traf am 28. Okt. 1871 mit dem verschollenen Livingstone zusammen; vgl. Anm. S. 115.

Drama Gustav Freytags: Vgl. Anm. S. 93.

Schmocks: Vgl. Anm. S. 93.

S. 114: *Moltkes:* Vgl. Anm. S. 45.

Bismarcks: Vgl. Anm. S. 19.

Darwins: Vgl. Anm. S. 102.

Flaubert: Gustave Flaubert (12. Dez. 1821 - 8. Mai 1880); franz. Schriftsteller von epochaler Wirkung; mit seinen erzähltechnischen Idealen der "Unpersönlichkeit" und "leidenschaftslosen Darstellung" Begründer des mod. franz. Romans ("Madame Bovary", 1856).

...nachdem ich es geprüft habe...: Ansp. auf den angeblich zweijährigen Amerika-Aufenthalt Müllers 1909 - 1911.

S. 115: *...und zuletzt schuf er noch schnell einen ganzen Staat...*: Ansp. auf die Erforschung des Kongogebietes, die Stanley 1879 - 1884 im Auftrag Leopold III. von Belgien unternahm.

Entsatz: Militär. für Befreiung.

Emin Paschas: Mehmed Emin Pascha (eigentl. Eduard Schnitzer, 28. März 1840 - 23. Okt. 1892 im heutigen Zaire ermordet); Afrikareisender; seit 1878 Gouverneur der Äquatorialprovinz des ägyptischen Sudan; eroberte 1890 im Auftrag des Dt. Reiches den Nordwesten von Tanganjika.

...die Entdeckung Livingstones...: David Livingstone (19. März 1813 - 1. Mai 1873); brit. Forschungsreisender in Afrika; galt bis zu seinem Zusammentreffen mit Stanley am 28. Okt. 1871 als verschollen; vgl. Anm. S. 113.

"Wie ich Livingstone fand": "How I found Livingstone" (1872); dt. 1879.

Rudyard Kipling: Vgl. Anm. S. 75.

...in einem Buche niedergelegt...: "American notes" (1891).

"Das Licht erlosch": "The light that failed" (1890).

...gegen den Mahdi am mittleren Nil...: Mahdi (eigentl. Mohammed Achmed, 1844 - 21. Juni 1885); gab sich für den vom Propheten verheißenen Machdi aus; Führer der Erhebung gegen die ägyptische Regierung 1881 - 1885 (Mahdi-Aufstand).

Darwinscher: Vgl. Anm. S. 102.

Johannes V. Jensen: Vgl. Anm. S. 19.

S. 116: *Arthur Holitscher.* (22. Aug. 1869 - 14. Okt. 1941); österr. Schriftsteller und Sozialist; wurde vor allem durch seine Reisebücher bekannt.

"Amerika von heute und morgen": Erschienen 1912.

René Schickele. (4. Aug. 1883 - 31. Jan. 1940); bedeutendster elsässischer Autor dieses Jahrh.; suchte den Ausgleich zwischen dt. und franz. Kultur.

"Schreie auf dem Boulevard": Erschienen 1913.

Emil Ludwig: (ursprüngl. E. Cohn, 25. Jan. 1881 - 17. Sept. 1948); schweizerischer Schriftsteller dt. Herkunft; bekannt durch seine wirkungsvoll geschriebenen historischen Biographien.

Fabianschen: Fabian Society; 1883/84 entstandene Vereinigung britischer Intellektueller, lehnte ebenso den Manchester-Liberalismus wie den Klassenkampfgedanken des Marxismus ab und plädierte für einen Sozialismus in verfassungsgemäßer Evolution; benannt nach dem röm. Feldherrn Quintus Fabius Maximus Verrucosus Cunctator (ca. 280 - 203 v. Chr.), der auf Geduld und Abwarten setzte; 1906 an der Gründung der Labour Party beteiligt.

Shawschen: Vgl. Anm. S. 65.

...Meinung von den Staaten...: Vgl. Anm. S. 114 [*nachdem ich es geprüft...*]

S. 117: *Cecil Rhodes:* (5. Juli 1853 - 26. März 1902); südafrik. Unternehmer und Politiker, seit 1890 Premierminister der Kap-Kolonien; bedeutendster Vorkämpfer des britischen Imperialismus.

Ludwigs Afrikabuch: "Die Reise nach Afrika" (1913) von Emil Ludwig (vgl. auch Anm. S. 116).

Roosevelt: Vgl. Anm. S. 48.

Briand: Aristide Briand (28. März 1862 - 7. März 1932); franz. Staatsmann; zwischen 1909 und 1929 wiederholt Ministerpräsident.

Jaurès: Jean Jaurès (3. Sept. 1859 - 31. Juli 1914 ermordet); franz. Sozialist und Pazifist;

Gründer der Zeitschrift "L'Humanité" (1902).

Loyola: Ignatius von Loyola (1491 - 31. Jul. 1556); Gründer des Ordens der Gesellschaft Jesu (Jesuiten; 1540); vgl. auch Anm. S. 233.

Jacques Dalcroze: (6. Juli 1865 - 1. Juli 1950); schweiz. Musikpädagoge; erfand eine neue Methode der Musikerziehung für Kinder und Jugendliche; in Dresden-Hellerau entstand die (Lehrer-) "Bildungsanstalt J. D.", die, 1911 eröffnet, durch ihre Festspiele 1912 und 1913 bei Künstlern und Pädagogen großen Eindruck machte.

S. 118: *...jüngsten Pariser Verträge...*: Nicht ermittelt.

Bagdadbahn: Auf Bagdad und den Persischen Golf gerichtete große Überlandlinie, mit deren Bau als Fortsetzung der Anatolischen Bahn unter maßgeblich dt. Beteiligung 1903 begonnen wurde.

S. 119: *Monroedoktrin:* Der außenpolitische Teil von Präsident J. Monroes Jahresbotschaft vom 2. Dez. 1823; die Vereinigten Staaten würden von aller Einmischung in europ. Angelegenheiten absehen, aber auch alle Kolonisationsversuche, Gebietsübertragungen und Interventionen außeramerik. Mächte gegenüber selbständigen amerik. Staaten als unfreundliche Akte betrachten.

Yankee: Vgl. Anm. S. 50.

exploitativen: Exploitation → Ausbeutung.

Hidalgo: Mitglied des niederen iberischen Adels.

Flibustier: Angehöriger einer westindischen Seeräubervereinigung in der zweiten Hälfte des 17. Jahrh.

Hacienderos: Besitzer einer Farm.

S. 120: *kreolischen:* Kreole → ursprüngl. Abkömmling roman. Einwanderer; Bez. für alle in Latein-Amerika von europ. Eltern Geborene.

...Reise des Prinzen Heinrich nach Buenos Aires...: Prinz Heinrich (14. Aug. 1862 - 20. Apr. 1929); Bruder Kaiser Wilhelm II. (vgl. Anm. S. 52); wurde 1909 Großadmiral und Generalinspekteur der Marine.

Paul Rohrbach: (29. Juni 1869 - 20. Juli 1956); kulturpolitischer Schriftsteller; zuerst Theologe, dann Publizist.

S. 121: *Roosevelts Bücher:* Vgl. u.a. "Winning of the West" (1889/95), "Autobiography" (1913) und "The Rough Riders" (dt. 1905); vgl. auch Anm. S. 48.

Brasilianische Expedition: Während einer Expedition in Brasilien 1914 war Roosevelt für kurze Zeit verschollen, tauchte dann aber unverletzt wieder auf.

S. 123: *Surrogate:* Ersatzstoffe.

kubanische Feldzug: 1913 kam es aufgrund innerer Unruhen in Kuba zu einer militärischen Intervention der Vereinigten Staaten.

Buffalo Bill-Szenerie: Vgl. Anm. S. 75.

Jensen: Vgl. Anm. S. 19.

Rauhrittes: Vgl. Anm. S. 51.

S. 124: *Oscar Wildes:* Vgl. Anm. S. 14.

Shaw: Vgl. Anm. S. 46.

S. 125: *Napoleon:* Vgl. Anm. S. 46.

...passiert à tout...: Atout → Trumpf im Kartenspiel.

S. 126: *Panamakanal:* 81,6 km langer Schiffahrtsweg durch die Landenge von Panama; 1914 von den USA fertiggestellt.

S. 127: *Madero:* Francisco Indalecio Madero (30. Okt. 1873 - 22. Feb. 1913); mexikanischer Politiker; stürzte 1910 Diaz und wurde 1911 Präsident; wurde 1913 durch Huerta gestürzt.

Porfirio Diaz: (15. Sep. 1830 - 2. Juli 1915); mexikanischer General und Gegner Kaiser Maximilians (vgl. Anm. S. 128); Präsident zwischen 1877 - 1880 und 1884 - 1911.

Juarez: Benito Juarez (21. März 1806 - 18. Juli 1872); Präsident von Mexiko (1861 - 1872); indianischer Abstammung.

Präsident Huerta: Victoriano Huerta (23. Dez. 1854 - 13. Jan. 1916); machte sich im Feb. 1913 zum Präsidenten; die Vereinigten Staaten verweigerten ihm jedoch die Anerkennung und bewirkten nach der Bombardierung von Veracruz (Apr. 1914) seinen Rücktritt.

Wilson: Vgl. Anm. S. 52.

S. 128: *...ein anderer Wilson...:* Henry Lane Wilson (3. Nov. 1857 - 22. Dez. 1932); amerik. Politiker; vom 21. Dez. 1909 - 14. Okt. 1913 Botschafter der USA in Mexiko.

Roosevelt: Vgl. Anm. S. 48.

...Guerillas gegen die Philippinos...: Nach dem Sieg der Vereinigten Staaten im Spanisch-Amerikanischen Krieg (21. Apr. - 10. Dez. 1898) fielen die Philippinen an die USA. Der Guerillakrieg der Philippinos dauerte noch bis 1902.

kubanische Feldzug: Vgl. Anm. zu S. 123.

...der Mexikaner im Kleinkrieg leisten kann...: Nach dem Einmarsch eines Expeditionscorps wurde 1863 von Frankreich das mexikanische Kaiserreich proklamiert und der österr. Erzherzog Maximilian Ferdinand (6. Juli 1832 - 19. Juni 1867) zum Kaiser proklamiert. Der nachfolgende Bürgerkrieg endete 1867 mit dem Sieg der mexikanisch-republikanischen Truppen und der Erschießung Maximilians.

...wie es Rußland geschlagen hat...: Vgl. Anm. zu S. 30.

S. 129: *Quäkernatur:* Quäker → im 17. Jahrh. in England entstandene, undogmatische christliche Religionsgemeinschaft, die die mystische Erfahrung des "inneren Lichts" suchte; Gerechtigkeit, Gleichheit und Toleranz als Grundwerte;

Hearst: William Randolph Hearst (29. Apr. 1863 - 14. Aug. 1951); amerik. Zeitungsverleger, erwarb 1887 die erste Zeitung und besaß zuletzt etwa 38 Zeitungen und Zeitschriften.

Djin-Djitsu-Kniff: Jiu-Jitsu → japan. Selbstverteidigungsmethode.

Angesichts der schönen Regelungen zwischen Deutschland und England...: Einigung Deutschlands und Englands in Kolonialfragen.

"Simplizissimus": Politisch-satirische Wochenzeitschrift 1896 - 1944 und 1954 - 1967 in München.

S. 130: *Osmanenreiches:* Türkenreiches.

Armenier: Mischvolk aus der Urbevölkerung Armeniens und eingewanderten Indogermanen.

S. 131: *Kef:* Wohlbefinden, Gefühl der Behaglichkeit.

60 HP.-Auto: 60 PS-Auto.

Paul Claudel: (6. Aug. 1868 - 23 Feb. 1955); franz. Schriftsteller, bildmächtige Sprache, die aus dem katholischen Mystizismus lebt.

Chesterton: Vgl. Anm. S. 64.

Nirwana: Im Buddhismus (vgl. Anm. S. 183) die völlige, selige Ruhe als erhoffter Endzustand.

Barbarossa: Friedrich I., genannt Rotbart bzw. Barbarossa (um 1125 - 10. Juni 1190); 1152 König, 1155 Kaiser, auf dem 3. Kreuzzug im Saleph ertrunken.

Die Kurdeneinfälle...: Vermutlich die "Christengreuel" des Osmanischen Reiches unter Abd Ul Hamid II. in den benannten Gebieten 1890-97.

Wan: Stadt und Provinz in Ostanatolien.

turkmenischen: Turkmenen → Turkvolk in West-Turkestan, Nordost-Iran und Nordwest-Afghanistan.

Arier: die Völker des indoiranischen Zweigs der indogerm. Sprachenfamilie; seit der 2. Hälfte des 19. Jahrh., insbesondere im Antisemitismus, wurde der Begriff auch als rassisch-politische Bez. verwendet.

dolichokefal: Langköpfig.

hethitischen: Hethiter → altorientalisches Volk; im 2. Jahrt. v. Chr. Großreich mit hoher Kultur in Vorderasien; um 1200 v. Chr. untergegangen.

S. 132: *merkurischen:* Merkurisch → kaufmännisch, geschäftstüchtig.

chevaleresken: Chevaleresk → ritterlich.

Kilikien: Landschaft im Südosten des antiken Kleinasiens.

S. 133: *Quäkertum:* Vgl. Anm. S. 129.

Rosenthalschen Mörder: Nicht ermittelt.

Becker: Nicht ermittelt.

"Amerikanismus": Vgl. Anm. S 35.

Furor: Vgl. Anm. S. 11.

S. 134: *Bohemien:* Vgl. Anm. S. 10.

Nietzscheanismus: Vgl. Anm. S. 32.

Renaissancemenschentum: Ideal des "uomo universale", des diesseitigen, titanisch-heroischen Individuums; in der zweiten Hälfte des 19. Jahrh. wiederbelebt.

Condottierismus: Condottiere → ital. Söldnerführer des 14./15. Jahrh.

Rinaldismus: "Rinaldo Rinaldini, der Räuberhauptmann" (1799); sehr erfolgreicher Räuber- und Abenteuerroman von Christian August Vulpius.

S. 135: *Lostrischaken:* Vermutlich von mhd. trischel → Dreschflegel; drischaken → prügeln, losschlagen.

Repetierpistole: Pistole mit Magazin oder Patronenkammer, kein Selbstlader.

...wie man jüngst gehört hat...: Nicht ermittelt.

S. 136: *Dyspepsie:* Vgl. Anm. S. 50.

Qäukerseelen: Vgl. Anm. S. 129.

vermutzt: Verstümmelt, verkürzt.

Cesare Borgia-Gegenüber: Cesare Borgia (1474-1507); natürlicher Sohn von Papst Alexander VI.; Kardinal und Erzbischof von Valencia; franz. Herzog von Valentinois; Vorbild für Machiavellis (vgl. Anm. S. 25) "Principe".

S. 137: *Karl Kraus:* (28. Apr. 1874 - 12. Juni 1936); österr. Schriftsteller, Sprach- und Kulturkritiker, schuf sich mit der satirisch-kritischen Zeitschrift "Die Fackel" (1899 - 1936) das Forum für seinen Kampf gegen die "Verlotterung der Sprache".

Dalai Lama: Politisches und religiöses Oberhaupt des tibetanischen Lamaismus.

Psychopathologie: Lehre vom kranken Seelenleben; wissenschaftl. Grundlage der Psychiatrie.

"Homme inconnu": In der Bedeutung von 'das verkannte Genie'.

...Schismatiker des Liberalismus: Schisma → Kirchenspaltung; Verweigerung der Unterordnung unter den Papst und die ihm unterstellte Gemeinschaft.

Shaw: Vgl. Anm. S. 65.

Hauptmann: Vgl. Anm. S. 85.

Doppelnummer: Ansp. darauf, daß die "Fackel" ganz überwiegend als Doppelnummer erschien.

Tagblatt: "Neues Wiener Tagblatt"; österr. liberale Tagezeitung; 1867 von Moritz Szeps gegründet; 1945 erloschen.

Osiris: Ägyptischer Gott; tritt um 2450 v. Chr. in den Vordergrund des Totenglaubens.

Wiemiris: Wortspiel mit Osiris (vgl. vorhergehende Anm.); Wie mir ist.

S. 138: *Schlehmile:* Schlehmil → hebr. für Pechvogel, Unglücksrabe.

...Freikarte zur Krausvorlesung: Kraus hielt regelmäßig öffentliche Lesungen.

Wurstel: Österr. für Hanswurst.

Jicina-man: Nicht ermittelt.

Stock-im-Eisen: Platz neben dem Stephansplatz; heute durch eine Fußgängerzone mit dem Graben und der Kärntner Straße verbunden. Der "Stock im Eisen", ein mit Nägeln beschlagener Baumstumpf, ist ein altes Wiener Wahrzeichen und soll der Legende nach auf einen Bund eines Schlossergesellen mit dem Teufel zurückgehen.

S. 139: *Nestroy.* Johann Nepomuk Nestroy (7. Dez. 1801 - 25. Mai 1862); österr. Schriftsteller und Schauspieler; nach Ferdinand Raimund bedeutendster und letzter Vertreter der Altwiener Volkskomödie, die er gesellschaftskritisch akzentuiert.

Kürnberger: Ferdinand Kürnberger (3. Juli 1821 - 14. Okt. 1879); liberaler österr. Schriftsteller und Kritiker.

Saphir: Moritz Saphir (eigentl. Moses Saphir; 8. Feb. 1795 - 5. Sept. 1858); österr. Schriftsteller; Herausgeber der satirischen Zeitschrift "Der Humorist"; Mitbegründer des Schriftstellervereins "Tunnel über der Spree".

Raunz'n: raunzen → meckern, klagen; Raunz'n → Person, die immer etwas bejammert.

Pferdefußpodagren: Podagra → eine Form von Gicht.

vivi: Lebhaft.

zarathustert: Vgl. Anm. S. 32.

Bosnickel: Leicht aufbringbarer, aggressiver Mensch.

Avenarius: Ferdinand Avenarius (20. Dez. 1856 - 20. Sept. 1923); Schriftsteller, Neffe Richard Wagners (vgl. Anm. S. 107); starker Einfluß als Kunsterzieher, vor allem als Herausgeber der Zeitschrift "Der Kunstwart" (seit 1887/88) und als Gründer des "Dürerbundes" (1903).

Hermann Bahrs: Vgl. Anm. S. 85.

S. 140: *Emballage:* Vgl. Anm. zu S. 62.

Pofels: Gerede, Geschwätz.

Gerhart Hauptmann: Vgl. Anm. S. 85.

...Klischeerede Hauptmanns vor der Wiener "Konkordia"...: Der "Journalisten- und Schriftsteller-Verein 'Concordia'" wurde 1859 gegründet; Hauptmann hielt auf der Geburtstagsfeier der "Concordia" am 18. Nov. 1912 eine Rede mit dem Titel "In der Concordia zu Wien".

S. 141: *Schmock:* Vgl. Anm. S. 93.

...neuere und freiere Presse...: Ansp. auf die *"Neue Freie Presse"*; österr. liberale Tageszeitung; erschien 1864 - 1939 in Wien.

S. 142: *Sansculottentum:* Sansculotten → in der franz. Revolution Synonym für Republikaner; eine zusehends militanter werdende Gruppe revolutionärer Kleinbürger.

napoleonesken: Vgl. Anm. S. 46.

Hosenträträs: Träträ → kleiner Junge, der noch nicht sauber ist; ängstlicher Mensch; Mensch, den man nicht achtet, und der keine Achtung verdient.

Greisler: Gemischtwarenhändler; engstirniger Mensch.

à la l'art pour l'art: l'art pour l'art → Kunst um der Kunst willen; Forderung einer zweckfreien, eigengesetzlichen Kunst als Selbstzweck allein aus der Idee des Schönen.

Müllern...: Die von dem dänischen Gymnastiklehrer J. P. Müller entwickelte Heilgymnastik betreiben; vgl. Anm. S. 199.

S. 143: *Paladine:* Paladin → einer der zwölf Helden um Karl den Großen (vgl. Anm. S. 84) im Rolandslied; treuer Gefolgsmann.

Plattenvater: Vermutlich von Platte → Tonsur, Glatze.

...Griensteidel abgetragen wurde...: Das Cafe "Griensteidl", 1844 von Heinrich Griensteidl gegründet und seit 1847 im Herbersteinschen Palais (Michaelerplatz; jetzt Ecke Herren- u. Schauflergasse) angesiedelt, war ein beliebter Literatentreffpunkt, seit 1890 vor allem des literarischen "Jung-Wien"; das Cafe wurde in der Nacht vom 20. zum 21. Januar 1897 geschlossen.

Medisance: Vgl. Anm. S. 109.

S. 144: *Ischler Saisonberichten:* Bad Ischl war in den Jahrzehnten vor dem 1. Weltkrieg der modische Kurort des vornehmen Wien; Kraus begann 1892 seine journalistische Tätigkeit mit Berichten aus Ischl.

Inzitament: Anreiz.

S. 145: *Die zu Journalismus demolierte Literatur...:* Ansp. auf Kraus' "Die demolirte Literatur" (1896), seine satirische Auseinandersetzung mit dem "Jungen Wien".

...eines Einzigen Gerechten in Israel...: Im jüdischen Glauben der erwartete Messias.

S. 146: *Krähwinkel:* Früherer dt. Ortsname; durch August Kotzebues Lustspiel "Die deutschen Kleinstädter" (1803) Sinnbild für kleinstädtische Beschränktheit.

Tirade: Wortschwall.

Jehovahwut: Jehova → Um 1100 im Anschluß an den Bibeltext der Masareten aufkommende Lesart des Gottesnamens JHWH (Jahwe).

Nietzsche: Vgl. Anm. S. 32.

S. 147: *Rosinensterz:* Sterz → österr. Gericht aus Maismehl oder -gries.

Velleitäten: Unkontrollierte und wirkungslose Gefühls- oder Willenregungen.

Maturazeitung: Matura → in Österr. Reifeprüfung an einer höheren Schule.

nocturno: Nächtlich, in der Nacht auftretend.

Petarde: Mit Pulver gefülltes mörserartiges Metallgefäß zur Sprengung von Befestigungen.

...Widersprüche statt Sprüche: Ansp. auf Kraus' "Sprüche und Widersprüche" (1909), Aphorismen aus den Nummern 198-276 (1906-1909) der "Fackel".

S. 148: *...Dornbusch zu halten geneigt ist:* Ansp. auf den brennenden Dornbusch, in dem Gott Moses erschien; 2. Mos 3, 2f.

...Sinnierer, wie er im Grillparzer steht: Franz Grillparzer (15. Jan. 1791 - 21. Jan. 1872); der Klassiker der österr. Literatur, bedeutenster Dramatiker seiner Zeit. Sinnierer → Ansp. auf den "nachdenklichen" Helden Kaiser Rudolf II. in Grillparzers Trauerspiel "Ein Bruderzwist in Habsburg" (1848 im wesentlichen beendet; 1872 aus dem Nachlaß).

Lots Weib: Während Lot, im A.T. Neffe Abrahams, aufgrund seiner Gerechtigkeit der Katastrophe von Sodom entgeht, schaut seine Frau verbotenerweise zurück und wird in eine Salzsäule verwandelt (1. Mos. 11-14, 19).

Kofen: Veraltet für Koben; Hütte, Verschlag.

Monomane: Monomanie → abnormer Zustand des Besessenseins von einer einzigen Idee oder Zwangsneigung.

S. 149: *Altenberg:* Vgl. Anm. S. 14.

Chesterton: Vgl. Anm. S. 64.

Hamsun: Vgl. Anm. S. 15.

S. 150: *...Sprüchen und Widersprüchen...:* Vgl. Anm. S. 147.

Hardens: Maximilian Harden (eigentl. Felix Ernst Witkowski, 20. Okt. 1861 - 30. Okt. 1927); Herausgeber der Wochenschrift "Die Zukunft" (1892-1923); als Anhänger Bismarcks (vgl. Anm. S. 19) bekämpfte er das persönliche Regiment Wilhelms II. (vgl. Anm. S. 52); 1906 Skandalprozesse gegen den Fürsten Philipp Eulenburg u. a.; scharfzüngiger Literaturkritiker.

S. 151: *...darüber geschrieben und in seinen Wiener Vorträgen zu bedenken gegeben....:* Vgl. u. a. "Weltbrand" ("Die Zukunft", 21. März 1914, S. 373-390); "Schall und Rauch" ("Die Zukunft", 23. Mai 1914); Wiener Vorträge im einzelnen nicht ermittelt.

...jede dieser Arbeiten...: Vgl. aus der Vielzahl der Artikel im besonderen: "Skutari" ("Die Zukunft", 3. Mai 1913, S. 137-143); "Balkan-Memorial" ("Die Zukunft", 10. Mai 1913, S. 205-225); "Balkan-Memorial III" ("Die Zukunft", 24. Mai 1913, S. 239-258); "Bukarester Friede" ("Die Zukunft", 9. Aug. 1913, S. 171-184).

Strindberg: Vgl. Anm. S. 24.

Karessen: Schmeicheleien, Liebkosungen.

S. 152: *Freisen:* Versuche.

Preßkapitän: Führender Pressemann, Pressezar.

S. 153: *Bernhard Shaw:* Vgl. Anm. S. 65.

"Erledigung": Vgl. "Die Fackel" 9, 31. Okt. 1907, Nr. 234-235, S. 1-36.

Bierbaumbach: Zusammensetzung aus Bierbaum und Baumbach; Otto Julius Bierbaum (Pseud. Martin Möbius; 28. Juni 1865 - 1. Feb. 1910); äußerst vielseitiger dt. Schriftsteller zwischen Naturalismus, Bohéme und Jugendstil. Rudolf Baumbach (28. Sept. 1840 - 21. Sept. 1905); Erzähler und Lyriker der Gründerzeit; von den Naturalisten als "Butzenscheibenpoet" verspottet. Die Formulierung "Bierbaumbach" ist in "Erledigung" nicht auszumachen; vgl. aber "Die Fackel" 4, Feb. 1903, Nr. 129, S. 13.

Die Sprache hats gegeben...: Ansp. auf "Der Herr hat's gegeben, der Herr hat's genommen. Der Name des Herrn sei gelobt." (Hiob, 1, 21)

Rudolf Hans Bartsch: (11. Feb. 1873 - 7. Feb. 1952); Erzählungen mit Themen aus dem alten Österreich; vgl. "Die Fackel" 11, 26. Juni 1909, Nr. 283-284, S. 45, und: "Die Fackel" 11, 30. Nov. 1909, Nr. 291, S. 21;

"Zwölf aus der Steiermark": Roman von R. H. Bartsch (1908).

Geßlers Altvater: Nicht ermittelt.

"Da bin ich schon wieder, Herr Gerstl?": Vgl. "Bin schon wieder da, Herr Gerstl!", in: "Die Fackel" 14, 5. Okt. 1912, Nr. 357-359, S. 31.

S. 154: *"Seine Artikel sind kleine Kunstwerke.":* Nicht ermittelt.

Else Lasker-Schülers: Else Lasker-Schüler (eigentl. Elisabeth L.-S.; 11. Feb. 1869 - 22. Jan. 1945); Lyrikerin und Dramatikerin; 1932 Kleist-Preis.

Gartenlaube: "Die Gartenlaube" → dt. illustrierte Wochenzeitschrift (1853-1944); belehrende Beiträge und leichte Unterhaltung.

Mystik: Religiöse Lebensform, die das unmittelbare Erleben Gottes anstrebte.

Plato: Vgl. Anm. S. 32.

Balzac: Honoré de Balzac (20. Mai 1799 - 18. Aug. 1850); franz. Schriftsteller, Begründer des soziologischen Realismus im mod. Roman.

Dostojewski: Vgl. Anm. S. 39.

Homer: griech. Dichter; lebte im 8. Jahrh. v. Chr. im ionischen Kleinasien; galt den Griechen als "der Dichter" schlechthin.

Nibelungendichtern: "Nibelungenlied" → mittelhochdt. Heldenepos eines namentlich nicht bekannten Dichters; um 1200 im Donaugebiet (Passau?) entstanden.

Liliencron: Vgl. Anm. S. 45.

Walters von der Vogelweide: Vgl. Anm. S. 85.

S. 155: *elefantiasisartiger:* Vgl. Anm. S. 59.

...Gerüchte von Kellnermißhandlungen...: Nicht ermittelt.

Verve: Schwung.

Repetiergewehr: Gewehr mit Magazin oder Patronenkammer, kein Selbstlader.

S. 156: *Tabak-Trafiken:* Staatliche Tabakverkaufsstellen in Österreich.

Pariah: Vgl. Anm. S. 51.

Räude: Durch Milben hervorgerufene Hauterkrankung besonders bei Haustieren.

S. 158: *Furie:* Furien → röm. Rachegöttinnen; abwertend für rasende, wütende Frau.

S. 159: *Allah:* Nach islamischem Verständnis Bez. für Gott schlechthin, also auch für den Gott der Juden und Christen.

Paulus: (jüd. Name Saul; Anfang 1. Jh. - 60 oder 62 n. Chr.; angeblich unter Nero als Märtyrer gestorben); christl. Missionar, Apostel; Verfasser der ältesten Schriften des N.T.; seine

Theologie ermöglichte die universale Ausbreitung des Christentums.

Kirchenväter: Seit dem 4. Jahrh. aufkommender Ehrentitel für zahlreiche Kirchenschriftsteller des 2. - 7. Jahrh.

Linkoln: Abraham Lincoln (12. Feb. 1809 - 15. Apr. 1865; ermordet); 16. Präsident der USA (1861-65); gilt den Amerikanern als Verkörperung der politischen Tugenden ihrer Nation.

...Neurastheniker der Heinrich Mann'schen Romane und zumal seine Tragödinnen...: Etwa Claude Marehn in dem Roman "Die Jagd nach Liebe" (1903), Violante, Herzogin von Assy in der Romantriologie "Die Göttinnen" (1902), Adelaide Branzilla in der Novelle "Die Branzilla" (1906; ersch. 1908) und Madame Legros in dem gleichnamigen Drama (1913); vgl. auch Anm. S. 50, 51.

Marlitt: Eugenie Marlitt (eigentl. E. John; 5. Dez. 1825 - 22. Juni 1887); Autorin zahlreicher trivialer Unterhaltungsromane (in der Wochenzeitschrift "Die Gartenlaube"; vgl. Anm. S. 154) von hohem Bekanntheitsgrad.

Gösta Berling: Roman von Selma Lagerlöf (dt. 1899).

Möricke: Eduard Mörike (8. Sept. 1804 - 4. Juni 1875); dt. Schriftsteller; steht als Lyriker und Prosaist zwischen Spätromantik und Frührealismus.

Häckel: Ernst Haeckel (16. Feb. 1834 - 9. Aug. 1919); dt. Zoologe und Naturphilosoph; glühender Verfechter der Abstammungslehre Darwins (vgl. Anm. S. 102); Begründer einer monistischen Weltanschuung.

Paralyse: Vollständige Lähmung.

Molke: Der flüssige Rückstand der von Fett und Kasein befreiten (geronnenen) Milch; wertvolles Nutztierfutter.

Entartung: Vgl. Max Nordau, "Entartung", 2 Bde. 1892/1893.

S. 160: *Syllogismus:* Die einfache Form des deduktiven Schlusses; aus zwei Urteilen leitet sich ein drittes ab.

fratschelt: In aufdringlicher Weise Fragen stellen.

S. 161: *anzestraler:* Angestammter; die Ahnen betreffender.

Ontogenese: Individualentwicklung eines Organismus.

Insinuation: Einflüsterung.

S. 162: *Kierkegaard:* Vgl. Anm. S. 32.

...wie ihn Kierkegaard versteht...: Kierkegaard versteht in "Entweder/Oder" (1. Teil, 1885; dän. "Enten-Eller"; 1843) Mozarts (vgl. Anm. S. 219) Don-Juan-Figur ("Don Giovanni") als Ausdruck "sinnlicher Genialität".

S. 164: *"Chinesische Mauer":* Erschienen 1910; Aufsätze aus der "Fackel" von Okt. 1908 bis Juli 1909.

...namentlicher Anspielung angegriffen...: Vgl. "Die Fackel" 14, 12. Dez. 1912, Nr. 363-365, S. 27f.

Roosevelt: Vgl. Anm. S. 48.

Nogi: Vgl. Anm. S. 48.

...Artikel im Heft 3...: Vgl. hier den Artikel "Roosevelt", Text S. 50-53.

"Ruf": "Der Ruf", H. 1 - 2: 'Ein Flugblatt an junge Menschen'; H. 5: 'Ein Flugblatt'; hg. v. Akademischen Verband für Literatur und Musik in Wien (vgl. Anm .S. 43); Wien, Leipzig 1912/13; Red. des 5. Heftes von Robert Müller.

Dschingis Kahns: Vgl. Anm. S. 52.

Attilas: Attila (mhd. Etzel; gest. 453); seit 434 König der hunnischen Stämme (vgl. Anm. S. 200); seit 445 (Ermordung seines Bruders Bleda) Alleinherrscher eines Reiches vom Kaukasus bis fast zum Rhein.

Amerikanismus: Vgl. Anm. S. 35.

Quäker: Vgl. Anm. S. 129.

S. 165: *Topfhelms*: Helm in Form des Gefäßes; seit Beginn des 13. Jahrh. verbreitet.

...Gedicht der Else Lasker-Schüler...: "Ein alter Tibetteppich"; Kraus druckte das Gedicht wieder in der "Fackel" 12, 31. Dez. 1910, Nr. 313-314, S. 36.

S. 166: *in Folio*: In einem Blatt.

"Neue freie Presse": Vgl. Anm. S. 141.

...sondern eiserner Kanzler: Bez. für Bismarck (vgl. Anm. S. 19).

rousseauifiziert: Vgl. Anm. S. 28.

Zulukaffer: Zulus → Bantuvölker aus der Gruppe der Nguni in Natal, einer Provinz der Republik Südafrika. Kaffern → Bez. für Stämme in Südafrika; abwertende Bez. für Schwarze.

S. 167: *Lafcadio Hearn*: Vgl. Anm. S. 89.

Bernhard Kellermann: Vgl. Anm. S. 89.

Stanley: Vgl. Anm. S. 113.

Sven Hedin: Sven Anders Hedin (19. Feb. 1865 - 26. Nov. 1952); schwed. Asienforscher, Wegbereiter der mod. Asienforschung.

Jensen: Vgl. Anm. S. 19.

...die potemkinsche Stimmung...: Grigorij Aleksandrowitsch Potjomkin (24. Sept. 1739 - 16. Okt. 1791); russ. Generalfeldmarschall, Diplomat und Politiker, ließ angeblich Dorfattrappen errichten, um Katharina II. bei einer Reise auf der Krim (1787) Wohlstand vorzutäuschen; potemkinsche Dörfer → Blendwerk, Trugbild.

Exotismus: In Literatur und Kunst die affirmative, von Faszination getragene Darstellung und Auseinandersetzung von bzw. mit exotischen Gegenden, Motiven, Themen etc. (→ Reiseliteratur); Strömung im ersten Viertel dieses Jahrh.

exploitiert: Vgl. Anm. S. 119.

... hat einst ... so gebetet...: Nicht ermittelt.

Indianerkrapfen: Krapfen → Haken.

Couplet: Vgl. Anm. S. 66.

Schismatiker des Liberalismus: Vgl. Anm. S. 137.

S. 168: *Kant:* Vgl. Anm. S. 99.

Henry Bergson: Vgl. Anm. S. 108.

Tao te king: Dao-de-jing ("Buch vom Dao und seiner Tugend"); ein Hauptwerk des chines. Taoismus; im späten 4. Jh. v. Chr. von dem historisch nicht faßbaren "alten Meister" Laozi (Lao-tse) verfaßt.

...Entfernung von Greenwich: Greenwich → Londoner Stadtbezirk; durch die 1675 gegründete Sternwarte verläuft der Nullmeridian.

Roseggers: Peter Rosegger (31. Juli 1843 - 26. Juni 1918); österr. Schriftsteller, realistische Heimatliteratur.

Kon Futse: Vgl. Anm. S. 98.

S. 169: *...Art von Sinomanie...:* Sinomanie → übersteigerte, krankhafte Begeisterung für China.

Kaffee Pucher: Vermutl. Kaffeehaus in Triest.

Harakiri: Vgl. Anm. S. 52.

Derassinement: Vgl. Anm. S. 94.

S. 170: *...auf jedermanns Rhodos*: Ansp. auf Hic Rhodus, hic salta (Hier ist Rhodus, hier springe); Äsop, "Fabeln", Nr. 203.

Amerikanismus: Vgl. Anm. S. 35.

amerikanische Schuhe: Nicht ermittelt.

Jensen: Vgl. Anm. S. 19.

Ex oriente lux: Vom Osten kommt das Licht; im übertragen Sinne: die Erlösung, das Christentum.

Flagellantismus: Geißelung oder Auspeitschung des menschlichen Körpers als religiöse Buße; vom 13. - 15. Jahrh. psychische Epidemie in Europa; anormale sexuelle Praxis.

S. 171: *Exotismen*: Vgl. Anm. S. 167.

Knut Hamsun: Vgl. Anm. S. 15.

Heine: Heinrich Heine (13. Dez. 1797 - 17. Feb. 1856); dt. Schriftsteller; als spätromantischer Lyriker mit dem "Buch der Lieder" (1827) große Popularität; mit von Skepsis, Spott und Ironie geprägten Texten wie "Deutschland, ein Wintermärchen" (1847) Hauptvertreter des "Jungen Deutschland".

Jung-Deutschland: Ansp. auf die vormärzliche Literatur des "Jungen Deutschland" und die sich selbst als "Jung-" bzw. "Jüngst-Deutschland" verstehenden frühen Naturalisten.

Kaiser-Peer-Gynt-Phantasien: "Peer Gynt" (1867), Schauspiel von Henrik Ibsen (vgl. Anm. S. 21); P. G. ist ein phantasiereicher, willensschwacher, selbstsüchtiger Charakter, dem es an Mut zur entscheidenden Tat mangelt.

Dispepsien: Vgl. Anm. S. 50.

S. 172: *Epitheton*: Beiwort.

Rauhreiter: Vgl. Anm. S. 51.

S. 173: *Das alte friederizianisches System*: Friedrich II. aufgeklärter Absolutismus, seine (innen-)politischen Leistungen (Siedlungspolitik, Kanal- und Wegebau, Urbarmachung des Oderbruchs) und das ihm zugrundeliegende Wertesystem (Rationalität, Pflicht, Gehorsam, Gewissensfreiheit etc.); vgl. auch Anm. S. 45.

Moltke: Vgl. Anm.. S. 45.

Roosevelt: Vgl. Anm. S. 48.

...pittoresk gestürmt hat....: Santiago de Cuba, 1. - 2. Juli 1898 (Span.-Amerik. Krieg).

Dekadenz: Vgl. Anm. S. 64.

Gabriel Schilling: "Gabriel Schillings Flucht"; Drama in 5 Akten von Gerhart Hauptmann (1905/06; Uraufführung 1912); vgl. auch Anm. S. 85.

S. 174: *Carnegie*: Andrew Carnegie (25. Nov. 1835 - 11. Aug. 1919); amerik. Großindustrieller; Stahlmagnat; Stiftungen (C.-Institute).

intense life: Intensives Leben.

Kramers oder Arnolds: Die Figur Arnold hat nach H. Mann "ein Temperament à la Rousseau" (vgl. Anm. S. 28); Zerissenheit zwischen Geist und Sinnlichkeit, nordischer und südlicher Welt etc.; autobiographische Züge.

Heinrich Manns: Vgl. Anm. S. 51.

"Zwischen den Rassen": Erschienen 1907.

kapabel: Fähig, brauchbar.

Dostojewski: Vgl. Anm. S. 39.

Dandismus: Dandy → der extravagante, blasierte, von innerer Leere bedrohte Lebe- und Genußmensch.

S. 175: *Dr. Karl Lueger*: (24. Okt. 1844 - 10. März 1910); antiliberaler österr. Politiker; wurde 1895 zum Bürgermeister von Wien gewählt, aber erst nach dreimaliger Wiederholung der Wahl 1897 vom Kaiser bestätigt.

S. 176: *Bielohlaweks*: Hermann Bielohlawek (2. Aug. 1861 - 30. Juni 1918); österr. Politiker; 1897 - 1911 mit Unterbrechungen Reichstagsabgeordneter.

Geißlern: Vgl. Anm. S. 170.

Flagellantismus: Vgl. Anm. S. 170.

Viktor Adlers: Viktor Adler (24. Juni 1852 - 11. Nov. 1918); österr. Sozialist; seit 1905 unbestrittener Führer der sozialdemokratischen Partei.

Präponderanz: Übergewicht.

Graf Adalbert Sternberg: (14. Jan. 1868 - ?); österr. Reichsratsabgeordneter der tschechischen Fraktion.

Kramarcz: Karel Kramár (27. Dez. 1860 - 26. Mai 1937); tschech. Politiker; trat als Führer der tschech. Nationalbewegung für eine Einigung aller slawischen Völker ein.

Masaryk: Thomas Masaryk (7. März 1850 - 14. Sep. 1937); tschech. Soziologe und Staatsmann; wurde 1891 und 1907 in den österr. Reichsrat gewählt; 1918-1935 Präsident der unabhängigen Tschecheslowakei.

Oligarchie: Herrschaft einer kleinen Gruppe.

S. 177: *"deutsche Schulverein":* Der Deutsche Schulverein in Österreich, gegründet am 2. Juli 1880 in Wien, hatte den Zweck, in den Ländern Österreichs, besonders dort, wo die Errichtung dt. Schulen auf öffentliche Kosten nicht erreicht werden konnte, solche gründen und erhalten zu helfen. 1925 entstand durch den Zusammenschluß des Dt. Schulvereins und der Südmark der Deutsche Schulverein Südmark.

treue Eckehart: "Der getreue Eckart"; Monatsschrift des Dt. Schulvereins.

S. 178: *Semiten:* Nach dem biblischen Stammvater Sem Bez. für die Völker des semitischen Sprachstammes.

Diaspora-Juden: Diaspora → unter Andersgläubigen zerstreut lebende Glaubensgenossen sowie die Gebiete, in denen sie leben.

Gambetta: Léon Gambetta (3. Apr. 1838 - 31. Dez. 1882); franz. Staatsmann aus einer jüdisch-genuesischen Familie; Widersacher von Napoleon III. (vgl. Anm. S. 80); nach 1870/71 treibende Kraft des Revanchegedankens.

equilibrieren: Aquilibrieren → ins Gleichgewicht bringen.

Salomon: Salomo → König von Israel im 10. Jahrh. v. Chr., Tempelerbauer; gerühmt wegen seiner Weisheit, für die sein Name sprichwörtlich steht.

S. 179: *paralysiert:* Vgl. Anm. S. 159.

Paranoia: Systematisierter Wahn (Verfolgungswahn, Erotomanie, Eifersuchtswahn, Größenwahn); Form der Schizophrenie.

Monomane: Vgl. Anm. S. 148.

Mehltau: Weißlicher Überzug auf Pflanzen, hervorgerufen durch Schmarotzerpilze; sehr schädlich.

S. 180: *Detachierung:* Detachieren → eine Truppenabteilung für besondere Aufgaben abkommandieren.

Pallaskinder: Pallas → Beiname Athenes, der Göttin u. a. der Wissenschaft und der Künste.

S. 181: *Heilaszesen:* Heilaskesen.

Peter Altenberg: Vgl. Anm. S. 14.

Heinr. Mann: Vgl. Anm. S. 51.

S. 183: *Edison:* Vgl. Anm. S. 30.

Buddha: (ca. 560 - ca 480 v. Chr.); "der Erwachte", "der Erleuchtete"; Ehrenname des ind. Religionsstifters Siddhatta (Siddharta) oder Gautama; vgl. Anm. S. 131.

Gautamas: Gautama → Name des Buddha.

...alles schon dagewesen: Vgl. Anm. S. 65.

Fajums: Fajum → ägypt. Provinz.

Montezumas: Moctezuma (ca. 1466-1520); letzter Herrscher des Aztekenreiches (1502-1520).

Neros: (eigentl. Lucius Domitius Ahenobarbus; seit 50 n. Chr. Nero Claudius Caesar; 37-68 n. Chr.); 54-68 röm. Kaiser, verfolgte als erster planmäßig die Christen.

S. 184: *Quietismus:* Myst. Richtung des 17./18. Jahrh., die eine Einigung mit Gott durch die affekt- und willenlose Ergebung in seinen Willen suchte.

dionysischen: Dionysos → Gott der Fruchtbarkeit, des Weines und der Ekstase; rauschaft, verzückt, sinnenfroh.

Gerhart Hauptmann: Vgl. Anm. S. 85.

evoë: Euhoe, auch euhan → Jubelruf beim Fest des Dinonysos (vgl. Anm. S. 184).

Absinthseele: Absinth → grünlicher Branntwein mit Wermutzusatz; verbotenes Rauschmittel.

S. 185: *Gabriel Schilling:* Vgl. Anm. S. 173.

Enquete: Arbeitstagung; Untersuchung, Rundfrage, Ermittlung.

Pippa: "Und Pippa tanzt"; Drama von Gerhart Hauptmann (Berlin 1906).

...des alten Huhn: Glasbläser Huhn; Figur aus "Und Pippa tanzt".

...sein Menschenbruder Wann: Eine mit übernatürlichen Fähigkeiten begabte, mythische Persönlichkeit aus "Und Pippa tanzt".

Michel: Michel Hellriegel, ein Okarina spielender Handwerksbursche in "Und Pippa tanzt".

Okarinabläser: Okarina → kurze Flöte aus Ton oder Porzellan in Form eines Gänseeis.

Professor Mäurer: Bildhauer und Freund Gabriel Schillings in dem Drama "Gabriel Schillings Flucht" (vgl. Anm. S. 173).

S. 186: *Arnold Kramer:* Sohn des Malers und Akademieprofessors Michael Kramer im gleichnamigen Drama G. Hauptmanns (Berlin 1900).

...hat zwei Frauen um sich...: Der Maler Gabriel Schilling steht zwischen zwei Frauen, seiner Gattin Eveline und seiner Geliebten, der Russin Hanna Elisas.

S. 187: *Lethe-:* Vergessenheitstrank, Vergessenheit.

Harakiri: Vgl. Anm. S. 52.

Epikuräer: Epikur (341-271 v. Chr.); griech. Philosoph; höchste Form der Glückseligkeit ist die Unerschütterlichkeit der Seele; wird erreichbar nur durch weises Abwägen des Genusses, Selbstbeherrschung, Tugend und Gerechtigkeit. Epikureer → Genußmenschen, die allein auf sinnlich-materielle Genüße zielen.

frugal: Einfach, mäßig; (öfter aus Unkenntnis): vorzüglich und reichlich.

eudaimonistische: Eudämonie → Glückseeligkeit, seelisches Wohlbefinden.

catch as catch can-Mensch: Catch-as-catch-can → von Berufsringern ausgeübte Art des Freistilringens, bei der fast alle Griffe erlaubt sind.

Werther: Hauptfigur in Goethes Briefroman "Die Leiden des jungen Werthers" (1774); Werther steht für den feinsinnig-rezeptiven, empfindsamen Typus, dessen Individualismus und Gefühlsabsolutismus an den "fatalen bürgerlichen Verhältnissen" zerbricht.

Tasso: Zentralfigur in Goethes "Torquato Tasso" (1790); Dichter, dem Dichten naturhafte Nötigung bedeutet; melancholische Selbstbezogenheit, Wirklichkeitsverlust; verkörpert die emotionale und imaginative Problematik des künstlerischen Menschen → Künstlertragödie; vgl. Anm. S. 32.

Faust: Vgl. Goethes "Urfaust" (1775/1887), "Faust ein Fragment" (1790), "Faust I" (1808) und "Faust II" (postum 1832); Sinnbild des (unerschrocken) diesseitigen, nach Erfahrung, Erkenntnis und (Welt-)Gestaltung Strebenden.

Antonio: Vgl. Anm. S. 32.

Julius Szini: Gyula Szini (1876-1932); ungar. Schriftsteller.

S. 188: *...österreichischen Gruppe der Gesellschaft für deutsche Erziehungs- und Schulgeschichte...:* Berlin 1890-1938; gegründet von K. Kehrbach; Vereinigung zur Erforschung des erziehungswissenschaftlichen Materials der Vergangenheit; Organ: "Mitteilungen des G.f.d.E.-u.S." (1890-1910); n. F.: "Zeitschrift für Geschichte der Erziehung und des Unterrichts".

P. Ludwig Koller: Nicht ermittelt.

O.S.B.: Ordo S. Benedicti (Benediktinerorden).

August Hofer: Nicht ermittelt.

A. Gubo: Nicht ermittelt.

Dr. Karl Wotke: Nicht ermittelt.

Piaristenordens: Ordo Clericorum Regularium Pauperum Matris Dei Scholarum Piarum

(Orden der Armen Regularkleriker der Mutter Gottes für fromme Schulen); 1617 in Rom von Joseph von Calasanza gegründet; katholischer Orden für Schulunterricht und Jugendererziehung.

Freiherrn v. Birkenstock: Johann Melchior, Edler von Birkenstock (11. Mai 1738 - 30. Okt. 1809); erwarb sich hohe Verdienste um das Schulwesen in Österreich; 1792 - 1803 Direktor des Schul- und Erziehungs-Departements.

Futurismus: In Italien entstandene, unter dem Einfluß von Nietzsche (vgl. Anm. S. 32) und Bergson (vgl. Anm. S. 108) stehende, dem Expressionismus zuzurechnende künstlerische Bewegung; gegen alle Traditionsgebundenheit in Geschichte, Kunst und Philosophie; Hauptvertreter F. T. Marinetti (vgl. Anm. S. 189).

S. 189: *Irredenta:* Vgl. Anm. S. 82.

...und afrikanischer Expansion: Vgl. Anm. S. 82.

Marinetti: Filippo Tommaso Marinetti (22. Dez. 1876 - 2. Dez. 1944); ital. Schriftsteller; veröffentlichte am 20. Feb. 1909 im "Figaro" das erste futuristische Manifest; Gründer und Haupt des Futurismus.

Amerikanismus: Vgl. Am. S. 35.

Mystikers: Vgl. Anm. S. 154.

Hamann: Johann Georg Hamann (27. Aug. 1730 - 21. Juni 1788); philosophischer Schriftsteller aus Königsberg; Gegner der Aufklärung; von großem Einfluß auf den Sturm und Drang.

Eugenik: Erbgesundheitsforschung, -lehre, -pflege mit dem Ziel, erbschädigende Einflüsse und die Verbreitung von Erbkrankheiten zu verhüten.

Werkbund: Der Deutsche Werkbund; Vereinigung von Künstlern, Industriellen und Handwerkern; 1907 in München gegründet.

Vortrupp-Parlament: Der Deutsche Vortruppbund → 1910 von H. Popert in Hamburg als Tatgemeinschaft der Lebensreform-Bewegung in Verbindung mit dem Dürerbund gegründet.

S. 190: *Zigeuner-sei-bei-uns:* Gott-sei-bei-uns → süddt. für Teufel.

S. 191: *Die technischen Manifeste...:* "Manifeste du futurisme"; erschienen im "Figaro" vom 20. Feb. 1909.

Volapüks: Welthilfssprache; erfunden und 1880 erstmals veröffentlicht von J. M. Schleyer.

Thomas Mann: Vgl. Anm. S. 104.

Dreadnought-Menschen: Vgl. Anm. zu S. 48.

S. 193: *Paul Rohrbachs:* Vgl. Anm. zu S. 120.

Karl Leuthners: Karl Leutner (12. Okt. 1869 - 8. Mai 1944); österr. Politiker; seit 1911 Abgeordneter des Reichstages; glühender Verfechter des deutsch-nationalen Gedankens.

Sibirjaken: Vgl. Anm. S. 98.

S. 194: *Meistersinger- und Stollenzeit:* Meistersinger: Vgl. Anm. S. 54. Stollen → zwei gleichgebaute und nach derselben Melodie gesungene Teile des Aufgesangs in der dreiteiligen Meistersangstrophe; Meister Stolle → fahrender Spruchdichter aus Mitteldeutschland in der Mitte des 13. Jahrh.

Stolypin'sche Agrarreform 1905: Petr Arkadjewitsch Stolypin (14. Apr. 1862 - 18. Sept. 1911); russ. Staatsmann; seit 1906 Innenminister und Ministerpräsident; Agrarreform 1906 (Gesetz vom 27. Juni 1910) mit dem Ziel, bäuerliches Einzeleigentum anstelle des dörflichen Gemeinschaftsbesitzes (Mir) zu schaffen.

slavophile: Slawenfreundlich; Slawophile → in Rußland im 19. Jahrh. Anhänger der streng orthodoxen, antirationalistischen, kulturpolitisch konservativen, die russ. Eigenart betonenden Richtung.

Dostojewskys: Vgl. Anm. S. 39.

Danilewskys Stufentheorie: Nikolaj Jakowlewitsch Danilewskij (10. Dez. 1822 - 19. Nov. 1885);

russ. Schriftsteller und Naturforscher; entwickelte Kulturtypenlehre, die auf die Geschichts- und Kulturphilosophie Oswald Spenglers (25. Sept. 1880 - 8. Mai 1936) vorausweist; Hauptwerk "Rossija i Evropa" (1871) wurde als "Katechismus der Slawophilie" bekannt.

S. 195: *Ruedofer:* Vermutl. J. J. Ruedorffers (persönl. Daten nicht ermittelt) Werk "Grundzüge der Weltpolitik in der Gegenwart" (Stuttgart u. Berlin 1914).

Gogol: Nikolaj Wassiljewitsch Gogol (1. Apr. 1809 - 4. März 1852); russ. Schriftsteller, Romantiker, der den Weg für einen psychologischen und sozialkritischen Realismus vorbereitete.

...selbst kein Ende hast?": Nicht ermittelt.

Grusiner: Aus dem Russ. stammender Name für die Georgier.

Kalmücken: Westmongolisches Volk; siedelte seit 1632 an der unteren Wolga.

S. 198: *Kierkegaard:* Vgl. Anm. S. 32.

Dostojewsky: Vgl. Anm. S. 39.

Nietzsche: Vgl. Anm. S. 32.

Strindberg: Vgl. Anm. S. 24.

Zola: Emile Zola (2. Apr. 1840 - 19. Nov. 1902); franz. Schriftsteller, Hauptvertreter des franz. Naturalismus; sein Romanzyklus "Les Rougon-Macquart" gibt die Natur- und Sozialgeschichte einer dem Verfall geweihten Familie des Zweiten Kaiserreichs wieder.

Darwin: Vgl. Anm. S. 102.

"Der Tunnel": Erschienen 1913.

Bernhard Kellermann: Vgl. Anm. S. 89.

Hamsunsche: Vgl. Anm. S. 15.

"Jester und Li": Untertitel: "Die Geschichte einer Sehnsucht; erschienen 1910.

"Ingeborg": Erschienen 1906.

Heinesches: Vgl. Anm. S. 171.

"Der Tor": Erschienen (1908/09).

"Das Meer": Erschienen 1910.

S. 199: *"Viktoria":* Erschienen 1898; dt. 1899.

"Pan": "Pan. Af Lojtnant Thomas Glahns Papirer" (1894); dt. "Pan. Aus Lieutnant Thomas Glahns Papieren" (1895).

"Mysterien": Vgl. Anm. S. 15.

"Kaukasusreise": "I eventyrland" (1903); dt. "Im Märchenland. Erlebtes und Geträumtes aus Kaukasien" (1905).

Jensen: Vgl. Anm. S. 19.

jütisch-fünische: Jüten → germ. Stamm in Jütland, der Halbinsel zwischen Nord- und Ostsee; nahm an der germ. Besiedlung Britanniens teil. Fünen → Bewohner der dän. Insel zwischen Jütland und Seeland.

J. P. Müller: Jörgen Petersen Müller (7. Okt. 1866 - 18. Nov. 1938); dän. Gymnastiklehrer, Begründer der Heimgymnastik; leitete 1912 - 1924 ein Gymnastikinstitut in London. (Vgl. Anm. S. 142.)

"Gletscher": "Der Gletscher. Ein neuer Mythos vom ersten Menschen". Berlin 1911.

"Das Schiff": "Skibet" (1912); dt. 1915.

Flauberts: Vgl. Anm. S. 114.

"Madame d'Ora": Erschienen 1904; dt. 1907.

"Das Rad": Erschienen 1908.

Kipling: Vgl. Anm. S. 75.

Walt Whitman: (31. Mai 1819 - 26. März 1892); nordamerik. Dichter, sein Hauptwerk "Leaves of grass" (1855; dt. "Grashalme", 1868) war bahnbrechend für die moderne Lyrik in Amerika und Europa.

d'Annunzio: Vgl. Anm. S. 14.

...Geschmacklosigkeiten während des Krieges: Ansp. auf d'Annunzios zahlreiche fanatisch-martialische Gedichte während des Krieges; vgl. auch Anm. S. 14, 213.

"Piacere": "Il Piacere" (1889); dt. "Lust" (1898).

S. 200: *Hunnen*: Eurasisches Nomadenvolk; drang zwischen 375 und 451 (Niederlage auf den Katalaunischen Feldern) bzw. 453 (Tod Attilas; vgl. Anm. S. 164) aus den Steppen Süd-rußlands in mehreren Wellen bis nach Gallien vor.

Herr Wells: Vgl. Anm. S. 76.

Manuproprien: manu propria (lat.) → mit eigener Hand, eigenhändig.

"Dämonen": Dostojewskis (vgl. Anm. S. 39) Roman "Besy" (1871/72); dt. "Die Besessenen" (1888) bzw. "Die Dämonen" (1906).

Zarathustra: Vgl. Anm. S. 32.

"Tagebuch des Verführers": "Das Tagebuch des Verführers"; Schlußstück des ersten Teils von "Enten-Eller" (1843; dt. "Entweder-Oder", 1885); vgl. auch Anm. S. 32, 162.

S. 201: *...ein Philosoph des Willens auf...*: Arthur Schopenhauer (22. Feb. 1788 - 21. Sept. 1860); dt. Philosoph; Hauptwerk "Die Welt als Wille und Vorstellung" (1819).

S. 202: *Gogol:* Vgl. Anm. S. 195.

Turgenjeff: Iwan Sergejewitsch Turgenjew (9. Nov. 1818 - 3. Sept. 1883); russ. Schriftstel-ler; bedeutender Vertreter des russ. Realismus.

Mereschekowsky: Dimitrij Sergejewitsch Mereschkowskij (14. Aug. 1865 - 9. Dez. 1941); russ. Schriftsteller; Mitbegründer des russ. Symbolismus.

Tolstoy: Graf Leo Nikolajewitsch Tolstoj (9. Sept. 1828 - 20. Nov. 1910); russ. Schriftstel-ler; als Romancier von außerordentlicher Wirkung auf die realistische und naturalistische Kunst auch außerhalb Rußlands; Begründer eines urchristlich bestimmten Kulturnihilismus.

Gorki: Vgl. Anm. S. 14.

Maupassant: (Henri-René-Albert-)Guy de Maupassant (5. Aug. 1850 - 6. Juli 1893); franz. Schriftsteller, vor allem als Novellist berühmt; galt Zeitgenossen als religiös und moralisch anstößig; stark von Flaubert (vgl. Anm. S. 114) und Zola (vgl. Anm. S. 198) beeinflußt.

Quartierlatinist: Bewohner des Quartier latin, des Hochschulviertels von Paris; übertragen für franz. Intellektueller.

Zyklopen: Im griech. Mythos einäugige Riesen auf der Insel Trinakria.

S. 203: *Afrikanismus*: In Müllers Verständnis jene Literatur, die den europ. Imperialismus in Afrika akklamiert; im Gegensatz zu Amerikanismus (vgl. Anm. S. 35) und Asiatismus (vgl. Anm. S. 59) positiv besetzt.

Hamiten: In der bibl. Völkertafel Völker, die Nordafrika und Südarabien bewohnten; ältere Bez. für eine Sprach- und Volksgruppe in Nord- und Nordostafrika.

Berbereskenstaaten: Berber → Sammelname für die älteste in Nordwestafrika lebende Be-völkerung.

Zulus: Vgl. Anm. S. 166.

Matabeles: Matabele → Ndebele; zu den Nguni gehöriges Bantuvolk in Simbabwe.

S. 204: *Dr. Karl Peters:* Carl Peters (29. Sept. 1856 - 10. Sept. 1918); trat vehement für die koloniale Expansion Deutschlands ein; gründete 1884 die "Gesellschaft für deutsche Koloni-sation"; 1897 wegen Willkür gegenüber Schwarzafrikanern aus dem Staatsdienst entlassen.

"Afrikanische Köpfe": Untertitel: "Charakterskizzen aus der neueren Geschichte Afrikas." (1915).

"Africanus": (lat.: Der Afrikaner); im alten Rom Ehrenname mehrerer Patrizierfamilien; be-sonders bekannt als Beiname der in Afrika erfolgreichen Feldherren Scipio D. Ä. und Scipio D. J.

Paul Krüger: Paulus Krüger (10. Okt. 1825 - 14. Juli 1904); genannt "Ohm Krüger"; süd-afrik. Politiker, führte die Buren 1880/81 erfolgreich im Freiheitskrieg gegen die britische Herrschaft; seit 1883 Präsident der Buren-Republik Transvaal.

Cecil Rohdes: Vgl. Anm. S. 117.

Menelik: Menelik II (17. Aug. 1844 - 12. Dez. 1913); Kaiser von Äthiopien; verhinderte 1896 (Sieg bei Adua) koloniale Abhängigkeit Äthiopiens von Italien.

Emin Pascha: Vgl. Anm. S. 115.

Leopold II: (9. Apr. 1835 - 17. Dez. 1903); König von Belgien; gab den Auftrag zur Gründung des Kongostaates.

Stanleys: Vgl. Anm. S. 113.

Livingstone: Vgl. Anm.S. 115.

cant: Heuchlerische Redeweise.

S. 205: *homerisch:* Vgl. Anm. S. 154.

S. 206: *Schönbergs:* Arnold Schönberg (13. Sept. 1874 - 13. Juli 1951); österr. Komponist; mit seinen Kompositionen und theoretischen Schriften (Atonalität, Zwölftonmusik) höchst einflußreich auf die Kunstmusik des 20. Jahrh.

S. 207: *Korybanten:* Vgl. Anm. S. 101.

S. 208: *Blinksäbel:* Paradesäbel.

Körners: Karl Theodor Körner (23. Sept. 1791 - gefallen 26. Aug. 1813); vaterländische Kriegs- und Freiheitslieder ("Leyer und Schwert", 1814).

S. 209: *Jehovas:* Vgl. Anm. S. 146.

S. 210: *...Feldwachenschlacht am Isonzo...:* Zwischen Juni 1915 und Nov. 1917 wurden am Isonzo insgesamt zwölf Schlachten geschlagen; Müller spielt vermutlich auf die 3. und 4. Schlacht (Okt./Nov. bzw. Dez. 1915) an.

Deutschmeistern: Deutschmeister → geistlicher Ritterorden des Mittelalters; 1198/99 gegründet.

Alpini: Gebirgsjäger.

Bersaglieri: Ital. Truppengattung der Infanterie, die sich durch besondere Beweglichkeit auszeichnete; 1836 gegründet.

Brigade Napoli: Nicht ermittelt.

S. 211: *Sonnino:* Baron Giorgio Sidney Sonnino (11. März 1847 - 24. Nov. 1922); 1914 - 1919 Außenminister Italiens; führte 1915 den Kriegseintritt Italiens an der Seite der Entente (vgl. Anm. S. 219) herbei.

Salandra: Antonio Salandra (13. Aug. 1853 - 9. Dez. 1931); 1914 - 1916 Ministerpräsident Italiens; bewirkte 1915 den Austritt Italiens aus dem Dreibund mit Deutschland und Österreich-Ungarn und den Wechsel zur Entente (vgl. Anm. S. 219).

d'Annunzio: Vgl. Anm. S. 14.

Viena qua! Avanti! Coraggio!: Komm her! Vorwärts! Mut!

mamma mia! madre mia! Ajuto, ajuto!: Um Gotteswillen! Mutter! Hilfe, Hilfe!

haranguieren: Harangieren → langweilig reden, anöden.

karriolt: Karriole → zweirädriges, meist einspännig gefahrenes Fuhrwerk mit Kasten.

S. 212: *Cadornas:* Graf Luigi Cadorna (4. Sept. 1850 - 23. Dez. 1928); Generalstabschef des ital. Heeres im 1. Weltkrieg; nach der verlorenen zwölften Schlacht am Isonzo im Oktober 1917 abgelöst.

S. 213: *...d'Annunzios zeitraubende Kriegsgesänge:* "Canti della guerra latina" (entstanden 1914-18; separat erschienen 1934); unter dem Titel "Asterope" (1933) 5. Teil des Plejaden-Fragments "Laudi del cielo del mare della terra e degli eroi"; vgl. auch Anm. S. 14, 199.

S. 214: *Scherenfernrohr:* Doppelfernrohr, bei dem der Strahlengang unmittelbar hinter dem Okular um 90° zur Blickrichtung durch ein Pentaprisma abgeknickt wird.

Binokels: Veralt. für Brille.

Kote: Die Höhe (Höhenzahl) eines Geländepunktes über einer Bezugsfläche.

Train: Veraltet für Troß → Versorgungs-, Fahr- und Transportgruppe.

S. 215: *Räuberbande*: Nähere Angaben nicht ermittelt.

macchiavellistische: Vgl. Anm. S. 25.

tonisierten: Tonisieren → stärken.

Am Samstag Nachmittag: Datum nicht ermittelt.

S. 219: *Bernhard Shaws:* Vgl. Anm. S. 65.

In einem amerikanischen Blatte...: Vgl. "Bernard Shaw on England's Obligation to Belgium" (New York American, 26. März 1916) und "The German Case against Germany" (New York Times Magazine, 16. April 1916).

Entente: Im 1. Weltkrieg Frankreich, England und Rußland als Gegner der Mittelmächte Deutschland und Österreich-Ungarn; vgl. Anm. S. 111.

Mittelmächte: Im 1. Weltkrieg das Deutsche Reich und Österreich-Ungarn, dann auch Bulgarien und die Türkei.

Cant: Vgl. Anm. S. 204.

...eine schlimme Stunde gehabt...: Vgl. "The Peril of Potsdam: Our Business Now" (Daily News, 11. Aug. 1914) und "Common sense about the war" (Supplement to The New Statesman, vol. IV, No. 84, 14. Nov. 1914).

Antiprussianismus: Preußenfeindlichkeit.

Vivisektion: Eingriff an lebenden Tieren; im übertragenen Sinne akribische, emotionslose Analyse.

Typus Mozart: Wolfgang Amadeus Mozart (eigentl. Johannes Chrysostomos Wolfgangus Theophilus Mozart; 27. Jan. 1756 - 15. Dez. 1791); äußerst vielfältiges Werk; steht in der Wiener Klassik zwischen Haydn und Beethoven; steht für Kultur.

Bismarck: steht für Krieg; vgl. Anm. S. 19.

großen Fritz: Vgl. Anm. S. 45 und 173.

Asquiths: Herbert Henry Asquith (12. Sept. 1852 - 15. Feb. 1928); britischer Staatsmann; 1908-1916 Premierminister.

Grey: Edward Grey (25. Apr. 1862 - 7. Sept. 1933); britischer Staatsmann; 1905 - 1916 Außenminister.

S. 220: *...Kant eine Moral...* : Kants Pflicht-Ethik (kategorischer Imperativ), niedergelegt in der "Kritik der praktischen Vernunft" (1788); vgl. auch Anm. S. 99.

Maeterlink: Maurice Maeterlink (29. Aug. 1862 - 6. Mai 1949); belg.-franz. Schriftsteller, bedeutender Vertreter des Symbolismus; 1911 Nobelpreis für Literatur.

Verhaeren: Emile Verhaeren (21. Mai 1855 - 27. Nov. 1916); belg.-franz. Schriftsteller; bedeutender Vertreter des Symbolismus; beteiligt an der literarischen Bewegung "Jeune Belgique" ('Junges Belgien').

Bergson: Vgl. Anm. S. 108.

Rudyard Kipling: Vgl. Anm. S. 75.

S. 221: *Dostojewsky:* Vgl. Anm. S. 39.

Tolstoi: Vgl. Anm. S. 202.

Gorky: Vgl. Anm. S. 14.

Naumannschen Buches: Friedrich Naumann (25. März 1860 - 24. Aug. 1919); liberal-demokratischer Reformpolitiker; Parteigründer der "Fortschrittlichen Volkspartei" (1910); Buchtitel: "Mitteleuropa" (Berlin 1915).

S. 222: *Rousseau*: Vgl. Anm. S. 28.

Dostojewsky: Vgl. Anm. S. 39.

Bismarck: Vgl. Anm. S. 19.

...Dämon, diesmal im Sokratischen Sinn...: Eine schicksalhafte Bestimmtheit, eine Eigenart im Menschen. (Vgl. auch Anm. S. 65.)

S. 223: *Sommerzeit:* In Deutschland in beiden Weltkriegen und danach bis 1949; 1980 wieder eingeführt.

Kut-el-Amara: Früher Kut el-Amara; Hauptstadt der Provinz Kut, Irak.

S. 224: *Kant:* Vgl. Anm. S. 99.

Frondeur: Widersacher eines Regierungssystems; vgl. Anm. S. 78.

Townshend: Sir Charles Vere Ferrers Townshend (1861-1924).

...eine Million Pfund angeboten...: 29. April 1916; Kapitulation des brit. Expeditionskorps unter General Townshend im Irak; 10000 britische Soldaten in türk. Kriegsgefangenschaft.

S. 225: *Bacon of Verulam:* Francis Bacon (22. Jan. 1561 - 9. Apr. 1626); engl. Staatsmann und Philosoph; Begründer des mod. engl. Empirismus.

Darwinismus: Vgl. Anm. S. 102.

struggle for life: Vgl. Anm. S. 102.

Entente: Vgl. Anm. S. 111 und 219.

S. 226: *Hunnen:* Vgl. Anm. S. 200.

Avaren: Vgl. Anm. S. 73.

Asiatismus: Vgl. Anm. S. 59.

S. 227: *Dr. Oswald Redlich:* (17. Sept. 1858 - 20. Jan. 1944); österr. Historiker; 1916 - 1937 Präsident der Österreichischen Akademie der Wissenschaften.

...erschienen ist...: "Österreich-Ungarns Bestimmung" (1916) als Heft 12 der genannten Sammlung.

Prinz Eugen: Prinz Eugen von Savoyen (18. Okt. 1663 - 21. April 1736); größter Feldherr seiner Zeit; Eroberer Belgrads (16./17. Aug. 1717).

Maria Theresia: (13. Mai 1717 - 29. Nov. 1780); Königin von Ungarn und Böhmen, Erzherzogin von Österreich (1740-80); übernahm aus pragmatischen Gründen die Regierungsgeschäfte ihres Mannes Franz I. (1745 röm.-dt. Kaiser), daher 'Kaiserin Maria Theresia'; nahm 1765 nach dem Tod Franz I. ihren Sohn, Kaiser Joseph II., als Mitregenten an; vor allem bedeutende innenpolitische Leistungen.

Joseph II: (13. März 1741 - 20. Feb. 1790); ältester Sohn Maria Theresias; 1764 röm.-dt. König; seit 1780 Alleinherrscher in den habsburgischen Erblanden; einer der Hauptvertreter des aufgeklärten Absolutismus.

S. 227/S. 228: *Metternichs:* Klemens (Wenzel Nepomuk Lothar) Reichsgraf, Fürst (1803) von Metternich-Winneburg (15. Mai 1773 - 11. Juni 1859); Gestalter der Neuordnung Europas auf dem Wiener Kongreß (1815); sicherte Österreich die Vorherrschaft über Deutschland und Italien; suchte durch Polizeiherrschaft alle nationalen und liberalen Strömungen zu unterdrücken (Karlsbader Beschlüsse 1819).

S. 228: *Napoleon:* Vgl. Anm. S. 46.

...Zeit nach den Radetzkysiegen gegen Italien...: Joseph Wenzel Graf Radetzky (eigentl. J. W. Graf Radetzky von Radetz; 2. Nov. 1766 - 5. Jan. 1858); österr. Feldmarschall (seit 1836); seine Siege bei Custoza (25. Juli 1848) und Novara (23. März 1849) stellen die österr. Herrschaft in Oberitalien wieder her.

Karl Renners: Karl Renner (14. Dez. 1870 - 31. Dez. 1950); österr. sozialdemokratischer Staatsmann; 1918 - 1920 Staatskanzler; 1945 - 1950 Bundes-Präsident.

Shaw: Vgl. Anm. S. 65.

Maeterlink: Vgl. Anm. S. 220.

Nachdem Bernhard Shaw: Vgl. Anm. S. 65 und 219.

...ist nun auch Maeterlink mit einer Veröffentlichung ... hervorgetreten...: Vgl. Maeterlincks Äußerungen zum 1. Weltkrieg bzw. zu Dtl. im "Figaro" vom 31. Okt. 1914, 23. Nov. 1914, 11. Feb. 1915, 23. April 1915, 7. Mai 1915, 29.Aug. 1915, 2. Dez. 1915, 3. März 1916 und

1. April 1916 sowie den in der "Daily Mail" erschienenen Beitrag vom 14. Sept. 1914; alle Artikel wieder in Maeterlincks "Le débris de la guerre" (Paris 1916); vgl. auch Anm. S. 220.
S. 229: *Hötzendorf*: Franz Freiherr (1910), Graf (1918) Conrad von Hötzendorf (11. Nov. 1852 - 25. Aug. 1925); öster.-ungar. Feldmarschall; seit 1907 Chef des Generalstabs; als Leiter der öster.-ungar. Militäraktionen 1917 abgelöst.
...zitierten Spruches...: Nicht ermittelt.
d'Annunzio: Vgl. Anm. S. 14.
Verdunstürmer: Ansp. auf die höchst verlustreichen, vergeblichen Versuche der dt. Armee zwischen Feb. und Dez. 1916, die Festung Verdun einzunehmen.
S. 230: *Exagerierte*: Exaggerierte → Das (krankhaft) Übertriebene.
Gerhart Hauptmann: Vgl. Anm. S. 85
...Philosophen Bergson lapidar abgetan: Auf eine flammende Rede Bergsons gegen Deutschland in der Akademie der Geisteswissenschaften in Paris vom 8. Aug. 1914 reagierte Hauptmann im "Berliner Tageblatt" vom 26. Aug. 1914 mit einem Artikel "Gegen Unwahrheit"; Auslöser der Kontroverse H.s mit Romain Rolland; vgl. Anm. S. 108.
Häckel: Vgl. Anm. S. 159.
Rudyard Kipling: Vgl. Anm. S 75.
Shaw: Vgl. Anm. S. 65.
Wells: Vgl. Anm. S. 76.
Chesterton: Vgl. Anm. S. 64.
Verhaeren: Vgl. Anm. S. 220.
S. 231: *Velleitäten*: Vgl. Anm. S. 147.
Theodor Stefanovic von Vilovski: Nicht ermittelt.
Eroberung Belgrads: 16./17. Aug. 1717.
Prinz Eugen von Savoyen: Vgl. Anm. S. 227.
Pozarevacer Frieden: Pozarevac → Stadt in Serbien; am 21. Juli 1718 mußte das Osmanische Reich das Temescher Banat sowie bis zum Frieden von Belgrad 1739 Grenzgebiete (inkl. Belgrad) an Österreich abtreten.
Prinz Alexander von Württemberg: Karl Alexander von Württemberg (24. Jan. 1684 - 12. März 1737); 1719 Statthalterschaft über Belgrad.
Grafen Marulli: Nicht ermittelt.
Schlacht bei Grocka: Groczka/Grotzka: Flecken in Serbien; am 23./24. Juli 1739 erlitten die Österreicher unter Graf Wallis eine schwere Niederlage durch die Türken; Folge war der Friede von Belgrad vom 18. Sept. 1739.
Voubau: Sébastien le Pestre de Vauban (1. Mai 1633 - 30. März 1707); seit 1669 Generalinspekteur der franz. Festungen; sein System des Festungsbaus war bis ins 19. Jahrh. maßgeblich.
Debof: Nicht ermittelt.
Doxat de Morense: Nicolás Doxat (1682 - hingerichtet 20. März 1738); schweizer Militär.
Übergabe von Nisch: Nis → Stadt in Serbien; die Übergabe erfolgte 1737.
Metropoliten: Metropolit → in der kath. Kirche erster Bischof (Erzbischof) einer Kirchenprovinz.
S. 232: *König Milanstraße*: Milan I (22. Aug. 1854 - 11. Feb. 1901); König von Serbien.
Türkenkriege: 1788/89.
Kaiser Josef II.: Vgl. Anm. S. 227.
Laudon: Freiherr Gideon von Laudon (2. Feb. 1717 - 14. Juli 1790); österr. Feldmarschall; eroberte am 8. Oktober 1789 Belgrad.
Moses Petrovic: Weitere Daten nicht ermittelt.
Vicentije Jovanovic: Weitere Daten nicht ermittelt.

Dienstantritt: 1719.

S. 233: *...Syrmien und dem Banate...*: Syrmien / Sirmien → Landschaft zwischen unterer Save und Donau; Banat → Landschaft in Nordost-Serbien und West-Rumänien; im 18. Jahrh. mit dt. Kolonisten, den Banat-Schwaben, besiedelt.

Episkopalkirche: Episkopal → bischöflich.

Jesuiten-: Societas Jesu, Gesellschaft Jesu; kath. Orden; 1534 von Ignatius von Loyola gegründet (vgl. Anm. S. 117); Ausbreitung und Befestigung der kath. Kirche durch äußere und innere Mission.

Franziskaner-: Die von Franz von Assisi gestifteten drei Orden, (1) die Minoriten, (2) Klarissen (von Klara von Assisi mitbegründet) und (3) der weltl. Zweig, der regulierte Dritte Orden für Männer und die Franziskanerinnen-Kongregationen.

Kapuziner-: Einer der größten kath. Orden; zu den Minoriten gehörig.

Minoriten-: Die "Minderen Brüder"; der erste von Franz von Assisi gestiftete Orden; seit dem 16. Jahrh. bestehend aus den Bettelorden Franzikaner-Observanten, Franziskaner-Konventualen und Kapuzinern; Verwirklichung des Evangeliums durch Askese, besonders durch Armut; apostol. Arbeit in der Volksseelsorge und Mission.

Trinitarierkirche: Trinitarier → Ordo Sanctissimae Trinitatis redemptionis captivorum (Orden der allerheiligsten Dreifaltigkeit zum Loskauf der Gefangenen); 1198 zum Loskauf christl. Sklaven gegründet nach der Augustinerregel.

Wertabred: Nicht ermittelt.

S. 234: *Samson Wertheimer:* (1658 - 1724); seit Beginn des 18. Jhs. alleiniger Kreditgeber der österr. Regierung; 1703 zum Hoffaktor ernannt; verwandte seinen großen Einfluß bei Hofe zugunsten der Juden; war durch Heirat mit den vornehmsten jüdischen Häusern Deutschlands verbunden.

Kameralbehörden: Verwaltungsbehörden, die sich auch mit wirtschaftlichen Fragen beschäftigten.

...stärksten Festungen Österreichs und des Deutschen Reiches: Nicht ermittelt.

S. 235: *Napoleons III:* Vgl. Anm. S. 80.

Nationalstaates: Staat, dessen Bevölkerung ganz oder zum überwiegenden Teil zur selben Nation gehört; vgl. auch Anm. S. 80.

Es entstanden Deutschland und Italien: Vgl. Anm. S. 81.

...Organisation der Balkanstaaten: Im Zusammenhang mit dem Zerfall des Osmanischen Reiches nach 1788 bzw. 1830 werden Rumänien, Serbien, Montenegro auf dem Berliner Kongreß (1878) selbständig; das Fürstentum Bulgarien stabilisiert sich unter Alexander von Battenberg (1879-86) und Ferdinand I. (1887-1918).

Der irische Aufstand...: Von der Irish Republican Brotherhood organisierter, bewaffneter Aufstand gegen die engl. Besatzer, brach Ostern 1916 bereits nach einer Woche zusammen.

Realpolitik: Eine von den vorgegebenen Verhältnissen bestimmte Politik.

Bismarck: Vgl. Anm. S. 19.

S. 237: *Cecil Rhodes:* Vgl. Anm. S. 117.

Mohammeds: Mohammed (um 570 - 632); Stifter des Islam; seine "Offenbarungen" sind im "Koran" aufgezeichnet.

S. 238: *Alexander von Peez:* (19. Jan. 1829 - 12. Jan. 1912); österr. Politiker, seit 1902 Mitglied des Herrenhauses.

"Europa aus der Vogelschau": Erschienen Wien 1916.

Münchener Zeitung: 1889 in der Münchener "Allgemeinen Zeitung".

Völkerwanderung: Die Wanderzüge der german. Völker im 2. - 8. Jahrh. n. Chr. nach Süd- und Westeuropa; 375 Beginn mit dem Einbruch der Hunnen (vgl. Anm. S. 200).

katexochen: Schlechthin; vorzugsweise.

Ariern: Vgl. Anm. S. 131.

...turanisch-semitische Mischvölker...: Turanier → Bewohner des Tieflandes zwischen den westlichen Randgebirgen Mittelasiens und dem Kaspischen Meer. Semiten → sprachverwandte Völkergruppe in Vorderasien und Nordafrika.

S. 239: *Ei des Kolumbus:* Vgl. Anm. S. 94.

Mittelmächte: Vgl. Anm. S. 219.

Kombattanten: Mitkämpfer.

S. 240: *Ausschrotung:* Vgl. Anm. S. 39.

Hunnen: Vgl. Anm. S. 200.

Mongolen: Mongolen → Völkergruppe in Innerasien; zwischen 1206 (Einigung durch Tschingis Chan) und der Mitte des 14. Jahrh. beherrschende Stellung in Inner-, Ost- und Vorderasien sowie in Osteuropa.

Osmanen: Osmanen → anderer Name der Türken.

S. 241: *Klamm:* Knapp, dicht.

...erhebt sich seit wenigen Monaten: Daten nicht ermittelt.

S. 243: *Unkommoditäten*: Unbequemlichkeiten.

Duodezausgabe: Duodez → kleines Buchformat; im übertragenen Sinn klein, unbedeutend.

Quisisanastaates: lat. quisisana → hier wird man gesund; Wohlfahrtsstaat.

Hauptmann Chytill: Nicht ermittelt.

acht Joch: altes Feldmaß; 1 Joch (Tagwerk) ca. 3000 - 6500 m².

S. 245: *...ärarischen Brotes*: ärarisch → staatlich, staatseigen.

"Tagackern": Die Bodenfläche, die an einem Tag beackert werden kann.

inauguriert: *inaugurieren* → Einweihen, einführen.

Dr. Katona: Nicht ermittelt.

S. 246: *Oberstleutnants Reinhard*: Nicht ermittelt.

Königs Milan: Vgl. Anm. S. 232.

Jungwiener Maler: Vgl. etwa Ludwig Sigmundt, Viktor Krämer, Wilhelm Bernatzik, Theodor Hörmann, Tina Blau.

S. 247: *...der großen Russendichter...*: Dostojewski, Gogol, Tolstoy; vgl. Anm. S. 39, 195, 202.

Grandezza: Vgl. Anm. S. 51.

neurasthenischer: Vgl. Anm. S. 50.

S. 248: *...im Schopenhauerschen Sinne:* Vgl. Anm. S. 201.

Riffe: Furchen.

Rasten: Senken.

Train: Vgl. Anm. S. 214.

S. 249: *Theodor Däubler:* (17. Aug. 1876 - 14. Juni 1934); expressionistischer Lyriker und Prosaist; 1928-32 Präsident des dt. PEN-Clubs.

"Mit silberner Sichel": Erschienen 1916.

...ersten Zeitschriften Deutschlands...: U.a. "Die weissen Blätter", "Die Aktion", "Der Sturm", "Pan" und (in Österreich) "Der Brenner".

...ersten Verlegern verlegt: Däubler veröffentlichte vor dem 1. Weltkrieg vor allem im Insel-Verlag (Dresden-Hellerau).

Akademischen Verbandes: Vgl. Anm. S. 43.

"Nordlicht": "Das Nordlicht" (3 Bde., 1910); Hauptwerk Däublers.

Derassinements: Vgl. Anm. S. 94.

Depatriierung: Im Sinne von (nationaler) Entwurzelung.

S. 250: *René Schickele:* Vgl. Anm. S. 116.

Jensen: Vgl. Anm. S. 19.

Looping the loop: Figur im Kunstflug; Fliegen eines senkrechten Kreises aus der Waagerechten.

Bergsons: Vgl. Anm. S. 108.

Altenberg: Vgl. Anm. S. 14.

Walt Whitman: Vgl. Anm. S. 199.

S. 251: *"veristischer"*: Wirklichkeitsnäher, wahrhaftiger; Verismus → ital. literarische Strömung in Anlehnung an den franz. Naturalismus.

S. 252: *...wie in der neueren Musik...*: Vgl. etwa Werke von Gustav Mahler, Arnold Schönberg (vgl. Anm. S. 206), Alban Berg, Anton von Webern.

Hermann Bahrs: Vgl. Anm. S. 85.

"Himmelfahrt"-Romanes: Erschienen 1916.

August L. Mayer: August Liebmann Mayer (27. Okt. 1885 - 1944 [Ausschwitz]); Kunsthistoriker; bedeutendster deutschsprachiger Kenner der span. Malerei des 16. - 18. Jahrh. seiner Zeit; stand im Bann des Expressionismus.

S. 253: *Roretz:* Karl von Roretz (24. Juli 1881 - nicht ermittelt); Kustos der Nationalbibliothek.

Ostwald: Wilhelm Ostwald (2. Sept. 1853 - 4. Apr. 1932); dt. Chemiker und Philosoph; bedeutender Vertreter des Monismus.

quietistisch: Vgl. Anm. S. 184.

Hermann Bahr: Vgl. Anm. S. 85.

S. 254: *C. K. Chesterton:* Vgl. Anm. S. 64.

Kierkegaard: Vgl. Anm. S. 32.

S. 255: *...erschienenen Ring...:* Otto Flake, "Horns Ring" (Berlin 1916).

Nibelunge: Vgl. Anm. S. 60.

S. 256: *Otto Flake:* (Pseyd. Leo F. Kotta; 29. Okt. 1880 - 10. Nov. 1963); umfangreiches Werk; Erziehungs- und Bildungsromane in traditioneller Erzählform.

Johannes V. Jensen: Vgl. Anm. S. 19.

Normalhemden: Nicht ermittelt.

"Olivia Marianne": Erotische Novelle (Berlin 1916).

Evanston: Evanstone → Figur in Jensens Roman "Madame d'Ora" (Berlin 1907); mephistophelischer, dem Okkultismus verpflichteter Laienprediger.

finnische Mädel: Die Figur Moa; Urmutter eines neuen Geschlechts.

"Gletscher": Vgl. Anm. S. 199.

chinesischen Reformmädchen: Nicht ermittelt.

malaiisches Mädchen: Vgl. u. a. Müllers Gedicht "Die Malaiin" (1913).

S. 257: *Hermann Bahr:* Vgl. Anm. S. 85.

"Himmelfahrt": Vgl. Anm. S. 252.

Gustav Meyrinks "Fledermäuse": Gustav Meyrink (eigentl. Gustav Meyer; 19. Jan. 1868 - 4. Dez. 1932); sein Roman "Der Golem" (1915), der die jüdische Legende einer gleichnamigen Menschenfigur aus Lehm aufgreift, gehörte zu den größten Bucherfolgen der Zeit. "Fledermäuse" erschien 1916.

Franz Kafka: (3. Juli 1883 - 3. Juni 1924); Prager Schriftsteller; vor allem durch die aus dem Nachlaß herausgegebenen Romane ("Der Prozeß", 1925; "Das Schloß", 1926) international berühmt geworden.

Kasimir Edschmids: Kasimir Edschmid (eigentl. Eduard Schmid; 5. Okt. 1890 - 31. Aug. 1966); führender Prosaschriftsteller des Expressionismus.

Jules Verne: Vgl. Anm. S. 17.

...den englischen Erzählern...: Etwa H. G. Wells; vgl. Anm. S. 76.

S. 258: *"Die sechs Mündungen":* Erschienen 1915.

"Das rasende Leben": Erschienen 1916.

"Die Verwandlung": Geschrieben 1912, erschienen 1915.

S. 260: *Kipling:* Vgl. Anm. S. 75.

Wells: Vgl. Anm. S. 76.

Doyle: Vgl. Anm. S. 75.

"Die Liebesfalle": Erschienen 1916.

Otto Soyka: vgl. Anm. S. 16.

Homunkuliden: Homunkulus → nach alchimistischer Vorstellung (seit dem 13. Jahrh.) künstlich hergestellter Mensch.

S. 261: *Stendhalschen:* Vgl. Anm. S. 20.

"Nicht da, nicht dort": Erschienen 1916.

Albert Ehrenstein: Vgl. Anm. S. 43.

Homers: Vgl. Anm. S. 154.

peruanische Bildknoten: In der andinen Hochkultur Knotenschnüre aus Wolle oder Baumwolle (Quispus), die zur Erfassung und Übermittlung zahlenmäßiger Daten dienten.

S. 262: *Franz Ferdinand*: Erzherzog Franz Ferdinand (18. Dez. 1863 - ermordet 28. Juni 1914 in Sarajevo); seit 1896 Thronfolger, seit 1900 mit Sophie Gräfin Chotek verheiratet (s. folg. Anm.); setzte sich für die Großmachtstellung Österreich-Ungarns bzw. der Monarchie und gegen nationale Unabhängigkeitsbestrebungen ein.

Seine Tat seine Frau: Sophie Gräfin Chotek, Herzogin von Hohenburg (1909; 1. März 1868 - ermordet 28. Juni 1914 in Sarajevo); Hofdame der Kaiserin Elisabeth; seit 1900 in morganatischer Ehe mit Erzherzog Franz Ferdinand verheiratet.

EDITORISCHE NACHBEMERKUNG

Die Texte wurden chronologisch nach der Erstveröffentlichung geordnet. In Zweifelsfällen wurden die Texte von den Herausgebern nach stilistischen und inhaltlichen Kriterien in die Chronologie eingeordnet.

Der in der Bibliographie von Stephanie Heckner in "Die Tropen als Tropus. Zur Dichtungstheorie Robert Müllers" (Wien 1991) ausgewiesene Artikel 'Wiener Akademie gegen Grillparzer'. (Das musikfestliche Wien. Anhang zu: Der Ruf, H. 1, 1912, S. 1ff) konnte trotz intensiver Recherchen weder beschafft noch bibliographisch bestätigt werden.

LITERATURVERZEICHNIS

1912

Roter Hahn in New York. In : Das Fremdenblatt, Nr. 22, 24.1.1912, S. 15f.

Das Drama Karl Mays. In: Der Brenner, 2, H. 17, 1.2.1912, S. 601-610. Wieder in: Roxin, Claus (Hg.): Jahrbuch der Karl-May-Gesellschaft 1970, Hamburg 1970, S. 98-105.

Skandinavier. In: Der Brenner, 2, H. 18, 15.2.1912, S. 619-628.

Das Kompliment der Neuen. In: Der Ruf, H. 1, 1912, S. 2-4. Auszugsweise wieder in: Heroisch Bürgerlich. In: Saturn, 3, H. 12, 1913, S. 331-338.

Spätlinge und Frühlinge. In: Der Ruf, H. 2, 1912, S. 13-23.

Nachruf auf Karl May. In: Das Fremdenblatt, Nr. 91, 3.4.1912, S. 23. Wieder in: Roxin, Claus (Hg.): Jahrbuch der Karl-May-Gesellschaft 1970, Hamburg 1970, S. 106-109.

Die Humanitätsschlacht auf Kap Race. In: Das Fremdenblatt, Nr. 111, 24.4.1912, S. 17f.

Totenstarre der Fantasie. In: Der Brenner, 2, H. 24, 15.5.1912, S. 917-921. Wieder in:
 Roxin, Claus (Hg.): Jahrbuch der Karl-May-Gesellschaft 1971, Hamburg 1971, S. 221-
 225.
Hymnus. In: Das musikfestliche Wien. Sonderheft zu: Der Ruf, H. 1, 1912, S. 9f.
Apologie des Krieges. In: Der Ruf, H. 3, 1912, S. 1-8.
Roosevelt. In: Der Ruf, H. 3, 1912, S. 16-20.
Hans Sachs. In: Der Strom, 2, 1912/13, S. 239-243.

1913

Vernunft oder Instinkt? In: Der Ruf, H. 4, 1913, S. 7-13.
Das halbe Postamt. In: Wiener Mittagszeitung, Nr. 157, 10.7.1913, S. 4.
G. K. C. In: Saturn, 3, H. 7, 1913, S. 205-207.
Varieté zweier Welten. In: Die Schaubühne, 9, Nr. 38, 18.9.1913, S. 887-890.
Albanesenkunde. In: Wiener Mittagszeitung, Nr. 222, 26.9.1913, S. 2f.
Der Roman des Amerikanismus. In: Saturn, 3, H. 9, 1913, S. 253-258.
Neue Helden. In: Saturn, 3, H. 10, 1913, S. 270-277.
Der Nationalitätenstaat. In: Der Ruf, H. 5, 1913, S. 1-6.
Das Hermann Bahr-Buch. In: Der Ruf, H. 5, 1913, S. 58-60.
Der Asiate. In: Wiener Mittagszeitung, Nr. 277, 2.12.1913, S. 4f.
Heroisch Bürgerlich. In: Saturn, 3, H. 12, 1913, S. 331-338.

1914

Li. In: Wiener Mittagszeitung, Nr. 1, 2.1.1914, S. 5.
Contre-Anarchie. In: Saturn, 4, H. 1, 1914, S. 1-16.
Yvette Guilbert-Soiree. In: Wiener Mittagszeitung, Nr. 27, 4.2.1914, S. 5.
Albanien unter dem Hause Wied. In: Wiener Mittagszeitung, Nr. 46, 26.2.1914, S. 2.
Der Reporter. In: Die Schaubühne, Nr. 11, 12.3.1914, S. 299-303.
Veranstaltung Jacques Dalcroze. In: Wiener Mittagszeitung, Nr. 63, 18.3.1914, S. 5.
Deutscher Einfluß in Südamerika. In: Wiener Mittagszeitung, Nr. 66, 21.3.1914, S. 5.
Roosevelt. In: Wiener Mittagszeitung, Nr. 85, 15.4.1914, S. 5.
Die Amerikanisierung Mexikos. In: Wiener Mittagszeitung, Nr. 86, 16.4.1914, S. 1f.
Das kurdische Problem. In: Wiener Mittagszeitung, Nr. 93, 24.4.1914, S. 2.
Der New-Yorker Cop. In: Wiener Mittagszeitung, Nr. 96, 28.4.1914, S. 6.
Karl Kraus oder Dalai Lama. Der dunkle Priester. Eine Nervenabtötung. In: Torpedo, 1,
 1914, S. 1-38.
Kritik des Amerikanismus. In: Die Schaubühne, Nr. 20, 14.5.1914, S. 541-545.
Der jüdische und der christlich-soziale Gedanke in Österreich. In: Allgemeine Flugblätter
 Deutscher Nation, H. 4, 1914, ohne Pagina.
Psychotechnik. In: Saturn, 4, H. 5/6, 1914, S. 123-130.
Gerhart Hauptmann oder: Überwindung der Analyse. In: Der Merker, H. 115, 1.7.1914, S.
 495-497.
Die gelbe Kalesche. In: Wiener Mittagszeitung, Nr. 163, 20.7.1914, S. 5.
Beiträge zur Österreichischen Erziehungs- und Schulgeschichte. In: Wiener Mittagszeitung,
 Nr. 163, 20.7.1914, S. 5.
Der Futurist. In: Allgemeine Flugblätter Deutscher Nation, H. 5, 1914, ohne Pagina.

1915

Russischer Volksimperialismus. In: Der Merker, H. 21, 1.11.1915, S. 766-768.

1916

Die deutsche Ostseele und die russische Form. In: Der Merker, H. 1, 1.1.1916, S. 11-16.

Der Roman des Afrikanismus. In: Die Neue Rundschau, 27, Bd. 1, 1916, S. 143f.

Frontleute. In: Die Schaubühne, Nr. 17, 27.4.1916, S. 402-405.

Isonzobibel. In: Die Neue Rundschau, 27, Bd. 1, 1916, S. 546-552.

Die Räuberbande von Tulez. In: Belgrader Nachrichten, 3.5.1916.

Bernard Shaws Völkerreich. In: Belgrader Nachrichten, 6.5.1916.

Mitteleuropa. In: Belgrader Nachrichten, 7.5.1916.

Symbole. In: Belgrader Nachrichten, 7.5.1916.

Südostwärts. In: Belgrader Nachrichten, 11.5.1916.

Intellektuelle Demobilisation. In: Belgrader Nachrichten, 12.5.1916.

Festung Belgrad. In: Belgrader Nachrichten, 17.5.1916.

Politische Phantasie. In: Belgrader Nachrichten 19.5.1916.

Europa aus der Vogelschau. In: Belgrader Nachrichten, 26.5.1916.

Die Musterfarm von Banjica. In: Belgrader Nachrichten, 27./28.5.1916.

Serbischer Frühling. In: Belgrader Nachrichten, 1.6.1916.

Theodor Däubler ["Mit silberner Sichel"]. In: Der Merker, H. 13/14, 15.7.1916, S. 508f.
    Wieder in: Belgrader Nachrichten, 23.7.1916.

Expressionismus. In: Belgrader Nachrichten, 21.7.1916.

Bedingt der Weltkrieg eine Umgestaltung unserer Weltanschauung? In: Belgrader Nachrichten, 6.8.1916.

Hermann Bahr ["Himmelfahrt"]. In: Der Merker, H. 15/16, 15.8.1916, S. 570f.

Phantasie. In: Die Neue Rundschau, 27, Bd. 2, 1916, S. 1421-1426.

"Die Liebesfalle" und andere Novellen, von Otto Soyka. In: Belgrader Nachrichten, 6.12.1916.

"Nicht da, nicht dort", von Albert Ehrenstein. In: Belgrader Nachrichten, 7.12.1916.

Der Tote von Sarajevo. In: von Hofmannsthal, Hugo (Hg.): Österreichischer Almanach auf das Jahr 1916.

Die Robert-Müller-Werkausgabe im Igel Verlag Literatur

Werke I: Tropen. Roman. Br. 316 S., 22,90 Euro; 3. überarb. Auflage 2010
ISBN 978-3-89621-240-5.

Werke II: Camera obscura. Roman. Gb. 196 S., 19,90 Euro
ISBN 978-3-927104-14-3.

Werke III: Flibustier. Ein Kulturbild. Roman. Gb. 110 S., 14,- Euro
ISBN 978-3-927104-24-2.

Werke IV: Rassen, Städte, Physiognomien. Essays. Br. 240 S., 19,- Euro
ISBN 978-3-927104-30-3.

Werke V: Der Barbar. Roman. Gb. 144 S., 19,- Euro
ISBN 978-3-927104-38-9.

Werke VI: Irmelin Rose – Bolschewik. Br. 216 S., 19,- Euro
ISBN 978-3-927104-36-5.

Werke VII: Kritische Schriften 1: 1912-1916. Br. 308 S., 27,90 Euro
2. unveränd. Auflage 2011; ISBN 978-3-86815-532-7.

Werke VIII: Das Inselmädchen. Novelle. Gb. 96 S., 14,- Euro;
ISBN 978-3-927104-65-5.

Werke IX: Die Politiker des Geistes. Drama. Br. 115 S., 19,- Euro
ISBN 978-3-927104-84-6.

Werke X: Kritische Schriften 2: 1917-1920. Br. 568 S., 44,- Euro
ISBN 978-3-927104-92-1.

Werke XI: Gesammelte Essays. Br. 308 S., 27,90,- Euro
2. unveränd. Auflage 2011; ISBN 978-3-86815-533-4.

Werke XII: Kritische Schriften 3: 1921-1924. Br. 318 S. 34,- Euro
ISBN 978-3-89621-018-0.

Werke XIII: Briefe und Verstreutes. Br. 200 S., 22,90 Euro
2. durchges. Auflage 2010; ISBN 978-3- 89621-239-9.